Manfred Böckl

DER UTTENSCHWALB

Vom geheimnisumwitterten Ursprung
eines uralten Adelsgeschlechts

Manfred Böckl

Der Uttenschwalb

Vom geheimnisumwitterten Ursprung eines uralten Adelsgeschlechts

Ein Mittelalter-Roman aus Bayern

SüdOst Verlag

Bibliografische Information der Deutschen Nationalbibliothek

Die Deutsche Nationalbibliothek verzeichnet diese Publikation in der Deutschen Nationalbibliografie; detaillierte bibliografische Daten sind im Internet über http://dnb.dnb.de abrufbar.
ISBN 978-3-86646-758-3

Mein Dank gilt Jürgen Stadler, Altbürgermeister von Landau/Isar, der mir das Closen-Epitaph zeigte, dessen geheimnisvolle Inschrift mich zu diesem Roman inspirierte.

1. Auflage 2016

ISBN 978-3-86646-758-3

www.gietl-verlag.de

Titelbild: Burgruine Altenahr (www.pixabay.com), Wappen der Closen (www.wikipedia.de), Schwert (www.fotolia.com)

Inhalt

Text auf dem Epitaph des Grafen Anton von Closen in der Heilig-Kreuz-Kirche in Landau/Isar mit dem geheimnisvollen Hinweis auf den Ursprung des uralten Adelsgeschlechts. *Foto: Georg Wirth*

Prolog

Landau an der Isar
März 1806

Aus der Landshuter Gegend war der alte, fast schon siebzigjährige Baron isarabwärts gereist. Die vergangene Nacht hatten er und sein ebenfalls bereits betagter Kutscher im besten Landauer Gasthof am Oberen Stadtplatz verbracht, und nun, in der Vormittagsmitte, bestieg der Baron erneut seine wappengeschmückte Kalesche.

Nachdem sich der weißhaarige Adlige auf der lederbezogenen Sitzbank im Inneren des Reisewagens niedergelassen hatte, knallte der Kutscher mit der Peitsche. Die beiden kräftigen braunen Wallache stampften kurz; der eine drängte ein wenig von der Deichsel weg, dann zogen die Rösser an. Die Kalesche überquerte den von Fußgängern belebten Platz, rollte an einem Bierfuhrwerk vorbei und passierte die Stadtpfarrkirche. Ein kurzes Stück jenseits des Sakralbaues wurde am Ende einer Gasse die mittelalterliche Landauer Ringmauer sichtbar: vom Zahn der Zeit zerfressenes Stein- und Ziegelwerk, das unter verhangenem Himmel aufragte.

Die Pferde folgten dem Stadtwall bis zu einem halbverfallenen Torbau. Durch dessen unbewachten Schlund führte der Weg in den breiten, trocken daliegenden Stadtgraben hinab und erklomm sodann eine mäßige, schütter mit Sträuchern und einzelnen Bäumen bewachsene Anhöhe. Als die Rösser das Ende der Steigung erreichten, flatterten mit schwerfälligen Flügelschlägen ein paar Krähen davon: in Richtung eines eher unscheinbaren Kirchturmes, welchen der Baron, durch das Kutschenfenster spähend, jetzt weiter östlich ausmachen konnte.

Ein Ausdruck tiefer Trauer malte sich auf dem Antlitz des Adligen; wie in jähem Schmerz presste er die Lippen zusammen und wandte den Blick ab, um nun durch das andere Kaleschenfenster zu schauen. Ein Riegel ausgewucherten Gestrüpps wanderte an seinen Augen vorüber, dann sah er einen Bauernhof – und über dem Anwesen, auf einer flachen Hügelkuppe, lückiges, ruinöses Mauerwerk.

„Ahausen …“, murmelte der Baron; im nächsten Moment rief er dem Kutscher in einer spontanen Eingebung zu: „Fahr dort hinüber, nach links. Zu der Anhöhe hinter dem Hof.“

Der Wagenlenker gehorchte; wenig später kam die Kalesche am Hügelfuß zum Stehen, und der Adlige befahl dem Alten auf dem Bock: „Du wartest hier, bis ich zurück bin."

Mit etwas verwundertem Gesichtsausdruck nickte der Kutscher; kurz darauf machte sich der Baron, auf seinen Gehstock gestützt, auf den Weg zum Hügelplateau. Einen Steinwurf von der Kalesche entfernt stieg er in einen halb verfüllten Graben hinunter, erreichte jenseits davon den steilen Hang der Anhöhe und folgte dort einem schmalen, nach oben führenden Pfad.

Aber schon nach ein paar Dutzend Schritten musste er innehalten und rasten. Sein Herz machte ihm zu schaffen; sein Atem ging schwer, und während er verschnaufte, dachte er: Die Jahre. Die vielen Jahre, die ich schon lebe. Weit ist's nicht mehr hin, bis auch mir die letzte Stunde schlägt … Doch wenigstens geht's mir heute besser als vor drei Wochen. Da hätte ich noch nicht einmal die Fahrt nach Landau auf mich nehmen können, geschweige denn den Aufstieg hier zur Höhe. Aber der Anton, der alte Freund, wird's verstanden haben. Wird schon gewusst haben, warum ich nicht dabei war, als das Epitaph für ihn enthüllt wurde …

Nach einer Weile atmete der weißhaarige Adlige wieder regelmäßig, und sein Herzjagen hatte sich gelegt, sodass er den Aufstieg fortsetzen konnte. Knapp unterhalb der Hügelkuppe gönnte er sich nochmals eine Verschnaufpause, dann legte er das letzte Wegstück zurück und erreichte den Rand des Ruinenareals, das er von der Kalesche aus gesehen hatte.

Zu seiner Linken erhoben sich, noch zwei, drei Meter hoch, die Überreste eines Torturmes. Der teilweise zusammengestürzte Abschnitt einer Wehrmauer schloss sich an; weiter hinten waren von der einstigen Burgmauer nur noch graue Steinrelikte zu erkennen, die in unregelmäßigen Abständen aus der Erde ragten und zumeist von Gestrüpp überwuchert waren.

Langsam ging der Baron an dem zerstörten Festungswall entlang; einmal musste er einer halb mit Ziegeltrümmern gefüllten Erdgrube ausweichen, unter der womöglich ein eingestürztes Kellergewölbe lag. Schließlich kam er zum westlichen Saum des Hügelplateaus und erblickte einen mannshohen Schuttkegel, der vielleicht vom ehemaligen Bergfried übriggeblieben war. Seitlich davon stand eine noch relativ gut erhaltene Kapelle, der allerdings das Dach fehlte; auf ihrem steinernen Türsturz war ein Hinweis auf ihr Erbauungsjahr eingemeißelt: Anno Domini 1407.

Zu jener Zeit waren die Letzten aus dem Geschlecht der hiesigen Edelfreien, deren Ahnherren die Burg erbaut hatten, schon seit eineinhalb Jahrhunderten tot, und ihr Herrensitz war längst an das bayerische Herzogshaus heimgefallen, ging es dem alten Edelmann durch den Kopf. Behutsam, fast streichelnd, berührte er den rauhen Granit der Kapellenpforte; dann trat er bis direkt an den Westrand des Plateaus heran und schaute in eine mächtige Grabenschlucht hinab. Auch nach Süden hin setzte sich der tief eingeschnittene Burggraben fort – und nachdem der Baron zuletzt zum nördlichen Saum des Ruinengeländes weitergeschritten war, stellte er fest, dass die Hügelflanke dort halsbrecherisch steil ins Isartal abfiel.

Lange blickte der betagte Adlige versonnen über die Flussebene hin; endlich wandte er sich wieder ab und setzte sich, um Kraft für den Rückweg zu sammeln, auf einen verwitterten Quaderstein. Einmal mehr betrachtete er das Ruinenareal; nach einer Weile murmelte er zum zweiten Mal an diesem diesigen Märzvormittag: „Ahausen …“ Gedankenverloren lauschte er dem Wort zwei, drei Atemzüge lang nach; dann fügte er wie in entrücktem Selbstgespräch hinzu: „Der uralte Edelsitz aus der Kreuzzugszeit … Die Festung, die schon stand, als es die Landauer Stadt noch gar nicht gab. Untergegangen ist die Burg; untergegangen wie alles, das einstmals stolz und stark war. Denn jegliche Existenz unterliegt dem Gesetz des Aufblühens, Reifens und Vergehens. Und am Ende bleiben höchstens die Erinnerungen … Die Erinnerungen an meinen Freund Anton und an das, was er mir einst, vor vielen Jahren, über die ritterlichen Herren der Ahausener Feste erzählte …“

Der Weißhaarige verstummte; eine Fülle von Bildern aus längst vergangener Zeit stürmte plötzlich auf ihn ein. Wie in einer jähen Vision glaubte er, Zeuge wilder und blutiger Geschehnisse zu werden; er schien jedoch auch andere Dinge zu sehen: ein junges Paar, das in schrankenloser, aber verbotener Liebe verbunden war; dazu einen Burgherrn, der eine Grafentochter und einen Ritter ungeachtet großer Gefahr zum Altar führte.

Dann auf einmal verwich die Entrückung des Barons wieder; er kam, wie aus einem Traum herausgleitend, zu sich, und sein Blick ging nach

Osten – dorthin, wo in einiger Entfernung der unscheinbare Kirchturm gen Himmel ragte.

Ein schmerzlicher Ausdruck malte sich in den Augen des alten Edelmannes, mit dem nächsten Atemzug erhob er sich und machte sich auf den Rückweg zur Kalesche. Der Kutscher war ihm beim Einsteigen behilflich; wenig später zogen die Rösser wieder an, und nach kurzer Fahrt erreichte das wappengeschmückte Gefährt den Landauer Friedhof mit seinem spätgotischen Sakralbau. Direkt vor dem Kirchenportal kam die Kalesche zum Stehen; kaum war der Baron ausgestiegen, eilte der Messner der Friedhofskirche von seinem kaum dreißig Schritte entfernten Häuschen herbei, warf einen Blick auf das Adelswappen am Kutschenschlag, verneigte sich vor dem Edelmann und sagte: „Es ist mir eine Ehre, Herr! Womit kann ich Euch dienen? Wie darf ich Euch behilflich sein?"

Der Baron schenkte ihm ein mildes Lächeln. „Lass nur, mein Freund … Ich benötige nichts. Will bloß eine Zeitlang in der altehrwürdigen Heilig-Kreuz-Kirche verweilen."

„So kennt Ihr das Gotteshaus?", fragte der Messner.

„Ja, ich war schon einmal hier", erwiderte der Weißhaarige und dachte dabei an die Beisetzung seines alten Freundes Anton im Dezember des Vorjahres.

Der Messner nickte und zog sich ein paar Meter zurück. Der Kutscher, der mittlerweile vom Bock geklettert war, begleitete seinen Herrn zur Kirchentür, öffnete das Portal und blieb, nachdem der Baron eingetreten war, draußen stehen. Der Edelmann wiederum ging drinnen im Kirchenschiff langsam nach vorne bis in die Nähe des Altars, bekreuzigte sich und wandte sich dann nach rechts, wo sich nahe der Sakristeipforte ein steinernes, noch ganz neu aussehendes Epitaph erhob.

Der Sockel des Totenmales war aus hellem Marmor gefertigt und trug einen Aufsatz aus dunklem Stein; auf dem Sockelteil war eine Inschrift angebracht, und nun las der Baron halblaut den Text: *„Hier am Ursprungsort aller Herren von Closen ruht der hochgeborene Herr Anton des Heiligen Römischen Reichs Graf von Closen, Königlich Baierischer Kämmerer, Herr zu Gern und Aufhausen, welcher den 6. Mai 1748 geboren, im Leben als Vater der Armen und Wohltäter seiner Untertanen bekannt, der Letzte aus der Gerner und Arnstorfer gräflichen Familie von Closen, den 18. Dezember 1805,* *seiner heiligen Religion getreu, sanft im Herrn entschlafen ist. Untertanen, wenn ihr hierher kommt, geht nicht ohne dankbare Träne bei dieser Asche vorüber.“*

Als er die Schlussworte murmelte, wurden die Augen des Weißhaarigen feucht. Noch einmal vermeinte er, den toten Freund vor sich zu sehen: den beinahe noch im besten Mannesalter verstorbenen Reichsgrafen, wie er mit wachsbleichem Antlitz im noch offenen Sarg gelegen hatte. Jahrzehntelange und tiefe Freundschaft hatte den Baron und den Grafen Anton von Closen verbunden. Oft war der Freiherr gern gesehener Gast in der Hofmark von Arnstorf gewesen, wo der kinderlose Reichsgraf als letzter dort ansässiger Spross seines uralten Geschlechts residiert hatte; bei anderen Gelegenheiten wieder hatte Anton von Closen seinen Freund auf dessen Adelssitz in der Landshuter Gegend besucht.

Dann aber hatte völlig unerwartet der Tod zugeschlagen. Kurz vor Weihnachten des vergangenen Jahres war der Graf während einer Winterjagd wie in einem jähen Schwächeanfall vom Pferd gestürzt. Halbseitig gelähmt, der Sprache nicht mehr mächtig, hatte er im Schnee gelegen; nur wenige Stunden später, nachdem man ihn noch in sein Arnstorfer Schloss gebracht hatte, war er verstorben. Und am dritten Tag nach seinem Tod war er, so wie er es schon Jahre zuvor bestimmt hatte, in der Landauer Heilig-Kreuz-Kirche beigesetzt worden. Drei Priester hatten die Leichenmesse zelebriert; danach war der Sarg geschlossen und in eine Gruft nahe der Sakristeipforte hinabgelassen worden.

Zusammen mit zahlreichen anderen Adligen hatte der Baron dem Verstorbenen die letzte Ehre erwiesen; zu jener Zeit hatte er sich ungeachtet seiner tiefen Trauer und seiner Herzschwäche stark genug gefühlt, um die Fahrt nach Landau auf sich zu nehmen. Doch später dann, als Ende Februar des neuen Jahres das Epitaph zum Andenken an den Reichsgrafen enthüllt worden war, hatte sich der weißhaarige Freiherr nicht unter den Zeugen dieser Zeremonie befunden, da ihm damals eine Erkältung und damit eine Verschlimmerung seiner Krankheit die Reise isarabwärts unmöglich gemacht hatte.

Jetzt jedoch stand er endlich vor dem Totenmal, das sich über der Grabstätte seines Freundes erhob, und konnte noch einmal ganz still und für sich allein Abschied von Anton von Closen nehmen. Abermals las er die

Inschrift auf dem Epitaph und betrachtete das über ihr angebrachte Closen-Wappen mit den neun Ballen und dem geheimnisvollen, sagenumwobenen Uttenschwalb; dann kniete er nieder und berührte sanft eine der Bodenfliesen, welche die Gruft verschlossen. Danach betete er lange für den Verstorbenen, und schließlich ließ er sich in einer Kirchenbank unweit des Totenmales nieder, um sich seinen Erinnerungen an den heimgegangenen Freund hinzugeben.

Der Baron dachte an die Jagdausflüge, die sie zusammen in seinen jüngeren Jahren unternommen hatten; er entsann sich der stundenlangen Gespräche in den Rauchsalons oder den Bibliotheken ihrer Schlösser. Ebenso erinnerte er sich an so manchen Abend, den er zusammen mit Anton von Closen beim Wein verbracht hatte. Bei einer dieser Gelegenheiten, wenige Jahre vor dem Tod des Grafen, hatte dieser von den Begründern seiner Dynastie erzählt, und als der Freiherr jetzt daran dachte, ging sein Blick erneut zu den Schriftzeichen auf dem Epitaph.

„Hier am Ursprungsort aller Herren von Closen …“, flüsterte er wie in Trance – und kaum hatte er die Worte geraunt, war es ihm, als würde er in eine sehr ferne Epoche entrückt. Mit einem Mal schien er in eine ganz andere Welt einzutauchen; unmittelbar darauf dann hatte er das Empfinden, als würde alles, was er an jenem Abend aus dem Mund seines Freundes gehört hatte, zu sichtbarer und greifbarer Wirklichkeit …

ERSTES BUCH
Die Zeit der Liebe und des Hasses
Sommer 1132 bis Herbst 1134

Der Hexenbrand

Burg Württemberg am Neckar
Sommer 1132

Siguna, die einzige Tochter des Grafen Heinrich von Württemberg, wirkte an diesem Julivormittag verstört. Mit verspanntem Gesicht kauerte die Achtzehnjährige auf der Sitzbank im Fenstererker ihres holzvertäfelten Gemachs, das sich im obersten Geschoss des vierstöckigen Wohnturmes der Grafenburg befand. In Sigunas blauen Augen, die sonst oft in unbändiger Lebensfreude leuchten konnten, irrlichterte Furcht; ihr fülliges kastanienbraunes Haar, auf dessen Pflege sie gewöhnlich sehr achtete, hing ihr heute ungekämmt auf die Schultern und das Mieder herab.

Schuld an Sigunas beklommener Stimmung war ein Befehl ihres Vaters. Am Vortag hatte der Graf den Scharfrichter seines Herrschaftsgebietes zu sich rufen lassen und dem Henker die Anordnung gegeben: „Morgen, wenn die Sonne ihren Mittagsstand erreicht hat, bringst du die Teufelsanbeterinnen vom Leben zum Tod! Und zwar auf die blutige und heiße Art!"

„So, wie Ihr es letzte Woche in Eurem Urteil bestimmt habt, Herr", hatte der Scharfrichter erwidert – und wenig später hatte sich überall in der Festung und in den umliegenden Dörfern die Kunde von der bevorstehenden Hinrichtung verbreitet.

Seitdem litt Siguna unter ihrem Mitleid mit den todgeweihten Frauen, die ihrer Ansicht nach keineswegs ein Verbrechen begangen hatten. Es handelte sich um drei weibliche Leibeigene aus einer Dorfgemarkung, die eine gute Reitstunde von der Grafenburg entfernt lag. Zwei der Frauen waren noch jung; dennoch hatten sie ihren bäuerlichen Ehemännern keine Kinder schenken können, und deshalb hatten sie ein altes Kräuterweib, das in der Nähe der dörflichen Ansiedlung einsam im Wald hauste, um Hilfe gebeten.

Dies hatten die beiden Dorffrauen und ebenso die betagte Einsiedlerin in der vergangenen Woche vor dem Württembergischen Gerichtsherrn, Sigunas Vater, ausgesagt. Und weiter hatte die Kräuterfrau zugegeben, dass sie bereit gewesen war, den Bäuerinnen zu helfen. Zunächst hatte sie den jungen Frauen bestimmte Pflanzenabsude gegeben, damit sie schwanger werden sollten. Diese Tränke freilich waren über Monate hinweg wirkungslos geblieben, und daher hatte die Alte den Dorffrauen zuletzt vorgeschlagen, es auf andere und mächtigere Art zu versuchen.

Was dann geschehen war, hatten die drei Frauen nur noch widerwillig gestanden, und mehrere Male hatte der Graf ihnen sogar mit der Folter drohen müssen, um die Einzelheiten aus ihnen herauszubekommen. Schließlich aber hatte Graf Heinrich in allen Details vernommen, wie das Kräuterweib und die jungen Frauen weiter vorgegangen waren. Zusammen mit den Bäuerinnen hatte die Einsiedlerin in einer Vollmondnacht ein Steinmal tief in den Wäldern aufgesucht, das seit der Zeit, da das Christentum ins Württemberger Land gekommen war, als verflucht galt.

Es handelte sich um eine ovale Felsplatte, die auf drei Tragsteinen ruhte. Auf ihrer Oberfläche waren neun Schüsselchen eingegraben; auch hatte einst ein christlicher Priester ein Kreuz in den Fels gemeißelt, um das Teuflische, das in seinen Augen mit dem uralten Steintisch verbunden war, zu bannen. Doch das Kreuzzeichen war längst wieder verwittert und kaum noch sichtbar; die Opferschüsselchen hingegen waren nach wie vor vorhanden – und unter dem leuchtenden Vollmond hatten die drei Frauen in den neun Mulden ihre Gaben dargebracht: Häufchen von Korn, Stücke von Honigwaben und rote Blütenblätter von Mohnblumen.

Nachdem sie das Opferritual zelebriert hatten, waren die Kräuterfrau und die Bäuerinnen neunmal in Richtung des Sonnenlaufes um den Steintisch geschritten; anschließend hatte die Einsiedlerin den beiden jungen Frauen befohlen, sich ihrer Kleider zu entledigen. Als dies geschehen war, hatten sich die Bäuerinnen nackt auf die Felsplatte gelegt, und die Kräuterfrau war erneut im Kreis um das Steinmal gegangen und hatte bei jeder der wiederum neun Umschreitungen uralte magische Beschwörungen gesprochen. Zuletzt dann war die Alte ebenfalls auf den ovalen Stein geklettert und hatte den Bäuerinnen mit dem Finger ein Fruchtbarkeitszeichen in Form einer Odal-Rune auf den Leib gemalt; dies war mit Hilfe von eingedicktem rötlichen Pflanzensaft geschehen, den die Einsiedlerin in einem Lederbeutelchen mitgebracht hatte.

Damit war das Ritual beendet gewesen; die jungen Frauen hatten sich wieder angekleidet und hatten sich sodann zusammen mit dem Kräuterweib auf den Heimweg gemacht. Dabei freilich war den Bäuerinnen und der Alten nicht bewusst gewesen, dass sie bei ihrem Tun am Felstisch beobachtet worden waren – und zwar vom Priester des Dorfes, aus dem die beiden jungen Frauen stammten. Der Geistliche nämlich hatte mitbekommen, wie die Bäuerinnen bei Einbruch der Nacht die Ansiedlung verlassen hatten. Da er die Frauen ohnehin schon verdächtigt hatte, Satanswerk mit der unchristlichen Einsiedlerin zu treiben, die sich noch nie in der Kirche gezeigt hatte, war er den Bäuerinnen heimlich zur Hütte der Alten und den drei Frauen danach weiter zum Steinmal gefolgt und war anschließend, wenn auch aus einiger Distanz, Zeuge des Rituals geworden.

Dies aber war den Frauen zum grausamen Verhängnis ausgeschlagen, denn gleich bei Sonnenaufgang des nächsten Tages war der Dorfpriester auf seinem Maultier zur Grafenburg geritten und hatte die Bäuerinnen und das Kräuterweib dort der Hexerei und der Teufelsbuhlschaft beschuldigt. Schon wenige Stunden später hatten Büttel des Grafen von Württemberg die Frauen in Fesseln geschlagen und sie auf einem vergitterten Pferdefuhrwerk zur gräflichen Festung gebracht. Dort waren die Unglücklichen eingekerkert und bereits eine Woche danach vor Gericht gestellt worden.

Zunächst hatte der Priester seine hasserfüllte Anklage vorgebracht; anschließend waren die drei Frauen zu Wort gekommen und hatten letztlich bestätigt, was der Dorfpriester über das Ritual im Wald ausgesagt hatte. Siguna, die von ihrem Mitleid mit den Beschuldigten in den Gerichtsraum getrieben worden war, hatte gehofft, dass die Beteuerungen der Frauen, sie hätten doch nichts Böses gewollt und sich lediglich junges Leben in ihrer Dorfgemarkung gewünscht, den Gerichtsherrn, ihren Vater, milde stimmen würden. Aber das war nicht der Fall gewesen; Graf Heinrich hatte sich vom fanatischen Hass des Dorfpriesters auf die drei Frauen anstecken und aufhetzen lassen – und am Ende hatte er das fürchterliche Urteil gesprochen, das nun an diesem Tag zur Mittagsstunde vollstreckt werden sollte.

Als ihr bewusst wurde, wie wenig Zeit bis dahin noch blieb, krampfte sich Sigunas Magen zusammen. Im nächsten Moment dachte sie daran, wie sie ihren Vater nach dem barbarischen Urteilsspruch angefleht hatte, doch um Himmels willen Milde zu zeigen und die Delinquentinnen zu begnadigen oder sie wenigstens mit einer leichteren Strafe davonkommen zu lassen. „Die Frauen haben doch wirklich nichts getan, womit sie den schrecklichen Tod verdient hätten!“, hatte sie ihrem Vater vorgehalten. „Und früher wäre es dir bestimmt nicht eingefallen, dem vom Teufelswahn besessenen und vom Hass getriebenen Pfaffen nachzugeben. Doch seit vor vier Jahren Mutter verstarb und du zum Witwer wurdest, bist du so furchtbar hart und menschenfeindlich geworden. Ganz so, als ob du die Welt für den Verlust bestrafen wolltest, den du erlitten hast. Aber bedenke doch bitte, dass deine Härte und deine Herzlosigkeit dir selbst schaden – und ebenso deinen Kindern: mir und Walter, meinem noch unmündigen Bruder."

Aber Sigunas Vater hatte sich nicht erweichen lassen; wütend, fast schreiend, hatte er seiner Tochter zu verstehen gegeben, dass er der Herr der Grafschaft sei und es niemand wagen dürfe, seine Entscheidungen anzuzweifeln. Danach hatte er Siguna barsch aus dem Gemach gewiesen; gestern dann hatte er den Scharfrichter zu sich befohlen, um ihn wegen der Hinrichtung zu instruieren – und jetzt sah die Achtzehnjährige, als sie durchs Erkerfenster in den von einer starken Ringmauer umgebenen Burghof hinabschaute, wie sich der Henker und seine Knechte dort unten mit einigen Waffenknechten besprachen.

Gleich darauf schritten der Scharfrichter und die übrigen Männer in Richtung des Torturmes, der im Westen über den Mauerring emporragte. Siguna sah, wie die Schar im Torbau verschwand; kurz darauf tauchten der Henker und seine Begleiter wieder auf dem Anger vor der Feste auf: dem flachen, schütter bewachsenen Areal, wo bereits der für die drei Frauen bestimmte Scheiterhaufen errichtet worden war.

Die Grafentochter floh ans andere Ende ihres Gemachs, warf sich dort aufs Bett und begann hilflos zu schluchzen. Lange konnte sie sich nicht beruhigen; am Firmament über der Burg stieg die Sonne höher und höher, irgendwann hörte die Achtzehnjährige schwere Schritte, die sich draußen auf dem Gang näherten.

Gleich darauf wurde die Eichentür des Raumes geöffnet; Siguna fuhr hoch und erblickte ihren Vater, der eine schwarze Robe mit blutrotem Gürtel trug. Sein kantig geschnittenes Gesicht mit den dichten dunklen Augenbrauen war unnatürlich gerötet, als hätte er getrunken; seine Rechte umklammerte die Schulter von Sigunas zwölfjährigem Bruder Walter, der unter dem harten Griff zu leiden schien.

Mit zusammengepressten Lippen musterte Heinrich von Württemberg seine Tochter; dann herrschte er sie an: „Was hockst du da auf den Bettpolstern?! Es ist Zeit für das Blutgericht! Also komm!"

In einer verzweifelten Aufwallung wollte Siguna sich weigern; mit dem nächsten Atemzug aber wurde ihr klar, dass ihr Vater sie notfalls zum Gehorsam zwingen würde. Daher erhob sie sich stumm, ging langsam zur Tür – und vernahm einen erstickten, hilflos wirkenden Laut, der aus der Kehle ihres halbwüchsigen Bruders drang.

„Sei kein Rabenvater! Erspare das Grausame wenigstens deinem unmündigen Sohn!", stieß die Achtzehnjährige hervor. „Walter ist doch noch zu jung, um …"

„Kusch!", schnitt ihr Graf Heinrich rüde das Wort ab. „Dein Bruder kann nicht früh genug lernen, wie man mit verbrecherischen Untertanen umspringt! Und jetzt los! Zier dich nicht länger, du Jammersuse!"

Wenig später ließ sich der Württemberger Graf mit hoch erhobenem Haupt und strenger Miene auf dem Thronsessel nieder, der für ihn auf dem Festungsanger aufgestellt worden war. Siguna und Walter, der nun die Hand seiner Schwester umkrampfte, standen seitlich ihres Vaters; gegenüber der Adelsfamilie, ungefähr fünfundzwanzig Schritte entfernt, erhob sich der Scheiterhaufen, aus dem oben ein starker Holzpfahl herausragte. Direkt vor dem mächtigen Holzstoß hatten der Henker und seine Gehilfen eine Bretterplattform errichtet, und dorthin wurden jetzt von etlichen gräflichen Kriegsknechten die drei zum Tod verurteilten Frauen gezerrt.

Als der Scharfrichter und dessen Helfer zunächst die Einsiedlerin auf den Bretterboden niederzogen und die alte Frau, die sich angstvoll wehrte, anzuketten begannen, wurden unter den Burgleuten und den Hörigen aus den umliegenden Dörfern, die sich zu Hunderten an den Rändern des Angers drängten, blutgierige Rufe laut: „Schindet die Hexen, bis ihnen der Teufel aus den Mäulern herausfährt!" – „Lasst die Luder den Lohn fürs Ficken mit dem Satan spüren!" – „Glühende Eisenstangen sollte man ihnen in die Fotzen treiben!" – „Den einzig wahren christlichen Glauben haben sie verraten, die verfluchten Heidinnen! Jetzt müssen sie ihre verdiente Strafe kriegen!"

Das hasserfüllte Geschrei hielt an, während auch die beiden Bäuerinnen auf die Bretter der Plattform niedergezwungen und festgekettet wurden. Zuletzt dann, als alle drei Frauen hilflos dalagen, gebot der Graf mit einer herrischen Geste Schweigen und wiederholte das Urteil, das er eine Woche zuvor im Gerichtsraum gesprochen hatte: „Weil diese von Gott verfluchten

Weiber im tiefen Wald an einer unheiligen Stätte Teufelszauber getrieben haben, sollen sie unter scharfem Eisen büßen und danach in hoher Feuerlohe zur Hölle fahren!"

Begeistert johlte die Menge auf; einzig Siguna und ihr halbwüchsiger Bruder blieben stumm – dann sahen sie, wie sich der Henker von einem seiner Knechte ein schweres Haumesser reichen ließ. Zugleich näherte sich der Dorfpfarrer, der die Frauen denunziert hatte, der Bretterplattform. Unter bösem, sadistischem Feixen forderte er den Scharfrichter auf: „Bring die Hexenweiber zum Heulen und Zähneknirschen, so wie es die Bibel befiehlt!" – und im nächsten Moment beugte sich der ebenfalls verworfen grinsende Henker vor und ließ die halbmeterlange Klinge auf die Einsiedlerin niedersausen.

Das Haumesser trennte der alten Frau den linken Fuß ab; erstickt schrie Siguna auf, packte ihren Bruder und presste ihm die Hand über die Augen. Gleich darauf hieb der Henker seinem sich panisch windenden Opfer den rechten Fuß vom Unterschenkel; dann, während aus den Beinwunden pulsende Blutfäden spritzten, raubte er der Kräuterfrau auch die Hände.

„Deus lo volt! – Gott will es!", brüllte der Priester; die Burgleute und Dörfler tobten in widermenschlicher Lust. Der Graf hatte gleich einer blutgierigen Bestie die Zähne gefletscht; jetzt fing er einen fragenden Blick des Scharfrichters auf – und gab diesem durch einen befehlenden Wink zu verstehen, dass er weitermachen sollte.

Brutal trat der Henker mit dem Fuß gegen den Unterleib der Einsiedlerin, doch sie reagierte kaum; war unter dem Ansturm der Schmerzen und aufgrund des Blutverlustes in Ohnmacht gefallen. Verächtlich spuckte der Scharfrichter auf sie; sodann wandte er sich den beiden Bäuerinnen zu, die sich in wilder kreatürlicher Furcht gegen ihre Ketten aufbäumten.

Kurz darauf hatte der Henker auch die jungen Frauen an Armen und Beinen verstümmelt, und nach der fürchterlichen Tortur lagen sie ebenfalls mehr oder weniger besinnungslos auf den blutbesudelten Brettern der Plattform. Dann jedoch, als die Knechte des Scharfrichters mit Peitschen auf die Delinquentinnen einschlugen, kamen sie alle drei wieder zu sich und begannen vor Pein zu schreien.

Siguna, die nach wie vor ihren Bruder festhielt und sich bemühte, ihm den Blick auf das Grässliche zu verwehren, war nun von unsagbarer Abscheu und tiefstem Entsetzen erfüllt. Sie wollte wegrennen, wollte den zwölfjährigen Walter mit sich zerren, wollte sich irgendwo verkriechen – aber letztlich schaffte sie es nicht, sondern musste weiter mit ansehen, was ihr Vater durch seinen erbarmungslosen Urteilsspruch bewirkt hatte.

Unter heftigem Schluchzen wurde die Grafentochter Zeugin, wie der Henker und seine Gehilfen die Kräuterfrau und die Bäuerinnen losketteten und ihre Opfer danach mit Hilfe einiger Waffenknechte zum Scheiterhaufen schleppten. Eine nach der anderen wurden die Delinquentinnen, aus deren Arm- und Beinstümpfen noch immer Blut rieselte, auf den Holzstoß gehievt und oben erneut angekettet; diesmal an dem Pfahl, der aus der Mitte des Scheiterhaufens emporragte.

Dann, als die Frauen hilflos in ihren Fesseln hingen, zogen sich die Reisigen und die Gehilfen des Scharfrichters ein Stück weit vom Holzstoß zurück. Einzig der Henker blieb beim Scheiterhaufen stehen, und sein Blick richtete sich jetzt auf den Dorfpfaffen. Der hatte ganz offensichtlich schon darauf gewartet; er winkte dem Scharfrichter fast freudig zu, und gleich darauf brachte er dem Henker eine Fackel, die er bereits entzündet hatte. Der Scharfrichter ergriff die Pechkerze, und während der Pfaffe wie irrsinnig lachte und die Menge einmal mehr in frenetisches Johlen und Brüllen ausbrach, stieß der Henker die Fackel in das dürre Reisig am Fuß des Holzstoßes.

Beinahe augenblicklich schoss die Lohe empor; wenig später stand der aus zundertrockenem Holz aufgeschichtete Scheiterhaufen in vollen Flammen – und in der furchtbaren Feuersbrunst wanden sich die drei Frauen und schrien ihre unsäglichen Qualen heraus, bis sie im Sterben verstummten und danach zu schwarzen Bündeln verbrannten, die kaum noch etwas Menschenähnliches an sich hatten.

Erst als das Feuer in sich zusammengefallen war, erlaubte der Graf von Württemberg seiner Tochter und seinem noch minderjährigen Sohn, den Anger zu verlassen. Die beiden flüchteten in Sigunas Gemach; dort hielt die Grafentochter ihren zutiefst verstörten Bruder lange in den Armen und dachte dabei wieder und wieder: Nach allem, was heute passiert ist, kann ich meinen Vater nur noch hassen!

Der Buhurt

Regensburg

Spätsommer 1132

Wieder saß Heinrich von Württemberg auf einem Thronsessel; diesmal stand der schwere, mit reichem Schnitzwerk verzierte Eichenstuhl auf einer breiten Tribüne am Nordrand des Turnierplatzes der Donaustadt Regensburg. Auch für Siguna hatte der Rat der mächtigen bayerischen Handelsmetropole einen hübschen, mit kostbarem Stoff gepolsterten Sessel aufstellen lassen, und so konnte die Grafentochter aus nächster Nähe beobachten, wie die Edelfreien, die teils von weither zum Buhurt angereist waren, ihrem Vater die Ehre erwiesen.

Um seine Macht und seine Bedeutung zu demonstrieren, hatte der Württemberger Graf bereits im Frühsommer zum ritterlichen Turnier nach Regensburg geladen. Jetzt, am Morgen des ersten Septembertages, hatten sich um die achtzig kampflustige junge Adlige auf dem Haidplatz im Nordwesten der ummauerten Stadt versammelt, und soeben paradierten sie hoch zu Ross und jeweils zwei, drei Pferdelängen Abstand voneinander haltend an dem protzig herausgeputzten Grafen, dessen Tochter und den hinter ihnen sitzenden Regensburger Patriziern vorüber.

Siguna, deren blaues Gewand höchst vorteilhaft mit ihrem kastanienfarbenen Haar kontrastierte, genoss den Anblick der bereits zum Kampf gerüsteten Reiter. Sie sah Kämpen, die teure Kettenhemden und schön gearbeitete Nasalhelme trugen; die Schutzwehr anderer, ärmerer Ritter bestand aus Lederpanzern, die mit Metallplättchen verstärkt waren, und schlichteren Eisenhelmen. An Waffen führten die Kämpfer Schwerter und Streithämmer; die Klingen der Turnierschwerter waren allerdings stumpf, und dasselbe galt für die Dornen der Kriegshämmer. Was die Pferde betraf, so saßen die reicheren Edelfreien in den Sätteln schwerer und großer Rösser, während die weniger Betuchten leichtere und kleinere Tiere ritten. Allen Kämpen aber leuchtete die verwegene Lust auf den Buhurt aus den Augen, und sie schienen es gar nicht erwarten zu können, ihren Mut und ihre Geschicklichkeit im Massenkampf unter Beweis stellen zu dürfen.

Bis es soweit war, verging allerdings noch geraume Zeit, denn jeder der Edelfreien hielt sein Pferd vor den beiden Thronsesseln an, um den Grafen von Württemberg und dessen anmutige Tochter zu grüßen. Wieder und wieder nickte Graf Heinrich gnädig, manchmal wechselte er auch ein paar Worte mit dem einen oder anderen Turnierkämpfer. Siguna wiederum schenkte den Kämpen ein Lächeln und winkte ihnen zu, doch nach dem vierzigsten oder fünfzigsten Ritter fing sie an, sich zu langweilen und wünschte sich, dass die Parade ein Ende nehmen und der Buhurt beginnen sollte.

Dann jedoch war ihr leichter Überdruss plötzlich wie weggeblasen. Denn nun näherte sich ein Reiter in schimmerndem Kettenpanzer, bei dessen Anblick das Herz der Grafentochter unwillkürlich schneller zu schlagen begann. Der vielleicht fünfundzwanzigjährige Edelfreie war hochgewachsen und ungewöhnlich gutaussehend; sein Antlitz war markant geschnitten; seine Augen – graugrün, wie es Siguna schien – drückten starken Willen, aber auch Wärme aus. Den Helm hatte der junge Ritter am Sattelhorn hängen, weshalb sein schulterlanges rotblondes Lockenhaar leicht im Wind wehte, und als der Edelfreie seinen prachtvollen Rapphengst jetzt vor der Tribüne zum Stehen brachte, musste die Grafentochter die Leichtigkeit bewundern, mit der er das mächtige Streitross bemeisterte.

Gleich darauf, weil sein Blick den ihren traf, errötete Siguna heftig; es war ihr, als wäre bei dem Augenkontakt etwas in ihr Inneres gedrungen, das sie in ihrem tiefsten Wesen berührte. Sie fühlte sich verwirrt, fast verstört; zugleich empfand sie eine Art berauschender, nie zuvor gekannter Freude – und auch der Rotblonde wirkte plötzlich verändert; wie erstarrt saß er im Kampfsattel des Rappen und konnte die Augen nicht von der Achtzehnjährigen lösen.

Graf Heinrich bemerkte von alldem nichts; zwei Rösser, die ein Stück entfernt gegeneinander auskeilten, lenkten ihn ab. Doch dann, als Siguna mit jagendem Puls überlegte, ob sie es wagen könnte, den jungen Edelfreien anzusprechen, wandte sich ihr Vater dem Ritter zu und sagte: „Einen großartigen Hengst habt Ihr unter dem Sattel! Aus welcher Zucht stammt er denn?“

„Aus jener … der Herren von Ortenburg“, antwortete der Rotblonde, wobei er offensichtlich Mühe hatte, seine Aufmerksamkeit ganz auf den Württemberger zu richten.

„Dann seid Ihr also ein Angehöriger dieses Geschlechts, dessen Ländereien an die Latifundien des Hochstiftes Passau grenzen?", wollte der Graf nunmehr wissen.

Der Edelfreie schüttelte den Kopf. „Nein, ich bin weder verwandt noch verschwägert" – kurz zuckte sein Blick zu Siguna – „mit den Ortenburgern. Bin vielmehr nach dem frühen Tod meiner Eltern und als ihr einziger Nachkomme der Burgherr von Mühlberg. Einer Herrschaft, die einen Tagesritt westlich von Ortenburg liegt ..." Er deutete auf seinen nach unten hin spitz zulaufenden Schild, der an der Flanke des Rapphengstes hing. „Hier seht Ihr mein Wappenbild: neun schwarze Ballen auf goldenem Grund."

„Mühlberg ... wohl eher ein bescheidenes Rittergut", versetzte Heinrich von Württemberg. „Doch wenn Ihr Euch heute beim Buhurt tapfer schlagt und womöglich sogar als Bester aus den Kämpfen hervorgeht, könnt Ihr den Siegespreis einsacken, sodass ihr reicher als zuvor auf Eure Burg heimkehren werdet."

„Euer Wort in Gottes Ohr", schmunzelte der Edelfreie; mit dem nächsten Lidschlag zog er den Hengst ein Stück in Sigunas Richtung herum und fragte: „Der Turniersieger soll den Preis aus Eurer Hand erhalten, nicht wahr?"

Stumm, nach wie vor verwirrt, nickte die junge Frau – dann nahm sie all ihren Mut zusammen und sagte: „Der Herr von Mühlberg seid Ihr. Das wissen wir jetzt ... Aber wie lautet denn Euer Taufname?"

„Jörg", erwiderte der Ritter; in weichem Tonfall fügte er hinzu: „Und wie heißt Ihr?"

Siguna nannte ihm ihren Namen; er wiederholte ihn leise, und für einen Moment schien etwas wie tiefe Sehnsucht nach näherem Kennenlernen zwischen der Grafentochter und dem Edelfreien zu schwingen.

Ehe sich die beiden aber weiter austauschen konnten, mischte sich Sigunas Vater ein: „Genug getändelt, Mühlberg. Ab mit Euch jetzt. Es sind noch eine Menge anderer Ritter da, die mir ihre Aufwartung machen möchten."

Es sah so aus, als wollte Jörg von Mühlberg zu einer Erwiderung ansetzen; letztlich jedoch besann er sich und nahm die Zügel auf, um wieder anzureiten. Und dann, im selben Augenblick, da sich der Rappe in Bewegung setzte, hörte der junge Edelfreie noch einmal die Stimme der Grafentochter: „Ich wünsche Euch von ganzem Herzen den Turniersieg … Jörg."

Nachdem der Mühlberger Burgherr außer Sicht gekommen war, nahm Siguna kaum noch Notiz von den Reitern, die an der Tribüne vorbeiparadierten. Die meiste Zeit saß sie wie traumverloren da; zwischendurch schaute sie suchend über den weiten Haidplatz hin, aber sie vermochte den Rotblonden nirgendwo auszumachen. Erst als der letzte Turnierteilnehmer davongetrabt war, schreckte die Grafentochter jäh aus ihrer inneren Versunkenheit auf – schuld daran waren schmetternde Trompetenstöße, die in ihrem Rücken erschallten.

„Es geht los!", rief der Graf seiner Tochter zu. „Die Signalbläser fordern die Turnierkämpfer auf, die beiden Streitscharen zu bilden. Und sobald die …"

Die Stimme Heinrichs von Württemberg wurde von lautem Jubelgeschrei übertönt, das unter den Tausenden Zuschauern aufbrandete, die sich im Osten, Süden und Westen um das Turnierfeld drängten. Lediglich am Nordrand des Platzes, wo sich die Tribüne erhob, hatten die Regensburger Stadtknechte dafür gesorgt, dass der Graf, dessen Tochter und die Patrizier für sich bleiben konnten – und daher war es den Hochgestellten nun möglich, das Geschehen auf dem Haidplatz unter besten Voraussetzungen zu verfolgen.

Siguna sah, wie die rund achtzig Ritter ihre Pferde auf das Kampfareal im Zentrum des Haidplatzes lenkten; auf das Turnierfeld, das mit einer Sandschicht bedeckt und bis auf den Durchlass, den die Rösser passierten, von Balkenschranken umgeben war. Kurz vermeinte die Grafentochter, den Mühlberger Edelfreien ausmachen zu können; gleich darauf aber verlor sie ihn wieder aus den Augen, weil sich die Kämpen jetzt unter einiger Konfusion zu zwei großen, gleichstarken Streithaufen zu formieren begannen. Eine Weile später nahmen diese Reiterpulks einander gegenüber am östlichen und westlichen Saum des Kampfplatzes Aufstellung – dann, nachdem die Trompeten abermals erklungen waren, preschten die beiden Streitscharen in vollem Galopp los.

In der Mitte des Turnierfeldes erfolgte der Zusammenprall der Pulks; als sie den schmetternden, ungeheuerlichen Schlag und unmittelbar darauf das Krachen von Metall auf Metall vernahm, erbleichte Siguna. Sie verspürte kreatürliche Angst um den Rotblonden von der Burg Mühlberg; sie fürchtete, ein Schwert- oder Streithammerhieb könnte ihn verwundet oder gar getötet haben. Nur mit Mühe gelang es ihr, den panischen Anfall zu überwinden; selbst als sie es geschafft und sich klargemacht hatte, dass der Kampf ja mit stumpfen Waffen ausgetragen wurde, musste sie sich dennoch beinahe zwingen, den Buhurt weiter zu verfolgen.

Nachdem sich die beiden Scharen der Panzerreiter ineinander verbissen hatten, maßen die Ritter ihre Kräfte und ihre kriegerische Geschicklichkeit in Einzelkämpfen Mann gegen Mann. Die Zugehörigkeit zu der einen oder anderen Reiterformation, die bei der Massenattacke über das Turnierfeld noch gegolten hatte, zählte jetzt nicht mehr. Vielmehr war nun jeder Kämpe auf sich allein gestellt und hatte nur ein einziges Ziel: sich im Chaos des Buhurts im Sattel zu behaupten und zugleich möglichst viele Gegner kampfunfähig zu machen oder sie dazu zu zwingen, den Kampfplatz zu räumen.

So kam es, dass bald zahlreiche Ritter halb oder völlig besinnungslos im Sand lagen und von ihren Knechten, die vom Rand des Turnierfeldes herbeigerannt waren, weggeschleppt werden mussten, wobei auch diese Helfer so manchen derben Schlag oder Stoß einzustecken hatten. Andere Kämpen, die im Getümmel des wilden Streits lediglich den Halt auf dem Pferderücken verloren hatten und zu Boden gestürzt waren, verließen das Kampfareal aus eigener Kraft; sie waren verpflichtet, so zu handeln, weil es die Regeln des Buhurts verlangten.

Nach einiger Zeit hatte sich die Zahl der Kämpfer drastisch verringert; nur ungefähr ein Drittel der Ritter behauptete sich noch auf dem Feld. Umso heftiger aber tobten nun die Zweikämpfe, denn einzig die härtesten Streiter waren jetzt noch übriggeblieben. Unter ihnen befand sich auch Jörg von Mühlberg, wie Siguna nunmehr erkannte. In einer heißen Aufwallung rief sie seinen Namen; im nächsten Moment sah sie, wie der hochgewachsene Edelfreie einem Gegner den Schild zerhieb und ihn gleich darauf mit einem mächtigen Schwerthieb gegen den Helm aus dem Sattel räumte.

Betäubt blieb der von Jörg überwundene Kämpe auf der Erde liegen; sein Ross galoppierte wild kapriolend davon, und ein Knappe des Besiegten bemühte sich, das verschreckte Tier einzufangen. Jörg von Mühlberg wiederum ließ seinen Rapphengst steigen; sodann preschte er auf einen Ritter zu, der herausfordernd den Kriegshammer in seine Richtung schwang – und abermals erklang aus Sigunas Mund der Name des Rotblonden.

In der Folge wurde die Grafentochter Zeugin, wie der Mühlberger mit äußerster Tapferkeit weitere Gegner überwand; schließlich befanden sich bloß noch der Rotblonde und vier andere Kämpfer auf dem Turnierfeld. Und dann, während etliche Knechte ein Rudel lediger Pferde einfingen und sich anschickten, sie wegzubringen, geriet der Mühlberger plötzlich in eine scheinbar ausweglose Situation. Die vier Kämpen nämlich, die außer ihm noch übriggeblieben waren, verständigten sich untereinander durch ein paar heisere Zurufe – und im nächsten Augenblick gingen sie gemeinsam zum Angriff auf den Rotblonden über.

Im schnellen Anreiten teilten sie sich auf; offenbar wollten sie den Mühlberger von zwei Seiten her in die Zange nehmen. Dies freilich glückte ihnen nicht, weil Jörg, blitzschnell auf die Gefahr reagierend, seinen Rapphengst jetzt ebenfalls zum vollen Lauf antrieb. In gestrecktem Galopp jagte er den Feinden entgegen; es sah so aus, als wollte er den direkten Zusammenprall mit den beiden Gepanzerten suchen, die ihn von rechts her bedrohten – doch im letzten Moment riss er den Rappen scharf herum, sprengte auf jene Kämpfer zu, die von links her attackierten, preschte haarscharf an dem vorderen Ritter vorbei und traf dessen vom Kettenhemd bedeckte Brust so hart mit der Klinge, dass der Mann hintenüber vom Ross flog.

Unmittelbar darauf fällte der Mühlberger auch den Kumpan des Gestürzten, indem er ihm das Schwert gegen die eiserne Nasenschiene des Helms hämmerte – und wiederum einen Augenblick später zwang er seinen Hengst zu einer weiteren halsbrecherischen Wendung und griff die beiden anderen Kämpen an, die sich soeben bemühten, ihre Pferde ebenfalls herumzubringen.

Weil eines der Rösser dabei störrisch wurde, hatte Jörg mit dessen Reiter leichtes Spiel. Der Rotblonde stieß zunächst einen gellenden Schrei aus, welcher das scheuende Tier noch mehr verstörte, wodurch der gegnerische Ritter die Kontrolle über das Pferd verlor – dann schlug der Mühlberger mit seiner schweren Klinge zu, und der Hieb, der den Sattelbug des Panzerreiters traf, war so heftig, dass das Ross auf der Vorderhand niederbrach und seinen Reiter abwarf.

Damit hatte es Jörg nur mehr mit einem Gegner zu tun: einem grobschlächtigen Kerl, der einen schwarzen, mit Bronzeplatten besetzten Lederpanzer und einen schon arg zerhauenen Rundschild trug. Bewaffnet war er mit einem Kriegshammer, und den schleuderte er jetzt auf den Rotblonden, der noch drei, vier Pferdelängen von ihm entfernt war.

Der Mühlberger riss seinen Spitzschild hoch; er hoffte, den heranwirbelnden Streithammer damit abfangen zu können, doch da stolperte der Rapphengst auf dem vom Massenkampf tief aufgewühlten Boden des Turnierfeldes. Jörg musste fest in die Zügel greifen, um den Hengst wieder auf den Hufschlag zu bringen; dadurch aber gab er sich eine Blöße mit der Schildwehr – und einen Lidschlag später streifte der Kriegshammer den oberen Rand seines Schildes, prallte seitlich ab und traf den Rotblonden an der rechten Schulter.

Der Aufprall war so hart, dass Jörg im Sattel wankte; der Schmerz, der durch sein Schultergelenk schoss, lähmte kurzfristig seinen Schwertarm. Der Grobschlächtige wiederum brüllte seine Freude über den gelungenen Wurf heraus; im nächsten Moment war er an der Flanke des Mühlbergers und drosch mit der Kante seines Rundschildes auf den Rotblonden ein. Während die Rösser jetzt mit verschreckt angelegten Ohren an Ort und Stelle stampften, musste Jörg mehrere schwere Schläge einstecken; zur Gegenwehr war er kaum fähig, weil er seinen rechten Arm nur noch eingeschränkt bewegen konnte. Der andere Ritter hingegen hieb nun mit äußerster Kraft zu, und schon sah es so aus, als könnte der Mühlberger jeden Augenblick besiegt vom Pferderücken stürzen.

Dann aber – nach einem blitzschnellen Blick Jörgs zur Tribüne im Norden des Haidplatzes – wendete sich das Blatt. Urplötzlich gewann der Rotblonde seine volle Kampffähigkeit zurück, und er setzte sie meisterlich ein. Mittels einer raschen Finte mit dem Schwert irritierte er seinen Gegner; unmittelbar darauf ließ er den Rapphengst steigen, täuschte den Grobschlächtigen neuerlich mit der Klinge und ließ einen Herzschlag später seinen hochkant gehaltenen Spitzschild auf das Helmdach seines Widersachers krachen. Der Hieb war so gewaltig, dass der Grobschlächtige auf den Pferdehals niedergeworfen wurde; sofort attackierte Jörg erneut, schlug nun zwei-, dreimal mit dem schweren Schwert auf den Gegner ein und stieß ihn zuletzt mit einem Fußtritt aus dem Sattel – womit der finale Kampf des Buhurts entschieden war.

Die Regensburger, die sich zu Tausenden außerhalb der Schranken des Turnierfeldes drängten, brachen in ohrenbetäubenden Jubel aus. Der junge, hochgewachsene Edelfreie, der über alle seine Gegner triumphiert hatte, war ihnen im Verlauf des Ritterturniers wegen seines Mutes und seiner Waffenkunst mehr und mehr ans Herz gewachsen, und jetzt feierten sie ihn frenetisch als den Sieger des Buhurts. Wieder und wieder riefen sie seinen Namen, winkten ihm begeistert zu, ließen ihn freudig hochleben. Und Jörg von Mühlberg dankte es ihnen, indem er dreimal rund um das Turnierfeld trabte und die Bürger der Donaustadt mit erhobener Klinge grüßte.

Nach dem dritten Umritt sodann verließ er den Kampfplatz und lenkte seinen Rapphengst zu der Tribüne, auf welcher der Graf von Württemberg, dessen Tochter Siguna und die Patrizier saßen. Als Jörg das Ross vor ihnen zügelte, trat ein Ratsknecht neben ihn hin und bot ihm einen mit Wein gefüllten Silberbecher dar; nachdem der Rotblonde den Pokal an sich genommen hatte, rief ihm der Sprecher der Ratsherren zu: „Leert diesen Becher mit edlem Rheinwein bis zur Nagelprobe, denn das habt Ihr Euch als Sieger des heutigen Turniers wahrhaftig verdient. Und wenn Ihr Euren Durst gestillt habt, wird Euch die schöne Grafentochter Siguna Euren wohlverdienten Ehrenpreis überreichen."

Jörg nutzte die Gelegenheit, um der jungen Frau mit dem kastanienfarbenen Haar einen warmen Blick zuzuwerfen, was sie ihm mit einem Lächeln dankte. Dann hob er den Pokal an die Lippen und leerte ihn, Siguna nicht aus den Augen lassend, langsam bis zur Neige. Danach, während sein kräftiger Trunk von den Patriziern beklatscht wurde, gab er den Silberbecher an den Ratsknecht zurück, nahm den Helm ab, hängte ihn ans Sattelhorn und trieb seinen Hengst nahe an die Grafentochter und deren Vater heran.

„Ihr habt Euch tapfer geschlagen, Mühlberg", sprach ihn Heinrich von Württemberg an. „Bloß am Ende ist Euch ein wenig die Puste ausgegangen, was?" Den zweiten Satz sagte der Graf unter leicht abfälligem Feixen; Jörg begriff, dass der Württemberger ihn herausfordern wollte, aber er ließ sich nicht zu einer unhöflichen Antwort provozieren, sondern erwiderte lediglich: „Wenn man im harten Kampf gegen vier Gegner steht, ist es keine Schande, auch einmal im Sattel zu wanken."

„Richtig!", sprang ihm Siguna bei. „Und Ihr habt ja Euren Mann nicht nur gegen diese vier Ritter gestanden, hattet ja zuvor schon viele andere Kämpen besiegt." Sie zögerte kurz; dann fügte sie in weichem Tonfall hinzu: „Und darauf könnt Ihr sehr stolz sein ... Jörg."

Aus eisgrauen Augen schoss der Graf einen scharfen Blick auf seine Tochter; deutlicher Unmut malte sich auf seinem kantigen Gesicht, als er die Achtzehnjährige rüffelte: „Du solltest besser den Schnabel halten! Verstehst schließlich nichts vom Waffenhandwerk und vom Turnierkampf."

Wie zufällig drängte das Ross des Mühlbergers ein, zwei Schritte in Richtung des Württembergers und machte Anstalten, sich halb aufzubäumen. Zornig zog der Graf die buschigen dunklen Augenbrauen hoch; sein Antlitz und sein massiger Hals liefen rot an, seine Hand zuckte zum Schwertgriff. Siguna wurde blass; wie hilfesuchend schaute sie auf Jörg – unmittelbar darauf hatte der Rapphengst die Hufe wieder auf der Erde, und der Mühlberger Edelfreie sagte mit unbewegtem Gesichtsausdruck zu Heinrich von Württemberg: „Verzeiht, Herr. Manchmal hat mein Streitross seinen eigenen Kopf. Aber jetzt habe ich den Hengst wieder in der Gewalt."

„Das möchte ich Euch auch raten!", schnaubte der Graf. „Wäre ja noch schöner, wenn mich Euer Gaul getreten hätte. Mich, der ich das Turnier ausgerichtet sowie den wertvollen Siegespreis gestiftet habe!"

Siguna, die nun deutlich erleichtert wirkte, nahm das Stichwort auf: „Und um seinen Preis entgegenzunehmen, ist der Ritter von Mühlberg hierher zur Tribüne gekommen. Deshalb erlaube mir, Vater, dass ich ihm das, was er sich durch seine Tapferkeit und Geschicklichkeit verdient hat, jetzt überreiche."

„Damit du dies tun kannst, sitzt du schließlich neben mir", entgegnete Graf Heinrich knurrig. Einen Atemzug später gab er sich einen Ruck und fuhr, wieder an den jungen Edelfreien gewandt, etwas verbindlicher fort: „Verdient habt Ihr Euch den Ehrenpreis in der Tat, Mühlberg. Und ich denke, Ihr werdet mit ihm zufrieden sein. Einen Beutel mit vierzig Goldstücken erhaltet Ihr aus der Hand meiner Tochter. Dazu einen Dolch, der von einem Pariser Waffenschmied, einem Meister seiner Kunst, hergestellt wurde.

Und nun greift zu, nutzt die Gunst der Stunde und sackt Euren Gewinn ein."

Ein leises Schmunzeln spielte um Jörgs Lippen, als er sich aus dem Sattel schwang und die Zügel seines Rappen dem Ratsknecht übergab, der ihm den Weinpokal gereicht hatte. Gleich darauf stand er auf der Tribüne und befand sich damit so nahe bei Siguna wie nie zuvor. Die junge Frau bemerkte, wie seine Augen ihr Antlitz und ihren schlanken Leib liebkosten; ihr Herz begann erregt zu jagen, und dann kniete der Rotblonde vor ihr nieder.

Wenn Vater nicht wäre, könnte ich jetzt sein dichtes Lockenhaar streicheln, könnte meine Finger darin vergraben, dachte sie, und für einen Moment war sie versucht, ihrem Drang nachzugeben und es tatsächlich zu tun. Doch sie beherrschte sich, legte ihm bloß kurz die Linke auf die Schulter und griff mit der Rechten nach dem Ledersäckchen und der französischen Waffe, die neben ihr auf einem Schemel lagen. Sodann überreichte sie ihm die beiden Gaben und sagte mit bebender Stimme: „Von ganzem Herzen freue ich mich über Euren großartigen Turniersieg, Jörg. Und wenn Ihr wieder auf Eurer Burg weilt und das Gold oder den Dolch betrachtet, so denkt freundlich an den Grafen im fernen Württemberg … und vielleicht ein wenig auch an mich …"

Der zärtliche Tonfall, der in ihren Worten mitschwang, erfüllte den jungen Edelfreien mit tiefer Freude; mit unendlicher Freude, die er kaum zu bezähmen vermochte, die er am liebsten aller Welt kundgetan hätte. Denn nun ahnte er, wusste er, dass Siguna dasselbe für ihn empfand wie er für sie; dass sie sich ebenso nach ihm sehnte, wie er sich nach ihr. Und gleich darauf schenkte sie ihm weitere Gewissheit, denn sie berührte mit dem Zeigefinger seine Wange, die während des Buhurts von einer Klinge verletzt worden war.

Die Wunde war nicht tief, im Grunde nur ein harmloser Kratzer; die Grafentochter aber nahm die Schmarre zum Anlass, zu sagen: „Ihr müsst diese Blessur verarzten lassen, Jörg. Und wenn Ihr es mir erlauben würdet, könnte ich es tun. Ich habe einige Erfahrung in solchen Dingen, habe ja auch auf der Württemberger Feste schon so manchen Schmiss versorgt, wenn die Waffenknechte es bei ihren Übungen wieder einmal zu wild getrieben hatten. Und immer beteuerten die Männer dann, dass ich Heilhände hätte …"

Sie unterbrach sich; hatte plötzlich das Gefühl, als benähme sie sich in ihrer Freude über die Nähe des jungen Edelfreien viel zu schwatzhaft. Doch im nächsten Augenblick, weil der Rotblonde sie verträumt anlächelte und ihr Herz dadurch erneut in Aufruhr versetzte, vergaß sie ihre Bedenken und fuhr fort: „Arnikatinktur, um Eure Wunde zu reinigen, hätte ich in meiner Reisetruhe ... Und außerdem sollte ich mir Eure Schulter ansehen, wo Euch der Streithammer Eures letzten Turniergegners so hart getroffen hat."

Jörg setzte zu einer Antwort an – doch da fuhr Graf Heinrich auf ihn los: „Steht endlich wieder auf, Mühlberg! Kniet nicht länger vor meiner Tochter, Ihr seid schließlich nicht ihr Hündchen! Und was das Verarzten Eurer Schrammen angeht, so kann sich einer Eurer Gefolgsleute darum kümmern. So ist's der Brauch nach einem Buhurt. Und zudem gehört es sich für einen Ritter, nach dem Turnierkampf ein Bad zu nehmen. – Lasst Euch also nicht aufhalten, reitet zu Eurer Herberge und erholt Euch dort von den Strapazen des Waffenstreits. Am Nachmittag, beim Bankett im Ratssaal der Stadt, sehen wir uns dann wieder."

Daraufhin blieb dem Rotblonden nichts anderes übrig, als zurück zu seinem Rapphengst zu gehen und in den Sattel zu steigen. Als sich das Ross in Bewegung setzte, verabschiedeten die Patrizier den Sieger des Buhurts mit kräftigem Klatschen und lobenden Zurufen; der junge Edelfreie indessen nahm die Ovation kaum wahr, denn einmal mehr hatte er einzig Augen für Siguna. Und bei ihr war es ähnlich; während Jörg, gefolgt von den drei Waffenknechten, die ihn nach Regensburg begleitet hatten, über den Haidplatz davontrabte, konnte die Grafentochter den Blick nicht von ihm wenden.

Nach kurzem Ritt, der über den Kohlenmarkt und den Domplatz der Stadt führte, erreichte der Trupp der Mühlberger den Kornmarkt. Am Rand dieses Platzes, unweit der Stadtburg der bayerischen Herzöge, hatten Jörg und seine Leute in einem Gasthaus Quartier genommen, und nachdem er seine Waffen und die Rüstung abgelegt, sich etwas ausgeruht und danach einen Imbiss zu sich genommen hatte, stieg der Rotblonde in einen Badezuber, der in seinem Gemach für ihn vorbereitet worden war.

Das warme Wasser, das seine Glieder umspülte, tat ihm gut; er entspannte sich und erinnerte sich dabei an die eine oder andere Herausforderung, die er während des Buhurts gemeistert hatte. Gleich darauf aber irrten seine Gedanken ab; der siegreich überstandene Turnierkampf wurde ihm unwichtig – stattdessen war es ihm, als wäre ihm Siguna von neuem ganz nahe. Er vermeinte, ihr kastanienfarbenes Haar und ihr anziehendes Antlitz mit den blauen Augen vor sich zu sehen; beinahe hatte er das Gefühl, als würde ihre Hand abermals seine Schulter berühren – dann plötzlich riss ihn die Stimme eines seiner Waffenknechte, eines ungefähr dreißigjährigen Haudegens mit kräftigem dunklen Schnauzbart, der unbemerkt von ihm in den Raum gekommen war, aus seiner Versunkenheit.

„Draußen steht eine hübsche junge Adelsfrau, die dich zu sprechen wünscht, Jörg“, sagte der Reisige, mit dem der Rotblonde seit Jahren ein freundschaftliches Verhältnis pflegte.

„Eine junge Adlige?!“, stieß der Edelfreie hervor. „Doch nicht etwa …?!“

„Genau die“, bestätigte der Waffenknecht. „Die Tochter des Württemberger Grafen. Soll ich sie reinlassen?“

„Da fragst du noch, Konrad?!“ Jörg setzte sich kerzengerade in seinem Holzzuber auf. „Bring sie zu mir! Auf der Stelle!“

Der Reisige feixte. „Aber zuvor willst du dich sicher noch ankleiden, oder?“

Ohne zu antworten, stieg der Rotblonde aus dem Zuber, fing das Handtuch auf, das Konrad ihm zuwarf, trocknete sich rasch ab und zog sich eilig Hemd, Beinkleid und Stiefel an. Als er fertig war, erkundigte er sich: „Geht’s so? Kann ich mich so vor ihr sehen lassen?“ – und nachdem der Waffenknecht grinsend genickt hatte, befahl ihm Jörg: „Geleite Siguna herein – und dann lässt du uns allein!“

Gleich darauf führte der Reisige die Grafentochter in den Raum und verschwand wieder, wobei er neuerlich verstohlen grinste. Der Rotblonde, der noch immer beim Badezuber stand, wartete, bis Konrad die Tür des Gemachs vom Flur aus ins Schloss gezogen hatte; sodann versetzte er ein wenig zu laut: „Du bist … Ihr seid zu mir gekommen …“

„Ja …“ Siguna wirkte nicht weniger nervös als er. Sie schluckte, nestelte am Halsausschnitt ihres Kleides, fasste unvermittelt Mut und gestand: „Ich musste es einfach tun … Es war mir, als würdest du mich rufen. Immer wieder kamst du mir in den Sinn. Wie du kämpftest. Wie du vor mir knietest. Und wieder und wieder meinte ich, dein Gesicht zu sehen …“

Sie verstummte; hatte das jähe Empfinden, viel zu viel gesagt, sich schamlos vor ihm entblößt zu haben. Heftig errötete sie; verspürte den Drang, zu fliehen – und hörte seine Worte, in denen so etwas wie ein glückseliges Beben mitschwang: „Genauso wie dir erging es ja mir, Siguna! Seit ich den Haidplatz verließ, warst du da. Warst die ganze Zeit bei mir … In meinem Inneren …"

Er trat bis auf Tuchfühlung an sie heran; griff nach ihren Händen, umschloss sie zärtlich. „Unsagbare Sehnsucht hatte ich nach dir! Konnte immer nur eins denken: Dass ich dich am Nachmittag beim Bankett endlich wiedersehen würde. Und nun bist du da, schon jetzt …" Er besann sich. „Aber sag … dein Vater! Er hat es dir doch gewiss nicht erlaubt …"

Sigunas Finger spielten mit seinen. „Er weiß nicht, dass ich hier bin. Nachdem du weggeritten warst, begaben wir uns zusammen mit den Patriziern zu einem Umtrunk in den Ratskeller der Stadt. Dort ging es bald hoch her, mein Vater sprach kräftig dem Wein zu, hatte auch viel mit den Ratsherren zu bereden und achtete deshalb nicht weiter auf mich. Und so konnte ich mich davonstehlen, konnte mich nach deiner Herberge erkundigen und zu dir kommen …"

„Für mich hast du das getan …", flüsterte Jörg ganz dicht an ihrem Mund.

„Für uns …", raunte Siguna – und im nächsten Moment vereinigten sich ihre Lippen.

Zunächst küssten sie einander zart und spielerisch; wenig später wurden ihre Liebkosungen intensiver, und plötzlich stöhnte Siguna in Jörgs Armen in tiefer, wilder Erregung auf. Sofort löste ihre kaum noch bezähmbare Leidenschaft auch bei ihm schrankenloses Begehren aus; seine Hände waren jetzt fordernd an ihren Brüsten, ihren Hüften, ihren Schenkeln – dann hob er sie hoch und trug sie zum Bett, das im Fenstererker des Gemachs stand.

Das Bankett

Regensburg

Spätsommer 1132

Bereits beim Umtrunk im Ratskeller der Donaustadt am späten Vormittag hatte Graf Heinrich von Württemberg etliche Weinpokale geleert. Nun, auf dem nachmittäglichen Bankett im prächtig ausgestatteten Regensburger Ratssaal, sprach er dem Alkohol wiederum recht ungehemmt zu; ließ sich außerdem von jedem Fleisch- oder Fischgang, der aufgetragen wurde, eine große Portion auf seinen Silberteller häufen. Je stärker ihm der Rhein- und zwischendurch der herbere Donauwein zu Kopf stiegen, desto lauter und derber schwadronierte er: protzte den Patriziern gegenüber mit den Kriegszügen, die er unternommen hatte; rühmte sich seines Reichtums und seiner Macht am Neckar und ging bisweilen sogar so weit, schlüpfrige Weibergeschichten oder Zoten zum Besten zu geben.

Siguna, die zur Linken ihres Vaters saß, litt unter seinem Benehmen. Mehr als einmal war sie versucht, aufzuspringen und vom Kopfende der Festtafel zu fliehen – zu Jörg, der an einer zweiten Tafel in einem Nebenraum Platz genommen hatte und dort zusammen mit jenen Turnierkämpfern schmauste und trank, die den Buhurt ohne schwerere Blessuren überstanden hatten. Doch die Flucht an die Seite des Rotblonden war der Grafentochter verwehrt. Sie durfte es nicht wagen, sich zu dem Edelfreien zu gesellen, mit dem sie sich wenige Stunden zuvor im unwiderstehlich aufbrandenden Lustrausch vereinigt hatte; sie musste Jörg und sich schützen, da ihr vom Alkohol enthemmter Vater, falls er bemerken sollte, wie es zwischen ihr und dem Rotblonden stand, zweifellos einen Tobsuchtsanfall bekommen würde.

Also blieb Siguna neben dem lärmenden Betrunkenen sitzen und gab sich ihren Erinnerungen an das rauschhafte Liebesspiel mit Jörg hin. Nie zuvor hatte sie, obwohl sie ihre Jungfräulichkeit bereits im Vorjahr während einer wochenlangen heimlichen Affäre mit einem wandernden Minnesänger verloren hatte, solche Lust wie mit dem Rotblonden erlebt. Auf dem Höhepunkt der Vereinigung mit ihm war etwas passiert, was sie nicht für möglich gehalten hätte: Obwohl sie Jörg doch erst so kurz kannte, hatte er ihr einen betäubend schönen und erfüllenden Lustgipfel geschenkt. Danach hätte sie am liebsten auf ewig in seinen starken Armen geborgen bleiben wollen – aber schon bald hatte sie den Rotblonden wieder verlassen und in den Ratskeller zurückkehren müssen, damit ihr Vater keinen Verdacht schöpfen konnte. Während der folgenden Stunden dann hatte sie sich vor Sehnsucht nach Jörg verzehrt; als sie ihn am Nachmittag in den Festgemächern endlich wiedergesehen hatte, waren ihr vor Freude die Knie weich geworden, und sie hatte losrennen wollen, um ihn von neuem ganz nahe bei sich zu spüren – doch sie hatte nicht gedurft, hatte sich unter grausamen inneren Schmerzen beherrschen müssen …

„Träumst du?! Oder was ist sonst los mit dir?!" Die grobe Stimme des Vaters riss Siguna aus ihren Gedanken. „Hockst da wie ein Häufchen Elend, sagst kein Wort. Benimmst dich wie eine Transuse. Schämen muss man sich mit dir!"

„Verzeih", sagte die junge Frau leise. „Es ist … ich fühle mich nicht so gut. Der Magen vielleicht … vom schweren Essen …"

„Verträgst eben nichts", versetzte der Graf. „Anders als ich. Ich bin noch vom echten Württemberger Schrot und Korn. Könnte gut einen weiteren Kapaun verschlingen. Und was das Saufen angeht, so ist mein Wanst noch lange nicht gefüllt."

Einmal mehr fühlte sich Siguna abgestoßen – aber dann hatte sie plötzlich eine Idee. Sie griff nach einer Weinkaraffe, füllte den Pokal ihres Vaters auf, nahm ihren eigenen Trinkbecher zur Hand und erklärte: „Gegen das Magendrücken hilft ein kräftiger Schluck. Also Prost, auf deine und meine Gesundheit!"

„Jetzt gefällst du mir besser!", röhrte, ein Aufstoßen unterdrückend, der Graf. Gleich darauf, nach einem heftigen Atemzug, führte er seinen Pokal an den Mund und leerte ihn zur Hälfte.

Auch die junge Frau nahm ein paar kleine Schlucke aus ihrem Becher – und im weiteren Verlauf des Banketts forderte sie ihren Vater immer wieder zum Trinken auf. Schließlich, als sich allmählich die Abenddämmerung über die Donaustadt senkte, war der Graf von Württemberg nicht mehr Herr seiner Sinne. Er lallte jetzt bloß mehr wirres Zeug; zuletzt legte er sich in seinem Vollrausch auch noch mit einem Ratsdiener an, indem er diesen völlig grundlos bezichtigte, seiner Tochter auf unflätige Weise zu nahe getreten zu sein – und dies nahm Siguna zum Anlass, ihren Vater von zweien seiner Waffenknechte wegbringen zu lassen.

Die kräftigen Reisigen schleppten den Württemberger Grafen, der sich in seiner schweren Trunkenheit nicht ernsthaft gegen sie zu wehren vermochte, aus dem Festsaal; wenig später lag er in besinnungslosem Rauschschlaf auf seinem Bett in der nahegelegenen Patrizierburg, wo er und seine Tochter einquartiert waren. Siguna aber, die ihren Vater mit voller Absicht zum hemmungslosen Alkoholgenuss animiert hatte, während sie selbst mäßig geblieben war, hatte nun freie Hand, um heimlich ein Stelldichein mit ihrem Geliebten zu vereinbaren; mit Jörg, der vom Nebenraum aus gerade wieder sehnsüchtig zu ihr herüberschaute und auch mitbekommen hatte, wie der Graf von Württemberg weggebracht worden war.

Zunächst allerdings entschuldigte sich die junge Frau bei den Ratsherren, die in ihrer Nähe saßen, für das Benehmen des Volltrunkenen; einer der Patrizier beschied sie daraufhin grinsend: „Was soll's? Zu einem rechten Mann gehört ab und an auch ein rechter Rausch. Ihr braucht Euch nicht zu schämen für Euren Vater; gibt keinen hier an der Tafel, der nicht ebenfalls schon einen prachtvollen Affen heimgetragen hätte."

„Trotzdem ist es mir peinlich", entgegnete Siguna. „Und dazu die Aufregung, als ich ihn fortbringen lassen musste ..." Sie seufzte; dann fügte sie hinzu: „Es hat mich arg getroffen, als ich ihn so gesehen habe. Noch jetzt bin ich ganz außer mir – und deshalb ist es, glaube ich, am besten, wenn ich ein wenig an die frische Luft gehe."

Damit erhob sie sich, verließ den Saal und schlug den Weg zum Innenhof des Gebäudes ein. Dort, das wusste sie, waren dicht an dicht Tische und Bänke für die Gefolgsleute der Turnierkämpfer aufgestellt worden; als sie auf den Hof trat, sah sie die Knappen und Reisigen im Schein von zahlreichen, kurz zuvor entzündeten Fackeln bechern und schmausen – und gleich darauf erspähte sie Konrad, den schnauzbärtigen Gefolgsmann und Freund des Mühlberger Ritters.

Die Grafentochter drängte sich zu ihm durch; als er sie erkannte, malte sich Überraschung auf seinem Gesicht, im nächsten Moment schien er etwas zu ahnen und fragte mit gedämpfter Stimme: „Es geht ... um meinen Herrn?"

Siguna nickte. „Er sitzt droben im Nebenraum des Bankettsaales. Aber ich kann nicht zu ihm. Deshalb brauche ich dich als Boten. Sag ihm, ich warte in der Nähe des Haidplatzes auf ihn. In der kleinen, schon ziemlich baufälligen Kapelle, die dort unter den alten Kastanienbäumen steht."

Konrad schaute zunächst etwas ratlos drein; dann jedoch antwortete er: „Ach ja ... richtig. Ich habe die Andachtsstätte heute beim Buhurt bemerkt. Ein recht lauschiger Ort ..."

„Und von hier aus ganz schnell zu erreichen", entfuhr es der Grafentochter.

Der Waffenknecht zwinkerte ihr zu. „Das heißt wohl, ich soll mich mit meinem Botengang möglichst beeilen?"

„Bitte ...", kam es von Siguna – woraufhin Konrad sich schmunzelnd erhob und in Richtung der Freitreppe schritt, die zu den Festräumen im Inneren des Bankettgebäudes führte.

Die Grafentochter wiederum ging zum Hoftor und lief sodann durch die einbrechende Nacht in Richtung des Platzes, wo das Turnier ausgetragen worden war. Wenig später erreichte sie das weite Areal, auf dem sich zu dieser Stunde kaum noch ein Mensch befand. So konnte Siguna den Haidplatz praktisch ungesehen überqueren, und gleich darauf sah sie die Kapelle vor sich. Als sie unter den dichtbelaubten Bäumen war, schaute sie sich vorsichtshalber nach allen Seiten um; dann zog sie die knarrende Holztür des bescheidenen Sakralbaues auf und war im nächsten Augenblick verschwunden.

Das Warten wurde ihr lang, sehr lang – in Wahrheit verstrich aber lediglich die Zeitspanne, die nötig gewesen wäre, um ein paar Vaterunser zu beten, ehe der Rotblonde kam. Mit einem Feuerbrand in der Rechten betrat er hastig die Kapelle, warf die Tür zu, legte von drinnen den Riegelbalken vor, steckte die Fackel in eine Halterung neben dem Portal und fing die Grafentochter an seiner Brust auf. So verlangend, als wären sie nicht nur Stunden, sondern Wochen und Monate getrennt gewesen, küssten sie einander; kurz darauf wurden sie erneut von wilder Leidenschaft übermannt – dann, in seinem unwiderstehlichen Drang nach Sigunas Brüsten, nach ihrem Schoß, hob Jörg die junge Frau auf den Altartisch.

Dort, unter einem Mariengemälde, liebten sie sich in fast schon animalischer Gier; auf dem Höhepunkt des Aktes schrie die Grafentochter gellend vor Lust, und danach lag sie, schluchzend vor Glück, in den Armen des Rotblonden. Durch zärtliches Streicheln und liebevolles Flüstern schenkte Jörg ihr weitere Seligkeit; schenkte ihr sanfte, wundersame Geborgenheit – nach einer Weile jedoch hörte das Paar von draußen seltsamen Lärm.

Beide fuhren hoch und lauschten; die lauten Geräusche schienen sich zu nähern, einen Moment später stieß der Edelfreie hervor: „Potzdonner auch! Das muss eine nächtliche Prozession von besonders Frommen sein, die eine Litanei beten!"

„Was sollen wir tun?!" Sigunas Stimme flatterte vor Schreck. „Wenn wir hier ertappt werden! Nicht auszudenken!"

„Durch die Tür schaffen wir es nicht mehr …" Hastig fuhr Jörg in sein Beinkleid, schaute sich dabei wie gehetzt um; gleichzeitig schlüpfte die Grafentochter in ihr Gewand. „Aber da oben", der Edelfreie deutete auf die Wand hinter dem Altar, „hat's ein Fenster!"

Gleich darauf war Jörg seiner Geliebten behilflich, durch die unverglaste, jedoch ziemlich hoch in der Mauer befindliche Fensteröffnung zu klettern; als Siguna es geschafft hatte, hörte der Rotblonde, wie draußen an der Kapellentür gerüttelt wurde. Doch der Sperrbalken hielt; wenig später sprang auch Jörg von der Fensterbrüstung ins hohe Gras hinter dem kleinen Sakralbau hinab, und dann verschwand das Paar, unterdrückt lachend, in der Nacht.

Bald erreichten die beiden den Haidplatz; dort, im Sichtschutz der Turniertribüne, die noch nicht abgebaut worden war, schmiegte sich die Grafentochter an den Rotblonden und küsste ihn zärtlich. Sofort erwachte Jörgs Verlangen nach ihrem schlanken Körper von neuem; er zog sie enger an sich, tastete begierig nach ihren Brüsten – aber da verspannte sich Siguna plötzlich, und als der Edelfreie erstaunt fragte: „Was hast du denn, Liebes?", da antwortete die Grafentochter: „Wir hätten es nicht tun dürfen …"

„Nicht tun dürfen?", wiederholte Jörg verblüfft. „Was meinst du damit?"

„Dass wir es auf dem Altar …", murmelte Siguna. „Das war doch gewiss eine schwere Sünde …"

Der Rotblonde grinste. „Ach wo! Wir haben es ja nur notgedrungen getan. Weil es in dem leergeräumten alten Gemäuer keine andere Möglichkeit gab. Oder hätten wir uns etwa auf dem Fußboden lieben sollen?"

„Trotzdem war es nicht recht ...", kam es von der Grafentochter.

Jörg streichelte ihr Haar. „Wenn überhaupt, dann haben wir höchstens eine lässliche Sünde begangen. Eine ganz kleine – so wie sie sich jene Regensburger Bürger leisten, die gottesfürchtig zur Abendmesse in den Dom gehen, um sich gleich danach im Badhaus unweit der Kathedrale mit den Hübschlerinnen zu verlustieren."

„Du willst mich jetzt aber hoffentlich nicht mit diesen Dirnen vergleichen?!" Sigunas Tonfall changierte zwischen gespielter Empörung und Schalk.

„So etwas traust du mir also zu", scherzte der Rotblonde – und fuhr mit dem nächsten Lidschlag sehr ernsthaft fort: „Eine Hübschlerin ist eine Gespielin für ein paar Stunden oder höchstens eine Nacht ... Mit dir aber, das wünsche ich mir aus tiefstem Herzen, möchte ich mein ganzes Leben verbringen!"

Beglückt schmiegte sich die junge Frau erneut an ihn; wieder suchten ihre Lippen die seinen, und diesmal küsste sich das Paar sehr lange. Doch zwischendurch verspannte sich Siguna einige Male; es geschah immer dann, wenn ihr bewusst wurde, wie groß der Standesunterschied zwischen ihr, der einzigen Tochter des Grafen von Württemberg, und dem nicht sonderlich mächtigen bayerischen Burgherrn war.

Jörg bemerkte nicht, was in Siguna vorging; er wollte nur eins: die ganze Nacht mit ihr verbringen. Und als er sie schließlich bat, mit ihm in sein Quartier beim Herzogshof zu kommen, antwortete sie: „Ja, mein Schatz, ich will. Und wir können es uns auch trauen, weil mein Vater bestimmt erst lange nach Sonnenaufgang aus seinem schweren Rauschschlaf erwachen wird."

„Es war eine großartige Idee von dir, ihn dermaßen abzufüllen, dass er nun bis morgen außer Gefecht gesetzt ist", grinste der Rotblonde – gleich darauf übermannte ihn vorfreudiger Überschwang; er hob Siguna hoch und trug sie bis zum anderen Ende des weiten Platzes.

Wenig später vereinigten sie sich ein weiteres Mal, nun jedoch in Jörgs bequemem Bett, und erst eine Weile nach Tagesanbruch nahm die Grafentochter Abschied von dem Edelfreien, in den sie sich so stürmisch verliebt hatte.

Im Verlauf der folgenden Tage sodann trafen sich Siguna und Jörg, so oft es ihnen möglich war. Da der Württemberger Graf in dieser Zeit häufig vertrauliche politische oder auch geschäftliche Verhandlungen mit bestimmten Regensburger Patriziern und Adligen aus dem Umland der Stadt führte, fiel es ihm nicht auf, dass seine Tochter ihre eigenen Wege ging. So konnte das Paar seine heftige Leidenschaft ausleben; beide blühten in ihrer grenzenlosen Zuneigung zueinander auf – doch dann, seit dem Buhurt war eine knappe Woche vergangen, brach Siguna unmittelbar nach einem weiteren, zutiefst erfüllenden Liebesakt plötzlich in Tränen aus.

Erschrocken nahm Jörg sie nochmals fest in die Arme und stieß hervor: „Was hast du denn, mein Herz?!"

Daraufhin steigerte sich das Schluchzen der Grafentochter fast zu einem Weinkrampf; erst nach einer ganzen Weile war sie fähig, stockend zu antworten: „Vater ... Heute früh hat er entschieden ... dass wir übermorgen ... abreisen. Zurück an den Neckar ... Und das bedeutet ... wir können uns nicht mehr ... sehen!"

Mit dem letzten Wort klammerte sie sich wie eine Ertrinkende an Jörg fest, schluchzte neuerlich wild auf und fügte, nachdem sie sich einigermaßen wieder gefangen hatte, hinzu: „Aber das ertrage ich nicht! Das halte ich nicht aus! Denn ohne dich kann ich nicht mehr leben!"

Der Edelfreie war von ihrer Mitteilung und ihrem Schmerz so getroffen, dass er zunächst nur mit totenblassem Gesicht starrte und keinen Ton herausbrachte; endlich fasste er sich mühsam und sagte mit rauher Stimme: „Niemand wird dich und mich auseinanderreißen! Das schwöre ich dir! Und da es jetzt nicht mehr anders geht, werde ich deinen Vater bitten, dich mir zur Frau zu geben. Mir war ja klar, dass ihr nicht ewig in Regensburg bleiben würdet, und deshalb nahm ich mir schon vor Tagen vor, den nötigen Schritt zu tun. Bloß mit dir sprach ich bislang nicht darüber. Weil wir doch immer, wenn wir zusammen waren, solches Glück empfanden, und ich mich deshalb scheute ..."

„Nein!", unterbrach ihn Siguna. „Du darfst nicht um meine Hand anhalten! Du würdest dir dadurch nur Vaters tödliche Feindschaft zuziehen! Sein Wille war stets, dass ich einmal über unserem Grafenstand heiraten müsste. Damit unsere Dynastie weiter aufsteigen könnte. Und daher würde er in dir einen Todfeind sehen, falls du um mich werben würdest!"

„Du meinst, er wäre imstande, mich …“ Der Rotblonde brachte es nicht fertig, das Entsetzliche auszusprechen; die Grafentochter tat es an seiner Stelle: „Dich töten zu lassen, ja! Zur Leibwache meines Vaters gehören mehrere skrupellose Kerle, die für einen Beutel Silber vor einem Mord nicht zurückschrecken würden!“ Zwei, drei gequälte Atemzüge lang schwieg die junge Frau; sodann fuhr sie fort: „Und mein machtgieriger und herzloser Vater würde auch mich gnadenlos bestrafen, sofern er erfahren würde, dass wir beide …“

Scharf sog der Edelfreie den Atem ein. „Aber was können wir denn sonst tun?!“

Statt etwas zu erwidern, begann Siguna erneut zu weinen; wie betäubt streichelte Jörg ihre kastanienfarbenen Locken und schaute dabei, scheinbar abwesend, ins Leere – dann packte er ihre Schultern und sagte in entschlossenem Tonfall: „Es gibt nur einen Ausweg! Wir müssen zusammen fliehen!“

Die Grafentochter vergrub ihr Antlitz an seiner Brust und schwieg.

Daraufhin befiel den Rotblonden jähe Angst; er fürchtete, sie durch seine harte Forderung abgestoßen und sie zusätzlich in Verzweiflung gestürzt zu haben; deshalb zwang er sich dazu, abzuwiegeln: „Aber nein … Das kann ich nicht von dir verlangen. Dass du alles für mich aufgibst. Deine hohe Stellung in der Württemberger Grafschaft. Deine Familie. Deinen Wohlstand, deine Sicherheit. Bloß, um mit mir in eine ungewisse Zukunft zu flüchten.“

Unvermittelt löste sich Siguna von ihm, blickte ihm mit tränenüberströmtem Gesicht innig in die Augen, ergriff seine Hände und sagte: „Doch! Du kannst es verlangen, weil ich dich liebe! Weil du mir mehr bedeutest als alles andere auf der Welt! Weil ich weiß, dass ich nie mehr von dir lassen kann! Weil es mir ist, als würde ich dich schon eine Ewigkeit kennen und dich schon immer begehren, obwohl wir uns erst vor wenigen Tagen gefunden haben. Und deshalb sollst du von mir verlangen, dir zu folgen! Denn für uns ist nur eins wirklich wichtig: unsere Liebe nicht zu verraten!“

„Du willst tatsächlich dein ganzes früheres Leben hinter dir lassen?“, fragte Jörg mit bebender Stimme. „Den Reichtum und das Ansehen deiner

Dynastie? Deine Blutsverwandten? Deinen Vater und deinen jüngeren Bruder, von dem du mir erst gestern erzähltest?“

Die Grafentochter ließ seine Rechte los und machte eine wegwerfende Geste. „An Gold und Silber oder dynastischem Protz liegt mir nichts. Ich kann gut und gerne auch ein bescheideneres Dasein führen, wenn nur du an meiner Seite bist. Und was meine Familie angeht, so weißt du ja, dass ich meine Mutter, an der ich sehr hing, schon vor Jahren verloren habe. Würde sie noch leben, dann könnte ich mich womöglich nicht losreißen. Mein Vater hingegen bedeutet mir kaum noch etwas. Seit Mamas Tod hat er sich auf abstoßende Weise verändert; ist zu einem Despoten geworden, den die Menschen fürchten und hassen. Hat in seiner Bösartigkeit erst vor kurzem drei unschuldige Frauen wegen angeblicher Teufelsbuhlschaft aufs grausamste schinden, hat sie danach auf dem Scheiterhaufen verbrennen lassen! Seitdem verabscheue ich ihn, verabscheue ihn zutiefst!“

Die Empörung, die sie in der Erinnerung an das fürchterliche Tribunal befiel, ließ Siguna kurz verstummen; nachdem sie sich wieder gefangen hatte, schloss sie: „Einzig wegen Walter, meinem zwölfjährigen Bruder, empfinde ich Schmerz. Doch er hat auf der Württemberger Festung gewöhnlich nicht zu leiden, weil ihn Vater als seinen Nachfolger und Erben eher hätschelt. Außerdem besitzt Walter in Wolfhart, dem Burgvogt, so etwas wie einen älteren Freund, und deshalb brauche ich mir keine großen Sorgen um ihn zu machen.“

Als die Grafentochter geendet hatte, herrschte eine Weile Schweigen; schließlich, nach einem tiefen Atemzug, stellte der Rotblonde fest: „Es ist also dein voller Ernst. Du willst mir auf meine Burg Mühlberg folgen.“

„Ich will!“, bestätigte Siguna mit fester Stimme. „Nur so können wir unsere Liebe retten und sie bewahren.“

„Ich danke dir! Ich danke dir so sehr!“ Grenzenlose Freude strahlte aus Jörgs Augen; er machte Anstalten, die Grafentochter erneut auf die Bettpelze zu ziehen – doch sie hielt ihn zurück und sagte: „Es bleibt uns nur wenig Zeit, um unsere Flucht zu planen. Denn schon morgen müssen wir Regensburg verlassen!“

„Ja, du hast recht“, versetzte der Edelfreie. „Ich hatte gar nicht mehr daran gedacht, dass dein Vater ja bereits übermorgen die Heimreise an den Neckar antreten möchte. Und natürlich müssen wir vorher fliehen, da mir sonst höchstens noch die Möglichkeit bliebe, die gräfliche Kavalkade unterwegs anzugreifen und dich mit Gewalt zu entführen.“

„Das würdest du tatsächlich tun?“, fragte Siguna in weichem Tonfall.

„Im Notfall auch das!“, beteuerte Jörg. „Aber besser ist es auf jeden Fall, wenn wir heimlich das Weite suchen. Und nun lass uns überlegen, wie wir es am besten anstellen …“

Die Isarburg

Regensburg/Ahausen an der Unteren Isar

Spätsommer 1132

Tief am nordöstlichen Firmament, über einer Hügelkette, die zur Donau hin abfiel, zeigte sich der erste, noch kaum wahrnehmbare Lichtschein des neuen Tages. In Regensburg war zu dieser Stunde so gut wie niemand auf den Beinen; als Siguna und Jörg, vom Quartier des Rotblonden am Kornmarkt kommend, mit schnellen Schritten zur Ostmauer der Stadt gingen, trafen sie lediglich auf einen verspäteten Nachtschwärmer, der unter trunkenem Lallen gegen eine Hausmauer urinierte. Angewidert wandte sich die Grafentochter ab; gleich darauf dachte sie an ihren Vater, der am vergangenen Abend ebenfalls schwer pokuliert hatte und zuletzt einmal mehr arg alkoholisiert auf sein Bett gefallen war.

Wie stets, wenn er berauscht gewesen war, hatte sie ihn deswegen verachtet; andererseits aber war sein Zustand, ähnlich wie damals beim Bankett, durchaus hilfreich für sie gewesen. Denn so hatte sie sich eine Weile vor Morgengrauen problemlos aus den Gemächern schleichen können, die sie sich seit einer Woche mit ihrem Vater geteilt hatte. Danach war es ihr auch gelungen, die Patrizierburg zu verlassen, ohne dass sie bemerkt wurde. Durch ein nicht sonderlich hoch gelegenes Fenster im ersten Stockwerk des Palastbaues hatte sie sich, in ein schlichtes Reisegewand gekleidet und ein zusammengeschnürtes Bündel mit ihren wichtigsten Habseligkeiten auf dem Rücken, in eine finstere Seitengasse hinabgelassen. Anschließend war sie zu Jörgs Herberge am Kornmarkt geeilt, unter deren Portal ihr Geliebter bereits gewartet hatte – und jetzt konnte das Paar schon das Wachtfeuer am östlichen Regensburger Stadttor ausmachen.

Als der Edelfreie und die Grafentochter dort anlangten, blickten die beiden Reisigen, die beim Feuerkorb hockten, nur kurz auf und schauten dann, wie gelangweilt, anderswohin. Dies war kein Wunder, denn Konrad, Jörgs schnauzbärtiger Waffenknecht, hatte am Tag zuvor nicht nur herausgefunden, wer während der Nacht Wachtdienst am Ostentor haben würde; er hatte es zudem geschafft, die betreffenden Reisigen zu bestechen – und daher duldeten sie es nun, dass das Liebespaar durch die unversperrte und nur angelehnte Eselspforte neben dem mächtigen Stadttor schlüpfte und draußen in der Dunkelheit verschwand.

Zwei, drei Steinwürfe jenseits der Mauer stand ein Bootsschuppen, der einem Donaufischer gehörte. Hinter dem hölzernen Gebäude warteten Konrad und die zwei anderen Waffenknechte, welche den Edelfreien zum Turnier begleitet hatten. Ehe am Vorabend das Ostentor geschlossen worden war, hatten die drei Männer alle Mühlberger Pferde aus der Stadt gebracht: den Rapphengst ihres Herrn, ihre eigenen Tiere und dazu ein Packpferd, das mit dem Rüstzeug und den Waffen des Rotblonden sowie mit einem Proviantsack beladen war. Außerdem hatten sie dafür gesorgt, dass jetzt auch ein Ross für Siguna zur Stelle war; mit Jörgs Hilfe schnallte die Grafentochter das Bündel, das sie von der Patrizierburg mitgebracht hatte, hinter dem Sattel ihres Pferdes fest – und gleich darauf trabte die kleine Reiterschar unter nun allmählich grau werdendem Himmel donauabwärts davon.

Im Verlauf der nächsten Stunden folgten die Mühlberger und die junge Frau zumeist direkt dem großen Strom, der zu ihrer Linken dahinfloss. Die Auwälder, zwischen denen sich Wiesenflächen ausbreiteten oder langgestreckte Gestrüppriegel wucherten, schenkten ihnen immer wieder Deckung, sodass sie etwaige Verfolger nicht zu fürchten brauchten. Bisweilen jedoch, wenn der Boden sumpfig wurde oder Altwässer den Weg versperrten, mussten die Reiter auf höhergelegenes Gelände ausweichen; manchmal sahen sie sich angesichts solcher Hindernisse auch gezwungen, größere Umwege in Kauf zu nehmen.

Als die Sonne ihren Höchststand erreicht hatte, rasteten Siguna und ihre Begleiter auf einer schütter bewachsenen Sandbank am Donauufer; dort konnten die Rösser saufen und auch etwas Futter finden, während sich die Reisigen und das junge Paar mit Brot und Rauchfleisch aus dem Packsack stärkten. Nach der Mittagspause trabten die Pferde mit frischen Kräften weiter; abermals ging es Stunde um Stunde entlang des breiten Stromes dahin – und am Spätnachmittag kamen in der Ferne die Mauern und Türme von Straubing in Sicht.

Als die Kavalkade vor dem Westtor der großen Ansiedlung anlangte, dämmerte es bereits. „Wärt ihr ein paar Vaterunser später gekommen, hätten wir euch nicht mehr einlassen dürfen“, rief einer der beiden Torwächter den Reitern zu. „Denn der Augsburger Bischof, dem unser Ort gehört, hat strenge Anweisung gegeben, die Torflügel sofort bei Einbruch der Dunkelheit zu schließen und zu verrammeln und auch keinem Fremden mehr den Zutritt durchs Nadelöhr zu erlauben."

„Ja, so sind die Pfaffen!", versetzte Konrad, der schnauzbärtige Mühlberger Waffenknecht. „Voller Nächstenliebe bis zum Gehtnichtmehr!"

Siguna zuckte zusammen; sie fürchtete, die Torwärter könnten ihr und ihren Gefährten wegen der zynischen Bemerkung Konrads den Zutritt nach Straubing verwehren. Aber die Wächter feixten nur und gaben den Weg frei; gleich darauf hatten die Rösser den Torschlund passiert, und jenseits der Wehrmauer lenkte Jörg seinen Hengst in Richtung der Peterskirche, die sich inmitten der befestigten Ansiedlung erhob.

Nahe bei dem Sakralbau, der auf gewaltigen römischen Fundamentmauern stand, gab es ein Wirtshaus mit Stallungen. Der Rotblonde wies seine Waffenknechte an, die Pferde zu versorgen; er selbst und die Grafentochter gingen in den Gastraum, wo lebhaftes Treiben herrschte. Etliche Straubinger Bürger, die Bierhumpen vor sich stehen hatten, vergnügten sich beim Würfelspiel; in einer Ecke des Raumes tändelte ein feister Mönch mit zwei Hübschlerinnen, und an einem anderen Tisch teilte sich ein halbes Dutzend Donauschiffer einen fetten Braten: einen kross am Spieß gerösteten Schweineschlegel.

Jörg und Siguna setzten sich ganz hinten in die Gaststube, wo es etwas ruhiger war; als der Wirt herbeikam, bestellten sie für sich und ihre Gefährten ebenfalls ein Mahl. Bald, nachdem sich die drei Reisigen wieder zu ihnen gesellt hatten, genossen sie schmackhaftes Schmorfleisch, Rübengemüse und Wein. Später dann saßen sie noch einige Zeit beisammen und sprachen mit gedämpften Stimmen über ihre gelungene Flucht aus Regensburg, bis sie schließlich müde wurden und ihre Schlafstätten aufsuchten. Der Edelfreie und die Grafentochter zogen sich in eine Kammer im Oberstock des Wirtshauses zurück; die Waffenknechte gingen wieder in den Pferdestall und legten sich dort in der Nähe der Rösser auf Strohschütten zur Ruhe.

Zeitig am nächsten Morgen machten sich die vier Männer und die junge Frau zum Weiterritt fertig. Sodann verließen sie Straubing durch das Südtor und entfernten sich im Lauf des Vormittags Meile um Meile vom Donaustrom. Der Weg, dem sie nun folgten, führte immer wieder an abgeernteten Kornfeldern vorbei; häufig standen noch ungewöhnlich hohe und breite Getreideschober auf den Äckern, und Siguna staunte über die Fruchtbarkeit des Flachlandes mit seinen bäuerlichen Ansiedlungen, das sich südlich der Donau bis zu den fernen Randhügeln des Flusstales erstreckte.

In der Tagesmitte durchquerte die Kavalkade eine sanfte Hügellandschaft, welche die Donauebene von der Isarniederung trennte; schließlich, im warmen Licht des Septembernachmittags, senkte sich die letzte Anhöhe ins Tal der Isar ab. Ein Stück oberhalb des Hügelfußes hielt Jörg seinen Rappen an, deutete über die nicht sonderlich weite Flussebene hinweg und sagte zu seiner Geliebten: „Dort drüben, wo sich der Talboden wieder hebt, liegt unser Ziel."

Siguna spähte in die angegebene Richtung; zunächst vermochte sie nichts zu erkennen – dann aber war es ihr, als könnte sie auf einer Hügelkuppe jenseits des Isartales ein Bauwerk ausmachen. Das muss Ahausen sein, dachte sie; im nächsten Moment rief Konrad: „Wenn wir Galopp reiten, sind wir in einer halben Stunde beim Torbau des Kreuzritters."

„Du kannst es wohl gar nicht erwarten, wieder einmal eine von Hadamars Kriegsgeschichten zu hören", schmunzelte der Rotblonde.

„So ist's – und außerdem brauen sie auf der Burg des tapferen Haudegens ein höchst süffiges Bier", erwiderte der Schnauzbärtige grinsend.

„Trotzdem werden wir unsere Rösser nicht unnötig sprengen", bestimmte Jörg; Siguna dankte es ihm mit einem warmen Blick, und gleich darauf trabten die Pferde ins Flusstal hinunter.

Auch in der Isarebene sahen die Reiter abgeerntete Felder; die Getreideschober waren aber kleiner als in der Donauniederung, und dasselbe galt für die Dörfer und Einödhöfe, die da und dort zu erblicken waren. Bald jedoch ging das bebaute Land in eine Halbwildnis mit schütteren Auwaldstreifen und gelegentlichen Sumpfflächen über; der Weg, dem die Kavalkade folgte, begann sich zu winden – und stieß schließlich, nachdem der Reitertrupp eine Balkenbrücke über einen Altwasserarm passiert hatte, auf das Isarufer.

Schneller als die Donau strömte der aus dem Gebirge kommende Fluss dahin; sein grüngraues Wasser erinnerte an die Farbe von Gletschern unter verhangenem Himmel. An der Stelle, wo die Reiter ihre Rösser gezügelt hatten, war der Uferboden künstlich abgeflacht und zeigte tiefe Riefen; zudem gab es dort einen starken Pfosten, dessen altes Holz auffällig glattgeschliffen war.

Jenseits der Isar buchtete sich die Uferböschung unterhalb eines Hügels mit schroffen Flanken tief ein; droben auf der Anhöhe ragten die Schildmauer, der Torbau und der Wohnturm jener Burg gen Himmel, welche die Grafentochter bereits von der Randhöhe des Isartales aus erspäht hatte. Die Festung schien alt zu sein; ihr Mauerwerk machte einen trutzigen Eindruck, und auf der Wehrplattform des turmartigen Hauptgebäudes wehte ein rot-weiß-rotes Banner im Wind.

Nun schwangen sich Jörg und seine Gefolgsleute aus den Sätteln; Siguna tat es ihnen nach, und dann führten die Reiter ihre Tiere ans Flussufer, damit sie saufen konnten. Während die Pferde das kalte Isarwasser schlürften, winkte Konrad mehrmals mit beiden Armen zum südlichen Gestade der Isar hinüber – nach einer Weile zeigten sich dort mehrere Männer, und kurz darauf legte von der Bucht am Fuß des Burghügels ein großer, breitbordiger Fährkahn ab.

Mit langen Stangen stakten vier Fergen den Kahn über den Fluss; ein fünfter Mann unterstützte sie dabei, indem er ein schweres Steuerruder am Heck der Fähre bediente. Die starke Strömung bewirkte, dass der Fährkahn schräg über die Isar kam; schließlich schnalzte sein Bug auf das flache Uferstück, und während sich der Kahn noch ein wenig unter dem Wasserdruck drehte, sprang einer der Männer an Land und schlang ein Haltetau um den abgeschliffenen Holzpfosten.

„Gut gemacht, Leute!“, rief der Rotblonde den Fergen zu.

„Heute war’s nicht schwierig“, antwortete der Mann am Heckruder. „Die Isarströmung ist jetzt im Spätsommer nicht so stark – anders als im Frühjahr zur Zeit der Schneeschmelze. Wenn sich da die hohen Fluten heranwälzen, kann’s gefährlich werden, und unter Umständen gibt’s gar keinen Weg mehr über den Fluss.“ Er stemmte sich gegen die Ruderstange, die unter dem Strömungsdruck zu beben begonnen hatte; dann beschied er den Edelfreien, den er recht gut zu kennen schien: „Jetzt könnt Ihr Euer Ross an Bord bringen, Herr.“

Jörg nahm seinen Rappen kurz an den Zügeln und führte ihn hart an die Fähre heran. Wild rollte der Hengst die Augen; seine Ohren lagen flach am Schädel an, und zunächst weigerte er sich, auf den Kahn zu gehen. Doch letztlich schaffte es der Edelfreie, das Tier zum Gehorsam zu zwingen; erregt schnaubend setzte der Rapphengst auf die Fähre und ließ sich ein Stück in Richtung des Hecks ziehen. Jörg befestigte die Zügelenden an einer Haltestange über der Bordwand des Kahns; sodann, nachdem sich der Rappe beruhigt hatte, stieg er zurück an Land, um nunmehr Siguna behilflich zu sein, ihr Reittier auf die Fähre zu leiten. Wenig später waren auch Konrad und die beiden anderen Reisigen samt ihren Rössern und dem Packpferd an Bord, und während die Reiter nahe bei ihren Tieren blieben, um sie ruhig zu halten, legte die Fähre wieder ab.

Zunächst stakten die Fergen den Kahn zwei Steinwürfe weit flussaufwärts und achteten dabei darauf, stets im seichten Uferwasser zu bleiben. Erst dann schwang der Bug der Fähre vom Gestade weg und richtete sich auf die Strommitte hin aus; anschließend durchpflügte der Kahn die Isarfluten erneut in schräger Fahrt, bis er in der Bucht am Fuß des Festungshügels anlandete, wo es noch etliche weitere Fährkähne gab.

Dort brachten der Edelfreie und seine Begleiter ihre Rösser auf festen Boden, und nachdem Jörg die Fergen mit ein paar kleinen Münzen bezahlt hatte, schwangen sich die Reiter wieder in die Sättel. Etwas oberhalb der Isarbucht passierten sie eine dörfliche Ansiedlung, die aus ungefähr zwei Dutzend hölzernen, mit Schilf gedeckten Gebäuden bestand, in denen, wie der Rotblonde und dessen Gefolgsleute wussten, hauptsächlich Fischer, Fährleute, Handwerker und einige Bauern lebten. Jenseits des Dorfes folgten die Pferde einem steil ansteigenden Reit- und Fahrweg, der sich links um den Burghügel herumzog, und als der Edelfreie und seine Gefährten die beschwerliche Wegstrecke hinter sich gebracht hatten, sahen sie die Festung Ahausen vor sich.

Ein zweistöckiger Torturm – unten aus mächtigen Bruchsteinen, darüber aus schweren Holzbalken erbaut – schützte den Zugang zur Burg; eine doppelt mannshohe Ringmauer, die ebenfalls sehr solide wirkte, lief um das gesamte Hügelplateau. An ihrer schwächsten Flanke, im Süden, war die Festung zusätzlich durch einen tiefen, schluchtartigen Graben gesichert, und ein Stück hinter dem Torbau ragte der gänzlich aus Steinen errichtete Ahausener Wohnturm empor: drei Geschosse hoch und von einer Wehrplattform gekrönt, die ringsum mit einer Ziegelbastion versehen war.

„Dies ist das feste Haus meines Freundes Hadamar, von dem ich dir ja bereits so manches erzählte“, sagte Jörg zu Siguna, die ihr Ross, ebenso wie er, auf dem kleinen Anger vor dem geschlossenen Burgtor zum Stehen gebracht hatte. „Jetzt wirst du ihn gleich kennenlernen, und sobald wir ihm dann erklärt haben, warum wir zu ihm gekommen sind …“

Der Rotblonde unterbrach sich, weil es aus einer Schießscharte des Torturmes heraus in freudigem Tonfall, aber etwas derb erscholl: „Potzblitz! Der Mühlberger ist da! Mein geschätzter Jagd- und Pokulierkumpan!“

„Der Burgherr ist uns näher, als ich dachte“, wandte sich Jörg an seine Geliebte; sodann rief er zu dem Mauerschlitz empor: „Jawohl, ich bin’s. Samt meinen drei besten Reisigen und einer wunderschönen jungen Frau. – Aber sag, Hadamar: Warum hältst du dein Tor am hellen Tag geschlossen?“

„Weil uns vorhin eine Fettsau ausgerissen ist, die geschlachtet werden soll“, klang es aus der Höhe zurück. „Aber gerade haben der Metzger und ein halbes Dutzend weiterer Kerle sie wieder eingefangen, und ich hab mir den Spaß von der Turmtreppe aus angeschaut. Und dann hörte ich draußen Rossgetrappel und bin zur Schießscharte … Ach ja, und was das Burgtor angeht, so ist es gar nicht versperrt, bloß angelehnt. Treib einfach dein Streitross dagegen, und schon kannst du mit deinen Leuten herein.“

Schmunzelnd befolgte der Rotblonde den kernigen Rat; gleich darauf, als die Pferde eins nach dem anderen in den Burghof trabten, kam Hadamar von Ahausen eilig die hölzerne Außentreppe des Torturmes herab. Neugierig musterte Siguna den edelfreien Ritter; er mochte um die fünfunddreißig Jahre alt sein und hatte etwa dieselbe stolze Größe wie Jörg, war aber kräftiger gebaut. Sein langes, weizenblondes Haar war am Hinterkopf zu einem starken Knoten geschlungen; sein Antlitz zeigte markante Züge und war rechts von einer Narbe gezeichnet, die sich vom Jochbein bis zum Kinn zog. Außerdem fiel der Grafentochter auf, dass sich der Burgherr ein wenig hinkend bewegte; ungeachtet dessen schritt er nun schnell auf Jörg zu, der mittlerweile abgesessen war, und umarmte ihn.

Danach blickte er neugierig auf Siguna, die sich ebenfalls aus dem Sattel geschwungen hatte, und sagte anerkennend: „Mein Freund hat nicht gelogen. Ihr seid tatsächlich von großem Liebreiz, junge Dame. Und, wenn ich mich nicht schwer täusche, auch von Adel, stimmt's?"

„So ist es", mischte sich der Rotblonde ein. „Siguna stammt aus sehr edlem Hause. – Doch darüber sollten wir nicht hier im Hof sprechen, Hadamar."

„Du hast recht." Der Ahausener wies auf den Wohnturm. „Da drüben können wir uns bei einem guten Humpen besser unterhalten. – Kommt mit, und wenn deine Leute die Rösser versorgt haben, Jörg, dann sollen sie sich in der Burgküche was Gutes auftischen lassen."

„Auf dein köstliches Bier freut sich mein Waffenknecht Konrad schon seit Stunden", äußerte der Rotblonde grinsend; sodann sagte er zu den drei Reisigen: „Ihr habt gehört, was der Herr von Ahausen angeordnet hat."

„Jawohl!", versetzte Konrad vorfreudig; gleich darauf führten er und seine Kameraden die Pferde zum Stallgebäude im Südwesten des Festungshofes, und Hadamar geleitete seine adligen Besucher unter den neugierigen Blicken des Burggesindes zum steinernen Wohnbau der Feste.

Auf dem Weg dorthin bemerkte Siguna, dass die Burg, die das Hochufer der Isar bewachte, bestens ausgestattet war. Außer der Stallung, die gewiss zwei Dutzend Rössern Platz bot, gab es einen Küchenbau, ein Schlachthaus, einen Getreidespeicher und verschiedene Unterkünfte für die Ahausener Knechte und Mägde. Alle diese Gebäude waren aus Holz errichtet; ein weiteres kleines Bauwerk hingegen war mit Ziegeln aufgemauert: die Schmiede, die wegen der Feuersgefahr für sich allein an der Nordmauer der Isarfestung stand – und ganz in der Nähe des Schmiedehauses befand sich eine Zisterne, auf deren steinernem, rundem Rand etliche Wassereimer zu sehen waren.

„Ihr habt einen sehr schönen Besitz", lobte die Grafentochter den Burgherrn, als sie die mit einem Geländer versehene Balkentreppe, die zum Hochportal des Wohnturmes emporführte, schon fast erreicht hatten.

„Das will ich meinen", erwiderte Hadamar stolz. „Und auch das Gesinde, das mir und meinem braven Weib dient, taugt etwas, denn wir haben es immer so gehalten, dass wir uns nur die besten Dienstleute auf die Festung holten ..." Er feixte. „Aber natürlich kann es einmal passieren, dass selbst die fähigsten Knechte Mist bauen – so wie vorhin der Metzger und seine

Helfer, als sie die ganz und gar nicht lebensmüde Sau von der Schlachtbank weg entwischen ließen."

Siguna musste lachen; kurz danach, auf der Turmtreppe, schaute sie jedoch wieder ernst, denn sie wurde erneut auf Hadamars Gebrechen aufmerksam. Wieder beobachtete sie sein Hinken; sie empfand Mitleid mit ihm und nahm sich vor, ihn bei einer günstigen Gelegenheit nach dem Grund für seine Behinderung zu fragen.

Gleich darauf trat der Ahausener Ritter über die Schwelle des engen Turmportals; die Grafentochter und Jörg folgten ihm und befanden sich nun im ersten Obergeschoss des Wohnturmes. Dort gab es einen durchgehenden gewölbten Flur, von dem verschiedene Kammertüren abgingen, und am Ende des Ganges führte eine Wendeltreppe ins höchste Stockwerk des Gebäudes hinauf.

Als der Herr der Isarburg und seine Gäste droben waren, erblickte die Grafentochter in einem mit Zirbenholz vertäfelten und teilweise mit Wandteppichen geschmückten Raum eine anziehende dunkelhaarige Frau von ungefähr fünfundzwanzig Jahren, die ein lindgrünes Gewand mit beigen Borten trug. Sie saß in einem der beiden Fenstererker des Gemachs und war offenbar gerade mit einer Stickerei beschäftigt gewesen; nun, als sie Hadamar und hinter ihm das junge Paar gewahrte, rief sie freudig aus: „Jörg! Welch schöne Überraschung! Und noch dazu kommst du in so hübscher Begleitung!"

„Jawohl, unser Freund hat eine ganz reizende Adelsdame aus bestem Hause mitgebracht", versetzte der Ahausener Burgherr. „Doch bisher hat er nicht verraten, was dahintersteckt …" Hadamar drohte dem Rotblonden scherzend mit dem Finger; im nächsten Moment besann er sich und sagte, an die Grafentochter gewandt: „Aber ich bin unhöflich, Siguna. Habe Euch ja meine liebe Gemahlin noch gar nicht vorgestellt. Das hier ist Anna, meine bessere Hälfte, ohne die mein Dasein einsam und grau wäre."

„Schmeichler! In Wahrheit sind dir doch deine Rösser und Jagdwaffen tausendmal wichtiger als ich", neckte ihn die Burgherrin; dann erhob sie sich, drückte die Hände von Jörg und Siguna und forderte das Paar danach auf: „So setzt euch doch. Da drüben, am Tisch beim Süderker, ist es am gemütlichsten. Und ich bringe auch gleich einen Imbiss und Wein für euch, denn ihr seid bestimmt hungrig und durstig."

Wenig später stießen das Ahausener Ehepaar, die Grafentochter und der Mühlberger Edelfreie miteinander an; nachdem er dem Rotspon genüsslich nachgeschmeckt hatte, reckte sich Hadamar in seinem Lehnsessel. Anschließend wollte er das rechte Bein über das linke schlagen – aber da ächzte er plötzlich wie unter einem jähen Schmerz auf.

„Habt Ihr Euch denn verletzt?", fragte Siguna. „Oder leidet Ihr unter einer älteren Wunde?"

„Die Blessur, die ich aus Outremer mitbrachte, macht mir halt wieder zu schaffen", erwiderte der Burgherr. „Wahrscheinlich ist der Föhn daran schuld, den wir in den letzten Tagen hatten. Der und auch Wetterumschläge verursachen mir öfter die Pein. Doch sonst kann ich, selbst beim Reiten oder Jagen, gut mit der Wundnarbe leben, die auf den Lanzenstich eines verfluchten Sarazenen zurückgeht. Vier Jahre ist's jetzt her, dass mich der Mohammedaner während eines heißen Gefechts mit seiner Waffe erwischte. Auf halbem Weg zwischen Jerusalem und dem Mittelmeerhafen Akkon ist es passiert. Aber am Ende blieb doch ich der Sieger. Denn der Sarazene starb, nachdem er mich mit der Lanze angegriffen hatte, im darauffolgenden scharfen Schwertkampf hoch zu Ross unter meinen Hieben; zuvor allerdings hatte er mir mit seiner Klinge auch noch die Wange aufgeschlitzt. Doch weder der Stich noch der Schwertstreich fuhren mir allzu tief ins Fleisch, und so war es mir nach meiner Genesung vergönnt, ins Bayernland heimzukehren."

Eine Weile blieb es still am Tisch; schließlich murmelte die Grafentochter: „Die Kreuzzüge … Konrad, Jörgs Waffenknecht, hat während unseres Ritts ja schon erwähnt, dass Ihr in Outremer gefochten habt, Hadamar. Und viele Leute halten dies für sehr verdienstvoll. Aber man kann auch andere Stimmen hören …" Sie beugte sich vor und legte dem Burgherrn die Hand auf den Unterarm. „Nicht, dass ich Euch zu nahe treten möchte … Doch vielleicht wollt Ihr mir sagen, wie Ihr jetzt aufgrund Eurer Erlebnisse in jenem fernen Land denkt?"

Hadamar nagte an seiner Unterlippe; dann antwortete er: „Es war blutig dort im Süden. Blutig, brutal und oft sogar bestialisch. Ich habe Grausamkeiten gesehen, über die ich gar nicht reden kann …" Er griff nach seinem Pokal, nahm einen tiefen Schluck und fuhr fort: „Und dennoch, da bin ich sicher, ist der Krieg gegen die Mohammedaner gerechtfertigt und nötig!

Denn in den vergangenen fünf Jahrhunderten, seit ihre Dogmen in der arabischen Wüste in die Welt gesetzt wurden, haben sie nichts anderes getan, als zu morden, zu rauben, zu brennen und zu vergewaltigen. Mit Feuer und Schwert sind sie über zahllose christliche Völker und Stämme hergefallen, haben die Menschen zur Annahme des Islam gezwungen – oder sie, wenn sie sich weigerten, versklavt oder getötet. So brachten sie große Teile des einstigen Oströmischen Reiches unter ihre blutsäuferische Herrschaft, unterjochten zudem den ganzen Norden Afrikas und fielen sodann, gerade einmal zwei Menschenalter nach dem Tod ihres sogenannten Propheten Mohammed, mit mörderischer Gewalt auch in das Abendland ein. Sie überrannten das Westgotenreich in Spanien und ebenso die Hälfte des Frankenreiches weiter im Norden, ehe sie von dem tapferen Feldherrn Karl Martell wenigstens über das Pyrenäengebirge zurückgetrieben werden konnten. Doch sofort gingen sie anderswo auf christliche Länder los; jahrhundertelang griffen sie Europa und das westliche Asien immer wieder von neuem an, und die Christenheit tat nichts anderes, als sich angstvoll zu ducken. Kein Kaiser, kein König und kein Kirchenfürst schaffte es, die abendländischen Krieger zum machtvollen Widerstand zu bewegen – aber dann, siebenunddreißig Jahre ist das nun her, rief Papst Urban endlich zum Kreuzzug gegen die Mohammedaner auf. Dadurch hat sich der Wind glücklicherweise gedreht, und der Krieg wird nun in Outremer ausgetragen, sodass die christliche Welt nicht länger unter der Geißel des Islam bluten muss!"

Nachdem der Ahausener geendet hatte, blieb es abermals eine Weile still; schließlich sagte die Grafentochter: „Jetzt kann ich besser verstehen, warum Ihr den Kampf gegen die Sarazenen auf Euch genommen habt, Hadamar. Denn gegen das Böse, das sich auf teuflische Weise austoben will, soll und darf man zu den Waffen greifen."

Zustimmend, wenn auch mit verschatteten Augen und verspannten Lippen, nickte die Burgherrin Anna; sodann wechselte sie das Thema: „Jetzt aber genug von diesen Dingen. Erfreulicher ist es bestimmt, über Euch zu reden, Siguna. Wo stammt Ihr denn her? Und wie kommt es, dass Ihr Jörg zu uns nach Ahausen begleitet habt?"

Mit leiser Stimme nannte die Grafentochter ihren vollen Namen; kaum hatte er ihn vernommen, rief Hadamar aus: „Donnerwetter! Ein Spross aus dem Hause Württemberg seid Ihr! Nobel, nobel! Und welche Ehre für Jörg, der Euch ja recht nahe zu stehen scheint …" Er wandte sich dem Rotblonden zu: „Und du sagst Anna und mir nun endlich, was euch zusammengeführt hat …"

Jörg tastete nach Sigunas Hand; ihre Finger verschlangen sich zärtlich – dann berichtete der Mühlberger Edelfreie von den Ereignissen in Regensburg sowie der Flucht aus der Donaustadt und schloss: „Wir lieben uns, möchten für immer beisammen bleiben und später Kinder haben. Eheliche Kinder, wie es sich gehört. Doch der Württemberger Graf würde eine Heirat zwischen uns niemals zulassen; würde mich eher töten und auch auf seine Tochter losgehen, als dass er seine Einwilligung geben würde. Und deshalb bleibt uns nur eins übrig: Wir möchten in eurer Kirche zusammengegeben werden, und danach wollen wir zu meiner Burg weiterreiten, wo wir sodann hoffentlich in Frieden leben können."

Annas Augen wurden feucht; Hadamar wiederum richtete sich ruckartig in seinem Sessel auf, starrte auf das junge Paar und stieß lautstark hervor: „Nein!"

Das Gruftgewölbe

Ahausen

Spätsommer 1132

Urplötzlich hatte der Wetterumschwung das Land an der Isar getroffen. Sonne und milde Septemberluft waren zuerst schwer auf der Erde lastendem Nebel und dann peitschenden Regengüssen gewichen; jäh hatte der ausklingende Sommer bedrohlichem Herbstwüten Platz gemacht.

Fröstelnd, da und dort schmutzfarbenen Wasserlachen ausweichend, ging Siguna über den Friedhof. In den Wipfeln der alten Eiben, welche den Weg säumten, wühlten heftige Windstöße; die grauen, oft schief stehenden Grabsteine, an denen die Grafentochter vorbeikam, troffen vor Nässe. Irgendwo brach mit hartem, knallendem Geräusch ein abgestorbener Ast von einem Baumstamm und landete krachend zwischen den Totenmalen. Siguna lief schneller weiter; dann tauchte vor ihr düsteres, quaderklobiges Gemäuer auf: romanisches Mauerwerk, aus dem ein Dämonenschädel herausragte. Bedrohlich starrten die riesigen Schlitzaugen des Satanswesens; sein Maul war wie zu gierigem Zubiss aufgerissen, sein Rachen spie einen gurgelnden Strahl finster wirkender Flüssigkeit aus.

Verschreckt machte die Grafentochter ein paar Schritte zur Seite; im nächsten Moment spürte sie einen festen Griff an ihrem Oberarm, und gleich darauf wurde sie durch ein gedrungenes, rundbogiges Steinportal gezogen. Feuchte, dumpfe Kühle schlug ihr entgegen; der Raum hinter dem Bogenportal war von unheimlichem Halbdunkel erfüllt; nur ganz hinten glühte rötlicher Lichtschein, in dessen Nähe eine schattenhafte Gestalt zu erkennen war. Siguna fühlte sich noch beklommener als draußen im Freien – doch dann vernahm sie eine vertraute Stimme. „Geschafft. Wir sind im Trockenen“, sagte Jörg und gab ihren Arm wieder frei. „Das ist aber auch ein Wetter! Fast möchte man glauben, wir hätten schon November.“

„Immer noch besser als die gottverdammte Gluthitze in Outremer, die einem das Hirn aus dem Schädel brennt“, kam es von Hadamar. Zusammen mit seiner Gattin war der Ahausener Ritter kurz vor dem jungen Paar in den Kirchenraum gehastet; jetzt blickte ihn Anna missbilligend an und tadelte ihn: „Hier drinnen solltest du wirklich nicht fluchen!“

„Das Gotteshaus wurde von meinen Ahnen erbaut, und ich habe den Splitter vom Kreuz Jesu, der sich in der Reliquienkapsel im Altarsockel befindet, aus Jerusalem mitgebracht!“, versetzte der Burgherr. „Außerdem unterhalte ich die Kirche, trage auch die Pfründe für den Pfaffen und kann es mir deshalb sehr wohl erlauben, dass ich …“ Er besann sich und lenkte ein: „Aber was rede ich da. Du hast ja recht, mein Schatz. Es ist halt das gottverfluchte Sauwetter, das mich vergessen ließ, wo wir sind.“

Anna verkniff sich einen weiteren Tadel; deutete stattdessen zum Altarraum und sagte: „Der Priester ist bereits da, und auch die Kerzen brennen schon …“

Wortlos nickte Hadamar; sodann schritten er und seine Gemahlin, gefolgt von Jörg und Siguna, langsam zum Altar der Ahausener Heilig-Kreuz-Kirche. Und während sie den Weg zurücklegten, erinnerte sich die Grafentochter an den furchtbaren Schrecken, den sie zwei Tage zuvor, bald nach ihrer und Jörgs Ankunft auf der Isarburg, erlebt hatte.

„Nein!“, hatte Hadamar hervorgestoßen, nachdem Jörg zu ihm und Anna gesagt hatte: „Wir möchten in eurer Kirche zusammengegeben werden.“

Dieses schroffe „Nein!“ hatte Siguna im Innersten getroffen; es war ihr gewesen, als würde sie jäh in einen tiefen Abgrund stürzen.

Und dann, nach einer kurzen Pause, hatte der Ahausener Ritter weitergesprochen: „Nein, nicht möglich! Oder doch?! Ihr seid tatsächlich fest entschlossen, eure Liebe gegen den Willen des Grafen von Württemberg durch eine Heirat zu besiegeln?! Donnerwetter auch! Dazu gehört Courage! Derartiger Mut imponiert mir!“ Gleich darauf, nachdem er einen Blick mit seiner Gattin gewechselt und sie eine zustimmende Geste gemacht hatte, waren Hadamars erlösende Worte gefallen: „Selbstverständlich könnt ihr die Ehe in unserer Heilig-Kreuz-Kirche schließen. Und die ist gewiss nicht schlechter dafür geeignet als irgendeine Kirche am Neckar. Kann sich einer äußerst kostbaren Kreuzreliquie rühmen, und zudem ruhen vier Generationen meiner Vorfahren im Gruftgewölbe unter dem Kirchenboden, die allesamt …“

„Dies kannst du dem jungen Paar ein andermal erzählen“, hatte Anna ihren Gemahl unterbrochen. „Jetzt ist es viel wichtiger, über die Vermählung zu reden. – Wann soll deine Hochzeit mit Siguna denn stattfinden, Jörg?“

„So bald wie möglich“, hatte die Antwort gelautet; nach einigem Hin und Her war man übereingekommen, die Eheschließung auf den übernächsten Tag zu legen – und nun, an diesem vom Regensturm verdüsterten Spätvormittag, schritt das Brautpaar, geleitet von Hadamar und Anna von Ahausen, durch das halbdunkle Kirchenschiff zum Traualtar.

Als die vier Adligen dort anlangten, verneigte sich der bereits grauhaarige Priester devot; dann fragte er mit gedämpfter Stimme: „Die Vermählungszeremonie soll also wirklich ohne weitere Zeugen durchgeführt werden?“

„Hätten wir es anders gewollt, so hätten wir es anders geregelt“, erwiderte der Ahausener Burgherr barsch. „Was hier geschieht, geht außer uns keinen etwas an. Und für dich, Pfaffe, bedeutet das: Du redest später nicht über die Eheschließung, hältst deinen Mund!“

„Wie Ihr befehlt, Herr“, kam es von dem Priester; sodann wartete er ab, bis Hadamar und Anna auf der seitlich im Presbyterium stehenden Adelsbank Platz genommen hatten und das junge Paar zu ihm an den Altar getreten war. Als der Mühlberger Edelfreie und dessen Braut Hand in Hand vor ihm standen, erkundigte sich der Kleriker: „Seid Ihr aus freien Stücken und ohne Zwang in dieses Gotteshaus gekommen?“

Jörg und Siguna bestätigten es; daraufhin wollte der Priester wissen: „Und ist es Euer fester Wille, hier und heute den Bund der Ehe zu schließen und Euch treu zu bleiben, bis der Tod Euch dereinst scheidet?“

„Ja!“, antwortete das Brautpaar wie aus einem Mund.

„Wenn es so steht, gebe ich Euch im Namen Gottes und unter der Zeugenschaft Hadamars und Annas von Ahausen zusammen“, verkündete der Kleriker. „Damit seid Ihr jetzt Mann und Frau, und nun wollen wir Euren Ehebund durch jenes Gebet segnen, das Jesus Christus seine Jünger lehrte.“

Gleich darauf sprachen alle Anwesenden das Vaterunser; nachdem das letzte Wort verklungen war, küsste Jörg seine nunmehrige Ehefrau und raunte ihr zu: „Deinen Hochzeitsring werde ich dir an den Finger stecken, sobald wir daheim auf der Burg Mühlberg sind, mein Herz.“

„Ich freue mich darauf, aber ungleich wertvoller ist mir deine Liebe", erwiderte Siguna mit feuchten Augen. „Und ich danke dir so sehr für den Liebesbeweis, den du mir soeben durch dein Jawort gegeben hast."

„Ich bin doch dir unendlich dankbar!" Jörgs Stimme klang sehr weich, sehr zärtlich, und angesichts dessen konnte Siguna nicht anders, als ihn nochmals zu küssen. Dann, als sich ihre Lippen wieder voneinander gelöst hatten, kamen Hadamar und Anna herbei. Beide gratulierten dem Brautpaar; danach drückte der Ahausener Burgherr dem Priester einige Silbermünzen in die Hand, ermahnte ihn ein weiteres Mal zur Verschwiegenheit – und verlangte anschließend von ihm: „Nimm den Schlüssel zur Gruft aus dem Tabernakel."

Verblüfft starrte der Kleriker; Anna zischelte: „Was soll das denn, Hadamar?! Du willst doch nicht etwa ...?! Ausgerechnet zu dieser Stunde, wo Jörg und Siguna ..."

„Es ist ein ehrwürdiger alter Brauch, der von jeher zu den Traditionen Ahausens gehört", fiel ihr der Burgherr ins Wort. „Du kennst ihn bloß nicht, weil wir die Ehe auf der Festung deiner Eltern schlossen. Aber jetzt soll er einmal mehr geübt werden, um jene durch unseren Besuch zu ehren, denen wir unsere Burg, unser Land, unsere Kirche und alles andere verdanken. – Also, Pfaffe, her mit dem Gruftschlüssel, damit wir zu meinen Ahnen hinabsteigen können."

Unwillig schüttelte Anna den Kopf; wagte jedoch, weil sie ihren Gatten kannte, keinen weiteren Widerspruch mehr. Siguna schaute betreten drein; aber als Jörg ihr zuraunte: „Wir verdanken ihm viel und sollten ihm deshalb den Gefallen tun", nickte sie, wenn auch zögerlich.

Im nächsten Moment händigte der Priester dem Ahausener den Schlüssel aus, und gleich darauf schritt Hadamar, seine Gemahlin am Arm mit sich ziehend, zum rückwärtigen Portal des Sakralbaues. Das Brautpaar verabschiedete sich eilig von dem zurückbleibenden Kleriker und folgte den beiden Trauzeugen; draußen prasselte nach wie vor der Regen und wühlte der Wind in den Baumkronen, aber der Ahausener Burgherr, der aufgrund des Wetterumschwunges noch etwas stärker hinkte als gewöhnlich, achtete des wilden Aufruhrs der Natur nicht und führte die anderen zur Nordseite der Heilig-Kreuz-Kirche.

Dort, in der Mitte der Kirchenmauer, gab es eine ebenerdige Pforte, die nur dann geöffnet wurde, wenn ein Verstorbener zur Aussegnung ins Innere des Sakralbaues getragen werden musste. Links neben diesem bescheidenen Portal führte zwischen zwei kleinen, in die Erde eingetieften Mauerzügen eine Steintreppe zum Untergeschoss der Kirche hinab, und in der Grundmauer dort befand sich eine zweite Pforte. Hadamar steckte den hakenförmigen Eisenschlüssel, den ihm der Priester übergeben hatte, ins Schloss des niedrigen Portals und drehte ihn. Ein hartes, metallisches Geräusch ertönte; dann öffnete der Burgherr die Pforte, die sich knarrend in ihren Angeln bewegte, und stieg drinnen vier weitere Steinstufen hinunter. Die beiden Frauen und Jörg, die sich auf der Außentreppe zusammendrängten, sahen, wie Hadamar im Halbdunkel der Gruft Feuer schlug; gleich darauf glühte ein Zunderschwamm auf, und wiederum wenig später entzündete der Burgherr eine Pechkerze, die er aus einer Nische neben dem Portal genommen hatte.

Der flackernde Fackelschein leuchtete den vorderen Bereich des Gruftgewölbes einigermaßen aus; der Mühlberger und die Frauen erblickten grobes, kaum behauenes Gestein und erahnten weiter hinten eine gedrungene Säule; zugleich forderte Hadamar sie auf: „Kommt herein!“

Jörg, Siguna und Anna gehorchten; dann, als sie ein halbes Dutzend Schritte ins modrig riechende Gruftinnere getan hatten, gewahrten sie die Särge. Es waren viele, um die zwei Dutzend an der Zahl; manche waren bereits in sich zusammengesunken, oder ihr morsches Holz war teilweise eingebrochen; andere waren noch intakt. Schweigend schauten die Frauen und der Mühlberger auf die Totenladen; auch der Ahausener Burgherr blieb eine ganze Weile stumm, ehe er schließlich mit der lodernden Fackel auf mehrere Särge zu seiner Rechten wies und sagte: „Dort ruhen meine Eltern sowie meine beiden bereits im Kindesalter heimgegangenen Brüder und dazu ein Onkel meines Vaters.“

Er schlug für jeden der Genannten ein Kreuz; danach ließ er das Licht der Pechkerze weiterwandern und zeigte den anderen die Totenladen seiner Großeltern und Urgroßeltern; dazu die von deren nahen Verwandten.

Zuletzt ging er langsam zu zwei schon halbverfallenen Särgen, die direkt bei der Gruftsäule standen, und erklärte: „Hier liegt das Gründerpaar meines Geschlechts, welches die Burg erbaute und damit den Grundstein für die Ahausener Dynastie legte. Mein Ururgroßvater, der den gleichen Namen wie ich trug, kam von der Ilzburg der Halser Edelfreien, die nahe der Stadt Passau steht, an die Isar, und seine Gemahlin stammte aus dem Adelshaus der Ortenburger. Hadamar der Erste war ein jüngerer Sohn seiner Familie und musste sich deshalb, weil er nicht erbberechtigt war, seine eigene Herrschaft erkämpfen. Mit Tapferkeit und Klugheit schaffte er es, und seine Gattin stand ihm dabei tatkräftig zur Seite. Das aber, was beide sich erstritten, blühte im Lauf der folgenden Generationen immer reicher auf, sodass das Ahausener Wappen heute in ganz Bayern hochgeachtet ist; ähnlich wie die Wappenschilde der Halser und Ortenburger, mit denen die Ritter von Ahausen aufgrund ihrer Herkunft seit jeher verbündet sind."

Aufmerksam hatte Siguna den Worten des Burgherrn gelauscht; sie hatte das Unheimliche des Ortes darüber fast vergessen – und nun hörte sie Hadamar sagen: „Ehre sei meinen Ahnen! Lasst uns jetzt ein Gebet für sie sprechen, damit sie ihren Frieden im Jenseits haben. Und zudem wollen wir den Ersten des Ahausener Geschlechts dafür danken, dass sie die hiesige Kirche erbauten, in der an diesem Tag einmal mehr ein Ehebund geschlossen wurde."

Noch einmal, ganz wie nach der Trauung, erklangen die Sätze des Vaterunsers; anschließend verließen die vier Adligen die Gruft wieder, und der Burgherr gab dem draußen wartenden Priester den Schlüssel zurück. Der Kleriker verschloss die Gruftpforte, sodann machte er sich eilig davon; Hadamar wiederum legte dem Mühlberger und dessen Braut die Arme um die Schultern, wobei er sagte: „Und nun, Kinder, lasst uns schauen, dass wir ins Trockene und an die Festtafel kommen, wo eure Vermählung gefeiert werden soll."

Wenig später – der Friedhof mit der Heilig-Kreuz-Kirche lag nur einige hundert Meter von der Burg entfernt – erreichten die beiden Paare das Festungstor. Dort, im Torschlund, der sie vor Regen und Sturmwind schützte, warteten der Waffenknecht Konrad und dessen Kameraden; sie waren von Jörg hinsichtlich der Eheschließung eingeweiht worden, und jetzt wünschten sie ihm und seiner Braut alles Gute für ihr weiteres Leben.

Das frischgebackene Ehepaar dankte den Reisigen; dann begaben sich die Adligen in den Wohnturm, wechselten in ihren Gemächern die durchnässten Kleider, wobei Siguna auf Annas Garderobe zurückgreifen durfte, trockneten sich die Haare und fanden sich anschließend wieder an der Hochzeitstafel im zweiten Obergeschoss des mächtigen Bauwerks zusammen. Dort trugen die Burgköchin und eine ihrer Helferinnen Bratenstücke von rotem und weißem Fleisch, verschiedene Gemüsebeilagen, frischgebackenes Brot sowie Wein auf. Genüsslich begannen die beiden Paare zu speisen; dann, als der erste Hunger gestillt war, äußerte Hadamar: „Das hätte ich mir nie träumen lassen, dass in der Heilig-Kreuz-Kirche einmal eine solch ungewöhnliche Vermählung stattfinden würde. Eine mehr oder weniger heimliche Hochzeit bei wüstestem Wetter und mit einem Pfaffen, den ich zum Schweigen über die Zeremonie verdonnern musste."

„Nicht zu vergessen der Glanzpunkt, mit dem du alles kröntest, als du uns dazu brachtest, dir in die düstere Totengruft zu folgen", versetzte Anna. Mit einem Gesichtsausdruck, der zwischen sanftem Tadel und leicht humorvollem Verständnis für den unorthodoxen Charakter Hadamars changierte, blickte die Burgherrin ihren Gatten an; sodann fuhr sie in versöhnlichem und warmem Tonfall fort: „Aber letztlich ist doch nur eins wichtig: Dass Jörg und Siguna heute ihre Liebe vor dem Altar besiegeln konnten."

Einen Moment lächelte sie versonnen; dann wandte sie sich dem Brautpaar zu. „Unter dunklem Himmel und bei stürmischem Regenwind habt ihr geheiratet. Dies jedoch soll beileibe kein Omen für eure Ehe sein – vielmehr soll eure Zukunft umso lichter und freundlicher werden. Von ganzem Herzen wünschen euch Hadamar und ich ein glückliches und erfülltes Leben in eurer Mühlberger Herrschaft, und ebenso wünschen wir euch Kindersegen, damit eure tiefe Zuneigung in denen, die nach euch kommen, fortbestehen kann."

Zuletzt waren Annas Augen ein wenig feucht geworden; Siguna bemerkte es, griff nach der Hand der Burgherrin und sagte: „Jörg und ich danken dir so sehr für deine Worte. Wir werden uns bemühen, sie wahrzumachen. Auch", sie senkte ein bisschen verschämt die Lider, „im Hinblick auf den Nachwuchs, den wir uns natürlich ersehnen. – Und ihr müsst und sollt die Hoffnung auf Kinder ebenfalls nicht aufgeben! Ihr erzähltet uns ja gestern Abend beim Wein, dass ihr vorletztes Jahr einen Säugling durch jähen Kindstod verloren habt, und dass du, Anna, seitdem nicht mehr schwanger wurdest. Aber so etwas hatten schon viele Paare zu tragen, und später wurde ihnen dann doch noch Elternglück geschenkt. Daran solltet ihr immer denken; außerdem seid ihr ja noch im besten Alter, und deshalb habt ihr nach wie vor gute Aussichten, junges Blut in eurer Burg aufwachsen zu sehen."

„Deine hoffnungsvolle Einschätzung sei dem Herrgott getrommelt und gepfiffen!", äußerte Hadamar mit rauher Stimme. „Und den Isarfeen, von denen es heißt, dass sie die Kerle und die Weiber fruchtbar machen könnten, genauso!" Er griff nach seinem Pokal und trank Anna, die ihn erneut etwas tadelnd anschaute, zu; gleich darauf stießen alle zusammen miteinander an, und in der Folge wurde an der Hochzeitstafel bei angeregten Gesprächen noch mancher Becher geleert.

Gegen Abend schließlich wurden auf Jörgs und Sigunas Wunsch hin die drei Mühlberger Waffenknechte ins Obergeschoss des Wohnturmes gerufen, damit auch sie zwei oder drei Humpen auf das Wohl des Brautpaares trinken konnten. Sie taten es mit Genuss; der Ahausener Burgherr unterhielt sie mit etlichen Kreuzzugsgeschichten, und nachdem sie ihre Pokale das letzte Mal geleert hatten, fragte der schnauzbärtige Reisige Konrad seinen Herrn und Freund: „Wie steht's jetzt mit der Heimkehr auf unsere Feste? Bleiben wir noch länger hier an der Isar, oder reiten wir schon bald zur Kollbach weiter?"

„Übermorgen brechen wir auf", beschied ihn Jörg. „Damit Siguna die Burg und das Land, die ihr zur neuen Heimat werden sollen, möglichst rasch kennenlernen kann."

„Ich und meine teure Gemahlin hätten uns ja gewünscht, uns noch länger an der Gegenwart der beiden Turteltauben erfreuen zu dürfen", warf Hadamar mit weinschwangerer Stimme ein. „Aber sie können es offenbar gar nicht mehr erwarten, sich ins eigene Nest zu setzen, und deshalb müssen wir sie wohl oder übel ziehen lassen."

„Von hier bis Mühlberg ist es doch gerade einmal ein guter halber Tagesritt", tröstete Jörg den Ahausener. „Und ich verspreche dir, dass ich bald einmal wieder zu euch herüberkommen werde, damit wir der Jagdlust in den Isarauen frönen können."

„Wenn's so steht, will ich nicht länger jammern", äußerte Hadamar zufrieden. „Und jetzt ab mit euch, ihr Reisigen, denn es ist eures Bleibens in dieser heiligen Halle nicht länger! Es wird nämlich allmählich Zeit, dass meine bessere Hälfte und ich das Brautpaar zu seinem Hochzeitsgemach geleiten. Zwar nicht sofort, weil mich noch immer der Durst plagt – jedoch gewiss schon in Bälde. Ihr aber, ihr tapferen Kriegsknechte, dürft euch noch einen vollen Krug mitnehmen. Das will ich euch zugestehen, damit ihr in eurem Quartier auf eine gut geschmierte Hochzeitsnacht trinken könnt."

„Nun ist's aber genug!", wies Anna ihren Gatten zurecht. Gleich darauf verließen die drei Reisigen schmunzelnd den Raum; die beiden Adelspaare blieben zurück – und etwa eine Stunde später dann begaben sich Siguna und Jörg, nach altem Brauch vom etwas wankenden Ahausener Ritter und dessen Gemahlin geführt, in das Gemach, wo sie ihre erste eheliche Nacht verbringen sollten.

Die Kollbachburg

Niederbayern/Burg Mühlberg

Spätsommer 1132

Die kleine Kavalkade war wieder unterwegs. Unter teils wolkigem, teils lichtblauem Himmel trabten Jörg, Siguna und die drei Waffenknechte, die das Packpferd mit sich führten, in der Vormittagsmitte auf der südlichen Isarhöhe dahin. Manchmal, weil die Rösser tagelang im Stall gestanden hatten und aus diesem Grund übermütig geworden waren, kapriolte das eine oder andere Pferd, doch die betroffenen Reiter brachten die Tiere dann jedes Mal rasch wieder zur Räson.

Die Burg Ahausen lag jetzt bereits eineinhalb Meilen hinter dem Trupp. Ihr wuchtiger Wohnturm war schon nicht mehr zu sehen, und das Ackerland mit seinen Weilern und Einödhöfen, das zum Südbereich der Ahausener Herrschaft gehörte, ging nun allmählich in Wildnis über. Gestrüppflächen und Bauminseln schoben sich an den Fahrweg heran, dem die Berittenen folgten; da und dort gab es flache, schilfumsäumte Tümpel, über denen Mückenschwärme flirrten; anderswo waren Totbäume niedergebrochen und hatten im Sturz breite Lücken ins Unterholz gerissen.

Dann, nachdem die Kavalkade eine weitere halbe Meile zurückgelegt hatte, erreichte sie den Südsaum der Isarhöhe. In Windungen führte der Weg hier bergab und stieß schließlich, nachdem die Rösser einen über Sumpfboden laufenden Knüppeldamm passiert hatten, auf einen nicht sonderlich breiten Fluss.

Der Mühlberger Edelfreie zügelte seinen Rapphengst, strich sich eine Locke seines rotblonden Haares aus der Stirn und sagte zu Siguna: „Dies ist die Vils. Und das nächste Gewässer, das wir sehen werden, ist schon die Kollbach."

„Wo wir miteinander leben werden ...", antwortete die junge Frau versonnen. „Du, ich und später auch unsere Kinder ..."

Jörg schenkte ihr einen verliebten Blick; gleich darauf rief Konrad, der sein Ross hart hinter dem Paar angehalten hatte: „Da drüben, auf der anderen Vilsseite, kommen bewaffnete Reiter heran!"

Unwillkürlich zuckte die Hand des Rotblonden zum Dolch, den er am Gürtel trug; zugleich spähte er über den Fluss – dann löste sich seine Anspannung, und er erklärte: „Keine Gefahr! Es sind bloß die Beireiter eines Salzzuges. Schaut nur, dort nahe des letzten Berittenen taucht bereits der erste Frachtwagen auf."

„Ja, du hast recht", versetzte der schnauzbärtige Reisige. „Und die Salzleute brauchen wir nicht zu fürchten. Aber wir sollten machen, dass wir ans jenseitige Vilsufer gelangen. Sonst kommen uns die Säumer zuvor, und wir müssen über den Damm zurückreiten und weiter hinten abwarten, bis der Weg wieder frei ist."

„Also vorwärts!", befahl Jörg und trieb seinen Hengst an. Von der flachen Uferböschung aus trottete der Rappe in den Fluss und strebte dem gegenüberliegenden Ufer entgegen. Das Wasser ging dem Tier dabei nur einen halben Meter über die Hufe, weil die Vils an dieser Stelle eine Furt bildete. Daher erreichte das Ross ohne größere Schwierigkeiten wieder trockenen Boden; auch die übrigen Pferde kamen gut über den Flusslauf und trabten sodann auf einen Wiesenfleck seitlich des Fahrweges. Dort harrten die Reiter aus, bis der Salzzug herangekommen war; sechs berittene Bewaffnete schützten ein Dutzend vierspänniger Frachtwagen, die von jeweils zwei Fuhrleuten gelenkt wurden – und nun brachten die Beireiter und die Fuhrmänner ihre Tiere vor der Vilsfurt zum Stehen.

Kurz tauschte sich der Anführer der fremden Waffenknechte mit dem Mühlberger Ritter aus, dann gab er seinen Leuten den Befehl zum Weiterreiten. Die Reisigen passierten die Furt; der erste, hoch mit Salzfässern beladene Wagen folgte ihnen, und bald hatte auch das letzte Fuhrwerk das nördliche Vilsgestade erreicht.

Über den Knüppeldamm polterten die Vierergespanne davon; Jörg, Siguna und ihre Begleiter schauten ihnen noch eine Weile hinterher; schließlich sagte der Rotblonde zu seiner frischangetrauten Gemahlin: „Der Vilsübergang war für die Salzleute, die aus dem Hallstätter Gäu im Gebirge kommen, leicht. Doch die Isar wird es ihnen schwerer machen. Denn an ihrem Südufer, dort wo sich der Fluss direkt unterhalb von Ahausen ausbuchtet, müssen die Fuhrwerke auf besonders große Fährkähne gebracht werden. Und danach, beim Übersetzen, sind die Ahausener Fergen gezwungen, härteste Arbeit zu leisten, um die mächtigen Lasten über den Strom zu bringen. Aber sie werden gut dafür entlohnt, und auch Hadamar geht nicht leer aus, weil er nämlich für jedes Ross, jeden Wagen und jedes Fass Salz den ihm zustehenden Fährzoll erhält."

„Es sei ihm vergönnt", äußerte Siguna lächelnd; gleich darauf drängte sie: „Doch jetzt lass uns weiterreiten! Ich kann es kaum erwarten, meine künftige Heimat zu sehen."

„Ein paar Stunden wirst du dich wohl oder übel noch gedulden müssen, du ungebärdiges Eheweib", scherzte der Rotblonde.

Lachend versetzte ihm die Grafentochter einen Klaps auf den Oberschenkel, woraufhin der Rapphengst, der ohnehin schon fordernd mit den Hufen gestampft hatte, jäh lostrabte. Rasch schloss Siguna zu ihrem Gatten auf; im nächsten Moment jagten die beiden Rösser im Galopp davon, und wiederum einen Augenblick später gaben auch die Waffenknechte ihren Pferden die Sporen.

Etwa eine Viertelmeile preschten die Reiter neben dem vom Salzzug gefurchten Fuhrweg dahin; dann allerdings wurde das Gelände erneut sumpfig und der Weg morastig. Ein Altwasser der Vils war schuld daran; vorsichtig brachten die Berittenen ihre Tiere über die rutschige Wegstrecke hinweg und konnten sodann langsam weitertraben. Wenig später freilich, am Saum eines ausgedehnten Waldes, mussten sie den Salzweg, der jetzt scharf nach Südwesten abbog, verlassen. „Mühlberg liegt südöstlich von hier", erklärte Jörg seiner Gemahlin; dann lenkte er den Rappen in den Forst hinein.

Unter den Bäumen gab es bloß noch so etwas wie einen Trampelpfad, der sich an manchen Stellen völlig verlor, weshalb sich der vorausreitende Edelfreie immer wieder einmal orientieren musste. Zudem standen die Erlen, Eschen, Birken und Pappeln teilweise so dicht, dass die Pferde nur mit Mühe durchkamen, und anderswo wieder bildeten Sumpflöcher oder morsche Totholzhaufen natürliche Hindernisse. So dauerte es geraume Zeit, bis die Kavalkade den Wald hinter sich gebracht hatte; als die Reiter ihre Rösser zwischen ruppigen Buschinseln am Forstrand zügelten, stand die Sonne bereits ein Stück jenseits ihres Zenits.

„Eigentlich könnten wir nun eine Rastpause einlegen", schlug Konrad vor. „Mir knurrt der Magen, und die Gäule könnten ein wenig Erholung bestimmt auch gut vertragen."

Siguna, die sich mehr denn je danach sehnte, in Mühlberg anzukommen, wollte zuerst widersprechen – aber im nächsten Moment, weil sie Mitleid mit dem Schnauzbärtigen und den Pferden empfand, sagte sie zu Jörg: „Ich finde, Konrad hat recht. Es könnte wirklich nicht schaden, wenn wir uns ein wenig ausruhen würden."

Der Edelfreie nickte und schwang sich aus dem Sattel; wenig später grasten die Rösser friedlich auf einem Wiesenfleck, und die Menschen genossen, in der Nähe der Pferde auf der Erde hockend, einen Imbiss von Rauchfleisch und Brot. Dazu tranken sie gewässerten Wein aus einem Lederbeutel, den ihnen der Ahausener Burgherr zum Abschied mitgegeben hatte; als sie gesättigt waren, saßen sie in der milden Septembersonne noch eine Weile beisammen.

So verstrich etwa eine Stunde; erst dann, weil seine Gattin ihn sehnsuchtsvoll anblickte, erhob sich Jörg, half Siguna auf und beschied die Waffenknechte: „Los geht's! Wir reiten weiter."

Kurz darauf trabten die Rösser wieder an, überquerten das Strauchland und erreichten nach einiger Zeit jenseits eines bewaldeten Hügels einen Bach, der sich durch einen Wiesengrund schlängelte. An seinem Ufer konnten die Pferde saufen; danach folgten sie dem Bachlauf etwa eineinhalb Meilen, bis er in ein größeres, an den Rändern mit Schilf bestandenes Gewässer mündete. Dort brachte der Rotblonde seinen Hengst zum Stehen und erklärte Siguna: „Dieser Fluss ist die Kollbach. Und wenn wir hier einen Zweig ins Wasser werfen wollten, dann würde er eine Strecke weiter östlich direkt unterhalb des Mühlberger Burghügels vorbeitreiben."

„So nahe sind wir der Festung schon?", rief die Grafentochter aus.

„Nun ja, etwa drei Meilen müssen wir noch hinter uns bringen", schmunzelte Jörg. „Aber ich denke, so lange wirst du dich noch gedulden können, oder?"

Statt ihm zu antworten, zog Siguna ihr Pferd herum, setzte es in Trab und folgte dem Lauf der Kollbach. Der Rotblonde beeilte sich, wieder an ihre Seite zu gelangen; in der Folge sodann zog der kleine Reitertrupp, gelegentlich eine Windung der Kollbach abschneidend, durch Auenland oder über Wildwiesen in ungefährer Richtung gen Osten dahin – und zuletzt, bald nach der Nachmittagsmitte, kam die Burg Mühlberg in Sicht.

Die kleine Festung lag auf einer Anhöhe über dem linken Ufer des Flusses. Am Hügelfuß waren die Anwesen eines Burgdorfes zu erkennen, und etwa eine Viertelmeile entfernt, rechts der Kollbach, gab es eine weitere Ansiedlung, die ein Dutzend Gebäude zählen mochte.

Die Grafentochter ließ ihr Pferd vom Trab in den Schritt fallen, schaute lange auf das Bild, das sich ihr darbot, und sagte dann mit weicher Stimme zu ihrem Gemahl: „Das also ist dein Reich. Deine Heimat, wo du aufgewachsen bist ..."

„Von heute an unsere Heimat, mein Schatz", entgegnete Jörg. „Unser Stück Erde, auf dem wir glücklich werden wollen ..." Er besann sich und fügte hinzu: „Aber der Mühlberger Besitz umfasst nur die Feste, die Höfe, die du unterhalb von ihr siehst, sowie um die zwanzig weitere Bauernanwesen im nördlichen Hinterland der Burg. Das Dorf hingegen, welches sich da drüben südlich der Kollbach befindet, steht nicht unter der Herrschaft von Mühlberg. Es wird Arnstorf genannt, nach dem ersten Siedler mit Namen Arn, der dort einst rodete, und die Arnstorfer sind allesamt Freibauern oder freie Handwerker, die eigenständig über ihr Tun und Lassen entscheiden dürfen und keinem Adligen den Zehnten bezahlen müssen. Daher leisten sie keine Abgaben an Mühlberg, doch ich pflege ungeachtet dessen ein gutes Verhältnis zu ihnen, denn es sind grundanständige Leute."

Siguna nickte ihrem Gatten anerkennend zu; im nächsten Moment konnte sie nicht mehr an sich halten und rief aus: „Aber jetzt weiter! Ich kann es wirklich kaum noch erwarten, auf unsere Burg zu kommen!"

Mit dem letzten Wort trieb sie ihr Ross zum Galopp an; auch die anderen Pferde preschten los, und erst beim Festungsdorf fielen die Tiere wieder in Schritt. Ein knapp mannshoher Flechtwerkzaun mit mehreren, jetzt am Tag offenen Durchlässen hegte die Ansiedlung ein; hart am südlichen Zaunabschnitt floss die Kollbach, an deren Ufer etliche Zillen lagen. Als die Reiter ihre Pferde auf den Dorfanger inmitten der hölzernen, mit Reet gedeckten Anwesen lenkten, liefen die Dörfler zusammen und hießen ihren Herrn und dessen Begleiter mit lauten Zurufen willkommen. Jörg stellte ihnen seine hübsche Braut vor, woraufhin großer Jubel aufbrandete. Lachend winkte Siguna den Männern, Frauen und Kindern zu; nach einer Weile dann setzte der Reitertrupp seinen Weg fort: zu einer Zaunöffnung, die sich zum Festungshügel hin auftat.

Außerhalb des Durchlasses erstreckte sich ein breiter Wassergraben, welcher die gesamte Südflanke des Burghügels schützte; ein Bohlensteg führte hinüber, und gleich dahinter gelangten die Rösser zu einem steilen Steig, der sich zur Feste emporwand. Die Pferde hatten einige Mühe, ihn zu erklimmen; zuletzt mündete der beschwerliche Weg auf einen Platz vor dem Burgtor. Der Torturm war aus mächtigen Eichenbohlen erbaut und stellte den einzigen Durchgang in einem starken Palisadenwall dar, der sich um das ganze Hügelplateau herumzog.

Von der Wehrplattform des Torturmes herunter wurden die Reiter mit freudigen Rufen begrüßt; gleich darauf zügelte Jörg seinen Hengst im Festungshof, schwang sich aus dem Sattel, half seiner Gemahlin vom Pferd und sagte mit leuchtenden Augen zu ihr: „Willkommen, mein Herz! Tausendmal willkommen auf Mühlberg!"

Siguna dankte ihm seine herzlichen Worte mit einer innigen Umarmung und einem langen Kuss, danach schaute sie sich neugierig im Burghof um. Auch hier gab es, ganz wie in Ahausen, einen zentralen Wohnturm, der allerdings nur zwei Geschosse besaß. Das untere Stockwerk war aus Bruchsteinen aufgemauert und weiß gekalkt; das Obergeschoss war in gefälliger Fachwerkkonstruktion ausgeführt und ragte an allen vier Seiten ungefähr zwei Meter über sein Steinfundament hinaus, sodass der Turm wie ein riesiger, eckiger Pilz wirkte, der von einem schindelgedeckten Spitzdach gekrönt war.

Die junge Frau fand das ungewöhnliche Turmgebäude anheimelnd, und auch sonst gefiel ihr die Festungsanlage. Zwar war sie deutlich kleiner als die Isarburg der Ahausener, aber es gab auch hier alle nötigen Wirtschaftsgebäude und Stallungen sowie Unterkünfte für das Gesinde und die Waffenknechte; dazu einen Tiefbrunnen, der bis zum Grundwasserspiegel der Kollbach hinabreichte, wie Jörg seiner Gattin erklärte. „Der Brunnkorb liefert selbst im heißesten Sommer noch köstlich kühles Wasser", fügte der Rotblonde hinzu. „Und um Wein, Bier und verderbliche Lebensmittel frisch zu halten, haben wir einen tiefen Erdkeller, dessen Zugang dort drüben liegt: beim Kräutergärtchen nahe des Küchenbaues."

Jörg deutete zur Südostecke des Burghofes, um seiner Frau die Stelle zu zeigen; Siguna gewahrte eine Steintreppe, die in den Keller hinunterführte – und im selben Moment erinnerte sie sich an eine ganz ähnliche Treppe in einer Hofecke der Württemberger Festung. Deren Steinstaffeln hatten den Zugang zu dem unterirdischen Verlies gebildet, wo die drei unschuldigen Frauen eingekerkert gewesen waren: die beiden Bäuerinnen und die Kräuterfrau, die dann auf dem Burganger verbrannt worden waren. Und jetzt, ganz plötzlich, war es der Grafentochter, als würde sie erneut zur Zeugin des Grauenhaften; sie erstarrte, wurde blass – und hörte einen Moment später die besorgte Stimme ihres Gemahls: „Was hast du denn, Schatz?!"

Siguna schmiegte sich an ihn und sagte ihm, was ihr soeben so beklemmend durch den Sinn gegangen war; dann setzte sie stockend hinzu: „Das da drüben ... ist bloß ein harmloser Erdkeller ... Aber wahrscheinlich gibt es hier auch ... irgendwo ein Verlies ... nicht?"

Jörg nahm sie fest in die Arme. „Du musst dich nicht ängstigen! Früher, ja, da hatte Mühlberg einen Kerker im Untergeschoss des Wohnturmes. Doch schon meine Eltern ließen das verrostete Kettenzeug daraus entfernen, weil sie es ablehnten, Menschen in einem Verlies zu quälen. Als die Ketten fort waren, wurde das Kerkergewölbe gereinigt und ein wenig umgebaut, und seitdem wird es nur noch für die Lagerung von Sachen genutzt, die eigentlich nicht mehr gebraucht werden."

Erleichtert atmete die Grafentochter auf – und gleich darauf vergaß sie ihren Schreck völlig, weil nun sämtliche Burgleute herbeikamen. Es handelte sich um ungefähr eineinhalb Dutzend Knechte, Mägde und etliche Kinder sowie fünf Reisige, die zusammen mit Konrad und den beiden anderen Waffenknechten, die den Mühlberger Edelfreien nach Regensburg begleitet hatten, die wehrhafte Festungsbesatzung ausmachten. Neugierige Blicke auf Siguna werfend, drängten sie sich heran; Jörg lächelte seine Gattin schelmisch an, dann rief er den Burgleuten zu: „Freut euch mit mir! Als einsamer Junggeselle ritt ich zur Regensburger Stadt an der Donau, und als überglücklicher Ehemann kehre ich heute an die Kollbach heim. Denn die schöne Siguna von Württemberg, die ihr hier an meiner Seite seht, hat mir ihr Herz und ihre Hand geschenkt. Gemeinsam werden wir von heute an auf Mühlberg herrschen, und ihr ..."

Die weiteren Worte Jörgs gingen in lautstarkem Jubel und Gratulationsrufen unter; es dauerte, bis sich der Lärm der begeisterten Ovation wieder legte und der Edelfreie seine Rede beenden konnte: „Meine Gemahlin und ich wissen eure Freude über unsere Hochzeit sehr zu schätzen. Wir danken euch dafür, und zur Feier unserer Vermählung soll noch diesen Abend ein Fest hier im Burghof steigen, zu dem ihr alle eingeladen seid. Siguna und ich sind sicher, dass ihr dabei fleißig auf unser Eheglück anstoßen werdet – und ihr dürft eure Humpen dann auch noch aus einem zweiten Grund auf uns erheben, weil sich nämlich Siguna von Württemberg nicht nur den Mühlberger Ritter, sondern auch den Sieger des Regensburger Adelsturniers zum Ehegespons ausgesucht hat."

Abermals brandete Jubel auf; sodann schritt das junge Paar durch ein Spalier der Burgleute zum Wohnturm und stieg dort die Balkentreppe hinauf, welche recht luftig zum Turmportal in einer Wand des auskragenden hölzernen Obergeschosses emporführte. Droben auf einer kleinen Treppenplattform angekommen, hob Jörg seine Braut hoch und trug sie über die Schwelle. Lachend und strampelnd ließ sie es sich gefallen; drinnen im Turm wollte sie sodann auf der Stelle ihr neues Heim erkunden.

Der Rotblonde zeigte ihr den mit Wandteppichen ausgestatteten und gefällig eingerichteten Wohnraum mit den beiden Fenstererkern, das gemütliche, mit Lärchenholz ausgekleidete Schlafgemach und die Nebenkammern im Holzstockwerk. Danach öffnete er eine Bodenluke, unter der sich eine breite Steigleiter verbarg. Über diese erreichte das Paar einen vorne und hinten mit schräg nach oben weisenden Lichtschächten versehenden Flur im steinernen Erdgeschoss des Wohnturmes; von dem Gang aus führten mehrere Eichentüren in Gewölberäume. Jörg entzündete eine faustdicke Wachskerze mit geflochtenem Docht; ihr Schein reichte aus, damit Siguna die erste der aus Bruchsteinen aufgemauerten Gewölbekammern besichtigen konnte. Der Raum diente als Waffenkammer; an den Wänden lehnten Dutzende von schweren Spießen und um die hundert leichtere Wurfspeere; außerdem lagerten dort Kampf- und Jagdbögen und zahlreiche mit Pfeilen gefüllte Fässer; dazu Lang- und Kurzschwerter, Schilde, verschiedenartige Helme, etliche Kettenhemden und vier Armbrüste samt ebenso vielen kleinen Ledersäcken, die mit eisernen Armbrustbolzen gefüllt waren.

Der Rotblonde nahm einen der vierkantigen, spitz zulaufenden Bolzen an sich, betrachtete ihn sinnend und erklärte: „Die Armbrust wird von manchen Rittern als Waffe abgelehnt, weil sie als tückisch gilt. Jeder

Strauchdieb kann mit ihr einen Gepanzerten aus dem Hinterhalt töten. Wo ein Pfeil vom Kettenhemd abgefangen würde, schlägt der Armbrustbolzen durch. Und mit ehrenvollem Kampf hat so etwas nichts zu tun. Daher verabscheute auch ich diese Waffe zunächst. Doch dann, im vorletzten Jahr war es, überzeugte mich Hadamar, mir trotzdem ein paar dieser Waffen anzuschaffen. Denn zur Verteidigung einer Burg sind sie besser als alles andere Kriegsgerät geeignet, weil sie selbst auf weite Entfernung noch mächtige Durchschlagskraft besitzen."

„Wollen wir hoffen, dass unsere Reisigen die Armbrüste nie einsetzen müssen", murmelte Siguna.

Jörg spürte ihr Unbehagen, legte den Arm um sie und sagte entschuldigend: „Ich wünschte, ich hätte dich mit meinem Gerede verschont." Er legte den Bolzen weg und fuhr fort: „Wir sind ja schließlich nicht hier, um uns über irgendwelche Waffen auszutauschen. – Und nun komm weiter, damit ich dir die übrigen Gewölbe hier unten zeigen kann ..."

Gleich darauf folgte die junge Frau ihrem Gemahl zurück auf den Flur, wo er sie kurz auf eine steinerne Bodenplatte mit einem Eisengriff hinwies, welche den Zugang zum Turmkeller verschloss. Danach betraten sie die anderen Räume: zunächst zwei mit Bettstellen und Truhen ausgestattete Kammern, in denen Gäste beherbergt werden konnten; schließlich noch einen kühlen Lagerraum im nördlichen Bereich des Turmgeschosses, wo, ebenso wie im Erdkeller draußen, Bierfässer und Weinschläuche sowie haltbare Lebensmittel wie gesalzene Speckseiten oder Rauchwürste eingelagert waren.

„Wie du siehst, wirst du auf Mühlberg weder hungern noch dürsten müssen", scherzte Jörg.

„Das habe ich auch nicht erwartet, nachdem du mich doch so inständig liebst", antwortete Siguna mit verführerischem Lächeln – und dies löste bei ihrem Gatten einmal mehr kaum noch bezähmbare Sehnsucht nach ihren Küssen, ihrem schlanken Leib und ihrer Leidenschaft aus. Fordernd zog er sie an sich; sofort sprang der Funke auf sie über – und so kam es, dass sie sich wenig später auf dem breiten Bett im Schlafgemach des Oberstocks liebten.

Nachdem ihr Lustrausch wieder abgeklungen war, lagen sie, noch immer eng umschlungen, in wohliger Geborgenheit da; allzu lange freilich konnten sie ihre tiefe Zufriedenheit nicht auskosten, denn schon bald stahlen sich die ersten Schatten der Abenddämmerung durch das Fenster des Gemachs. Dies erinnerte Jörg an das Versprechen, das er den Burgleuten gegeben hatte; mit bedauerndem Unterton beschied er Siguna: „Wir müssen hinab in den Burghof, zum Fest mit dem Gesinde und den Reisigen."

„Wenn es denn gar nicht anders geht ...", seufzte die Grafentochter mit gespieltem Widerwillen – eine halbe Stunde danach indessen, zum Auftakt des Festabends, tanzte sie in überschwänglicher Ausgelassenheit mit ihrem Gemahl zu den Klängen einer Drehleier, die ein bereits ergrauter Burgknecht zu spielen wusste. Dann, nach dem Ehrentanz, ließen sich auch die übrigen Burgleute und dazu die Paare, die vom Festungsdorf heraufgekommen waren, von der Musik locken. Bald schlugen die Stimmungswogen im von Fackeln und Feuerkörben erleuchteten Burghof höher und höher; nach einiger Zeit aber unterbrach der Drehleiermann sein Spiel und rief: „Nun verlangt es mich nach Atzung und starkem Getränk! Und euch anderen ergeht es gewiss ebenso."

Dies war das Zeichen, dass das allgemeine Schmausen und Trinken an einer langen Tafel beginnen konnte, die nahe dem Tanzboden aufgestellt worden war. Immer wieder wurde dabei dem frischvermählten, inmitten seiner Untertanen sitzenden Adelspaar zugeprostet; auch manch launigen oder recht kernigen Trinkspruch mussten Jörg und Siguna dabei hinnehmen, und manchmal quittierte der Rotblonde dies unter dem Gelächter der Männer und Frauen mit nicht weniger humor- oder kraftvollen Worten. Später dann griff der grauhaarige Knecht von neuem zu seinem Instrument; abermals vergnügte man sich beim Tanz, doch auch an der Festtafel ging es weiterhin lustig zu, denn dort standen noch immer die großen Wein- und Bierkannen, die nach und nach geleert werden wollten.

Erst als die Mitternacht bereits nahe war, wurde der Spielmann müde. Nachdem er die Drehleier ein letztes Mal hatte erklingen lassen, legte er sie weg und gesellte sich noch eine Weile zu denen, die an der Tafel pokulierten. Schließlich zog er sich in seine Unterkunft zurück; ebenso sehnten sich nun auch andere nach ihrem Ruhelager, und bald darauf endete das Fest.

Während sich einige Mägde noch daranmachten, die Getränkekannen, Becher, leeren Schüsseln und anderes Geschirr wegzubringen, gingen Jörg und Siguna engumschlungen zum Wohnturm. Als sie ihr Schlafgemach erreicht hatten, ließ sich der junge Burgherr aufatmend aufs Bett fallen und äußerte: „Jetzt bin ich aber ehrlich geschafft. Der weite Ritt heute und dazu die Feier, bei der wir ein gehöriges Quantum an Rotspon verputzt haben …"

Die Grafentochter schmunzelte; dann erwiderte sie: „Ja, lass uns schlafen, mein Herz." Sie setzte sich neben ihren Gemahl und fing an, ihre Miederschnüre aufzunesteln – plötzlich verschatteten sich ihre Augen, ihr Gesicht verspannte sich, und im nächsten Moment sagte sie mit belegter Stimme, in der ein beinahe angstvoller Unterton mitschwang: „Doch gleich morgen müssen wir das tun, was wir schon in Ahausen auf den Rat Hadamars und Annas hin beschlossen haben."

Die Botenreiter

Württemberg/Mühlberg
Spätsommer bis Frühherbst 1132

Mit feuerrotem Schädel saß Heinrich von Württemberg auf seinem Richterstuhl. Der Saal, in dem der Graf Recht zu sprechen pflegte, war leer; soeben hatte der Hochadlige den Schreiber, die Zeugen, die Büttel und die kurz zuvor von ihm verurteilte Diebin wutschnaubend hinausgejagt.

„Was für ein Miststück!", schnaubte er nun, noch immer zutiefst aufgebracht. „Da verdonnere ich das versoffene Weib wegen des Diebstahls von fünf Krügen Fusel zu nichts weiter als zwanzig Stockhieben und zum Prangerstehen für einen Tag. Und zum Dank für die milde Strafe wirft mir das Luder vor, ich wäre hartherzig und gottlos!" Vom Zorn übermannt, hieb er mit der Faust gegen die Balustrade vor seinem Richtersitz; mit dem nächsten Atemzug dachte er: Doch jetzt wird das Drecksweib es büßen! Eine volle Woche lasse ich die Saufwachtel nach der Vollstreckung des Prügel- und Schandurteils noch im Kerker schmachten!

Grimmig feixte er; gleich darauf hörte er, wie jemand von draußen an die geschlossene Tür klopfte.

„Können mich die verdammten Kreaturen denn nie in Ruhe lassen?!", stieß er hervor – dann jedoch besann er sich und brüllte: „Herein!"

Langsam öffnete sich die Saaltür; mit gesenktem Haupt trat der Gerichtsschreiber über die Schwelle, buckelte und sagte mit zitternder Stimme: „Verzeiht, dass ich störe, Herr ... Aber es ist ein Reitbote für Euch angekommen ..."

„Er soll sich zum Teufel scheren!", schrie der Graf. „Ich mag ihn nicht sehen!"

„Ja, ich verstehe. Ihr wollt nicht ...", erklang es kleinlaut von der Türschwelle her. „Nur, der Kurier ... Eure Tochter Siguna hat ihn gesandt ..."

Das kantige Gesicht Heinrichs von Württemberg erstarrte. „Was sagst du? Die Entflohene hat mir einen Boten ...? – Warum stehst du noch da?! Bring den Kerl auf der Stelle her!"

Hastig verschwand der Schreiber wieder; kurz darauf kehrte er mit dem Kurier zurück, und kaum war der Reitbote, ein dunkelhaariger Reisiger von etwa vierzig Jahren, in den Gerichtssaal getreten, fuhr der Graf ihn an: „Woher kommst du?! Wo, zum Teufel, steckt meine Tochter?!"

Der Waffenknecht verneigte sich vor dem Hochadligen; sodann erwiderte er: „Ich bin ein Gefolgsmann des Edelfreien Jörg von Mühlberg, der auf seiner Burg in Bayern sitzt. Dort lebt jetzt auch Eure Tochter Siguna, die seit kurzem mit meinem Herrn vermählt ist." Der Reisige griff in seine Gürteltasche und zog eine kleine, mit einem Band verschnürte Pergamentrolle hervor. „Diesen Brief von der Hand Eurer Tochter soll ich Euch übergeben und mit Eurer Antwort darauf heimkehren."

Stumm stierte der Graf auf den Kurier; seine Lippen bewegten sich lautlos, seine blutunterlaufenen Augäpfel drohten vor Wut aus ihren Höhlen zu treten. Dann aber schien Heinrich von Württemberg seine Beherrschung wiederzufinden; er winkte den Boten zu sich heran und verlangte mit flacher, bebender Stimme: „Her mit dem Schreiben …"

Der Reitbote händigte ihm die Pergamentrolle aus; der Graf fetzte das Schnürband weg, und während der Mühlberger Waffenknecht mit gesenktem Kopf bei ihm stand, las er:

„Verehrter Vater! Dieser Brief erreicht Dich aus meiner neuen Heimat, der Feste meines geliebten Gemahls Jörg, dem ich nach dem Buhurt in Regensburg den Siegespreis übergab. Schon damals beim Turnier, als Jörg und ich uns das erste Mal sahen, entstand tiefe Zuneigung zwischen uns, und innerhalb weniger Tage wurde noch sehr viel tiefere Liebe daraus. Wir begriffen, dass wir füreinander bestimmt waren, und wir hatten nur noch einen Wunsch: unser Leben miteinander zu teilen.

Doch es war uns ebenfalls klar, dass Du, Vater, niemals einer Eheschließung zwischen uns zustimmen würdest. Daher blieb uns kein anderer Ausweg, als aus der Donaustadt zu fliehen und später an einem geheimen Ort zu heiraten. Unter den Augen Gottes gab uns ein Priester zusammen, danach ritten wir zu Jörgs Burg weiter. Hier leben wir nun als Mann und Frau, und ich bin glücklich wie nie zuvor.

Eines aber bedrückt mich, Vater. Zwar habe ich mit Jörg meine große Liebe gefunden, und nach unserer Vermählung kann und darf uns keine Macht der Erde mehr trennen. Doch Du wirst mich, wie ich Dich kenne, verfluchen, weil ich meinen Weg fort von Württemberg und hin zu meinem Gemahl gegangen bin. Unter der Vorstellung, dass Du mitnichten billigst, was ich getan habe, leide ich sehr. Und deshalb bitte ich Dich, in Dich zu gehen und nachzudenken, damit Du vielleicht doch Verständnis für mein Handeln aufbringen kannst.

Ich sehne mich inständig nach Ausgleich und Frieden mit Dir, und dasselbe gilt für meinen Gatten. Gönne uns unsere Ehefreude und sieh ein, dass das Lebensglück Deiner Tochter auch Dich glücklich machen sollte. Und bedenke weiter: Wenn Jörg und ich dereinst Kinder haben, dann sind diese Kleinen Deine Enkel, und Du wirst das erfüllende Zusammensein mit ihnen nur genießen können, sofern Du Deinen Frieden mit mir und meinem Gatten machst.

Jörg lässt Dich und auch Deinen Sohn Walter grüßen, ebenso sind meine Gedanken bei meinem jungen Bruder. Richte Walter das bitte aus – und jetzt warte ich sehnsuchtsvoll auf Deine Antwort, die Andres, der Reitbote, hoffentlich bald nach Mühlberg bringen wird.

Mit allen guten Wünschen für Dich, Deine Tochter Siguna."

Langsam ließ der Graf das Pergamentblatt sinken – einen Lidschlag später herrschte er den vor ihm stehenden Reisigen an: „Andres heißt du also, du Kanaille?!"

Der Waffenknecht verkniff sich eine Antwort; nickte lediglich schweigend.

„Und jetzt möchtest du wohl deinen Botenlohn einsacken, was?!", fuhr der Hochadlige in barschem Tonfall fort.

Unwillkürlich, weil ihn ein ungutes Gefühl warnte, wich der Reisige einen Schritt zurück; erst dann entgegnete er: „Ich heische keinen Lohn von Euch, Herr. Stehe im Dienst des Mühlberger Ritters und bekomme alles, was ich brauche, von ihm."

„Trotzdem …", versetzte der Württemberger mit plötzlich anbiedernd klingender Stimme; gleich darauf nestelte er seinen Geldbeutel vom Gürtel los, zeigte dem Kurier das prall gefüllte Ledersäckchen und sagte: „Komm her, Andres! Nimm schon!"

Die Augen des Waffenknechts leuchteten auf; er näherte sich dem Grafen wieder – und da schlug dieser brutal zu. Das Münzsäckchen schmetterte ins Gesicht des Reisigen; halb betäubt, mit gebrochenem Nasenbein, stürzte Andres zu Boden.

Gellend, wie von Sinnen, lachte Heinrich von Württemberg auf; dann trat er mehrmals mit dem Stiefel auf den Hilflosen ein und brüllte dabei in Richtung des Gerichtsschreibers, der fassungslos bei der Tür stand:

„Lauf! Hol den Henker! Und sag ihm, er soll seine Gehilfen und Kettenzeug mitbringen!"

Verstört hastete der Schreiber hinaus; wenig später polterten der Scharfrichter und zwei Büttel in den Saal. Der Graf, der mittlerweile neben dem auf den Bodendielen liegenden Mühlberger Kurier kniete und ihm den Dolch an die Kehle gesetzt hatte, wies den Henker und dessen Helfer an: „Schlagt den Dreckskerl da in Fesseln und bringt ihn hinaus auf den Festungsanger!"

„Etwa dorthin, wo der Galgen steht?!", fragte der Scharfrichter unter freudigem Feixen.

„Du hast es erraten!" Bösartig grinsend stieß Heinrich von Württemberg den Satz hervor. Dann schaute er, nach wie vor die Klinge in der Hand haltend, zu, wie Andres mit den Ketten gefesselt wurde. Danach folgte er den drei Männern, welche den nun um sein Leben flehenden Boten Sigunas mit sich schleppten, nach draußen und ins Freie – und keine Viertelstunde, nachdem der Graf ihn niedergeschlagen hatte, starb Andres auf dem Anger vor der Burg einen grässlichen Tod.

Mit hasserfüllter, fast rauschhafter Genugtuung hatte Heinrich von Württemberg den Todeskampf des Reitboten beobachtet; im Verlauf der folgenden Stunden sodann las er, einsam in seinem Turmgemach sitzend, Sigunas Brief noch mehrere Male. Und immer wieder reizten die Zeilen von neuem seinen Zorn; seine heillose Wut auf den unbedeutenden Ritter, der ihm die einzige Tochter abspenstig gemacht hatte; seinen Hass auf Siguna, die ihn so hinterhältig verraten hatte. Gegen Abend schließlich begann der Graf zu trinken; als irgendwann sein Sohn Walter auftauchte, um ihm vor dem Zubettgehen eine gute Nacht zu wünschen, scheuchte er den Zwölfjährigen mit rüden Worten weg. Danach trank er weiter; schüttete einen Becher um den anderen in sich hinein, bis er zuletzt, seiner Sinne kaum noch mächtig, auf seine Bettstatt fiel.

Am nächsten Morgen ließ Heinrich von Württemberg ungeachtet seines dröhnenden Schädels die Herrschaftsjäger zusammentrommeln und ritt an ihrer Spitze zur Sauhatz in die Auwälder am Neckar. Mit dem Schweinsspieß erlegte er dort etliche Keiler; schonte auch eine Bache nicht, die ihm mit ihren Frischlingen in die Quere kam. Am Ende der Jagd, am Spätnachmittag, wirkte er weniger außer sich als zu Beginn des Tages; auf dem

Heimritt zur Festung ließ er sein Ross zumeist im Schritt gehen, statt es wie am Morgen zu sprengen, und nach dem Nachtmahl ging er nüchtern zu Bett.

Während der beiden folgenden Tage wirkte der Graf oft in sich gekehrt; selten hatten das Burggesinde und die Waffenknechte ihn so still, beinahe versonnen gesehen – und am vierten Vormittag nach dem Tod des Mühlberger Reitboten ging Heinrich von Württemberg mit zögernden Schritten zum Galgen auf dem Festungsanger hinaus.

Nach wie vor hing Andres mit gebrochenem Genick am rauhen Henkersstrick; sein Fleisch hatte sich bereits dunkel verfärbt, und als der Graf herankam, flatterten ein Geier und mehrere Krähen ein Stück weit davon. In einer jähen Anwandlung von Mitleid mit dem Gehenkten scheuchte der Hochadlige die Aasvögel zusätzlich, bis sie sich bei einem Gestrüpp niederließen, das einen Steinwurf entfernt war; danach stand der Graf lange am Galgenfuß und starrte zu dem Toten empor.

Vieles ging dem Herrn der Württemberger Grafschaft dabei durch den Kopf; er fühlte sich innerlich hin- und hergerissen, rang mit sich, wusste bisweilen nicht mehr aus noch ein – doch am Ende, die Sonne stand jetzt schon fast im Mittag, fasste er einen Entschluss: Er würde sich zwingen, einen Brief an seine Tochter zu schreiben.

***

Der September hatte sich in seine zweite Hälfte gedreht; allmählich, insbesondere in den bereits recht kühlen Nächten, kündigte sich der Herbst an.

Eigentlich hatte Siguna vorgehabt, an diesem Nachmittag einen Ausritt zu unternehmen, um ihre neue Heimat besser kennenzulernen. Aber dann, kaum eine halbe Stunde nach dem Mittagsmahl, hatte sich der Himmel zugezogen, und kurz darauf hatte leichter Nieselregen eingesetzt. Deshalb war die junge Frau im Mühlberger Wohnturm geblieben; jetzt, während sich Jörg unten im Festungshof ungeachtet des feuchten Wetters mit Konrad im Schwertkampf übte, saß sie droben im Fenstererker und beschäftigte sich mit einer Stickarbeit.

Stich um Stich führte sie die Knochennadel mit dem krapproten Wollfaden durch den indigoblauen Stoff; eine ganze Weile ging dies so – dann plötzlich, weil sie eine ungeschickte Bewegung machte, verhedderte sich der Faden an ihrem Ehering. Behutsam löste ihn Siguna wieder; danach betrachtete sie das goldene Kleinod an ihrem Finger mit weichem Lächeln und dachte an den Tag vor ungefähr zwei Wochen, als sie den Ring von ihrem Gemahl bekommen hatte.

Nach der Trauung in der Ahausener Kirche hatte Jörg ihr versprochen, dass sie ihren Hochzeitsring erhalten sollte, sobald sie auf der Kollbachburg wären. Und gleich am Morgen nach dem Willkommensfest im Mühlberger Burghof, noch ehe Siguna darangegangen war, den Brief an ihren Vater zu schreiben, hatte ihr Gatte eine Eisenschatulle geöffnet, einen mit feinen Arabesken verzierten Goldring herausgenommen und zu seiner Gemahlin gesagt: „Dieser Ring gehörte einst meiner Mutter. Sie trug ihn von ihrer Vermählung an bis zu ihrem Tod. Und nun soll er dein sein, zum Zeichen unserer Liebe."

Danach hatte er ihr den wertvollen Trauring angesteckt und ihr zudem weiteren Schmuck aus der Schatulle geschenkt: eine schöne Gürtelschließe aus Silber sowie eine ebenfalls silberne Halskette mit einem Bernsteinanhänger. Und Siguna hatte sich auch über diese beiden Schmuckstücke von Herzen gefreut; so sehr, dass sie die Kette mit dem Bernstein sofort angelegt und die alte, bronzene Schnalle an ihrem Kleidergürtel bei erster Gelegenheit gegen die Silberschließe ausgetauscht hatte, und seither hatte sie häufig alle drei Pretiosen getragen.

Mit der Fingerspitze fuhr die junge Frau über die filigranen Verzierungen ihres Eherings, dann wollte sie sich wieder ihrer Stickerei widmen. Sie rückte näher ans Fenster, um besseres Licht zu haben, blickte kurz ins Freie hinaus – und gewahrte unten im Kollbachtal, etwa eine Viertelmeile vom Burgdorf entfernt, einen Reiter.

Er kam aus Nordwesten, sein Ross schien zu galoppieren; fast sah es so aus, als würde er vor unsichtbaren Verfolgern fliehen. Siguna spähte schärfer; im nächsten Moment verspürte sie einen Anflug von Furcht, und wiederum ein paar Herzschläge später legte sie ihre Handarbeit weg und hastete aus dem Gemach.

Drunten im Festungshof rief sie ihrem Gemahl zu: „Ein Berittener jagt heran! Wird in Kürze da sein!"

Jörg und Konrad stellten ihren Übungskampf ein; kaum hatten sie die Schwerter gesenkt, erscholl es vom Torbau her: „Ein fremder Reiter! Gleich ist er unten am Dorfzaun!"

Zusammen mit ihrem Gatten und dem Schnauzbärtigen rannte Siguna zum offenen Festungstor; als sie dort anlangten, stieß Konrad hervor: „Soll ich die Torflügel schließen lassen?"

Jörg schüttelte den Kopf: „Es ist nur ein einzelner Mann. Wie könnte der uns gefährlich werden?"

Die junge Frau spürte, wie sich ihre angstvolle Anspannung löste; gleich darauf trat sie an der Seite ihres Gemahls auf den Vorplatz des Burgtores hinaus. Beinahe im selben Augenblick preschte der Berittene durch eine Lücke im Zaun des Festungsdorfes, zügelte sein Pferd, trabte über den Dorfanger, hielt auf den Pfad zu, der zur Burg emporführte – und brachte sein Tier am Rand des Torplatzes zum Stehen.

Langsam gingen Jörg, Konrad und Siguna auf ihn zu, in ihrem Rücken kamen einige Reisige herbei; dann rief der rotblonde Edelfreie: „Nenne deinen Namen und dein Begehr, Fremder!"

„Ich heiße Wulfbert", antwortete der Reiter. „Bin ein Waffenknecht des Grafen von Württemberg. Und Ihr, Herr, seid wohl Jörg von Mühlberg?"

„So ist es", erwiderte der Rotblonde mit etwas gepresster Stimme. Er wollte weitersprechen, doch seine Gattin kam ihm zuvor: „Jetzt erkenne ich dich erst, Wulfbert. Du warst früher vollbärtig, nun aber trägst du keinen Bart mehr. Deshalb war mir nicht gleich klar, wer du bist."

Der Reisige trieb sein Ross ein paar Schritte näher heran und antwortete unter leichtem Grinsen: „Ja, Ihr habt recht, Siguna, edle Frau. Vor einigen Wochen trug ich den Pelz noch. Bis er mir dann auf einmal zu warm im Gesicht wurde."

Siguna schmunzelte; mit dem nächsten Atemzug wurde sie wieder ernst und fragte: „Mein Vater schickt dich, nicht? Und du bringst eine Botschaft von ihm, oder?"

„Richtig", entgegnete der Reiter. „Ich komme als Kurier und soll Euch einen Brief von Graf Heinrich übergeben." Er öffnete seine Satteltasche, zog eine mit einem Siegelband verschnürte Schriftrolle heraus und hielt sie der jungen Frau hin. „Dies ist das Schreiben …"

Mit frohem Leuchten in den Augen lief Siguna das kurze Stück zu dem Reisigen hin, nahm den Brief entgegen und wollte wissen: „Sollst du mir etwas von meinem Vater ausrichten? Einen Gruß vielleicht? Und wie steht's um Walter, meinen kleinen Bruder? Geht es ihm gut? – Ach ja, und wo steckt eigentlich Andres, unser Bote, den wir …"

„Keine Sorge", fiel der Reiter ihr in die Rede. „Walter, der junge Herr, ist gesund und munter. Es fehlt ihm an nichts."

„Du musst mir mehr von ihm erzählen, Wulfbert", verlangte Siguna. „Los, steig ab, bring dein Pferd in den Stall, und dann kommst du mit in den Turm, wo du einen Imbiss und Wein …"

„Nein!" Der Waffenknecht schüttelte den Kopf. „Das geht nicht. Ich bin in Eile. Will ohne Verzug den Heimritt antreten. Ist schließlich ein langer Weg bis an den Neckar."

Enttäuscht starrte die junge Frau auf den Kurier; im nächsten Moment zog dieser ohne ein weiteres Wort sein Ross herum, setzte es in Trab und ritt rasch den Burgweg hinab.

Wie versteinert stand Siguna da; dann hörte sie Konrads Stimme: „Soll ich dem Rüpel hinterdrein, Jörg?! Ihm klarmachen, dass man so nicht mit uns Mühlbergern umspringen darf?!"

Der Rotblonde zögerte; nach kurzem Bedenken erwiderte er: „Lass den Kerl. Ist seine Sache, wenn er so dumm ist, unsere Gastfreundschaft auszuschlagen. Und wichtig ist nur eins: Dass er Botschaft aus Württemberg gebracht hat." Er legte den Arm um die Schultern seiner Gattin. „Lass uns ins Turmgemach gehen, mein Schatz, und das Schreiben deines Vaters lesen."

Siguna nickte; sie wirkte dabei etwas beklommen – gleich darauf aber zwang sie sich zu einem dünnen Lächeln und sagte: „Wulfbert war schon immer ein wenig rauhbauzig. Das ist eben seine Art. Und daher ist ihm wahrscheinlich gar nicht bewusst gewesen, wie sehr er uns vor den Kopf gestoßen hat."

„Vermutlich hast du recht", stimmte Jörg zu – und wenig später ließ sich das junge Paar in dem Fenstererker nieder, wo Siguna zuvor gestickt hatte.

Mit zusammengepressten Lippen und erneut ein wenig bedrückt wirkend betrachtete die junge Frau die versiegelte Pergamentrolle, die sie in der Hand hielt; dann reichte sie das Schreiben ihrem Gemahl und bat ihn: „Öffne du den Brief."

Jörg zog seinen Dolch, durchschnitt die Siegelschnur und glättete das Pergament; danach wollte er Siguna das Schreiben zurückgeben. Sie indessen sagte: „Ich bin zu aufgeregt ... Lies du mir vor, was Vater uns mitzuteilen hat."

„Wenn du das möchtest ..." Der Rotblonde hob den Brief ins Fensterlicht, damit er die Sätze besser entziffern konnte; sodann brachte er seiner Gattin den Inhalt des Schreibens zu Gehör:

„Heinrich von Württemberg an Siguna, Erbtochter des Reichsgrafenhauses.

Du hast mir Nachricht von der Burg Mühlberg im Bayerischen gesandt und hast mir von deiner Heirat mit dem dort ansässigen Edelfreien berichtet. Dadurch hast du mir allergrößten Schmerz zugefügt, hast mich aufs schlimmste in meiner Vaterseele getroffen! Und hinzu kam deine feige Flucht aus Regensburg, durch die du schwere Schande über mich und unser Haus gebracht hast! Aus diesen Gründen wollte ich deinen Brief, den mir der Mühlberger Knecht Andres überbrachte, zunächst mitnichten beantworten und dich auf diese Weise mit stärkster Verachtung strafen. Jetzt aber, nachdem etliche Tage seit der Ankunft des genannten Reitboten verstrichen sind, habe ich mich dazu durchgerungen, dir ungeachtet deiner Schandtaten eine Antwort zukommen zu lassen. Denn trotz allem, was du mir angetan hast, bist du meine Tochter."

„Er lenkt ein!", rief Siguna aus. „Er hat nicht vergessen, dass ich sein Fleisch und Blut bin." Sie griff nach der Hand ihres Gemahls. „Es wird alles gut! Es wird zu einer Aussöhnung zwischen uns und meinem Vater kommen! – Aber lies weiter ..."

Jörg nickte; sodann hörte sie neuerlich seine Stimme:

„Weil du neben deinem Bruder Walter meine nächste Verwandte bist, habe ich dich von meinen Waffenknechten suchen lassen, nachdem du aus der Turnierstadt verschwunden warst. Doch die Nachforschungen der Reisigen waren vergeblich, weil ihnen nur sehr wenig Zeit blieb, ehe mich meine Pflichten dringend zurück auf die Feste Württemberg riefen. Ich musste also samt meiner Bedeckung wohl oder übel wieder gen Westen reiten, während du dich irgendwo in den bayerischen Landen herumtriebst. Und als ich auf meiner Burg an-

gekommen war, traf mich neuerlich das Schandbare deines Verschwindens, weil ich mir, da du nicht mit mir heimgekehrt warst, tausend ungehörige Fragen und schleimige Vermutungen anhören musste. Wie du sicher verstehen wirst, steigerte dies meinen Zorn noch. Ich weiß gar nicht mehr, wie oft ich dich verfluchte, bis schließlich dein Bote vor mir erschien und mir deinen Brief übergab. Ohne schlechtes Gewissen trat dieser windige Knecht vor mich hin, und ohne die gebührende Achtung vor meinem Stand riss er sein freches Maul auf. Aber noch in derselben Stunde bekam der Hundskerl seinen verdienten Lohn!“

Jörg hielt im Lesen inne; Siguna stieß erschrocken hervor: „Um Himmels willen! Mein Vater wird doch nicht …?! Brachte uns etwa Wulfbert und nicht Andres die Botschaft, weil …?!“

Hastig, wobei seine Lippen sich lautlos bewegten, überflog der Rotblonde die nächsten Sätze auf dem Pergamentbogen; danach sagte er stockend: „Es wäre … wäre vielleicht besser … wenn ich dir das Folgende ersparen würde …“

„Nein …“ Kaum hörbar flüsterte die junge Frau das Wort; nach einem gequälten Atemzug fügte sie lauter hinzu: „Nein. Ich muss wissen, was … er weiter geschrieben hat.“

Mitleidig legte Jörg den freien Arm um sie und zog sie an sich; sodann las er den letzten Teil des gräflichen Briefes vor:

„Ich ließ den Mühlberger Drecksack am Galgen vom Leben zum Tod befördern, sodass er mit gebrochenem Genick zur Hölle fuhr. Du wirst also deinen Kurier niemals wiedersehen, du abgrundtief verräterische Tochter! Und dem Hundsfott, der dich vögelt, kannst du von mir ausrichten: Wenn ich erst mit starker Streitmacht vor seiner schäbigen Burg stehe, wird es höchstens ein paar Tage dauern, bis er ein vielfach ärgeres Schicksal erleiden muss als sein Knecht! Denn er wird nicht bloß am Galgenstrick hängen, sondern in seinem eigenen Burghof aufs grausamste geschunden werden, bis ihm zuletzt die fickgeile Seele aus dem Leib fährt! So will ich den Tort rächen, den er mir angetan hat. Und sobald der Mühlberger Sauteufel verreckt ist, wird auch deine Hurenehe, Du abscheuliche Tochter, beendet sein, und ich werde dich als heulende und rotzende Witwe zurück in die Württemberger Grafschaft prügeln lassen, wo du dann bei lebendigem Leib im Kerker verrotten sollst!“

Nachdem sie den letzten Satz vernommen hatte, saß Siguna stumm und wie vom Schlag getroffen da. Jörg hielt sie fest im Arm; eine ganze Weile schwieg auch er – endlich sagte er leise: „Es will mir scheinen, als wäre deinem Vater im abschließenden Teil seines Schreibens der blinde Hass durchgegangen. Womöglich war ihm in seiner wilden Rage gar nicht mehr bewusst, was ihm da aus der Feder floss. Und vielleicht bedauerte er später sogar, den Boten abgesandt zu haben."

Mit unendlich wehem Ausdruck in den Augen schüttelte die junge Frau den Kopf. „Du willst mich trösten. Aber ich kenne meinen … Vater. Wenn ihn der Zorn übermannt, wird er … zum Vieh. Dann schlägt er gleich einem Irrsinnigen um sich, bereut danach nichts. Flüchtet sich höchstens ins hemmungslose Trinken, säuft tage- und nächtelang …"

Siguna schluchzte auf, fing sich wieder und fuhr mit bebender Stimme fort: „Wir dürfen uns keinen falschen Hoffnungen hingeben! Er wird wahrmachen, was er uns angedroht hat! Wird mit Heeresmacht vor unsere Burg ziehen …" Erneut begann sie zu weinen; als sie sich wieder einigermaßen in der Gewalt hatte, schloss sie: „Und ich bin schuld! Bin schuld am grausamen Galgentod von Andres und schuld an dem furchtbaren Verhängnis, das jetzt über uns kommen wird …"

„Sei still!", brach es aus Jörg heraus. „Du trägst keinerlei Schuld! Hast nichts Böses getan, nicht im mindesten! Eher muss ich mir Vorwürfe machen! Weil ich dich dazu brachte, mit mir aus Regensburg zu fliehen."

„Hättest du denn anders handeln können?!", kam es von der Grafentochter. „Hättest du unsere Liebe wegwerfen können?! Du wärst doch zugrunde gegangen, wenn du mich wieder verlassen hättest, nachdem wir einander gefunden hatten!"

„Ja", bestätigte der Rotblonde. „Eine Trennung hätte ich nicht mehr ertragen! Ohne dich wäre mein Leben wertlos geworden!"

„Und auch ich hätte lieber sterben wollen, als dich zu verlieren!", beteuerte Siguna. „Also war es richtig, wie wir handelten. Es gab keinen anderen Weg …" Zum dritten Mal schluchzte die junge Frau auf; dann klagte sie: „Aber dass Andres wegen uns … Das ist so schlimm, so grausam …"

„Die Schuld an seinem Tod trägt einzig sein Mörder!", versetzte Jörg.

Die Grafentochter rang mit sich; sodann nickte sie und murmelte: „Du hast recht … Wir konnten wirklich nicht ahnen, dass mein … Vater sogar das seit jeher geltende Recht missachten würde, wonach ein Kurier, der eine Botschaft von einem Adelssitz zum anderen bringt, Immunität genießt." Mit gerunzelter Stirn sann sie einen Moment nach, ehe sie weitersprach: „Wulfbert war gewiss Zeuge von Andres' Tod am Galgen. Und weil er das himmelschreiende Unrecht mitbekommen hatte, dachte er wohl, du, Jörg, könntest ein ähnlicher Unhold wie mein … Vater sein. Wahrscheinlich deshalb ist er vorhin Hals über Kopf wieder weggeritten – weil er fürchtete, er würde wegen des Fehdebriefes, den er zu uns brachte, womöglich ebenfalls hingerichtet werden."

„Wenn es so war, müsste er den Inhalt des Schreibens gekannt haben", äußerte der Rotblonde.

„Ich kann mir gut vorstellen, wie mein … Vater seinen Hass auf uns herausbrüllte", entgegnete Siguna mit verspannten Lippen. „Betrunken, in welchem Zustand er ja öfter ist … Wie er wutschäumend vom Kriegszug gegen uns schwadronierte … Und vielleicht ließ er sogar schon zum Fehderitt rüsten, als Wulfbert die Burg Württemberg verließ …"

Für einen Moment herrschte Schweigen zwischen dem jungen Paar; dann nahm die Grafentochter erneut das Wort und erklärte, jetzt mit fester Stimme: „Es hilft nichts, Jörg! Wir müssen uns auf einen Angriff der Württembergischen Streitmacht gefasst machen! Und wir dürfen, was die Vorbereitung auf den Kampf angeht, keine Zeit verlieren!"

„Du hast recht!" Noch einmal nahm der Mühlberger Edelfreie seine Gemahlin fest in die Arme; sodann stand er abrupt auf, zog auch Siguna von der Erkerbank hoch und sagte: „Komm mit in den Festungshof. Dort wollen wir unseren Burgleuten gemeinsam erklären, was wir von ihnen verlangen müssen."

Draußen nieselte es noch immer; unter verhangenem Himmel rief Jörg die Knechte, Mägde und Reisigen beim Wohnturm zusammen. Als sich alle, um die dreißig Menschen, eingefunden hatten, vernahmen sie die schlimme Nachricht; zuerst sprach der Edelfreie, danach bat seine Ehefrau die Burgleute, sich den drohenden Schrecknissen tapfer zu stellen.

„Wenn es sein muss, lasse ich mich für dich, Jörg, und deine schöne Gattin in Stücke hauen!", rief daraufhin der schnauzbärtige Waffenknecht Konrad. „Und ich denke, dasselbe gilt für jeden anderen Kriegsmann hier!"

Lautstark stimmten ihm die übrigen Reisigen zu; als der Lärm wieder verklungen war, kam es vom Mühlberger Burgherrn: „Ich freue mich über euren Kampfesmut, Männer! Allerdings hoffe ich, dass die Württembergischen Kriegsknechte kräftig Federn lassen müssen – und weniger ihr!"

Rauhes Gelächter dankte ihm für den markigen Spruch; Jörg wartete ab, bis es sich gelegt hatte, dann befahl er: „Jetzt aber an die Arbeit, Leute! Überprüft die Palisaden auf Schwachstellen und verstärkt sie, wo nötig. Bringt Balken und große Feldsteine zum Tor, damit wir es von innen verrammeln können, und tragt Körbe mit Wurfsteinen auf die Wehrgänge des Palisadenwalls. Schafft außerdem so viele haltbare Lebensmittel wie möglich aus dem Dorf unten herbei und sagt den Bauern dort, dass sie beim allerersten Anzeichen von Gefahr ihr Großvieh im tiefen Forst nordöstlich der Burg verbergen und danach mit Ausnahme derer, die bei den Tieren bleiben müssen, zur Feste heraufkommen sollen."

„Wird alles erledigt!", rief Konrad – und gleich darauf gingen die Reisigen sowie das Burggesinde und selbst die älteren Kinder der Festungsbewohner daran, die Anordnungen des jungen Edelfreien auszuführen.

Während der folgenden Tage sodann veränderte sich der Mühlberger Adelssitz sehr augenfällig. Wo er vor kurzem noch einen eher friedlichen Eindruck gemacht hatte, gewann er jetzt martialischen Charakter, und dies lag nicht nur daran, dass die Burg in Verteidigungszustand versetzt wurde. Denn von Sonnenaufgang bis zur Abenddämmerung standen nun Wachtposten auf der Wehrplattform des Torbaues, die scharf ins Land hinausspähten; während der Nächte wurden auch die Palisadengänge besetzt, und rings um die Feste brannten dann Holzstöße, damit sich kein Feind ungesehen nähern konnte.

Außerdem hatte Jörg bereits am Tag nach der Ankunft Wulfberts seinen Freund Konrad zur Isarburg geschickt. Im Sattel des schnellsten Rosses aus der Mühlberger Stallung war der Schnauzbärtige am Morgen davongaloppiert; noch vor Mitternacht war er zurückgekehrt und hatte dem Rotblonden und Siguna berichtet: „Ihr könnt euch auf Hadamar von Ahausen verlassen. Falls der Württemberger Heerbann am Ahausener Flussübergang auftaucht, wird uns der Ritter sofort durch einen Eilboten warnen lassen und uns notfalls auch mit Waffenhilfe beispringen."

Angesichts dessen hatte sich das junge Adelspaar sagen dürfen, dass jegliche Vorsorge getroffen worden war – doch in der Zeit nach Konrads Ritt an die Isar zeigte sich im Kollbachtal kein Feind. Bis zum Septemberende hin blieb es ruhig; schon dachten manche Burgleute, dass es vielleicht gar nicht so schlimm kommen müsse, und andere waren sogar der Meinung, es würde überhaupt keine Gefahr mehr bestehen.

Siguna hingegen wirkte in diesen Frühherbsttagen immer bedrückter – und schließlich, in der letzten Septembernacht, rang sie sich dazu durch, sich ihrem Gemahl anzuvertrauen. Im Ehebett schmiegte sie sich eng an ihn, dann flüsterte sie: „Ich muss dir etwas sagen, Jörg … Etwas sehr Wichtiges, das aber nichts mit der Kriegsgefahr zu tun hat, die uns bedroht … Und es fällt mir nicht leicht …"

Sie unterbrach sich; ihr Gatte streichelte ihr über das Haar, um ihr Geborgenheit zu schenken und sie so zum Weiterreden zu bewegen – und dann hörte er: „Es ist … meine Monatsblutung. Sie kam sonst immer ganz regelmäßig. Aber jetzt ist sie ausgeblieben … seit einer Woche schon …"

„Das heißt, du bist schwanger?!", stieß Jörg hervor.

„Ja!", antwortete Siguna – und im nächsten Moment begann sie bitterlich zu weinen.

Das Windwüten

Mühlberg

Frühherbst 1132

Der Oktober war angebrochen; scharfer Wind trieb dunkle Wolkenfetzen über das Firmament und fegte das erste welke Laub von den Bäumen an der Kollbach.

Konrad, der an diesem düsteren Nachmittag Wachtdienst auf der Wehrplattform des Mühlberger Torturmes hatte, sehnte sich nach seiner warmen Kammer in der Unterkunft der Waffenknechte. Seit Stunden stand er nun schon in voller Rüstung hinter der Brustwehr des Holzturmes, die ihn nur notdürftig vor dem heftigen Windblasen schützte. Immer wieder begannen seine Augen zu tränen, sodass er die Landschaft um die Burg nur noch verschwommen sah. Auch jetzt war es so; der schnauzbärtige Reisige blinzelte, fuhr sich mit dem Handrücken über die Lider – und gleich darauf erspähte er in der Ferne einen starken Reitertrupp.

Die Berittenen kamen aus einem Forst heraus, der sich ungefähr eine Meile westlich der Festung erstreckte; nachdem er seinen ersten Schreck überwunden hatte, durchfuhr es Konrad: Sie ziehen nicht von der Isar heran. Haben einen anderen Weg gewählt. So konnte uns der Ahausener nicht warnen.

Der Waffenknecht fluchte; dann rief er in den Burghof hinab: „Der Feind ist da! Macht euch bereit!" Im nächsten Moment brüllte er zum Festungsdorf hinunter: „Schnell auf die Burg, Leute! Und ab mit dem Vieh in den Wald!"

Kaum hatte er Alarm gegeben, besetzten die meisten übrigen wehrfähigen Mühlberger Männer die Palisadengänge. Zwei Reisige rannten zum Tor, um es sofort nach der Ankunft der Dörfler zu schließen, und vom Wohnturm her liefen Jörg und Siguna zur Torbastion. Als der Edelfreie und seine Gattin bei Konrad anlangten, stieß Jörg hervor: „Bist du dir sicher, dass es die Württemberger sind?!"

„Schaut selbst! Da drüben im Westen!", versetzte der Schnauzbärtige – und im nächsten Augenblick erspähten auch der Rotblonde und Siguna die Reiterschar. Mehr noch: Sie sahen, wie jetzt weitere Trupps von Berittenen aus dem Forst herauskamen, und angesichts dessen sagte Jörg mit belegter Stimme: „Du hast recht, Konrad. Das ist eine beachtliche Streitmacht, wie sie nur ein Hochadliger aufbieten kann. Und wer sonst als der Graf von Württemberg sollte mit solch einem starken Heerbann gegen uns heranziehen?"

Schweigend nickte der Schnauzbärtige; Siguna stand totenbleich und wie gelähmt da – dann aber, weil nun die ersten Dorfleute zur Feste heraufrannten, schüttelte sie ihre Erstarrung ab. Sie hastete die Außentreppe der Torbastion hinunter, rannte zwischen den noch halb offenstehenden Eichenflügeln des Burgtores nach draußen und sprang dort den herankommenden Dörflern bei. Sie half einem kleinwüchsigen Bauern, der einen schweren Proviantsack schleppte, seine Last durch den Torschlund zu bringen; anschließend nahm sie einer jungen Mutter eines ihrer drei kleinen Kinder ab; wenig später stützte sie eine hinkende Alte, bis die Grauhaarige den Festungshof erreicht hatte.

Zwischendurch schaute die Grafentochter mehrmals zu den Anwesen an der Kollbach hinab. Sie sah, wie etliche Burschen die Rinder der Ansiedlung wegtrieben und mit den Tieren in einem Waldriegel verschwanden, der nordöstlich des Dorfes aus einem sich weithin erstreckenden Forst herausragte. Eine Herde Milchziegen dagegen sowie ein Rudel Schweine und zehn, zwölf rasch eingefangene Hühner wurden von den Dorfleuten mit auf die Burg gebracht; ein betagter Bauer, der als einer der Letzten kam, trug zudem einen Korb mit mehreren Enten. Als er den Torbau erreichte, befanden sich nur noch vier kräftige Männer draußen vor der Feste. Sie hatten den Bohlensteg, welcher den Wassergraben am Fuß des Burghügels überbrückte, durch Abheben der Querplanken unpassierbar gemacht; nun liefen sie, jeder mit einem Plankenbündel auf der Schulter, zur Torbastion, wo Jörg, der sich unterdessen zu Siguna gesellt hatte, die Dorfmänner mit den Worten empfing: „Gut gemacht, Leute! Wenn die Feinde jetzt über den Graben wollen, müssen sie sich erst einen neuen Weg schaffen."

Gleich darauf wurden die Torflügel geschlossen und von drinnen verrammelt; nachdem dies getan war, kehrten der Edelfreie und seine Gemahlin auf die Wehrplattform des Torturmes zurück. Konrad, der dort oben ausgeharrt hatte, spähte nach Westen; als er das Adelspaar aus dem Augenwinkel heraus erkannte, sagte er: „Das Feindheer ist höchstens noch eine halbe Meile entfernt. Wird Zeit, Jörg, dass du dich rüstest! Und auch deine junge Frau sollte sich sicherheitshalber wenigstens mit Kettenhemd und Helm schützen!“

„Du hast recht“, erwiderte der Rotblonde. „Komm, Siguna!“

Das Paar lief zum Wohnturm; wenig später kehrten Jörg und seine Gattin zurück. Der Edelfreie trug nun seine volle Kampfrüstung und war mit Schwert, Dolch, Schild und mehreren Speeren bewaffnet; Siguna hingegen, die ebenfalls in einen Kettenpanzer aus der Rüstkammer geschlüpft war und sich einen Spangenhelm aufgesetzt hatte, war bis auf eine runde Schildwehr waffenlos.

Jetzt traten beide wieder an die Brustwehr – und sahen, dass der berittene Heeresverband, bei dem sich auch mehrere vierspännige Trosswagen befanden, bereits bis auf doppelte Pfeilschussweite an den Dorfzaun herangekommen war. Soeben fielen die Rösser vom Trab in den Schritt; Jörg schätzte, dass der Heerbann etwa hundert Mann zählte – und gleich darauf erkannte Siguna ihren Vater. Inmitten seiner Leibwache ritt Heinrich von Württemberg gleich hinter der Vorhut des kampfstarken Aufgebots; nun, weil ein heftiger Windstoß die Fahne über dem Kopf des gräflichen Bannerträgers aufblähte, wurde auch das Württembergische Wappenemblem sichtbar: drei schwarze Hirschgeweihe auf gelbem Grund.

Die junge Frau fühlte, wie sich ihr Magen zusammenkrampfte. Böse, bedrohliche Erinnerungen wurden in ihr wach; wie gebannt, plötzlich fröstelnd, starrte sie ins Kollbachtal hinab; unvermittelt dachte sie: Da trägt der Wahnsinnige den Krieg in unser friedliches Land und bringt dadurch nicht nur Jörg, mich und all die anderen in Todesgefahr, sondern auch das winzige Leben, das unter meinem Herzen wächst: sein ungeborenes Enkelkind!

Sie empfand Furcht und Hass zugleich; im nächsten Moment rief Konrad: „Die Feinde brechen den Zaun unten nieder!“

Tatsächlich trieben die vordersten Panzerreiter ihre Gäule auf breiter Front gegen die westliche Umzäunung des Burgdorfes. Krachend splitterten die Pfosten; Flechtwerk aus Weidenruten wurde unter den Hufen der Pferde zertreten, und dann überrannten die Württemberger die Ansiedlung. Etliche versprengte Hühner kamen unter den Huftritten der jetzt wieder antrabenden Rösser zu Tode; eine Hütte stürzte halb ein, weil ein schwerer Gaul mit der Kruppe gegen die Türwand prallte; ein Hund, der wütend heranschoss, wurde von einem der Reiter durch einen brutalen Hieb mit der Lanze getötet.

Kurz darauf erreichte die Vorhut des Heeresverbandes den Wassergraben am Fuß des Festungshügels. Da der Steg nicht zu passieren war, hielten die Berittenen an. Graf Heinrich, der noch ein Stück von dem Hindernis entfernt war, reckte sich im Sattel hoch, erkannte die Lage und rief den Vorreitern einen barschen Befehl zu. Sofort teilte sich ihre Schar; der Hochadlige jagte sein Streitross im Galopp zum Graben vor, ließ das Tier steigen und brüllte zur Burg hinauf: „Zeig dich, Mühlberger, du verfluchter Hundsfott!“

Jörg, der sich beim Heranpreschen des mit einem Wurfspeer bewaffneten Grafen ebenso wie Siguna und Konrad unwillkürlich hinter die Brustwehr der Turmplattform geduckt hatte, richtete sich auf und rief: „Hier stehe ich, Heinrich von Württemberg! Und Ihr sollt wissen, dass Ihr nicht nur mich und meine Leute bedroht, sondern auch Eure Tochter Siguna, die meine rechtmäßig angetraute Ehegattin ist!“

„Die Dirne ist nicht länger mein Fleisch und Blut!“, schrie der Graf. „Und eure sogenannte Ehe habt ihr im Angesicht des Teufels geschlossen!“ Er brachte sein wild stampfendes Ross zur Räson; dann setzte er hinzu: „Aber jetzt sollt ihr die Strafe für eure Hurerei bekommen! Deine windige Holzburg, Mühlberger, wird dem Ansturm meiner Kriegsscharen nicht lange standhalten! Das schwöre ich dir, du …“

Ein fauchender Windstoß riss dem Württemberger die letzten Worte vom Mund weg; erschrocken stieg sein Streithengst erneut – dann, als sich das wütende Windfauchen wieder gelegt hatte, hörte der Graf die Stimme des Mühlberger Edelfreien: „Wenn Ihr den Kampf wollt, könnt Ihr ihn haben! Doch ich schwöre nunmehr Euch: Ich werde noch härter fechten als damals beim Buhurt in Regensburg, wo die Gegner zu Dutzenden unter meinen Hieben fielen!“

„Geschwätz eines Narren!“, brüllte Heinrich von Württemberg. „Ich führe gut hundert Mann! Was kannst du dagegen aufbieten?! Vielleicht zehn Reisige und dazu einen Haufen mit Mistgabeln bewaffneter Bauern, oder?!“

Im nächsten Moment, während neuerlich eine heftige Windbö über das Land fegte, wendete der Graf sein Ross und galoppierte zur Hauptmacht seines Heerbannes zurück, die zwischen den Anwesen des Burgdorfes stand. Dort erteilte er seinen Unterführern eine Reihe von Befehlen; wenig später machten sich die Waffenknechte daran, die Burg Mühlberg von allen Seiten einzuschließen – und südlich der Kollbach, wo die Arnstorfer Ansiedlung lag, begannen gleichzeitig die Freibauern- und Handwerkerfamilien, die mittlerweile begriffen hatten, was auf der anderen Seite des Flusses geschah, in die Wälder zu fliehen.

Als der Abend dämmerte, war der Belagerungsring vollendet. An verschiedenen Positionen unterhalb der kleinen Feste waren Pavesenstellungen errichtet worden, in deren Schutz nun Bogen- und Armbrustschützen lagerten. Zahlreiche Wachtfeuer, zwischen denen Streiftrupps patrouillierten, beleuchteten das Umfeld der Burg, und auch im Festungsdorf brannten Feuerstöße, um diejenigen Württemberger Reisigen zu wärmen, die kein Quartier in den Häusern der Ansiedlung gefunden hatten. An der Kollbach wiederum standen die Pferde des Heeresverbandes; immer wieder, wenn einmal mehr starke Windstöße heranheulten, wurden sie unruhig. Und vom Burgdorf drang die halbe Nacht hindurch Grölen und wüstes Geschrei zur Feste empor, weil sich viele Waffenknechte mit mitgebrachtem Branntwein und erbeutetem Bier Mut für den bevorstehenden Sturm auf die Burg Mühlberg antranken.

Die Männer hinter den Festungswällen hingegen blieben nüchtern, denn Jörg hatte ihnen verboten, dem Alkohol zuzusprechen. Daher war es ruhig auf der Burg; Schlaf freilich fand angesichts der drohenden Gefahr kaum jemand. Auch der Rotblonde und seine Gattin taten bis zum Morgengrauen kein Auge zu; die meiste Zeit verbrachten sie zusammen mit Konrad und zwei weiteren Reisigen in der Nähe eines Feuerkorbes auf dem Torturm, und zuletzt, als sich im Osten hinter jagenden Wolkenfetzen das erste schüttere Sonnenlicht zeigte, wussten sie alle: An diesem Tag würde es um Leben und Tod gehen!

Kaum stand die verhangene Sonnenscheibe ein Stück über dem Horizont, machten sich die Württemberger für den Angriff fertig. Die Pavesenstellungen, die bislang noch nicht in Schussweite zu den Festungspalisaden gestanden hatten, wurden so weit vorgeschoben, dass die Pfeile und Bolzen der hinter den hohen Schilden befindlichen Schützen die Verteidigungsanlagen der Burg erreichen konnten. Doch vorerst verzichteten die Fernkämpfer darauf, ihre Geschosse gegen die Mühlberger Palisaden abzuschnellen; vielmehr warteten sie ab, bis sich die Hauptmacht des Württembergischen Heerbannes im nördlichen Bereich des Festungsdorfes zum Angriff formiert hatte.

Es dauerte, ehe die etwa siebzig Waffenknechte, die von Graf Heinrich befehligt wurden, einen Fußkämpfer-Keil gebildet und sich an dessen spitzwinkliger Frontlinie durch einen Schildwall geschützt hatten. In dieser Kampfformation rückten die Reisigen anschließend bis zum Wassergraben am Fuß des Burghügels vor; gleich darauf wurden von den Männern, die sich im Rücken der Schildträger befanden, Rutenbündel geschleudert, in welche Steinbrocken eingebunden waren. Im Bogen flogen die steinbeschwerten Faschinen über die Köpfe der vordersten Waffenknechte hinweg und landeten an der Stelle, wo am Tag zuvor noch der Bohlensteg gestanden hatte, im Graben.

Die ersten zehn, zwölf Bündel klatschten ins Wasser und versanken; dann pfiffen Armbrustbolzen und Schlachtpfeile von der Feste herab. Aber der Beschuss richtete wenig aus, weil sich die meisten Württemberger in den hinteren Gliedern der Keilformation recht gut mit ihren emporgehaltenen Schildwehren zu decken vermochten. Nur ein einziger Reisiger stürzte verwundet zu Boden; die Rutenbündel wiederum landeten, sobald der Bolzen- und Pfeilbeschuss nachließ, weiterhin im Wassergraben – und nach ungefähr einer halben Stunde war ein Übergang für die Angreifer geschaffen.

„Jetzt rückt vor!“, brüllte Heinrich von Württemberg, der hoch zu Ross und außerhalb der Schussweite der Burgschützen beim Hintertreffen seiner Truppe hielt.

Langsam setzte sich der Angriffskeil der Waffenknechte in Bewegung; die vordersten Männer passierten, die Schilde dicht an dicht haltend, den Graben, und eigentlich hätte sich der Beschuss durch die Mühlberger nun verstärken müssen. Doch dies geschah nicht; stattdessen wurde auf dem Torturm der Feste plötzlich ein weißes Tuch geschwenkt – und im nächsten Augenblick erkannte Graf Heinrich dort oben seine Tochter.

Hoch aufgerichtet stand Siguna hinter der Brustwehr der Turmplattform; das helle Leintuch flatterte im scharfen Wind, und jetzt vernahm der Graf ihre gellende Stimme: „Ich flehe dich um eine Unterredung an, Vater! Komm zum Burgtor! Jörg und ich garantieren dir: Du hast freies Geleit!"

In einer ersten wütenden Regung wollte der Hochadlige schroff ablehnen – nach zwei, drei heftigen Atemzügen aber besann er sich anders. Zwar war ihm nicht wirklich klar, warum er es tat; doch er gab seinem Ross die Sporen, sprengte an der Flanke seiner Streitmacht entlang zum verfüllten Wassergraben, trieb den Hengst über die Faschinen und jagte den Hügel hinauf.

Auf dem Vorplatz des Festungstores riss er das Ross in die Hanken. Eine Windbö, die fast schon Sturmstärke hatte, peitschte die Mähne des Hengstes; als der jähe Aufruhr der Natur halbwegs wieder abgeflaut war, rief der Graf seiner verstoßenen Tochter zu. „Was willst du von mir?!"

Siguna antwortete nicht sofort. Vielmehr griff sie nach der Hand ihres Gemahls, der nun neben ihr stand, und zog Jörg nahe zu sich heran; erst dann erwiderte sie: „Du brennst vor Hass auf mich und meinen Gatten, Vater. Das wissen wir. Dir jedoch ist etwas äußerst Wichtiges unbekannt! Und du musst es erfahren, damit du in deinem Zorn nicht etwas tust, was dir dein ganzes restliches Leben zur Hölle machen könnte!"

Entgeistert starrte Heinrich von Württemberg auf seine Tochter, wie ratlos schüttelte er den Kopf; dann stieß er hervor: „Was faselst du da?! Hat dir der bevorstehende Sturmangriff auf dein Hurennest den Verstand verwirrt?!"

„Nein, Vater!" Die junge Frau öffnete den Umhang, den sie wegen des kalten Windes über dem Kettenhemd trug, und deutete auf ihren Oberkörper. „Hier, an meinen Brüsten, könnte schon bald dein Enkelkind trinken …" Die Stimme versagte ihr; sie musste neu ansetzen: „Denn ich trage den jüngsten Spross des Hauses Württemberg unter meinem Herzen! Aber wenn du mich und meinen Gemahl schlachten lässt, so schlachtest du auch das ungeborene Kind!"

„Damit also willst du mich erpressen!" Wutschäumend schrie der Graf den Satz. „Mit einem verdammten Bankert, der von einem dreckigen Bauernritter gezeugt wurde! Der aus schamloser Hurerei entstand, du gottverfluchte Metze!"

Siguna taumelte; sie hatte das Empfinden, als würden ihre Beine sie nicht mehr tragen. Jörg legte den Arm um sie, hielt sie fest; mit dem nächsten Atemzug rief er zum Württemberger hinab: „Wie könnt Ihr nur?! Das kleine Wesen, das geboren werden will, ist Euer eigen Fleisch und Blut! Unschuldig an allem, was Ihr uns, seinen Eltern, vorwerft, dazu!"

„Halt dein dreckiges Maul, du Hurenficker!", brüllte der Graf. „Was schert mich das wertlose Wurm im Wanst deiner Dirne!?" Er ließ den Streithengst steigen, zwang ihn wieder nieder und riss ihn herum; ehe er abritt, wandte er sich nochmals im Sattel zurück und schrie: „Ihr habt euch Gnade erhofft, doch ihr bekommt sie nicht! Und jetzt bereitet euch auf den Ansturm meiner Kampfscharen vor!"

Damit preschte Heinrich von Württemberg den Festungshügel hinunter – gleich darauf gab er drunten den Angriffsbefehl. Daraufhin überquerte nun auch das Gros der Waffenknechte, teilweise mit Sturmleitern ausgerüstet, den Graben, und unmittelbar danach setzte von den rings um die Burg postierten Pavesen, sich von den südlichen zu den nördlichen Stellungen fortpflanzend, starker Beschuss mit Pfeilen und Armbrustbolzen gegen die Festungspalisaden ein.

Der Geschosshagel zwang die Mühlberger in Deckung; kaum einer von ihnen vermochte seinerseits einen gezielten Schuss anzubringen, sodass der Angriff des Württembergischen Stoßkeils rasch vorankam. Schon nach kurzer Zeit erreichten die vordersten Gräflichen den Platz vor dem Burgtor und bildeten dort ein Schilddach, unter dessen Schutz zwei Sturmleitern vorgeschoben werden konnten. Kaum waren die Leitern an Ort und Stelle, hagelte ein ganzer Schwarm von Bolzen und Schlachtpfeilen gegen die Torbastion. Ein Reisiger, der sich oben auf der Wehrplattform gerade aufgerichtet hatte, um einen schweren Steinbrocken auf die Feinde hinabzuwerfen, brach tödlich getroffen zusammen – und im selben Moment wurden die Sturmleitern aufgerichtet.

Wiederum einen Augenblick später krachten die Leitern, deren Enden mit Eisenkrallen versehen waren, gegen den Palisadenwall links des Torturmes und hakten sich zwischen den Spitzen der altersgrauen Eichenstämme fest. Graf Heinrich, der am Fuß des Burghügels auf seinem Streithengst saß, stieß einen rauhen Freudenschrei aus; gleich darauf erklommen sechs, acht Waffenknechte, sich so gut wie möglich mit ihren Schildwehren deckend, die Sturmleitern.

Von der Turmbastion herab schleuderte Jörg von Mühlberg rasch hintereinander drei Speere; Konrad sowie etliche weitere Reisige taten es ihm gleich, und so gelang es ihnen, die Angreifer auf der nächststehenden Leiter zu Fall zu bringen. Tot oder verwundet stürzten die Württemberger zur Erde; dem vordersten Mann auf der zweiten Sturmleiter hingegen glückte es, die Palisadenkrone zu übersteigen. Mit geschwungener Streitaxt attackierte er einen Burschen aus dem Festungsdorf, der ebenfalls eine Axt führte; kreidebleich und reichlich ungeschickt parierte der Bauernsohn einen und dann noch einen mörderischen Hieb des fremden Waffenknechts.

Schon sah es so aus, als wäre der Dorfbursche verloren – plötzlich aber wirbelte ein Kriegshammer heran, schmetterte gegen den Helm des Württembergers und fällte ihn. Unmittelbar darauf war der Mühlberger Reisige, der den Streithammer geworfen hatte, bei der Leiter. Er griff nach einem Spieß, der dort an der Palisadenkrone lehnte, und durchbohrte einen zweiten Angreifer, der sich soeben über die Eichenstämme schwingen wollte. Danach benutzte er den eisenbeschlagenen Spießschaft als Hebel, um die Leiterkrallen von der Palisade zu lösen – und im nächsten Augenblick drückten der Waffenknecht und der Bauernbursche die Sturmleiter vom Palisadenwall weg, sodass sie samt den Feinden, die noch auf ihr standen, auf das Schilddach vor dem Burgtor niederkrachte.

Siguna, die sich nach wie vor bei Jörg auf der Turmplattform befand, sah, wie der gesamte vordere Angriffskeil in Unordnung geriet; sie hörte die Schmerzensschreie von Verwundeten und gewahrte, wie der Dorfbursche und der Reisige, der ihn gerettet hatte, den Leichnam des vom Kriegshammer getroffenen Württembergers über die Palisade warfen. Dann, als die Leiche unten aufschlug, fauchten erneut Dutzende von Ferngeschossen heran; ein paar Herzschläge später heulte ein Sturmstoß über die Festung hin, der mit wilder Gewalt aus sich jäh verdunkelndem Firmament kam. Ungeachtet dessen formierten sich die Feinde draußen vor dem Torbau jetzt von neuem; der Graf von Württemberg hatte sein Ross den Festungshügel heraufgetrieben und spornte seine Kriegsleute brüllend an.

„Den ersten Angriff haben wir abgeschlagen …", vernahm Siguna durch das Windtosen die atemlose Stimme ihres Gatten. „Aber gleich werden sie es wieder versuchen …"

So geschah es in der Tat. Neuerlich wurden am Palisadenzaun Leitern aufgerichtet; wiederum kletterten mit Schilden und Nahkampfwaffen ausgerüstete Männer zur Wallkrone hinauf – und diesmal schafften es vier, fünf Württemberger, über die Palisaden zu kommen. Sofort freilich wurden sie von beiden Flanken her attackiert; Schwerter und Streitäxte klirrten gegeneinander, Schildwehren dröhnten oder zerbarsten unter fürchterlichen Hieben. Heftig wogte der Kampf hin und her; gleichzeitig drängten auf den Sturmleitern weitere Württembergische Kriegsknechte empor. Schon sah es so aus, als würden die Angreifer die Oberhand über die Verteidiger gewinnen – doch da griff die Natur in den wütenden Waffenstreit ein.

Jäh wurde das Windfauchen zum tosenden Orkan; am finsteren Himmel schien plötzlich ein wilder Mahlstrom zu wirbeln, aus dem Wolkenbrodeln schossen grelle Blitze heraus. Ein gleißender, hin- und herzuckender Strahl fuhr unten im Tal ins Kollbachwasser; kaum hatte er dort eingeschlagen, begann es sintflutartig zu gießen. Gleich Sturzbächen schmetterten die Regenschwaden hernieder; derart urweltlich wild und bedrohlich war der Wolkenbruch, dass die Württemberger, die am Hügelhang standen, in panischer Angst die Flucht ergriffen. So schnell sie konnten, rannten sie zum Burgdorf hinab; viele rutschten auf dem aufgeweichten Boden aus, rafften sich wieder hoch und flüchteten weiter. Auch die Schützen hinter den Pavesen räumten Hals über Kopf ihre Stellungen; ebensowenig hielt der Graf dem furchtbaren Unwetter stand. Er ließ sich von seinen Leuten mitreißen; zuletzt raste sein Ross drunten in der Ansiedlung zwischen zwei im Sturmwind schlagenden Torflügeln hindurch in eine Scheune.

Droben auf der Feste hatte sich unterdessen das Blatt gewendet. Eine der Leitern war vom Orkan umgeworfen worden und hatte zwei feindliche Reisige mit sich zur Erde gerissen; die meisten Württemberger, die sich hinter den Palisaden befunden hatten, waren gefallen, und jetzt starb auch der Letzte dieser Männer. Siguna, die sich an der Brustwehr des Torturmes niedergeduckt hatte, sah, wie der Helm des Waffenknechts unter einem sausenden Beilhieb barst; gleich darauf spürte sie einen harten Griff am

Arm und hörte Jörg gegen den Sturm anschreien: „Komm weg hier! Hinunter in den Torschlund!“

Mit Mühe, weil die Orkanstöße sie mehrmals heftig packten, schafften der Edelfreie und seine Gattin den Abstieg von der Turmplattform. Drinnen im Torbau sodann, wo sie vor dem Sturm und den Regenfluten geschützt waren, stieß Siguna hervor: „Der Himmel selbst hat uns aus höchster Gefahr gerettet!“

Stumm nickte Jörg; im nächsten Moment hastete auch Konrad herein, der eine Schnittwunde an der rechten Wange hatte. Als er einen besorgten Blick der Grafentochter bemerkte, schüttelte er den Kopf und versetzte: „Es ist nur ein Kratzer von einer Dolchklinge. Aber derjenige, der mir die Blessur beibrachte, liegt tot am Palisadenfuß.“ Er lehnte den Speer, den er bei sich hatte, gegen die Wand und fügte hinzu: „Ich schätze, die Feinde haben rund ein Dutzend Gefallene und Verwundete zu beklagen. Auf unserer Seite, meine ich, sieht’s besser aus. Aber geblutet haben auch wir. Und wahrscheinlich wäre die Burg am Ende gefallen, wenn nicht das Unwetter losgebrochen wäre.“

Mit den Schilden über den Köpfen kamen ein paar weitere Reisige und Männer aus dem Festungsdorf in den Torschlund gerannt. Jörg wechselte einige Worte mit ihnen; sodann wandte er sich wieder dem Schnauzbärtigen und Siguna zu und sagte mit gedämpfter Stimme: „Vorerst hat uns der Orkan eine Atempause verschafft. Doch irgendwann wird sich der Regensturm legen. Und dann werden die Gräflichen erneut angreifen!“

„Da kannst du Gift drauf nehmen!“, knurrte Konrad – zunächst aber war den Belagerten eine längere Atempause vergönnt. Denn der Orkan tobte noch Stunden; erst gegen Mittag flaute der Sturm ab, bald wurde auch der Regen dünner und hörte schließlich ganz auf.

Bereits beim Schwächerwerden des Unwetters waren Jörg und Konrad wieder auf die Wehrplattform des Torturmes geklettert, um das Burgdorf zu beobachten. Und nun, während das heller gewordene Firmament da und dort aufriss, wurde klar, dass der Edelfreie und sein Freund richtig vermutet hatten. Zwischen den Gebäuden des Festungsdorfes wurde es lebendig; von neuem formierten sich die feindlichen Kampfscharen und rückten wenig später abermals in Keilformation gegen die Burg vor. Auch die Bogen- und Armbrustschützen liefen wieder zu ihren Pavesenstellungen, und als zuletzt der Graf von Württemberg in Richtung des Wassergrabens galoppierte, sagte Jörg in gepresstem Tonfall zu seinem Vertrauten: „Ich hoffe inständig, wir können Mühlberg noch einmal halten!"

Konrad antwortete nicht; er nagte nur stumm an seiner Unterlippe – gleich darauf hörte er aus dem Mund seines Freundes: „Falls die Feste fällt ... und ich dann nicht mehr lebe ... musst du Siguna rasch und möglichst schmerzlos töten. Denn wenn ihr Vater sie in seine Gewalt bekommt ..."

„Sei still!", stieß der Schnauzbärtige hervor; mit dem nächsten Atemzug fügte er kaum vernehmlich hinzu: „Ja ... ich verspreche es dir."

„Danke!", kam es von Jörg. Er drückte Konrads Hand – und wenig später sahen die beiden Männer, wie die Württembergische Hauptstreitmacht den vom Regenwasser angeschwollenen, aber bereits wieder passierbaren Graben überquerte.

Die Freunde überprüften ihre Waffen; auch die übrigen Verteidiger der Burg machten sich kampfbereit und beobachteten die Feinde, die langsam den Hangweg heraufkamen. Doch dann, gerade als sich Siguna, mit einem Spieß auf der Schulter, zu ihrem Gatten gesellte, geschah etwas Unerwartetes.

Westlich von Mühlberg wurde, um ein Waldeck biegend, ein Reitertrupp sichtbar. Im Galopp preschte die Kavalkade entlang des Nordufers der Kollbach heran; wenig später war zu erkennen, dass es sich um sieben Berittene handelte. An der Lanze eines der Reiter schien ein Wappenwimpel zu wehen; der rotblonde Edelfreie beschattete die Augen mit der Hand, um besser zu sehen – im nächsten Moment stieß er hervor: „Die Fremden führen die Farben Gold und Schwarz!"

„Nicht möglich!", entfuhr es Siguna.

„Doch!", bekräftigte Konrad. „Jörg hat recht! Kein Zweifel!"

Kaum waren die Worte des Schnauzbärtigen verklungen, hielt der Angriffskeil der Württemberger in seinem Vormarsch inne. Graf Heinrich hatte den Befehl dazu vom Sattel seines Streithengstes aus gegeben; offenbar hatte auch er den Reitertrupp mit dem schwarz-goldenen Feldzeichen ausgemacht und seine Schlüsse gezogen. Nun lenkte er sein Ross ein Stück von den Württembergischen Reisigen weg und trieb es auf einen Erdbuckel am Festungshang, von wo aus er bessere Sicht auf die unten im Flusstal heranjagende Kavalkade hatte.

Es dauerte nicht lange, bis die sieben Berittenen, die allesamt kriegsmäßig gerüstet waren, das Burgdorf erreichten. Im Trab passierten sie die Ansiedlung; sodann erklommen ihre Pferde, hart an den Waffenknechten vorbeigehend, die Hügelflanke. Oberhalb des grasbewachsenen Buckels, auf dem Sigunas Vater hielt, zügelten sie ihre Tiere; als sein Ross ruhig stand, fragte der Anführer des Trupps, ein hochgewachsener Mann, den Grafen: „Ihr seid Heinrich von Württemberg, nicht?"

Der immer noch kräftige Wind, der den schwarz-goldenen Wappenwimpel an der Lanze eines der anderen Reiter flattern ließ, stand auf den Mühlberger Torturm zu, sodass Jörg, seine Gemahlin und Konrad die Worte, die zudem recht lautstark gesprochen wurden, bei einiger Anstrengung verstehen konnten. Jetzt hörten sie, wie der Graf dem Großgewachsenen antwortete: „Richtig! Ich herrsche über das Württemberger Land am Neckar. Und wer seid Ihr, der Ihr unter dem hochedlen Feldzeichen reitet und mich im gerechten Kampf gegen meine Feinde da droben auf der Feste stört?"

„Mein Name lautet Gebhart von Rottenstein", erwiderte der Anführer des Reitertrupps. „Ich bin ein Gefolgsmann und Bote König Lothars. Deshalb habe ich das Recht, die Wappenfarben unseres Herrschers zu führen, und ich ..."

„Ihr seid also tatsächlich ein Königsbote", unterbrach Graf Heinrich den Rottensteiner. „Ja, ich hatte es schon vermutet ... Aber aus welchem Grund schickt Lothar von Supplinburg Euch zu mir? Fordert er etwa einen Gefolgschaftsdienst?"

„So ist es", bestätigte der Hochgewachsene. „Der König lässt Euch durch mich unter seine Fahne befehlen! Denn Lothar benötigt Euch und Euren Heerbann für einen Romzug. Zusammen mit den übrigen Großen des Reiches und ihren Aufgeboten sollt Ihr den Supplinburger zur Tiberstadt begleiten, wo unser König sodann vom Papst zum Kaiser des Deutschen Reiches gekrönt werden wird." Der Rottensteiner beruhigte sein Ross, das unvermittelt zu stampfen begonnen hatte; danach fügte er hinzu: „Das Reichsheer sammelt sich in Innsbruck. Und Ihr müsst mir und meinen Männern sofort dorthin folgen! Denn die Zeit drängt! Bald wird in den Alpen der Winter einfallen, und dann werden die Pässe nicht mehr passierbar sein!"

Eine Weile schwieg der Graf, schaute zur Torbastion, richtete den Blick wieder auf den Königsboten und äußerte schließlich erregt: „Der Supplinburger verlangt zu viel von mir! Ich kann nicht auf der Stelle von hier abziehen. Muss zuerst das Lumpenpack züchtigen, das sich in der Burg verschanzt hat. Und bis ich damit fertig bin, kann's noch ein paar Tage dauern."

„Eure Fehde, die mich im übrigen nichts angeht, wird warten müssen!", versetzte Gebhart von Rottenstein. „Wenn Ihr vom Romzug zurück seid, könnt Ihr sie immer noch austragen. Jetzt aber habt Ihr dem Befehl unseres königlichen Herrn zu gehorchen! Hebt also die Belagerung der Feste unverzüglich auf, damit Ihr noch diesen Nachmittag nach Süden abmarschieren könnt! Ihr seid ohnehin schon arg spät dran, denn eigentlich sollte Euch die Nachricht vom Romzug auf Eurer Neckarburg erreichen. Da ich Euch dort jedoch nicht antraf und Euch deshalb bis hierher nachreiten musste, ging fast eine Woche verloren. Und daher müsst Ihr Euch nun wirklich sputen, damit Ihr Euch dem Krönungszug Lothars noch rechtzeitig anschließen könnt. Oder wollt Ihr etwa zu Eurer Schande erst Tage nach dem Königsheer als lächerlicher und verspotteter Nachzügler in Rom eintreffen?!"

Heinrich von Württemberg stieß einen wüsten Fluch aus; dann brüllte er wutschäumend in Richtung des jungen Paares auf dem Torturm: „Glaubt bloß nicht, dass ihr der verdienten Strafe entgeht! Ihr habt nichts weiter als einen Aufschub gewonnen, ehe ihr zur Hölle fahrt! Denn ich kehre zurück, das schwöre ich bei Gott und allen Heiligen!"

Danach zog er seinen Hengst herum und schrie zu seinen Kampfscharen hinüber: „Brecht den Angriff ab und macht euch marschfertig!"

Verwirrt, fragende Rufe untereinander austauschend, befolgten die Reisigen die Order des Grafen. Sie räumten die Hügelflanke; die Pavesenschützen schlossen sich ihnen an – und bereits eine Stunde später zog der Württembergische Heeresverband, seine Verwundeten auf den Trosswagen mit sich nehmend, zusammen mit der Kavalkade des Rottensteiners davon.

Als die lange Marschkolonne in der Ferne verschwand, warf sich Siguna in die Arme ihres Gemahls und flüsterte, von Schluchzen unterbrochen: „Ich fürchtete .. wir würden noch vor Einbruch der Nacht … sterben. Wir

… und unser ungeborenes Kind … Alle unsere Leute dazu … Und nun … kann ich es kaum glauben … dass wir noch leben …“

„Der Königswille hat uns gerettet …“, murmelte Jörg. Er atmete tief durch und sprach mit festerer Stimme weiter: „Als Lehensträger des Reiches muss dein Vater dem Monarchen gehorchen. Mir hingegen hätte Lothar nichts befehlen können, da Mühlberg kein Reichslehen, sondern von alters her unabhängiger Sitz von Edelfreien ist. Deshalb dürfen wir in unserer Heimat bleiben, und was die Drohung betrifft, die Graf Heinrich zuletzt gegen uns ausgestoßen hat, so braucht sie uns, zumindest in absehbarer Zeit, nicht zu ängstigen. Der Aufenthalt des Königs in Rom wird nämlich vermutlich recht lange dauern.“

„Du meinst, Lothars Heer kann die Alpen zwar noch vor Einbruch des Winters überqueren, kann jedoch den Rückweg erst im kommenden Frühjahr wagen?“, fragte Siguna, wobei sie sich aus der Umarmung ihres Gatten löste.

Der Rotblonde nickte. „Aber das ist nicht der einzige Grund. Es gibt noch einen weiteren, den ich in Regensburg von einem Pfaffen erfuhr. In der Tiberstadt kämpfen derzeit zwei rivalisierende Päpste um den Stuhl Petri; der eine trägt den Namen Innozenz, der andere heißt Anaklet. Und der Supplinburger ist mit Innozenz verbündet, mit Anaklet hingegen verfeindet. Das wiederum bedeutet, dass der König zunächst für klare Verhältnisse in Rom sorgen muss, bevor er zum Kaiser gekrönt werden kann. Anders ausgedrückt: Lothar muss Anaklet entmachten und Innozenz als einzig rechtmäßigen Papst inthronisieren – und dies wird ihm gewiss erst nach schweren Kämpfen in Italien gelingen.“

„Deshalb benötigt er das Reichsheer“, kam es von der Grafentochter. „Jetzt verstehe ich.“

„Und solange sich die Königlichen und die Pfäffischen gegenseitig die Schädel einschlagen, sind wir hier auf Mühlberg sicher“, feixte Konrad. Er spähte noch einmal zum südlichen Horizont, wo nun nichts mehr von den Württembergern zu sehen war; dann fiel sein Blick auf den Festungshang – und er knurrte: „Doch ehe wir den wiedergewonnenen Frieden genießen können, müssen wir die Gefallenen begraben, die da draußen liegen.“

„Jene im Freien … und leider auch einige hier in der Burg“, sagte Jörg leise; dann fügte er entschlossen hinzu: „Wir wollen es rasch hinter uns bringen.“

Noch vor der Abenddämmerung wurden die Toten – sieben Württemberger und vier Mühlberger – beigesetzt. Die Begräbnisstätte lag eine Viertelmeile vom Festungsdorf entfernt auf einem flachen Randhügel der Kollbach; dort fanden die Fremden ihre letzte Ruhestätte in einem Massengrab, die Einheimischen wurden in Einzelgräbern bestattet.

Beim Bergen der Leichen war man aber auch auf zwei schwerverwundete Württembergische Waffenknechte gestoßen, in denen noch ein Rest Leben war. Ein Dorfbauer, der seinen Sohn im Kampf verloren hatte, war vor Schmerz derart außer sich gewesen, dass er die schrecklich zugerichteten Reisigen mit der Axt hatte erschlagen wollen. Jörg jedoch hatte die Schwerverletzten in die Burg bringen lassen, und dort starben beide in der dunkelsten Stunde der Nacht.

Am nächsten Vormittag wurden auch diese Opfer des gräflichen Angriffs auf Mühlberg begraben. Während der folgenden Tage und Wochen sodann wurden unter Aufsicht des jungen Edelfreien die Kampf- und Sturmschäden an der Feste repariert; Siguna wiederum kümmerte sich hingebungsvoll um die Burg- und Dorfleute, die während der Verteidigung der Festung schlimmere Blessuren davongetragen hatten. Allmählich besserte sich der Zustand dieser Männer; ebenso kam das Alltagsleben nördlich und südlich der Kollbach wieder in Gang – und immer wenn sie sah, wie die Menschen ihren friedlichen Verrichtungen nachgingen, war die schwangere Grafentochter unendlich dankbar für das Geschenk des nun wieder unbedrohten Daseins.

Die Geburtsnacht

Mühlberg

Herbst 1132 bis Frühsommer 1133

Weil das Wetter in der Novembermitte noch ungewöhnlich mild war, hatte sich Hadamar von Ahausen zu einem Besuch bei seinen Mühlberger Freunden entschlossen. Freudig hatten Jörg und Siguna ihn begrüßt, als er, gefolgt von drei Reisigen, am Nachmittag im Burghof angekommen war. Jetzt saßen das junge Ehepaar und der Edelfreie von der Isar im Wohnturm beim Wein beisammen; die Stimmung war allerdings nicht mehr so unbeschwert wie bei der Ankunft des Kreuzritters, denn der Rotblonde und seine Gattin erzählten ihrem Gast vom Angriff des Württemberger Grafen auf ihre Feste.

Teils betroffen, teils seinen Grimm über die militärische Aggression des Hochadligen vom Neckar nur mühsam unterdrückend lauschte Hadamar den Worten des Paares; nachdem er alles erfahren hatte, wetterte er: „Himmel, Arsch und Wolkenbruch auch! Wenn es nicht deinen Vater beträfe, Siguna, würde ich mir wünschen, dass angesichts der Boshaftigkeit, die ihr ertragen musstet, der Teufel dreinschlagen möge!“ In seiner Rage goss er sich einen halben Becher Rotspon hinter die Binde; dann fuhr er fort: „Aber warum habt ihr mir denn nicht Nachricht gegeben, als der feindliche Heerbann heranrückte?! Ich wäre euch doch sofort mit allen meinen Waffenknechten zu Hilfe geeilt!“

„Es ging alles so schnell“, beschied ihn Jörg. „Die Württemberger überrumpelten uns, im Nu war die Burg eingeschlossen. Und hätte ich einen Kurier an dich abgesandt, so wäre er wohl nicht lebend durch den Belagerungsring gekommen.“

Mit verspannten Lippen nickte der Ahausener; sodann sagte er: „Seien wir froh, dass euch der Königsbote im letzten Moment gerettet hat. Und da der Graf von Württemberg jetzt in Italien ist und zweifellos für längere Zeit dort bleiben wird, dürft ihr euch sicher fühlen.“

„Ja, das dürfen wir“, pflichtete ihm Siguna bei. „Mindestens bis weit ins neue Jahr hinein droht uns keine Gefahr … und daher werden Jörg und ich in Frieden auf unser …“

Sie verstummte, lächelte leise und versonnen; ließ den Schluss des Satzes im Raum hängen.

Der Kreuzritter, der sonst manchmal recht grob sein konnte, erspürte etwas. Forschend musterte er die junge Frau; mit dem nächsten Atemzug fragte er ahnungsvoll: „Bedeutet das …? Bist du etwa …?“

„Ja, ich bin schwanger.“ Tiefes Glück strahlte aus Sigunas Augen. „Eigentlich wollte ich dir gegenüber nicht gleich mit der Tür ins Haus fallen. Aber nun weißt du es. Ich bin gesegneten Leibes, Hadamar. Und im Frühsommer werde ich mein Kind zur Welt bringen.“

„Ich gratuliere! Gratuliere euch beiden von ganzem Herzen!“ Der Ahausener sprang auf, umarmte die junge Frau, drückte Jörgs Hände. Danach setzte er sich wieder, leerte seinen Weinbecher mit einem zweiten kräftigen Zug völlig, schmeckte dem Rotspon kurz nach – und erklärte: „Darauf müssen wir jetzt unbedingt einen Gehörigen heben! Auf euren Sohn und auf den Fortbestand des Mühlberger Edelfreiengeschlechts!“

„Ich dachte, du hättest den Freudentrunk soeben bereits getan“, versetzte der Rotblonde schmunzelnd; Siguna äußerte in gespielt tadelndem Tonfall: „So, so – du weißt also schon, dass es ein Bub wird, Hadamar. Besitzt du etwa gar hellseherische Fähigkeiten, von denen mein Gemahl und ich bisher nichts mitbekamen?“

„Ein strammer Kerl wie Jörg kann doch überhaupt nicht anders, als zum Auftakt seiner Ehe einen nicht minder strammen Stammhalter zu zeugen“, scherzte der Kreuzritter. „Und jetzt lasst uns endlich die Pokale auf … nun ja, auf euren Sohn oder auch eure Tochter erheben!“

Wenig später klangen die Becher zusammen, und im weiteren Verlauf des Nachmittags und des Abends leerten die beiden Männer noch etliche Pokale mehr. Die werdende Mutter hingegen hielt sich schon bald mit dem Wein zurück; dies tat ihrer Freude über das Wiedersehen mit dem Ahausener jedoch keinen Abbruch – und auch während der nächsten Tage genoss sie es, den oft etwas rauhen und ungebärdigen, aber dennoch warmherzigen Ritter von der Isarburg zu Gast zu haben.

Am vierten Morgen schließlich machte sich Hadamar wieder auf den Heimritt; der Rotblonde und Konrad gaben ihm und seinen drei Gefolgsmännern noch eine Wegstunde weit das Geleit, und als die Zeit für den Abschied gekommen war, sagte der Ahausener: „Anna, mein liebes Weib, wird sich über die frohe Nachricht freuen, die ich ihr bringe. Und wenn sich bei euch der Nachwuchs eingestellt hat, Jörg, gibst du uns Bescheid, gell!“

„Der frischgebackene Vater wird einen Eilboten zur Isarfestung schicken“, äußerte Konrad grinsend; Jörg versetzte im Spaß: „Jawohl, dich werde ich samt deinem wüsten Schnauzbart bei Nacht und Nebel nach Ahausen hetzen, wenn's sein muss.“

„Hauptsache, ich und meine bessere Hälfte erhalten die Botschaft. Und wenn du dir im Kurierdienst den Arsch wundreitest, Konrad, will ich dir deine Qualen mit Starkbier lindern“, spann Hadamar den scherzhaften Wortwechsel noch ein Stück weiter – dann zog er sein Ross herum, winkte den beiden Mühlbergern noch einmal zu und trabte an der Spitze seiner Waffenknechte davon.

Jörg und Konrad wiederum kehrten zur Burg zurück; noch immer war das Novemberwetter mild, aber am übernächsten Tag trieb ein eisiger Nordostwind Regenwolken heran, und von da an hörten die Niederschläge bis zum Monatsende kaum mehr auf. Kälte und Feuchtigkeit krochen in die Kollbachfestung; nur dort, wo Feuerkörbe standen oder Fackeln brannten, gab es Wärme. Im Wohnraum des jungen Paares allerdings war es behaglicher, denn eine der Mägde schürte dort regelmäßig zwei Holzkohlebecken an, deren heiße, die Luft zum Flimmern bringende Glut Siguna sehr zu schätzen wusste.

Auch im Dezember und danach im Januar des neuen Jahres 1133 war die Schwangere dankbar für die Glutwärme; draußen lag nun eine Schneedecke über dem Land, und meistens, weil die Burgleute und die Bauern unten im Tal jetzt kaum noch ihre Behausungen verließen, wirkte die Gegend, als sei sie unter einem weißen Schleier in Tiefschlaf gefallen. Erst im Februar, als die Sonne allmählich wieder kräftiger wurde, begann der Schnee in der Kollbachniederung langsam wegzutauen. Anfangs zeigten sich nur einzelne braune Erdflecken; später wurden größere Bodenflächen frei, und dann füllten sich die Bächlein, die zum Fluss liefen, mit gurgelndem Tauwasser. In der ersten Märzhälfte schließlich schmolzen die letzten Schneereste weg; um die Monatsmitte kündigte sich deutlich der Frühling an, und eines Morgens, als die Landschaft in helles Sonnenlicht getaucht war, dachte Siguna, deren Leib sich inzwischen stark gerundet hatte, voller

Vorfreude: Nun sind es bloß noch zweieinhalb Monate bis zu meiner Niederkunft.

Diese Zeit freilich wurde beschwerlich für die junge Frau. Bereits im launischen April kam sie, wenn sie die Außentreppe des Wohnturmes emporstieg, außer Atem; im Mai sodann musste sie nach jeder vierten oder fünften Treppenstufe rasten, und mehrmals hatte sie dabei das Gefühl, als könnte sie ohnmächtig werden. Aber auch sonst belastete sie ihr unförmig gewordener Körper, weil sie ihn jetzt oft als plump und hässlich empfand; einmal, als Jörg ihr liebevoll versicherte, dass sie in seinen Augen schöner denn je sei, brach sie, ohne es sich selbst erklären zu können, in bittere Tränen aus.

Hinzu kam das Stoßen und Strampeln des Ungeborenen in ihrem Bauch; insbesondere in den Nächten litt sie darunter, da es ihr den Schlaf raubte, und manchmal ging es ihr dann durch den Sinn: Warum ist mein Kind bloß so ungebärdig? Fast so, als würde es da drinnen in mir für zwei toben! Doch letztlich stand Siguna den achten und neunten Schwangerschaftsmonat tapfer durch; im ausgehenden Mai freilich hatte sie nur noch ein Verlangen: Dass die Stunde der Niederkunft mit ihrer Pein, aber auch der Erlösung endlich kommen möge.

Am dritten Junitag war es soweit. In der Nachmittagsmitte verspürte Siguna erste schwache Wehen und bat ihren Gatten, die Hebamme aus dem Burgdorf holen zu lassen. Kurz darauf rannte Konrad zur Ansiedlung hinab und kehrte mit der Wehfrau, einer gut fünfzigjährigen verwitweten Bäuerin, zurück. Als die Hebamme in den Oberstock des Wohnturmes kam, hatte sich die Grafentochter bereits in der Schlafkammer niedergelegt; die Witwe erkundigte sich nach der Stärke und Häufigkeit der Wehen und sagte sodann zu Siguna und Jörg, der blass beim Bett stand: „Es wird wohl noch einige Zeit dauern, bis die Fruchtblase platzt. Doch es wäre gut, wenn Ihr Euch jetzt schon entkleiden würdet, Herrin, denn sicher ist sicher."

Siguna tat, was die Hebamme verlangt hatte; während sie nackt wieder unter die Bettdecke schlüpfte, verschwand die Wehfrau nach draußen, wo sie eine Magd anwies: „Geh in die Burgküche. Die Weiber dort sollen einen großen Kessel Wasser aufsetzen und ihn ständig am Kochen halten. Und wenn du das ausgerichtet hast, bringst du saubere Leintücher her."

Danach begab sich die Witwe erneut ins Schlafgemach und blieb die nächsten Stunden bei der Grafentochter, deren Wehen allmählich heftiger wurden. Auch Jörg wich nicht von der Seite seiner Gemahlin; er hielt ihre Hand oder redete liebevoll mit ihr – dann plötzlich, in der Abenddämmerung, als schon die Wachskerzen auf ihren Leuchtern brannten, schrie Siguna auf; ihr Körper bäumte sich hoch, und unmittelbar darauf ging das Fruchtwasser ab.

Die Hebamme reinigte das Bettlaken so gut wie möglich mit einem frischen Tuch; anschließend beschied sie die Kreißende: „Nun werden Eure Wehen schneller hintereinander und auch kräftiger kommen. Und das ist nötig, damit das junge Leben seinen Weg in die Welt findet."

In der Folge durchlitt Siguna die immer stärker werdenden Wehenschmerzen; irgendwann sorgte die Witwe dafür, dass der Kessel mit dem heißen, gründlich abgekochten Wasser in den Raum gebracht wurde – und kaum hatte eine Magd das große Kupfergefäß auf einem Tisch neben dem Lager der Kreißenden abgestellt und sich danach, um der Hebamme notfalls beispringen zu können, in einer Ecke der Schlafkammer niedergesetzt, stieß Jörg hervor: „Draußen zieht ein Unwetter heran!"

Gleich darauf vernahmen auch die Frauen gedämpftes Donnerrollen; Siguna keuchte: „Hoffentlich ist das … kein böses Zeichen!"

„Nein", versuchte die Witwe sie zu beruhigen. „Vielmehr heißt es doch, dass ein Kind, das unter Donner und Blitz geboren wird, eine glorreiche Zukunft hat."

„So sagt man", bestätigte der Rotblonde. Er streichelte seiner Gattin über das verschwitzte Haar. „Gewitterbuben werden Kriegshelden, Gewittermädchen zauberschöne Frauen."

Siguna wollte ihm mit einem Lächeln für seine Worte danken – aber mit dem nächsten Lidschlag verzerrte sich ihr Gesicht, und sie schrie unter dem Ansturm einer weiteren Wehe vor Pein auf. Kaum war der Schmerzenslaut verklungen, grollte der Donner des aufziehenden Frühsommergewitters deutlich lauter als zuvor – und einige Zeit später tobte das Unwetter nahe der Mühlberger Festung.

Grelle Blitze zuckten vom Nachthimmel und sandten ihren Widerschein durch das schmale Fenster der Schlafkammer; die Donnerschläge kamen jetzt schnell hintereinander und ohrenbetäubend laut, und nach einer

Weile prasselte zudem ein heftiger Regenguss aufs Dach des Wohnturmes. Die Kreißende wiederum wurde jetzt ärger denn je von ihren Wehenwellen gequält, die fast ohne Pause heranbrandeten dann, Jörg hatte das Gefühl, es könnte Mitternacht sein, rief die Hebamme aus: „Es ist soweit! Das Kind kommt!“

Gleich darauf sah der Rotblonde, wie sich die Witwe tief über Sigunas Schoß bückte, wie sich ihre Hände zwischen den Schenkeln der Kreißenden bewegten; zugleich hörte er seine junge Frau herzzerreißend schreien und stöhnen, und in einer Pause zwischen den wilden Schmerzenslauten vernahm er die drängende Stimme der Hebamme: „Pressen! Ja, so ist es richtig! Pressen! Noch einmal, ja!“

Jörg litt mit Siguna, er verspürte entsetzliche Angst um sie; wollte ihr in ihrer Not beistehen; wusste nicht, wie. Er konnte nur hilflos und mit jagendem Herzen auf sie starren – plötzlich gewahrte er eher undeutlich, wie das Köpfchen des Kindes erschien; wie, nachdem Siguna gleich einer Ertrinkenden nach Luft gerungen hatte, der Leib des kleinen Wesens folgte.

Die Witwe hob das Neugeborene hoch, untersuchte es, zeigte es der Mutter, dann dem Vater und sagte: „Es ist ein Bub.“

Mit feuchten Augen kniete der Rotblonde bei seiner Gattin nieder und dankte ihr schluchzend für das unendlich wertvolle Geschenk, das sie ihm gemacht hatte; die Hebamme trug den Säugling zum Wasserkessel, wusch ihn mit Hilfe der Magd, nabelte ihn ab, wickelte ihn in ein Leintuch und wollte ihn zurück zu Siguna bringen, um ihn in die Arme seiner Mutter zu legen. Doch ehe sie es tun konnte, erschütterte ein dröhnender Donnerschlag, von Blitzzucken begleitet, das Gemach; gleichzeitig stieß Siguna einen gurgelnden Schrei aus, und ihr Körper bäumte sich, wie von einem Peitschenhieb getroffen, auf.

Jörg, der angesichts des jetzt direkt über der Burg tobenden Gewitters das Schlimmste befürchtete, packte seine Gemahlin bei den Schultern, schüttelte sie; keuchte in ihr verzerrtes Antlitz hinein: „Bleib bei mir! Bei deinem Kind und mir! Du darfst nicht von uns …“

„Lasst sie, Herr!“, drang die Stimme der Witwe an sein Ohr. „Es ist nicht so, wie Ihr denkt! Sie lebt! Der Blitz funkelte bloß von draußen herein. Aber ihr Schoß will nochmals gebären …“

„Was sagst du da?!“ Der Rotblonde begriff nicht gleich.

„Eure Frau bringt ein zweites Kind zur Welt“, kam es von der Hebamme. „Sie hat ein Zwillingspärchen im Leib getragen. Deshalb setzte erneut eine Wehe ein, zusammen mit dem Donnerwüten …“

„Zwillinge …“, flüsterte der Rotblonde. „Gleich zwei Sprösslinge … Ich kann es kaum glauben …“

„Ihr werdet es sehen“, beteuerte die Witwe. „Und nun lasst Eure Gattin los, bitte! Und geht beiseite, damit ich das Meinige tun kann.“

Wie betäubt gehorchte Jörg; gleich darauf übergab die Hebamme das erstgeborene Kind der Magd, danach redete sie beruhigend auf Siguna ein – und dann begann der Geburtskampf der Grafentochter von neuem. Wieder quälte sie sich; neuerlich presste und schrie sie, um das kleine Wesen aus ihrem Körper zu drängen – endlich, das Unwetter schien jetzt weiterziehen zu wollen, konnte die Witwe auch das zweite Kind in ihren Händen auffangen.

Diesmal handelte es sich um ein Mädchen, das ein wenig kleiner und zarter als sein Brüderchen wirkte, und nachdem es versorgt worden war, durfte Siguna, auf deren Gesicht nun ein unsagbar glücklicher Ausdruck lag, beide Säuglinge an ihrer Brust bergen. Jörg setzte sich zu ihr; die Magd verließ den Raum, um den Burgleuten die frohe Nachricht von der Geburt des Zwillingspärchens zu überbringen. Die Hebamme hingegen blieb, denn noch musste die Nachgeburt abgewartet werden.

Bald war es soweit; als die Grafentochter gewaschen und ihr Bett frisch gemacht war, schlief sie, ihre Kinder nach wie vor im Arm haltend, ein. Wenig später trat die Witwe den Rückweg ins Burgdorf an; Jörg aber blieb bis zum Morgen bei der jungen Mutter sitzen, behütete ihren Schlummer und spürte immer wieder, wie sein Herz vor grenzenloser Liebe zu seiner Gattin und den Neugeborenen schmerzte.

Als Siguna am nächsten Tag erwachte und ihr Blick auf den Rotblonden fiel, empfand sie ähnlich wie er; mit feuchten Augen flüsterte sie: „Nun hat unsere Ehe ihre ganze Erfüllung gefunden, denn wir sind zu einer Familie geworden.“

Zärtlich küsste er sie, streichelte behutsam die Köpfchen der an der Brust seiner Gemahlin schlafenden Kleinen und ging dann hinaus, um Siguna einen Morgenimbiss zu bringen. Während die Grafentochter frühstückte, begannen sich die Säuglinge unruhig zu bewegen und wurden schließlich munter.

Wenig später kam die Hebamme, die wieder vom Dorf zur Festung heraufgestiegen war, in den Raum und sagte: „Es wird ein wunderschöner Sonnentag heute. Der Himmel ist so blau und rein, als hätte es das nächtliche Unwetter nie gegeben. Und Ihr, junge Herrin, seht erholt aus und fühlt Euch gut, oder?“

„Ja“, bestätigte Siguna. „Es ist mir, als wären die Geburtsschmerzen nur noch eine ferne Erinnerung.“

Wissend nickte die Witwe; dann fragte sie: „Spürt Ihr bereits ein Ziehen in den Brüsten?“

„Du meinst, ob mir die Milch einschießt …“ Die Wöchnerin wurde abgelenkt, weil die Zwillinge zu greinen anfingen; nachdem sie die Kleinen durch sanftes Wiegen beruhigt hatte, sprach sie weiter: „Doch, es könnte sein …“

„Du glaubst, du wärst schon zum Stillen bereit?“, kam es von Jörg.

„Einen Versuch ist es allemal wert“, erklärte die Hebamme – und gleich darauf war sie der jungen Mutter behilflich, die Zwillinge zum Trinken anzulegen.

Anfangs schienen die Säuglinge irritiert zu sein, nach einer Weile aber führte die Natur sie auf den richtigen Weg. Sie begannen zu saugen, ihre Köpfchen wurden dabei puterrot; Siguna spürte beglückt, dass sie die Kleinen zu nähren vermochte – doch nach kurzer Zeit fühlte sie, wie ihr die Milch versiegte.

Auch die Witwe bemerkte es und sagte: „Grämt Euch nicht, Herrin. Ihr habt Muttermilch, das hat sich gerade gezeigt. Aber zwei Kinder brauchen eben mehr Nahrung als eines, und daher waren Eure Brüste so rasch leergetrunken. Es ist möglich, dass Euch die Milch in den nächsten Tagen stärker einrinnt, wir werden sehen. Doch damit die Kleinen nicht darben müssen, rate ich sicherheitshalber zu einer Amme. In Arnstorf drüben gibt es eine stillende Frau, die dafür geeignet wäre. Sie hat viel mehr Muttermilch, als ihr jüngstes Kind saugen kann, und wenn Ihr es mir erlaubt, hole ich sie her.“

Die Grafentochter stimmte zu; auch ihr Gemahl war einverstanden, und zwei Stunden später kam die Amme auf die Burg. Es handelte sich um eine kräftige Bauersfrau mit üppigem Busen; bei ihr konnten sich die Zwillinge satt trinken – und im Lauf der folgenden beiden Wochen stillte die Bäuerin die Kleinen regelmäßig. Aber auch Siguna nährte zwischendurch ihre Kinder; von Tag zu Tag hatte sie mehr Milch, und schließlich konnte sie auf die Amme verzichten.

Zum Abschied machte Jörg der Bauersfrau ein Geschenk: eine Silbermünze, und die Bäuerin revanchierte sich dafür mit einem gutgemeinten Ratschlag an die Grafentochter. „Gebt Euren Sprösslingen die Brust so lange wie möglich", sagte sie. „Denn Muttermilch ist die allerbeste Nahrung, viel reicher und bekömmlicher als Kuh- oder Ziegenmilch, und meine eigenen runden und gesunden Kinder sind der Beweis dafür."

Die Hebamme pflichtete der Bauersfrau bei und fügte hinzu: „Ihr könnt die Zwillinge drei oder sogar vier Jahre stillen, Herrin. Euer Körper ist jetzt dazu imstande, und später einmal werden der Bub und das Mädchen es Euch durch Lebenskraft und Lebensfreude danken."

Wenig später verließen die Witwe und die Bäuerin den Wohnturm; das junge Adelspaar beschäftigte sich einige Zeit mit den Zwillingen, dann sagte Siguna: „Es ist alles gut gegangen im ersten halben Monat unserer Elternschaft. Die Kleinen gedeihen, ich bin wieder zu Kräften gekommen, und daher könnten wir nun eigentlich den Patersberg aufsuchen."

„Daran dachte ich heute ebenfalls schon", antwortete Jörg – und gleich am nächsten Vormittag machte sich das Paar zusammen mit den Zwillingen, die in einem Korb lagen, und einer Magd auf den Weg.

Auf einem zweispännigen Pferdewagen, der im Burgdorf für sie angeschirrt worden war, fuhren die Mühlberger entlang des linken Kollbachufers flussabwärts. Nach etwa eineinhalb Meilen kam eine Mühle in Sicht, doch nicht dieses Anwesen war ihr Ziel; vielmehr ein Hügel, der sich ein Stück von der Flussmühle entfernt erhob. Der Rotblonde lenkte die Rösser zur Kuppe der Anhöhe hinauf; droben gab es eine kleine Holzkapelle, die von der Krone einer mehrhundertjährigen Linde überschattet wurde, und neben der Kapelle stand eine bescheidene, ebenfalls aus Holz gezimmerte Hütte.

Als Jörg die Rösser bei den Gebäuden zum Stehen brachte, kam durch die Hüttentür ein weißhaariger Mönch im Habit eines Benediktiners ins

Freie: ein Pater, der bereits seit etlichen Jahrzehnten als Eremit auf dem Hügel lebte, weshalb die Anhöhe Patersberg genannt wurde.

Forschend, mit zusammengekniffenen Augen, musterte der Greis die Ankömmlinge; nachdem er ein paar Schritte näher an das Fuhrwerk herangetappt war, erkannte er den jungen Edelfreien. „Ihr seid es, Herr Jörg. Habe nicht gleich gewusst, wer mich da besucht. Mein Augenlicht halt, bin ja schon weit über die Siebzig. Und wer ist da noch bei Euch?"

Der Rotblonde stellte ihm seine Gemahlin vor; dann deutete er auf den Korb mit den Säuglingen, den die Magd soeben vom Wagen hob, und sprach weiter: „Meine Gattin und ich bringen dir zwei Täuflinge, einen Buben und ein Mädchen, die kürzlich in ein und derselben Nacht zur Welt kamen."

„Ein Zwillingspärchen hat Euch der Herrgott geschenkt!", freute sich der Eremit. „Wie schön! Das sichert die Erbfolge in Eurer Herrschaft. Und gerne will ich den Kleinen die Taufe spenden. Kommt mit in die Kapelle ..."

Wenig später standen die Mühlberger vor dem schlichten Altar im Inneren des Sakralbaues; aus einem steinernen Weihwasserbecken füllte der greise Benediktiner eine bronzene Taufschale, sodann forderte er das Paar auf: „Sagt mir nun, welche Rufnamen Ihr für Eure Kinder ausgesucht habt."

„Unser Sohn soll auf den Namen Jörg getauft werden, ganz wie einst sein Vater", erwiderte Siguna; der Rotblonde fügte hinzu: „Und unsere Tochter soll den Taufnamen Siglind bekommen, nach der Mutter meiner Gemahlin."

Daraufhin vollzog der Einsiedler das Sakrament; anschließend beteten er und die Mühlberger ein Vaterunser, und danach wurden die Zwillinge, die den Taufakt still über sich hatten ergehen lassen, aus dem Halbdunkel des Kapellenraumes wieder ins helle Sonnenlicht hinausgetragen.

Im weichen Moos unter der Linde saßen das Adelspaar, der Eremit und die Magd dann noch längere Zeit beisammen. Die Erwachsenen genossen einen Imbiss, der von der Burg mitgebracht worden war, und tranken Wein dazu; die Säuglinge schliefen friedlich in ihrem Korb. Erst in der Nachmittagsmitte traten die Mühlberger die Heimfahrt an; der Einsiedler winkte ihnen noch lange nach – und dies lag durchaus auch daran, dass er beim Abschied des Adelspaares zum Lohn für seinen Dienst eine Korbschwinge mit haltbaren Lebensmitteln sowie einen prallen Weinschlauch erhalten hatte.

Am Abend dieses Tages, nachdem sie die Zwillinge zu Bett gebracht hatte, sagte Siguna zu ihrem Gatten: „Wären der kleine Jörg und Siglind auf der Württemberger Festung geboren worden, dann hätte es eine pompöse Taufzeremonie in der gräflichen Kirche gegeben. Doch mir war es so, wie es heute geschah, tausendmal lieber. Gemeinsam mit unseren Kleinen hatten wir solch eine schöne Fahrt unter sommerlichem Himmel an der Kollbach entlang zur Einsiedlerklause. Zudem durften wir den Frieden auf dem Patersberg spüren und konnten uns an der Gesellschaft des lieben alten Mönches erfreuen, und das alles hat mich wunschlos glücklich gemacht."

„Ich empfand es ebenso", entgegnete der Rotblonde; nach kurzem Besinnen setzte er hinzu: „Aber eins dürfen wir nicht vergessen ..."

„Was denn?", fragte Siguna.

„Dass wir den Ahausenern Nachricht von der Zwillingsgeburt zukommen lassen", antwortete Jörg.

„Richtig, das hast du Hadamar im vergangenen Herbst beim Abschied versprochen, und es ist nun wirklich höchste Zeit", nickte die junge Mutter. „Am besten schickst du gleich morgen einen Reitboten zur Isarburg ab."

„Das werde ich", versprach der Rotblonde – und gleich darauf zog er Siguna in seine Arme, um sie zärtlich zu küssen.

Der Nordwaldritter

Mühlberg

Sommer 1133

Der Juni hatte sich in den Juli gedreht; von den Wiesen im Kollbachtal hatten die Bauern die erste Heumahd eingebracht, und die Zwillinge waren nun, fünf Wochen nach ihrer Geburt, schon deutlich kräftiger geworden.

An diesem Nachmittag saß Siguna, wie so oft, in einem der Fenstererker des Wohnturmes. Soeben hatte sie den kleinen Jörg und sein Schwesterchen Siglind gestillt; jetzt lagen die Kleinen schläfrig an der Brust ihrer Mutter, und Siguna dachte: Gleich kann ich sie wieder in die Wiege legen. Während sie dann schlummern, soll die Magd auf sie aufpassen, und ich werde mir einen Spaziergang gönnen.

Vorfreudig schaute die Grafentochter ins Freie hinaus; ihr Blick wanderte über die sanfte Hügellandschaft am Südrand der Kollbachniederung hin – auf einmal gewahrte sie dort etwas Ungewöhnliches. Auf einer Anhöhe schienen winzige Blitze aufzulichteln; fünf, sechs hintereinander. Gleich darauf war die Erscheinung nicht mehr auszumachen; eine Weile später zeigte sich das blitzartige Funkeln erneut, und zugleich begriff Siguna: Da drüben, in der Ferne, mussten Gepanzerte unterwegs sein, deren Helme, Kettenhemden und Lanzenspitzen das Sonnenlicht reflektierten.

Ungeduldig wartete die Grafentochter ab, bis die Zwillinge eingeschlafen waren; sodann bettete sie die Kleinen rasch zur Ruhe, holte die Kindsmagd und stieg danach in den Burghof hinunter. Dort sah sie sich nach ihrem Gatten um, entdeckte ihn und Konrad auf der Wehrplattform des Torturmes, lief über den Hof und erklomm die Stiege zur Bastion über dem Festungstor. Als sie oben war, rief sie den beiden Männern zu: „Ich fürchte, Bewaffnete nähern sich unserer Burg! Aus südlicher Richtung kommen sie heran!"

Mit verspanntem Gesicht nickte der schnauzbärtige Reisige; Jörg erwiderte: „Ja, wir haben das Aufblitzen jenseits des Flusstales auch schon bemerkt. Und ich denke, ich lasse sicherheitshalber das Tor schließen und die Verteidigungsstellungen bemannen."

„Tu das!“, bestärkte ihn Siguna; während sie es sagte, schoss ihr der bedrohliche Gedanke durch den Kopf: Genau von da drüben käme Vater, falls er mit seinem Heerbann aus Italien zurückkehren würde!

Im nächsten Moment wandte sich der Rotblonde, welcher die unausgesprochene Befürchtung seiner Gemahlin teilte, an Konrad: „Alarmiere die anderen Waffenknechte und sorge dafür, dass alles Nötige getan wird, damit wir nicht überrumpelt werden können. Und danach bringst du mir mein Rüstzeug. Ich bleibe hier oben und beobachte, was sich dort im Süden weiter tut.“

Eine Viertelstunde später waren die Torflügel verrammelt und die Burgmänner kampfbereit – und nun konnte man die heranziehenden Gepanzerten bereits deutlicher erkennen. Denn sie kamen jetzt schon in die Kollbachniederung herab und hielten auf Arnstorf zu: ungefähr ein Dutzend Berittene, an deren Spitze ein Lanzenbanner wehte.

„Zumindest ist es keine größere Heerschar“, murmelte der Schnauzbärtige, der sich mit zwei weiteren Reisigen wieder zu dem jungen, mittlerweile voll gerüsteten Edelfreien und Siguna gesellt hatte.

„Es könnte aber sein, dass es sich nur um die Vorhut einer viel stärkeren Streitmacht handelt“, gab Jörg zu bedenken.

„Da hast du recht“, knurrte Konrad; danach herrschte angespanntes Schweigen auf der Turmplattform – bis die Grafentochter plötzlich ausrief: „Es ist ein fremdes Wappenbanner! Nicht das Württembergische ...“

Nachdem der Rotblonde und sein Freund ebenfalls scharf zum Südsaum des Flusstales hinübergespäht hatten, bestätigten sie Sigunas Beobachtung – und nach einiger Zeit wurde klar, dass der Reitertrupp einem Weg folgte, der zu einer für Pferde passierbaren Kollbachfurt unweit von Arnstorf führte. Ein anscheinend recht großer Mann, der anders als die übrigen Berittenen keine Kampflanze trug, trabte ein Stück vor dem Gros der Truppe einher; hart hinter ihm hielt sich der Bannerträger, und das Panier war nun deutlich zu sehen: Es zeigte einen breiten gelben Balken auf rotem Grund.

Bald überquerten die Rösser die Furt; danach hielten die Reiter auf das Burgdorf zu, dessen Bewohner scheu vor den Fremden zurückwichen. Am Wassergraben unterhalb der Feste brachten die gepanzerten Lanzenreiter auf einen Befehl ihres Anführers hin die Pferde zum Stehen; der Großgewachsene aber lenkte sein schweres Streitross über die Grabenbrücke, und der Panierträger folgte ihm. Dann, als die beiden Männer vor dem Burgtor anlangten, nahm der Hochgewachsene seinen Helm ab, legte ihn in seine linke Armbeuge und rief zur Torplattform hinauf: „Ich denke, dies hier ist die Festung Mühlberg, oder?"

„Richtig", erwiderte der zwischen Siguna und Konrad hinter der Brustwehr des Torturmes stehende Burgherr. „Ich bin Jörg von Mühlberg, und sofern Ihr in friedlicher Absicht kommt, will ich Euch willkommen heißen."

„Ich und meine Leute haben nichts Böses im Sinn", lautete die Antwort. „Und damit Ihr wisst, mit wem Ihr es zu tun habt, nenne ich Euch meinen Namen. Gewolf von Puchberg heiße ich, und meine Feste befindet sich im Nordwald nahe des böhmischen Grenzkammes, vier starke Tagesritte von hier."

„Ein Grenzritter aus dem Norden seid Ihr also …" Neugierig musterte Jörg den etwa fünfzigjährigen Edlen mit dem stellenweise schon ergrauten schulterlangen Haar. „Doch Ihr kamt nicht von Mitternacht in die hiesige Gegend, sondern von Süden her …"

Der Puchberger nickte. „So ist es. Ich war mit meiner Kampfschar in Italien. Im Gefolge König Lothars, der jetzt Kaiser ist, zogen ich und meine Männer im Herbst letzten Jahres nach Rom. Und nun, da der Supplinburger die Kaiserkrone trägt und für uns im Welschland nichts mehr zu tun ist, kehren wir heim, um nach all der Mühe und den schweren Waffengängen …"

„Es gab Schlachten in Italien?!", unterbrach Siguna den Nordwaldritter. „Und Ihr wart dabei?! Ebenso wie vielleicht … der Graf von Württemberg?!"

Erstaunt schaute Gewolf von Puchberg auf die junge Frau. „Ihr kennt den Hochadligen?"

„Meine Gemahlin ist eine Tochter des Grafen", erklärte Jörg. „Aber zurück zu ihrer Frage: War Heinrich von Württemberg in die Kämpfe verwickelt?"

„Das kann man wohl sagen", versetzte der Puchberger. „Ich sah den Grafen bei verschiedenen Gelegenheiten fechten. Zuerst im nördlichen Italien, später dann auch in Rom, wo unser Heer …"

„Von diesen Schlachten und all dem anderen müsst Ihr uns ausführlich erzählen!“, fiel Siguna dem Ritter neuerlich ins Wort; der Rotblonde fügte hinzu: „Seid unser Gast, Gewolf, so lange Ihr wollt.“

Der Puchberger dankte dem jungen Edelfreien; gleich darauf, während der Bannerträger den Hügel hinabritt, um die unten wartenden Reisigen zu verständigen, wurde das Burgtor geöffnet, und wenig später lenkten der Adlige aus dem Nordwald und seine Gefolgsleute ihre Rösser in den Festungshof. Dort zeigte Konrad den Waffenknechten und dem Panierträger, wo sie die Pferde unterbringen und sich Lagerstätten bereiten konnten; Gewolf wiederum begab sich zusammen mit Jörg und Siguna in den Wohnturm. Die Grafentochter sorgte dafür, dass ein Imbiss und Wein aufgetragen wurden – und dann, nachdem der Nordwaldritter seinen ersten Hunger und Durst gestillt hatte, erfuhr das Mühlberger Paar aus seinem Mund, was sich im Zusammenhang mit der Kaiserkrönung Lothars von Supplinburg im Welschland zugetragen hatte.

„Verflucht seien die Rompfaffen und besonders die vom Leibhaftigen besessenen Päpste!“, begann Gewolf. „Statt Nächstenliebe und Barmherzigkeit zu üben, wüten sie gegeneinander wie blutgierige Bestien, und das wurde uns deutschen Heerleuten schon gleich klar, als wir von den Bergen der Alpen in die Ebenen Norditaliens hinabkamen. Dort erfuhren wir nämlich, dass kurz zuvor offener Krieg zwischen Anaklet und Innozenz ausgebrochen war: den beiden seit langem verfeindeten Rivalen im Kampf um den Papstthron, die sich bis dahin allerdings bloß theologisch gestritten hatten. Jeder dieser Machtbesessenen hatte bereits vor geraumer Zeit Anspruch auf das Papstamt erhoben und sich als den einzig rechtmäßigen Nachfolger Petri bezeichnet, aber wenigstens hatten sie sich, wie gesagt, zunächst noch mit irgendwelchen biblischen oder sonstigen pfäffischen Haarspaltereien begnügt. Doch dann hatten sie ihre jeweiligen Anhänger dazu aufgehetzt, die Waffen zu ergreifen – und als unser Heer den Norden des Welschlandes erreichte, sah die Lage so aus: Anaklet hatte die Herrschaft in Rom an sich gerissen, sein Widersacher Innozenz hingegen war aus der Tiberstadt verjagt worden und hockte jetzt hinter den Mauern der Stadt Piacenza in der norditalienischen Poebene.“

Gewolf von Puchberg trank einen Schluck Rotspon; danach fuhr er fort: „Diese Situation aber war nun ausgesprochen ungünstig für König Lothar.

Denn Anaklet war schon immer sein grimmiger Feind gewesen, während Innozenz den Supplinburger in seinem Streben nach der Kaiserkrone von allem Anfang an unterstützt hatte. Zudem wollte Lothar um jeden Preis in Rom gekrönt werden, wo jedoch sein Erzfeind Anaklet saß, und angesichts dessen gab es für den König nur eine Möglichkeit: Innozenz musste von Piacenza in die Tiberstadt gebracht und als legitimer Papst auf den Stuhl Petri gesetzt werden. Anaklet andererseits sollte nach dem Willen Lothars entmachtet, aller seiner kirchlichen Würden entkleidet und als Laienbruder in ein abgelegenes Kloster gesperrt werden. Dies war der Plan des Supplinburgers, und anfangs ließ sich die Sache auch ganz gut an. An der Spitze unseres Heeres ritt König Lothar in Piacenza ein, verständigte sich mit Innozenz und gab zwei Tage danach den Befehl zum Weitermarsch nach Rom."

Wieder feuchtete sich der Nordwaldritter die Kehle mit einem Schluck Wein an; dann erzählte er weiter: „Eine Woche lang zogen wir unangefochten nach Süden, und jeden Abend zelebrierte Innozenz, der unterwegs in einer von zwei Maultieren getragenen Sänfte saß, eine Messe für den Supplinburger und dessen hochadlige Lehensträger. Dann aber, zwischen Florenz und Siena, wurde es bitter. Immer wieder nämlich gab es tückische Angriffe auf uns. Häufig wurde der Vortrab attackiert, bei anderen Gelegenheiten hagelten aus irgendwelchen Hinterhalten heraus Pfeile oder Armbrustbolzen in die Reihen des Trosses. Mehrmals kam es auch zu Reiterüberfällen, bei denen die Feinde überraschend zuschlugen und danach sofort wieder verschwanden. Und hinter alldem steckte zweifellos Anaklet, der sich mit dem Normannenkönig Roger von Sizilien verbündet und so starke zusätzliche Kampfkraft gewonnen hatte ..."

„Woher wusstet ihr von diesem Kriegsbündnis?", unterbrach Jörg den Burgherrn aus dem Nordwald. „Konntet ihr womöglich einen höhergestellten Gefangenen zum Reden bringen?"

„So war es", bestätigte Gewolf und richtete den Blick auf Siguna. „Ihr werdet es gewiss gerne hören, junge Frau, dass wir die wichtige Erkenntnis Eurem Vater verdankten. Denn als einmal mehr eine plötzliche Reiterattacke erfolgte, setzte der Württemberger Graf den Angreifern mit seiner Leibwache nach und errang nach heißem Gefecht einen Sieg. Sieben Feinde fielen, ihr Anführer, ein römischer Ritter, geriet verwundet in Gefangenschaft. Später ließ ihn Graf Heinrich foltern, und so kam der Pakt zwischen Anaklet und dem Normannenkönig ans Licht."

Langsam, mit zusammengepressten Lippen, nickte Siguna; der Puchberger, der spürte, was in ihr vorging, murmelte: „Nun ja, es war Krieg, junge Frau. Da passieren eben solche Dinge ... Und hätte Euer Vater anders gehandelt, so wäre dem König etwas sehr Bedeutungsvolles verborgen geblieben."

„Wie ging es beim Marsch auf Rom dann weiter?", fragte Jörg, wobei er wie behütend nach der Hand seiner Gattin griff.

„Letztlich schlugen wir uns durch", erwiderte der Nordwaldritter. „Allerdings hatten wir um die hundert Mann verloren, ehe wir vor der Tiberstadt anlangten. Und dort standen wir sodann vor verschlossenen Toren."

„Das heißt, die Römer und ihre Verbündeten verwehrten König Lothar den Einlass?", vermutete der Rotblonde mit gerunzelten Brauen.

„Mehr noch!", versetzte Gewolf. „Sie verspotteten und beleidigten den Supplinburger von den Mauern herab! Und Anaklet höchstpersönlich verfluchte den Monarchen und nannte ihn eine Ausgeburt des Teufels! Ihr könnt Euch vorstellen, dass Lothar aufgrund dieser Bösartigkeiten vor Wut schäumte. Aber auch wir Heerleute hatten nur noch einen Wunsch: die gottverfluchte Stadt zu stürmen und unsere Feinde zu Paaren zu treiben. Also riegelten wir die Zugangsstraßen zur Stadt ab, bauten Belagerungstürme sowie Rammböcke und unternahmen schließlich am zehnten Tag nach unserer Ankunft einen ersten Sturm auf Rom. Doch der Angriff wurde abgeschlagen, und in den darauffolgenden Wochen scheiterten sechs weitere Versuche, die Tiberstadt einzunehmen. Jedes Mal mussten wir zahlreiche Tote und Verwundete beklagen – zuletzt aber, in der Maimitte, gelang es uns endlich, wenn auch erst nach äußerst blutigem Kampf, eine der Torbastionen zu überrennen und nach Rom einzudringen."

In der Erinnerung an diesen Sturmangriff verstummte der Puchberger und starrte eine Weile vor sich hin; schließlich tat er einen tiefen Atemzug, leerte seinen Pokal, füllte ihn wieder und sprach weiter: „Als wir in der Stadt waren, erlebten wir die Hölle. Zusammen mit starken normannischen Kampfscharen leisteten uns die Römer erbitterten Widerstand. Wir waren gezwungen, uns Gasse um Gasse vorwärts zu kämpfen, und bei Einbruch der Nacht hatten wir lediglich einen kleinen Teil der Tiberstadt in unsere Gewalt gebracht. Während der nächsten acht Tage lief es, obwohl wir unser Bestes gaben, ähnlich zäh. Zwar stießen wir allmählich weiter in die Stadt vor, doch wir schafften es nicht, den Petersdom zu erreichen, wo der Supplinburger zum Kaiser gekrönt werden sollte. Trotz aller Mühen vermochten wir den Vatikanhügel nicht zu besetzen, aber Ende Mai glückte es uns immerhin, den Lateranhügel zu erstürmen. Damit waren wir jetzt die Herren des Papstpalastes, und angesichts dessen änderte Lothar seine Pläne ..."

Gewolf unterbrach sich, weil aus dem Nebenraum dünnes Säuglingsplärren zu vernehmen war; Siguna machte Anstalten, ins Schlafgemach zu den Zwillingen zu gehen – doch im nächsten Moment wurde es wieder still, und der Nordwaldritter fuhr mit seinem Bericht fort: „Der Supplinburger entschied, dass seine Erhebung zur Kaiserwürde unter dem Dach des Lateranpalastes und nicht im Petersdom stattfinden sollte. So vermied Lothar weitere verlustreiche Gefechte, wofür wir Heerleute ihm sehr dankbar waren – und am vierten Junitag setzte Innozenz, der zuvor feierlich zum einzig rechtmäßigen Papst ausgerufen worden war, dem Supplinburger die Kaiserkrone, die wir aus Deutschland mitgebracht hatten, aufs Haupt."

„Damit hat das Deutsche Reich nun also wieder einen Imperator", äußerte Jörg. „Lasst uns auf ihn und sein Herrscherheil anstoßen, auch wenn seine Krönung nicht unbedingt den althergebrachten Regeln entsprach."

Die Trinkbecher der drei Adligen klangen zusammen; anschließend erzählte der Puchberger noch: „Kaum war die Krönungszeremonie vorüber, ließ Kaiser Lothar den Abmarsch aus der Tiberstadt vorbereiten, und bereits am siebten Juni verabschiedete sich der Supplinburger von Rom. Freilich nahm er nicht sein ganzes Heer mit sich, vielmehr befahl er einem großen Teil seiner Lehensträger, mit ihren Kampfverbänden in der Stadt zu bleiben. Diese Edelleute sollten jene römischen Bezirke, die wir erobert hatten, für Lothar halten sowie Papst Innozenz im Lateranpalast schützen. Außerdem sollten sie, falls sich eine günstige Gelegenheit dazu ergeben würde, gegen Anaklet und dessen Verbündete vorgehen, um sie vielleicht doch noch zu schlagen und aus Rom zu verjagen. – Ich hingegen hatte das Glück, mich mit meinen überlebenden Reisigen dem Kaiser anschließen zu dürfen. In seinem Gefolge zogen wir einmal mehr über die Alpen, und nachdem wir Kufstein erreicht hatten, löste der Supplinburger das Reichsheer auf. Das geschah vor einer guten Woche, seitdem bin ich wieder mein eigener Herr, und jetzt wird es nicht mehr lange dauern, bis ich auf meiner Burg im Nordwald endlich alle viere von mir strecken kann."

„Ihr könnt Euch gerne ein paar Tage bei uns ausruhen, bevor Ihr die letzte Wegstrecke in Angriff nehmt", bot Siguna dem Ritter an.

„Danke", antwortete Gewolf. „Aber es zieht mich mit Macht nach Hause. Und außerdem möchte ich, ehe ich heimkehre, noch Verwandte bei Passau besuchen. Dies wird mich zusätzliche Zeit kosten, und daher will ich schon morgen weiter."

„Ihr reitet also auf einem Umweg nach Puchberg", stellte Jörg fest. „Und angesichts dessen wird mir nun auch klar, warum Ihr im vergangenen Herbst, als Ihr zum damaligen Sammelplatz des Königsheeres in Innsbruck unterwegs wart, nicht an Mühlberg vorbeigekommen seid."

„Ja, in jenen Tagen folgten ich und meine Waffenknechte dem Lauf der Isar nach Süden", entgegnete der Nordwaldritter. Er wollte etwas hinzufügen – doch da legte ihm Siguna die Hand auf den Unterarm und sagte: „Schon eine ganze Weile wollte ich Euch nach meinem Vater fragen. Und nun kann ich mich nicht mehr zurückhalten. – Was ist aus ihm geworden? Hat er die Kämpfe in Rom überlebt?!"

„Als ich mit Lothars Heer abrückte, war er wohlauf", antwortete Gewolf. „Allerdings nicht gerade bester Laune. Das weiß ich, weil ich am Abend vor dem Abmarsch in einer Taverne saß, wo er ebenfalls becherte. Er war mit seinen Leibwächtern dort, und in ihrem Kreis schimpfte er – verzeiht mir den Ausdruck, junge Frau – ganz gotteslästerlich."

„Weshalb?", wollte Siguna wissen.

„Er war wütend, weil ihm der Kaiser befohlen hatte, in der Tiberstadt zu bleiben", erwiderte der Puchberger. „Und im Zusammenhang damit vermutete er auch recht zornig, dass es in der Württemberger Grafschaft aufgrund seiner langen Abwesenheit gewiss drunter und drüber gehen würde. Wenn ich ihn recht verstand, setzte er, bevor er sein Herrschaftsgebiet verließ, einen noch minderjährigen Bruder von Euch nominell zum Regenten ein und stellte ihm den Vogt der Festung Württemberg an die Seite. Aber er schien, so wie er sich in der Taverne äußerte, hinsichtlich dieser Regelung alles andere als glücklich zu sein."

„Mein Bruder Walter ist in der Tat erst dreizehn Jahre alt“, sagte die Grafentochter leise; ein schmerzlicher Ausdruck spielte dabei um ihre Lippen. Einen Augenblick schwieg sie; dann setzte sie mit festerer Stimme hinzu: „Doch der Burgvogt Wolfhart ist ein fähiger Mann und außerdem so etwas wie ein väterlicher Freund für Walter. Daher denke ich, dass auf der Feste, von der ich stamme, alles in Ordnung ist.“

„Gott gebe es“, äußerte Gewolf. „Und irgendwann wird Euer Vater ja auch wieder heimkehren.“

„Wie lange, schätzt Ihr, wird der Graf im Welschland bleiben müssen?“, fragte Jörg.

Der Nordwaldritter wiegte den Kopf. „Das ist schwer zu beurteilen. Aber mit ein paar Monaten wird's eher nicht abgehen. Anaklet und seine Anhänger verfügen nach wie vor über starke Kriegsmacht, und die mit ihnen verbündeten Normannen, äußerst harte Kämpfer, kommen hinzu. Darüber hinaus hat Kaiser Lothar bisher keinerlei Anstalten gemacht, Friedensverhandlungen mit seinen Gegnern aufzunehmen, und deshalb könnte es durchaus sein, dass sich der Streit in Italien noch Jahre hinzieht.“

Das wäre ein Segen für uns hier auf Mühlberg, dachte Siguna; gleich darauf sagte ihr Gatte: „Dank Euch, Gewolf, haben wir nun eine Menge Neuigkeiten aus dem Südland erfahren. Doch Ihr habt uns bislang gar nichts von Eurem Leben im Nordwald erzählt. Wie ist es denn so da droben an der böhmischen Grenze?“

„Manchmal rauh und wild, aber trotzdem immer schön“, antwortete der Puchberger. Sodann beschrieb er das Aussehen seiner Burg und schilderte verschiedene Abenteuer, die er auf Bären-, Wildschwein- und Wolfsjagden erlebt hatte; auch vermittelte er seinen Zuhörern ein anschauliches Bild von den hohen Bergen und den tiefen Urwäldern entlang des Grenzkammes zwischen Bayern und Böhmen.

Später dann drehte sich die Unterhaltung um andere Themen; zwischendurch stillte die junge Mutter ihre Kinder, und in der Abenddämmerung nahmen die drei Edelleute ein Vespermahl ein, das von einer Magd aufgetragen wurde. Bald darauf begann der Nordwaldritter zu gähnen, und nachdem er einen letzten Becher Wein geleert hatte, suchte er seine Schlafkammer auf.

Am Morgen des nächsten Tages ritten Gewolf von Puchberg und seine Gefolgsleute weiter; Jörg und Siguna schauten der Kavalkade vom Torplatz aus nach, und als der Reitertrupp in einem Waldstück unten an der Kollbach verschwand, sagte der Rotblonde zu seiner Gemahlin: „Es war ein Glück, dass der Puchberger bei uns auftauchte. Denn jetzt wissen wir: Dein Vater wird noch geraume Zeit im Welschland bleiben, und damit sind wir zumindest vorerst vor seinem Hass sicher."

Siguna nickte; gleich darauf schmiegte sie sich an ihren Gatten, küsste ihn und raunte ihm zu: „Lass uns zurück in den Wohnturm gehen. Und falls die Kleinen schlafen, können auch wir noch einmal ins Bett schlüpfen ..."

Die Todesnachricht

Mühlberg/Ahausen

Sommer 1133 bis Herbst 1134

Die Monate nach dem Besuch des Nordwaldritters verstrichen friedlich. Im Hochsommer reifte auf den Feldern des Kollbachtales das Korn heran; Ende August wurde die Ernte eingefahren, und im Frühherbst hörte man überall auf den Höfen das Pochen der Dreschflegel. Nachdem die Getreidekörner ausgedroschen worden waren, lagerten die Bauernfamilien sie in ihren Vorratstruhen ein; diejenigen freilich, welche dem Mühlberger Edelfreien untertan waren, mussten den zehnten Teil ihrer Erträge auf die Burg bringen.

Dies geschah traditionell in der letzten Oktoberwoche; in der Nacht auf den ersten November wiederum wagte sich kein Mensch ins Freie, weil nach uraltem Glauben in jenen dunklen Stunden die Tore zwischen Diesseits- und Anderswelt geöffnet waren und die Toten die Gefilde der irdischen Welt besuchten, um dort, wo sie einst gelebt hatten, umherzustreifen. Auch Jörg und Siguna hielten die Fensterläden ihrer Gemächer in der Totennacht – oder der Samhain-Nacht, wie die Alten sagten – gut verschlossen und wachten lange an der Wiege der jetzt bald schon ein halbes Jahr alten Zwillinge, ehe sie, vom Schlafbedürfnis übermannt, zu Bett gingen.

Ab der Novembermitte sodann ritt der Rotblonde, von Konrad begleitet, häufig zur Jagd aus. In den Kollbachauen erlegten der Burgherr und der Schnauzbärtige mit ihren Jagdpfeilen oder den Saufedern Rot- und Schwarzwild; manchmal, wenn ihnen ein schwieriger Bogenschuss auf einen Fasan oder ein Rebhuhn geglückt war, brachten sie auch solches Federwild auf die Feste. An Weihnachten dann kam dank der Waidmannskunst der beiden Freunde reichlich Wildpret auf die Tafel im Wohnturm und die Tische in den Unterkünften der Burgleute; auch später, im Januar und Februar des neuen Jahres 1134, herrschte auf der Festung kein Mangel an Fleisch, denn auch jetzt wieder jagten Jörg und Konrad an so manchem Tag, wenn der Schnee nicht zu hoch lag.

In der Aprilmitte tauten die letzten Schneereste an den Schattenhängen des Flusstales weg, und eine Woche danach kam, nachdem tagelang Südwind geweht hatte, mit Macht der Frühling. Wann immer es ihr möglich war, hielt sich Siguna nun mit den Zwillingen im Freien auf. Die frische, sonnenwarme Luft tat den Kleinen gut; lebhafter als sonst ruderten sie mit ihren Ärmchen und Beinchen und krähten dabei fröhlich.

Die junge Mutter freute sich über das Gedeihen ihrer Sprösslinge – und im Juni erlebte sie eine weitere Freude, weil der kleine Jörg und seine Schwester zu laufen begannen. Zuerst schaffte der Bub eine Reihe von Schrittchen, ehe er zu Boden purzelte; ein paar Tage später tat es ihm Siglind nach. Als es dann August wurde, wieselten die Zwillinge bereits durch die Räume im Wohnturm oder über den Burghof – und ihre Eltern hatten inzwischen bemerkt, dass die beiden Kinder in ihrem Aussehen und Charakter unterschiedlich waren. Siglind hatte nun einen hellen Haarflaum auf dem Kopf und benahm sich, etwa beim Stillen, deutlich zurückhaltender als ihr lebhafter Bruder mit seinem dunklen Haar, und angesichts dessen sagte Siguna einmal halb im Spaß zu ihrem Gemahl: „Es scheint mir, als würde unser Mädchen zu einer blonden, eher vornehmen Schönheit heranwachsen wollen, während unser Sohn wohl zu einem verwegenen Draufgänger, ähnlich wie sein Vater, wird."

„So richtig verwegen war ich doch eigentlich nur ein einziges Mal – als ich dich aus Regensburg entführte", scherzte der Edelfreie.

Die Grafentochter musste lachen – und wenige Tage danach strahlte sie über das ganze Gesicht. Denn mit zahlreichen Dorfleuten im Schlepptau kam ein wandernder, ungefähr fünfunddreißigjähriger Händler zur Feste herauf, der auf seinem Maultier schwere Ledersäcke mitführte und sich am Burgtor mit dem Ruf vorstellte: „Ich bin Jakob, und in meinem Gepäck habe ich seltene Dinge, wie man sie sonst höchstens auf den ganz großen Marktplätzen des Bayernlandes erwerben kann!"

Freudig begrüßten die Festungsbewohner den untersetzten, vollbärtigen Handelsmann; wenig später legte er seine Waren auf einem Schragen aus, der rasch im Burghof für ihn aufgestellt worden war. Jörg, Siguna und all die anderen Mühlberger erblickten farbige südländische Stoffe; dazu bronzene Armreife, Gewandfibeln und Gürtelschnallen; außerdem etliche Trinkgefäße aus kostbarem Glas sowie schön gearbeitete Messer, Scheren, Axtblätter, Fischhaken und Pfeilspitzen.

Staunend und aufgeregt untereinander tuschelnd betrachteten die Burgleute und Dörfler das vielfältige Warenangebot; vorerst aber durften sie nicht mit dem Fernhändler Jakob feilschen, denn das erste Kaufrecht lag bei dem jungen Adelspaar. Erst nachdem der Edelfreie ein Dutzend dreikantiger Pfeilköpfe für die Hochwildjagd und zwei Glasbecher erworben und seine Gemahlin eine lindgrüne Stoffbahn samt einer gefälligen Tuchschere für sich ausgesucht hatte, begann der allgemeine Handel. Im Verlauf der folgenden Stunden machte Jakob gute Geschäfte – und dies auch, weil sich schon bald viele kauflustige Arnstorfer zu den Mühlbergern gesellten. Erst am Spätnachmittag verliefen sich die Leute wieder; der Händler packte das, was er nicht verkauft hatte, in seine Transportsäcke und erkundigte sich danach bei Konrad, der soeben zum Schragen gekommen war: „Meinst du, dass ich bei euch nächtigen kann?"

„Selbstverständlich", antwortete der Schnauzbärtige. „Eine der Mägde hat schon ein Ruhelager im Gesindehaus für dich hergerichtet. Doch ehe du dich dorthin zurückziehst, sollst du zu den Herrschaften in den Wohnturm hinaufsteigen."

„Warum denn das?", fragte Jakob mit etwas unsicherer Stimme. „Sind der Burgherr und seine Gattin etwa nicht mit den Sachen zufrieden, die sie von mir erstanden haben?"

Konrad zuckte die Achseln. „Ich habe dir nur ausgerichtet, was sie mir auftrugen. Und jetzt geh schon! Lass das Adelspaar nicht warten!"

Stumm nickte der Händler und schritt davon; als er ins Wohngemach des Turmes trat, sah er dort lediglich den Edelfreien. Jörg saß an der Tafel und hielt eines der neuerworbenen Trinkgefäße in der Hand; offenbar hatte er den Glasbecher gerade betrachtet. Jetzt lud er Jakob mit einer Geste ein, bei ihm Platz zu nehmen; nachdem sich der Händler gesetzt hatte, sagte der Rotblonde: „Meine Gemahlin wird auch gleich da sein. Sie muss bloß noch unsere Zwillinge in ihre Wiege betten."

„Ich habe das Pärchen heute im Hof unten gesehen", erwiderte Jakob. „Schöne Kinder und ungefähr ein Jahr alt, oder?"

„Vierzehn Monate, um genau zu sein", entgegnete der Edelfreie. Dann schaute er neuerlich auf den gläsernen Trinkbecher – und im nächsten Moment kam Siguna aus der Schlafkammer.

„Schlummern Klein-Jörg und Siglind schon?“, wollte der Rotblonde wissen.

„Ja“, antwortete die Grafentochter. „Kaum hatte ich sie zugedeckt, waren sie auch schon eingeschlafen. Sie haben am heutigen Tag viel erlebt, und das hat sie müde gemacht.“ Nach diesen Worten ließ sich Siguna bei den beiden Männern nieder, wandte sich dem Händler zu und sagte zu ihm: „Mein Gemahl und ich haben dich herbestellen lassen, da wir mit dir reden müssen. – Die beiden Gläser, die du uns verkauft hast, stammen aus der Stadt Venedig, nicht wahr?“

„Ihr habt es erraten“, bestätigte Jakob. „Ist etwas nicht in Ordnung mit den Glasbechern? Seid Ihr unzufrieden mit ihnen? Falls es so wäre, könnten wir selbstverständlich …“

„Nein“, unterbrach ihn Jörg. „Die Gläser sind schön, sind ihren Preis wert. Und meine Gattin fragte dich nur deshalb nach ihrer Herkunft, weil wir …“

„Weil wir wissen wollen, ob du aus Italien kommst“, fiel Siguna ihrem Gemahl in die Rede. „Sag, verhält es sich so?“

Der Fernhändler nickte. „Vor zwei Monaten war ich noch im Welschland, um meine Waren einzukaufen. Danach überquerte ich die Alpen, und seitdem ziehe ich durch Bayern.“

„Bist du auch in Rom gewesen?“, kam es von Jörg.

Jakob sog wie erschrocken die Luft ein, ehe er antwortete: „Rom … ja, ich war dort. Aber ich hätte die Stadt besser nicht betreten. Viele Häuser, insbesondere zwischen dem Lateran- und dem Vatikanhügel, waren ausgebrannt oder verwüstet. Auch lagen in manchen Gassen Tote, die nicht bestattet worden waren, sodass Hunde und Ratten das Leichenfleisch fraßen. Anderswo wieder sah ich Gehenkte, auf deren Schultern Aasvögel hockten. Und nicht weniger schlimm war es an den Ufern des Tiberflusses, wo die Leichname von Ertränkten oder Erschlagenen im stinkenden Schlick lagen.“

„Das heißt, die Kämpfe zwischen den Anhängern der Gegenpäpste Innozenz und Anaklet hielten noch immer an?“, erkundigte sich Siguna.

Der Händler schüttelte den Kopf. „Nein, das nicht. Wenige Tage, bevor ich nach Rom kam, hatten Anaklets italienische und normannische Verbündete einen Angriff der kaiserlichen Kampfscharen auf den Vatikan abgeschlagen. Danach waren die Deutschen in fürchterlichen Straßenkämpfen ins Lateranviertel zurückgetrieben und am nächsten Morgen auch noch von dort verjagt worden. Letztlich waren die Kaisertruppen dadurch so schwer dezimiert worden, dass die Überlebenden die Tiberstadt hatten räumen müssen. Sie waren, den kaiserfreundlichen Papst Innozenz mit sich nehmend, nach Norden abgezogen. Dutzende Verwundete oder Versprengte allerdings hatten versucht, sich in Rom zu verstecken. Aber zumeist waren sie dem Tod dadurch nicht entgangen, denn die Sieger hatten jeden Deutschen, den sie erwischen konnten, grausam hingemetzelt oder gehenkt."

Kreidebleich hatte Siguna dem Bericht Jakobs gelauscht; nun fragte sie stockend: „Weißt du etwas … über das Schicksal … des Grafen Heinrich von Württemberg?!"

Der Fernhändler überlegte; dann erwiderte er: „Doch … ich hörte einige Wochen später, als ich die Tiberstadt längst wieder verlassen hatte, von diesem Adligen. In einem Marktflecken irgendwo zwischen den umbrischen Städten Terni und Orvieto war es. Dort redeten die Leute über den Württemberger Grafen. Wenn ich mich recht entsinne, hatten er und seine Heermänner ein paar Tage zuvor eine starke normannische Streifschar aufgerieben, die bei der Verfolgung der Kaiserlichen in die genannte Gegend vorgestoßen war."

Von widerstreitenden Gefühlen hin- und hergerissen, tauschte die junge Mutter einen Blick mit ihrem Gemahl; Jörg murmelte: „Er lebt also … Lebte zumindest zu jener Zeit noch …"

In Jakobs Gesicht arbeitete es; er schien mit sich zu kämpfen, schließlich sagte er: „Ich habe den Eindruck, als würde Euch der Graf nahestehen. Seid Ihr vielleicht …"

„Wir begegneten dem Württemberger einmal auf einem Turnier", schnitt der Rotblonde dem Händler das Wort ab. „Nichts weiter. – Wichtig ist für uns nur, möglichst viel über die Zustände im Welschland zu erfahren. Kannst du uns noch mehr berichten?"

„Es sieht ganz so aus, als würde der Krieg trotz der Niederlage der Kaisertruppen in Rom weitergehen", antwortete Jakob. „Als ich nämlich durch den Norden Italiens wanderte, begegnete ich einem starken deutschen Hilfsheer, das nach Süden unterwegs war. Eine Marketenderin erzählte mir, dass sich dieser Heeresverband, der aus mindestens tausend Adligen und Waffenknechten bestand, mit den bereits im Welschland stehenden kaiserlichen Kampfscharen vereinigen sollte. Angesichts dessen könnte sich das Blatt im italienischen Krieg durchaus wieder wenden, und ich würde es Lothar von Supplinburg wünschen, denn ich bin ein treuer Anhänger von ihm. – Weiter weiß ich allerdings nichts mehr zu berichten, weil ich schon bald nach dem Gespräch mit der Marketenderfrau zu den Alpenpässen hinaufstieg. Und im Gebirge traf ich dann bloß noch auf Bergbauern und Hirten, die vom großen Weltgeschehen in ihren abgeschiedenen Talgründen und Einöden wenig mitbekommen."

„Du hast uns eine Menge erzählt", versetzte Jörg. „Hab Dank für deine Auskünfte."

„Und ich bin Euch für die guten Geschäfte dankbar, die Ihr mir ermöglicht habt", entgegnete der Händler. „Auch freut's mich, dass ich hinter den Mauern von Mühlberg übernachten darf. Denn hier haben ich und mein Maultier es bequemer als draußen im freien Feld."

„Lass dir, bevor du dich niederlegst, noch eine kräftige Vesper in der Burgküche geben", kam es von Siguna.

Gleich darauf verabschiedete sich Jakob; nachdem der Fernhändler gegangen war, zog der Edelfreie seine Gattin wie beschützend an sich und sagte: „Nun wissen wir immerhin, dass uns auch in nächster Zeit keine Gefahr durch deinen Vater droht."

„Ja, der Krieg wird ihn wohl noch lange im Welschland festhalten", antwortete Siguna. „Und das ist zwar einerseits gefährlich für ihn, doch andererseits bedeutet es für uns und unsere Kinder Frieden …"

Jörg nickte; wenig später begab sich das Paar zu Bett und liebte sich, während die Zwillinge in ihrer Wiege schlummerten, sehr innig.

Am folgenden Morgen verließ der Händler die Feste wieder und wanderte entlang der Kollbach weiter gen Nordosten; dem Vilstal zu. Die Mühlberger und Arnstorfer Bauern, die am Tag zuvor einiges an Arbeit versäumt hatten, waren zu dieser Stunde schon längst auf den Feldern, denn die Ernte musste eingebracht werden – und einige Wochen danach, als auf den Höfen das Korndreschen begann, fragte der Rotblonde seine Gattin: „Was meinst du? Könnten wir den Kindern bereits eine Reise im Pferdewagen zumuten, oder sind sie noch zu klein dafür?"

„Eine Wagenreise? Wie kommst du denn darauf?“, versetzte Siguna verwundert.

„Weil ich Sehnsucht nach den Ahausenern habe“, klärte Jörg seine Gemahlin auf. „Es ist nun schon über ein Jahr her, dass wir Konrad mit der Nachricht von der Geburt unserer Zwillinge zu Hadamar und Anna schickten. Er brachte die herzlichsten Glückwünsche der beiden mit zurück, doch seither haben wir keine Verbindung mehr mit den Ahausenern gehabt, was mich schmerzt. Deshalb dachte ich, wir könnten ihnen einen Besuch abstatten, und die Kinder müssten wir natürlich mitnehmen, weil du sie ja nach wie vor stillst.“

Die junge Mutter überlegte; dann erwiderte sie: „Auch ich würde Anna und Hadamar gerne wiedersehen. Aber die Zwillinge sind noch zu jung für eine solche Reise. Mit einem Pferdegespann wären wir den ganzen Tag unterwegs, und das wäre zu anstrengend für unsere Sprösslinge. – Doch ich mache dir einen anderen Vorschlag: Du reitest allein zur Isarburg und gönnst dir eine gute Zeit dort. Jetzt, wo die Felder abgeerntet sind, kannst du zusammen mit Hadamar prächtig jagen. Die Abende verbringst du mit ihm und Anna beim Wein oder beim Bier, und wenn du wieder daheim bist, wirst du mir bestimmt viel zu erzählen haben.“

Jörg griff nach ihrer Hand. „Du hast wirklich nichts dagegen, allein hier auf Mühlberg zu bleiben?“

„Nein, mein Schatz“, antwortete Siguna und fügte schalkhaft schmunzelnd hinzu: „Obwohl ich selbstverständlich furchtbar unter der Trennung leiden werde. Andererseits aber sagt man doch, es könne einer Ehe durchaus nützen, wenn man sich einmal eine Zeitlang nicht sähe. Und da unsere Beziehung in den letzten Monaten sowieso schrecklich langweilig geworden ist, glaube ich, es wäre nur gut …“

Der Rotblonde zog sie an sich und verschloss ihr den Mund mit einem Kuss; sodann kam das Paar überein, dass Jörg schon bald an die Isar aufbrechen würde – und in der letzten Septemberwoche verabschiedete sich der junge Edelfreie zärtlich von seiner Gemahlin.

Konrad begleitete ihn auf dem Ritt nach Ahausen, wo die beiden Mühlberger freudig empfangen wurden. Denn kaum hatten sie sich im Hof der Isarburg aus den Sätteln geschwungen, eilte Hadamar herbei und rief: „Wie schön, euch zu sehen! Gut schaust du aus, Jörg. Und dem Schnauzbart da an deiner Seite scheint es ebenfalls bestens zu gehen, da er mich gar so aufgeräumt angrinst."

„Das liegt vermutlich an Konrads Vorfreude auf dein süffiges Bier, von dem er unterwegs ständig geredet hat", scherzte der Rotblonde; ernsthafter fügte er hinzu: „Aber du hast recht, wir können nicht klagen. In letzter Zeit lief alles zufriedenstellend auf unserer Feste, und ich hoffe, hier bei euch steht's ebenso."

„Schon, kann man so sagen", kam es aus dem Mund des Ahauseners; mit dem nächsten Atemzug äußerte er: „Aber wo, zum Teufel, hast du denn dein Eheweib und deinen Nachwuchs gelassen, Jörg?! Hättest sie doch mitbringen können!"

„Ich dachte ja daran", entgegnete der Rotblonde. „Aber Siguna meinte, die Zwillinge wären noch zu klein für den weiten Weg."

„Weibergeschwätz!", stieß Hadamar hervor; unmittelbar darauf bedauerte er offenbar seine schroffe Äußerung und sagte fast reumütig: „Nein, ich nehm's zurück. Deine Gattin hatte sicher recht, Jörg. Wo doch eure Kinder noch nicht einmal eineinhalb Jahre zählen. Und überhaupt gehört es sich nicht, über die Frauen zu lästern. Schließlich schenken sie uns ja die höchsten Freuden, die es auf Erden gibt."

„Das ist wahr", pflichtete ihm Konrad grinsend bei. „Eine Liebesnacht mit einer drallbusigen Süßen kann in der Tat …"

„Davon redete ich nicht, du geiler Bock", unterbrach ihn der Burgherr. „Es ging mir um etwas ganz anderes …" Er fasste den Rotblonden ins Auge. „Nämlich um Anna. Sie ist … Sie wird …"

Hadamar verstummte wieder; Jörg fragte mit verwundertem Gesichtsausdruck: „Was ist … wird sie?"

„Nicht hier im Burghof …", entgegnete der Ahausener kryptisch; gleich darauf drängte er: „Aber jetzt macht, bringt eure Rösser in die Stallung! Und dann wollen wir einen Kräftigen auf unser Wiedersehen heben."

Wenig später wurden die beiden Mühlberger im obersten Stockwerk des Wohnturmes von der Burgherrin Anna begrüßt. Mit herzlichen Worten hieß sie Jörg und Konrad willkommen, erkundigte sich nach Siguna und den Zwillingen und bat die Besucher sodann an einen Tisch im nördlichen Fenstererker des Turmgemachs, von wo aus man ins Isartal hinabblicken konnte. Danach befahl sie einer gerade anwesenden Küchenmagd, eine

Kanne Starkbier, Pokale sowie eine Platte mit Räucherfleisch, Käse und Brot aufzutragen. Nachdem die Magd die Trinkbecher gefüllt hatte und wieder gegangen war, konnte der Rothblonde nicht länger an sich halten; er wandte sich an Hadamar und verlangte: „Nun aber raus mit der Sprache, mein Freund! Was wolltest du uns vorhin im Hof unten sagen?“

Der Ritter schmunzelte; Schalk funkelte aus seinen Augen. „Also, ich erinnere mich kaum noch … Hatte es womöglich was mit meiner alten Beinwunde zu tun, die ich vom Kreuzzug heimbrachte? Falls ja, so kann ich dich beruhigen. Die Lanzennarbe machte mir den ganzen Sommer hindurch kaum Beschwerden. Wenn ich ausritt, saß ich auf dem Pferd wie ein junger Kerl, und auch beim Sonnwendtanz …“

Jörg musste lachen. „Du willst uns auf die Folter spannen. Und ich gestehe dir zu: Es gelingt dir …“ Er richtete den Blick auf Anna. „Doch vielleicht kannst du uns aufklären?“

Die Burgherrin schien zu ahnen, womit ihr Gatte hinter dem Berg hielt; sie lächelte, dann drohte sie Hadamar scherzhaft mit dem Finger. „Allzu grausam solltest du unsere Gäste aber nicht schmoren lassen …“

„Na gut!“ Der Ahausener griff nach seinem Pokal. „Tut Anna und mir Bescheid, ihr Mühlberger. Und wenn wir getrunken haben, will ich reden.“

Gleich darauf klangen die Becher zusammen; die drei Männer und die Burgherrin genossen den ersten Schluck, und danach sagte Hadamar in feierlichem Tonfall: „Wir haben soeben auf neues Leben angestoßen! Meine liebe Gemahlin Anna ist nämlich seit kurzem schwanger. Bis letzte Woche waren wir noch nicht ganz sicher, doch jetzt ist es gewiss. Im nächsten Sommer wird unser Kind geboren werden, und wir sind, dem Herrgott sei’s getrommelt und gepfiffen, unendlich dankbar dafür!“

Jörg sprang auf, umarmte bewegt Anna und ihren Gatten; Konrad rief aus: „Ich gratuliere zum Fortbestand der Ahausener Dynastie! Möge sie noch tausend Jahre weiterleben!“

„Dein Wunsch in Gottes Ohr, Schnauzbart“, versetzte Hadamar. „Und weil du’s so gut mit uns meinst, darfst du dich heute nach Herzenslust am Starkbier laben. Meinethalben so lange, bis dir der Gerstensaft zu den Ohren herauskommt.“

„Ich will mein Bestes tun", versprach Konrad augenzwinkernd – und danach drehte sich das Gespräch noch eine ganze Weile um den Nachwuchs, den das Adelspaar erwartete.

Später dann wandte sich die Unterhaltung anderen Themen zu. Jörg berichtete den Ahausenern, was er und Siguna von Jakob, dem Händler, über den Krieg in Italien und den Württemberger Grafen erfahren hatten; Hadamar und Anna erzählten von einem Isarhochwasser, das sie und ihre Hörigen im vergangenen April heimgesucht hatte. „Fast zwei Wochen lang konnten unsere Fergen kein Salzfuhrwerk über den Fluss bringen", erinnerte sich die Burgherrin; ihr Gemahl fügte hinzu: „Und aufs Waidwerk musste ich auch verzichten, weil das Wasser in den Isarauen teilweise halbmannshoch stand. Aber nun hat sich die Flut längst wieder verlaufen, und das Wild ist, wie sich's ja schließlich auch gehört, brav in die Auwälder zurückgekehrt, damit es zur Freude von uns Rittern gejagt werden kann."

„Ich nehme an, du willst damit sagen, dass du mich und Konrad zu einem Jagdausflug einladen möchtest", äußerte Jörg unter zufriedenem Schmunzeln.

„Du hast es erraten." Hadamar hob seinen Pokal und stieß mit dem Rotblonden an; nachdem beide getrunken hatten, fuhr der Ahausener fort: „Wenn's dir recht ist, gönnen wir uns das Vergnügen gleich morgen. Das Wetter passt, und in der Gegend von Altframmering, wo es auch rätselhafte Erdgräben gibt, die wohl uralt sind, soll ein kopfstarkes Hirschrudel stehen."

Während der folgenden Stunden wurden noch mehrere Becher geleert – und am nächsten Vormittag brachen Hadamar, Jörg sowie Konrad und zwei Ahausener Waffenknechte zur Jagd auf. Die fünf Männer ritten, sich immer auf dem Kamm der südlichen Isarleite haltend, etwa vier Meilen flussabwärts, bis sie ein gutes Stück östlich des Dorfes Altframmering ein ausgedehntes Waldgebiet erreichten. Kaum waren sie an dessen Saum angelangt, machten sie Hirschfährten aus; wenig später, ein Stück tiefer im Forst, glückte es dem Schnauzbärtigen, als er sein Ross versuchsweise in ein Dickicht lenkte, das Rotwildrudel aufzusprengen.

Die Hirsche flohen; die Jäger setzten ihnen im Galopp nach, und nachdem die Hetzjagd geraume Zeit kreuz und quer durch den Wald gegangen war, gelang dem Mühlberger Edelfreien ein meisterlicher Speerwurf. Auf ungefähr fünfundzwanzig Schritte Entfernung traf er einen Sechsender ins Blatt; das Tier stürzte nieder, Jörg trieb seinen Hengst zu ihm hin, sprang aus dem Sattel und erlöste den Hirsch durch einen Kehlschnitt mit dem Jagdmesser. Gleich darauf waren auch Hadamar und die anderen zur Stelle; sie gratulierten dem Rotblonden, und der Ahausener Burgherr brach ein Reis von einer in der Nähe stehenden Eiche, zog es durch das Blut des erlegten Tieres und befestigte es nach altem ritterlichen Waidmannsbrauch am Schwertgehenk seines Freundes.

Anschließend wurde der Sechsender ausgeweidet; als diese Arbeit getan war, hob man den Hirsch auf das schwere Kaltblutross eines der Reisigen von Ahausen und band ihn mit Lederriemen hinter der Sattellehne fest. Danach sagte Hadamar ein wenig knurrig: „Mehr Beute werden wir heute nicht mehr machen, weil das Rudel inzwischen über alle Berge ist. Anders hätte es ausgesehen, wenn ich Narr meinen Speer ebenso schnell geschleudert hätte wie du, Jörg. Doch ich war so hingerissen von deinem glorreichen Wurf, du Teufelskerl, dass ich, der Jagdgott verzeih's mir, glatt auf meine eigene Waffe vergaß.“ Er feixte leicht gequält; dann schloss er: „Aber was soll's? Den Sechsender haben wir – und jetzt lasst uns zu den geheimnisvollen Gräben reiten, wo wir uns einen Mittagsimbiss und einen guten Schluck gönnen wollen.“

Eine halbe Stunde später gelangte der Jagdtrupp zu dem rätselhaften Platz. Es handelte sich um eine ebene Fläche hoch oben auf der Flussleite, die mit Buschwerk und vereinzelten Eichen bewachsen und von breiten grabenartigen Einschnitten durchzogen war. Diese seltsamen Senken reichten mehrere Meter tief in den Boden; an manchen Stellen führten massive Erdbrücken über sie hinweg, und insgesamt bildeten die Einschnitte einen riesigen Ring, der einen Durchmesser von etwa neunzig Schritten besaß.

Eine ganze Weile betrachteten die beiden Mühlberger, die im Gegensatz zu den Ahausenern noch nie zuvor an diesem Ort gewesen waren, das wie verwunschen wirkende Areal; schließlich wandte sich Jörg an Hadamar: „Du sagtest gestern, die Grabenanlage sei vermutlich uralt. Weißt du vielleicht noch mehr über sie?“

„Es gibt eine Sage“, antwortete der Herr der Isarburg. „Und die erzählt, dass hier vor Urzeiten eine Stadt gestanden habe.“

„Deshalb der Ringgraben", kam es von Konrad. „Er muss die Ansiedlung geschützt haben, und an seiner Innenseite wird wohl ein Palisadenwall gestanden haben."

„So ungefähr erkläre ich mir die Erdwerke auch", stimmte ihm Hadamar zu. „Aber viel Geheimnisvolles bleibt dennoch. Wer waren die Menschen, die einst hier lebten? Zu welchen Gottheiten beteten sie vor so langer Zeit? Und starben sie irgendwann aus – oder gaben sie ihre Stadt aus uns unbekannten Gründen auf?"

„Zumindest muss sich bei der Bevölkerung dieser Gegend eine dunkle Erinnerung an das längst Vergangene erhalten haben", murmelte Jörg. „Denn nur so konnte sich die sagenhafte Überlieferung herausbilden."

Die anderen nickten nachdenklich und ließen ihre Blicke noch einmal über die Grabenzüge wandern; dann deutete Hadamar auf eine große Eiche und schlug vor: „Da drüben, bei dem Baum, wäre ein guter Platz, um zu rasten."

Wenig später hatten es sich die fünf Männer im Moos unter der Baumkrone bequem gemacht. Während die Rösser in der Nähe grasten, ließen sich die beiden Edelleute und die Waffenknechte Brot und Käse schmecken, die einer der Reisigen in seiner Satteltasche mitgebracht hatte, und tranken dazu Wein aus einem kleinen Lederschlauch. Nachdem sie ihren Hunger und Durst gestillt hatten, legten sich die Jagdgefährten nieder, um sich vor dem Heimritt noch ein wenig auszuruhen – dann aber bemerkte Jörg, dass das Ross, welches den erlegten Hirsch trug, erregt stampfte.

Der Rotblonde erhob sich, um nach dem Rechten zu sehen; als er bei dem Pferd war, erkannte er den Grund für dessen Unruhe. Der hinter dem Sattel festgebundene Hirschkadaver hatte sich stark zur linken Seite hin verschoben, wodurch das Ross irritiert wurde. Jörg bemühte sich, die Last wieder gleichmäßig zu verteilen; fast hatte er es schon geschafft, da trat Hadamar neben ihn und fragte: „Kriegst du's hin?"

Der Rotblonde nickte. „Bloß noch der eine Riemen hier. Du hättest nicht herkommen müssen."

„Das tat ich nicht wegen des Gauls", entgegnete der Ahausener Ritter. „Sondern weil ich unter vier Augen mit dir sprechen möchte."

„Unter vier Augen?", wiederholte Jörg verwundert. Er zurrte den Lederriemen fest. „Was hast du denn an Vertraulichem auf dem Herzen?"

„Lass uns ein paar Schritte gehen“, bat Hadamar.

„Wie du willst.“ Der Rotblonde klopfte dem Pferd, das nun wieder ruhig dastand, den Hals; sodann schritt er neben seinem Freund langsam auf eine der Erdbrücken zu, die zwei der uralten Grabenabschnitte trennte. Zunächst schwieg der Ahausener wie in Gedanken versunken; plötzlich brach es aus ihm heraus: „Ich mache mir Sorgen um Anna!“

Verblüfft starrte Jörg den Freund an. „Wieso das denn? Sie ist überglücklich, weil sie endlich ein Kind trägt. Hat sich's so sehr gewünscht, und jetzt wurde ihre Sehnsucht erfüllt. Sie freut sich, ebenso wie du, unbändig auf das Kleine – und du sorgst dich um sie?!“

„Manchmal ist sie ganz anderer Stimmung“, murmelte Hadamar. „Dann scheint sich etwas zu verdunkeln in ihr. Dann legt sich etwas wie ein schwarzer Schatten über ihr Gemüt. Dann redet sie vom Tod. Von dem des Ungeborenen und von ihrem eigenen ...“

Da die Grabenverfüllung nun vor ihnen lag, verstummte der Ahausener; erst als er und der Rotblonde sich am Rand der Erdbrücke niedergesetzt hatten, sprach er weiter: „Solche Todesgedanken quälen Anna immer wieder. Sie isst dann kaum, weint in der Nacht. Und ich weiß nicht, was ich tun kann. Bin so verflucht hilflos!“

„Wie lange geht das schon?“, erkundigte sich Jörg.

„Es begann vor einigen Wochen“, antwortete Hadamar. „Als wir noch unsicher waren wegen ihrer Schwangerschaft. Schließlich schwanden unsere Zweifel, und ich hoffte, dass sich damit auch Annas Todesängste verlieren würden. Aber so kam es nicht. Selbst jetzt noch, wo sie doch der Mutterfreude entgegensehen kann, wird sie von ihren finsteren Vorstellungen gepeinigt.“

„Wir Männer können oft nur schwer oder auch gar nicht verstehen, was in einer schwangeren Frau vorgeht ...“ Der Rotblonde berührte die Schulter seines Freundes. „Doch eins kannst du tun: Schenk Anna so viel Liebe, Zuwendung und Geborgenheit wie möglich. Auf diese Weise gibst du ihr den Halt, den sie in ihrem Zustand braucht. Und wenn sie jeden Tag spürt, dass du fest und unerschütterlich an ihrer Seite stehst, werden sich ihre Ängste legen.“

„Bist du dir da sicher?“ Hadamar stellte die Frage mit unsicherer Stimme.

„Ja, das bin ich!“, bekräftigte Jörg. „Auch Siguna hatte während ihrer Schwangerschaft Anwandlungen von Furcht und Unsicherheit durchzustehen, und daher weiß ich, wovon ich rede.“

„Ich hoffe, du hast recht“, versetzte der Ahausener; im nächsten Moment gab er sich einen Ruck und fügte hinzu: „Natürlich liegst du richtig. Und ich mache mir einfach zu viele Sorgen. Es wird schon wieder werden mit Anna. – Und nun lass uns zurück zu den Reisigen gehen. Denn allmählich sollten wir an den Heimritt denken.“

Bald darauf verließ die Jagdgesellschaft den geheimnisvollen Platz mit dem Ringgraben; mit Rücksicht auf den Kaltblüter, der sowohl seinen Reiter als auch den Hirsch tragen musste, gingen die Rösser im Schritt. Langsam folgten sie dem Kamm der Isarleite nach Westen; jede halbe Meile wurde eine längere Pause eingelegt, damit das schwerbeladene Kaltblutross rasten konnte, und so langten die fünf Männer erst am Spätnachmittag wieder auf der Feste Ahausen an.

Ebenso wie die Burgleute freute sich auch Anna über das Wildpret, welches die Jäger brachten; sie wies die Küchenfrauen an, den Hirsch rasch zu zerlegen und für den nächsten Mittag ein Ragout aus den Innereien des edlen Wildes vorzubereiten. Danach, im Herrschaftsgemach des Wohnturmes, bat sie ihren Gemahl, Jörg und Konrad vom Verlauf der Jagd zu erzählen. Gespannt lauschte sie den Worten der Männer, warf zwischendurch die eine oder andere spaßige Bemerkung ein – doch dann, als sich die Schatten der Abenddämmerung über die Festung zu legen begannen, wurde sie einsilbig, schaute bisweilen wie geistesabwesend vor sich hin und zog sich zuletzt unvermittelt ins Schlafgemach zurück. Nachdem er sich bei den Mühlbergern entschuldigt hatte, folgte Hadamar seiner Gattin, und so blieben Jörg und Konrad allein beim Bier sitzen, bis es auch für sie Zeit wurde, ihre Ruhelager aufzusuchen.

Während der folgenden Tage sodann wurde der Rotblonde noch mehrmals Zeuge von Annas Stimmungsschwankungen. Der Ahausener Burgherr wiederum versuchte sein Bestes, um ihr seine Zuneigung und sein liebevolles Verständnis zu beweisen; ansonsten bemühte er sich, seinem Freund und dessen schnauzbärtigem Vertrauten den Besuch so angenehm wie möglich zu machen. Zuletzt aber, eine knappe Woche nach der Ankunft in Ahausen, wurde Jörgs Sehnsucht nach Siguna übermächtig. „Ich muss wieder heim zu meiner Frau und den Zwillingen", erklärte er Hadamar – und bereits am darauffolgenden Morgen nahmen der junge Edelfreie und Konrad Abschied von ihren Gastgebern.

Am Fuß des Wohnturmes umarmte Jörg die Burgherrin und sagte zu ihr: „Ich kann es gar nicht erwarten, Siguna von deiner Schwangerschaft zu erzählen. Und gewiss wird deine Niederkunft ebenso gut verlaufen wie bei ihr."

Anna nickte und murmelte: „Ja, bestimmt …"; dann schaute sie dem Rotblonden schweigend nach, wie er zum Torbau ging, wo sein Ross stand. Hadamar und Konrad, der bereits aufgesessen war, erwarteten ihn dort; ehe sich auch Jörg in den Sattel schwang, sprach er dem Ahausener leise noch einmal Mut zu: „Es wird halt ein wenig Zeit brauchen, bis Anna es schafft, ihre Angstzustände zu überwinden. Doch ich bin sicher, mit deiner Hilfe wird es ihr am Ende gelingen."

„Dein Wort in Gottes Ohr", kam es von Hadamar; nach einem heftigen Atemzug setzte er ein wenig zu laut hinzu: „Aber jetzt reite, mein Freund! Und wenn's passt, lässt du dich wieder bei uns sehen!"

Gleich darauf trabten die beiden Mühlberger davon, und da sie ihre Pferde nicht schonten, erreichten sie die Kollbachfestung schon am frühen Nachmittag. Weil die Sonne ungeachtet der fortgeschrittenen Jahreszeit noch kräftig schien, hatte Siguna auf einem Rasenfleck am Rand des Burghofes mit den Zwillingen gespielt; jetzt konnte Jörg seine hübsche Gemahlin und die Kleinen wieder in die Arme schließen – und später, als er Siguna bei einem Glas Wein erzählte, wie es in Ahausen gewesen war, sprach er auch über Annas dunkle Anwandlungen.

Nachdenklich lauschte ihm seine Gattin; nachdem sie alles erfahren hatte, sagte sie: „Es gibt Frauen, die sich so arg in ihre Schwangerschaftsängste hineinsteigern, dass es zu einem Unglück kommen kann. Auf der Württemberger Feste gab es einmal einen solchen Fall. Eine ledige Magd, die ein Kind trug, verlor aufgrund ihrer Angstanfälle schier den Verstand und stürzte sich zuletzt von einem Felsen am Neckar zu Tode."

„Denkst du, etwas Ähnliches könnte auch auf der Isarburg passieren?!", fragte Jörg erschrocken.

Siguna schüttelte den Kopf. „Nein, so habe ich es nicht gemeint! Da hast du mich jetzt falsch verstanden. Mir fiel nur gerade dieser Selbstmord in

Württemberg ein … – Anna ist stark, hat einen guten Mann. Deshalb brauchen wir nicht um sie zu fürchten." Sie überlegte und fuhr fort: „Ich bin sicher, bei ihr ist es nur ein seelischer Aufruhr wegen der späten Schwangerschaft. Sie ist ja schließlich nicht mehr die Jüngste, und darin wird wohl der Grund für ihre Ängste liegen."

„Völlig unbegründete Ängste, da sie zwar nicht mehr in deinem Alter steht, aber auch noch keine Dreißig ist", äußerte der Rotblonde.

„Eben!", versetzte die Grafentochter. „Doch nun lass uns über erfreulichere Dinge reden …" Sie lächelte ihn verführerisch an. „Bist du eigentlich sehr müde von deinem heutigen anstrengenden Ritt? Oder ist dir womöglich ausreichend Kraft geblieben, um mir zu beweisen, dass du mich nach der ewig langen Trennung ganz heiß begehrst?"

Kaum hatte er diese Worte vernommen, hob Jörg seine Gemahlin lachend hoch und trug sie ins Schlafgemach; auch während der folgenden Woche wurde das wiedervereinigte Paar öfter von Leidenschaft übermannt, und bei einem Ausritt in die Wälder südlich der Kollbach liebten sich der Rotblonde und die Grafentochter sogar auf einem Moosbett unter dem noch immer sonnigen Himmel der ersten Oktobertage.

Das milde Wetter hielt bis weit in die zweite Monatshälfte hinein an; erst dann machte sich allmählich der Herbst bemerkbar – und zeigte Anfang November plötzlich mit Macht sein kaltes, feuchtes und stürmisches Wesen. Tagelang fegten Wind- und Regenböen über die Mühlberger Dächer hinweg; die Kollbach schwoll an, und gelegentliche Sturmstöße peitschten und bogen die Baumwipfel. Jörg, Siguna und die Zwillinge verbrachten die meiste Zeit an den Kohlebecken im obersten Stockwerk des Wohnturmes; auch am fünften November wärmten sie sich an der roten Glut – auf einmal vernahmen sie draußen schnelle, polternde Schritte.

Gleich darauf kam Konrad in den Raum und rief: „Trotz des Sauwetters preschte soeben ein Reitertrupp, drei Mann stark, ins Burgdorf. Ich erblickte die Schar vom Torschlund aus, und weil sie mir nicht geheuer erschien, ließ ich das Tor sicherheitshalber schließen."

„Gut gemacht!", versetzte der Rotblonde; im nächsten Moment verließen er und der Schnauzbärtige hastig den Raum, um sich zur Torbastion zu begeben. Als sie dort ankamen, sahen sie, dass einer der Eichenflügel soeben wieder von einem Reisigen geöffnet wurde; aufgebracht schrie

Konrad den Waffenknecht an: „Bist du verrückt geworden?! Mach das Tor sofort wieder zu!“

„Es sind keine Feinde draußen“, verteidigte sich der andere. „Es ist der Ritter von Ahausen mit zwei Gefolgsleuten.“

Verblüfft starrten Jörg und der Schnauzbärtige – dann trabten Hadamar und seine Reisigen auch schon durch den Torschlund, und einen Augenblick später brachte der Ahausener sein Ross neben dem Rotblonden zum Stehen.

„Was führt dich denn bei dieser Witterung her?“, stieß Jörg hervor. Während er die Frage stellte, bemerkte er, dass Hadamars Antlitz auf erschreckende Art verspannt war; ganz so, als hätte ihn etwas schwer getroffen.

„Nicht hier vor den Leuten!“, erwiderte der Ahausener knapp, fast barsch; dann schwang er sich aus dem Sattel, herrschte einen seiner Gefolgsleute an: „Kümmere dich um meinen Gaul!“, wandte sich wieder dem Mühlberger Edelfreien zu und knurrte: „Ab ins Trockene!“

Als ihr Gatte und Hadamar ins Turmgemach traten, gewahrte auch Siguna den verkrampften Gesichtsausdruck des Ahauseners. Beklommen musterte sie den Ritter in seinem durchnässten Umhang und dem vom Regenwasser eingeschwärzten Lederkoller; mit dem nächsten Atemzug erkundigte sie sich mit bebender Stimme: „Ist ein Unglück passiert … weil du bei solchem Wetter …?“; zugleich schoss es ihr durch den Kopf: Anna! Ihre Schwangerschaftsängste! Ihre Furcht vor dem Tod!

Kaum hatte sie dies gedacht, hörte sie Jörg mit gepresstem Unterton fragen: „Was ist geschehen, Hadamar?! Kommst du zu uns, weil deine Frau …?! Weil Anna …?!“

Der Ahausener antwortete nicht; stumm ging er zum Eichentisch in der Raummitte, ließ sich mit hängenden Schultern auf der Tischbank nieder, schaute wie betäubt zu Boden. Plötzlich straffte sich sein Körper wieder; er richtete einen durchdringenden Blick auf die Zwillinge, die ihn verschüchtert aus einer Ecke des Gemachs heraus beobachteten, schaute danach zu dem jungen Paar und murmelte: „Anna … was soll mit ihr sein?“ Unmittelbar darauf malte sich Begreifen in seinen Augen; lauter fügte er hinzu: „Nein, ich bin nicht wegen ihr gekommen. Es geht ihr gut. Ihr müsst euch keine Sorgen um sie machen …“

Siguna und Jörg atmeten auf; die Grafentochter wollte wissen: „Aber was ist dann mit dir los? Es muss doch etwas Übles geschehen sein, so wie du aussiehst …"

„Weil's wahr ist!", platzte Hadamar zornig heraus. „Weil mir der Dreckskerl das Ross zuschanden geritten hat! Unter der Bedeckung von drei Waffenknechten bin ich heute früh zu euch aufgebrochen – aber mit nur zwei Knechten bin ich angelangt! Und warum?! Weil der Oswald, der verrückte Hund, in einem Waldstück nahe der Vils einen brandgefährlichen Galoppsprung über einen gestürzten und schon halb verrotteten Buchenstamm hat tun müssen! Und jenseits der Baumleiche hat's ein Morastloch gehabt! Der Gaul ist hineingestürzt, hat sich ein Vorderbein gebrochen! Mit dem Dolch hab ich das arme Vieh erlösen müssen! Eins meiner besten Rösser, gerade erst fünf Jahre alt, stark wie ein …"

„Und dein Reisiger?! Der Oswald?!", unterbrach Jörg den Ahausener.

„Der Idiot ist mit ein paar Schrammen davongekommen", knurrte Hadamar. „Und ich hab ihn, nachdem wir den toten Gaul verscharrt hatten, zu Fuß auf meine Feste zurückgeschickt."

„Es tut uns von Herzen leid um dein gutes Pferd", kam es von der Grafentochter. Sie setzte sich neben den ergrimmten Ritter auf die Bank. „Doch du hast uns noch immer nicht gesagt, warum du bei dem schaurigen Herbstwetter den weiten Weg zu uns auf dich genommen hast …"

„Natürlich!" Hadamar schlug sich mit der flachen Hand gegen die Stirn. „Ich bin ja fast ein ebensolcher Narr wie der hirnrissige Oswald! – Aber jetzt sollt ihr es erfahren. Ich komme mit einer Nachricht, die traurig und erlösend gleichermaßen ist … Dein Vater, Siguna, ist in einer Schlacht im Welschland gefallen. Bereits im September ist es geschehen, doch erst gestern brachte ein wandernder Mönch, der zu jener Zeit beim deutschen Heeresverband war, die Kunde auf meine Burg. Als der Geschorene erzählte, dass er den Männern des Königsheeres als Beichtiger gedient hatte, sprach ich ihn auf Heinrich von Württemberg an, und so erfuhr ich von seinem Tod …"

Stumm und blass saß die Grafentochter eine Weile da; endlich fragte sie: „Wo ist mein Vater gestorben?"

„Nahe der Stadt Spoleto in Umbrien", antwortete der Ahausener. „Und bestattet wurde er auf dem Friedhof eines dortigen Klosters."

Siguna begann zu weinen; ungeachtet all des Bösen, das ihr der Württemberger Graf angetan hatte, empfand sie seelischen Schmerz. Schließlich, weil Jörg sie in die Arme genommen hatte, beruhigte sich die junge Mutter wieder. Sie ging zu den Zwillingen, die sich nach wie vor abseits der Erwachsenen aufhielten, und herzte sie; dann kam sie zu ihrem Gemahl und Hadamar zurück und wandte sich an den Ahausener Ritter: „Es ist in der Tat so, wie du vorhin sagtest, Hadamar. Deine Nachricht erfüllt mich mit Trauer – zugleich aber schenkt sie mir und meiner Familie auch erlösende Befreiung. Denn nun brauchen wir den Hass meines Vaters nicht länger zu fürchten und können unbesorgt in die Zukunft blicken."

Der Ahausener nickte; Jörg äußerte: „Mehr noch, Siguna! Solange Heinrich von Württemberg lebte, war dir der Weg in deine Heimat versperrt. Jetzt jedoch ist er wieder frei, und das heißt unter anderem, dass du dich ohne Schwierigkeiten mit deinem Bruder Walter treffen kannst."

„Vierzehn Jahre ist er nun alt", sagte die Grafentochter nachdenklich. „Und nach dem Hingang unseres Vaters ist er der Erbe der Grafschaft. Freilich wird ihn Wolfhart, der Württemberger Burgvogt, anfangs noch unter seine Fittiche nehmen müssen, ehe er später die Herrschaft aus eigener Kraft auszuüben vermag …" Sie schwieg einen Moment; sprach weiter: „Ja, du hast recht, Jörg! Ich muss Walter unbedingt wiedersehen. Im Frühling des neuen Jahres, wenn das Wetter warm ist und die Fernstraßen trocken sind, wird es möglich sein. Zwar können wir mit den Zwillingen noch nicht bis an den Neckar reisen, aber wenn wir uns auf halbem Weg mit meinem Bruder treffen würden, könnten es die Kleinen verkraften."

„Oder wir schicken nach dem Winter einen Kurier nach Württemberg, der Walter zu uns nach Mühlberg einladen soll", schlug der Rotblonde seiner Gattin vor.

„So könnten wir es auch machen", entgegnete Siguna. „Und sofort müssen wir es ja nicht entscheiden …"

„Das ist richtig", meldete sich Hadamar zu Wort. „Ihr braucht nichts übers Knie zu brechen. Doch anderweitig solltet ihr sehr wohl rasch handeln!"

„Inwiefern?", fragte Jörg verwundert.

„Insofern, als ich jetzt endlich einen kräftigen Trunk benötige, damit ich mich vom Ritt durch das Dreckswetter erholen und meinen Grimm wegen des zuschanden gerittenen Gauls vergessen kann“, erwiderte der Ahausener feixend.

„Gleich kriegst du Wein und einen schmackhaften Imbiss dazu“, versprach die Grafentochter lächelnd – und während sie nach einer Magd rief, hatte sie das Empfinden, als läge ihr weiterer Lebensweg trotz des bedrückenden Novemberwetters ganz hell vor ihr.

ZWEITES BUCH

Die Zeit der Wasser und der Wälder

Frühjahr 1135 bis Spätsommer 1154

Der Maimorgen

Mühlberg

Frühjahr 1135

Mit einem hoch in den Himmel lodernden Freudenfeuer hatten die Mühlberger und Arnstorfer in der Nacht auf den ersten Mai – der Beltane-Nacht, wie die Alten sagten – den Frühlingsanfang gefeiert. Auf einer Wiese an der Kollbach waren die Menschen fröhlich gewesen; hatten Reigentänze um das Maifeuer aufgeführt, hatten gegessen und getrunken. Auch das junge Adelspaar war mit den jetzt schon bald zweijährigen Zwillingen zum Festplatz hinabgegangen; mit großen Augen hatten Klein-Jörg und Siglind auf die mächtige Lohe geschaut. Nun, am darauffolgenden Morgen, schliefen die Kinder noch, und Siguna hatte soeben, in einem der Fenstererker des Wohnturmes sitzend, mit dem Schreiben des Briefes begonnen, den sie ihrem Bruder Walter schicken wollte.

Kaum aber hatte sie die ersten Zeilen aufs Pergament gebracht, patzte der Federkiel. Ein hässlicher schwarzer Tintenfleck entstand; die junge Frau runzelte die Stirn und hielt die Gänsefeder ins Licht, um zu sehen, ob die Kielspitze womöglich beschädigt war. Dies war tatsächlich der Fall; Siguna seufzte und dachte: Ich brauche ein Messerchen, damit ich den Kiel neu schärfen kann. Gleich darauf stand sie auf; dabei fiel ihr Blick nochmals durchs Erkerfenster – mit dem nächsten Lidschlag gewahrte sie auf der südlichen Randhöhe des Kollbachtales das Blitzen von Sonnenlicht auf Metall.

Unwillkürlich erinnerte sie sich an den Besuch des Nordwaldritters im vergangenen Jahr; dann jedoch wurde ihr klar, dass es sich, anders als damals, nicht nur um ein Dutzend Bewaffnete, sondern um sehr viel mehr Panzerreiter handeln musste. Denn das Lichtfunkeln zog sich auf breiter Front über den Hügelkamm im Süden hin; jetzt plötzlich wirkte es fast wie eine langsam talwärts zuckende und dabei hin- und herwandernde Eruption von Blitzgarben – und angesichts dessen stieß Siguna erschrocken hervor: „Das ist ja ein ganzer Heerbann!“

Verstört lief die Grafentochter zu den Zwillingen; war versucht, die schlummernden Kinder aus ihrem Bettchen zu holen, ließ es aber letztlich sein und hastete stattdessen in den Burghof hinunter. Am Fuß des Wohnturmes traf sie eine Magd; Siguna befahl ihr, sich zu den Zwillingen zu begeben; danach rannte sie über den Festungshof zur Torbastion. Dort erblickte sie Jörg, der gerade die Balkentreppe zur Wehrplattform des Torturmes erklomm; sie folgte ihrem Gatten, und als sie oben war, hörte sie Konrad mit rauher Stimme zu Jörg sagen: „Das schaut gar nicht gut aus. Von da drüben rückt eine mächtige Streitmacht heran. Und wir können nur hoffen, dass sie nicht in feindlicher Absicht kommt."

„Wir haben mit niemandem Streit", versetzte der Rotblonde. „Wer also sollte uns angreifen?"

„Trotzdem wäre es klug, wenn wir uns sicherheitshalber auf eine Attacke vorbereiten und die Dorfleute auf die Feste rufen würden", riet der Schnauzbärtige.

Jörg überlegte kurz, dann nickte er. „Du hast recht. Veranlasse das Nötige."

Der Reisige verschwand; der Rotblonde legte den Arm um die Schultern seiner Gemahlin und sagte: „Ich glaube nicht, dass uns eine ernsthafte Gefahr droht. Bloß zur Vorsicht habe ich Konrad den Befehl gegeben. Wahrscheinlich wird der fremde Heeresverband einfach an Mühlberg vorbeimarschieren oder höchstens eine Rast unten auf den Kollbachwiesen einlegen."

„Wollen wir es hoffen", murmelte Siguna und spähte im nächsten Moment, ebenso wie ihr Gatte, erneut nach Süden.

Das Metallblitzen dort war mittlerweile stärker geworden; bald konnte Jörg die Größe des Heerbannes schätzen: Es mussten siebzig, achtzig Berittene sein. Stetig näherte sich der Kampfverband dem Talboden – und zugleich eilten die meisten Bewohner des Burgdorfes, Körbe und Säcke mit sich schleppend, den Festungshang hinauf. Eine Anzahl von Burschen wiederum trieb das Großvieh des Dorfes nach Nordosten in Richtung des dortigen ausgedehnten Forstes, und auch die Arnstorfer Familien begannen jetzt zu fliehen: einige mit Kähnen über die Kollbach nach Mühlberg, das Gros hingegen in die nahen Auwälder am Flusslauf.

Nach wie vor beobachteten Siguna und Jörg das Geschehen vom Torturm aus; mit einem Mal erinnerte sich die junge Mutter daran, dass sie all dies schon einmal erlebt hatte: im Frühherbst des Jahres 1132, als ihr Vater die Burg angegriffen hatte. Beinahe war es den Württembergern damals gelungen, die Festung zu erobern; nur das unverhoffte Auftauchen des Königsboten hatte die Mühlberger damals gerettet, aber bis dahin hatten bereits zahlreiche Menschen ihr Leben verloren.

Als Siguna daran dachte, begann sie zu zittern und hatte das Gefühl, als wollten ihre Beine sie nicht länger tragen; doch dann überwand sie den Panikanfall, indem sie wie gehetzt und kaum hörbar flüsterte: „Heinrich ist tot. Er liegt in seinem Grab im Welschland, kann uns nicht mehr gefährlich werden."

„Was hast du gesagt?", vernahm sie einen Herzschlag später die Stimme ihres Gatten.

„Nichts ... Es war bloß ein Stoßgebet", erwiderte sie. Gleich darauf schämte sie sich ihrer irrationalen Ängste und fügte hinzu: „Du hast bestimmt recht. Die Kampfscharen dort drüben bedrohen uns gewiss nicht. Aber für die Dörfler ist es dennoch besser, wenn sie sich hinter unseren Wällen aufhalten. Schließlich sind Panzerreiter oft grobe Kerle, die vor Übergriffen nicht unbedingt zurückscheuen."

„Eben", stimmte ihr Jörg zu – danach spähten beide weiter zu der herannahenden Streitmacht hinüber, und nach einiger Zeit sah das junge Adelspaar, wie der Heereszug die Kollbachniederung erreichte.

Kurz darauf kam Konrad, der nun Kettenhemd, Helm, Schwert, Schild und Speer trug, wieder auf den Turm und meldete: „Die Dorfleute sind jetzt alle in der Burg, und das Tor ist geschlossen. Außerdem sind sämtliche Reisige gerüstet, und auch an die wehrfähigen Dörfler habe ich Waffen ausgeben lassen."

„Gut gemacht." Der Rotblonde klopfte seinem Freund anerkennend auf die Schulter; sodann fügte er hinzu: „Und ich werde mich nun, sicher ist sicher, ebenfalls wappnen." Er richtete den Blick auf Siguna. „Hilfst du mir beim Anlegen der Rüstung?"

Das Paar verließ die Turmplattform, suchte sich seinen Weg durch die Scharen der Dorfleute, die sich im Festungshof drängten, und stieg die Treppe zum Portal des Wohnturmes hinauf. Im oberen Stockwerk schaute die Grafentochter nach den Zwillingen, die inzwischen wach waren und mit der Magd spielten. Kaum aber hatten Klein-Jörg und Siglind ihre Mutter gesehen, verlangten sie lautstark danach, gestillt zu werden. Wohl oder übel musste Siguna die Kleinen an ihre Brüste legen; wie immer tranken die Kinder rasch und gierig, und während sie sich sättigten, war die Burgmagd dem Rotblonden beim Überwerfen des schweren Kettenhemdes behilflich.

Nachdem er gepanzert und bewaffnet war, begab sich Jörg rasch wieder zurück zur Torbastion; Siguna hingegen wartete geduldig ab, bis sich die Zwillinge satt getrunken hatten und daraufhin erneut schläfrig wurden. Erst dann folgte die junge Mutter ihrem Gemahl auf die Wehrplattform des Torturmes – und als sie droben neben Jörg und Konrad bei der Brustwehr stand, sah sie, dass der fremde Heerbann inzwischen die Kollbachfurt nahe des Ortsrandes von Arnstorf erreicht hatte.

Soeben lenkte der vorderste Panzerreiter sein Ross langsam ins Wasser; hinter ihm stauten sich Dutzende weiterer Berittener sowie mehrere Trossgespanne, und inmitten des Heeresverbandes hielt offenbar ein Adliger mit seiner Leibwache, denn über den Köpfen dieser Männer war ein Banner auszumachen. Die Mühlberger auf der Torbastion konnten jedoch keine Einzelheiten der Feldfahne erkennen; das Tuch machte den Eindruck, als hätte es sich flach am Bannerschaft verfangen, sodass weder ein Emblem noch deutliche Wappenfarben sichtbar waren.

„Wir müssen abwarten, bis sie ganz heran sind, um mehr über sie zu erfahren“, murmelte Konrad; Siguna und ihr Gatte nickten dazu.

Aber es dauerte, bis der Heerbann die Kollbach überquert hatte; erst in der Vormittagsmitte gelangten die letzten Reiter und nach ihnen auch die Trosswagen ans nördliche Flussufer. Von dort aus zog der Kampfverband zum Burgdorf, fächerte sich zwischen den verlassenen Gebäuden auf und hielt schließlich an. Zunächst sah es so aus, als hätten die Fremden kein Interesse daran, sich der Feste weiter zu nähern – plötzlich jedoch sprengte ein Trupp von fünf Mann über die Grabenbrücke am Fuß des Burghügels, die nicht unpassierbar gemacht worden war, und kam im Trab zum Platz vor dem Torbau herauf.

Einer der Gepanzerten trug die Bannerlanze mit dem am Schaft verfangenen Fahnentuch; jetzt schwang er sie kräftig, sodass sich das Tuch vom Lanzenschaft löste und entfaltete. Drei schwarze Hirschgeweihe auf gelbem Grund wurden sichtbar: ein Emblem, das Siguna alles andere als fremd war. Sie taumelte, wurde totenbleich und schrie im nächsten Moment entsetzt auf. Denn sie hatte den Reiter hinter dem Bannerträger erkannt – es war Heinrich von Württemberg, ihr Vater!

Die junge Mutter hatte das Empfinden, als würde sie in einen bodenlosen Abgrund stürzen; wie gebannt starrte sie auf das kantige Gesicht des Grafen, seinen massigen Körper. Sie glaubte, seine eisgrauen Augen ganz nahe vor sich zu sehen; kalte, böse Augen, aus denen ihr mörderischer Hass entgegenschlug – dann hörte sie den Grafen rufen: „Ich bin zurück aus Italien, Siguna. Und ich hoffe, du freust dich darüber … vielgeliebte Tochter."

Keineswegs hasserfüllt, vielmehr fast freundlich klangen die Sätze. Die junge Frau traute ihren Ohren nicht; schüttelte wie ratlos den Kopf, richtete einen gehetzten Blick auf Jörg, der mit versteinerter Miene dastand, schaute wieder zum Torplatz hinab und stieß hervor: „Vater! Wir dachten, du wärst im Welschland gefallen. Weil ein Mönch diese Nachricht brachte. Aber jetzt bist du da, lebst!"

Heinrich von Württemberg trieb sein Ross ein Stück näher an die Torbastion heran. „Aus dem Mund eines Geschorenen kam also die Kunde zu dir." Er lachte grimmig auf, spuckte verächtlich aus. „Der Narr berichtete dir etwas Falsches, wie du siehst. Richtig ist, dass ich bei einem Gefecht unweit der Stadt Spoleto schwer verwundet wurde. Im vergangenen September war's, als mich der verdammte Normannenbolzen traf. Das Armbrustgeschoss fuhr mir unterm rechten Schlüsselbein ins Fleisch und drang bis zum Rücken durch. Ich stürzte vom Pferd, verlor das Bewusstsein und kam in einem Kloster wieder zu mir. Mein Bannerträger und ein paar Reisige hatten mich vom Schlachtfeld weg und in die Abtei gebracht. Dort holte mir einer der Mönche den Bolzen aus dem Leib. Anschließend quälte mich eine Woche lang das Wundfieber, doch letztlich kam ich durch. Andere Männer, die in der Schlacht schwer verletzt worden waren, hatten weniger Glück. Sie wurden nach und nach auf dem Friedhof der Abtei begraben, ich aber erholte mich allmählich. Im November konnte ich das Kloster verlassen und quartierte mich mit meinen Waffenknechten, die bis dahin auf dem Abteigelände gelagert hatten, in Spoleto ein. Dort überwinterten wir, und vor eineinhalb Monaten nahm ich meinen Abschied vom Kaiserheer, um mit meinen Kampfscharen heimzukehren."

Siguna verspürte Mitleid mit ihrem Vater. „Du hast Grausames ertragen müssen! Und ich fürchte, du leidest immer noch unter den Folgen deiner Verwundung. Sonst hättest du doch die Italienarmee des Supplinburgers nicht verlassen können, oder?"

„Du hast recht. Ich vermag meinen Schwertarm nicht mehr wie früher zu gebrauchen", erwiderte der Graf. „Der Normannenbolzen hat mich untauglich für den Krieg gemacht. Ich kann das Schwert nur noch zum Stich und zum Querhieb gebrauchen, bin jedoch nicht mehr fähig, es über den Kopf zu schwingen."

„Aber das hat doch andererseits auch sein Gutes", versuchte die junge Mutter ihn zu trösten. „Du darfst den Frieden genießen, musst nie wieder im Heer von Kaiser Lothar fechten."

Stumm, mit verkniffenen Lippen, musterte Heinrich von Württemberg seine Tochter; für einen Augenblick hatte sie das Gefühl, als wollte er ihr zustimmen – doch dann brüllte er sie an: „Vom Frieden faselst du! Du, die Hure des Dreckskerls, der da neben dir steht! Hast du bereits vergessen, was ich dir und deinem nichtswürdigen Beschäler androhte, bevor ich ins Welschland zog?! Dass ich euch für den abgrundtiefen Verrat an mir aufs schwerste bestrafen würde?!" Er ließ sein Ross steigen; nachdem das Tier die Hufe wieder auf der Erde hatte, schrie er: „Für den Kampf auf dem Schlachtfeld tauge ich nicht mehr. Aber für den Sturm auf eure windige Burg reicht's allemal noch! Und diesmal wird mich kein Bote des Supplinburgers zurückhalten, so wie damals im Herbst vor zweieinhalb Jahren!"

Fassungslos starrte Siguna auf ihren Vater. Eben noch hatte sie gehofft, er wäre gekommen, um sich mit ihr und ihrem Gatten auszusöhnen; jetzt musste sie zutiefst erschüttert begreifen, dass sein tödlicher Hass mitnichten erloschen war. Die junge Frau zitterte; ihr Herz raste – mit einem Mal dachte sie an die Zwillinge und rief dem Grafen zu: „Wenn du deinen Waffenknechten den Angriffsbefehl gibst, bedrohst du nicht nur mein und Jörgs Leben, sondern auch das deiner Enkelkinder! Denn vor knapp zwei Jahren habe ich ein Zwillingspärchen geboren. Das kleine Mädchen heißt Siglind, und sein Brüderchen …"

„Glaubst du, du kannst mich damit rühren?!", fiel ihr Heinrich von Württemberg ins Wort. „Was scheren mich die Bastarde, die du geworfen hast?! Sie sind von wertlosem Blut, da sie aus deiner Hurerei mit dem Mühlberger, dem Drecksack, entstanden! Schlachten werde ich sie, sobald euer Rattennest in meiner Gewalt ist! Und du wirst zuschauen müssen, wie ich deine Brut metzle! Du und dein gottverdammter Stecher! Und wenn ich mit den Bankerten fertig bin, kommt ihr an die Reihe!“

„Schweig, du Wahnsinniger!“, fuhr Jörg, der nicht länger an sich halten konnte, den Grafen an. „Du bist ja vom Teufel besessen! Und wirst zur Hölle fahren, wenn du …“

„Die Höllenfahrt werdet ihr antreten, ihr Gesocks!“, unterbrach ihn Heinrich von Württemberg. „Und zwar schon sehr bald! Denn morgen gebe ich den Sturmbefehl auf eure Feste! Stellt euch darauf ein, ihr Hundsbrut!“

Damit zog der Graf sein Ross herum und ritt weg; seine Gefolgsleute schlossen sich ihm an – und auf der Wehrplattform des Torturmes begann Siguna bitterlich zu weinen.

Schnell indessen gewann die junge Mutter ihre Beherrschung zurück; die Sorge um die Zwillinge und all die anderen Menschen, für die ihr Gemahl und sie verantwortlich waren, gab ihr die Kraft dazu. Sie wischte sich die Tränen ab; dann sagte sie zu Jörg: „Mein Vater wird sein Drohung wahrmachen! Und wir müssen jetzt alles tun, damit unsere Burg dem Angriff seiner Reisigen standhalten kann. Ganz so wie damals, als er mit seinen Männern das erste Mal vor Mühlberg lag.“

„Keine Frage“, antwortete der Rotblonde. „Bloß … in jenen Tagen stand unsere Feste zuletzt kurz vor dem Fall. Nur der Orkan und danach der Königsbote retteten uns. Und daher sollten wir unsere Verteidigung diesmal besser vorbereiten. Beispielsweise könnten wir in der kommenden Nacht versuchen, eine getarnte Fallgrube draußen vor der Torbastion anzulegen.“

„Falls die Feinde bis morgen unten im Burgdorf bleiben, müsste das möglich sein“, murmelte Siguna. Sie richtete den Blick auf Konrad, der nach wie vor bei dem Adelspaar stand. „Was meinst du dazu?“

„Hilfreich wäre es gewiss“, versetzte der Schnauzbärtige. „Doch eine solch starke Streitmacht, wie dein Vater sie befehligt, lässt sich dadurch nicht wirklich aufhalten …“ Er überlegte und sprach weiter: „Wir bräuchten vielmehr Verstärkung. Kämpfer, die uns von außerhalb der Feste beispringen könnten. Und die gäbe es in Ahausen.“

„Du meinst, wir sollten Hadamar um Hilfe bitten?“, fragte Jörg.

„Noch hätte ein Reiter eine Chance“, antwortete Konrad. „Die Württemberger richten sich gerade in den Anwesen des Dorfes ein, haben bisher nur wenige Wachen am Fuß des Burghügels aufgestellt. Und angesichts dessen würde es mich direkt jucken, das Wagnis einzugehen.“

„Nein!“ Die Stimme des Rotblonden klang hart und bestimmt. „Das wirst du nicht tun! Es könnte dich allzu leicht das Leben kosten!“

„Bei der Verteidigung der Feste droht mir ebenfalls Todesgefahr“, äußerte der Schnauzbärtige. „Und bedenkt doch: Wenn es mir glückt, die Isarburg zu erreichen und ich mit Hadamar und seinem Aufgebot zurückkehre, können wir die Feinde in die Zange nehmen. – Sofern ich sofort aufbreche und mein Pferd sprenge, bin ich noch vor Einbruch der Nacht in Ahausen. Und spätestens bis morgen Abend wäre ich mit dem Kampfverband von der Isar wieder hier. Das aber hieße: Ihr bräuchtet Mühlberg höchstens einen Tag lang aus eigener Kraft zu halten.“

„Dein Vorschlag ehrt dich! Er ehrt dich über die Maßen, mein Freund!“ Jörg legte dem Schnauzbärtigen den Arm um die Schultern. „Doch ich kann dir den Ritt beim besten Willen nicht erlauben! Du würdest einfach zu viel riskieren!“

Konrads Gesicht verspannte sich. „Du verbietest es mir?! Ist das dein letztes Wort?!“

„Ja!“, bekräftigte der Rotblonde. „Und jetzt wollen wir uns um die Verstärkung der Verteidigungsanlagen kümmern. Mit der Fallgrube warten wir zwar bis zur Dunkelheit, aber der Torschlund muss noch besser als beim letzten Mal verrammelt werden, und außerdem sollten wir eine Anzahl von Balken mit starken Holzdornen versehen. Denn solche Dornenbalken werden uns sehr hilfreich sein, wenn wir sie auf die Sturmleitern der Feinde hinabschmettern.“

„Eine handfeste Waffe, kein Zweifel“, knurrte der Schnauzbärtige; sodann drehte er sich um und ging mit schnellen Schritten zur Turmtreppe.

„Er ist eingeschnappt, weil ich ihm sein Vorhaben verwehrt habe“, sagte Jörg zu seiner Gattin. „Aber bestimmt wird er bald einsehen, dass ich es nur gut mit ihm meinte.“

„Du hast richtig gehandelt“, entgegnete Siguna.

Der Rotblonde nickte, und dann verließ auch das Adelspaar die Wehrplattform der Torbastion. Unten im Burghof winkte Jörg einen aufgeweckt aussehenden Bauernburschen heran und befahl ihm: „Steig zur Turmplattform hinauf. Von droben beobachtest du die Feinde. Und falls du etwas Verdächtiges siehst, gibst du sofort Alarm."

Der Bursche eilte zur Treppe des Torturmes; die Grafentochter beschied ihren Gemahl: „Ich suche kurz unsere Gemächer auf. Will sehen, ob mit den Zwillingen alles in Ordnung ist."

„Und ich kümmere mich um die Dornenbalken", erwiderte Jörg. „Da drüben steht Ruodolf, der für die Dorfleute schreinert und zimmert, und wenn er und einige weitere Dörfler kräftig anpacken, sind die Balken mit den Holzdornen bald fertig."

Gleich darauf wies der junge Burgherr den Handwerker in seine Aufgabe ein; während er mit Ruodolf sprach, sah er, wie Konrad zum Torschlund ging. Mein alter Freund sorgt dafür, dass das Tor möglichst massiv blockiert wird, dachte Jörg – doch eine Weile später, als der Rotblonde soeben einen Korb mit Kampfpfeilen über die Wohnturmtreppe in den Festungshof hinabtrug, sah er mit Entsetzen, wie Konrad, von der Pferdestallung kommend, zum Burgtor galoppierte.

Der Schnauzbärtige saß im Sattel des schnellsten Rosses, das es auf der Feste gab; jetzt jagte das Pferd in den Torschlund, und im selben Moment erkannte Jörg: Einer der Torflügel stand offen! Deswegen hielt sich Konrad vorhin bei der Torbastion auf, schoss es dem jungen Edelfreien durch den Kopf. Er setzte sich mit den Reisigen dort ins Einvernehmen, damit sie das Tor noch einmal für ihn aufmachen sollten.

Im gleichen Augenblick, da er dies dachte, sprengte der Schnauzbärtige ins Freie hinaus. Die Waffenknechte im Torschlund beeilten sich, den schweren Eichenflügel wieder zu schließen; Jörg ließ den Korb fallen und rannte zur Außentreppe der Torbastion. Als er oben auf der Wehrplattform war und über die Brustwehr schaute, stieß er einen erschrockenen Schrei aus. Denn sein Freund jagte mit halsbrecherischer Geschwindigkeit schräg über den steilen Burghügel zum Talboden hinab. Offenbar wollte Konrad die Kollbachniederung am westlichen Fuß des Festungshügels erreichen, um anschließend nach Norden, in Richtung auf die Isar, abzubiegen.

Aber ehe das Ross des Schnauzbärtigen ebenen Boden unter die Hufe bekam, preschten drei Württemberger aus dem Burgdorf heraus. In gestrecktem Galopp verfolgten sie den Schnauzbärtigen; zunächst bemerkte der Mühlberger die Feinde nicht – dann jedoch, weil er über die Schulter zurückblickte, erkannte er die Gefahr. Sofort trieb er sein Pferd zu äußerster Schnelligkeit an; nur eine kurze Strecke trennte ihn jetzt noch von der flachen Flussniederung, und schon sah es so aus, als würde er den Talboden gewinnen.

„Reite, Konrad! Reite um dein Leben!“, rief Jörg in äußerster Erregung und voller Angst um den Freund – im nächsten Moment passierte das Furchtbare.

Plötzlich brach das wie rasend dahinjagende Ross des Schnauzbärtigen auf der Vorderhand nieder und stürzte. Konrad wurde aus dem Sattel geschleudert, überschlug sich und blieb regungslos auf der Erde liegen. Einige Meter von ihm entfernt kämpfte das Pferd darum, wieder auf die Beine zu kommen, aber das Tier schaffte es nicht; hatte sich offenbar ein Bein gebrochen. Jörg hörte die schrillen Schmerzenslaute des Rosses; zugleich nahm er wahr, wie Konrad sich bewegte, sich taumelnd aufrichtete – dann hastig sein Schwert aus der Scheide zog.

Mit gezückter Klinge erwartete der Schnauzbärtige die Württemberger Reiter, die jetzt kaum noch fünfzig Meter von ihm entfernt waren. In panischer Angst um seinen Freund schrie Jörg erneut dessen Namen heraus; gleich darauf sah er, wie einer der Gräflichen seinen Speer warf. Konrad wehrte die heransausende Wurfwaffe mit einem Schwerthieb ab; einem zweiten Speer wich er mit knapper Not aus – unmittelbar darauf waren die Württemberger bei ihm.

Einer der Berittenen griff den Schnauzbärtigen frontal mit der Streitaxt an; während sich Konrad verzweifelt gegen ihn verteidigte, galoppierten die beiden anderen Gräflichen links und rechts an ihm vorbei, rissen ihre Pferde in die Hanken, zwangen sie herum und attackierten den Schnauzbärtigen von hinten. Auf dem Mühlberger Torturm erklang ein dritter gellender Entsetzensschrei Jörgs – im nächsten Augenblick wurde der junge Edelfreie Zeuge, wie die Württemberger seinen Freund abschlachteten. Ein Speerstoß in den Rücken warf Konrad vornüber; fast gleichzeitig trennte ihm ein Schwertschlag den linken Unterarm ab, und sofort danach zerschmetterte ihm ein Axthieb den Schädel.

Tot brach der Schnauzbärtige zusammen; die Gräflichen brüllten ihren Triumph heraus, gleich darauf erschlugen sie auch das verwundete Pferd. Dann kehrten sie ins Burgdorf zurück; die blutüberströmte Leiche und der Tierkadaver blieben am Fuß des Festungshügels liegen – und bald, noch ehe sich die Abenddämmerung über das Land senkte, kamen Raben, Krähen und Geier herbei.

Während der Nacht tat Jörg kein Auge zu; totenbleich, nur noch ein Schatten seiner selbst, saß er im Erkergemach des Wohnturmes. Die Trauer um den so grausam hingemetzelten Freund quälte ihn zum Gotterbarmen; zudem machte er sich die schlimmsten Vorwürfe, weil er es nicht geschafft hatte, Konrad vom lebensgefährlichen Ausbruch aus der Feste abzuhalten. Nicht einmal Siguna, die kaum weniger als der Rotblonde litt, kam in diesen finsteren Stunden an ihn heran; wenn sie versuchte, mit ihm zu sprechen, blieb er stumm und starrte wie geistesabwesend ins Leere. Erst im Morgengrauen, während sie die Zwillinge stillte, hatte die junge Mutter auf einmal das Gefühl, als würde ihr Gemahl seine Umgebung allmählich wieder wahrnehmen, und eine Weile später sagte Jörg mit rauher Stimme: „Ich muss auf den Torturm. Der Angriff der Feinde wird nicht mehr lange auf sich warten lassen."

Mit Mühe brachte ihn Siguna dazu, ein paar Bissen zu essen und etwas zu trinken; sodann griff er nach seinen Waffen und verließ den Raum. Im Halbdunkel des anbrechenden Tages wirkte seine Rüstung, die er in den Nachtstunden nicht abgelegt hatte, seltsam fahlgrau; als ihr dies bewusst wurde, spürte die Grafentochter, wie grässliche Furcht in ihr aufstieg.

Aber sie rang die beklemmende Anwandlung nieder und suchte inneren Halt bei ihren Kindern; eine halbe Stunde später, nachdem Klein-Jörg und Siglind sich an ihren Brüsten satt getrunken hatten, legte sie die Kleinen wieder in ihr Bettchen, rief eine Magd herbei, nahm einen bereitliegenden Helm und einen Schild an sich und folgte ihrem Gatten auf die Wehrplattform der Torbastion.

Der Himmel war nun bereits licht und von zartem Graublau; ein freundlicher Maitag deutete sich an – doch unten in der Kollbachniederung lauerte das Böse und Bedrohliche. Als Siguna neben Jörg an die Brustwehr des Torturmes trat und zum Burgdorf hinabschaute, sah sie Scharen von Württembergern, die sich zwischen den Gebäuden bewegten; im nächsten Moment äußerte Jörg: „Sie sammeln sich schon zum Sturm auf unsere Festung!"

Verstohlen musterte die junge Mutter ihren Gemahl; sie gewann den Eindruck, als hätte er nach der grauenhaften Nacht seine Spannkraft wiedergefunden – und dies bestätigte sich, denn gleich darauf rief Jörg einem Waffenknecht, der soeben auf den Turm kam, zu: „Die Fallgrube vor dem Tor? Wurde sie fertiggestellt und getarnt?"

„So, wie die Herrin es gestern Abend befohlen hat," antwortete der Reisige. „Zehn Bauern haben die Grube nach Einbruch der Dunkelheit so leise wie möglich ausgehoben, haben ihren Boden mit spitzen Holzpfählen gespickt und sie danach mit dünnen Stangen, Stroh und Erde abgedeckt. Und auch die Dornenbalken befinden sich auf den Palisadengängen. Bloß die Balken, die hierher auf die Turmplattform gehören, liegen noch unten im Hof."

„Lass sie sofort heraufbringen!", ordnete der Rotblonde an; sodann wandte er sich an Siguna: „Ich danke dir! Du hast das getan, was meine Pflicht gewesen wäre. Hättest du gestern nicht an meiner Stelle gehandelt, wäre die Fallgrube ..."

Siguna nahm ihn in die Arme. „Du hast deinen Freund verloren. Warst niedergeschmettert von deinem Schmerz. Konntest einzig noch an den furchtbaren Verlust denken. Deshalb hattest du, was nur zu verständlich ist, keinen Sinn mehr für andere Dinge. Doch jetzt bist du gottlob wieder imstande, uns Mühlberger zu führen."

„Auf Hilfe von Ahausen können wir nicht mehr rechnen", murmelte Jörg. „Sie wäre gewiss gekommen, wenn Konrad es geschafft hätte ..." Die Stimme versagte ihm; er rang um Fassung, sprach weiter: „Aber es hat nicht sein sollen ... wir sind auf uns allein gestellt." Er löste sich aus der Umarmung seiner Gemahlin, hielt sie seinerseits an den Schultern fest und schloss in kämpferischem Tonfall: „Trotzdem haben wir eine Chance! Unsere Burg ist fest gebaut, und unsere Waffenknechte lassen sich für uns in Stücke hauen, wenn es sein muss. Und ebenso können wir auf die Bauern und Handwerker zählen, denn auch sie haben sich damals, als uns die Württemberger das erste Mal angriffen, tapfer geschlagen."

„Du hast recht, wir sind nicht rettungslos verloren!“, pflichtete ihm Siguna bei. „Wir müssen nur bedingungslos zusammenstehen und unser Bestes geben, dann werden wir …“

Die Grafentochter verstummte, weil unten im Burgdorf Trompetenstöße erschollen.

„Gleich werden die Feinde gegen den Festungshügel vorrücken!“, stieß Jörg hervor – und darin hatte er sich nicht getäuscht.

Kaum war das Trompetensignal verklungen, marschierten etwa fünfzig Württembergische Reisige zur Grabenbrücke am Fuß des Burghügels und überquerten den Balkensteg. Die übrigen Männer des gräflichen Heerbannes – Armbrust- und Bogenschützen, die Pavesen schleppten – folgten ihnen und lösten sich jenseits des Grabens in Gruppen auf, um sich an den Hügelflanken in verschiedenen Positionen hinter ihren schweren Schutzschilden zu verschanzen.

Heinrich von Württemberg befand sich hoch zu Ross inmitten der geschlossenen Angriffskolonne; dort wehte sein Banner mit den drei schwarzen Hirschgeweihen auf gelbem Grund im Morgenwind – und als sich das Wappentuch jetzt wie drohend gegen die Feste hin aufzublähen schien, schwor sich der junge Mühlberger Edelfreie, das Leben seiner Gattin und seiner Kinder bis zum letzten Blutstropfen zu verteidigen.

Gleich darauf gewahrte er, wie ein Waffenknecht die letzten beiden Dornenbalken an der Brustwehr aufstellte; als der Reisige den Blick des Burgherrn bemerkte, beschied er Jörg: „Damit haben wir jetzt zehn Balken heroben.“

„Das reicht vorerst“, entgegnete der Rotblonde. „Aber du rufst noch ein paar Männer zu unserer Verstärkung hier herauf, denn der Hauptangriff der Feinde wird sich gewiss gegen die Torbastion richten.“

Der Waffenknecht schrie in den Burghof hinunter; Jörg wiederum schaute über die Palisadenwälle hin und sah, dass sie mittlerweile überall mit Kämpfern besetzt waren: mit Reisigen, zwischen denen Bauern oder Handwerker und an einigen Stellen sogar Burg- oder Dorffrauen standen.

Der Edelfreie winkte den nächststehenden Verteidigern aufmunternd zu; sodann spähte er wieder zu den Württembergern hinab, deren vorderste Kampfschar sich nun schon auf halber Höhe des Burghügels befand. Mit zusammengekniffenen Brauen schätzte der Rotblonde die Distanz; im nächsten Moment packte er einen der Wurfspeere, die an der Brüstung der Turmplattform lehnten, und schleuderte ihn mit aller Kraft talwärts. Sausend durchschnitt der Speer die Luft und traf einen Gräflichen in die Halsgrube; mit einem gurgelnden Aufschrei fiel der Reisige, und die Angriffsspitze der Württemberger geriet in Unordnung.

Gleich darauf freilich, während die von Jörg angeforderten zusätzlichen Männer auf der Wehrplattform des Torturmes anlangten, ließ Graf Heinrich sein Ross steigen, brüllte einen Befehl und trieb die vor ihm befindlichen Waffenknechte dadurch zu rascherem Vordringen an. Die Reisigen begannen zu laufen; so gut sie konnten, deckten sie sich dabei mit ihren Schilden gegen die Speere, Pfeile und Armbrustbolzen, die jetzt auf sie niederhagelten; dann erreichte der erste Kampfhaufe, sechs, sieben Helme stark, den Platz vor der Torbastion. Dort verharrten die Waffenknechte kurz, um ein Schilddach zu bilden; sodann rückten sie Schritt für Schritt, von nachdrängenden Reisigen gefolgt, weiter gegen den Torbau vor – bis plötzlich der Boden unter ihren Füßen nachgab.

Knirschend brach die Abdeckung der Fallgrube ein; die Männer stürzten in die Tiefe, und unmittelbar darauf, als sie von den Spitzpfählen auf dem Boden der Grube durchbohrt wurden, erklangen Todes- und Schmerzensschreie.

Angesichts des unverhofften und schweren Verlustes, den die Württemberger hatten hinnehmen müssen, geriet ihr Angriff erneut ins Stocken. Die Mühlberger hingegen nutzten die Gelegenheit, um die Feinde noch heftiger als zuvor mit Speerwürfen einzudecken oder Pfeile und Bolzen gegen sie abzuschnellen. Noch mehr Gräfliche starben oder wurden verwundet; manche flohen hangabwärts, doch schließlich schaffte es der Graf, seine Kämpfer neuerlich zum Angriff zu treiben.

In einigermaßen geschlossener Formation drangen die Waffenknechte abermals gegen die Torbastion vor, und trotz des wütenden Widerstandes der Verteidiger gelang es der vordersten Kampfschar, das Eichentor zu erreichen. Zwei, drei Reisige fanden Deckung unter dem steinernen Torbogen; die anderen bildeten ein Schilddach, das sie vor Beschuss von oben her schützte. Und schon rannten weitere Waffenknechte heran, die eine Sturmleiter schleppten; auch sie schafften es bis zum Torbau, weil die Bogenschützen, die an der Hügelflanke seitlich der Bastion hinter ihren

Pavesen standen, die Mühlberger auf der Torplattform und den angrenzenden Wallabschnitten mit Pfeilschauern in Schach hielten.

Jörg, Siguna und die übrigen Verteidiger, die sich auf der Wehrplattform befanden, duckten sich notgedrungen hinter die Brustwehr; im nächsten Moment war von unten das Krachen von Beilhieben zu hören. „Sie wollen die Torflügel einschlagen!“, rief der Edelfreie – unmittelbar danach richtete er sich auf, packte einen der Dornenbalken, hob ihn über den Kopf und schmetterte ihn auf das Schilddach der Württemberger beim Torbogen hinab.

Der Balken sprengte die Schilde auseinander; zwei Männer stürzten nieder – zugleich schrie Siguna erschrocken auf, denn ein heransausender Pfeil hatte die linke Wange ihres Gatten aufgeschlitzt. Doch Jörg achtete gar nicht auf die Blessur; vielmehr ergriff er einen weiteren Dornenbalken, schleuderte ihn über die Brustwehr und rief einem Burgmann, der zu seiner Rechten im Schutz der Brüstung kniete, zu: „Schnapp dir auch einen Balken, Bertold, und tu es mir nach!“

Der Reisige gehorchte; kaum hatte er den Dornenbalken geworfen, gewahrte Jörg, wie am östlichen Turmeck die Holme einer Sturmleiter gegen die Brustwehr krachten. Er rannte hin, zog sein Schwert; Bertold schloss sich ihm an, dann bemühten sich die beiden Männer, die Leiter von der Brüstung wegzudrücken. Aber sie schafften es nicht; die Eisenkrallen der Sturmleiter hatten sich tief ins Holz der Brustwehr gegraben – und jetzt kam ein Württemberger, den Schild über sich haltend, heraufgeklettert. Der Rotblonde führte einen mächtigen Schwertstreich; seine Klinge zerspellte die Schildwehr des Gräflichen, ein zweiter Hieb spaltete dem Württemberger den Schädel.

Tot stürzte der Mann von der Leiter; mit einem Spieß, dessen Schaft von Eisenblech ummantelt war, hastete Siguna herbei. Jörg riss ihr die Stoßwaffe aus der Hand und rammte das Schaftende unter eine Kralle der Sturmleiter, um sie aus dem Brüstungsholz zu brechen. Das Holz barst; die Leiter kam zur Hälfte frei – fast gleichzeitig ertönte von der Turmtreppe her ein gellender Ruf: „Gott steh uns bei! Die Feinde sind in die Burg eingedrungen!“

Erschrocken fuhr der Edelfreie herum; die Magd, die den Warnruf ausgestoßen hatte, lief zu ihm hin, umklammerte wie hilfesuchend seinen Unterarm und schrie außer sich: „Wir sind verloren! Sie werden uns alle abschlachten!“

„Wo ist der Feind durchgebrochen?!“, fuhr Jörg die Frau an.

Die Magd gab seinen Arm frei und deutete nach Nordwesten. „Da drüben! Eine starke Reiterschar, mehr als ein Dutzend Krieger. Sie kamen plötzlich aus einem Waldstück, jagten auf den Palisadenwall zu. Schossen mit Armbrüsten, warfen Seilschlingen über die Holzstämme. Galoppierten wieder weg, rissen die Palisaden nieder. Dann wendeten sie erneut, preschten durch die Bresche im Burgwall, erschlugen die wenigen Verteidiger. Und jetzt fechten sie schon hinter dem Wohnturm!“

Der Reitertrupp muss sich während der Nacht im Forst versteckt haben, um uns während des Sturmangriffs auf die Torbastion überraschend im Rücken zu attackieren, schoss es dem Rotblonden durch den Kopf. Im nächsten Moment packte er Siguna, die verstört auf die Unglücksbotin starrte, an der Schulter und herrschte sie an: „Komm mit!“

Beinahe gewaltsam zog er seine Gattin zur Turmtreppe; ehe er Siguna auf die Stufen drängte, rief er den auf der Wehrplattform befindlichen Waffenknechten zu: „Bleibt standhaft! Kämpft wie die Teufel! Wenn das Tor fällt, ist alles verloren! Ihr müsst es um jeden Preis halten!“

Danach hastete das Adelspaar die Balkentreppe hinab und rannte, an einigen angstvoll weinenden alten Frauen und etlichen orientierungslos wirkenden Bauern vorbei, zum Wohnturm. Dort wies Jörg seine Gemahlin an: „Du verschanzt dich oben im Turm! Kümmerst dich um die Kinder!“

„Und du?!“, stieß Siguna hervor.

Der Rotblonde zeigte mit der Schwertspitze nach Nordwesten. „Ich werde da drüben gebraucht!“

Doch er schaffte es nicht, die Durchbruchsstelle im Palisadenwall zu erreichen. Denn kaum war die Grafentochter beim Turmportal, sprengten acht, zehn Württembergische Reiter heran. Siguna sah, wie einer der Berittenen von einem Speer durchbohrt wurde, den ein Mühlberger Reisiger vom Küchenbau her geworfen hatte; der Gräfliche stürzte vom Ross, zwei Württemberger attackierten den Speerwerfer, hieben ihn nieder – und gleichzeitig griffen die übrigen Gräflichen den jungen Burgherrn an.

Mit einem raschen Sprung suchte Jörg notdürftigen Schutz zwischen den Geländerbalken am unteren Ende der Wohnturmtreppe; wütend verteidigte er sich gegen die Feinde, die ihn von vorne und von beiden Seiten her bedrängten. Es gelang ihm, einen der Württemberger aus dem Sattel zu stechen; einem zweiten schlug er mit einem gewaltigen Schwertstreich, der blitzschnell auf eine meisterliche Finte folgte, den rechten Unterarm ab – aber unmittelbar darauf zerbrach sein Schild unter dem dröhnenden Aufprall einer Stachelkeule.

Der Rotblonde ließ die unbrauchbar gewordene Schutzwehr fallen; Siguna, die nach wie vor unter dem hochgelegenen Portal des Wohnturmes stand, wurde von entsetzlicher Angst gepackt; halb von Sinnen dachte sie: Ich muss in die Waffenkammer! Muss einen neuen Schild für Jörg holen! Muss ihm die Schildwehr bringen!

Sie wollte losrennen – doch da sah sie, wie ihr Gatte von einer Lanze getroffen wurde. Die breite Klinge der Stoßwaffe bohrte sich in seine linke Schulter; er taumelte gegen das Treppengeländer, führte einen schwachen, unsicheren Schwerthieb in Richtung des Lanzenträgers und übersah, dass ein anderer Gräflicher mit der Streitaxt ausholte. Die mit voller Wucht herniedersausende Axtschneide traf den Rotblonden hart unter dem Helmrand im Genick und enthauptete ihn; der Kopf des jungen Edelfreien prallte auf den Geländerbalken, sein Körper rutschte von der Turmtreppe und blieb in einer sich rasch vergrößernden Blutlache liegen.

Kaum war Jörg gefallen, erschlugen die Württembergischen Reiter zwei weitere Mühlberger Reisige und einen Bauernburschen, die herbeigeeilt waren, um dem Burgherrn beizuspringen. Damit gehörte der Festungshof den Gräflichen, und wenig später brachen die Württemberger auch den Widerstand, den die Verteidiger auf dem Torturm und den angrenzenden Palisadengängen noch leisteten. Von draußen griffen die Gräflichen über ein halbes Dutzend Sturmleitern an; zugleich attackierten die Waffenknechte, die auf ihren Rössern in die Feste gelangt waren, die letzten kampffähigen Mühlberger vom Burghof aus – und nach diesem letzten, ungleichen Gefecht lebte von denen, die für kurze Zeit noch am Torabschnitt standgehalten hatten, niemand mehr.

Überall in der Burg lagen Tote; Verwundete brüllten ihre Schmerzen heraus; vor Furcht zutiefst verstörte Frauen und Kinder hatten sich während der grausamen Kämpfe in irgendwelche Verstecke verkrochen.

Siguna wiederum kauerte jetzt, vom Schock über den Verlust ihres Gatten wie gelähmt, im oberen Stockwerk des Wohnturmes bei ihren Kindern. Sie hätte nicht sagen können, wie sie vom Turmportal zu den Zwillingen gekommen war; sie wusste auch nicht, ob seitdem eine Stunde oder nur wenige Augenblicke vergangen waren. Halb betäubt, keines klaren Gedankens fähig, hockte sie da; hielt die weinenden Kleinen umschlungen, streichelte mit bebender Hand ihre Köpfchen und stöhnte immer wieder in äußerster, kreatürlicher Verzweiflung auf.

Irgendwann schließlich vernahm sie schwere Schritte, hörte eine Frau – die Kindsmagd? – bettelnd wimmern; bekam mit, wie ein Mann grob brüllte. Zitternd duckte sie sich, zog Klein-Jörg und Siglind noch enger an ihre Brust – und spürte gleich darauf einen harten Griff an der Schulter.

Der Schmerz zwang sie dazu, den Kopf zu heben; zunächst nur undeutlich nahm sie eine große, gepanzerte Gestalt wahr; ein paar gejagte Herzschläge später wurde ihr Blick klarer, und sie erkannte ihren Vater.

In panischer Angst schrie sie auf; mit satanischem Feixen weidete sich Heinrich von Württemberg an ihrer abgrundtiefen Furcht, dann schlug er zu. Schlug ihr, der brüllenden Zwillinge nicht achtend, drei-, viermal ins Gesicht; danach bespuckte er seine Tochter, versetzte ihr einen brutalen Fußtritt und herrschte sie zuletzt hasserfüllt an: „Das war bloß der Anfang, du Dreckshure! Bald trifft's dich noch übler! Und damit du schon einen Vorgeschmack darauf kriegst, fliegst du jetzt in den Kerker!"

Das Verlies

Mühlberg/Niederbayern

Frühjahr 1135

Um seine Tochter zusätzlich zu quälen, hatte Heinrich von Württemberg an der Mauer ihres Verlieses eine Pechkerze aufstecken lassen. So mussten Siguna und ihre Kinder, die eng beisammen auf dem nackten Boden hockten, auf die feuchten, groben Steine des Kellergewölbes schauen und den Anblick der fahlgrünen Schimmelflecken ertragen, welche die Bruchsteine bedeckten. Ebensowenig blieb ihnen das gelegentliche Huschen von Ratten verborgen; jedes Mal wenn eines der abstoßenden Tiere vorbeirannte, begannen die Zwillinge, die ohnehin zutiefst verstört waren, angstvoll zu wimmern. Aber auch unter dem nach Moder stinkenden Luftzug, der durch den engen, nur ungefähr drei auf zwei Schritte messenden Kerker strich, litten die Kleinen und ihre Mutter. Hinzu kam für Siguna das Unfassbare, das nun immer schärfer und peinigender in ihr Bewusstsein drang: Dass ihr über alles geliebter Gemahl tot war und sie selbst und die Zwillinge etwas unbeschreiblich Grausames fürchten mussten.

„Das war bloß der Anfang!", hatte ihr Vater hasserfüllt gedroht, nachdem er sie geschlagen, bespuckt und getreten hatte. Und danach hatte er sie und die Kleinen von zweien seiner Waffenknechte ins Verlies schleppen lassen; in das Kellergewölbe tief unten im Wohnturm, welches, wie ihr Jörg gleich an ihrem ersten Tag in Mühlberg erzählt hatte, seit einem Menschenalter nicht mehr als Kerker benutzt worden war. Schon die Eltern ihres Gemahls hatten das Kettenzeug aus dem Gewölberaum entfernen lassen, weil es ihnen zuwider gewesen war, Gefangene hier unten verschmachten zu lassen – und als ihr dies durch den Sinn ging, dachte Siguna: Wenigstens war es meinem widernatürlichen Vater so nicht möglich, mich auch noch in Ketten zu legen.

Im nächsten Moment wurde sie abgelenkt, weil Siglind aus Furcht vor einer Ratte wie am Spieß zu brüllen anfing. Die junge Mutter beruhigte ihre Tochter, wiegte sie in ihren Armen und redete besänftigend auf sie ein; dann, als Siglind wieder still war, überlegte sie, wie sie es den Kindern wenigstens ein bisschen leichter machen könnte.

Schließlich beschloss sie, die Pechkerze zu benutzen, um die Ratten mit Hilfe des Feuerbrandes von sich und den Zwillingen fernzuhalten. Sie stand auf und zog die Fackel aus der Wandhalterung; gleich darauf gewahrte sie im flackernden Lichtschein irgendwelche Dinge, die in einer Ecke das Raumes lagen. Sie ging zu der Stelle und erkannte, um was es sich handelte: um einige verschlissene Weidenkörbe sowie etliche alte Säcke. Wenig später hatte sie aus diesem Material eine Art Sitzbank errichtet. Sie hob Klein-Jörg und Siglind hinauf; flüsterte ihnen zu: „Jetzt habt ihr es weich." Dann, als sie sich selbst setzen wollte, fiel das Fackellicht auf eine große granitene Bodenplatte, über die soeben eine Ratte lief. Siguna verjagte das Tier durch einen Hieb mit der Pechkerze und hoffte danach, dass sich nun kein Nager mehr heranwagen würde.

Dies war der Fall. Geraume Zeit blieben die junge Mutter und die Zwillinge unbehelligt, und irgendwann schliefen die Kinder ein. Bald aber erwachten sie wieder und verlangten nach Nahrung. Siguna öffnete ihr Mieder und stillte die Kleinen; als sie satt waren, fielen ihnen neuerlich die Augen zu, und sie schlummerten lange im Schoß ihrer Mutter.

Zusammengekauert, die Arme um die Zwillinge geschlungen, saß Siguna da. Langsam brannte die Fackel, die nun nahebei in einer ausgebrochenen Kerbe an einer Kante der Granitplatte steckte, nieder; die junge Frau schätzte, dass bereits mehrere Stunden vergangen sein mussten, seit die Waffenknechte sie ins Verlies gezerrt hatten. Siguna begann sich vor der Finsternis nach dem Erlöschen der Pechkerze zu fürchten – doch ehe es soweit war, vernahm sie ein schleifendes Geräusch.

Jemand zieht droben die Steinplatte weg, welche den Zugang zu den Kellergewölben hier unten verschließt, schoss es der Grafentochter durch den Kopf. Kaum hatte sie es gedacht, befiel sie beinahe panische Angst; sie ahnte, warum der Kellerzugang geöffnet worden war. Und wenig später bekam sie Gewissheit, denn nachdem draußen der Riegel an der Kerkerpforte zurückgestoßen worden war, trat ihr Vater ins Verlies.

Er hielt eine Laterne in der Rechten und ein mit Sackleinen umwickeltes Bündel in der Linken; mit schweren Schritten näherte er sich Siguna und ihren schlafenden Kindern und blieb hart vor seiner Tochter stehen.

Siguna sah, dass sein Gesicht unnatürlich gerötet war; gleich darauf begriff sie, warum. „Drecksmetze, du!", schrie Heinrich von Württemberg sie an, und dabei roch Siguna seinen weinschwangeren Atem. Der Graf war betrunken; auch seine stieren Augen verrieten es – und jetzt brüllte er: „Genießt du es, du Sauhure, mit deiner Bankertbrut im Verlies zu hocken?!"

Während er dies schrie, erwachten die Zwillinge; zitternd starrten sie auf den großen Mann, dann brachen sie in Tränen aus.

Heinrich von Württemberg spuckte verächtlich in ihre Richtung; stieß hervor: „Erschlagen muss man die in Schande geworfene Brut da! Und ich werde es tun, das schwöre ich!"

„Nein!", keuchte Siguna. „Töte mich, aber verschone meine Kinder!"

„Du wirst sie nicht retten können!", brüllte der Graf. „Und du wirst zuschauen müssen, wenn ich sie schlachte!" Mit verzerrten Gesichtszügen trat er fast bis auf Tuchfühlung an seine Tochter heran, spuckte erneut auf die Kleinen – mit dem nächsten Lidschlag lachte er gellend und fuhr danach fort: „Abstechen werde ich deine Hurenbrut! Und anschließend lasse ich dich auf der Folterbank schinden, bis du verreckst! – Doch nicht hier soll's geschehen. Sondern auf meiner Festung am Neckar. Dorthin bringe ich euch, gefangen in einem Käfig wie Tiere! Und bis wir auf meiner Burg ankommen, will ich mich an deinem Elend ergötzen, du Miststück!"

Er warf Siguna das Bündel vor die Füße, das er in der Linken gehalten hatte. „Hier hast du noch ein paar Feuerbrände. Damit du die Schönheit deines Gemachs auch weiterhin in vollen Zügen genießen kannst." Er feixte bösartig; setzte hinzu: „Aber früher oder später wird die letzte Fackel erlöschen. Dann wird nur noch Dunkelheit um dich sein. Und wird dir Angst machen und dich quälen, bis zuletzt das nackte Grauen über dich und deine Brut hereinbricht!"

Nach diesen Worten wandte sich Heinrich von Württemberg ab und ging zurück zur Kerkerpforte – doch bevor er sie erreichte, stieß Siguna, sich zu der Frage an ihren Peiniger zwingend, hervor: „Was ist mit Jörg geschehen?! Mit meinem Gatten?!"

Der Graf drehte sich um. „Was mit seinem Kadaver passiert ist, willst du wissen? – Nun denn, ich will es dir sagen. Ich habe den Körper und dazu den abgetrennten Schädel aus der Burg bringen lassen. Dorthin, wo bereits der andere Hundskerl liegt: der Reisige, der gestern fliehen wollte und von meinen Männern erwischt wurde. Und jetzt werden die Aasvögel und

Füchse das Fleisch der beiden Drecksäcke fressen und es wieder aus ihren Ärschen scheißen!“

Die junge Mutter war nahe daran, vor seelischem Schmerz ohnmächtig zu werden; die Verlieswände schienen sich um sie zu drehen, schienen über ihr einstürzen zu wollen. Als sich ihr Blick wieder klärte, war der Graf von Württemberg verschwunden – aber das unendlich grausame Bild, das er vor ihrem inneren Auge heraufbeschworen hatte, war geblieben: die bildliche Vorstellung, wie der Mann, den sie so sehr geliebt hatte, zum Fraß für die Wildtiere wurde.

In ihrer Seelenpein stöhnte Siguna verzweifelt auf; krampfte, wie um sich selbst Halt zu geben, die Hände ineinander – und verspürte einen scharfen Druck am rechten Ringfinger. Im nächsten Moment wurde ihr bewusst, dass ihr zumindest eins von Jörg geblieben war: der goldene Ehering, den sie einst zur Besiegelung ihrer Vermählung von ihm bekommen hatte. Heftig schluchzte sie auf; schaute durch einen Tränenschleier lange auf das Kleinod, betastete mit zitternden Fingerkuppen die feinen Arabesken, welche den Ring schmückten.

Schließlich erinnerte sie sich ihrer Kinder, die sich, ganz eng aneinandergeschmiegt, an ihrem Leib verkrochen hatten und verschüchtert miteinander flüsterten. Sie streichelte die Zwillinge; bemühte sich, ihnen Geborgenheit zu schenken. Nach einer Weile entspannten sich Klein-Jörg und Siglind und schliefen wenig später wieder ein – ihre Mutter hingegen saß, von neuem leise weinend, wie verloren da und dachte unentwegt an ihren toten Gatten.

Erst als die Flamme der im Kerkerboden steckenden Pechkerze zu flackern begann, schreckte Siguna hoch. Rasch öffnete sie das Bündel, das der Graf zurückgelassen hatte, und entzündete eine frische Fackel an der alten. Danach gab sie sich abermals ihren Erinnerungen an Jörg hin; den Erinnerungen an die wenigen Jahre, die sie mit ihm hatte verbringen dürfen. So verstrichen Stunden, in denen die Eingekerkerte im Gedenken an ihren Gemahl und an das Glück, das sie mit ihm erlebt hatte, der grausamen Realität entfloh. Dann jedoch holte sie die Wirklichkeit ein, denn die Zwillinge wurden munter, greinten, fingen zu plappern an und verlangten bald darauf nach der Muttermilch.

Während Siguna ihr Mieder aufschnürte, merkte sie, dass auch sie hungrig und durstig war; ihr Magen knurrte, und ihre Mundhöhle fühlte sich pelzig und trocken an. Hoffentlich versiegt mir die Milch nicht, wenn ich länger darben muss, dachte sie; sodann legte sie die Kleinen an und ließ sie trinken, bis sie satt waren. Anschließend wollte sie mit Siglind und Klein-Jörg spielen, um die Kinder von der düsteren Umgebung abzulenken, aber sie kam nicht dazu. Kaum nämlich hatte sie ihr Miedertuch wieder geschlossen, hörte sie von außerhalb des Kerkergewölbes erneut Geräusche – und kurz darauf wurde die Verliespforte ein weiteres Mal geöffnet.

Diesmal freilich kam nicht Heinrich von Württemberg in den Kerker, sondern ein ungeschlachter Waffenknecht, der allerdings eins mit dem Grafen gemein hatte: Er war ebenfalls betrunken. Mit hervorquellenden Augen starrte er auf die junge Frau und die Zwillinge; dann sagte er mit schwerer Zunge: „Eigentlich sollte man dich verschmachten lassen, du Dirne. Hast meinen Herrn verraten und betrogen. So hat's der Graf mir und den anderen erzählt. Doch trotzdem schickt er dir durch mich was zu Fressen und zu Saufen."

Damit stellte er einen mitgebrachten tönernen Wasserkrug auf dem Boden nahe der Pforte ab und legte einen Brotkanten, den er hinter seinem breiten Waffengurt hervorholte, daneben. Danach hob er seine Laterne, betrachtete Siguna mit lüsternem Gesichtsausdruck, grinste infam und forderte: „Komm her! Hol dir dein Futter ab, Hurenweib!"

Abwehrend schüttelte die junge Frau den Kopf; sie spürte: Der Kerl war gefährlich – jetzt fletschte er die Zähne und drohte: „Gehorche, sonst wirst du was erleben!"

Die Zwillinge drückten sich eng an ihre Mutter und begannen zu plärren; Siguna ergriff eine der auf dem Boden liegenden Fackeln und wollte sie an der brennenden Pechkerze entzünden, um sich notfalls mit dem Feuerbrand gegen den Waffenknecht zu wehren. Doch der Ungeschlachte war schneller; hastig entledigte er sich der Laterne und stürzte sich auf die junge Frau. Brutal riss er die Kinder von ihr weg, und während die Zwillinge nun wie am Spieß schrien, umklammerte er mit der Rechten den Hals der Grafentochter, packte mit der Linken eine ihrer Brüste und stieß hervor: „Ficken werde ich dich, du Hurenfotze!"

Siguna hieb ihm den Fackelschaft übers Gesicht, traf ihn an Nase und Auge; mit einem Schmerzensschrei ließ der Waffenknecht sie los, wich zurück. Die junge Frau sprang auf, holte zu einem zweiten Schlag aus. Aber diesmal fing der Grobschlächtige ihn ab, entwand Siguna die Fackel, ohrfeigte die junge Frau und zwang sie auf den Kerkerboden nieder. Im nächsten Moment lag er über ihr, drängte seinen Körper zwischen ihre Schenkel; bemühte sich unter gierigem Keuchen, mit der Hand an ihren Schoß heranzukommen. Siguna krallte ihre Finger in seine Haare, zerrte ihm den Kopf nach hinten; schaffte es zudem, ihn seitlich in den Nacken zu beißen. Erneut schrie der Vergewaltiger vor Pein; gleich darauf gelang es der jungen Frau, sich unter ihm hervorzuwinden und wieder auf die Beine zu kommen.

Sie rannte zur Kerkerpforte; wollte sich in den Besitz der Laterne bringen, um damit auf den Waffenknecht einzudreschen. Doch schon war der Ungeschlachte neuerlich bei ihr und warf sie abermals auf den Steinboden. Der harte Aufprall raubte Siguna den Atem; wieder lastete das schwere Gewicht des Grobschlächtigen auf ihr, dann plötzlich gewahrte sie den nahe bei der Verliespforte stehenden Wasserkrug. Es glückte ihr, das Gefäß zu ergreifen und damit auszuholen; der Tonkrug schmetterte gegen die Schläfe des Waffenknechts, zersplitterte – und der Vergewaltiger brach über seinem Opfer zusammen.

Zitternd befreite sich die junge Frau von der Körperlast des Waffenknechts; als sie die Starre in seinen Augen sah, begriff sie, dass er tot war. Sie kroch ein Stück von ihm weg, richtete sich auf und wollte hin zu ihren weinenden Kindern. Aber dann war es ihr, als würde sie die herzzerreißenden Laute aus den Mündern der Zwillinge nur noch gedämpft vernehmen; das Kinderweinen schien auf einmal von weither zu kommen – zugleich hatte Siguna das Empfinden, als sähe sie das über den Kerkerboden rinnende Wasser aus dem zerbrochenen Krug in seltsam intensiver, fast übernatürlicher Klarheit.

Wie gebannt blickte die junge Frau auf das Wasserrieseln, das sich jetzt bereits bis dorthin zog, wo die brennende Pechkerze in der Kerbe am Rand der großen Granitplatte steckte; ein paar Herzschläge später flüsterte sie wie in Trance: „Jörg! Du hast ... hast gesagt ...“

***

Groß und leuchtend stand der Vollmond über dem Kollbachtal; sein Licht spiegelte sich auf der dunklen Flut des langsam dahinströmenden Flusses. Der Nachtwind wiegte die Köpfe der Binsen und die Zweige der Weiden an den Ufern; irgendwo gurgelte leise ein Wasserstrudel, und manchmal trug der Wind gedämpftes Froschquaken heran.

Sich selbst überlassen, der Menschenwelt scheinbar weit entrückt, floss die Kollbach unter dem Nachthimmel dahin. Dann aber wurde der Friede der Natur gestört; ein schattenhafter Bootskörper schob sich heran: eine Zille, die von einem Mann in einem dunklen Umhang flussaufwärts gestakt wurde.

Es handelte sich um einen Fischer aus der Patersberger Gegend; seine Hütte stand unweit der Einsiedelei, wo die Mühlberger Zwillinge einst getauft worden waren. Doch als der Kollbachfischer und dessen Frau aus den Mündern fliehender Arnstorfer Bauern vom bedrohlichen Auftauchen des Württembergischen Heerbannes gehört hatten, waren sie zusammen mit ihren beiden Kindern auf eine kleine Insel in der Kollbach geflohen. Dort hatten sie einen Unterschlupf aus Schilf und eine Feuerstelle errichtet, und nun wollte der Fischer nach den beiden Aalreusen sehen, die er in der vergangenen Nacht an einer Stelle des Flusses ausgelegt hatte, wo ihm schon früher gute Fänge gelungen waren.

Die Zille passierte den gedämpft gurgelnden Strudel; ungefähr zwanzig Meter weiter schob sich ihr Bug auf den Uferschlick, und der Patersberger sprang an Land. Nachdem er den Kahn an einem Weidenast festgebunden hatte, suchte er im Mondlicht nach den Pflöcken mit den Stricken, welche die auf dem Kollbachgrund liegenden Reusen sicherten. Bald hatte er den ersten Holzpflock gefunden; gleich darauf zog er die Aalreuse aufs Trockene und stellte zufrieden fest, dass sich in ihr mindestens ein halbes Dutzend der schlangenartigen Fische befand. Der Patersberger nahm die Aale heraus und warf sie in einen zur Hälfte mit Wasser gefüllten Holzbottich, den er in der Zille mitgebracht hatte; danach holte er auch die zweite Reuse ein und konnte sich erneut über einen erklecklichen Fang freuen, der ebenfalls im Bottich landete.

„Es war wieder einmal richtig, es hier zu versuchen", murmelte der Fischer; dann verstaute er die leeren Aalreusen im Boot und schickte sich an, das Halteseil der Zille zu lösen. Doch plötzlich verspürte er einen starken Druck auf der Blase, weshalb er ein wenig abseits ging, um sich an einem Baumstamm zu erleichtern. Nachdem er seine Notdurft verrichtet hatte, atmete der Patersberger befreit auf – im nächsten Moment vernahm er in seinem Rücken ein verdächtiges Geräusch: ein scharfes Knacken wie von einem zerbrechenden Ast.

Der Fischer fuhr herum, spähte verschreckt ins Auengehölz; dachte unwillkürlich an die Württemberger Kriegsknechte. Zuerst freilich vermochte er nichts Ungewöhnliches auszumachen – zehn, zwölf gejagte Herzschläge später aber meinte er, so etwas wie einen huschenden Schatten zu erkennen. Instinktiv griff er nach dem Messer, das er im Gürtel stecken hatte; unmittelbar darauf indessen besann er sich anders und wollte zurück zum Kahn, um zu fliehen. Doch kaum hatte er sich umgewandt, packte ihn jemand von hinten, drückte ihm eine scharfe Klinge gegen die Kehle und zischelte: „Kein Mucks! Oder ich schneide dir den Hals durch!"

Bewegungslos, vor Angst wie gelähmt, verharrte der Patersberger – auf einmal wurde der Klingendruck über seinem Adamsapfel schwächer, und er hörte neuerlich die fremde Stimme: „Du bist kein Reisiger … Trägst keinen Waffenrock … Gehörst nicht zu den Württembergischen … Bist du ein Hiesiger? Einer aus dem Kollbachtal?"

„Ja", keuchte der Fischer. „Bin ein einfacher Mann. Hab hier bloß nach meinen Aalreusen geschaut."

Die Klinge löste sich ganz von seiner Kehle. „Wie heißt du?"

„Bernhardt", lautete die Antwort. „Beim Patersberg bin ich daheim."

„Jetzt weiß ich, wer du bist." Der Fischer hatte den Eindruck, als wäre der Satz in weiblichem Tonfall gesprochen worden – und dann trat tatsächlich eine Frau vor ihn hin.

Es war die Grafentochter; verdutzt stieß der Patersberger hervor: „Ihr?! Siguna von Mühlberg?! Wie kommt's, dass Ihr hier …"

„Gleich erfährst du alles", unterbrach ihn die junge Frau. „Aber erst muss ich meine Kinder holen. Warte!"

Damit verschwand Siguna im Auwald; ging zu dem Platz, wo sie kurz zuvor die Zwillinge zurückgelassen und ihnen flüsternd eingeschärft hatte, mäuschenstill zu sein – und auf dem Weg zu Klein-Jörg und Siglind durchlebte sie wie in blitzartigen Bildern noch einmal ihre Flucht aus dem Kerker.

Das Wasserrieseln, das sich am Rand der Granitplatte verloren hatte … Ihre jähe, tranceartige Erinnerung an das, was ihr Gatte ihr einmal gesagt hatte … Dass es unter der Kellerplatte den Geheimgang gab … Die Chance für sie und die Kinder … Dann der Dolch des toten Grobschlächtigen in ihrer Faust … Die Klinge in der Kerbe am Rand der Steinplatte … Die verzweifelte Anstrengung, um die schwere Platte zu bewegen; endlich der Erfolg … Mit den verängstigten Zwillingen hinab in die finstere Tiefe… Der erneute Kampf mit der Granitplatte, um sie so gut wie möglich wieder an ihren Platz zu schieben … Der Laternenschein, der die Wände einer Felsspalte beleuchtete; später auch über Ziegelwerk huschte … Der Fluchtgang jetzt nicht mehr so steil wie anfangs … Schließlich der Stollenboden fast eben; zuletzt das enge Schlupfloch in die Nacht hinaus … Mit den Kleinen durch dichtes, den Ausstieg verbergendes Dickicht … Die Erkenntnis, dass sie sich am Fuß des Burghügels befanden; im Auwald an der Kollbach, vielleicht zwei Pfeilschüsse von der Feste entfernt… Rasch weiter flussabwärts; nur ein Wunsch: weg von der Burg, von all dem Grauen … Irgendwann aber die plötzliche Bedrohung nahe des Kollbachufers; die undeutliche Gestalt des Mannes, eines Württembergers womöglich … Die Kinder hastig in ein notdürftiges Versteck gesetzt … Das Anschleichen mit dem gezückten Dolch, bis hart an den Kerl heran … Und die tiefe Erleichterung; das Begreifen, dass der Mann harmlos war …“

Das letzte Bild verwich; gleich darauf war Siguna bei Klein-Jörg und Siglind, die am klobigen Stamm einer großen Kopfweide kauerten. Die junge Mutter kniete bei ihnen nieder, redete beruhigend auf die Kinder ein; sodann führte sie die Zwillinge zu dem Platz, wo der Fischer stand.

Bernhardt schaute mitleidig auf die Kleinen, richtete den Blick auf die Grafentochter und murmelte: „Gestern bin ich mit meiner Familie aus Furcht vor den fremden Kriegsleuten auf eine Kollbachinsel geflohen. Und Ihr, Herrin, seid mit Euren Kindern wohl auch geflüchtet …“

„Ja“, erwiderte Siguna. „Mit knapper Not konnten wir den Württembergischen Feinden entrinnen …“ Sie verstummte, tastete wie haltsuchend nach dem Arm des Patersbergers; dann berichtete sie ihm mit gehetzten

Sätzen von dem grausamen Schlag, der Mühlberg getroffen hatte, und den näheren Umständen ihrer Flucht. Nachdem sie geendet hatte, schwieg sie, leise schluchzend, von neuem; als sie sich seelisch wieder einigermaßen gefangen hatte, sagte sie: „Ich habe die Kleinen aus der Burg herausgebracht. Aber wir sind noch immer in Gefahr, dürfen uns hier nicht länger aufhalten. Wir müssen weiter, und du kannst uns helfen, Bernhardt. Bitte bring uns mit deinem Kahn weg!"

Der Fischer überlegte kurz, ehe er antwortete: „Ich könnte Euch auf die Flussinsel mitnehmen. Zu meinem Weib Rena und unseren Kindern. Allerdings haben wir bloß einen einfachen Unterschlupf dort. Doch wenn Euch das ausreicht, Herrin ..."

„Ich bin keine Burgherrin mehr ..." Kaum hörbar kam der Satz über Sigunas Lippen.

„Für mich und die Meinen bleibt Ihr es", entgegnete Bernhardt mit rauher Stimme. „Und jetzt kommt."

Wenig später stieß die Zille vom Ufer ab; Siguna hielt die Zwillinge auf dem Schoß und spürte, dass sie am Einschlafen waren. Der Fischer ließ den Bootsbug ins tiefe Wasser schwingen und lenkte den Kahn danach flussabwärts. Fast lautlos glitt das Boot dahin; der Mond beleuchtete seinen Weg, und schließlich tauchte die Insel auf, von der Bernhardt gesprochen hatte.

Das kleine Eiland war mit Büschen und einzelnen Bäumen bewachsen; an einer Uferstelle der schmalen, aber langgestreckten Insel gab es einen Schilfgürtel, und der Fischer stakte die Zille in dieses natürliche Versteck hinein. Nachdem das Boot vertäut war, trugen Siguna und der Patersberger die Kinder zum Lagerplatz der Fischersfamilie. Bernhardts Gattin Rena saß noch an der Feuerstelle, in der einzelne verbrannte Holzkloben nachglühten; sie hatte auf die Rückkehr ihres Gemahls gewartet, nun fragte sie ihn überrascht und nicht sonderlich erfreut: „Wen bringst du denn da mit?"

Der Fischer klärte sie auf und teilte ihr mit, dass die Mühlberger Feste in Feindeshand gefallen war; daraufhin sagte Rena voller Mitleid zu Siguna: „Du lieber Himmel, da habt Ihr Furchtbares ertragen müssen! Doch jetzt seid Ihr bei uns erst einmal in Sicherheit. – Kommt, lasst uns die armen Kleinen unters Binsendach da drüben bringen. Und dann müsst Ihr etwas essen und trinken. Ich sehe es ja sogar im ungewissen Mondlicht, dass Ihr ganz schwach auf den Beinen seid."

Gleich darauf betteten die Frauen die Zwillinge in dem einfachen Unterschlupf, wo bereits die beiden halbwüchsigen Söhne des Fischerpaares schlummerten, zur Ruhe. Bernhardt brachte unterdessen den Bottich mit den Aalen an Land und trug ihn zum Feuerplatz; als er sich anschickte, den ersten Fisch abzuschlagen und auszunehmen, kamen Rena und Siguna zu ihm zurück. Die Fischersfrau hatte Brot, ein Stück Räucherfisch und einen Krug Dünnbier für die Grafentochter in einen Handkorb gepackt; wenig später stillte Siguna, zwischen den Patersbergern an der Feuerstelle sitzend, ihren Hunger und Durst.

Anschließend tauschten sich Bernhardt, Rena und die heimatlos gewordene Grafentochter über das schreckliche Unheil aus, das Mühlberg getroffen hatte. Bald aber wurde Siguna todmüde; nur mit Mühe vermochte sie die Augen noch offenzuhalten, und dann murmelte sie: „Ich will zu Klein-Jörg und Siglind …"

„Wir sollten uns nun alle niederlegen", sagte Rena – und kurz danach schliefen die Erwachsenen und die Kinder, eng aneinandergedrängt, unter dem Pflanzendach des Unterschlupfes.

Zeitig am nächsten Morgen wurde Siguna von den Zwillingen geweckt; stürmisch verlangten sie nach der Muttermilch, und während die Grafentochter sie nährte, erwachten auch die Mitglieder der Fischersfamilie. Bernhardt machte Siguna mit seinen Söhnen bekannt; nachdem die Halbwüchsigen erfahren hatten, wer die junge Frau und ihre Kinder waren und welches Schicksal die Mühlberger erlitten hatten, fingen sie an, Siguna mit neugierigen Fragen zu löchern. Doch Rena forderte ihre Sprösslinge entschieden zur Rücksichtnahme auf – später freilich, beim Frühessen am Feuerplatz, hatte sie ebenfalls eine Frage an die Grafentochter.

„Wisst Ihr denn schon, wie es mit Euch und den Zwillingen weitergehen soll?", erkundigte sie sich. „Ich meine, selbstverständlich könnt Ihr hierbleiben. Aber es ist halt armselig bei uns …"

„Das würde mich nicht stören", erwiderte Siguna. „Ihr seid gute Menschen, und dies allein zählt. – Doch es wäre falsch, wenn ich mich mit meinen Kindern länger auf der Insel verstecken wollte. Ich würde uns damit alle in Gefahr bringen, denn die Württemberger werden gewiss nach mir suchen. Und da sie ja von Mühlberg bis hierher höchstens eine Stunde zu reiten haben, werden sie schnell in die hiesige Gegend kommen …"

Die Grafentochter verstummte, weil Klein-Jörg einen Stecken von der Erde aufgehoben hatte und damit auf Siglind einschlagen wollte; nachdem Siguna die Kleine auf ihren Schoß gehoben und Jörg ermahnt hatte, fuhr sie fort: „Nein, ich muss mit meinen Kindern weiterfliehen, möglichst weit weg."

„Habt Ihr denn eine Vorstellung, wohin Ihr Euch flüchten könntet?", erkundigte sich Bernhardt.

Die junge Mutter nickte. „Nordwestlich von hier, an der Isar, liegt die Burg Ahausen. Mein … toter Gemahl und ich haben dort geheiratet. Hadamar und Anna von Ahausen waren schon lange Freunde meines Gatten und wurden später auch meine. Sie werden mich und die Zwillinge bestimmt bei sich aufnehmen, und auf ihrer Festung werden wir sodann zumindest vorerst in Sicherheit sein."

„Wenn Ihr zum Isarstrom wollt, müsst Ihr die Vils überqueren", erklärte der Fischer. „Und die Furten über diesen Fluss sind, wie ich einmal gehört habe, allesamt schwierig zu überwinden, da sie ziemlich hohe Wasserstände haben …"

Unwillkürlich zog Siguna ihre kleine Tochter eng an sich. „Du fürchtest, ich könnte es mit den Kindern nicht schaffen? Es könnte ein Unglück passieren?!"

„Ja", bestätigte Bernhardt. Er dachte einen Moment nach; dann schlug er der Grafentochter vor: „Lasst mich Euch und die Zwillinge mit der Zille zur Einmündung der Kollbach in die Vils bringen. Es würde nicht länger als den halben Vormittag dauern. An der Mündungsstelle würden wir zum nördlichen Vilsufer übersetzen, und von dort könntet Ihr trockenen Fußes zur Isar gelangen."

Mit feuchten Augen blickte Siguna den Fischer an. „Du würdest das wirklich für uns tun?"

„Nach all dem Schweren, das Ihr durchstehen musstet, ist es das mindeste, Euch auf diese Art zu helfen", antwortete Rena an Bernhardts Stelle.

Der Kollbachfischer nickte zustimmend; sodann beschied er die Grafentochter: „Ich mache nun gleich den Kahn fertig, sodass wir aufbrechen können, sobald Ihr soweit seid."

Die Menschenjagd

Mühlberg/Kollbachtal

Frühjahr 1135

Noch in der Nacht war der tote Waffenknecht im Kellergewölbe der Mühlberger Feste aufgefunden worden; ein anderer Reisiger, der nach seinem bereits seit längerer Zeit verschwundenen Trinkkumpan gesucht hatte, war auf den Leichnam des Grobschlächtigen gestoßen. Kurz darauf hatte Heinrich von Württemberg, der im Obergeschoss des Wohnturmes schon viele Stunden lang mit den Leibwächtern pokulierte, vom Verlust seines ungeschlachten Gefolgsmannes und der offensichtlichen Flucht Sigunas und der Zwillinge erfahren. Wild hatte der Graf daraufhin getobt und geflucht – zu mehr jedoch war er in seinem schwer berauschten Zustand nicht fähig gewesen.

Erst jetzt, am Morgen des neuen Tages, war er imstande, sich anzuhören, was einige seiner Leute weiter herausgefunden hatten: Dass die Gefangenen augenscheinlich durch einen Geheimgang entkommen waren, dessen Einstieg von einer Granitplatte abgedeckt gewesen war. Etliche Waffenknechte waren, um den Fluchtweg näher zu erkunden, ebenfalls in den unterirdischen Gang gestiegen, hatten ihn passiert und waren unweit der Kollbach in einem Dickicht ins Freie gelangt.

„Und dort", so berichtete einer der Reisigen jetzt dem Hochadligen, „machten wir Fußspuren aus, die flussabwärts führten."

„Warum seid ihr den Fährten nicht gefolgt, ihr Arschlöcher?!", wetterte Heinrich von Württemberg.

„Weil wir sie in der nächtlichen Dunkelheit unweigerlich verloren hätten", erwiderte der Waffenknecht. „Wir hatten zwar Pechkerzen bei uns, mit deren Hilfe wir die tiefen Fußabdrücke bei der Gangmündung entdeckten, wo die Erde feucht und weich war. Doch bereits ein Dutzend Schritte entfernt wurde der Boden trocken und hart, weshalb wir im Fackellicht nichts mehr zu erkennen vermochten."

„Du bist dir aber sicher, dass die Flüchtenden dem Gewässer folgten?!", insistierte der Graf.

„Ja!", beteuerte der Reisige. „Und nun, da der Tag angebrochen ist, könnten wir …"

„Was faselst du da?!“, fiel ihm der Hochadlige barsch ins Wort. „Wir könnten ... Das ist mir zu wenig! Wir werden! Darauf kannst du Gift nehmen! Wir werden die Drecksbrut jagen, sie zur Burg zurückschleppen und sie wieder einkerkern! Diesmal jedoch wird das Hurenweib in Ketten schmachten müssen! – Und jetzt ab mit dir, Kerl! Lass mein Ross satteln und verständige meine Leibwächter! Sechs von ihnen sollen sich fertigmachen, um mich auf der Jagd nach der Hure und ihrer Brut zu begleiten! Und sie sollen sich sputen, denn ich will so schnell wie möglich aufbrechen!“

Kaum eine Viertelstunde später verließ der Reitertrupp die Mühlberger Festung. Der Waffenknecht, der dem Grafen Bericht erstattet hatte, führte die Berittenen zum Ausstieg des Geheimganges und zeigte ihnen die an dieser Stelle gut sichtbaren Fährten, die zur Kollbach wiesen. Gleich darauf trabten die Reiter in dieser Richtung davon; nachdem sie ein kurzes Wegstück hinter sich gebracht hatten, kamen sie ans Flussufer und ließen nun die Pferde langsam entlang des Gestades weitergehen. Zunächst konnten sie keine verräterischen Spuren ausmachen; bald aber kamen sie zu einer Sandanschwemmung, die von Fußabdrücken bedeckt war. Die Fährte stammte eindeutig von einem erwachsenen Menschen und zwei Kleinkindern; triumphierend rief Heinrich von Württemberg aus: „Das Wild, das wir jagen, ist hier vorbeigelaufen!“

Wiederum eine Viertelmeile weiter machten die Berittenen eine noch sehr viel brisantere Entdeckung. Sie erreichten nämlich den Platz, wo sich die Zille Bernhardts mit dem Bug auf den Uferschlick geschoben und wo der Patersberger die Fischbeute aus seinen Aalreusen geholt hatte. Und hier waren die Spuren dermaßen deutlich, dass dem Grafen und seinen Begleitern rasch klar wurde: An diesem Ort mussten die Entflohenen auf einen Fischer gestoßen sein, der sie in seinem Kahn mitgenommen hatte.

Angesichts dessen fluchte Heinrich von Württemberg zunächst gotteslästerlich; dann jedoch äußerte einer seiner Leibwächter: „Immerhin wissen wir jetzt eins ganz sicher: Wir brauchen dem Fluss bloß im Galopp zu folgen, um sie früher oder später zu erwischen!“ Und daraufhin feixte der Graf bösartig, gab seinem Ross die Sporen und preschte als erster davon.

***

Ruhig glitt die Zille stromabwärts durchs Wasser; vorne im Kahn saß Siguna mit den Zwillingen, hinten stand Bernhardt und steuerte das Boot mit Hilfe seiner langen Stake. Ungefähr eine halbe Stunde war verstrichen, seit der Fischerkahn von der Kollbachinsel abgelegt hatte; nun kam die Patersberger Mühle in Sicht, und die junge Mutter dachte: Hoffentlich bemerkt uns niemand von den Müllersleuten, wenn wir an dem Anwesen vorbeifahren.

Aber Sigunas Furcht war unbegründet. Die hölzernen, mit Stroh gedeckten Mühlengebäude lagen wie ausgestorben da, und auch beim Balkenwehr, welches den Mühlenkanal von der Kollbach abtrennte, zeigte sich kein Mensch. Ungesehen trieb die Zille an der kleinen Ansiedlung vorüber; unterhalb der Mühle wand sich der Fluss über eine Viertelmeile hin durch Auwald, danach ging der Blick frei über buschbestandene Wildwiesen hinweg. Als aus einem Gestrüppstreifen, der sich bis nahe an die Kollbach heranzog, ein Rebhuhnschwarm aufflog, erschraken Siglind und ihr Bruder Jörg und begannen zu plärren. Gleich darauf jedoch – weil Bernhardt ihnen zurief: „Habt keine Angst, Kinder! Die Vögel beißen nicht!“ – beruhigten sich die Zwillinge wieder und winkten den abstreichenden Rebhühnern nach kurzem Bedenken sogar nach.

Obwohl sie nach wie vor schrecklich unter dem Verlust ihres Gatten und dazu ihrer Heimat litt, musste Siguna lächeln. Wenig später aber wurde ihr Seelenschmerz noch schlimmer, denn Jörg und Siglind fragten nach ihrem Vater. Mit feuchten Augen deutete die Grafentochter zum blassblauen, von einzelnen hellen Wolken bedeckten Himmel empor und beschied ihre Kinder: „Euer Papa ist jetzt dort oben.“

Die Zwillinge spähten zum Firmament; nach einer Weile murmelte Jörg: „Wo … Papi? Nicht da …“

„Er ist schon da“, versicherte Siguna mit bebender Stimme. „Wir können ihn bloß nicht sehen. Doch er sieht uns.“ Sie zog ihre Kinder an sich. „Das müsst ihr mir glauben. Papa ist droben im Himmel.“

„Wann Papi … kommt wieder?“, wollte Siglind wissen.

Statt zu antworten, streichelte Siguna ihrer Tochter übers Haar; gleich darauf liebkoste sie auch ihren Sohn – dann wies sie zum linken Flussufer. „Seht nur! Da drüben sind Rehe. Und die beiden Kleinsten heißen Jörg und Siglind, ganz so wie ihr.“

Hingerissen schauten die Zwillinge zu dem Rehrudel hinüber; nachdem die Tiere außer Sicht gekommen waren, spähten Siglind und Jörg gespannt nach mehr Rotwild aus, und während sie auf den Anblick weiterer Rehe hofften, wurde die Zille vom Kollbachwasser stetig gen Nordosten getragen. Allmählich verbreiterte sich der Fluss; bald tauchte Bernhardts Stake, wenn er sie einsetzte, nicht mehr so tief wie zuvor in die Fluten ein, und schließlich trieb der Kahn auf eine von Ufer zu Ufer reichende Untiefe zu.

Das Wasser floss dort über eine breite, dicht mit Schilf bewachsene Schwelle, und als die Zille bis auf wenige Meter an das Schilffeld herangekommen war, sagte der Fischer: „Jetzt könnte es schwierig werden. Falls es hier allzu seicht ist, besteht die Gefahr, dass wir auflaufen." Er stemmte seine Stakstange in den Flussgrund, um den Kahn anzuhalten; sodann fügte er hinzu: „Vor zwei Jahren kam ich das letzte Mal hierher. Damals schaffte ich es recht gut durch das Schilf. Freilich war der Wasserstand zu jener Zeit deutlich höher. Der Unterschied machte, schätze ich, eine Handspanne aus, wenn nicht mehr ..."

„Vielleicht sollte ich mit den Kindern aussteigen, damit das Boot leichter wird", schlug Siguna vor.

Bernhardt überlegte und schüttelte den Kopf. „Ich glaube, das ist nicht nötig. Jede Untiefe hat schlechtere und bessere Stellen. Und ich muss bloß den richtigen Fahrweg finden, dann wird's schon gehen."

Damit setzte er die Zille wieder in Bewegung, steuerte sie zum rechten Saum des Schilfgürtels und stakte sie sodann langsam am Rand der Schwelle entlang. Aufmerksam beobachtete er dabei die Strömung des Wassers; schließlich, ein Stück jenseits der Kollbachmitte, äußerte er: „Hier sollte es passen! Der Wasserdruck hat da, wo das Schilf nicht so hoch steht, offenbar eine Rinne ausgewaschen. Und wenn wir der folgen, müssten wir eigentlich über die Untiefe hinwegkommen."

Gleich darauf drehte Bernhardt den Kahn, brachte ihn zehn, fünfzehn Meter flussaufwärts, wendete ihn und trieb ihn auf das Schilffeld zu. Siguna duckte sich und umschlang schützend die Zwillinge; im nächsten Moment rauschte der Bootsbug ins Schilf, drang tiefer und tiefer ein – und wurde vom Kollbachwasser getragen.

Erleichtert atmete die Grafentochter auf; kräftig und in kurzen Abständen benutzte der Fischer die Stake, hielt die Zille mit angespanntem Gesicht in der Fahrrinne, und wenig später hatte der Kahn das Schilffeld zur Hälfte durchquert. Wir schaffen es!, dachte Siguna – doch unmittelbar darauf gewahrte sie einen zersplitterten Baumstrunk, welcher den Weg versperrte. Erschrocken schrie sie auf, um Bernhardt zu warnen – aber kaum war ihr Schrei erklungen, prallte der Bug der Zille auf den Holzstrunk, schob sich mit krachendem und reißendem Geräusch ein Stück über ihn und kippte jäh seitlich weg.

Die junge Mutter wurde gegen die Bordwand geworfen, ihre Kinder brüllten vor Angst; Bernhardt stieß einen derben Fluch aus. Im nächsten Augenblick sah der Fischer, dass Wasser in den Kahn strudelte; im vorderen Bootsteil war eine Planke geborsten, und deshalb begann die Zille nun zu sinken.

Kurze Zeit später lag der Kahn, deutlich nach links geneigt, auf Grund. Da wo er am tiefsten in die Kollbach eingetaucht war, überspülte das Flusswasser den Bordrand, und auf der rechten Bootsseite stand es fußhoch. Dort kniete Siguna und bemühte sich, die Zwillinge zu beruhigen; während sie besänftigend auf Siglind und Jörg einredete und sie streichelte, hörte sie Bernhardt mit rauher Stimme schimpfen: „Ein Trottel bin ich! Hätte den verdammten Eichenstrunk doch rechtzeitig sehen müssen! Aber nein! Wie ein Blinder hab ich das Boot auf das gefährliche Holztrumm auflaufen lassen!“

Die Grafentochter zog ihre Kinder eng an die Brust, um ihnen so das Gefühl von Geborgenheit zu schenken; dann erwiderte sie: „Das Schilf hatte den Strunk verborgen, bis wir direkt vor ihm waren. Kein Mensch hätte das Hindernis zeitig genug ausmachen können. Ich habe es ja auch erst erblickt, als es schon zu spät war. Mach dir also bitte keine Vorwürfe, Bernhardt.“

Der Fischer knurrte etwas Unverständliches; mit dem nächsten Atemzug sagte er: „Wahrscheinlich habt Ihr recht. Der Unfall war nicht zu verhindern …“ Er stocherte mit der Stake ins Leck; fuhr fort: „Wenigstens ist nur eine Bodenplanke gebrochen, außerdem liegt die Zille nicht tief. Und wenn es uns gelingen würde, sie ans Ufer zu bringen, könnten wir versuchen, den Schaden zu beheben.“

„Du meinst, das Leck ließe sich abdichten?“, fragte Siguna.

Bernhardt nickte. „Mit zusammengeschnürtem Schilf geht es schätzungsweise. Wir müssen es in die Scharte im Kahnboden stopfen und es irgendwie festmachen. Am besten, indem wir eine meiner Reusen zerschneiden und Teile des Weidengeflechts oben und unten über das Reet binden. Ganz dicht wird die Schadstelle damit vermutlich immer noch nicht sein, doch wenn Ihr während der Weiterfahrt Wasser schöpfen würdet, kämen wir wohl wieder recht gut vorwärts."

„Es wird uns bestimmt glücken", machte die Grafentochter sich selbst und dem Fischer Mut.

„Dann lasst es uns anpacken", äußerte Bernhardt. „Zuerst tragen wir die Zwillinge aufs Trockene, danach kümmern wir uns um den Kahn."

Gleich darauf wateten Siguna und der Patersberger, je ein Kind auf den Schultern, durch das Schilffeld ans linke Kollbachufer. Ein Dutzend Schritte vom Fluss entfernt setzten sie die Kleinen beim Stamm einer alten Fichte auf einen Moosfleck. Bernhardt sammelte einige Fichtenzapfen auf, mit denen die Zwillinge spielen konnten; sodann sagte er zu der jungen Mutter: „Wenn wir die Zille repariert haben, sollten wir sie um den Schilfgürtel herumschleppen und sie erst jenseits des Hindernisses zu Wasser bringen. Das wird zwar schwere Arbeit, aber die müssen wir leisten, denn nur so können wir vermeiden, dass ..."

Der Patersberger unterbrach sich, weil die Grafentochter einen unterdrückten Schrei ausstieß und dabei mit zitternder Hand flussaufwärts deutete. Erschrocken schaute Bernhardt in die angegebene Richtung; zunächst vermochte er nichts zu erkennen – doch dann gewahrte auch er die Reiterschar, die soeben in einer halben Meile Entfernung aus einem Auwaldstreifen herauskam.

***

Heinrich von Württemberg und seine sechs Leibwächter hatten ihre Rösser im Schritt durch das nicht sonderlich große Waldstück gehen lassen; jetzt, da sie wieder freies Wiesenland vor sich hatten, trieben sie die Pferde zum leichten Trab an. Der Graf ritt an der Spitze seiner Männer; er machte den Eindruck, als befände er sich auf der Jagd: Ständig spähte er den Fluss entlang oder ließ den Blick aus seinen eisgrauen Augen über das Buschwerk am Kollbachufer wandern. Ungefähr eine Viertelmeile ging dies so, ohne dass der Hochadlige etwas Verdächtiges bemerkte – auf einmal aber brachte er sein Ross mit harter Hand zum Stehen, schaute wie gebannt nach Osten und rief gleich darauf seinen Begleitern zu: „Da vorne, wo das Wasser von Schilf bedeckt zu sein scheint, verbirgt sich was! Gerade wollte ein Vogelschwarm einstreichen, drehte jedoch plötzlich wieder ab."

„Das könnte bedeuten, dass die Vögel verscheucht wurden", kam es von einem der Leibwächter.

„So schätze ich das auch ein", versetzte Heinrich von Württemberg. „Es müssen Menschen dort sein. Und ich bin sicher, es handelt sich um die Hure und ihre Bälger!" Sein Gesicht verzerrte sich vor Hass. „Jetzt kriegen wir sie! Galopp, Leute!"

Damit gab er seinem Pferd die Sporen und preschte davon; im Pulk folgten ihm die Männer seiner Bedeckung, und nach scharfem Ritt langten die Württemberger bei dem Schilfgürtel an, der Bernhardts Zille zum Verhängnis geworden war. Nach wie vor lag der beschädigte, halb versunkene Kahn schräg inmitten des Schilffeldes; als der Graf ihn gewahrte, lachte er in bösartiger Genugtuung auf und äußerte feixend: „Die Drecksdirne hat Pech gehabt! Das Boot des Halunken, der sich schändlicherweise zu ihrem Komplizen gemacht hat, ist hin!"

„Hier herüben sind Fußspuren im Uferschlick zu erkennen!", rief im nächsten Moment einer der Leibwächter, der sein Ross etwas abseits der übrigen Berittenen angehalten hatte. „Wenn ich mich nicht täusche, stammen sie von zwei Erwachsenen und zwei Kindern."

„Das passt haargenau!", freute sich Heinrich von Württemberg, lenkte sein Pferd zu dem Mann hin und musterte die Fährten mit zusammengekniffenen Brauen. „Ja", knurrte er einen Augenblick später. „Die Hure, ihre Bankerte und ihr Kumpan." Er beugte sich aus dem Sattel, um die Spuren genauer zu betrachten; setzte hinzu: „Erst haben sie sich offenbar kurz hier aufgehalten, dann sind sie flussabwärts davon." Nahe der Fährten ließ er sein Ross ein Stück weitergehen, zügelte es wieder, musterte die Spuren einmal mehr und erklärte: „Ab hier sind bloß noch die Fußstapfen der beiden Erwachsenen zu sehen. Vermutlich weil sie, um schneller vorwärts zu kommen, die Bälger getragen haben." Gleich darauf ritt er, von seinen Begleitern gefolgt, langsam bis zu einem Gestrüpp, wo die Fährte zwischen einem Hasel- und einem Holunderstrauch verschwand. Dort hielt er abermals an, schaute und murmelte: „Seltsam. Hier sehe ich nur noch eine einzelne Spur …"

„Der Boden wird von da an härter", kam es von einem Leibwächter. „Deshalb haben sich nicht mehr alle Fußstapfen in der Erde abgedrückt."

„Das wird's sein", stimmte der Graf dem Mann zu. „Und überhaupt braucht uns die Fährte jetzt nicht mehr zu scheren. Wir kennen die Richtung, in die unser Wild gelaufen ist, und das genügt!"

Mit dem letzten Wort setzte er sein Pferd in Trab, ließ das Ross durch das Buschwerk brechen und galoppierte jenseits des Gestrüpps an. Kaum einen Pfeilschuss weiter allerdings erstreckte sich dichter Auwald, der Heinrich von Württemberg und die ihm hinterdrein preschenden Leibwächter zwang, die Pferde wieder im Schritt gehen zu lassen. Es dauerte einige Zeit, bis der Trupp das Gehölz durchsucht und passiert hatte; östlich des Waldes sodann konnten die Württemberger neuerlich am Kollbachufer entlanggaloppieren – allerdings bloß ein halbe Meile, denn dann gerieten sie auf morastiges Gelände.

Als sein Ross dort auf der Vorderhand bis zu den Sprunggelenken in ein Sumpfloch einbrach, fluchte der Graf wie ein Stallknecht; danach brachte er das Tier durch brutalen Sporeneinsatz zurück auf festen Boden und schrie: „Weg von dem verdammten Fluss! Nach links hinüber! Zu der Hügelflanke dort drüben!"

Am Fuß der Anhöhe setzte der Trupp seinen Weg fort; die Württemberger umritten den Morast, trabten über einen flachen Hang wieder zum Flussufer hinab, kamen an einer Gruppe von Kopfweiden vorbei, erreichten eine Wildwiese – und im selben Moment erspähte Graf Heinrich in der Ferne zwei menschliche Gestalten. „Da sind sie!", brüllte er, hieb seinem Ross die Sporen in die Weichen und jagte davon.

In voller Karriere folgten ihm die Leibwächter; im gestreckten Galopp preschten die Württemberger über die Uferwiese; dann gewahrten sie, wie die Fußgänger, die sie verfolgten, zu rennen begannen und kurz darauf in einem Waldstück verschwanden. Wenig später gelangten auch die Reiter zu dem Gehölz; trieben die Pferde hinein und erblickten das menschliche Wild, hinter dem sie her waren, in der Distanz eines Armbrustschusses vor sich. Unter triumphierendem Geschrei schwärmten die Württemberger aus, um die Fliehenden zu umzingeln und sie zwischen ihren Rössern zu stellen – doch nachdem es ihnen gelungen war, erlebten sie eine Enttäuschung.

Denn die Frau und der Mann, die sich nun zitternd aneinanderdrängten, hatten keine Kinder bei sich, und es handelte sich auch nicht um die Grafentochter und ihren Fluchthelfer; vielmehr trug das Paar die ärmlichen, abgerissenen Kleider von Landstreichern. Zutiefst verschreckt starrten die Heimatlosen den Hochadligen und dessen Leibwächter an; im nächsten Moment fielen die Landfremden vor dem Streitross des Grafen auf die Knie nieder, und der Mann flehte: „Gnade, Herr! Wir haben uns nichts zuschulden kommen lassen! Wir sind bloß arme und hungrige …"

„Kusch!", herrschte ihn Heinrich von Württemberg an; hemmungslose Wut blitzte dabei aus seinen eisgrauen Augen. „Was unterstehst du dich, das Maul aufzureißen, ohne dass ich es dir erlaubt habe, du Hund?!" Er ließ sein Pferd zwei, drei Schritte näher an das verängstigte Paar herangehen. „Du hast nur zu reden, wenn du gefragt wirst, du Abschaum!" Er fasste nach seinem Schwertgriff, zog die Waffe ein Stück aus der Scheide. „Und jetzt will ich von dir und deinem Weibsstück wissen, ob ihr eine junge Frau, einen Kerl und zwei Kleinkinder gesehen habt?! Aber lügt mich ja nicht an, sonst schlachte ich euch auf der Stelle ab!"

Angesichts dieser Drohung duckte sich der Landstreicher voller Angst; seine Gefährtin hingegen blickte unwillkürlich und wie gehetzt flussabwärts. Scharf fixierte der Graf die Frau; weil er Aufklärung über den Verbleib der Flüchtigen erwartete, verzogen sich seine Mundwinkel zu lauerndem Feixen – aber dann schüttelte die Landfremde den Kopf und sagte mit bebender Stimme: „Wir sind den ganzen Morgen über keiner Menschenseele begegnet. Ich schwör's, Herr!"

„Es ist wahr!", bekräftigte der Landstreicher. „Gott und alle Heiligen sind unsere Zeugen!"

„Und warum hat deine Zuchtel gerade so verräterisch nach Osten geschaut?!", brüllte Heinrich von Württemberg den Mann an. „Da drüben habt ihr die Bande gesehen, die ich suche! Gib's zu!"

„Nein!", beteuerte der Landstreicher; seine Gefährtin stieß schluchzend hervor: „Wir wissen nichts! Das müsst Ihr uns glauben, Herr!"

„Den Teufel muss ich, ihr Lügenmäuler!", schrie der Graf. Im nächsten Moment riss er das Schwert ganz aus der Scheide; spaltete der Frau den Schädel, erschlug unmittelbar darauf auch den Mann. Danach rief er seinen Leibwächtern zu: „Weiter!" – und einen Augenblick später galoppierte der Trupp der Württemberger flussabwärts davon.

***

Das Kollbachwasser gurgelte leise um die halb versunkene Zille; im Schilf flüsterte der Wind, ansonsten war kein Laut zu hören. Plötzlich aber polterte es im Inneren des mit dem Boden nach oben daliegenden Bootes; gleich darauf wurde der Kahn an einer Seite angehoben, und Bernhardt zwängte sich zwischen Bordwand und Wasser ins Freie. Nachdem der Fischer festen Fuß neben der Zille gefasst hatte, stemmte er die Kahnseite noch ein Stück weiter hoch, sodass auch Siguna, die Zwillinge umschlingend, unter dem Boot hervorkommen konnte. Als die junge Mutter und ihre Kinder bei ihm waren, ließ Bernhardt die Zille los. Der Kahn tauchte zur Hälfte wieder in den Fluss ein, und die beiden Erwachsenen trugen Siglind und Jörg durch das Schilffeld ans Ufer.

Dort kümmerte sich Siguna um die Kleinen; zog ihnen die durchnässten Kleider aus und breitete diese, damit sie zumindest notdürftig in der Maisonne trocknen konnten, über einen in der Nähe stehenden Busch. Danach wrang sie so gut wie möglich ihren eigenen Rock aus, nahm die Kinder auf den Schoß und sagte zu dem Fischer: „Dein Einfall, die Zille umzudrehen und uns unter ihr zu verstecken, hat uns gerettet. Ich danke dir tausendmal, Bernhardt! Und auch dafür, dass du die Idee hattest, die falschen Fährten hier am Flussufer zu legen, die unsere Feinde in die Irre führten."

Der Fischer grinste. „Sie sind auf die List hereingefallen. Ganz so, wie wir gehofft hatten." Er wandte sich den Zwillingen zu, streichelte ihnen über die Köpfe. „Und ihr wart die bravsten Kinder, die man sich vorstellen kann. Wart mucksmäuschenstill in unserer Wasserhöhle. Habt genau das getan, was eure Mama von euch wollte."

Die Kleinen strahlten; Bernhardt richtete den Blick wieder auf die Grafentochter. „Glücklicherweise sind Siglind und Jörg schon vernünftig genug, um auf Euch zu hören. Hätten sie nur einmal geweint oder geschrien, wären wir verraten gewesen.“

Stumm nickte die junge Mutter; dann bat sie den Fischer: „Sei so gut und vergewissere dich, dass die Reiter wirklich verschwunden sind. Zwar haben wir vorsichtshalber lange unter dem Kahn ausgeharrt, aber sicher ist sicher.“

„Ihr habt recht“, pflichtete Bernhard ihr bei; gleich darauf lief er zu einer alten Eiche, die etwa fünfzig Schritte von der Kollbach entfernt auf einer Bodenfalte wuchs, und erklomm den knorrigen Baum. Von der Eichenkrone aus spähte er übers Land; nachdem er zurückgekehrt war, beschied er Siguna: „Es ist weit und breit nichts mehr von den Württembergern zu sehen. Wir brauchen sie also nicht länger zu fürchten, denn sie müssen schon eine beträchtliche Wegstrecke von hier entfernt sein.“

Die Grafentochter atmete auf; im nächsten Augenblick jedoch murmelte sie: „Ja, hier sind wir vorerst in Sicherheit. Bloß wird es uns nicht mehr möglich sein, unseren ursprünglichen Plan auszuführen. Ich meine … wir wollten doch den Schaden an der Zille beheben und danach auf dem Fluss bis zu seiner Einmündung in die Vils weiterfahren. Aber das geht nun nicht mehr, weil wir sonst fast unweigerlich erneut mit den Feinden zusammentreffen würden.“

„So ist es leider“, antwortete der Fischer. „Da wir die Württemberger flussabwärts vor uns haben, wäre es viel zu gefährlich, der Kollbach weiter zu folgen. Und deshalb gibt es eigentlich nur einen Ausweg …“

Wie beschämt verstummte Bernhardt; Siguna sprach aus, was er nicht hatte sagen wollen: „Du hast recht, wir müssen uns trennen. Ich verlasse das Kollbachtal nach Norden und schlage mich mit den Zwillingen zu Fuß bis zur Isar durch. Doch bevor ich aufbreche, helfe ich dir beim Abdichten des Kahns, damit du in ihm zu deiner Familie heimkehren kannst.“

„Die Schadstelle werde ich schon allein flicken können“, wehrte der Fischer ab.

„Und was ist mit dem Wasserschöpfen?“, wandte die Grafentochter ein. „Du sagtest schließlich gleich nach unserem Unfall, dass du den Zillenboden mit Schilfbündeln und Weidengeflecht nicht völlig dicht bekommen würdest und du mich daher zum Schöpfen bräuchtest.“

„Wenn ich das Boot ab und zu ans Ufer stake, kriege ich das Sickerwasser ohne Hilfe heraus“, entgegnete Bernhardt. „Und jetzt macht die Kleinen fertig und nehmt Euren Weg unter die Füße. Die Sonne hat ihren Mittagsstand noch nicht erreicht, und das heißt, Ihr könnt heute noch eine tüchtige Strecke hinter Euch bringen. Morgen Nachmittag, so schätze ich, werdet Ihr dann zur Vils kommen. Aber seid um Himmels willen vorsichtig an diesem Fluss! Ich machte Euch ja bereits darauf aufmerksam, dass die Vilsfurten mit ihren hohen Wasserständen schwierig zu überwinden sind!“

„Ich werde achtgeben, schon um meiner Kinder willen“, versprach Siguna.

„Das müsst Ihr unbedingt tun!“, ermahnte sie der Fischer noch einmal; sodann war er der jungen Mutter behilflich, den Zwillingen die mittlerweile zumindest ein wenig getrockneten Kleidungsstücke wieder anzulegen. Als Jörg und Siglind angezogen waren, griff Bernhardt in seinen Umhängebeutel, brachte einen flachen Brotlaib zum Vorschein, gab ihn der Grafentochter und sagte: „Das Brot ist nass, doch besser als nichts ist es immerhin. Und es sollte Euch und den Kleinen bis an die Isar ausreichen.“

Einmal mehr bedankte sich Siguna bei dem gutherzigen Kollbachfischer; dann zerteilte sie den Laib in handliche Stücke, steckte diese zu sich, verabschiedete sich mit einer Umarmung von Bernhardt und ging, an jeder Hand eines der Kinder, in nördlicher Richtung davon.

Die Verwüstung

Niederbayern/Mühlberg
Frühjahr 1135

Das Vorwärtskommen mit den Zwillingen war noch schwerer, als Siguna befürchtet hatte. Zwar waren die Kleinen, nachdem ihre Mutter Abschied von Bernhardt genommen hatte, zunächst recht munter gelaufen; bald jedoch waren sie fußmüde und damit lästig geworden. Angesichts dessen war der Grafentochter nichts anderes übriggeblieben, als Jörg und Siglind abwechselnd zu tragen. Aber das Gehen mit einem Kind auf den Schultern und dem anderen an der Hand hatte an ihren Kräften gezehrt. Häufig hatte Siguna rasten müssen; die Widrigkeiten des Weges über Stock und Stein waren hinzugekommen – und jetzt, da die Sonne bereits niedrig über dem westlichen Horizont stand, wurde ihr klar, dass sie seit ihrem Aufbruch von der Kollbach höchstens drei Meilen zurückgelegt hatte.

Kaum war ihr dies bewusst geworden, begannen die Zwillinge, weil sie gestillt werden wollten, lautstark zu plärren. Die junge Mutter ließ sich auf einem Moospolster am Rand eines Holundergestrüpps nieder und legte die Kinder an ihre Brüste; während Siglind und Jörg tranken, kaute Siguna an einem Stück Brot. Eine Weile später, als die Grafentochter keine Milch mehr hatte, fütterte sie die Zwillinge zusätzlich mit ein paar Brotbrocken. Danach wurden die Kleinen schläfrig; Siguna bettete sie ins Moos, und nachdem Jörg und Siglind eingeschlummert waren, richtete ihre Mutter den Platz bei den Holunderstauden für die Nacht her.

Siguna baute ein einfaches Windfanggerüst aus abgefallenen Buchen- und Eschenästen, die sie von einem nahegelegenen Waldstück herbeiholte; sodann flocht sie Holunderzweige zwischen die Aststücke. Anschließend trug sie in ihrem hochgeschlagenen Rock eine Menge von vorjährigem Laub unter den Windfang, damit die Kinder und sie es während der Nacht in dem Laubhaufen möglichst warm haben sollten.

Als sie mit diesen Arbeiten fertig war, ging die Grafentochter zu einem Tümpel, der sich ungefähr vierzig Schritte entfernt in einer Bodensenke gebildet hatte. Dort trank sie von dem etwas herb schmeckenden Wasser; dann kehrte sie zu den Zwillingen zurück, saß bis zur Abenddämmerung bei ihren Kindern und gab sich der Trauer um ihren Gemahl und dem

Schmerz über den Verlust ihrer Mühlberger Heimat hin. Schließlich, kurz bevor die Nacht hereinbrach, legte sie sich, Siglind und Jörg eng an sich ziehend, im Baumlaub zur Ruhe, und die Anstrengungen des Tages bewirkten, dass sowohl sie als auch die Zwillinge bis zum frühen Morgen durchschliefen.

Sobald die ersten Sonnenstrahlen durch die Holunderbüsche fingerten, erwachten die Kinder. Nachdem Siguna sie gestillt und selbst etwas Brot gegessen hatte, tat sie etwas, das ihr am vergangenen Abend in den Sinn gekommen war. Sie riss einen starken Streifen von ihrem Kleid ab und fertigte daraus eine kräftige Schlinge, die sie sich schräg über den Oberkörper hängte. Dann setzte sie Siglind so in die Tuchschlinge, dass das Mädchen rittlings auf ihrer Hüfte hockte, und dachte dabei: Auf diese Weise wird es heute mit den Kleinen leichter werden, denn ich kann sie, wenn ihnen die Füße schwer werden, abwechselnd in der Schulterschlinge tragen.

Tatsächlich erwies sich Sigunas Idee als sehr hilfreich. Während der Vormittagsstunden kamen die junge Mutter und ihre Kinder deutlich schneller als am Vortag voran, und noch ehe es Mittag wurde, lag der Hügelzug vor ihnen, welcher das Kollbachtal vom Vilstal trennte.

***

In der Mühlberger Gegend herrschte zur gleichen Zeit die nackte Gewalt.

Erst in der Nacht waren der Graf und seine Leibwächter auf die Burg über der Kollbach zurückgekehrt; fluchend, weil er der Flüchtigen nicht hatte habhaft werden können, hatte sich Heinrich von Württemberg aus dem Sattel geschwungen und hatte bald darauf im Oberstock des Wohnturmes haltlos zu trinken begonnen. Gegen Mitternacht war er schwer bezecht zu seiner Bettstatt gewankt; am späten Morgen des darauffolgenden Tages dann hatte er, noch immer halb betrunken, seine Reisigen im Festungshof zusammentrommeln lassen, und nachdem die Männer angetreten waren, hatte er ihnen befohlen: „Verwüstet das Burgdorf! Und erschlagt oder schindet das Hörigenpack, das meiner Hurentochter und ihrem Beschäler gedient hat!“

Kurz danach waren die Waffenknechte, teils beritten, teils zu Fuß, in die Ansiedlung am Fuß des Festungshügels eingedrungen – und jetzt mussten die Dorfleute, die den Sturm der Württemberger auf die Mühlberger Feste überlebt hatten und die nach der Eroberung der Burg nicht geflohen waren, die Hölle auf Erden ertragen.

Etliche Männer und Burschen, welche sich den Waffenknechten mit dem Mut der Verzweiflung entgegenzustellen versuchten, wurden mit Schwertern und Streitäxten niedergehauen; anschließend wurden die übrigen Hörigen auf dem Dorfanger zusammengetrieben. Zwei Dutzend Reiter bewachten sie dort; die anderen Reisigen holten Feuerbrände aus verschiedenen Gehöften und warfen sie auf die Reetdächer der Dorfgebäude. Rasch standen die Häuser, Stallungen, Werkstätten und Hütten in Flammen; die auf dem Anger zusammengedrängten Dörfler mussten zusehen, wie all ihr Hab und Gut von der zum Himmel fauchenden Lohe verzehrt wurde. Verzweifelte Schreie erschollen; Kinder brüllten in namenloser Angst; ein alter Bauer, dem angesichts des Ungeheuerlichen das Herz versagte, brach sterbend zusammen.

Die Württemberger weideten sich am furchtbaren Leid der Hörigen; sie verhöhnten die Dörfler, riefen ihnen Verwünschungen zu; drohten, dass es noch schlimmer kommen würde. Auch Graf Heinrich beteiligte sich an dem widermenschlichen Tun; kaum hatten die Dächer zu brennen begonnen, war er auf seinem Streitross von der Feste herabgekommen, und nun ließ er seinem Hass auf alles Mühlbergische freien Lauf: brüllte, lachte bisweilen teuflisch auf; führte zwischendurch eine Branntweinkruke, die er von der Burg mitgebracht hatte, zum Mund.

Dann, als das erste Gebäude einstürzte, leistete sich einer der Waffenknechte eine weitere Schandtat. Er zerrte ein halbwüchsiges Mädchen von seinen Angehörigen weg, zwang die wild schluchzende Vierzehn- oder Fünfzehnjährige vor dem Ross des Grafen auf die Erde nieder, blickte fragend zu Heinrich von Württemberg empor – und nachdem der Hochadlige feixend genickt hatte, vergewaltigte der Reisige das panisch schreiende Mädchen. Als der Waffenknecht mit der Halbwüchsigen fertig war, schnitt er seinem Opfer die Kehle durch; blutüberströmt blieb das Mädchen liegen. Halb wahnsinnig vor Schmerz rissen sich die Eltern der Ermordeten, die von einigen Reisigen festgehalten wurden, los und wollten herbeirennen. Doch sie schafften es nicht; Armbrustbolzen streckten sie nieder, sodass sie ihrer geschändeten Tochter in den Tod folgten.

Gleich darauf wurden weitere Mädchen und Frauen vergewaltigt; während sich jetzt drei, vier Waffenknechte ihrer perversen Lust hingaben, fingen andere Reisige an, einzelne Dörfler zu schinden. Ein kräftiger Bauer, der es in seiner nicht mehr bezähmbaren Empörung gewagt hatte, die Württemberger lautstark zu verwünschen, wurde zuerst zusammengeschlagen und danach an einen Karren gefesselt. Dann, als der Mann wehrlos war, riss ihm ein Waffenknecht den Leinenkittel vom Leib, setzte seine Schwertspitze in der Magengrube des Bauern an und schlitzte ihm die Bauchdecke auf. Der Gefesselte brüllte vor Pein; seine Gedärme glitten aus der schrecklichen Wunde, aber damit gab sich der viehische Württemberger nicht zufrieden. Vielmehr fetzte er dem Bauern nun auch die Hose vom Körper; sodann schnitt er ihm das Genital samt dem Hodensack ab und zeigte es den in der Nähe befindlichen Reisigen, die seine abscheuliche Tat mit begeistertem Grölen würdigten.

Als der Bauer ohnmächtig wurde und an der Karrenwand in sich zusammensank, wurde bereits ein zweiter Mensch gefoltert. Diesmal handelte es sich um eine betagte, etwas bucklige Frau, der ein Württemberger hasserfüllt vorgeworfen hatte, eine Hexe zu sein. Daraufhin war die Greisin an den Standbalken eines vom Feuer verschonten Taubenkobels gebunden worden; jetzt stach ein Waffenknecht hohnlachend mit dem Dolch auf sie ein, verletzte sie aber nicht allzu schwer; wollte sich vorerst lediglich an ihrer Furcht und ihren Schmerzen ergötzen. Während der Reisige die Alte quälte, brachten andere Württemberger halbverbrannte und teils noch glimmende Holztrümmer herbei und schichteten sie hüfthoch um die Greisin herum auf. Dann fachten sie das Holz von neuem an, bis es wieder in Flammen stand; alsbald fing das Gewand der alten Frau Feuer, und zuletzt starb sie unter entsetzlichen Schmerzen.

Anderswo auf dem Anger kam es zu ähnlichen Gräueltaten. Hilflos, von den Waffenknechten bedroht, mussten die Dörfler, die bislang noch verschont geblieben waren, das Grässliche mit ansehen – plötzlich jedoch versuchten zehn, zwölf Männer und Frauen, welche das Grauen nicht länger zu ertragen vermochten, die Flucht. Sie rannten in Richtung der Kollbach davon; wollten sich schwimmend oder watend ans gegenüberliegende Flussufer retten – aber lediglich einem jüngeren Paar gelang es, das Arnstorfer Ufer zu erreichen und in einem engen Durchgang zwischen zwei Häusern zu verschwinden.

Alle übrigen Fliehenden wurden von Pfeilen oder Bolzen getroffen; manche blieben tot oder schwerverletzt auf dem Uferstreifen liegen, etliche Angeschossene stürzten sich ins Wasser und trieben, Blutschlieren hinter sich herziehend, ab. Gleich darauf fielen mehrere Württemberger über die Verwundeten her, die am Kollbachufer niedergebrochen waren, und erschlugen sie; andere Reisige schnellten Geschosse auf die Dörfler ab, die im Fluss gegen das Ertrinken kämpften, und binnen kurzem lebte auch von diesen Mühlbergern keiner mehr.

Damit hatten die Gräflichen eine ganze, vormals blühende Ansiedlung zerstört und etwa ein Drittel der Dorfbewohner ermordet. Aber damit gaben sie sich nicht zufrieden. Heinrich von Württemberg, erneut betrunken jetzt, stachelte seine Kriegsleute zu weiteren Gräueltaten an, und erst am Nachmittag zogen sich der Graf und die Waffenknechte auf die Feste zurück.

***

Zur Mittagszeit hatten Siguna und ihre Kinder den Hügelzug überquert, welcher das Kollbachtal vom Vilstal trennte. Nun, in der Nachmittagsmitte, gelangten sie, nachdem sie ein ausgedehntes Altwasser umgangen hatten, ans Ufer der Vils. Erdfarben strömte der Fluss dahin; Kopfweiden, Erlen und Gebüschstreifen säumten ihn. Als die junge Mutter, Siglind in der Trageschlinge und Jörg an der Hand, auf einen Sandflecken direkt am Vilsgestade trat, flogen ein Stück flussabwärts Wildenten auf. Siguna sah, wie sie das Gewässer überquerten und jenseits des Flusses auf einen Tümpel niedergingen; unwillkürlich dachte die Grafentochter: Die Vögel haben es so leicht. Anders als ich und die Kleinen …

Im nächsten Moment fiel ihr ein, was Bernhardt beim Abschied zu ihr gesagt hatte: Dass sie an den Vilsfurten mit ihren hohen Wasserständen vorsichtig sein müsse. Sie schwor sich, die Warnung des Fischers zu beherzigen; doch vorerst war etwas anderes wichtig: zunächst einmal einen Flussübergang zu finden. Suchend schaute sie sich um; dann entschloss sie sich, stromaufwärts weiterzugehen, weil es ihr schien, als wäre die Vils dort breiter und damit wahrscheinlich auch seichter.

Ehe Siguna ihren Weg fortsetzte, kniete sie sich nieder, damit Siglind aus der Stoffschlinge schlüpfen konnte; sodann hob sie den quengelnden Jörg auf ihre Hüfte und nahm ihre Tochter an die Hand. Sofort drängte die Kleine vorwärts, und eine Viertelstunde später erreichten die Grafentochter und die Zwillinge den Flussabschnitt, den Siguna ins Auge gefasst hatte. Rasch aber musste sie erkennen, dass es an dieser Stelle keine Furt gab; stattdessen gewahrte sie im Wasser mehrere gurgelnde Strudel, die gefährlich wirkten. Enttäuscht seufzte die junge Frau, zog ihre kleine Tochter näher an sich heran und erklärte den Kindern: „Wir müssen noch eine Weile weiterwandern."

Siglind protestierte, aber dann lief sie brav neben ihrer Mutter her; Jörg wiederum zappelte einige Male in seiner Schlinge und fiel danach in Dämmerschlaf. Während Siguna die nächste halbe Meile zurücklegte, gab er Ruhe; die Grafentochter war dankbar, weil er sich still verhielt, und hoffte, bald auf einen Flussübergang zu stoßen. Dies jedoch war nicht der Fall; nirgendwo erblickte Siguna eine Furt, und schließlich, als sie bereits um die zwei Meilen gegangen war, setzte sie sich erschöpft und ernüchtert auf einen umgestürzten Erlenstamm.

Gleich darauf verlangten die Zwillinge nach Nahrung; die Grafentochter öffnete ihr Mieder – wenig später, während die Kinder an ihren Brüsten tranken, gewahrte Siguna in einer Entfernung von etwa fünfzig Schritten etwas Ungewöhnliches am Vilsufer.

Ein schmaler Bach schien dort in den Fluss zu münden; die Stelle war von leicht im Wind wippenden Binsenbüscheln eingesäumt, und inmitten der fahlgrünen Pflanzen war ein großer dunklerer Gegenstand zu erkennen.

Es drängte die junge Mutter, hinzurennen, aber sie musste notgedrungen abwarten, bis sich Jörg und Siglind satt getrunken hatten. Erst als sie die Zwillinge abgesetzt und das Mieder wieder geschlossen hatte, konnte sie sich dem Binsenstreifen nähern. Doch sie kam nur langsam vorwärts, weil sie an jeder Hand ein Kind hatte und die satten Zwillinge außerdem nur widerwillig neben ihr her tappten. Endlich aber war sie nahe genug an ihr Ziel herangekommen, damit sie Genaueres auszumachen vermochte –

und im nächsten Moment begriff sie, dass in der seichten Bachmündung eine Zille auf Grund lag.

Es handelte sich um einen bescheidenen Kahn von höchstens drei Metern Länge; eine der beiden Sitzplanken war beschädigt, und darüber hinaus stand, ungefähr eine Handbreit hoch, Sickerwasser im Boot. Daher wirkte die Zille wenig einladend; trotzdem dachte Siguna: Ich muss es probieren!

Sie suchte einen sicheren Platz für Jörg und Siglind und gab den Kindern ein skurril geformtes, von Wind und Wetter ausgebleichtes Wurzelstück, das sie am Flussufer aufgelesen hatte, zum Spielen. Danach bemühte sie sich, eine Seite des Kahns hochzuhieven, um auf diese Weise das Wasser aus dem Bootskörper herauszukriegen. Doch ihre Kraft reichte dazu nicht aus; zwar schaffte sie es, das Boot ein Stück anzuheben, aber sie war zu schwach, um es zu kippen.

„Ich muss es anders anstellen", murmelte sie, und während der nächsten halben Stunde schöpfte sie das Sickerwasser mit den Händen aus dem Kahn. Anschließend versuchte sie ihr Glück erneut; mit einer heftigen Anstrengung hob sie die eine Bootsseite in die Höhe und stemmte sie nach vorne, und diesmal floss das Wasser ab.

Als der Zillenboden zurück in den Schlick des Bachbetts klatschte, fühlte sich Siguna so gut wie schon lange nicht mehr; erleichtert rief sie den Zwillingen zu: „Gleich werden wir über den Fluss fahren. Ich muss bloß noch eine Stake finden."

Dies war einfach, denn kaum zwanzig Schritte von der Bachmündung entfernt gab es Jungwuchs von verschiedenen Laubbäumen. Die Grafentochter riss die dünnen Wurzelstränge einer erst zweieinhalb Meter hohen und noch astlosen Esche aus der Erde; sodann begab sie sich wieder zum Kahn, legte die provisorische Stakstange hinein und zog das Boot über den Bachschlick näher an den Fluss. Als sich der Kahn vom Grund löste, hielt sie inne und rief die Zwillinge; aufgeregt kamen Siglind und Jörg herbeigelaufen, kletterten in die Zille und purzelten drinnen nieder. Schmunzelnd brachte Siguna den Kahn noch ein Stück weiter voran; dann stieg sie selbst ein, ergriff die Eschenstange und trieb das Boot auf die Vils hinaus.

Das Übersetzen gestaltete sich für die ungeübte Grafentochter nicht einfach. Kaum war die Zille aus der Bachmündung herausgekommen, wurde sie von der Strömung des Flusses gepackt und gedreht; unmittelbar darauf drückte das Vilswasser den Kahn mit Macht gegen das Ufer. Siguna musste hart mit der Stake arbeiten, um den Bootsbug erneut zur Flussmitte hin auszurichten; nachdem es ihr gelungen war, kämpfte sie weiter mit der Vilsströmung, bis die Zille mit einem Mal fast schwerelos über das Wasser zu gleiten schien.

Aber der Fluss trug den Kahn nun parallel zu seinen Gestaden dahin; neuerlich setzte die junge Mutter mit aller Kraft die Eschenstange ein, und schließlich glückte es ihr, den Bug der Zille so zu wenden, dass er schräg auf das gegenüberliegende Ufer zeigte. Von da an wurde es leichter für Siguna; sie konnte jetzt auch wieder ein Auge auf die Zwillinge haben, während sie das Boot mit Hilfe der Stake auf Kurs hielt, und zuletzt rauschte der Kahn in einen Schilfgürtel am nördlichen Vilsgestade.

Die junge Frau stieß einen Freudenruf aus, sprang aus der Zille und sank bis zu den Knöcheln in den Uferschlamm ein. Doch sie achtete gar nicht darauf, sondern schleppte das Boot noch einige Schritte weiter; sodann hob sie die Kinder aus dem Kahn, trug sie auf festen Boden und erklärte ihnen: „Nun brauchen wir nicht nochmals aufs Wasser. Von jetzt an gehen wir wieder über Wiesen und durch Wälder."

Eine Stunde setzten Siguna und die Zwillinge ihren Weg noch fort; dann schaute sich die junge Mutter nach einem günstigen Platz für ein Nachtlager um und fand ihn am Saum eines Forstes. Dort war, offenbar erst kürzlich, eine alte Fichte niedergebrochen; im Sturz hatte der Baumstamm sein tellerförmiges Wurzelwerk aus dem Boden gerissen, sodass das mit Erde verbackene Geflecht der Fichtenwurzeln nun eine Art von schiefstehendem Dach bildete. Das Erdloch darunter war trocken; Siguna setzte die Kinder hinein und gab ihnen etwas Brot, danach suchte sie am Waldrand nach Trinkwasser.

Bald entdeckte sie ein kaum handbreites Rinnsal, das durch Farnwedel rieselte; sie stillte ihren Durst mit dem köstlich schmeckenden Quellwasser und tränkte anschließend einen Teil ihrer Trageschlinge mit dem frischen Nass. Als sie wieder bei Jörg und Siglind war, ließ sie die Zwillinge an dem feuchten Stoff saugen. Später, während die rötliche Sonnenscheibe langsam am westlichen Horizont verschwand, stillte sie die Kinder noch einmal, und danach legte sie sich mit den Kleinen im Sicht- und Windschutz des Wurzeltellers zur Ruhe.

Am nächsten Vormittag brachte die Grafentochter ihre Sprösslinge gut über die nördliche Randhöhe des Vilstales; jenseits des sanften Hügelzuges lagen mehrere Einödhöfe sowie ein Weiler, doch Siguna vermied die menschlichen Ansiedlungen und passierte sie in der Deckung von Wäldern. Gegen Mittag sodann erreichten die junge Mutter und ihre Kinder die Isar; vom Kamm der südlichen Flussleite aus sah die Grafentochter den breiten Strom dahinfließen – aber die Burg Ahausen, nach der sie ausspähte, konnte sie nicht erblicken.

Angesichts dessen entschloss sie sich, in die Stromniederung hinabzusteigen. Zuvor war sie den Bewohnern der Gegend ausgewichen; jetzt aber hoffte sie inständig, jemandem zu begegnen. Und sie hatte Glück, denn noch ehe sie das Isargestade ganz erreicht hatte, gewahrte sie in einem Auwaldstück eine schon ältere Frau, die Leseholz sammelte. Siguna ging zu ihr hin und fragte nach der Ahausener Feste; neugierig beäugte die Brennholzsammlerin die Fremde mit ihren Zwillingen, dann sagte sie: „Bis zu der Burg ist's noch ein tüchtiges Stück zu laufen. Vier Meilen flussaufwärts sind's gewiss."

Die Grafentochter senkte den Kopf; auf einmal spürte sie ihre Beine und merkte, wie müde sie bereits war – doch gleich darauf bedankte sie sich bei der grauhaarigen Frau und nahm das letzte Wegstück ihrer tagelangen Wanderung in Angriff.

In der Nachmittagsmitte endlich sah sie Ahausen vor sich. Eine Viertelstunde später durchquerte sie das Dorf am Fuß des Burghügels und stieg, Siglind auf der Hüfte und den quengelnden Jörg hinter sich herziehend, zur Festung hinauf, wo sie sich durch das offene Tor in den Burghof schleppte.

Dort setzte sie sich erschöpft auf eine Wagendeichsel, hob ihre Tochter aus der Trageschlinge und erklärte den Zwillingen: „Wir sind da. Nun dürft ihr euch ausruhen."

„Füße weh", klagte Jörg; Siglind wimmerte: „Hab Hunger."

Die junge Mutter gab ihrer Tochter einen Rest Brot – im selben Moment hörte sie eine vertraute Stimme in ihrem Rücken: „Du, Siguna?! Ohne deinen Mann, aber mit den Kleinen?! Was ist, um Himmels willen, passiert?!“

Es war Anna, die Burgherrin. Zusammen mit zwei Mägden war sie herbeigekommen; jetzt kniete sie vor der Grafentochter nieder und drängte: „Sag schon! Was ist geschehen, dass du so abgerissen und müde bei uns auftauchst?!“

Siguna begann zu weinen; durch einen Tränenschleier nahm sie wahr, dass Annas Leib hoch aufgewölbt war. Kurz blitzte in ihr die Erinnerung an den Tag auf, da Hadamar nach Mühlberg gekommen war, um ihr und Jörg die freudige Nachricht von der Schwangerschaft seiner Gattin zu bringen; mit dem nächsten Lidschlag stürmten einmal mehr die grauenhaften Bilder von der Eroberung der Kollbachburg auf sie ein – dann brach ihr Leid aus ihr heraus, und sie berichtete der Burgherrin mit gehetzten Sätzen vom Angriff ihres Vaters auf Mühlberg, dem Tod ihres Gemahls und ihrer Flucht an die Isar.

Entsetzt lauschte Anna den Worten der Grafentochter; nachdem sie alles erfahren hatte, zog sie Siguna an sich, streichelte sie und flüsterte wie beschwörend: „Hier bei uns bist du in Sicherheit. Nun kann dir nichts mehr geschehen. Dir nicht und nicht deinen Kindern.“

Das Schluchzen der jungen Frau steigerte sich zum Weinkrampf; irgendwann wurde ihr bewusst, dass jetzt auch Hadamar da war. Die Grafentochter bekam mit, wie sich der Burgherr verstört mit seiner Gattin austauschte, und nach einer Weile, als sie sich wieder einigermaßen beruhigt hatte, folgte sie dem Ahausener Paar in den Wohnturm.

Dort half ihr Anna, die Zwillinge zu waschen und die todmüden Kinder zu Bett zu bringen. Währenddessen hatte Hadamar einen Badezuber für Siguna herrichten lassen; als die Grafentochter im warmen Wasser saß, kehrten ihre Lebensgeister zurück, und ein sauberes Gewand, das die Burgherrin ihr nach dem Bad gab, sowie ein kräftiges Mahl taten ein übriges.

„Nun geht es dir schon wieder besser, gell“, sagte Anna, nachdem eine Magd die Essensreste abgeräumt und die Bierkrüge der Adligen frisch gefüllt hatte.

Siguna nickte; dann griff sie nach der Hand der Burgherrin und fragte: „Ist mit dir und dem Ungeborenen alles in Ordnung?"

„Ja", antwortete Anna. „Das Kleine strampelt kräftig, und das bedeutet, es ist gesund. Und ich kann es kaum erwarten, bis es zur Welt kommt. Knapp eineinhalb Monate sind es noch bis zur Niederkunft, sofern die Wehfrau aus dem Burgdorf richtig gerechnet hat."

„Falls sie sich ein wenig mit der Zeit vertan hat, geht Ahausen auch nicht unter", versetzte Hadamar auf die ihm eigene launige Art. „Hauptsache, unser Stammhalter hüpft ins Leben und sorgt später dafür, dass unsere Dynastie weiterbesteht."

„Das wird sie bestimmt", sagte die Grafentochter leise, wobei ihre Augen erneut feucht wurden.

„Verzeih!", kam es vom Burgherrn. „Da rede ich dummer Kerl über diese Dinge, statt mich um deine Sorgen zu kümmern, Siguna. – Du weißt, Anna und ich meinen es dir gut, und wir werden alles für dich und deine Kinder tun, was wir vermögen. Darauf kannst du bauen! Lass uns nachher darüber sprechen, doch zunächst sollten wir über die Verbrechen reden, derer sich … der Graf von Württemberg in Mühlberg schuldig gemacht hat. Draußen im Hof hast du Anna ja nur das Wichtigste berichtet, aber nun müssen wir alles erfahren, damit wir entscheiden können, wie dir am besten zu helfen ist."

Es fiel der jungen Frau sehr schwer, von all dem Grauenhaften zu erzählen. Doch letztlich schaffte sie es, und abschließend sagte sie mit schwacher Stimme: „Ich habe meinen geliebten Mann verloren … und die Zwillinge ihren Vater. Darüber hinaus sind wir heimatlos und arm geworden …"

„Das ist Unsinn!" Anna umarmte die Grafentochter, gab sie wieder frei. „Du sollst mit deinen Kindern bei uns Heimat finden. Und armselig geht es auf Ahausen auch nicht zu."

Mit wehem Gesichtsausdruck blickte Siguna die Burgherrin an; sie schien über etwas Bedrückendes nachzudenken – dann schüttelte sie den Kopf. „Wir dürfen nicht hierbleiben …"

„Warum denn?!", fragte Anna verblüfft.

„Weil … mein Vater mich und die Zwillinge abgrundtief hasst", entgegnete die Grafentochter. „Ich teilte euch ja mit, dass er drohte, uns auf grausamste Art zu ermorden. Und er wird alles versuchen, um uns in seine Fänge zu bekommen und uns in den Folterkeller der Württemberger Festung zu verschleppen. Nachdem wir aus dem Mühlberger Verlies geflohen waren, verfolgte er uns gnadenlos, und jetzt, da wir ihm vorerst entronnen sind, ist seine mörderische Wut gewiss noch ärger geworden. Deshalb wird er alles daransetzen, um uns zu finden, und das dürfte ihm noch nicht einmal allzu schwer fallen. Denn Ahausen liegt, insbesondere für Berittene, nicht sehr weit von Mühlberg entfernt. Er könnte also mit seinem Heerbann schon bald vor eurer Burg auftauchen, könnte unter der Androhung von Gewalt Einlass fordern. Und wenn die Kleinen und ich dann noch hier wären, müsstet auch ihr mit dem Schlimmsten rechnen."

Als die junge Mutter geendet hatte, herrschte für eine Weile Schweigen; schließlich sagte Hadamar in gepresstem Tonfall: „Du hast recht, Siguna … Falls die Württembergische Streitmacht angreifen würde, wäre sie den Kämpfern, die wir zur Verteidigung unserer Feste aufbieten könnten, um ein Vielfaches überlegen. Wir könnten den Feinden nicht lange standhalten, höchstens ein paar Tage. Und am Ende würde Ahausen unweigerlich erstürmt werden …"

„Aber Siguna ist doch auf unsere Hilfe angewiesen!", versetzte Anna.

Zustimmend nickte ihr Gemahl; sodann, wieder an die Grafentochter gewandt, beteuerte er: „Wir werden dich auch nicht im Stich lassen! Die Frage ist nur: Wie können wir dir, ohne dass wir uns alle in Todesgefahr bringen, am besten beispringen?"

„Vielleicht wäre es möglich, Siguna und die Kinder auf einem unserer Lehenshöfe zu verstecken", schlug Anna vor.

Hadamar schüttelte den Kopf. „Zu gefährlich. Wenn die Württemberger in der hiesigen Gegend nach unseren Schützlingen fahnden, sind sie nirgendwo sicher."

„Trotzdem muss es einen Weg geben, um Siguna und die Zwillinge zu behüten!", beharrte die Burgherrin.

Angestrengt überlegte ihr Gatte; dann murmelte er: „Ich habe da unter Umständen eine Idee … Aber ich will das erst bedenken …" Er erhob sich, ging zum Fenstererker des Gemachs; blickte stumm und mit verspanntem Antlitz auf die Isarlandschaft hinaus, über die sich jetzt allmählich die Schatten der Nacht senkten.

Lange stand der Burgherr so da; endlich kam er zu den beiden Frauen zurück, setzte sich wieder und beschied die Grafentochter: „Es gibt nur einen Ausweg für dich und deine Kleinen: Dass ich euch zum Teufelsgemäuer bringe ..."

***

Auch über das Mühlberger Land hatte sich die nächtliche Dunkelheit gelegt.

Im Wohnturm der Kollbachburg saß Heinrich von Württemberg; er war allein und einmal mehr schwer betrunken. Mit glasigen Augen stierte er in seinen Pokal; sein Atem ging schwer, und als er nach dem Weinbecher griff, wirkte die Bewegung unkontrolliert. Unmäßig trank der Graf, ein Teil der Flüssigkeit lief ihm dabei übers Kinn; nachdem er den Pokal wieder abgestellt hatte, rülpste er dröhnend. Danach starrte er abermals in den Becher; sein vom Alkohol geröteter Schädel sank dabei ruckartig tiefer und tiefer; es schien, als würde der Hochadlige im Vollrausch jeden Moment über der Tischplatte zusammenbrechen. Plötzlich jedoch ruckte sein Oberkörper noch einmal hoch; mit abstoßend verzerrten Gesichtszügen lallte der Graf: „Morgen soll ... das Schinden und Verwüsten ... weitergehen ..." – und erst dann raubte ihm der Wein endgültig die Besinnung.

Am nächsten Tag gab Heinrich von Württemberg seinen Waffenknechten den Befehl, in jenem Teil des Mühlberger Herrschaftsgebietes, der im Hinterland der Festung lag, zu morden, zu brennen und zu plündern. Daraufhin ritten die Reisigen zu den verschiedenen zinspflichtigen Hofstellen im Norden der Kollbachburg, die sie allerdings zumeist verlassen vorfanden. Denn fast alle Hörigen, die auf den Anwesen gelebt hatten, waren mit ihrem Großvieh in die Wälder geflohen; nur wenige Menschen, vor allem Alte und Kranke, waren notgedrungen zurückgeblieben – und sie wurden jetzt allesamt von den Württembergern erschlagen oder zu Tode gefoltert.

In ihrem Blut blieben die Ermordeten liegen; die Höfe, auf denen sie gewohnt hatten, wurden ausgeplündert; dasselbe galt für die geräumten Bauernanwesen. Zudem wurden etliche Hofstellen niedergebrannt; in einigen Fällen verseuchten die Marodeure die Brunnen, indem sie Fäkalien aus den Abortgruben hineinwarfen, und wo die Waffenknechte Bier oder Branntwein fanden, soffen sie die berauschenden Getränke wie Wasser.

Am Abend trafen die Reisigen wieder auf der Kollbachfestung ein. Im Burghof erstattete ihr Anführer dem Grafen Bericht; feixend hörte der Hochadlige ihm zu, dann forderte er den Befehlshaber der Waffenknechte auf: „Komm mit ins Herrschaftsgemach im Turm. Dort wollen wir einen Kräftigen heben."

Wenig später gab sich Heinrich von Württemberg im Kreis seiner Leibwächter und des Reiterführers neuerlich dem Trunk hin; irgendwann in der Nacht fragte ihn einer seiner Zechgenossen: „Was habt Ihr nun weiter vor mit dem Mühlberger Landstrich?"

Der Graf füllte seinen Pokal nach; sodann antwortete er: „Was von dem hiesigen Pöbel noch lebt, weiß jetzt, wer künftig in dieser Gegend das Sagen hat. Ich bin's, der Herr von Württemberg – und nunmehr auch der von Mühlberg!"

Er nahm einen ausgiebigen Schluck und fuhr fort: „Wir haben's dem Dreckspöbel eingetrichtert, dass er vor mir zu kuschen hat! Und kuschen wird das Pack auch vor den Reisigen, die ich als Besatzung auf der Burg hier zurücklassen werde, wenn ich demnächst mit der Hauptmacht meines Heerbannes zum Heimritt an den Neckar aufbreche. Zwanzig Waffenknechte unter der Führung eines Waibels sollten ausreichen, um den Mühlberger Pöbel sowie die Arnstorfer Bauern und Handwerker unter der Fuchtel zu halten und sie zur Fronarbeit zu zwingen. Hart werden sie schuften müssen, und ich werde den Nutzen davon haben. Denn jedes Jahr werde ich meinen Steuereintreiber und seine Büttel nach Mühlberg schicken, damit sie mir die Hälfte von dem, was meine neugewonnene Herrschaft abwirft, nach Württemberg bringen."

Die Trinkkumpane des Grafen grinsten; gleich darauf ließ einer von ihnen einen Hochruf hören. Die übrigen Zecher stimmten lautstark ein; danach klangen die Pokale zusammen – und nachdem er sich einen halben Becher Wein hinter die Binde gegossen hatte, nahm Heinrich von Württemberg nochmals das Wort: „Ich habe die Macht an der Kollbach gewonnen! Und die Hure, die einst meine Tochter war, hat alles verloren! Ihren gottverdammten Beschäler, die Festung, ihr Hab und Gut dazu. Heimat- und ehrlos ist sie jetzt samt ihren Bankerten auf der Flucht. Doch selbst wenn sie sich mit den Bälgern in einem Rattenloch verkriecht, werde ich sie irgendwann kriegen! Entweder komme ich ihr noch auf meinem Heimweg auf die Spur, oder aber die Reisigen, die ich zurücklasse, werden früher oder später Kunde von ihrem Aufenthaltsort erhalten, und dann wird der Teufel sie und ihre Hurenbrut holen!"

Das Teufelsgemäuer

Unterlauf der Isar
Frühjahr 1135

Eine Stunde nach Sonnenaufgang hatten die Grafentochter und die hochschwangere Ahausener Burgherrin bewegt voneinander Abschied genommen. Siguna hatte Anna alles erdenklich Gute für die bald bevorstehende Niederkunft gewünscht; die Burgherrin wiederum hatte der jungen Mutter Mut für ihre Zukunft zu machen versucht, indem sie zu Siguna gesagt hatte: „Du wirst es bestimmt schaffen, wirst dich und deine Kinder gewiss durchbringen. Denn du bist stark, und was Jörg und Siglind angeht, so sind sie ja nun schon fast zwei Jahre alt, sind außerdem gesund und kräftig entwickelt. Lass also den Mut nicht sinken, auch wenn es hart kommt. Und solltest du doch einmal meinen, du müsstest verzweifeln, dann mach dir klar: Du erträgst die Heimsuchungen um deiner Kinder willen, damit sie ungefährdet heranwachsen können und vor dem Hass des Württembergers geschützt sind."

So hatten Annas Abschiedssätze gelautet – und jetzt, während Siguna am Isarufer dahinritt, schienen sie noch einmal in ihrer Erinnerung nachzuklingen. Im nächsten Moment aber wurde sie abgelenkt, weil Siglind aufgeregt rief: „Im Wasser … Vogel … viele!"

„Es sind Wildenten", klärte die Grafentochter das Mädchen auf, das in einem soliden, hochwandigen Weidenkorb hockte, der am Sattelhorn festgebunden war und vor Sigunas linkem Schenkel hing.

„Will … ent", versuchte die Kleine das schwierige Wort nachzusprechen; gleich darauf krähte Jörg aus seinem rechts hinter dem Pferdehals befindlichen Korb heraus: „Wild … wild … wenten."

Seine Mutter streichelte ihm über den Kopf; dann, als die Zwillinge wieder still waren, blickte sie nach vorne zu Hadamar. Der Ritter saß im hochlehnigen Sattel seines Streithengstes und war mit Kettenhemd, Helm, Schwert und Dolch gerüstet; auf Lanze und Schild hatte er allerdings verzichtet, stattdessen führte er am langen Zügel ein schwerbepacktes Lastpferd neben sich her. Ruhig schritten die beiden Tiere am Flussufer entlang; nach einer Weile wandte sich Hadamar zu Siguna um und fragte:

„Na, wie steht's? Hast du dich schon an deine lederne Jagdkleidung gewöhnt, du Amazone?"

Die Grafentochter nickte. „Anfangs fand ich sie zwar reichlich steif, doch inzwischen fühle ich mich recht wohl in ihr. Ein wenig unweiblich freilich ebenfalls ..."

„Letzteres sagte Anna auch immer, wenn ich sie früher, bevor sie schwanger wurde, zum Waidwerk überredete und sie das derbe Ledergewand anlegen musste", versetzte der Ahausener schmunzelnd. „Aber du wirst sehen, die Kleider werden dir noch sehr gute Dienste leisten."

„Daran zweifle ich nicht", stimmte Siguna dem Edelfreien zu. „Und ich bin dir und Anna sehr dankbar für das Jagdgewand – und ebenso für die Kittel aus festem doppellagigen Leinen, die ihr für die Kleinen besorgt habt, sowie alles andere."

„Nicht der Rede wert", antwortete Hadamar; im nächsten Moment, weil das Packtier von seinem Hengst wegdrängte, richtete er seine Aufmerksamkeit wieder auf die beiden Pferde.

Einige Zeit später überquerten die Rösser einen Bach, der, aus einer engen Leitenschlucht kommend, in die Isar einmündete. Zwei Meilen weiter passierten die Satteltiere und das Packpferd einen langen Altwasserarm, und nach etwa einstündigem problemlosen Ritt durch lockeren Auwald mussten der Ahausener und die Grafentochter absitzen, um die Rösser sicher über einen nicht sehr vertrauenerweckenden Knüppeldamm bringen zu können, der durch ein tückisches Sumpfgebiet führte.

Ein Stück jenseits des Morastes gab es eine Wildwiese, durch die ein Bächlein rieselte. Dort konnten die Pferde saufen und grasen; Siguna stillte die Zwillinge und versorgte sie zusätzlich mit Brotbrocken; danach teilten sie und Hadamar sich einen Viertellaib Roggenbrot und eine dicke Schnitte Rauchfleisch von dem Mundvorrat, den ihnen Anna eingepackt hatte.

Als er satt war, sagte der Ritter: „Die Sonne steht inzwischen im Zenit. Daher ist es nur recht und billig, wenn wir noch eine Weile Mittagsrast halten. Die Rösser werden es uns danken – und meinem Hintern wird's auch gut tun, weil ich schon länger nicht mehr einen ganzen Vormittag im Sattel verbracht habe."

Damit nahm der Edelfreie den Helm ab, entledigte sich des Schwerts und streckte sich im hohen Gras aus. Binnen kurzem begann er zu schnarchen, und Siguna nutzte die Stunde, die er schlief, um mit Jörg und Siglind zu spielen. Am frühen Nachmittag sodann setzten die Reiter ihren Weg entlang des Isarufers fort; neuerlich mussten sie verschiedene natürliche Hindernisse überwinden, und als der Tag allmählich zur Neige ging, erspähte die Grafentochter in der Ferne eine Ansiedlung.

Siguna fragte Hadamar nach dem Namen des Dorfes; der Ritter antwortete: „Der Ort nennt sich Plattling, und er ist von Hörigen des Klosters Metten bewohnt, das eine tüchtige Strecke nördlich von hier am Fuß der wilden Waldberge liegt. Die Plattlinger bewirtschaften gut ein Dutzend Zinshöfe, aus denen die Geschorenen ihren Nutzen ziehen. Und im größten Anwesen gibt es eine bequeme Unterkunft für den Steuereintreiber der Mönche, der einmal im Jahr herkommt, um den Zehnten einzufordern. Auf diesem Hof könnten auch wir ein Nachtlager bekommen, denn ich bin in Plattling nicht unbekannt. Doch um deinetwillen, Siguna, wollen wir uns lieber nicht in der Ortschaft zeigen. Klüger ist es, wir geben uns mit einer Ruhestätte im Schutz des Waldriegels dort drüben zufrieden. Und morgen in aller Frühe werden wir die Ansiedlung in weitem Bogen umreiten und dabei achtgeben, dass uns niemand sieht.“

Stumm nickte die Grafentochter; wenig später richteten sie und Hadamar auf einer kleinen, grasbewachsenen Lichtung im Forst, wo die Pferde nach dem Absatteln angepflockt worden waren und einiges Futter finden konnten, einen Lagerplatz für sich und die Kinder her. Weil Plattling noch mindestens eine Meile entfernt war, durften sie es sich erlauben, ein Feuer zu entfachen. Nachdem die beiden Erwachsenen zu Abend gegessen hatten und Siguna die Zwillinge gestillt und für die Nacht versorgt hatte, saßen die junge Mutter und der Ahausener Edelfreie noch einige Zeit beisammen und unterhielten sich leise. Schließlich wurden sie müde; Hadamar sah noch einmal nach den Rössern, dann legten der Ritter und die Grafentochter sich nahe bei den Kindern zum Schlaf nieder.

Mit dem ersten Morgenlicht erwachte Siguna wieder; gleich darauf kroch auch Hadamar unter seiner Pferdedecke hervor, stand auf, schaute in die Runde und sagte: „Es hängt Nebel über dem Isartal. Und wenn wir uns sputen und aufbrechen, bevor er sich lichtet, wird er uns beim Weiterreiten vor neugierigen Blicken verbergen.“

Es kam so, wie der Edelfreie gehofft hatte. Ungesehen passierten die Reiter und das Packpferd im Sichtschutz der Nebelschwaden das Dorf Plattling und verschwanden eine halbe Meile jenseits der Siedelstätte im Auwald. Anfangs war der Forst, der sich am Isargestade entlangzog, noch schütter, sodass die Rösser rasch dahinschreiten und manchmal sogar traben konnten. Bald aber wurde das Vorwärtskommen schwieriger; dichtes Gestrüpp, das sich unter den Bäumen breitgemacht hatte, zwang den Ahausener und seine Begleiterin häufig zu Richtungsänderungen; gelegentlich mussten Wassertümpel umritten oder – falls sie flach genug waren – durchfurtet werden.

In der Vormittagsmitte lenkte Hadamar seinen Hengst zu einer Quelle, die nahe einer mächtigen, jahrhundertealten Buche aus der Erde sprudelte, und saß ab. „Hier können die Rösser saufen", beschied er Siguna. „Und auch uns wird ein kräftiger Trunk nicht schaden."

„Wie gut, dass dir die Gegend hier vertraut ist und du den Born sofort gefunden hast", erwiderte die Grafentochter.

„Bin schließlich nicht das erste Mal da", entgegnete der Ritter. „Doch das weißt du ja …" Damit bückte er sich über die Quelle und schöpfte das kühle Wasser mit der hohlen Hand. Nach ihm stillte Siguna ihren Durst; dann, während nun auch die Pferde tranken, hob sie Jörg und Siglind aus ihren Körben, damit sie ein wenig Bewegung haben sollten. Ausgelassen tollten die Kinder herum; nach einer Weile, weil sie ebenfalls durstig geworden waren, kauerten sie sich zwischen den Rössern nieder, patschten ins Wasser und leckten sich die nassen Finger ab.

Die Grafentochter machte Anstalten, die Zwillinge zurückzuhalten; Hadamar indessen hinderte sie in ihrer Absicht, indem er versetzte: „Lass sie! Es nützt ihnen, wenn sie lernen, sich selbst zu helfen. Sie werden das künftig oft tun müssen. Und je früher sie auf eigenen Beinen stehen, desto besser."

„Du hast ja recht", murmelte Siguna. „Bloß … sie sind noch so klein, und ich als ihre Mutter…"

Der Ritter zog sie in seine Arme, hielt sie wie beschützend fest. „Ich verstehe dich doch. Aber die Zukunft wird nun einmal viel Stärke und Lebenskraft von euch verlangen. Und wenn du zu weich zu den Kindern bist, werden sie die Herausforderungen kaum bestehen."

Mit feuchten Augen schwieg die Grafentochter einen Moment; sodann löste sie sich aus Hadamars Umarmung, nickte entschlossen und sagte mit fester Stimme: „Das, was vor mir und den Zwillingen liegt, wird uns nicht unterkriegen! Ich verspreche es dir!“

„Diese Worte wollte ich von dir hören!“, erwiderte der Edelfreie zufrieden. „Und jetzt lass uns noch ein wenig rasten, ehe wir die letzten Meilen zu unserem Ziel in Angriff nehmen.“

Eine halbe Stunde später schwangen sich Hadamar und Siguna wieder in die Sättel und kämpften sich weiter durch den Auwald voran. Schließlich, als die Sonne ihren Höchststand erreicht hatte, gelangten sie zu einem Niedermoor, das sich, wie die Grafentochter feststellte, von der Isar aus offenbar weithin nach Osten erstreckte.

Am Rand des Moores hielt der Ahausener seinen Hengst an und erklärte der Grafentochter: „Von hier an wird es sehr schwierig und gefährlich. In Plattling habe ich einst gehört, dass Leute, die sich in dieses Gebiet hineinwagten, spurlos verschwanden. Gewiss hat der tückische Boden sie verschlungen. Aber wir dürfen uns davon nicht abschrecken lassen. Wir müssen quer hindurch, und wir werden es schaffen, weil ich einen gangbaren Weg kenne. Mein Großvater hat ihn einst gekennzeichnet, ich selbst habe die eine oder andere Wegmarke erneuert, und deshalb werden wir das Moorland bezwingen. Doch du musst sehr vorsichtig sein, musst dich stets nahe hinter mir halten und darfst keinesfalls zur Seite hin abweichen.“

Nachdem er seiner Begleiterin diese Verhaltensmaßregel gegeben hatte, stieg Hadamar vom Pferd, wartete, bis Siguna dasselbe getan hatte, und führte seinen Hengst und das Packtier sodann an einer Krüppeleiche vorbei langsam auf den Moorboden. Die junge Mutter folgte ihm; still und verschüchtert wirkend, als würden sie die Gefahr spüren, saßen die Zwillinge in ihren Körben – und dies blieb so, während der Ahausener Ritter seine häufig unruhig schnaubenden Rösser weiter und weiter ins Moor hineinleitete.

Hadamar orientierte sich dabei an verschiedenen Wegzeichen. Oft waren es Hartholzpfähle, die in den Torfboden getrieben worden waren; anderswo markierten kleine Steinhaufen auf flachen Bodenkuppen den richtigen Pfad; manchmal auch war es ein mit zusammengeflochtenen Weidenruten umwundener Moorstrauch, welcher dem Edelfreien den rechten

Weg wies. Einmal richtete der Ritter einen umgestürzten Pfahl wieder auf und hieb ihn mit Schlägen seines Schwertgriffes tief in den Boden; einige Zeit später dann wandte er sich zu Siguna um und rief ihr zu: „Nun haben wir es fast geschafft! Dort vorne, wo die Birkengruppe steht, endet das Moorgebiet."

Als sie die Birken erreichten, atmete die Grafentochter erleichtert auf, und auch in die Zwillinge kam wieder Leben. Hadamar führte seinen Hengst und das Packtier noch ein Stück weiter vom Saum des Niedermoores weg und hielt auf einer sanften Bodenfalte an; nachdem Siguna ihr Pferd bei ihm zum Stehen gebracht hatte, deutete der Ahausener nach Norden und sagte: „Da vor uns liegt die Gegend, wo du mit deinen Kindern Zuflucht und Heimat finden sollst. Es ist wildes, urtümliches Land, das euch das Dasein nicht leicht machen wird. Aber andererseits wird es euch behüten, denn es ist von allen Seiten durch die Natur geschützt. Seine westliche Grenze bildet die Isar mit ihrer starken und oft reißenden Strömung. Weiter nördlich vereinigt sich der Isarfluss mit der noch mächtigeren Donau, die ebenfalls eine nasse Grenzmarke darstellt. Viele Meilen nach Osten hin breitet sich einsamer Urwald aus, und wie schwer es ist, von Süden in die Wildnis zwischen den Flüssen zu kommen, hast du soeben erlebt."

Lange schaute die Grafentochter über die buschbedeckte Wildwiese, die sich am Rand des Moores ausdehnte, auf das urweltlich wirkende Land. Sie ließ sein ungezähmtes Wesen auf sich einwirken; gab sich seiner archaischen Ausstrahlung hin – zunächst schüchtern, dann mit allen Sinnen. Sie vermeinte zu spüren, wie die Wildnis sie prüfte; sie fühlte, dass sie berührt wurde: vom leisen Wind, vom Flüstern des Grases, vom gedämpften Rauschen der Isar und zwei-, dreimal von fernen Tierstimmen.

Wie in Trance stand Siguna da; irgendwann, aus ihrer Entrückung herausfindend, drehte sie den Kopf und richtete den Blick nach Nordosten, wo in weiches Licht getauchte Bergzüge zu erkennen waren. Und als sie dieses Bild in sich aufnahm, hörte sie Hadamars Stimme: „Das ist der Nordwald jenseits des Donaustromes. Am Fuß der Waldberge, einige Meilen von hier entfernt, liegt der kleine Ort Deggendorf. Und da drüben", der Edelfreie deutete nach Ostnordosten über den Strom, „befindet sich das Klosterdorf Niederalteich. Doch du brauchst nicht zu fürchten, dass die

Menschen in diesen Ansiedlungen auf dein Refugium aufmerksam werden könnten. Die Donau und die Auwälder an beiden Ufern des mächtigen Flusses beschirmen dich. Niemand wird dich und deine Kinder entdecken – du aber wirst die geheimnisvolle Schönheit des Waldgebirges, dessen Randhöhen sich im Rücken der Siedelstätten erheben, von heute an jeden Tag vor Augen haben."

„So wie du zu anderen Zeiten, wenn du hier manche Woche zur Jagd weiltest", erwiderte Siguna.

Der Ritter lächelte versonnen. „Ja, ich war immer wieder einmal hier in dieser abgeschiedenen Welt. Schon im Alter von vierzehn Jahren lernte ich sie kennen. Mein Vater nahm mich damals das erste Mal hierher zum Waidwerk mit, und von ihm erfuhr ich, dass das Wildland an der Isarmündung zum Ahausener Besitz gehört. Allerdings wurde es, da es so weit von unserer Feste entfernt liegt, nie bewirtschaftet. Doch als Jagdgebiet schätzten es meine Vorfahren, und mir geht's ebenso. Denn es gibt hier viel Hoch- und Schwarzwild sowie Niederwild aller Art – und zudem das stärkste Tier, das ein Jäger erlegen kann: den mächtigen Auerochsen mit seinem prachtvollen, edel geschwungenen Gehörn."

„Der Ur hat in dieser Gegend überlebt?", fragte die Grafentochter halb verblüfft, halb beklommen.

„In den besiedelten Landstrichen wurde er ausgerottet, weil ihn die Leute wegen seiner riesigen Gestalt und seiner unbändigen Kraft fürchteten", entgegnete Hadamar. „Aber in der hiesigen unberührten Natur fand er Zuflucht, und durch die Wälder, die du vor dir siehst, ziehen etliche Herden." Forschend blickte der Ritter zu den weiten Wildforsten hinüber; sodann fügte er hinzu: „Doch die Auerochsen werden dich und deine Kinder nicht bedrohen. Sie scheuen uns Menschen, weichen uns nach Möglichkeit aus, und gefährlich werden sie nur, wenn man sie angreift oder sich leichtfertig einer Kuh nähert, die ein Kalb führt."

Siguna atmete erleichtert auf; Hadamar zwinkerte ihr zu, dann sagte er: „Aber nun sollten wir weiterreiten, denn wir müssen noch ungefähr fünf Meilen hinter uns bringen, ehe wir unser Ziel erreichen."

Während der folgenden beiden Stunden ging es, teils durch Urwald, teils über mehr oder weniger offenes Auenland, stetig nach Nordosten. Neuerlich waren die Rösser gezwungen, verschiedenartige Hindernisse zu überwinden; schließlich, in der Nachmittagsmitte, gelangten die Reiter zur Einmündung der Isar in die Donau. Dort wo sich die Wasser der Flüsse vermischten, war ein mäßiger Farbunterschied zu erkennen; etwas unterhalb der Mündungsstelle lag eine kleine, langgezogene Insel im Donaustrom, und im Zwickel der sich vereinigenden Flüsse gab es flaches Wiesenland.

An einem Platz auf dieser Wildwiese freilich, einen Pfeilschuss von der Isarmündung entfernt, wölbte sich die Erde zu einer sanften Anhöhe auf. Sträucher sowie ein paar Eschen wuchsen auf der Bodenfalte – und zwischen den Bäumen machte Siguna etwas Graues und Klobiges aus, das ihr wie ein steinernes Gefüge vorkam.

Gespannt spähte sie hin; gleich darauf erklärte Hadamar: „Dies ist der Ort, den ich dir als künftige Heimstatt anraten möchte."

Die Grafentochter antwortete nicht, weil Jörg und Siglind in ihren Körben zu toben begannen und unbedingt heraus wollten. Siguna tat ihnen den Gefallen; sie stieg aus dem Sattel, hob die Zwillinge vom Pferd und schärfte ihnen ein, in der Nähe zu bleiben; erst danach fragte sie den Ritter: „Das da drüben ist also das Teufelsgemäuer, nicht?"

„Das geheimnisvolle Mauerwerk, von dem ich dir ja schon in Ahausen erzählte", bestätigte Hadamar. „Und jetzt sollst du es aus der Nähe kennenlernen."

Damit lenkte der Edelfreie seinen Hengst zu der Anhöhe; das Packpferd trottete neben ihm mit, und die Grafentochter folgte ihm, ihr Reittier führend, langsam mit den Kindern. Um die hundert Meter hatten die junge Mutter und die Zwillinge bis zu der Bodenfalte zurückzulegen; als sie dort ankamen, war Hadamar bereits abgesessen und hatte seine Pferde an einem Busch angebunden. Nun schlang auch Siguna die Zügel ihres Tieres um einen starken Trieb des Strauches, und anschließend betrachtete sie das graue Gemäuer aus der Nähe.

Es handelte sich um einen viereckigen Turmstumpf, der etwa fünf Schritte im Durchmesser maß. Sein Mauerwerk bestand aus Quadersteinen; an seiner Südseite öffnete sich ein schmaler Zugang. Das Steingefüge wirkte solide und fest, zumindest bis zur Höhe von ungefähr zwei Metern. Weiter oben nämlich war das Mauerwerk zerstört; nur einzelne Steinzacken hatten sich dort erhalten, und Trümmer der abgestürzten Turmmauern lagen, von Moospolstern überwachsen, auf der Erde.

Geraume Zeit schaute Siguna schweigend auf die Turmruine; endlich wandte sie sich wieder dem Ritter zu und sagte nachdenklich: „Es scheint mir, als wäre dieses Bauwerk Jahrhunderte alt und hätte schon sehr viel erlebt … Stürme, die über sein Dach hinwegtosten, als es noch unversehrt war. Und weitere Sturmwinde, die seine schadhaft gewordene Bedachung schließlich abhoben … Regen, Schnee und Wind, die seine Steine verwittern ließen. Frost, der in seine Mauerfugen eindrang und sie zuletzt sprengte … Und irgendwann muss das obere Stockwerk heruntergekracht sein …“

Erneut blickte sie stumm auf den Turmstumpf; sodann fügte sie hinzu: „Das alles sehe ich vor meinem geistigen Auge und kann mir so erklären, wie der uralte Bau zur Ruine wurde. Aber eins verstehe ich nicht ganz: Warum wird die Turmruine als Teufelsgemäuer bezeichnet?“

Verwundert zog Hadamar die Brauen hoch. „Ich dachte, ich hätte dir das bereits erläutert. Noch in Ahausen … oder vielleicht auch auf dem Weg hierher …“

Die junge Frau schüttelte den Kopf. „Nein, hast du nicht. Ich wüsste es …“

„Wenn ich es vergaß, lag es an der blöden Hirnlosigkeit, die mich manchmal befällt“, entschuldigte sich der Edelfreie. „Doch jetzt sollst du die Erklärung bekommen. – Der finstere Name für den Turmstumpf wurde von einem Waffenknecht meines Großvaters aufgebracht. Beide jagten hier an der Isarmündung, und der noch junge Reisige hatte das Bauwerk nie zuvor erblickt. Als er dann davor stand, kam es ihm so unheimlich vor, dass er erschrocken hervorstieß: ‚Das ist ja ein Teufelsgemäuer!‘. Und so blieb die Bezeichnung an der Ruine hängen – obwohl sie gewiss nichts mit dem Leibhaftigen zu tun hat.“

„Bist du dir da ganz sicher?“, neckte Siguna den Ahausener.

„Wenn ich ehrlich sein soll, nicht wirklich“, gab Hadamar den Scherz zurück. „Tatsache ist allerdings: Ich habe während meiner Jagdausflüge schon öfter im Schutz der verwitterten Mauern geschlafen. Und der Teufel suchte mich kein einziges Mal heim, noch nicht einmal in meinen Träumen.“

„Das freut mich“, schmunzelte die Grafentochter; sodann forderte sie den Ritter auf: „Lass uns das Turminnere ansehen.“

Hadamar nahm Siglind auf den Arm; Siguna griff nach Jörgs Hand, und gleich darauf inspizierte die junge Mutter den Turmstumpf von drinnen. Sie stellte fest, dass das Mauerwerk des Erdgeschosses noch immer leidlich dicht war; der Boden war mit Steinplatten ausgelegt, die freilich an manchen Stellen von Gras und Unkraut überwuchert oder von Mauerschutt bedeckt waren, und in einer Ecke war sogar ein Holunderstrauch aufgewachsen. Nach oben allerdings ging der Blick ungehindert in den Himmel; aber die Grafentochter hatte den Eindruck, als ob es nicht allzu schwierig sein würde, eine Abdeckung auf die Mauerkrone zu setzen.

Kaum hatte Siguna dies gedacht, sagte Hadamar: „Wir können schon morgen damit beginnen, ein einfaches Dach zu bauen. Baumholz, Schilf, Weidenruten und Steine dafür hat's hier genug. Doch wir machen es selbstverständlich nur, wenn es dir recht ist, dich hier niederzulassen."

„Einen besseren Platz für die Zwillinge und mich gibt es bestimmt nicht", entgegnete die junge Mutter. „Und ich danke dir, weil du ihn mir gezeigt hast."

Sie umarmte den Ritter; mit dem nächsten Lidschlag aber drehte sie sich um und lief nach draußen – den Kindern hinterdrein, die plötzlich davongetollt waren.

Bei einer umgestürzten Buche, deren Holz bereits verwittert war, holte sie Jörg und Siglind ein und spielte eine Weile Fangen mit ihnen. Als sich die Zwillinge, müde geworden, bei dem Buchenstamm ins Gras legten, setzte sich Siguna zu ihnen. Kurz darauf kam Hadamar herbei und ließ sich auf dem Baumstamm nieder, und nachdem die Grafentochter einige Atemzüge lang zur Ruine hinübergeschaut hatte, fragte sie den Ritter: „Wann, meinst du, könnte der Turm erbaut worden sein?"

„Sicher schon vor vielen Jahrhunderten", antwortete Hadamar. „So zerrupft, wie er heute dasteht."

„Doch du weißt nichts Genaueres, oder?", fasste Siguna nach.

Der Edelfreie wiegte den Kopf, bedachte sich und erwiderte: „Könnte sein, könnte nicht sein … Auf jeden Fall kam einmal ein wandernder Scholar nach Ahausen, und ich erzählte ihm von dem Gemäuer. Daraufhin musste ich ihm alles haargenau beschreiben: die Größe und den Grundriss des Turmes, die Art der Quadersteine, die Bodenplatten. Und nachdem er mich ausgequetscht hatte wie einen leeren Weinbeutel, sagte er, der Bau würde wohl aus der Römerzeit stammen und müsste damit mindestens sieben- bis achthundert Jahre alt sein."

„Ein dreiviertel Jahrtausend ..." Beinahe andächtig klangen die Worte der Grafentochter. Einmal mehr blickte sie zum Turmstumpf; sodann erkundigte sie sich: „Hatte der Scholar auch eine Ahnung, wozu das Bauwerk gedient haben könnte?"

Hadamar nickte. „Er meinte, das Gebäude sei von den Römern als Wachtturm genutzt worden. Die Donau bildete ja die Nordgrenze des Imperium Romanum, und diese Grenze musste observiert und im Notfall geschützt werden. Das heißt, dass in dem Turm wahrscheinlich römische Legionäre stationiert waren, welche das jenseitige Donauufer beobachteten. Wenn sie drüben Feinde erspähten, alarmierten sie mit Hilfe von Feuer- oder Rauchzeichen größere Truppeneinheiten im Hinterland, und diese Bewaffneten konnten dann zu Pferd oder auch auf der Isar sehr schnell zur hiesigen Donaugrenze gelangen."

„Die Römer besaßen also Schiffe, die ganze Streitscharen zu tragen vermochten?", fragte Siguna beeindruckt.

„So war es nach Aussage des Scholaren", bestätigte der Ahausener. „Heutzutage werden nur bestimmte, besonders geeignete Flussabschnitte als Wasserwege für den Handel genutzt, und Kampftruppen sind auf den Flüssen grundsätzlich nicht unterwegs, weshalb du hier in dieser Gegend niemals ein Donau- oder Isarschiff sehen wirst. Aber in römischer Zeit war das anders. Es gab Kriegsschiffe für die Legionäre und zudem Handelsschiffe, welche die Donau weithin befuhren – bis zu den fernen Ländern im Osten, wo die Ungarn, Bulgaren und Türken leben. Dies jedenfalls erzählte mein gelehrter Besucher, und ich hatte damals durchaus den Eindruck, dass er mir keine Lügengeschichten auftischte."

Sinnend schaute die Grafentochter auf den Donaustrom; nach einer Weile hörte sie Hadamar sagen: „Jetzt weißt du ebenso viel wie ich über den Turm. Bloß wird uns dieses Wissen wenig nützen, wenn wir nun darangehen, das alte Gemäuer bewohnbar zu machen. Und das müssen wir tun, damit du eine vernünftige Heimstatt bekommst. Für heute reicht es, wenn wir bis Sonnenuntergang noch ein paar erste Arbeiten verrichten. Ab morgen jedoch wird es nötig sein, kräftig zuzupacken."

Siguna stand auf. „Du hast recht. Wir brauchen Nachtlager für die Zwillinge und uns sowie einen Feuerplatz.“

Einige Zeit später, als sich allmählich die Abenddämmerung ankündigte, sah das Innere des Turmstumpfes bereits deutlich wohnlicher aus. Gegenüber dem Zugang hatte die junge Frau aus Binsenbündeln vom Isarufer und den Pferdedecken zwei Schlafstätten hergerichtet: die eine für sich und die Kinder, die andere für den Ahausener. Dieser wiederum hatte eine sehr schlichte und zudem halb zerstörte Feuerstelle aus Mauerschutt entfernt; hatte große Geröllsteine vom Fluss geholt und in der Mitte des Raumes einen neuen Feuerplatz mit sauberer runder Einfassung gebaut.

Nun brannten dürre Aststücke und ein Totholzkloben in dem Steinring; draußen, am Fuß der sanften Anhöhe, standen die Rösser, die Hadamar abgesattelt und danach angepflockt hatte. Das Sattelzeug sowie das Kettenhemd, der Helm und die Waffen des Ritters lagen in einer Ecke des Turmraumes; ebenso die schweren ledernen Packsäcke, welche das Lasttier getragen hatte und die bisher noch nicht geleert worden waren. Ein eisernes Dreibein allerdings sowie einen Kessel aus demselben Material hatte der Edelfreie aus einem der Ledersäcke herausgenommen und den Eisenkessel mit frischem Wasser aus einem Quellbächlein gefüllt, das etwa fünfzig Schritte vom Turmstumpf entfernt zum Donauufer rieselte.

Jetzt hing der Kessel über dem Feuer, und als sein Inhalt aufzuwallen begann, begab sich Hadamar abermals zu dem Platz, wo die Packsäcke lagerten. Mit einem Leinenbeutel und einer hölzernen Schöpfkelle kam er zur Feuerstelle zurück; Siguna und die Zwillinge sahen, wie er den Beutel öffnete, drei Hände voller Trockengemüse in den Eisenkessel warf und dann mit der Kelle umrührte.

Bald danach war die Gemüsesuppe fertig. Die junge Mutter hatte mittlerweile Jörg und Siglind gestillt; nun schlürften sie und der Ritter die schmackhafte Suppe abwechselnd aus der Kelle und aßen dazu Brot und Rauchfleisch von dem Mundvorrat, den ihnen Anna von Ahausen mitgegeben hatte. Schließlich bekamen auch die Kinder nochmals Appetit und durften die Gemüsesuppe ebenfalls probieren; kurz darauf schliefen sie auf ihrem Binsenlager ein. Siguna und Hadamar dagegen blieben noch am Feuer sitzen und unterhielten sich leise, bis auch sie müde wurden und ihre Schlafstätten aufsuchten.

Am nächsten Morgen waren die Erwachsenen und die Zwillinge früh wieder auf den Beinen, und wenig später machten sich der Edelfreie und die Grafentochter an die Arbeiten dieses Tages. Während Siguna das Turminnere vom Pflanzenbewuchs und vom Schutt befreite, fällte Hadamar in einem nahegelegenen Waldstück mit Hilfe seines Schwertes zwei Dutzend armdicker Jungeschen. Nachdem er sie vom Zweigwerk befreit hatte, trug er sie zum Turmstumpf, legte sie dort nieder und kletterte an einer günstigen Stelle auf die Mauerkrone der Ruine. Anschließend reichte ihm die Grafentochter die Eschenstangen einzeln hinauf; der Ritter legte sie droben so über das im Osten ein wenig höhere und im Westen niedrigere Mauergeviert, dass sie sich leicht gen Sonnenuntergang hin neigten. Danach stieg er wieder herab, schnitt mit seinem Dolch einen Vorrat von Holzpflöcken zurecht und erklomm die Mauerkrone erneut. Diesmal warf ihm Siguna die Pflöcke zu; Hadamar fing sie auf und benutzte sie, um die Stangen an ihren Plätzen zu fixieren.

Noch vor der Vormittagsmitte war er damit fertig, und als er wieder neben der jungen Mutter stand, äußerte er in etwas gequältem Tonfall: „Die Kletterei und das Herumturnen auf den Mauerzügen haben bewirkt, dass mich meine alte Beinwunde, die ich mir auf dem Kreuzzug einfing, ziemlich zwickt. Aber immerhin ist das Dachgerüst jetzt an Ort und Stelle. Und das bedeutet: Wir können nun mit dem Schilfschneiden anfangen."

„Bevor wir damit beginnen, ruhst du dich erst einmal aus", erwiderte Siguna.

„Hast recht", stimmte der Ahausener zu. „Denn wenn ich jetzt, wo ich meine vermaledeite Blessur so deutlich spüre, zu sehr schufte, haut's mich später am Ende noch vom Turm."

Die Grafentochter verkniff sich ein Schmunzeln; sodann ging sie in den Turmstumpf, um dem angeschlagenen Ritter ein Stück Brot zu bringen. Als sie zurück ins Freie kam, saß Hadamar im Gras und massierte sein Bein; Siguna gab ihm den Brothappen und ließ sich bei ihm nieder – kurz darauf jedoch sprang sie erschrocken wieder auf und hastete zu ihren Kindern, die eben noch friedlich bei den Pferden gespielt hatten und dann plötzlich in Richtung der Isar davongerannt waren.

Ich muss ihnen einschärfen, sich von den Flüssen fernzuhalten, wenn sie allein sind!, dachte die junge Mutter, nachdem sie die Zwillinge eingefangen hatte. Wenig später beschäftigten sich Jörg und Siglind in der Nähe des Turmes hingebungsvoll mit dem Bau einer Pyramide aus kleinen Schuttbrocken, und als neuerlich eine Viertelstunde verstrichen war, erhob sich der Ahausener vom sonnenwarmen Gras und verkündete: „Nun geht's schon wieder mit meinem Haxen."

In der Folge sodann schnitten der Ritter und Siguna an einer leicht sumpfigen Stelle des Isargestades einen Berg von Schilf. Gespannt schauten die Zwillinge ihnen zu; mehrmals freilich musste ihre Mutter sie zwischendurch ermahnen, nicht zu nahe ans Wasser zu gehen. Zuletzt aber schienen die Kinder begriffen zu haben, dass ihnen von den Fluten Gefahr drohte; als die Erwachsenen ihre Schilfernte bündelten, hielten sich die Zwillinge vom Ufer fern – und gegen Mittag, da die Schilfbündel zur Turmruine getragen werden mussten, bemühten sie sich auf drollige Weise, den Großen bei dieser Arbeit zu helfen.

Als der Schilfberg am Fuß des Turmstumpfes lag, gönnten sich Hadamar und Siguna eine weitere Ruhepause. Danach stieg der Edelfreie, ein bisschen ächzend, abermals auf die Mauerkrone und fing an, die Dachstangen mit dem gebündelten Schilf, das ihm die Grafentochter in die Höhe reichte, zu bedecken. Drei Schichten übereinander brachte Hadamar im Lauf des Nachmittags auf; nachdem er fertig war, sah der Turmbau aus, als würde er eine dicke Schilfhaube tragen.

„Nun müssen wir das Dachschilf bloß noch gegen starken Wind sichern", sagte der Ritter, als er wieder neben Siguna stand. „Doch das erledigen wir morgen, denn für heute reicht's mir mit der Kraxlerei da droben."

„Außerdem kündigt sich allmählich die Abenddämmerung an", erwiderte die junge Mutter – und wenig später entfachte sie drinnen im Turmraum ein Feuer, um ein warmes Mahl zubereiten zu können.

Bald schmurgelten Gemüse- und Rauchfleischstücke im eisernen Kochkessel; während die Flammen den Kessel umzüngelten, beobachteten der Edelfreie und Siguna den Rauchabzug. Und zuletzt durfte sich Hadamar sagen, dass er das Schilfdach sehr klug aufgebaut hatte. Denn der Rauch des Holzfeuers stieg, ohne das Turminnere mit Qualm zu füllen, recht rasch zum Dach hinauf und entwich durch eine Lücke in der untersten Schilflage, die von dem Ritter vorsorglich in einem Eck der Mauerkrone freigelassen worden war.

Aber nicht nur darüber freute sich die Grafentochter; sie genoss zudem das Wissen, jetzt wieder eine Heimstatt, wenn auch nur eine bescheidene, für sich und die Zwillinge zu haben. Angesichts dessen schlief sie in der Nacht gut; nur einmal, weil durch die Türöffnung Geräusche wie von vorüberziehenden Wildtieren hereindrangen, erwachte sie. Gleich darauf jedoch vernahm sie Hadamars Flüstern: „Das sind bloß Hirsche oder Rehe, nichts Gefährliches …" Beruhigt schlummerte sie wieder ein; am Morgen fühlte sie sich ausgeruht und voller Tatendrang – und nachdem sie ihre Kinder gestillt und versorgt hatte, half sie dem Ahausener bei der Fertigstellung des Turmdaches.

Mit Hilfe frisch geschnittener, elastischer Weidenruten, die sich zu Schlingen formen ließen, wurden die Schilfbündel der obersten Lage miteinander verbunden. Danach wurde die gesamte Schilfabdeckung mit der gleichen Methode an den quer über den Turmmauern liegenden Dachstangen befestigt, wobei Hadamar oben auf dem Schilfdach kniete und Siguna ihm von unten her beim Anbringen der Weidenschlingen behilflich war. Zuletzt dann beschwerte der Edelfreie das Dach mit Steintrümmern, die sich am Turmfundament fanden, und als auch das geschafft war und Hadamar wieder festen Erdboden unter den Füßen hatte, sagte er zufrieden zu der jungen Frau: „Nun sollte die Turmhaube sogar einem Sturm trotzen können."

Siguna wollte antworten – aber im selben Moment umklammerte Jörg ihre Hand und rief: „Muss kacken!"

Gleich darauf lief er an der Seite seiner Mutter zu einem nahegelegenen Gebüsch, wo er seinen Kittel hochhob und sich zwischen zwei Sträuchern niederkauerte. Während er sich erleichterte, dachte Siguna: Wie gut, dass die Kleinen schon seit einem Monat sauber sind und hier in der Wildnis keine Windeln mehr brauchen. Wenig später sodann, als Jörg sich brav mit einem Grasbüschel abputzte, überlegte sie: Sobald wir mit dem Turmstumpf fertig sind, müssen wir eine Abortgrube ausheben. Oder besser: vorerst nur einen Abortgraben, den die Zwillinge gefahrlos benutzen können.

Zurück beim Turm, sprach sie den Ahausener darauf an; er antwortete: „Den Graben legen wir noch heute an. Doch zunächst möchte ich den Turmzugang mit einer Tür versehen."

„Das ist mir sehr recht!“ Die Wildtiergeräusche, die sie in der vergangenen Nacht gehört hatte, waren der Grafentochter plötzlich wieder gegenwärtig. „Am besten fangen wir gleich damit an. Wir haben ja noch einige Zeit bis zum Mittag.“

Der Ritter nickte – und bald hatte er im Wald zwei Jungbäume gefällt, die bereits Äste trugen. Zudem hatte er einiges Stangenholz umgehauen; jetzt brachte er die Bäumchen und die Stangen zum Turmbau und schnitt sie mit seinem Dolch so zu, dass sie sich zu einem Rahmen mit etlichen Querstreben in der Größe der Turmpforte zusammenfügen ließen. Siguna hatte unterdessen weitere Weidenruten gesammelt, mit denen die Rahmenteile nun miteinander verbunden wurden; Hadamar sicherte die wichtigsten Verbindungsstücke zusätzlich mit Lederriemen, die er aus einer seiner Satteltaschen nahm. Am Ende lag ein festes Holzgefüge vor dem Turmzugang; um die Tür fertigzustellen, wurden dicht an dicht starke Ruten von oben nach unten durch die Querhölzer geflochten. Zuletzt brachten der Edelfreie und die junge Mutter die ungewöhnliche Türkonstruktion ins Turminnere und stellten sie seitlich neben der Eingangspforte auf, sodass sie bei Bedarf ohne viel Aufwand vor die Zugangsöffnung geschoben werden konnte.

„Später werde ich dir noch ein paar Pfosten herrichten, die du von drinnen gegen die Tür spreizen kannst“, sagte Hadamar zu Siguna. „Zuvor aber hebe ich den Abortgraben aus, damit wir nicht länger mit dem nackten Hintern …“

„Ist klar, ich verstehe dich schon“, unterbrach die Grafentochter den Edelfreien – und eine Stunde danach hatte Hadamar mit einem Spaten aus einem der im Turmstumpf lagernden Packsäcke den Graben fertiggestellt. Er zog sich, ungefähr zwei Meter lang, zwischen den Büschen hin, wo Jörg sich niedergehockt hatte; an seinen Rändern schlug der Ahausener jetzt noch mehrere Handpflöcke ein; Siguna wiederum brachte Grasbüschel herbei und schichtete sie zu einem kleinen Haufen. Kurz darauf forderte Siglind lautstark, den Abortgraben einweihen zu dürfen – und nachdem sie es getan hatte, krähte sie stolz: „Schön … macht!“

Ihre Mutter lobte sie; Hadamar grinste, dann sagte er: „Nachdem auch das nun zur allgemeinen Zufriedenheit erledigt ist, dürfen wir uns mit Fug und Recht eine ausgedehnte Mittagspause gönnen. Und darüber wird sich insbesondere mein Kreuz freuen, denn als Adelsherr bin ich das Schaufeln nicht unbedingt gewohnt."

Eine Weile später nahmen die Erwachsenen und die Zwillinge, auf einem Grasfleck beim Turmstumpf sitzend, einen Imbiss zu sich. Anschließend legte Siguna die Kinder zum Schlafen nieder, und auch Hadamar schloss, um seinem Rücken Erholung zu verschaffen, für eine halbe Stunde die Augen.

Umso tatkräftiger zeigte er sich, nachdem er sich wieder erhoben hatte; er beschied die Grafentochter nämlich, dass sie im Turmraum unbedingt eine Bank bräuchte. Gleich darauf forderte er Siguna auf, ihm zu einer Stelle im Wald zu folgen, wo er bereits am Tag zuvor einen vom Alter gefällten Ahorn gesehen hatte. Im Sturz war der abgestorbene Baumstamm in etliche Teile zerbrochen; ein etwa meterlanges und gut eine Elle starkes Stück des Totholzes wirkte noch solide und ansehnlich, und dieses Stammteil schleppten der Ritter und die junge Frau zum Turmstumpf.

Dort zog Hadamar sein Schwert und seinen Dolch und verbrachte die folgende Stunde damit, das Stammstück zu einer schlichten Bank mit einigermaßen glatter Sitzfläche und standfestem Bodenteil umzuformen – und als das einfache Möbelstück schließlich drinnen am Feuerplatz stand, freute sich Siguna von Herzen, denn mit einem Mal erschien ihr der Raum um vieles wohnlicher geworden zu sein.

Ähnlich schienen die Zwillinge, die ihren Mittagsschlaf inzwischen beendet hatten, zu fühlen; ausgelassen tollten sie um die Ahornbank herum, dann purzelte Jörg in seinem Übermut gegen die Sättel und die Ledersäcke, die in einer Ecke des Turmraumes lagen. Und dies nahm der Ahausener zum Anlass, um sich an die Grafentochter zu wenden: „Den Kessel, das Dreibein sowie den Spaten haben wir ja schon aus den Säcken herausgenommen. Aber es sind immer noch eine Menge Sachen drin, und die sollten wir jetzt auch auspacken."

Gerne war Siguna damit einverstanden. Mit Hilfe des Edelfreien trug sie einen der beiden Ledersäcke zur Bank – und dort kam eine Fülle von nützlichen Dingen ans Licht: eine Axt, ein Hirschfänger mit Scheide und Leibgurt, ein kräftiges und ein kleineres Messer, eine Sichel, ein Wetzstein, eine Eisenpfanne, etliche hölzerne Schüsseln, Becher und Löffel; drei Holzeimer mit Deckeln, die ineinander steckten; eine kurze Lanze, ein Jagdbogen mit zwei Reservesehnen und einem Köcher voller Pfeile, eine Angelschnur sowie ein Dutzend Haken. Dazu Wolldecken für die junge Mutter und die Zwillinge, durch welche die Pferdedecken ersetzt werden konnten, die derzeit auf den Bettstellen lagen; weiter eine Rolle Leinenstoff, Nähzeug, ein zum Funkenschlagen geeigneter Stahlring, ein Beutel mit Feuersteinen, ein mit Zunderschwamm gefülltes Fichtenholzkästchen, ein Bündel Lederriemen und weitere hilfreiche Dinge.

Nachdem der erste Packsack leer war, wurde der zweite herbeigetragen. Aus ihm holte Hadamar zunächst verschiedene mit Gemüsesamen oder Trockengemüse gefüllte Leinenbeutel, vier ellenlange Stücke Schwarzgeräuchertes und eine Anzahl von zweifach gebackenen Fladenbroten heraus. Danach schüttete er einen Haufen Pastinaken auf den Boden und sagte: „Für diese Speiserüben fertigen wir morgen ein Wandgestell an, auf dem sie trocken lagern können und vor Mäusen sicher sind."

Die Grafentochter nickte; gleich darauf hob der Ritter noch ein Salzfass aus dem Ledersack, stellte es neben die Sitzbank und erklärte: „Die Pastinaken, das Trockenbrot und das Geräucherte werden dich und die Zwillinge über die erste Zeit hinwegbringen. Und wenn du rasch ein Beet anlegst, kannst du im Sommer schon Rettiche sowie ein paar andere Gemüsearten ernten. Bis zum Herbst sodann wird weiteres Gemüse heranreifen – und außerdem wirst du Frischfleisch bekommen, denn ich will, ehe ich heimkehre, ein Reh oder einen Hirsch für dich erlegen. Und was von dem Wildpret nicht gleich als Braten verzehrt wird, kannst du einsalzen, um es später zu verwenden."

„Ebenso werde ich es mit den Fischen machen, die ich hoffentlich angeln werde", äußerte Siguna.

„Wieso sollte es dir denn nicht gelingen?", antwortete Hadamar. „Bist doch klug und geschickt, wirst gewiss eine erfolgreiche Fischerin werden. Und was den Umgang mit dem Jagdbogen angeht, so zweifle ich auch nicht an dir. Zumindest hast du ja früher oft gesehen, wie ein Bogen gehandhabt wird."

„Ich habe, als ich noch auf den Burgen lebte, sogar öfter zum Zeitvertreib auf die Scheibe geschossen", entgegnete die Grafentochter. Mit dem nächsten Lidschlag malte sich Schmerz auf ihrem Antlitz, weil sie sich an einen Wettkampf mit ihrem Gatten auf der Mühlberger Feste erinnert hatte. Doch sie gab dem Ansturm der Trauer um ihren toten Gemahl nicht nach; sagte sich vielmehr, dass sie, schon um der Kinder willen, vorwärts blicken musste – und fügte in entschlossenem Tonfall hinzu: „Bestimmt werde ich das Waidwerk erlernen! Und auch alles Übrige, das zum Überleben hier in der Wildnis nötig ist!"

„Gut so!", versetzte der Edelfreie. Aufmunternd tätschelte er Sigunas Hand; dann fragte er: „Was meinst du? Sollen wir den Bau des Rübengestells heute noch in Angriff nehmen?"

„Ich bin dabei", erwiderte die junge Frau – und kurz darauf begleitete sie Hadamar einmal mehr zum nahen Forst. Die Zwillinge liefen hinter den Erwachsenen her; im Wald wurde erneut Holz geschlagen, und ehe sich die Abenddämmerung auf das Auenland und die Flüsse herabsenkte, war das Gestell fertig. Der Ahausener und Siguna hatten es an die innere Ostwand des Turmstumpfes angebaut; es besaß mehrere übereinanderliegende Lagerflächen aus waagrecht angebrachten dreifingerdicken Stangen, und die gut schenkelstarken Füße des Rübengestells trugen ringsum kräftige keilförmige Einkerbungen, die dazu dienen sollten, Mäusen das Hinaufklettern zu verwehren.

Noch vor Einbruch der Nacht räumte die Grafentochter den Pastinakenvorrat in das Gestell; auch etliche weitere Dinge aus den Packsäcken kamen dort unter. Die übrigen Sachen verstaute Siguna anderswo, und nachdem sie zuletzt das Salzfass auf einen Mauervorsprung gehoben und den etwas überstehenden Fassboden mit einigen von draußen hereingeholten Steinbrocken abgestützt hatte, entfachte sie ein Herdfeuer. Bald köchelte eine Gemüsesuppe mit Rauchfleischeinlage im Kessel; als es draußen dunkel geworden war, ließen sich die Erwachsenen und die Kinder das Essen schmecken – und danach zog Hadamar die archaisch wirkende Tür vor die Turmpforte und sicherte sie mit zwei starken Pfosten.

Kaum war der Ritter am folgenden Morgen erwacht, packte ihn die Jagdlust. Eilig frühstückte er; dann sattelte er sein Ross, holte sich den Bogen und den Pfeilköcher aus dem Turmraum und ritt donauabwärts davon. Die Grafentochter schaute ihm nach, bis er im Auwald verschwunden war; anschließend stillte sie die Kleinen und holte sodann weiteres Schilf vom Isarufer, um den fußkalten Steinboden des Turmstumpfes damit auszulegen. Ihr neues Heim wurde dadurch abermals ein Stück wohnlicher, und in ihrer Genugtuung darüber beschloss Siguna, ein übriges zu tun und außen am Turmgemäuer ein paar Wildblumen einzupflanzen.

Nach kurzer Suche entdeckte sie einen Platz mit blühenden Frühlingsblumen; vorsichtig grub sie etliche Stauden aus und brachte sie an einem sonnigen Fleck an der Steinmauer wieder in die Erde. Sodann holte sie in einem der Holzeimer, die sich im Packsack befunden hatten, Wasser vom Quellbächlein herbei und goss die Blumenstöcke an. Gespannt schauten ihr Siglind und Jörg zu; nach einer Weile begannen sie, wie selbstverständlich, mit den Pflanzen zu flüstern. Ihre Mutter ließ sie, still lächelnd, gewähren; wenig später dann, als sich die Kleinen winkend von den Blumen verabschiedet hatten, fragte sie die Zwillinge: „Wollen wir nochmals im Erdboden graben?"

„Ja, Mama!", riefen Jörg und Siglind wie aus einem Mund.

Daraufhin holte die Grafentochter den Spaten aus dem Turmraum, um mit dem Anlegen eines Gemüsebeetes zu beginnen. Ein Stück vom Turm entfernt gab es eine Wiesenstelle, wo das Wildgras höher als anderswo wuchs; rasch fand Siguna heraus, dass das Erdreich dort recht dunkel war und eine dicke Schicht über sandigem Untergrund bildete. Hier ist es gut, dachte die junge Frau; sodann setzte sie den Spaten an und hob den ersten Wasen aus. Mehrere Stunden arbeitete sie; die Kinder schüttelten die Erde von den Graswasen oder tollten herum, und die Pflanzfläche wuchs – bis Siguna plötzlich innehielt, weil sie in der Ferne einen Reiter erblickt hatte.

Es war Hadamar; langsam, im Schritt, kam sein Ross näher, und wenig später gewahrte die Grafentochter einen Tierkadaver, der hinter dem Sattel des Ahauseners auf der Kruppe des Pferdes festgebunden war.

Als der Ritter bei ihr war, sah Siguna, dass es sich um einen Rehbock handelte; freudig rief sie aus: „Wie schön! Du hast Jagdglück gehabt!"

„Eigentlich wollte ich dir einen Hirsch bringen", erwiderte Hadamar. „Aber ich konnte keinen aufspüren, obwohl ich auf Hirschfährten stieß. Stattdessen lief mir der Bock über den Weg, und den erwischte ich dann mit dem ersten Schuss."

Die junge Frau fasste das Reh näher ins Auge; gleich darauf sagte sie anerkennend: „Du hast den Bock direkt ins Blatt getroffen!"

„So gehört sich's für einen Waidmann, der sein Handwerk versteht", antwortete der Ritter – und fügte grinsend hinzu: „Oder hätte ich ihm den Pfeil vielleicht ins Hinterteil jagen sollen?"

Siguna musste lachen; Jörg versuchte, das schwierige Wort nachzusprechen und krähte: „Hinner … Tei".

„Du lernst es schon noch, du Knirps", versetzte Hadamar schmunzelnd; sodann schwang er sich vom Pferd und beschied die Grafentochter: „Sobald ich meinen Hengst versorgt habe, machen wir uns ans Zerwirken des Bocks."

Während der folgenden Stunde beobachteten die Zwillinge hingerissen das Tun ihrer Mutter und des Ritters. Zunächst trennten die Erwachsenen den Kopf und die Füße des bereits ausgeweideten Tieres ab und legten diese Körperteile beiseite. Danach befreiten sie den Rehkörper vom Fell, um ihn anschließend in einzelne Stücke zu zerteilen und aus diesen die Knochen herauszulösen.

Nachdem dies geschehen war, entfachte Siguna im Turminneren ein Feuer. Hadamar füllte unterdessen den Eisenkessel halb mit Wasser und gab die genießbaren Innereien des Rehbocks hinein, die er, in ein Tuch eingeschlagen, aus dem Urwald mitgebracht hatte: das Herz, die Leber, die Milz und die besten Teile von Magen und Lunge. Bald kochte drinnen im Turmstumpf die Kesselbrühe mit den Fleischstücken – und im Freien brannte jetzt ebenfalls ein starkes Holzfeuer, über dem das übrige Wildpret gebraten wurde.

Der Edelfreie hatte diese Fleischteile auf Holzspieße gesteckt und deren zugespitzte Enden rings um das Feuer schräg in die Erde gestoßen, sodass das Rehfleisch gut von der Flammenhitze gegart werden konnte. Damit das Wildpret aber nicht verkohlte, drehte Hadamar die Spieße gelegentlich, und zuletzt, in der Nachmittagsmitte, waren die Fleischstücke durchgebraten und trugen außen appetitliche Krusten.

Auch die Innereien im Eisenkessel waren inzwischen essfertig; Siguna hatte die Brühe mit Trockengemüse und Salz verfeinert – und nun, nachdem die Bratenteile vom Feuerplatz weggenommen worden waren, konnten die beiden Erwachsenen und die Kinder das schmackhafte Kesselfleisch und die Wildpretsuppe genießen.

Danach, als alle satt waren, gingen der Ritter und die Grafentochter daran, die im Freien beim erlöschenden Feuer liegenden Bratenstücke einzusalzen und sie in zwei der drei Holzeimer zu packen, die von Ahausen mitgebracht worden waren. Dicht an dicht wurde das Salzfleisch in die Eimer geschichtet; als die Behälter voll und die Deckel aufgedrückt waren, trug Hadamar sie in den Turmraum und stellte sie dort in der Nordwestecke ab, wo es am kühlsten war. Sorgsam überprüfte er noch einmal, ob die Holzdeckel dicht aufsaßen; dann erklärte er Siguna: „Das Bratenfleisch wird sich einige Zeit halten. Allerdings solltet ihr nicht zu lange mit dem Verzehr warten, und bevor du den Kleinen etwas von dem Fleisch gibst, musst du die Salzkörner abwaschen."

„Ich weiß", entgegnete die junge Frau leise.

Der Edelfreie musterte sie forschend; sodann bemühte er sich, ihr Mut für die Zukunft zuzusprechen: „Wenn du später wieder Wildpret haben willst, wird es dir nicht allzu schwer fallen, Beute zu machen. In den Wäldern hat's genug jagdbare Tiere, und mit Bogen und Pfeil kannst du ja umgehen."

Stumm nickte Siguna; die Worte des Ahauseners hatten ihr angezeigt, dass der Abschied von ihm nahe war.

Der Ritter wiederum spürte, was in der Grafentochter vorging; er zog sie in seine Arme, hielt sie wie beschützend fest und sagte: „Ich bin überzeugt, du wirst es schaffen! Du darfst nur nicht an dir selbst zweifeln. Und falls es einmal wirklich hart kommen sollte, musst du dir bewusst machen, dass auf Regen unweigerlich wieder Sonnenschein folgt."

„Ich werde deine guten Ratschläge beherzigen", erwiderte Siguna. Einen Moment verharrte sie noch an Hadamars breiter Brust, dann machte sie sich mit einem tiefen Atemzug frei und fragte: „Du willst heimreiten, nicht wahr? Heim zu Anna …"

„Ja", entgegnete der Edelfreie. „Anna wird bald niederkommen. Sie braucht mich, und deshalb will ich nicht länger als nötig von Ahausen fernbleiben. Aber ich werde mich auch weiterhin um dich und die Zwillinge kümmern und euch manchmal aufsuchen. Bloß darf das nicht zu oft geschehen, damit eure Sicherheit gewährleistet ist. Doch im Herbst sehen wir uns wieder, das verspreche ich dir. Die Leute werden dann glauben, dass ich zum Waidwerk in die hiesige Wildnis reite, und angesichts dessen wird keine Gefahr für dich und die Kleinen bestehen."

„So ist es gewiss am besten", stimmte die Grafentochter dem Ritter zu; danach rief sie Jörg und Siglind zu sich, die unter das Rübengestell gekrochen waren, und ging mit den Kindern auf die Wildwiese hinaus, um dort im Schein der nun schon tiefstehenden Sonne mit ihnen zu spielen.

Später, als die Zwillinge eingeschlummert waren, saßen Siguna und Hadamar noch lange am Feuerplatz. Mit gedämpften Stimmen tauschten sie sich miteinander aus; erst gegen Mitternacht suchten auch sie ihre Schlafstätten auf.

Trotzdem war der Ahausener am nächsten Morgen zeitig wieder auf den Beinen, um nach den Pferden zu sehen und sie für den langen Weg zur Isarfestung fertig zu machen. Nachdem er dies getan hatte, frühstückte er ein letztes Mal mit der jungen Mutter und ihren Kindern. Sodann legte er sein Rüstzeug an, verabschiedete sich mit feuchten Augen von der kleinen Familie, schwang sich in den Sattel seines Streithengstes und ritt, die beiden anderen Pferde mit sich führend, davon.

Stumm schaute Siguna dem Edelfreien nach; als die drei Rösser im Auwald verschwanden, fühlte sie sich plötzlich furchtbar verlassen und einsam. Dann aber gab sie sich einen Ruck, bückte sich zu den Zwillingen nieder, zog sie an sich und flüsterte ihnen zu: „Wir lassen uns nicht unterkriegen, das schwöre ich euch!"

Die Hagazussa

Wildnis an der Isarmündung
Frühjahr 1135 bis Sommer 1136

Am Tag nach dem Abschied von Hadamar wurde Siguna mit dem Herrichten des Gemüsebeetes fertig. Die Fläche, die sie mit dem Spaten umgestochen hatte, umfasste jetzt zehn Schritte in der Länge und drei in der Breite; von Längsseite zu Längsseite hatte die Grafentochter sieben parallele Trittstreifen angelegt, und nun fehlte nur noch eine Umzäunung zum Schutz gegen Wildtiere. Siguna benötigte zwei weitere Tage, um den Zaun zu bauen. Sie errichtete ihn aus Pfosten, die sie mit dem Kopf ihres Beils in den Boden hieb, und Weidenruten, welche sie zwischen die Holzpfosten flocht. Zuletzt umschloss der etwa einen Meter hohe Flechtzaun das gesamte Pflanzareal; an einer Stelle besaß er eine Pforte ähnlich derjenigen, die vor den Turmzugang gezogen werden konnte, und als die junge Frau ihr Werk betrachtete, empfand sie tiefe Zufriedenheit.

Gleich am nächsten Morgen begann sie mit dem Stecken der Gemüsesamen und erfreute sich an der Vorstellung, wie die Nutzpflanzen keimen, aufwachsen und reifen würden. Während sie die Samen in die Erde einbrachte, schauten ihr Jörg und Siglind neugierig zu; wenig später dann bestanden sie lautstark darauf, mitzuhelfen. Ihre Mutter ließ sie gewähren; bald bemerkte Siguna, dass sich die Zwillinge gar nicht ungeschickt anstellten, und nachdem die Kinder einige Hinweise erhalten hatten, waren sie durchaus eine Hilfe.

Dennoch dauerte es einige Zeit, bis die Aussaat beendet war; manchmal knieten die Zwillinge, eifrig die Samenkörner steckend, neben ihrer Mutter; manchmal spielten sie beim Zaun oder tollten draußen auf der Wildwiese oder am Quellbächlein herum. Doch sie mieden dabei die Flussufer; wieder und wieder hatte Siguna den Kleinen die Gefahr, die ihnen dort drohte, vor Augen geführt, und mittlerweile hatten die Kinder verstanden, warum sie nicht zu nahe an die Isar und die Donau durften.

Eine knappe Woche nach Hadamars Abschied leerte die Grafentochter den letzten Samenbeutel – und der Wettergott schien es gut mit ihrem Gemüsebeet zu meinen, denn am folgenden Tag setzte milder Mairegen ein, der bis zum nächsten Mittag anhielt. Und wiederum eine Woche später spitzten die ersten grünen Triebe aus dem Erdreich; bis zum Maiende waren bereits kräftige Pflänzchen aus ihnen geworden, und Siguna durfte sich sagen, dass sich ihr Dasein in der Wildnis bei der Isarmündung recht zufriedenstellend angelassen hatte.

Die Grafentochter konnte sich nun auch über sonniges und teils schon sehr warmes Spätfrühlingswetter freuen, und als die Junikäfer zu fliegen begannen, hatte Siguna einen weiteren Grund zur Freude: Die Geburt der Zwillinge jährte sich in diesen Tagen zum zweiten Mal.

Die junge Mutter sagte es ihren Kindern; zwar begriffen Siglind und Jörg nicht ganz, warum ihre Mama so feierlich mit ihnen redete – sie jauchzten aber fröhlich auf, als ihnen Siguna ein besonderes Mittagessen vorsetzte: zartes Fleisch von einem Karpfen, welcher der Grafentochter in einer schlammigen Uferbucht der Donau an den Angelhaken gegangen war. Zum Nachtisch bekamen die Zweijährigen zeitig gereifte Waldhimbeeren, die Siguna am Forstrand gepflückt hatte; während die Zwillinge die schmackhaften Beeren begeistert verschlangen, hoffte die Grafentochter, dass der Sommer den Kindern und ihr noch viele andere Wildfrüchte bescheren würde.

Dies war der Fall. In den heißen Monaten schenkte ihnen die Natur eine Fülle an Beerenobst, Wildkirschen und essbaren Kräutern. Außerdem wuchsen jetzt die verschiedenartigsten Pilze auf den Auwiesen und im Urwald; allerdings erntete Siguna nur jene, die sie sicher zu bestimmen vermochte. Neben den wildwachsenden Nahrungsmitteln konnte die Grafentochter reichlich Gemüse von ihrem Beet ernten, und so war stets für gesundes und abwechslungsreiches Essen gesorgt.

Zudem warf die junge Frau oft ihre Fischleine aus; mehrmals pirschte sie auch mit dem Bogen und dem Pfeilköcher im Wald. Bei solchen Gelegenheiten ließ sie Jörg und Siglind beim Turmgebäude zurück und brach erst auf, nachdem die Zwillinge ihr hoch und heilig versprochen hatten, nicht wegzulaufen. Da die Kinder aufgrund ihres zutiefst naturverbundenen Lebens, das sie nun schon seit Monaten führten, sehr vernünftig geworden waren, konnte sich ihre Mutter auf sie verlassen – und auf ihren Pirschgängen erlegte Siguna im Lauf des Sommers ein Reh, ein halbes Dutzend Rebhühner und etliche Hasen.

Auf einem ihrer Jagdgänge hatte die junge Frau aber auch ein beklemmendes Erlebnis. Sie befand sich tief im Urwald bei einem dichten Gestrüppstreifen; eben als sie ihn, einen Pfeil auf der Bogensehne, umgehen wollte, hörte sie seltsame Geräusche. Die Laute drangen von der anderen Seite des Gebüschriegels heran; vorsichtig schlich die Jägerin dorthin – und dann sah sie ein grausiges Bild vor sich. Auf der Erde lag eine verendete Wildsau; vier, fünf Geier zerrten das Gedärm des toten Tieres aus dessen offener Bauchhöhle. Plötzlich begannen die riesigen Aasvögel in ihrer Gier zu raufen; mit ihren scharfen Krummschnäbeln hackten sie aufeinander ein, bis sich zwei der Geier ein Stück zurückzogen. Die übrigen Aasvögel machten sich erneut über die Darmschlingen der Sau her; sie schienen dabei auf abstoßende Weise zu tanzen – und Siguna, die den widerwärtigen Anblick nicht länger zu ertragen vermochte, floh mit heftig pochendem Herzen.

Dies geschah im Spätsommer, als die Nächte manchmal bereits kühl wurden; im Herbst sodann löste der Ahausener Edelfreie das Versprechen ein, das er der Grafentochter im Frühling gegeben hatte. Anfang November kam er, ein Packpferd mit sich führend, aus der Richtung des tückischen Moorgebietes zum Turmgebäude geritten. Freudig begrüßten ihn Siguna und die Zwillinge, und kaum hatte er sich aus dem Sattel geschwungen, platzte Hadamar heraus: „Es geht euch gut, das sehe ich. Aber mir geht's noch besser! Tausendmal besser!"

Die Grafentochter ahnte, warum der Ritter so aufgekratzt war; trotzdem machte sie sich den Spaß, zu fragen: „Was ist denn passiert, weil du übers ganze Gesicht strahlst?"

„Was geschehen ist?!" Hadamar umarmte Siguna, gab sie wieder frei. „Papa bin ich geworden! Im Juli hat Anna einen strammen Buben zur Welt gebracht! Unseren heißersehnten Stammhalter!"

„Ich gratuliere dir von ganzem Herzen!" Die Grafentochter drückte beide Hände des Ritters. „Ein Sohn, wie schön! – Und wie heißt euer Sprössling?"

„Rapoto", antwortete der Edelfreie. „Von mir hat er eindeutig die Nase geerbt, von seiner Mutter hingegen die Augen. – Ach ja, und natürlich soll ich dich herzlich von Anna grüßen."

Siguna bedankte sich; dann erkundigte sie sich: „Hat sie die Geburt und das Wochenbett denn gut überstanden?“

Hadamar nickte. „Es geht ihr blendend. Richtig aufgelebt ist sie, seit der Säugling bei uns in der Wiege liegt. Und mit mir steht's ebenso. Ich fühle mich fast wieder wie ein Zwanzigjähriger und verspüre den starken Drang in mir, gleich noch mal was Kleines zu zeugen.“

Die Grafentochter musste lachen; Siglind plapperte dem Ritter nach: „Kleins säugen …“

Schmunzelnd tätschelte Hadamar dem Mädchen den Kopf; sodann bat er Siguna: „Geh mir mit den Rössern zur Hand, damit die Sättel und die Packsäcke rasch in den Turmraum kommen.“ Er deutete zum Himmel, über den dunkle Wolken trieben. „Es schaut nämlich ganz so aus, als würde es in Kürze zu schütten beginnen.“

Der Ahausener hatte sich nicht getäuscht. Kaum hatten er und die junge Mutter die Pferde auf einem Wiesenfleck angepflockt und das Sattelzeug sowie die beiden Ledersäcke ins Turminnere getragen, fing es kräftig zu regnen an. Doch unter der schützenden Dachhaube des Turmstumpfes ließ es sich aushalten; hier war es trocken, und nachdem Siguna ein Feuer entzündet hatte, wurde es richtiggehend heimelig.

Zu Füßen der Erwachsenen, die auf der urigen Holzbank saßen, spielten die Zwillinge; die Grafentochter erzählte Hadamar, wie es ihr und den Kindern während der letzten Monate ergangen war, und als der Ritter alles erfahren hatte, sagte er: „Meine Hochachtung! Ihr habt euch bestens behauptet. Aber“, er zwinkerte Siguna zu und wies auf die Packsäcke, „ein paar nützliche Dinge werdet ihr dennoch brauchen können.“

Damit stand er auf, um die Säcke auszuräumen. In dem einen hatte er eine Menge zweifach gebackenes Fladenbrot, einen frischen Brotlaib, mehrere Stücke Geräuchertes und ein Fass mit frischem Salz mitgebracht; im anderen dicken Wollstoff, der zu einem Ballen zusammengerollt war, sowie einen großen Vorrat an haltbaren Winteräpfeln. Nachdem die Packsäcke scheinbar leer waren, bedankte sich die Grafentochter für die wertvollen Gaben; Hadamar entgegnete: „Ist schon recht. – Wichtig ist nur, dass die Sachen dir und den Kleinen in der kalten Jahreszeit nützen werden. Insbesondere das Wolltuch, aus dem du warme Umhänge anfertigen kannst, sodass ihr in der Winterkälte nicht frieren müsst.“

„Ich werde gleich in den nächsten Tagen mit dem Nähen beginnen", versprach Siguna.

„Solcher Eifer muss belohnt werden", versetzte der Ahausener – und griff noch einmal in einen der Säcke. Neugierig beobachtete ihn die junge Frau; im nächsten Moment sah sie, wie Hadamar einen soliden Steingutkrug zutage förderte. Mit verschmitztem Gesichtsausdruck hielt er ihn Siguna hin und fragte: „Was ist wohl da drin?"

Die Grafentochter betrachtete den etwa zwei Liter fassenden Krug, der mit einem Holzstopfen verschlossen war; dann riet sie: „Wein vielleicht?"

„Falsch", erwiderte der Ritter und zog den Stöpsel heraus. „Da, riech!"

Siguna schnupperte am Hals des Gefäßes. „Bier, du verrückter Kerl! Du hast tatsächlich ..."

„Jawohl!" Hadamar stellte den Steinkrug zwischen sich und die junge Frau auf die Bank. „Allerbestes Starkbier aus dem Ahausener Brauhaus ist das. Weil ich dir zum Wiedersehen eine spezielle Freude machen wollte." Er grinste. „Und mir selber natürlich auch nach dem langen Ritt. – So, und jetzt bring Becher herbei, damit wir kräftig miteinander anstoßen können."

„Das werden wir tun", antwortete Siguna aufgeräumt. „Aber zuerst muss ich mich um die Zwillinge kümmern. Es wird allmählich Nacht draußen, und die Kinder sind es gewohnt, dass sie vor dem Zubettgehen gestillt werden."

„Du hast sie also noch nicht entwöhnt?", erkundigte sich der Edelfreie.

Die junge Mutter schüttelte den Kopf. „Sie sollen meine Milch bis zum Alter von drei Jahren bekommen. Beikost, doch das weißt du ja, erhalten sie selbstverständlich auch. Und ich denke, so ist es am besten für sie."

„Du machst es schon richtig", äußerte Hadamar; gleich darauf, als Siguna ihr Obergewand öffnete, drückte er den Holzstopfen vorerst wieder in den Krughals und ging zur Tür, um in den Regen hinauszublicken, solange die Grafentochter die Zwillinge an der Brust hatte.

Erst als Siguna ihn rief, kam er zu ihr zurück; wenig später schliefen die Kinder ein – und anschließend widmeten sich die beiden Erwachsenen dem süffigen Bier und dazu dem Rauchfleisch und dem erst kürzlich gebackenen Brot aus Ahausen.

Während der folgenden Tage – das Novemberwetter war noch einmal besser geworden – jagte der Edelfreie in den Auwäldern entlang der Donau und erbeutete reichlich Wild. Jeden Abend gab es im Turmraum gebratenes oder gekochtes Fleisch; der größte Teil des Wildprets aber wurde eingesalzen, um die Wintervorräte der Grafentochter aufzustocken. Ein halbes Dutzend fetter Fasane allerdings gedachte Hadamar auf die Isarburg mitzunehmen; bis zum Ende seines knapp einwöchigen Aufenthalts ließ er die Vögel draußen an der Turmwand abhängen, und erst an dem Morgen, da er den Heimritt antreten wollte, verstaute er sie in einem seiner Packsäcke.

Danach holte der Ritter die Pferde zum Turmstumpf, unter dessen Dach Siguna soeben die Zwillinge ankleidete. Hadamar sattelte seinen Hengst und belud das Lasttier; im selben Moment, da er fertig wurde, gewahrte er etwas im Südwesten – und erstarrte.

Gleich darauf, nachdem er einen heftigen Atemzug getan hatte, rief er leise, aber in drängendem Tonfall nach der Grafentochter. Eilig kam Siguna ins Freie; sie sah, wie der Edelfreie in Richtung des Moorlandes deutete – und dann wurde auch sie Zeugin eines archaisch wirkenden Geschehens.

In kaum zweihundert Metern Entfernung zog vor einer dünnen Nebelbank eine Herde Auerochsen dahin. Es handelte sich um mindestens zwei Dutzend ausgewachsene Tiere sowie etliche Kälber. Die Felle der gewaltigen Wildrinder waren von stumpfem Schwarz; die Schädel der Urtiere wirkten klobig, und trotz der Distanz waren die mächtigen geschwungenen Hörner der Bullen und Kühe zu erkennen.

Wie gebannt beobachtete die Grafentochter die Auerochsenherde, die einer fernen, urtümlichen Welt anzugehören schien. Selbst Jörg und Siglind, die nun zu ihrer Mutter kamen und die Riesentiere ebenfalls erblickten, spürten den dunklen, geheimnisvollen Zauber, der von den Uren ausging; reglos, mit großen Augen schauten die Kinder und wagten keine Bewegung.

Jetzt hielt die Herde in ihrem Vorwärtsschreiten inne; irgend etwas musste die Auerochsen gestört haben, sodass sie unruhig verharrten und kurz darauf einen Verteidigungskreis um die Kälber bildeten. Eine Weile blieben sie fast bewegungslos stehen; nur ab und zu senkte eines der Urrinder drohend den hörnerbewehrten Kopf. Schließlich löste sich der Kreis unvermittelt wieder auf; die Wildrinderherde zog weiter, und die Menschen, die sich beim Turmgebäude befanden, blickten ihr schweigend nach, bis sie nicht mehr zu sehen war.

Erst dann sagte Siguna mit belegter Stimme: „Zwar stieß ich beim Pirschen im Urwald manchmal auf Fährten, die so groß und tief waren, dass sie nur von Auerochsen stammen konnten. Doch nie bekam ich diese machtvollen Tiere bisher zu Gesicht ... Diese gigantischen Geschöpfe, die sogar aus der Ferne noch etwas ausstrahlen, was man mit Worten gar nicht beschreiben kann ..."

„Ich verstehe gut, was du meinst." Sinnend schaute Hadamar in die Richtung, wo die Urrinder verschwunden waren. „Man hat das Empfinden, als kämen die Ure aus einer anderen Zeit ..."

Stumm nickte die junge Frau; gleich darauf fragte Siglind leise und ein wenig ängstlich: „Riesig Tier ... nimmer da?"

„So ist's, mein Mädchen", beruhigte der Edelfreie die Kleine. „Brauchst keine Angst zu haben. Die Herde ist jetzt schon wieder weit weg." Er zwinkerte Siglind zu; sodann fuhr er fort: „Und auch ich werde mich nun von dannen machen. Hab ja einen langen Heimritt vor mir."

„Komm gesund in Ahausen an", wünschte ihm Siguna. „Und sag Anna liebe Grüße. Und richte ihr aus, sie soll eurem Stammhalter Rapoto einen Kuss von mir geben."

„Wird alles gewissenhaft erledigt", erwiderte Hadamar schmunzelnd; dann schwang er sich auf den Rücken seines Hengstes und trabte, das Packpferd mitführend, davon. Nach ungefähr zwanzig Metern aber drehte er sich noch einmal im Sattel um und rief der Grafentochter zu: „Im Frühjahr sehen wir uns wieder, kannst dich drauf verlassen!"

Vorerst freilich mussten Siguna und die Zwillinge den Herbst und den Winter durchstehen. Je weiter der November fortschritt, desto kälter, windiger und feuchter wurde das Wetter; oft hingen Nebelbänke über den Flüssen und dem Auenland, und die junge Frau verbrachte viele Stunden damit, Brennholz im Wald zu sammeln und es zum Turmstumpf zu schleppen. Als der erste Schnee fiel, hatte Siguna einen Holzvorrat für mehrere Monate zusammengebracht. Die Totholzknüppel und die Scheite, die sie mit Hilfe ihrer Axt zugerichtet hatte, bedeckten nun, mit Ausnahme des Rübengestells, sämtliche Wände im Turmraum, und auch draußen, unter den Überhängen des Schilfdaches, stapelte sich das Feuerholz.

Das war aber auch nötig, denn in den Wochen um den Jahreswechsel schneite es immer wieder so stark, dass das Land zwischen Donau und Isar bald wie von einem dicken weißen Leichentuch bedeckt zu sein schien. Kniehoch lag der Schnee auf den Wildwiesen; die Äste der Waldbäume trugen schwere Lasten, und die Tiere schienen sich tief in die schützenden Forste zurückgezogen zu haben. Nur selten sah die Grafentochter, so sie sich einmal eine größere Strecke vom Turmstumpf entfernte, Wildspuren auf der Schneedecke; selbst die Fluten der Flüsse erweckten den Anschein, als würden sie stiller als sonst dahinströmen, und einzig die schwarzen Raben und Krähen brachten noch düster wirkendes Leben in die verschneite Landschaft, wenn sie sich gelegentlich irgendwo in krächzenden Scharen versammelten.

Ende Januar sodann, als die Tage wieder deutlich länger wurden, setzte scharfer Frost ein. Manchmal war nun von ferne das unheimliche Geheul jagender Wölfe zu vernehmen, und in einigen Nächten wurde es so eisig, dass Siguna das Feuer im Turmraum ununterbrochen in Gang halten musste. Trotzdem erkälteten sich Jörg und Siglind; die Zwillinge fieberten und husteten – doch letztlich, weil ihre Mutter sie dazu brachte, das Bett nicht zu verlassen, überwanden sie ihre Krankheit.

Siguna konnte erleichtert aufatmen – und als drei Wochen später warmer Südwestwind zu wehen begann und der Schnee langsam zu schmelzen anfing, dachte sie: Jetzt ist das Schlimmste wohl überstanden. Und das war der Fall; der milde Wind hielt an, die Schneedecke wurde zusehends dünner, und bald stieg der Wasserspiegel der Flüsse. Donau und Isar schienen ihre winterliche Trägheit abschütteln zu wollen; ihr Rauschen schien zu verkünden: Der Frühling kommt näher.

Aber es dauerte noch weitere zwei Wochen, ehe auf den Wildwiesen schneefreie Flecken sichtbar wurden und das erste, noch schüchterne Zwitschern der Waldvögel erklang. Wieder einen halben Monat später erwachte die Natur mit Macht; plötzlich jubilierten die Vogelstimmen wie im Freudenrausch, aus der Erde spross zartes frisches Grün – und die Grafentochter durfte sich sagen: Es ist überstanden! Jörg, Siglind und ich sind gut über den Winter gekommen!

Allerdings waren die Nahrungsvorräte der kleinen Familie fast aufgebraucht. Das Wandgestell war bis auf ein paar Pastinaken, einige Stücke

Fladenbrot und einen Rest des Geräucherten aus Ahausen leer. Ansonsten war noch ein wenig eingesalzenes Fleisch von vier mageren Wildhasen da, die Siguna eine Woche zuvor unweit des Turmgebäudes mit Pfeilschüssen erlegt hatte, und angesichts dessen musste die junge Frau versuchen, größere Jagdbeute zu machen.

Siguna entschloss sich, auf Rotwild zu pirschen. Bevor sie aufbrach, schärfte sie den Zwillingen einmal mehr ein: „Solange ich weg bin, müsst ihr unbedingt beim Turmbau bleiben! Und wenn ihr ein großes Tier seht, versteckt ihr euch sofort drinnen. Ich lasse die Tür ein Stück offen, damit ihr rasch durchschlüpfen könnt."

Siglind und Jörg, die infolge des harten und naturnahen Lebens weit über ihr Alter hinaus verständig geworden waren, versprachen ihrer Mutter, den Anweisungen zu gehorchen. Siguna drückte die Kinder an sich, dann gürtete sie den Hirschfänger um, hängte sich den Pfeilköcher über die Schulter, griff nach dem Bogen und ging zum Waldrand.

Um die drei Stunden durchstreifte die Grafentochter den Auwald an der Isar; schließlich kam sie zum Schuss – freilich nicht auf ein Reh, sondern auf einen Fischotter, den sie am Rand eines Altwasserteiches erspähte. Ihr Pfeil fuhr dem Otter ins Herz; an Ort und Stelle weidete Siguna das Tier aus, wusch es im Teichwasser vom Blut sauber und trat den Heimweg an.

Gegen Mittag war sie zurück beim Turmstumpf. Die Zwillinge hielten sich beim Gemüsebeet auf und bemühten sich, einen Flecken Erde umzustechen. Als sie ihre Mutter gewahrten, ließen sie den Spaten fallen, um Siguna entgegenzurennen – und später durften sie sich an Otterbraten satt essen.

Auch während der folgenden Zeit litten die Grafentochter und ihre Sprösslinge keinen Hunger. Siguna erlegte weiteres Wild und holte mit der Angel so manchen Fisch aus den Flüssen; im Mai sodann, als auf dem Beet beim Turmgebäude die jungen Gemüsepflanzen zu sprießen begonnen hatten, kam der Ahausener Edelfreie zu Besuch und brachte in den Ledersäcken seines Tragtieres abermals Salz, haltbare Lebensmittel sowie etliche andere nützliche Dinge mit.

Darüber hinaus vertraute er der Grafentochter am ersten Abend, da sie mit ihm am Feuerplatz beisammensaß, etwas Freudiges an. „Anna ist erneut schwanger!", sagte Hadamar mit leuchtenden Augen und fügte auf seine manchmal recht unkonventionelle Art hinzu: „Im vergangenen Dezember hat's bei ihr geschnackelt, und infolgedessen wird unser zweites Kind heuer im September geboren werden."

Siguna umarmte den Ritter und gratulierte ihm; danach holte Hadamar, ganz wie bei seinem letzten Aufenthalt im Herbst des Vorjahres, einen Steingutkrug mit Bier aus einem der noch nicht völlig geleerten Packsäcke, damit er mit der Grafentochter anstoßen konnte. Im Verlauf der nächsten Stunden trank Siguna nur mäßig, da sie aufgrund ihres Daseins in der Wildnis des Alkohols entwöhnt war; desto mehr goss sich der Edelfreie hinter die Binde – und am Morgen war er etwas knurriger Laune.

Trotzdem schwang er sich in der Vormittagsmitte in den Sattel seines Hengstes, um einen Jagdritt zu unternehmen. Zusätzlich zu Bogen und Pfeilen hatte er eine von der Isarburg mitgebrachte Saufeder bei sich, und als er in der Abenddämmerung zurückkehrte, trug sein Ross schwer, denn es war Hadamar geglückt, ein zweijähriges Wildschwein zu erwischen.

Während der darauffolgenden Tage vertilgten die Erwachsenen und ebenso die Zwillinge, die inzwischen nur noch selten gestillt werden wollten, große Mengen an Bratenfleisch. Nach einer Woche dann nahm der Ahausener wieder Abschied – und ungefähr vierzehn Tage später, als die Junikäfer zu fliegen begannen, beschied die junge Mutter ihre Kinder: „Nun seid ihr schon drei Jahre alt."

„Drei Jahre alt", wiederholte Siglind, wobei sie über das ganze Gesicht strahlte; Jörg hingegen lief zum Rübengestell, wo der Bogen und der Pfeilköcher hingen, zerrte am Köcher und fragte unternehmungslustig : „Darf ich jetzt jagen, Mama?"

„Da wirst du noch ein wenig warten müssen, kleiner Mann", vertröstete ihn Siguna schmunzelnd. „Aber zum Beerensammeln können wir gehen. Am Waldrand habe ich gestern viele süße Früchte gesehen, und wir brauchen sie uns nur zu holen."

Kurz darauf pflückten die Zwillinge eifrig Wilderdbeeren und verspeisten sie gleich an Ort und Stelle. Mit weichem Lächeln schaute ihre Mutter ihnen zu; einmal jedoch, weil sie an ihren toten Gemahl dachte, der so wenig von seinen Kindern gehabt hatte, verzog sich ihr Mund in stillem Schmerz. Aber nach einem tiefen Atemzug befreite sich Siguna wieder von ihrer wehen Empfindung – und als Siglind zu ihr kam, um ihr mit feierlicher Miene drei Beeren zu schenken, spürte sie in ihrem Herzen unendlich tiefe und beglückende Liebe zu den Zwillingen.

Den Juni hindurch, der zumeist trocken und sonnig war, spielte die Grafentochter, wann immer sie Zeit hatte, mit ihren Kindern. Keinen Tag ließ sie Jörg und Siglind allein; Anfang Juli jedoch wurde das Fleisch knapp, und die Flussfische wollten nicht recht beißen, sodass Siguna einmal mehr zu einem Pirschgang in den Urwald aufbrechen musste.

In östlicher Richtung verließ sie die Wiese, auf der sich das Turmgebäude erhob. Eineinhalb Stunden später folgte sie tief im Forst einer Rehfährte; nach einer Weile aber verlor sie die Spur und lehnte sich, um zu rasten, gegen den Stamm eines Ahornbaumes. Dann auf einmal vernahm sie aus einem Gebüsch heraus Geräusche; sofort hatte sie einen Pfeil auf der Sehne, und im nächsten Moment flog über dem Gestrüpp ein Fasan auf. Blitzschnell spannte die junge Frau den Bogen, schoss und traf; der Wildvogel trudelte zur Erde, und in ihrer Genugtuung über den gelungenen Schuss stieß Siguna einen Freudenschrei aus. Sodann lief sie los, um den Fasan zu holen; doch plötzlich blieb sie abrupt stehen – denn es war ihr, als hätte sie von irgendwoher einen Ruf vernommen.

Wie gebannt, zwischen Verblüffung und Furcht hin- und hergerissen, lauschte die Grafentochter; schon glaubte sie, sich getäuscht zu haben – da hörte sie das Rufen erneut und diesmal etwas deutlicher. Es klang dünn, brach ab, wiederholte sich und schien von Norden her zu kommen: ungefähr von dort, wo der Wildvogel zu Boden gefallen war.

Einen Augenblick zögerte Siguna noch; dann rannte sie zu dem toten Fasan, hob den Vogel auf und hastete weiter. Abermals erklangen die Laute; nun hatte die Grafentochter den Eindruck, als kämen sie aus einer weiblichen Kehle und hätten etwas Flehendes an sich. Angesichts dessen schrie sie in den Forst hinein: „Ich komme! Doch ich muss wissen, wo du steckst."

„Hier bin ich …", erscholl es. „Beim Bach …"

Gehetzt schaute sich Siguna um; sie hatte den Eindruck, als würde sich der Waldboden etwa hundert Meter vor ihr senken – und als sie die Niederung, von weiteren Rufen geleitet, erreicht hatte, erblickte sie den Bachlauf. Das Gewässer schien sich durch Sumpfland zu schlängeln; die Grafentochter dachte: Ich muss dort vorsichtig sein, muss langsam gehen – unmittelbar darauf vernahm sie: „Halt dich links! Bleib dem Morast fern!"

Siguna gehorchte der Anweisung; im nächsten Moment gewahrte sie einen Biberdamm. Das Gewirr aus Baumstämmen und Ästen überbrückte den Bach, und oben auf dem Damm hockte eine Frau. Die Grafentochter lief hin; im Näherkommen erkannte sie, dass die Fremde bereits älter war, vielleicht fünfzig Jahre, und ein schlichtes graubraunes Gewand trug. Und gleich darauf, als Siguna am Rand des Biberdammes ankam, hörte sie aus dem Mund der Frau: „Die Göttin möge dich segnen! Und ich wiederum preise sie, weil sie dich zu mir gesandt hat, damit du mir in meiner Not beistehen kannst."

„Was ist dir denn passiert?", fragte die Grafentochter.

Die Fremde deutete auf ihr linkes Bein. „Ich bin mit dem Fuß tief in den Damm eingebrochen. Wollte auf ihm den sumpfigen Bachgrund überqueren, um zu dem kleinen Hügel da drüben zu gelangen, wo wahrscheinlich Alraunen wachsen. Aber plötzlich gab das Holz unter meinem Gewicht nach, sodass ich stürzte. Und jetzt stecke ich fest, habe außerdem das Gefühl, als hätte ich mir den Knöchel verstaucht."

„Mit dieser Verletzung wärst du aus eigener Kraft nicht mehr von hier fortgekommen", sagte Siguna leise; sodann legte sie den Fasan und ihre Jagdwaffen ab und kletterte auf den Biberdamm. Dort erweiterte sie die Einbruchsstelle, in der sich das Bein der Frau verklemmt hatte, und nach einiger Mühe gelang es ihr, die Fremde aus ihrer misslichen Lage zu befreien und ihr vom Damm zu helfen.

Als sie beide wieder auf festem Boden waren, setzte sich die verletzte Frau aufatmend ins Moos, und erst jetzt fand die Grafentochter Gelegenheit, die Fremde näher zu betrachten. Siguna bemerkte, dass die Frau ihr dunkles, da und dort bereits ergrautes Haar zu drei Zöpfen geflochten hatte; ihr Antlitz mit den auffallend hellblauen Augen drückte sowohl Tatkraft als auch etwas Feines, Durchgeistigtes aus, und um den Hals trug sie eine Kette mit hellen, rötlichen und schwarzen Holzperlen, die jeweils zu Dreiergruppen angeordnet waren.

Der Anblick der dreifarbigen Perlenkette berührte die Grafentochter auf seltsame Weise im Innersten; sie entspannte sich, fühlte sich mit einem Mal sehr wohl, sehr geborgen und fast entrückt – dann vernahm sie die Stimme der Älteren: „Ich heiße Ranhild. Und du?"

Siguna nannte ihren Namen, zögerte einen Moment und fuhr fort: „Vorhin hast du von einer Göttin gesprochen, nicht von Gott. Betest du zu ihr, statt zu Christus?"

Ranhild nickte. „Ich erkenne und ehre die alten Gottheiten. Und mit der Großen Göttin bin ich besonders verbunden. Ihr diene ich aus ganzem Herzen und mit meinem ganzen Sein, denn ich bin eine Hagazussa."

„Hagazussa ... was bedeutet das?", fragte die Grafentochter. „Ich meine, das Wort früher schon gehört zu haben, doch ich kann nichts damit anfangen."

„Zuweilen sause oder reite ich geistig auf einem Hag, einem Zaun, dahin", antwortete Ranhild. „Und dieser Hag ist die Grenze zwischen den Welten: der irdischen und der jenseitigen. Die Weltengrenze aber ist dank einer Gabe, die ich von der Göttin erhalten habe, offen für mich, und indem ich sie überschreite, gewinne ich tiefe Erkenntnis."

Forschend musterte die Hagazussa ihr Gegenüber; Siguna schaute halb verwirrt, halb ahnungsvoll drein, und angesichts dessen sagte Ranhild nun: „Ich merke, dass du fähig bist, diese Dinge zu verstehen. Doch noch nicht jetzt, vielleicht später ... Vorerst ist ohnehin etwas anderes wichtig: Ob du dich von mir abwenden willst, weil ich nicht zum Christengott bete ..."

Heftig schüttelte die Grafentochter den Kopf. „Warum sollte mich das stören?! Zwar wurde ich christlich erzogen – doch ich sah Christen, allen voran meinen eigenen Vater, fürchterliche Verbrechen begehen! Ihretwegen verlor ich meinen Gemahl und meine Heimat! Ihretwegen musste ich mit meinen Kindern in die Wildnis fliehen! Christenmenschen taten mir und den Kleinen das an – und deshalb habe auch ich schon lange kein christliches Gebet mehr gesprochen!"

Mitleidig legte die Hagazussa den Arm um Sigunas Schultern. „Möchtest du dich aussprechen? Willst du mir dein Herz ausschütten?"

„Nicht jetzt", erwiderte die Grafentochter. „Wichtiger ist es, dich von hier wegzubringen. Leicht wird es nicht werden, da dein Fuß verletzt ist. – Bist du von weither in den Urwald gewandert, oder hast du deine Wohnstätte irgendwo hier in der Nähe?"

„Bis zu meiner Waldhütte sind es zweieinhalb Wegstunden", entgegnete Ranhild. „Aber nur, falls man tüchtig ausschreiten kann. In meinem Fall, wenn ich eine Krücke benutze und du mich stützt, wird es wohl doppelt so lange dauern."

„Selbstverständlich kannst du auf mich zählen", beteuerte Siguna. „Bloß … leichter wäre es für uns beide, zu meiner Behausung zu gehen, denn sie liegt viel näher."

Die Hagazussa überlegte kurz; dann stimmte sie zu: „Lass es uns so machen – und hab Dank für deine Hilfe."

„Schon gut", erwiderte die Grafentochter; gleich darauf ging sie ein paar Schritte abseits, um mit ihrem Hirschfänger einen kräftigen Weidenschössling abzuhauen, der Ranhild als Gehhilfe dienen konnte. Danach untersuchte sie das Fußgelenk der Hagazussa, das stark angeschwollen war, und sagte anschließend: „Sobald wir im Turmraum sind, den ich mit meinen Kindern bewohne, werden wir deinen Knöchel mit feuchten Umschlägen kühlen, damit die Schwellung zurückgeht."

Ranhild schenkte ihr ein warmes Lächeln; mit dem nächsten Lidschlag fragte sie: „Ihr lebt in der uralten Turmruine am Zusammenfluss von Isar und Donau?"

„Ja", bestätigte Siguna. „Offenbar kennst du den Platz …"

„Er ist mir nicht fremd", antwortete die Hagazussa. „Früher war ich manchmal dort, und in letzter Zeit hatte ich gelegentlich das Gefühl, als würde sich jemand dort aufhalten. Doch ich glaubte, es wäre der Adlige, der bisweilen zur Jagd in der Wildnis der Isarmündung weilt."

„Du kannst die Gegenwart von Menschen über weite Entfernung hin spüren?", erkundigte sich die Grafentochter erstaunt.

„Die Natur lehrt einen viel, sofern man sich ihr hingibt und eins mit ihr wird", entgegnete Ranhild. „Allerdings", sie schmunzelte schmerzlich, „ist man auch dann nicht unbedingt gegen gewisse Fährnisse gefeit, wie mein Unfall zeigt. Ich war unaufmerksam auf dem Biberdamm und muss jetzt die Folgen tragen."

„Bald wirst du wieder gesund sein", tröstete Siguna die verletzte Frau. „Und nun lass uns aufbrechen."

Während der folgenden drei Stunden sodann durchquerten die Grafentochter und die Hagazussa den Urwald langsam in westlicher Richtung. Ranhild stützte sich auf ihre Weidenkrücke; an schwierigen Wegstellen griff ihr Siguna, die ihre Jagdwaffen und den Fasan trug, helfend unter die

Arme. Zuletzt, der Nachmittag war bereits halb verstrichen, langten sie auf der Wiese an, wo sich der Turmstumpf erhob – und als die Grafentochter zu dem Gebäude hinüberschaute, erkannte sie, dass der Turmzugang verschlossen war.

Siguna erschrak; sie spähte nach allen Seiten, gewahrte jedoch nichts Bedrohliches und rief daraufhin nach den Zwillingen. Gleich darauf bewegte sich die Turmtür; öffnete sich ruckartig einen Spalt, und im nächsten Moment kamen Jörg und Siglind ins Freie. So schnell sie konnten, liefen sie zu ihrer Mutter; der Bub zog die kurze Lanze hinter sich her, die einst von Ahausen mitgebracht worden war, und als die Kinder bei Siguna und ihrer Begleiterin waren, stieß Siglind hervor: „Mama! Wildes Tier ist dagewesen!"

Die Grafentochter zog die Kleine an sich. „Was für ein Tier?!"

Anstelle seiner Schwester antwortete Jörg: „Großer Fuchs." Mit einiger Anstrengung zückte er die Stoßlanze und fügte stolz hinzu: „Aber Fuchs nicht in Turm kommen. Weil ... wenn Fuchs reinkommen, ich ihn stechen!"

Erleichtert atmete Siguna auf. „Ihr habt also das wilde Tier gesehen und euch im Turmraum versteckt. Und du, Jörg, hast die Lanze genommen, um dich und Siglind zu verteidigen, falls euch der Fuchs gefolgt wäre."

Grinsend nickte der Bub; dann musterte er neugierig die Hagazussa. „Wer du? Dich noch nie sehen ..."

„Ich heiße Ranhild", beschied ihn die Verletzte. „Und du bist ja ein ganz tapferes Kerlchen!"

Siglind drängte sich zwischen ihren Bruder und die Hagazussa. „Und was ich sein?"

„Ein hübsches Mädchen", erwiderte Ranhild lächelnd.

Die Dreijährige strahlte; dann wurde sie auf die Krücke der Hagazussa aufmerksam und fragte: „Warum hast du Stock?"

„Weil Ranhild sich am Fuß weh getan hat und ohne den Weidenstock nicht gehen kann", erklärte Siguna ihrer Tochter.

„Frau krank?", kam es von Jörg. „Fuchs gebissen?"

Siguna schmunzelte. „Nein, mein Sohn. Kein Fuchs, nur ein Unfall. Und nun wollen wir Ranhild zur Bank am Feuerplatz bringen, damit sie sich dort niedersetzen kann."

Wenig später kniete die Grafentochter vor der Hagazussa und legte ihr einen nassen Tuchwickel um den verstauchten Knöchel. Danach richtete sie einen Bettplatz für Ranhild her; als sie fertig war, forderte sie die Hagazussa auf: „Leg dich hin. Wenn du willst, schlaf eine Weile. Ich brate währenddessen den Fasan, und nachdem du geruht und gegessen hast, wird es dir schon wieder besser gehen."

Dankbar ließ sich Ranhild zur Liegestatt geleiten; kurz darauf war sie eingeschlummert – und am frühen Abend, als der Fasanbraten verzehrt war, griff die Hagazussa nach Sigunas Hand und sagte: „Du hattest recht. Dank deiner Fürsorge fühle ich mich bereits recht gut erholt."

Es dauerte allerdings noch einige Zeit, bis Ranhild genesen war. Erst nach einer vollen Woche, in welcher die Grafentochter häufig, jedoch öfter nicht sonderlich erfolgreich fischte, um sich, die Zwillinge und die Hagazussa mit Frischfleisch zu versorgen, konnte Ranhild wieder schmerzfrei gehen. Sie blieb dann noch ein paar Tage länger; schließlich aber zog es sie heim in ihre Waldhütte, und am Morgen eines sonnigen Tages nahm sie Abschied.

Herzlich umarmte sie die Kinder und Siguna; dann beschied sie die Grafentochter, die ihr in vielen Abendstunden an der Feuerstelle von ihrem Schicksal erzählt hatte: „Vorerst ist es dir leider nicht möglich, mich in meinem Hain zu besuchen, weil deine Sprösslinge noch zu klein sind. Aber später wirst du mein Heim kennenlernen – und mich wirst du in drei bis vier Monaten hier an der Isarmündung wiedersehen. Denn du sollst zum Dank für deine Hilfe und deine Herzensgüte ein Geschenk von mir bekommen, das sich für dich und die Zwillinge als sehr wertvoll erweisen wird."

Nachdem sie diesen geheimnisvollen Ausspruch getan hatte, schloss die Hagazussa die junge Mutter ein weiteres Mal in die Arme und küsste sie auf beide Wangen – unmittelbar darauf, ehe Siguna noch eine Frage stellen konnte, löste sich Ranhild von ihr und schritt zum Saum des Urwaldes davon.

Der Uttenschwalb

Wildnis an der Isarmündung
Sommer 1136 bis Sommer 1139

Gegen Ende des Sommers hatte Siguna die Zwillinge endgültig von ihrer Brust entwöhnt; in der ersten Oktoberhälfte kam einmal mehr der Ahausener Edelfreie, wie üblich ein Packpferd mit sich führend, angeritten. Als sich Hadamar beim Turmbau aus dem Sattel schwang, rannte Jörg zu ihm hin, packte seine Hand und verkündete lautstark: „Wir nix Milch mehr trinken. Ich schon ganz groß und Siglind auch."

„Das sehe ich", erwiderte der Ritter lachend. „Reichst mir ja bereits bis über die Knie, du riesiger Knirps." Er hob den Buben hoch und drückte ihm einen schmatzenden Kuss auf die Stirn; danach begrüßte er Jörgs Schwester auf dieselbe Art, umarmte die Mutter der Kinder und stellte fest: „Ihr schaut gesund aus, und auch eure Einsiedelei ist offenbar bestens in Schuss."

„Vorletzten Monat habe ich eine schadhafte Stelle am Schilfdach ausgeflickt und vor kurzem zwei weitere Gemüsebeete für die Aussaat im Frühling vorbereitet", entgegnete Siguna.

Hadamar nickte. „Deine Sprösslinge wachsen heran und brauchen mehr Nahrung als früher. Da werden die neuen Beete von Nutzen sein. Und vorerst wird mein Tragtier weiterhelfen, weil in seinen Packsäcken etliche nahrhafte Sachen stecken."

„Wenn ich dich nicht hätte ..." Tiefe Dankbarkeit schwang in den Worten der Grafentochter mit; dann besann sie sich und fuhr fort: „Aber was reden wir von mir und meinen Kindern. Viel wichtiger ist: Wie steht's bei dir daheim? Ist Anna wohlauf? Ich hoffe doch! Und wie verlief ihre Niederkunft?"

„Bestens!", versetzte der Edelfreie mit strahlenden Augen. „Vor vier Wochen kam das Kleine zur Welt. Brauchte gerade mal drei Stunden, um ins Leben zu plumpsen. Und am Tag darauf war mein teures Weib schon wieder auf den Beinen."

„Das freut mich", kam es von Siguna. „Aber sag! Habt ihr nochmals einen Buben oder ein Mädchen bekommen?"

„Anna hat ein Schwesterchen für unseren Stammhalter Rapoto geboren“, erwiderte Hadamar. „Und die Kleine wurde auf den Namen Alena getauft.“

„Alena“, wiederholte Siguna. „Alena von Ahausen – das klingt sehr hübsch.“

„Gell!“, äußerte der Ritter stolz; gleich darauf, weil sein Hengst wild schnaubte und sich halb aufbäumte, fügte er, das Ross hart an den kurzen Zügel nehmend, hinzu: „Der Gaul spinnt heute! Hat auch unterwegs immer wieder Sperenzchen gemacht. Auf der Weide da drüben wird er sich hoffentlich beruhigen. Ich bringe ihn gleich hin, und du könntest das Packpferd abladen und mir dann mit ihm nachkommen.“

Wenig später grasten die Rösser, an langen Leinen angepflockt, auf der Wildwiese; im Turmraum brannte das Feuer unter dem Kochkessel, und Hadamar erzählte noch mehr von der Geburt Alenas sowie von verschiedenen Ereignissen, die sich seit dem Frühjahr auf der Isarburg zugetragen hatten. Nach dem Essen sodann sprach er auch eine Weile über die Zustände in Mühlberg, von denen ihm im Sommer ein wandernder Händler berichtet hatte. Siguna erfuhr, dass die Württembergischen Waffenknechte, die auf der Kollbachburg hausten, übel mit den überlebenden Mühlberger Bauern- und Handwerkerfamilien umzuspringen pflegten. Sie knechteten die Menschen und pressten ihnen hohe Steuern ab; dasselbe galt für die einstmals freien Bewohner von Arnstorf, die seit der Eroberung der Feste Mühlberg wie Hörige behandelt wurden.

Angesichts dieser schlimmen Nachrichten litt die Grafentochter; sie musste sich jedoch eingestehen, nichts an den Zuständen in ihrer früheren Heimat ändern zu können. Einige Tage danach aber, als der Edelfreie und Siguna ein weiteres Mal über die Verhältnisse an der Kollbach redeten, sagte Hadamar etwas, das Siguna zumindest ein wenig Hoffnung gab.

„Unrecht muss nicht ewig gedeihen!“, äußerte der Ritter. „Es mag Jahr um Jahr wuchern und sich gleich Unkraut weiter und weiter ausbreiten – doch wenn schließlich einer kommt, der den Mut eines wahren Adligen hat und tapfer für das Recht kämpft, kann das Böse auch wieder ausgetilgt werden.“

Lange dachte die junge Mutter in der Nacht über diese Sätze nach, und eine halbe Woche später, während sie dem in Richtung des Sumpflandes davonreitenden Edelfreien nachblickte, ging ihr sein Ausspruch nochmals durch den Sinn. Dann aber wurde sie abgelenkt, weil die Zwillinge an ihrem Gewand zerrten und unbedingt zum Gemüsegarten wollten, wo die ersten Pastinaken erntereif waren. In der folgenden Stunde zogen Jörg und Siglind eine Speiserübe nach der anderen aus der Erde, und Siguna sammelte die Gartenfrüchte in einem Korb, den sie aus Weidenruten geflochten hatte.

Am nächsten Morgen nahm die Grafentochter ihre Kinder, die zu Mittag unbedingt Fisch zu den saftigen Pastinaken haben wollten, mit ans Donauufer. Dort warf sie ihre Angelschnur aus; letztlich jedoch musste sie sich mit zwei kleinen, kaum spannenlangen und sehr grätenreichen Weißfischen zufriedengeben, welche den Zwillingen nicht sonderlich schmeckten. Da Siguna die Kinder nicht enttäuschen wollte und selbst ebenfalls Verlangen nach besserem Fischfleisch hatte, versuchte sie ihr Glück einen Tag später erneut; sie konnte aber wieder nur magere Beute an den Haken bekommen.

Daraufhin verzichtete die junge Mutter aufs Angeln und ging stattdessen auf die Pirsch. Es gelang ihr, drei Hasen zu erlegen, sodass sie und die Zwillinge etliche Bratenmahlzeiten genießen konnten. Nachdem das Fleisch verzehrt war, wollte Siguna zu einem weiteren Pirschgang aufbrechen; am Spätvormittag, als sich der Nebel über den Flussauen gelichtet hatte, nahm sie ihre Jagdwaffen an sich und verließ den Turmstumpf – doch noch ehe sie die Wildwiese überquert hatte, erblickte sie am östlichen Waldrand, etwa dreihundert Meter entfernt, eine menschliche Gestalt.

Mit zusammengekniffenen Brauen, die Hand am Griff des Hirschfängers, spähte die Grafentochter hinüber; gleich darauf erkannte sie die Hagazussa. Siguna winkte ihr zu und lief Ranhild entgegen – und als sie nur noch einen Pfeilschuss von der Waldfrau weg war, gewahrte sie, dass ein großer Vogel mit gewaltiger Flügelspannweite aus dem Forst herausflog, die Hagazussa umkreiste und sich sodann auf ihrem ausgestreckten linken Arm niederließ.

Kurz danach trafen die beiden Frauen aufeinander; lächelnd begrüßte Ranhild die Grafentochter, dann sagte sie: „Im Sommer habe ich versprochen, dir ein Geschenk zu bringen. Und hier“, sie deutete mit der Rechten auf den Großvogel, „siehst du die Gabe, die ich dir zugedacht habe.“

Verblüfft musterte Siguna den Vogel. Er war mächtig; maß gewiss einen Meter und trug schwarzglänzendes Gefieder. Sein langer gelber Schnabel war an der Spitze hakenförmig nach unten gebogen; sein Schwanz war fächerförmig ausgebildet, und die blutroten kräftigen Füße mit den starken Krallen besaßen Schwimmhäute. Auf dem Kopf trug der Großvogel einen hohen Schopf; seine bernsteinfarbenen Augen drückten sowohl Mut als auch Klugheit aus, und sein Hals verdickte sich über dem Brustansatz zu einem Kehlsack.

Eine ganze Weile betrachtete die Grafentochter den Vogel; schließlich richtete sie den Blick wieder auf die Hagazussa und äußerte mit etwas belegter Stimme: „Ich hätte nicht erwartet, dass du mir ein solches Tier zum Geschenk machen würdest. – Aber sicher ist es wertvoll. Bloß weiß ich nicht recht, um welche Vogelart es sich handelt. Könnte es vielleicht ein Kormoran sein? Nur ... die haben doch eigentlich keinen so mächtigen Wuchs, und ihre Füße sind so dunkel wie ihr Federkleid ..."

Ranhild schmunzelte. „Du hast nicht schlecht geraten, dennoch liegst du falsch. Der Schwarzvogel ist zwar ein Verwandter der Kormorane, aber er gehört nicht zu ihnen. Es handelt sich vielmehr um einen Uttenschwalb: eine Art, die früher oft an Flüssen lebte, heutzutage jedoch fast ausgestorben ist. Der Uttenschwalb ist stärker und auch gescheiter als der Kormoran. Wer ihn zum Freund hat, darf sich glücklich schätzen, und deshalb habe ich dir diesen Vogel gebracht. Er stammt von einer kleinen Brutkolonie, die unweit meiner Waldhütte überlebt hat, und ist jetzt um die zwei Jahre alt. Während der letzten Monate habe ich ihn abgerichtet – ganz so, wie schon vor längerer Zeit einen anderen Uttenschwalb, den ich seitdem bei meinem Heim halte. Der hier ist noch nicht völlig ausgewachsen, er wird noch ein wenig größer werden. Aber ungeachtet dessen wird er dir und deinen Kindern von heute an viel Gutes tun."

„Inwiefern?", fragte Siguna erstaunt. „Auf welche Weise kann er uns nützen?"

„Das wirst du gleich sehen", entgegnete die Hagazussa. „Lass uns zur Donau gehen ..."

Als hätte er Ranhilds Worte verstanden, schlug der riesige Vogel mit den Schwingen und stieß einen Ruf aus: ein kehliges „Chrochrochro". Im nächsten Moment richtete er den Blick auf Jörg und Siglind, die nun herbeigerannt kamen; staunend beäugten die Zwillinge den Uttenschwalb, dann folgten sie den Erwachsenen ans Donauufer.

Dort nahm die Hagazussa einen Holzring aus ihrer Umhängetasche und streifte ihn dem schwarzen Vogel, der dies ruhig duldete, über Kopf und Hals. Zuletzt befand sich der Ring zwischen Kehlsack und Brustansatz des Uttenschwalbs – und als Ranhild jetzt mit dem Arm wippte und rief: „Jage!“, breitete der Großvogel die Flügel aus, schwang sich mit mächtigen Schwingenschlägen in die Luft und flog davon.

Gleich darauf kreiste er über der Donau; schraubte sich höher, ging wieder ein Stück tiefer – und schoss plötzlich aufs Wasser hinab. Kurz bevor er in die Fluten eintauchte, legte er die Flügel an; für einen Augenblick war er verschwunden, sodann kam er zurück an die Wasseroberfläche, rannte mit peitschenden Schwingen zehn, zwölf Meter auf der Donauflut dahin, löste sich vom Wasser, gewann Höhe, segelte ans Flussufer und landete zu Füßen der Hagazussa.

Ranhild bückte sich und lobte den Uttenschwalb mit leiser Stimme; danach strich sie ihm sanft über den Kehlsack, und daraufhin würgte der schwarze Vogel den Fisch, den er gefangen hatte, mit weit aufgesperrtem Schnabel aus. Es handelte sich um eine schöne Barbe; sie zappelte im Ufergras, bis die Hagazussa sie mit einem raschen Handkantenschlag tötete, und nachdem Ranhild dies getan hatte, sagte sie zu Siguna: „Jetzt weißt du, wie der Uttenschwalb dir und deinen Kindern dienen kann.“

„Er ist ein meisterlicher Fischjäger“, antwortete die Grafentochter zutiefst beeindruckt.

Die Hagazussa nickte. „Das liegt in seiner Natur. Blitzschnell fängt er seine Beute unter Wasser und bringt sie an Land.“ Ranhild befreite den Großvogel vom Halsring und fuhr fort: „Normalerweise würde er seine Fischbeute entweder sofort verschlingen oder sie im Kehlsack zu seinem Standplatz tragen, um sie dort zu fressen. Bei diesem abgerichteten Uttenschwalb aber ist es anders. Er weiß, dass er seinen Fang, wenn er den Ring trägt, der ihn am Schlingen hindert, seiner Herrin bringen muss. Tut er das, so wird er gelobt, und der Halsring wird ihm abgenommen. Und anschließend darf er neuerlich zum Jagdflug aufsteigen, damit er auch Beute für sich selbst machen kann.“

Damit rief die Waldfrau dem schwarzen Vogel ein zweites Mal zu: „Jage!“ – und sofort flog der Uttenschwalb wieder aufs Wasser hinaus, suchte, tauchte in die Donau ein, kam ans Ufer zurück und verschluckte ruckweise den Fisch, den er erwischt hatte. Danach flatterte er zu einem vom Alter ausgebleichten Baumstrunk, stellte sich aufs Totholz, breitete die Schwingen zum Trocknen aus und verharrte in dieser Stellung.

Einmal mehr beobachteten die Zwillinge hingerissen den Großvogel; die Hagazussa wiederum erklärte der Grafentochter nun: „Bis jetzt ist der Uttenschwalb einzig an mich gewöhnt und gehorcht nur mir. Doch sofern du dich von heute an täglich um ihn kümmerst, wird er bald dich als seine Herrin anerkennen. Ich werde die nächsten Wochen bei euch bleiben und dir helfen, ihn an dich zu gewöhnen. Wenn ihr sodann zusammengefunden habt, wird der Vogel dir treu sein. Er wird bei deinem Heim bleiben, wird hier für euch jagen und zudem für sich selbst sorgen, sodass du wenig Aufwand mit ihm haben wirst. Du kannst ihn später auch allein lassen, allerdings nicht allzu lange. Denn falls er über einen größeren Zeitraum hinweg für sich bleiben müsste, würde er wieder verwildern.“

In einer dankbaren Aufwallung umarmte Siguna die ältere Frau; danach sagte sie: „Jetzt ist mir erst wirklich klar, welch wertvolles Geschenk du mir und meinen Kindern gemacht hast! Solange der Uttenschwalb bei uns ist, werden wir, wann immer wir wollen, frischen Fisch zur Nahrung haben. Ganz anders als bisher, wo ich oft wenig Glück mit der Angel hatte. Zwar konnte ich manchmal durchaus fette Barben, Schleien, Hechte oder Karpfen aus dem Wasser holen, aber sicher war mir ein guter Fang nie. Und im Winter, wo außerdem die Jagd schwierig oder unmöglich ist, bissen auch die Fische kaum.“

„Der Schwarzvogel macht zu allen Jahreszeiten Beute“, versicherte Ranhild. „Und nun lass uns zu deiner Behausung gehen, um einen guten Platz für ihn auszusuchen und ihm dort einen Sitz zu errichten.“

Eine Stunde später hatten die beiden Frauen diese Arbeit erledigt. Nahe dem Zugang zum Turmstumpf und halb unter dem Überhang des Schilfdaches hatten sie im Abstand von eineinhalb Metern je zwei kräftige Holzpfosten so in die Erde getrieben, dass sie sich oben, ungefähr in Mannshöhe, im spitzen Winkel kreuzten. Sodann hatten sie unten schwere Steine um die Pfosten gelegt, um diesen zusätzlichen Halt zu geben; droben waren die schräg gegeneinanderstehenden Holzpfosten mit Lederriemen verbunden worden. Schließlich hatten die Hagazussa und die Grafentochter noch eine starke Stange in die Pfostenwinkel gelegt und sie ebenfalls festgezurrt. Neugierig hatte ihnen der Uttenschwalb, der unterdessen mit wieder trockenem Gefieder herbeigekommen war, bei der letzten Verrichtung zugesehen – jetzt flog er vom Boden auf, umkreiste dreimal den Turmbau und ließ sich dann auf der Sitzstange nieder.

„Der Platz gefällt ihm", stellte Siguna mit leuchtenden Augen fest; die Zwillinge patschten freudig in die Hände. Ranhild wiederum griff in ihre Umhängetasche, reichte der Grafentochter den Halsring des Großvogels und sagte zu ihr: „Morgen machst du dich ein, zwei Stunden mit dem Uttenschwalb vertraut, und danach werden wir sehen, ob er sich den Ring schon von dir überstreifen lässt. – Für heute aber wollen wir ihn in Ruhe lassen, damit er sich hier eingewöhnen kann, und wir könnten uns nun ans Feuer setzen und uns erzählen, was wir in den vergangenen Monaten erlebt haben."

Bis in die Nacht hinein tauschten sich die beiden Frauen miteinander aus; Siglind und Jörg hielten sich teils bei ihnen, teils im Freien auf, um draußen den mächtigen Vogel zu beobachten. Am nächsten Vormittag sodann begab sich Siguna zum Uttenschwalb; sie redete leise mit ihm, berührte ihn sanft, streichelte ihm übers Federkleid, entfernte sich und kam wieder zurück, um erneut mit ihm zu sprechen und ihn zu liebkosen. Bald zeigte der Großvogel keine Scheu mehr vor ihr; mehrmals betupfte er ihre Hand sogar zart mit dem Schnabel – doch als ihm die Grafentochter nach einiger Zeit den Halsring anlegen wollte, schlug er abwehrend mit den Flügeln und stieß ein zorniges „Chrochro" aus.

„Vielleicht sperrt er sich noch gegen dich, weil er männlich ist und daher manchmal unwirsche Launen hat", äußerte die Hagazussa, wobei ihr Gesichtsausdruck nicht ganz ernst wirkte. „Aber seine Männlichkeit ist andererseits auch vorteilhaft, denn er wird, sofern er allein bleibt, nie brüten und wird deshalb stets zum Fischfang bereit sein."

„Irgendwann wird er den Ring in meiner Hand nicht mehr scheuen", sagte Siguna – und sechs Tage später bewahrheiteten sich ihre Worte. Widerstandslos ließ sich der Uttenschwalb den Halsring überstreifen, und anschließend hatte er nichts dagegen, dass ihn die Grafentochter auf ihrem

Arm zum Donauufer trug. Dort befahl sie ihm: „Jag!“ – doch der Großvogel reagierte nicht. Er beäugte Siguna lediglich mit schiefgelegtem Kopf; gleich darauf, weil die Zwillinge ihn anplärrten: „Jag! Jag! Jag!“, flatterte er wie im Trotz von Sigunas Arm, lief zu Ranhild und ließ, den Blick auf die Hagazussa gerichtet, ein herausforderndes „Chrochrochro“ hören.

Ranhild kniete nieder, reckte ihm ihren Unterarm hin, hob ihn hoch und gab ihm den Jagdbefehl. Sofort schwang sich der Uttenschwalb in die Luft, flog aufs Wasser hinaus und kehrte bald mit einem Fisch im Kehlsack zurück. Die Hagazussa machte Anstalten, ihm über den geweiteten Hals zu streichen, damit er seine Beute hergeben sollte – dann aber forderte sie die Grafentochter auf: „Versuch du es.“

Siguna gehorchte, und tatsächlich würgte der schwarze Vogel den Donaufisch, einen Hecht, heraus. Glücklich liebkoste die Grafentochter den Uttenschwalb; Ranhild sagte: „Siehst du, es wird. Und vielleicht lässt er sich schon morgen oder übermorgen von dir auch zum Jagdflug auffordern.“

Doch es dauerte noch gut eine Woche, bis der Großvogel völlig vertraut mit Siguna war. Erst dann gehorchte er am Isargestade zum ersten Mal ihrem Ruf „Jag!“; willig flog er von ihrem Arm weg – und als er wieder vor den Füßen der Grafentochter landete und sie ihm über den Kehlsack strich, fiel ein schöner Fisch ins Gras: eine Schleie, die gut zwei Handspannen maß.

Siguna schlug den Fisch ab; sodann streichelte sie den Uttenschwalb, streifte ihm den Ring vom Hals und ließ ihn von neuem fliegen. Und während er suchend über dem Wasser der Isar kreiste, erklärte die Hagazussa: „Jetzt hat er dich anerkannt. Damit er aber nicht glaubt, er hätte nun zwei Herrinnen, werde ich mich zurückziehen. Einzig du darfst ihn von heute an zu den Flussufern bringen. So werdet ihr euch gänzlich aneinander gewöhnen, und ich werde für den Schwarzvogel bald nur noch dunkle Erinnerung sein.“

Im Verlauf der folgenden Tage dann beschränkte sich Ranhild darauf, die Grafentochter und den Uttenschwalb, wenn sie sich auf der Fischjagd befanden, von ferne zu beobachten. Zuletzt, nachdem die Hagazussa sicher war, dass der Großvogel Siguna als seine neue Herrin akzeptiert hatte, nahm sie Abschied von der kleinen Familie und machte sich auf den Rückweg zu dem Hain tief im Urwald, wo ihre Hütte stand.

Die Zwillinge, die von der geheimnisvollen Waldfrau fasziniert gewesen waren, sprachen auf ihre kindliche Art noch wochenlang von ihr, und auch ihre Mutter dachte oft an Ranhild. Sie war der Hagazussa unendlich dankbar; seit der Uttenschwalb die Fische aus Isar und Donau holte, hatten sie und die Kinder stets frisches und gesundes Fleisch zur Nahrung. Angesichts dessen brauchte die Grafentochter nicht mehr so oft wie früher auf Wild zu pirschen; nur dann, wenn sie Lust auf einen kräftigen Braten bekam, ging sie mit ihren Jagdwaffen in den Wald, um Niederwild zu erlegen.

So verstrichen der Spätherbst, der Winter und die ersten Frühlingswochen des neuen Jahres. Im Mai kam Hadamar zu Besuch, staunte mächtig über den schwarzen Großvogel, der ihn mit lautem „Chrochrochro" von seinem Sitzplatz herab begrüßte – und staunte noch mehr, als Siguna ihm erzählte, welch geschickter Fischjäger der Uttenschwalb war. Eine Woche später, ehe der Ahausener wieder abritt, sagte er zur Grafentochter: „Künftig werde ich euch statt des zähen Rauchfleisches, das ihr jetzt gar nicht mehr braucht, lieber Gewandstoff und andere nützliche Dinge bringen, sofern es dir recht ist."

Gerne war Siguna damit einverstanden, und nachdem der Edelfreie im frühen September seine Ankündigung wahrgemacht hatte, nähte sie neue Kittelgewänder für die Zwillinge und freute sich über ein hübsches und zugleich derbes Lederwams, das Anna ihrem Gatten für sie mitgegeben hatte. Kaum waren die Kinderkittel fertig, tauchte eines Nachmittags Ranhild am Waldrand auf; Jörg und Siglind, die nun bereits vier Jahre alt waren, rannten der Hagazussa entgegen, und als sie bei ihr waren, sprudelte es aus dem Buben heraus: „Ich bin ganz dick geworden! Weil der Utti so viele Fische fängt!"

„Und deiner Schwester scheint die reichliche Nahrung auch gut angeschlagen zu haben", antwortete Ranhild schmunzelnd; wenig später schloss sie die Grafentochter in die Arme, und danach gingen die beiden Frauen, umtollt von den Zwillingen, zum Turmstumpf.

Die Hagazussa blieb zwei Wochen an der Isarmündung, ehe sie wieder Sehnsucht nach der Waldeinsamkeit bekam; sie versprach jedoch Siguna und den Kindern, ihnen im Frühling einen weiteren Besuch abzustatten.

Vorerst freilich mussten die in der Wildnis lebenden Menschen die kalten und nassen Herbst- sowie die eisigen Wintermonate überstehen. Insbesondere der Januar und der Februar wurden hart, und als der Frost einmal besonders grimmig biss, hatten die Grafentochter und die Zwillinge derartiges Mitleid mit dem Uttenschwalb, dass sie ihn zu sich in den Turmraum holten, wo der zahme Großvogel sodann vier Tage lang auf dem Rübengestell hockte.

Die kleine Familie litt trotzdem nicht Hunger, denn sie besaß noch immer die Pastinaken, etliche andere haltbare Gartenfrüchte und dazu einen Vorrat an Fischen. Kurz vor Einbruch der heftigen Frostperiode hatte der Uttenschwalb nämlich tüchtig gejagt, und Siguna hatte gut zwei Dutzend ausgenommener Donau- und Isarfische in einen Weidenkorb gelegt und diesen draußen hoch an der äußeren Turmwand aufgehängt. So konnten keine Wildtiere an ihn herankommen; die Fische wiederum waren bald gefroren gewesen. Nun nahm die Grafentochter täglich ein paar von ihnen aus dem Korb, um sie drinnen am Feuer wieder aufzutauen und zu braten, und deshalb gab es auch jetzt, da der schwarze Vogel nicht über den Flüssen kreiste, ausreichend Fischnahrung für die Menschen – und ebenso für den Uttenschwalb selbst.

Kaum war das Wetter ein wenig milder geworden, begann der Großvogel erneut zu jagen; im März schließlich schmolz der Schnee weg, und allmählich wurde das Leben an der Isarmündung wieder leichter. Im Frühling freuten sich die junge Mutter und ihre Kinder über Besuche von Hadamar und Ranhild; als die Junikäfer flogen, sagte Siguna zu den Zwillingen: „Jetzt seid ihr schon fünf Jahre alt."

Einen Monat danach begann die Hochsommerhitze über dem Auenland und den Wäldern zu brüten; im Herbst wurden die Tage und Nächte zunehmend kühler, und im Turmstumpf waren einmal mehr der Ahausener Edelfreie sowie die Hagazussa zu Gast. Und dann kam abermals der Winter, und das alte Jahr drehte sich ins neue. Der Januar war auch diesmal frostig, aber bereits in der Februarmitte setzte Tauwetter ein – und ein paar Tage später, als die Grafentochter schon glaubte, die ärgsten Heimsuchungen der kalten Jahreszeit wären überstanden, traf sie ein grausamer Schlag.

Am Morgen waren Jörg und Siglind noch munter gewesen. Gegen Mittag jedoch fingen sie zu quengeln an; klagten bald über Kopf- und Gliederschmerzen, begannen zudem zu husten, und am Abend glühten sie vor Fieber.

Siguna, die wenig Erfahrung mit Kinderkrankheiten hatte, weil die Zwillinge – abgesehen vom Zahnen und einigen leichten Erkältungen – bisher stets gesund gewesen waren, sorgte sich furchtbar. Aber sie konnte nicht mehr tun, als Siglind und Jörg kühlende Wickel zu machen, ihnen viel angewärmtes Bachwasser zu trinken zu geben und ihnen liebevoll zuzureden.

Tatsächlich schien dies zu wirken. In der zweiten oder dritten Nachtstunde wurden die Kinder etwas ruhiger und ihre Hustenanfälle seltener; auch die Fieberhitze war, Sigunas Gefühl nach, nicht mehr ganz so schlimm. Die Grafentochter erneuerte die Arm- und Beinwickel; gegen Mitternacht schliefen die Zwillinge ein; ihre Mutter legte sich zu ihnen, nahm sich jedoch vor, sicherheitshalber wach zu bleiben.

Irgendwann aber wurde auch Siguna von Müdigkeit übermannt; sie konnte die Augen nicht länger offenhalten und lag gleich darauf wie leblos da. Doch bald fingen ihre Lider an zu flattern, und ihre Hände bewegten sich fahrig, weil sie von Alpträumen gequält wurde. Teufel und Dämonen mit grässlichen Fratzen hetzten ihre Kinder; sie wollte Jörg und Siglind schützen und vermochte es nicht – plötzlich drangen angstvolle Schreie in ihr Bewusstsein, und als die Grafentochter aus ihrem gepeinigten Schlaf aufschreckte, begriff sie: Die Angstlaute kamen von den Zwillingen.

Im Schein des Herdfeuers sah sie, dass die Kinder wach und schweißgebadet waren; offenbar litten sie erneut unter heftigem Fieber – und wurden außerdem von Fieberphantasien heimgesucht. Wie in Panik klammerten sie sich aneinander; stießen, von Husten unterbrochen, abgehackte Sätze hervor: „Die Burg brennt … Papa hat uns verlassen!“ – „Wir verhungern mit unserer Mama … im Kerker!“ – „Das Boot liegt im Wasser … wir ertrinken alle!“

„Nein!“ Siguna zog die Zwillinge an sich, hielt sie fest. „Nein! Ihr seid bei mir! Seid in Sicherheit, braucht euch nicht zu fürchten! Niemand tut euch etwas, nichts bedroht euch!“

Aber Siglind und Jörg schienen sie gar nicht zu hören; die Kinder phantasierten weiter – bis sie auf einmal zu wimmern und zu keuchen begannen und wie betäubt erschlafften.

Mit fliegenden Händen wischte ihre Mutter ihnen den Schweiß von den Stirnen und aus den wie verfallen wirkenden Gesichtern; danach machte sie ihnen einmal mehr frische Wickel. Daraufhin fielen die Zwillinge in unruhigen Halbschlaf und schienen sich ein wenig zu erholen; eine Stunde später jedoch, draußen war mittlerweile der Tag angebrochen, hatte Siguna das Empfinden, als wäre die Fieberhitze noch weiter angestiegen. Gehetzt überlegte die Grafentochter, wie sie ihren Kindern helfen könnte – plötzlich hörte sie ein Geräusch in ihrem Rücken, und im nächsten Moment wurde die Tür des Turmraumes geöffnet.

Siguna fuhr herum; sie nahm eine große, dunkle Gestalt wahr, wollte instinktiv aufspringen, nach einer Waffe greifen – dann erkannte sie die Hagazussa.

Ranhild trug einen Fellumhang, der nach kühler, feuchter Waldluft roch; jetzt kam sie zur Bettstatt der Zwillinge, warf einen Blick auf die Kinder, umarmte kurz deren Mutter und sagte zu ihr: „Tief in der Nacht habe ich gespürt, dass ihr mich braucht. Und nun werde ich sehen, was ich für die Kleinen tun kann."

„Danke …", flüsterte die Grafentochter.

Die Hagazussa schenkte ihr ein weiches Lächeln; sodann legte sie ihren Umhang ab, kniete bei den röchelnd atmenden Zwillingen nieder, untersuchte sie gründlich und murmelte zuletzt: „Es ist, der Göttin sei Dank, nur das Starkfieber. Und die grausamen Erinnerungen der Kinder kommen hinzu, peinigen sie über das Körperliche hinaus innerlich. Aber der Hustenschleim, der gefährlicher werden könnte als das Fieber, hat sich glücklicherweise noch nicht sehr tief in ihren Lungen festgesetzt."

Damit öffnete Ranhild ihre Umhängetasche, nahm drei kleine Lederbeutel heraus und wies Siguna an: „Nimm den Kochkessel und fülle ihn zu einem Drittel mit frischem Bachwasser."

Die junge Frau hastete hinaus; die Hagazussa holte sich eine Holzschüssel vom Wandregal und schüttete, wobei sie die jeweiligen Mengen genau abmaß, verschiedenartige getrocknete Kräuter aus ihren Beuteln hinein. Als Siguna zurückkehrte, ließ Ranhild die Kräutermischung in den Kessel rieseln und bedeutete der Grafentochter, das Gefäß übers Feuer zu hängen. Während sich das Wasser erwärmte, redeten die beiden Frauen leise miteinander; allmählich, weil die Hagazussa sich bemühte, ihr Mut zuzusprechen, entspannte sich Siguna.

Schließlich begann das Kesselwasser zu summen; Ranhild murmelte neunmal hintereinander einen langen Spruch in altertümlich klingender Sprache, dessen schwingende Sätze die Grafentochter nur unzulänglich verstand. Nachdem das letzte Wort verklungen war, nahm die Hagazussa den Kessel vom Dreibein und goss einen Teil des fertigen Kräutersuds in eine Holzschale. Anschließend warteten die Frauen, bis der Sud auf Handwärme abgekühlt war; dann flößten sie den Zwillingen den streng riechenden Aufguss ein.

Als die Schale leer war, erklärte Ranhild: „In Kürze werden die Kleinen tief schlafen. Sobald sie, wahrscheinlich gegen Mittag, erwachen, bekommen sie den Heiltrank erneut und werden abermals schlummern. Ein drittes Mal müssen sie den Trank am Abend zu sich nehmen, und morgen bei Sonnenaufgang“, die Hagazussa zog Siguna wie behütend an sich, „wirst du, so die Göttin will, von der Sorge um deine Kinder befreit sein.“

Den ganzen Tag wich die Grafentochter kaum vom Ruhelager der Zwillinge; in der Nacht, in der sie einmal mehr kaum schlief, horchte sie ständig auf den Atem von Jörg und Siglind – und in der Morgendämmerung durfte sie unendlich erleichtert feststellen, dass sich Ranhilds Ankündigung bewahrheitet hatte.

Denn nach dem Aufwachen zeigten sich die Zwillinge schon wieder recht munter; sie hatten nur noch leichtes Fieber, und ihr Husten war locker geworden. Bald, nachdem die Waldfrau eine Weile mit ihnen gescherzt hatte, verlangten sie nach Essen und Trinken; Siguna bereitete ein Frühstück für die Kinder zu, und als Siglind und Jörg satt waren, brachte ihnen die Hagazussa neuerlich einen Kräutersud. Diesmal jedoch hatte Ranhild andere Kräuter ins Kesselwasser gegeben: Heilkräuter, welche die Genesung der Zwillinge sanft unterstützen sollten – und die Fürsorge der Waldfrau wirkte auch jetzt, denn bis zum Abend waren die Kleinen so gut wie beschwerdefrei.

Bei Einbruch der Nacht schlummerten Jörg und Siglind friedlich ein; auch die Grafentochter, die neben Ranhild auf der Bank am Feuerplatz saß, sehnte sich nach den beiden durchwachten Nächten nach Schlaf. Schon wollte sie sich ebenfalls niederlegen; dann aber fiel ihr ein, dass sie bereits die ganze Zeit etwas von der Hagazussa hatte wissen wollen, und nun sprach sie es an: „Als du gestern so überraschend bei uns auftauchtest, sagtest du etwas, das mich sehr verblüffte: Du seist gekommen, weil du die Notwendigkeit dafür gespürt hättest. Und ich verstehe nicht, wie das möglich ist …"

Ranhild deutete auf die vom Feuerschein beleuchteten Zwillinge, die sich eng umschlungen hielten. „Du bist mit deinen Kindern innig verbunden. Und manchmal hast du sogar das Empfinden, ihr wärt ein und dasselbe Wesen, nicht wahr?"

„Ja", bestätigte Siguna. „Ich glaube, das ist so, weil ich die Kleinen einst unter meinem Herzen getragen habe."

Die Hagazussa nickte. „Vor ihrer Geburt waren sie eins mit dir, und ein Teil dieses Einsseins wird immer in dir bewahrt bleiben. Doch es gibt noch ein anderes, höheres Einssein, das jegliches Leben umfasst. Alles Dasein nämlich kommt aus dem Schoß der Großen Mutter, der Dreifachen Göttin, und daher sind sämtliche Erscheinungsformen des Lebens miteinander verschwistert. Wir alle, wir menschlichen und dazu die tierischen und pflanzlichen Wesen, sind Kinder der Göttin, und weil wir dies sind, existiert das Einssein auch zwischen uns. Ein feines Geflecht, das freilich für die meisten Männer und Frauen unsichtbar bleibt, verknüpft uns zu einem einzigen Mitsammen. Und wer sich dieses Verflochtenseins bewusst ist, vermag bisweilen selbst aus der Ferne zu fühlen, was in anderen Menschen vorgeht. Ich besitze diese Gabe; sie ist ein manchmal lichtes, manchmal dunkles Geschenk, das die Göttin denen zukommen lässt, die zwischen den Welten wandern. Und so war es möglich, dass ich deine Angst um die kranken Kinder spüren und mit meinen Heilkräutern zu euch eilen konnte."

Lange dachte die Grafentochter über die Worte der Waldfrau nach; endlich flüsterte sie: „Ich bin nicht sicher, ob ich die ganze Fülle deines weisen Wissens verstanden habe. Aber das, was vorletzte Nacht geschah, erschließt sich mir nun klarer."

„Du könntest mehr lernen, sofern du einige Zeit in meinem Hain verbringen würdest", erwiderte Ranhild. „Komm doch im Sommer mit Jörg und Siglind zu mir. Die Kinder werden dann schon sechs Jahre alt sein und werden den Weg durch den Urwald schaffen können, sofern wir beide sie begleiten."

Siguna überlegte; sodann entgegnete sie: „Ja, ein Besuch bei dir wäre schön. Gewiss würde er mir weitere Erkenntnis schenken ... Und du könntest mir dann auch deine gesamte Lebensgeschichte erzählen. Zwar hast du mir damals, als du den Uttenschwalb brachtest, bereits einiges angedeutet, doch es ist immer noch viel Geheimnisvolles um dich. Und da du meinem Herzen sehr nahe stehst, würde ich so gerne alles erfahren ..."

„Das sollst du." Die Hagazussa drückte die Hände der jungen Mutter. „Zur Zeit der Sommersonnenwende werde ich euch abholen und euch zu meinem Heim bringen, wo du meine Geschichte hören wirst. – Jetzt aber musst du schlafen, und ich will mich ebenfalls zur Ruhe legen."

Wenig später war im Turmraum nur noch das Atmen der Schlummernden zu hören; am nächsten Morgen drängten die Zwillinge, kaum dass sie angezogen waren, ins Freie, um nach dem Großvogel zu sehen und ihn ein wenig zu necken – und tags darauf trat Ranhild den Rückweg zu ihrer Waldhütte an.

Im Verlauf der folgenden Monate ereignete sich nichts Besonderes auf der Wildwiese an der Isarmündung. Langsam drehte sich der Spätwinter in den Frühling; täglich fischte der Uttenschwalb in den Flüssen, und bald konnte Siguna die im vergangenen Herbst gewonnenen Gemüsesamen aussäen. Als die Pflanzen teilweise schon hoch und üppig dastanden, kam der Ahausener angeritten; Hadamar berichtete vom Gedeihen seiner Sprösslinge, jagte einige Male in den Auwäldern und verabschiedete sich in den letzten Maitagen wieder.

Eine Woche danach begannen die Junikäfer zu fliegen. Stolz verkündete Jörg dem schwarzen Vogel: „Utti, hör her! Ich und meine Schwester sind vor sechs Sommern geboren worden!"; Siglind fügte mit strahlenden Augen hinzu: „Das bedeutet, dass wir jetzt schon sehr groß sind! So hat es Mama gesagt!"

Der Uttenschwalb antwortete mit einem lauten „Chrochrochro" – und nicht weniger geräuschvoll begrüßte er vier Tage nach der Sonnenwende die Hagazussa, die über die blumenbedeckte Wiese zum Turmgebäude schritt.

Die Zwillinge, die bereits wussten, dass sie eine weite Wanderung machen durften, rannten ihr ausgelassen und gellend schreiend entgegen. Nachdem Ranhild die Wildfänge begrüßt hatte, umarmte sie die Grafentochter; anschließend ging die Hagazussa zum Stangensitz des Schwarzvogels und stellte fest: „Er sieht sehr unternehmungslustig aus."

„Vermutlich deshalb, weil er heute mehr als üblich fangen muss", scherzte Siguna, und wenig später schauten die Frauen und die Kinder dem Großvogel vom Donauufer aus bei der Jagd zu. Die Fische, welche der Uttenschwalb erbeutet hatte, brieten am Abend über der Feuerstelle im Turmstumpf; ebenso war es am nächsten Tag – und am darauffolgenden Morgen konnten es die Zwillinge kaum erwarten, zur Waldhütte Ranhilds aufzubrechen.

Allerdings wollten Jörg und Siglind unbedingt den schwarzen Vogel mitnehmen. Nur mühsam konnte ihre Mutter ihnen dieses Vorhaben ausreden; erst als sie den Sechsjährigen erklärte, dass der Uttenschwalb gerne einmal allein sein und für sich selbst fischen wolle, hatten die Zwillinge ein Einsehen. Im Urwald sodann kamen sie bald auf andere Gedanken. Sie freuten sich über die reiche Vielfalt der ungebändigten Natur, bestaunten die Tierfährten, die sie entdeckten; einmal, als aus der Ferne das Brüllen von Auerochsen herandrang, verharrten sie reglos und lauschten hingerissen den urweltlichen Lauten. Ansonsten liefen die Kinder tapfer dahin; nur selten verlangten sie nach einer Ruhepause – und schließlich, in der Nachmittagsmitte, hüpfte Siglind vor Freude, weil die Heimstatt der Hagazussa vor ihr und den anderen lag.

Es handelte sich um eine altersgraue, mit Schilf gedeckte Blockhütte, die in einem Hain von hellen Birken, rötlichen Kiefern und dunklen Eiben stand. Unweit der schlichten Behausung schlängelte sich ein Bach durch eine mit Buschgruppen bewachsene Wildwiese, und auf dem knorrigen Ast einer Krüppelkiefer, die an der Südseite der Hütte wuchs, saß ein mächtiger Schwarzvogel, der seine Herrin jetzt mit erregtem „Chrochrochro" begrüßte und dabei freudig mit den Schwingen schlug.

„Nun habt ihr anstelle eures Utti einen noch größeren Uttenschwalb, mit dem ihr plappern könnt", sagte Ranhild zu den Zwillingen; danach, während sich Jörg und Siglind dem Großvogel näherten, beschied sie Siguna:

„Seit mehr als zehn Jahren dient mir der schwarze Vogel schon. Kaum ein Tag ist vergangen, an dem er nicht für mich jagte."

„Wo findet er denn seine Beute?", wollte die Grafentochter wissen. „Hier gibt es ja nur den seichten Bachlauf, und auf unserem letzten Wegstück haben wir ebenfalls kein ergiebiges Fischwasser gesehen …"

Die Hagazussa deutete über die Wiese nach Norden. „Dort drüben, jenseits des hohen Waldriegels, fließt ein Nebenarm der Donau. Der Hauptstrom ist nicht viel weiter entfernt, und außerdem gibt es östlich von hier etliche ausgedehnte Altwässer. – Aber nun lass uns in die Hütte gehen, damit ich nach der langen Wanderung ein Mahl für uns zubereiten kann."

Wenig später entfachte Ranhild in einem Steinring unter dem Rauchloch im Schilfdach der Blockhütte, das an den Rändern mit Lehm verstrichen war, ein Feuer. Nachdem das Holz gut angebrannt war, lief die Hagazussa zum Bach, um ihren Kochkessel mit Wasser zu füllen. Siguna blieb mit den Zwillingen, die sich mittlerweile wieder zu ihr gesellt hatten, im Inneren der Hütte und schaute sich dort genauer als zuvor um. Sie betrachtete Ranhilds reinliche Bettstatt; musterte die gefällige Maserung der aus einem Buchenstamm gefertigten Bank, auf der sie saß; ließ ihren Blick über ein Wandregal mit Holzgeschirr gleiten und schätzte die Anzahl der getrockneten Kräuterbündel, die in einer Ecke des Raumes von der nicht sonderlich hohen Decke herabhingen – um die drei Dutzend waren es gewiss.

Dann kam Ranhild zurück; sie trug den halbvollen Kessel und hatte zudem vier frische Barben bei sich. Erstaunt fragte die Grafentochter: „Wie bist du denn so schnell an die Fische gekommen? Der Uttenschwalb kann sie doch in der kurzen Zeit unmöglich gefangen haben."

Die Hagazussa schmunzelte, hängte den Wasserkessel an das eiserne Dreibein, das die Feuerstelle überragte, und antwortete: „Der Wiesenbach speist einen Teich, den ich ausgegraben und am Zu- und Ablauf mit Weidengeflecht abgesperrt habe. So kann ich, wenn mein Schwarzvogel viel gejagt hat, einen Teil seiner Beute in einem Bottich zum Bachteich bringen, sodass ich stets einen Vorrat an Speisefischen besitze."

„Das hast du dir schlau eingerichtet", lobte Siguna die ältere Frau. „Vielleicht sollte ich das auch so machen. Bei meinem Turmgebäude gibt es ja ebenfalls ein Bächlein."

„Du kannst es dir ja überlegen", erwiderte Ranhild. „Aber zunächst lass uns die Barben ausnehmen und putzen. Ich sehe es deinen Kindern an, dass sie schon recht hungrig sind."

„Wir haben Riesenhunger!", riefen Siglind und Jörg wie aus einem Mund – und bald darauf genossen sie und die beiden Frauen eine köstliche, mit Kräutern gewürzte Fischsuppe.

Nach dem Essen richteten Siguna und Ranhild neben dem Bett der Hagazussa weitere Schlafstellen her. Als es draußen dämmerte, schlummerten die vom weiten Marsch ermüdeten Kinder ein; die Frauen hingegen blieben im Lichtschein einiger brennender Kienspäne am nachglutenden Feuer sitzen und unterhielten sich. Zunächst redeten sie über allgemeine Dinge; dann auf einmal schien die Grafentochter eine Weile über etwas nachzusinnen – und schließlich sagte sie: „Als du im Winter, in den Tagen, da die Zwillinge krank waren, bei uns weiltest, hast du versprochen, mir deine Lebensgeschichte zu erzählen ..."

Ranhild nickte. „Das tat ich. Und du hast recht. Jetzt ist der richtige Zeitpunkt dafür gekommen ..."

Sie schaute einen Moment in die Feuersglut; sodann begann sie: „Ich wurde in Passau geboren, der mächtigen Bischofsstadt am Zusammenfluss von Donau, Inn und Ilz. Meine Mutter war eine Heilerin, mein Vater ein Donauferge. Als ich, das einzige Kind der beiden, fünf Jahre alt war, verunglückte Vater mit seinem Kahn und ertrank. Von da an waren Mutter und ich auf uns allein gestellt. Ein wenig abseits der Stadt lebten wir in unserem kleinen Haus am Donauufer. In den Stromauen und den nahen Wäldern sammelte meine Mutter Heilkräuter, um die Kranken zu behandeln. Die Siechen kamen entweder zu uns, oder aber Mutter suchte sie in der Stadt auf. So verstrichen fünfzehn Jahre, und als ich eine junge Frau war, durfte auch ich mich als heilkundig bezeichnen, denn meine Mutter hatte mich alles gelehrt, was sie selbst wusste. Ich hoffte, es ihr später einmal vergelten zu können, indem ich in ihrem Alter für sie sorgen würde. Doch dazu kam es nicht, vielmehr mussten wir die Bösartigkeit gewisser frommer Christenmenschen erleben ..."

Die Hagazussa verstummte; Siguna sah, wie es in ihrem Antlitz arbeitete – dann, nach einem heftigen Atemzug, fuhr Ranhild fort: „Ein Passauer Kleriker beschuldigte meine Mutter, eine Giftmischerin zu sein, die ihre

Seele dem Teufel verkauft habe. Er verleumdete sie aufs schlimmste, und er leistete sich diese Infamie aus folgendem Grund: Einige Wochen zuvor hatte er Mutter, die auch im mittleren Alter noch eine anziehende Frau war, unter dem Vorwand einer Krankheit in seine Gemächer gelockt und hatte dort versucht, sie zu vergewaltigen. Meine Mutter hatte sich jedoch erfolgreich gegen ihn gewehrt, hatte ihm ihr Knie zwischen die Beine gerammt und war weggerannt. Nun nahm der Pfaffe Rache dafür, indem er Mutter der genannten Verbrechen bezichtigte. Und da er großen Einfluss in Passau besaß, wurde meine Mutter eingekerkert und bald danach zum Tod auf dem Scheiterhaufen verurteilt."

Entsetzt starrte die Grafentochter ihre Freundin an; die Hagazussa kämpfte mit den Tränen, wischte sich über die Augen und sprach weiter: „Ich musste mit ansehen, wie Mutter verbrannte. Unsere Feinde zwangen mich dazu. Und nachdem der furchtbare Mord geschehen war, wollte ich nur noch eins: Weg, weit weg von der verfluchten Stadt. Ich verließ mein Elternhaus, nahm nur das Nötigste mit, floh durch die Auwälder donauaufwärts. Tagelang war ich unterwegs, irgendwann überquerte ich die Vils, schlug mich, die Menschen meidend, weiter und weiter durch. Zuletzt fand ich mich im tiefen Urwald wieder, wo ich niemanden mehr fürchten musste. Aber ich war inzwischen völlig erschöpft, hatte unterwegs kaum etwas gegessen, taumelte bloß noch dahin. Und am Ende brach ich an einem Weiher, an dessen Ufer ich trinken wollte, kraftlos zusammen ..."

Einmal mehr schwieg Ranhild; erst nach einer Weile nahm sie den Faden ihrer Erzählung wieder auf: „Halb besinnungslos lag ich am Wasser. Wie lange, weiß ich nicht mehr. Und dann kam die fremde Frau zu mir, kümmerte sich um mich, brachte mich zu ihrer Waldhütte ..."

„War es etwa die Blockhütte hier?", fragte Siguna ahnungsvoll.

Die Hagazussa nickte. „Ja. Die Hütte gehörte einst meiner Retterin. Da drüben", sie deutete zu den Bettstellen, „pflegte sie mich, bis meine Kräfte zurückkehrten. Und später, nachdem sie erfahren hatte, warum ich aus Passau geflohen war, bot Odalind mir an, bei ihr zu bleiben ..."

„Ein ungewöhnlicher, fast magisch klingender Name", unterbrach die Grafentochter die Rede der Älteren erneut.

„Er passte gut zu ihr", erklärte Ranhild. „Odalind war eine ganz besondere Frau – und sie war bewandert in heiliger Magie."

„Das hört sich an, als wäre sie, genau wie du, eine Hagazussa gewesen", vermutete Siguna.

„In den Jahren, die ich zusammen mit ihr im hiesigen, von ihr angelegten Hain verbrachte, weihte sie mich in die uralte Weisheit ein, die sie hütete", antwortete Ranhild. „Sie baute dabei auf dem Heilwissen auf, das ich bereits besaß, und führte mich sodann Schritt für Schritt hin zum tiefen Begreifen des irdischen und andersweltlichen Daseins. Auch lehrte sie mich, das Wesen der wahren Gottheiten zu erkennen, und so wurde ich selbst zur Hagazussa. Nachdem ich meine Ausbildung vollendet hatte, waren uns noch drei gemeinsame Jahre vergönnt. Dann starb Odalind friedlich in meinen Armen, und ich bestattete sie bei einer altehrwürdigen Sakralstätte, die sie betreut hatte und die du morgen kennenlernen sollst."

„Und seitdem lebst du hier ganz allein …", sagte die Grafentochter leise. „Ähnlich wie ich mit meinen Kindern im Turmbau an der Isarmündung …"

„Meistens bin ich allein, aber nicht immer", entgegnete Ranhild. „Denn ab und zu werde ich, so wie einst meine Lehrerin, in die Ansiedlungen geholt, die weiter östlich am Rand des Urwaldes liegen. Dort helfe ich den Kranken, und manchmal, wenn sie den Rat einer Heilerin brauchen, kommen die Menschen auch zu mir. Außerdem hatte ich stets einen Schwarzvogel zum Gefährten. Erst war es noch der Uttenschwalb, den Odalind gezähmt und abgerichtet hatte. Später, als er alterte und ich merkte, dass auch sein Geist bald in die Anderswelt wandern würde, holte ich mir einen Jungvogel von der Brutkolonie, um ihn an mich zu gewöhnen und ihm seine Aufgabe zuzuweisen. Und du kennst ihn – es ist jener, der seinen Platz draußen auf der Krüppelkiefer hat."

Weil sich die träumenden Zwillinge unruhig herumwälzten, schaute Siguna zu ihnen hinüber; als Jörg und Siglind wieder still dalagen, fragte sie die Hagazussa: „Ist es wirklich so, dass auch Tiere von etwas Geistigem erfüllt sind, das ihren Tod überlebt?"

„Dies lehrte mich Odalind", antwortete Ranhild. „In allem Vergänglichen lebt unvergänglicher Geist. In jedem irdischen Körper, sei er menschlich, tierisch oder pflanzlich. Und ebenso verhält es sich mit den anderen Erscheinungsformen der Natur: mit den Gesteinen, dem Wasser, dem Wind, dem Feuer …" Sie schwieg einen Moment; blickte auf die fast schon erloschene Glut im Steinring der Feuerstelle und wiederholte: „So lehrte es mich Odalind … Und ich will dir gerne mehr dazu sagen, wenn wir morgen im jahrtausendealten Heiligtum verweilen. – Doch nun wollen wir es den Kindern gleichtun und uns niederlegen, denn wir haben einen anstrengenden Tag hinter uns."

Kurz darauf war in der Blockhütte nur noch das Atmen der Schlafenden zu vernehmen – am nächsten Vormittag sodann brachen die beiden Frauen und die Zwillinge zu der Sakralstätte auf, von der Ranhild gesprochen hatte.

Die Hagazussa führte ihre Begleiter nach Westen; nach einer Wegstrecke von einer halben Meile über Wiesenland und durch lichten Forst erreichten die Frauen und Kinder einen weiteren Hain. Ganz wie um Ranhilds Hütte herum wuchsen auch hier Birken, Kiefern und Eiben; das Wäldchen war von einem flachen Ringgraben umgeben, und drei Erdbrücken, welche den Graben unterbrachen, ermöglichten den Zugang zum Hain.

„Die erste Brücke liegt gen Sonnenaufgang, die zweite weist gen Süden, und die dritte ist gen Sonnenuntergang ausgerichtet", erklärte die Hagazussa der Grafentochter, nachdem die Frauen und die Zwillinge den Sakralort einmal umschritten hatten. „Damit bezeichnen die Grabenübergänge den Sonnenlauf vom Morgen über den Mittag bis zum Abend – und zugleich stellen sie den Lebensweg von der Geburt über die Reife bis zum Tod dar."

Als Siguna dies verinnerlicht hatte, wies Ranhild auf einen kleinen, sanft geformten Hügel, der sich unweit der östlichen Erdbrücke befand. „Dies ist Odalinds Grab", beschied sie ihre Freundin. „Und vielleicht kannst du mir sagen, warum ich meine Lehrerin dort bestattet habe."

Die Grafentochter überlegte; dann antwortete sie: „Sofern du geglaubt hättest, mit dem Tod von Odalind wäre alles zu Ende, so hättest du sie im Westen begraben, wo die Sonne sinkt. Doch da du dir sicher bist, dass der Geist unsterblich ist, hast du deine Lehrerin im Osten beigesetzt, wo der junge Tag anbricht. Und ich denke, du wolltest dadurch Folgendes ausdrücken: Odalinds Geist, der sich von ihrem toten Leib getrennt hat, wird sich mit einem neuen Körper verbinden und mit ihm einen weiteren Lebensweg beginnen."

Lächelnd lobte die Hagazussa ihre Freundin: „Du hast es begriffen. Meine Lehrerin wird wiedergeboren werden. – Und jetzt lass uns zu ihrer Grabstätte gehen."

Still verweilten die Frauen und die Kinder einige Zeit an dem schlichten Grab; schließlich pflückte Ranhild drei Wildblumen und legte sie auf dem Erdhügel nieder. Danach schritt sie über die nahe Grabenbrücke; die anderen folgten ihr in den Hain – und im Zentrum des Wäldchens erblickte Siguna ein eindrucksvolles Steinmal.

Es handelte sich um einen dreieckigen, oben flachen Findlingsfelsen; er war ungefähr hüfthoch, und seine Kanten schienen von Menschenhand nachgearbeitet worden zu sein. Auf der Oberfläche des mächtigen Steins waren, einen Kreis bildend, schüsselartige Vertiefungen von etwa fingerlangem Durchmesser eingegraben; die Grafentochter zählte neun davon, und eben als sie zu ahnen begann, was dies bedeutete, sagte die Hagazussa: „Dreimal die Drei – die Große oder Hohe Zahl der Dreifachen Göttin."

„Drei Lebenswege …", flüsterte Siguna.

Und über die Wiedergeburten sind sie miteinander verknüpft", fügte Ranhild hinzu. „Wir aber wollen dieses Wissen nun verinnerlichen, indem wir den Sakralstein in Richtung des Sonnenlaufes umschreiten."

Gleich darauf ging die junge Mutter, die Zwillinge an den Händen, langsam hinter der Hagazussa her und fühlte, wie die Kraft des heiligen Felsens ihr Innerstes berührte. Auch Jörg und Siglind spürten offenbar die Ausstrahlung des Steins, denn sie blieben völlig still und ließen den Fels nicht aus den Augen.

Dreimal legten die Frauen und die Zwillinge den Weg um das Steinmal zurück; danach setzten sich die Kinder auf einen Moosfleck in der Nähe des Sakralsteins und begannen miteinander zu raunen. Siguna und Ranhild hingegen blieben direkt beim Felsen stehen, und nachdem die Grafentochter ihn behutsam, wie streichelnd, berührt hatte, sagte sie: „Der Hain und der heilige Stein sind also der Göttin geweiht …"

„Der Großen Göttin, die uns viele Leben schenkt und jedes irdische Dasein über den Tod an das nächste knüpft", bestätigte die Hagazussa. „Ebenso ist sie, wie ich dir früher schon darlegte, die Weberin jenes feinen Geflechts, das alle Lebewesen verbindet."

Ranhild ließ ihrer Freundin Zeit, über das Gesagte nachzusinnen; dann fuhr sie fort: „Aber nicht allein der Göttin begegnen wir hier im Hain und am Stein. Auch andere Gottheiten offenbaren sich uns an diesem Ort …“ Sie deutete auf mehrere Bildzeichen, welche in die Flanke des Findlings eingegraben waren und die Siguna bislang nicht bemerkt hatte, und sprach weiter: „Da, ganz oben, siehst du ein Hirschgeweih, und womöglich vermagst du zu erraten, für welchen Gott es steht …“

„Ein Hirsch …“, murmelte die Grafentochter. „Seine Heimat ist der Wald … Meinst du einen Hirschgott oder einen Tiergott, der in den Wäldern lebt?“

„Sein Name lautet Cernunnos“, antwortete die Hagazussa. „Und um genau zu sein: Er ist der Gott aller Wälder und aller Tiere. Oder besser gesagt: Cernunnos ist das unendlich schöne und heilige Wesen der Forste und Wildtiere.“

Verstehend nickte Siguna; sodann wies sie auf eine andere Felsritzung und fragte: „Und die Stierhörner hier?“

„Sie sind dem Gott Taranis zugeordnet“, erwiderte Ranhild. „Dem Gott beziehungsweise dem Wesen der Urkraft der Natur: des Sturmes, des Gewitters, der tosenden Macht des außer Rand und Band geratenen Wassers.“

„Taranis ist also eine bedrohliche und zerstörerische Gottheit?“, erkundigte sich die Grafentochter etwas betreten.

„Einerseits vernichtet er durch seine ungebärdige Kraft“, entgegnete die Hagazussa. „Andererseits jedoch entsteht aus dem, was er zerstört, Neues und vielleicht sogar Schöneres oder Besseres. – Führe dir eine schwere Überflutung vor Augen, die ein Fluss anrichtet. Die an seinen Ufern liegenden Äcker bringen nach der Überschwemmung keinen Ertrag mehr. Aber im nächsten Jahr wachsen die Feldfrüchte umso üppiger, weil die Wassermassen nicht nur Schaden verursachten, sondern auch fruchtbaren Schlamm herantrugen und ihn auf den verwüsteten Äckern ablagerten.“

„Trotzdem ist Taranis ein zwiespältiger Gott, der Gefährliches und Hilfreiches in seinem Wesen vereint“, gab Siguna zu bedenken.

„Er ist so wie die Natur“, kam es von Ranhild. „Ganz wie sie besteht Taranis aus Finsternis und Licht, aus Toben und Stille, aus Hartem und Weichem. Und wir können von ihm lernen, uns auf die Gegebenheiten der Naturgesetze einzustellen, was uns das Überleben erleichtert."

Lange dachte Siguna über diese Sätze nach; schließlich deutete sie auf die dritte und letzte Darstellung auf dem Sakralstein und sagte: „Hier glaube ich, Mondsymbole zu erkennen. Es sind wohl zwei Sicheln, die für den zu- und den abnehmenden Mond stehen, und dazwischen befindet sich ein Vollmondkreis."

Die Hagazussa nickte. „Ja, es sind Mondzeichen, und mit ihnen kehren wir zur Großen Göttin zurück. Denn diese Zeichen sind Arianrhod zugeordnet. Sie ist die nächtliche oder jenseitige Erscheinungsform der Göttin, sie empfängt unseren unvergänglichen Geist nach dem körperlichen Tod und behütet ihn auf seinem andersweltlichen Lebensweg. Auch dieser Weg aber führt über Jugend und Reife ins Alter und hin zum Sterben, und das symbolisieren die Mondzeichen Arianrhods: der Jungmond, der Vollmond sowie der schwindende Mond."

„Und aus dem Tod in der jenseitigen Welt entsteht durch die sorgende Liebe der Dreifachen Göttin die Wiedergeburt im Diesseits …" Die Grafentochter umarmte Ranhild. „Ich danke dir für all die wertvolle Erkenntnis, die du mir geschenkt hast."

Lächelnd streichelte die Hagazussa der Jüngeren übers Haar; mit dem nächsten Atemzug spürte sie, dass Siguna sich leicht verspannte, und daraufhin sagte sie: „Du hast noch etwas auf dem Herzen …"

Die Grafentochter antwortete nicht sofort; sie löste sich lediglich aus den Armen der Älteren, betrachtete einmal mehr den Sakralfelsen, richtete den Blick wieder auf Ranhild und murmelte: „Was ich von dir lernen durfte, ist so unendlich bereichernd – doch eins verstehe ich nicht … Schon im Winter, als du zu uns kamst, weil die Zwillinge krank waren, sprachst du von der Verflechtung zwischen allen Lebewesen, und heute tatest du es erneut. Wie aber kann es dann sein, dass Menschen einander oft Böses antun, obwohl es doch dieses von der Göttin geschaffene und gewollte Verflochtensein unter ihnen gibt?"

Innerer Schmerz malte sich auf dem Antlitz der Hagazussa. „Das Schlimme geschieht, weil das alte Wissen um das Wesen und Wollen der wahren Gottheiten in Vergessenheit geraten ist. Weil es von denen, die den grässlichen Irrtum anbeten, grausam unterdrückt und beinahe gänzlich ausgerottet wurde. Weil die Christenpriester, die jüdischen und moslemischen Priester dazu, die Völker auf einen verderblichen Irrweg gezwungen haben. Sie haben ihren rächenden, eifernden und mordlüsternen Gott, einen fürchterlichen Götzen in Wahrheit, an die Stelle der Göttin und ihrer göttlichen Gefährten gesetzt und haben die Menschheit dadurch in einen finsteren Abgrund gestürzt, wo das triumphiert, was den menschen- und lebensfeindlichen Bibelgötzen ausmacht."

Sehr kämpferisch hatte Ranhild die anklagenden Sätze hervorgestoßen; jetzt herrschte Schweigen am heiligen Stein – bis Siguna leise sagte: „Aber die alten Gottheiten leben dennoch, trotz allem …"

„Sie sind ewig!", bekräftigte die Hagazussa. „Sie waren immer und werden immer sein! Und die Zeit wird kommen, da die Menschen das quälende und verdummende Joch des Bibelglaubens abwerfen und heimfinden zur wahren Religion. Und dann wird die Welt wieder licht werden. Sehr, sehr, sehr viel lichter als heute …"

Die Grafentochter hatte das Empfinden, als hätte Ranhild Weissagung gesprochen; noch einmal umarmte sie die Freundin, danach setzten sich die beiden Frauen beim Sakralstein ins Gras, um ihren Gedanken nachzuhängen.

Irgendwann kamen die Zwillinge herbei, und Jörg verlangte: „Wir möchten noch mal mit euch um den Felsen gehen. Unbedingt!"

Siguna und die Hagazussa taten den Kindern den Gefallen; anschließend wollte Siglind wissen: „Wie alt ist der große Stein? Hundert Jahre? Oder noch älter?"

„Er ist so alt wie unsere Mutter Erde", erklärte die Grafentochter; Ranhild fügte hinzu: „Und Tausende von Jahren hindurch pilgerten die Leute zu ihm, um in den Schalen auf seiner Oberfläche Gaben für die Gottheiten niederzulegen."

„Was für Gaben?", fragte Jörg.

„Sommerblumen, zum Beispiel", beschied ihn die Hagazussa.

„Wir wollen dem Stein auch welche schenken!", rief Siglind – gleich darauf suchten die Zwillinge nach Wildblumen, brachten einen schönen Strauß zusammen, erklommen den Felsen und verteilten die Blumen sorgsam auf die neun Opferschalen.

Gegen Mittag sodann verließen die beiden Frauen und die Kinder den Sakralhain wieder und kehrten zu Ranhilds Hütte zurück. Im Verlauf der nächsten Tage freundeten sich Jörg und Siglind mit dem Uttenschwalb der Hagazussa an; Siguna wiederum tauschte sich oft mit Ranhild über die alte Religion aus und hatte reichen geistigen Gewinn davon.

Zuletzt aber, weil die Grafentochter ihren eigenen Großvogel nicht länger allein lassen wollte, kam der Morgen des Abschieds. Innig umarmten sich die junge und die betagte Frau; danach beugte sich Ranhild zu den Zwillingen nieder, küsste sie und wünschte ihnen: „Die Göttin möge euch gesund erhalten!"

Ernsthaft nickten Siglind und Jörg – und im selben Augenblick spürte die Hagazussa, dass die Kinder in den folgenden Jahren im Einklang mit der Natur und unter der liebevollen Obhut ihrer Mutter aufs prächtigste gedeihen würden.

Die Plätte

Wildnis an der Isarmündung
Herbst 1145 bis Sommer 1147

Nebel hing an diesem Oktobervormittag über Isar und Donau; milchiger, da und dort dunkelgrau durchschossener Dunst verhüllte die Waldberge jenseits der Flüsse, und der Wind, der über Land und Wasser strich, war beinahe schon frostig. Doch der kalte Luftzug störte den kräftig gewachsenen und für sein Alter ungewöhnlich großen Zwölfjährigen nicht. Jörg war abgehärtet; das Dasein in der Wildnis hatte den Halbwüchsigen gegen die Unbilden der Witterung gefeit. Zudem wärmte eine dichte dunkle Haarmähne seinen Kopf, und sein Oberkörper war vom Fell eines Wolfes geschützt, den Jörg im vergangenen Frühjahr mit einem wohlgezielten Pfeilschuss erlegt hatte.

Jetzt hingegen war Sigunas Sohn auf andere Beute scharf. Obwohl der Uttenschwalb die kleine Familie nach wie vor reichlich mit Fischen versorgte, hatte es Jörg gereizt, selbst auf die Fischwaid zu gehen. Daher kauerte er nun eine Viertelmeile flussaufwärts vom Turmstumpf an einer kleinen Isarbucht und beobachtete gespannt den auf den Wasserwellen hüpfenden Holzschwimmer, der an seiner Angelschnur hing.

Aber geraume Zeit zeigte der Schwimmer keinen Biss an. Allmählich wurde der Zwölfjährige ungeduldig; schließlich entschloss er sich, die Angel einzuholen und nach dem Köder zu sehen. Doch der fette Wurm hing unverändert am Haken; angesichts dessen wollte Jörg die Schnur von neuem auswerfen – plötzlich stutzte er und starrte wie gebannt nach Südwesten.

Noch nie hatte der Halbwüchsige ein Schiff oder ein Boot auf den Strömen gesehen – doch jetzt erblickte er ein Wasserfahrzeug: eine Plätte, welche, aus dem Nebel auftauchend, die Isar herabkam. Gleich darauf erkannte Jörg in dem großen Flussboot, das höchstens noch fünfzig Meter entfernt war, zwei Männer. Der eine kniete im Bug, der andere steuerte die Plätte mit einem langen Heckruder – und kaum hatte der Zwölfjährige dies wahrgenommen, änderte das Boot seinen Kurs und hielt direkt auf die Bucht zu.

Jörgs Gedanken jagten sich. Einerseits war er höchst gespannt darauf, die Fremden kennenzulernen, denn in seinem bisherigen Leben hatte er lediglich mit seiner Mutter, seiner Schwester, der Hagazussa und dem Ahausener Edelfreien zu tun gehabt. Andererseits musste er fürchten, dass von den Unbekannten Gefahr ausgehen könnte; Gefahr für ihn und seine Angehörigen. Deshalb war er hin- und hergerissen; er schwankte, ob er am Ufer ausharren oder besser in den Auwald fliehen sollte – doch letztlich siegte seine Neugier, und er stand auf, um das Anlanden der Plätte zu erwarten.

Wenig später schob sich der Bug des Flussbootes knirschend auf den Uferkies; das Heck der Plätte drehte sich unter dem Wasserdruck, bis das Boot parallel zum Buchtufer lag, und nun konnte der Zwölfjährige die beiden Männer aus der Nähe betrachten. Der eine, ein untersetzter Rothaariger mit Knebelbart, war noch jung, vielleicht fünfundzwanzigjährig; er trug ein Lederkoller, das mit Eisenplättchen besetzt war, und einen Waffengurt, an dem eine Streitaxt und ein Kurzschwert hingen. Der andere, ein großgewachsener Kahlköpfiger, der um die vierzig Jahre alt sein mochte, war mit einem ärmellosen, ziemlich rostfleckigen Kettenhemd gerüstet und mit einem Langschwert bewaffnet; über seine linke, schlecht rasierte Wange zog sich eine gezackte Narbe.

Mit denen ist eher nicht gut Kirschen essen, ging es Jörg durch den Sinn; jetzt bereute er, dass er nicht vor den Kerlen geflohen war – aber dann redete ihn der Ältere freundlich an: „Grüß dich, Junge. Beißen die Fische denn?"

„Hab noch keinen gefangen", entgegnete der Zwölfjährige. „Bin freilich erst seit kurzem hier."

„Wird schon noch werden", sagte der Kahlköpfige; der Knebelbärtige wiederum wollte nun wissen: „Lebst du hier in der Wildnis?"

Jörg nickte.

„Doch nicht etwa ganz allein?" Etwas Lauerndes schwang in der Frage mit.

Der Zwölfjährige senkte den Blick und blieb stumm; daraufhin kam es in scharfem Tonfall von dem Kahlköpfigen: „Aha, es sind noch andere Leute da! Vielleicht deine Mutter, eh?!"

Unwillkürlich wich Jörg ein, zwei Schritte zurück; es drängte ihn, wegzurennen – aber es war zu spät. Mit einem raschen Satz sprang der Knebelbärtige an Land, packte den Zwölfjährigen, zwang ihn auf die Knie nieder und herrschte ihn an: „Raus mit der Sprache, du Waldschrat! Wer gehört noch zu dir?! Und wo finden wir deine Leute?!“

Jörg krümmte sich unter dem harten Griff des Kerls; brachte trotzdem den Mut auf, ihn anzuschreien: „Das geht euch nichts an! Wer seid ihr denn überhaupt?! Kommt da mit eurem Boot daher, greift mich an! Wer gibt euch das Recht dazu?!“

Der Kahlköpfige, der jetzt ebenfalls zur Stelle war, versetzte dem Zwölfjährigen einen Fußtritt. „Was uns das Recht gibt?! Das hier!“ Er zog sein Schwert, drückte die Spitze gegen Jörgs Kehle. „Wenn du nicht kuschst, kriegst du den Biss meiner Klinge zu spüren! Und glaub mir: Ich und mein Freund haben schon ganz andere als dich abgestochen! Wir waren im Krieg, haben uns in heißen Schlachten geschlagen! Da kommt's uns auf ein Bürschchen wie dich gewiss nicht mehr an!“

„Waffenknechte seid ihr …“, stöhnte der Zwölfjährige.

„Vor kurzem waren wir's noch“, feixte der Knebelbärtige. „Doch nun hat uns kein Adelsarsch und kein Waibel mehr was zu befehlen! Jetzt sind wir unsere eigenen Herren. Fahren die Flüsse hinab und schauen, wo wir uns was greifen können. Und sobald wir die Passauer Stadt hinter uns haben, werden wir …“

„Schweig!“, unterbrach ihn der Kahlköpfige. „Der Hosenscheißer braucht nichts von unseren Plänen zu wissen!“ Er ritzte Jörgs Hals mit der Schwertspitze. „Entweder du redest nun, Bürschchen, oder du fährst zur Hölle! Wo sind deine Leute?!“

Ich darf Mutter und Siglind nicht verraten!, dachte der Zwölfjährige. Ich muss stark bleiben, um sie zu schützen! Auch wenn es mein Tod ist!

„Mach endlich dein Maul auf!“, brüllte ihn der Kahlköpfige an – im nächsten Moment hörte Jörg die Stimme des Knebelbärtigen: „Tu ihn ab! Wir brauchen ihn nicht. Da drüben, wo die Bucht endet, hat er im Riedgras eine Spur hinterlassen. Die wird uns auch ans Ziel führen.“

Das Herz des Zwölfjährigen begann in Panik zu jagen; einen Lidschlag später wurde ihm schwarz vor Augen, seine Beine gaben unter ihm nach, und er wusste von nichts mehr.

Kurz nachdem Jörg zusammengebrochen war, stieß die Plätte wieder vom Isarufer ab und glitt langsam, sich stets nahe am Gestade haltend, flussabwärts davon. Aufmerksam beobachteten die beiden ehemaligen Reisigen und jetzigen Marodeure den Ufersaum; immer wieder war die Fährte im Sauergras zu erkennen – und schließlich, als das Boot eine mit dichtem Strauchwerk bewachsene Sandbank hinter sich gebracht hatte, gewahrten die beiden Bewaffneten in einer Entfernung von ungefähr hundert Schritten den Turmstumpf mit seiner Schilfhaube, durch die ein dünner Rauchfaden gen Himmel stieg.

„Das muss es sein!", stieß der Kahlköpfige hervor; der Knebelbärtige äußerte, wobei er verworfen grinste: „Der Schwanz soll mir abfaulen, wenn's dort keine Weibsfotze gibt."

Gleich darauf legte die Plätte erneut am Ufer an. Hastig schlangen die Marodeure ein Tau um einen verwitterten Baumstrunk, der halb an Land und halb im seichten Wasser lag; dann eilten sie auf den Turmbau zu. Als sie bei dem Gebäude anlangten und den auf seiner Sitzstange hockenden Uttenschwalb sahen, stutzten sie und glotzten verdutzt auf den großen Vogel. Doch ihre Verwirrung währte nur einen Augenblick; schon rannten sie weiter, erreichten den Turmzugang, warfen sich gegen die geschlossene Flechtwerktür und drangen in den Turmraum ein.

Entsetzt sprangen Siguna und Siglind, die am Feuerplatz gesessen hatten, auf. Nachdem sie ihren ersten Schreck überwunden hatte, machte die Grafentochter Anstalten, nach einem Messer zu greifen, das auf der Sitzbank lag. Aber der Knebelbärtige war schneller; er packte Siguna und schleuderte sie gegen die Wand, wo sie niederstürzte. Unmittelbar darauf attackierte der Kahlköpfige das zwölfjährige Mädchen; er schlug Siglind, die gellend aufschrie, ins Gesicht, dann zerrte er sie an den langen blonden Haaren zu ihrer Mutter hin und fuhr sie an: „Auf den Boden! Und kein Mucks mehr!"

Zitternd starrten die Überfallenen auf die Marodeure; jetzt zog der Knebelbärtige sein Kurzschwert, führte die breite Klinge an den Mund, leckte sie, bösartig feixend, ab, richtete sodann die Schwertspitze auf Siguna und Siglind und zischelte: „Ihr müsst wissen, dass ich es liebe, Menschenblut vom scharfen Stahl zu schlecken!"

„Nicht doch, Kamerad“, kam es vom Kahlköpfigen. „Du jagst den Täubchen ja Angst ein. So geht man nicht um mit solchen Schönheiten. Schau sie dir nur an, wie reizend und knusprig sie sind. Die Ältere mit den reichen rotbraunen Haarlocken zählt bestimmt erst um die dreißig Jahre und ist gewiss ein wahrer Leckerbissen. Und die Junge, so schlank und goldblond wie ein Engel, wird uns womöglich noch mehr Freude bereiten, weil sie wahrscheinlich noch ein Jungfräulein ist. Führ dich also den beiden gegenüber nicht wie ein Rüpel auf, sondern lass es lieber nett und gefällig angehen, damit wir am Ende desto mehr Vergnügen mit ihnen ...“

„Was bildet ihr euch ein, ihr Schurken?!“, brach es aus der Grafentochter heraus. Sie hatte sich nicht länger zu beherrschen vermocht; bebend vor Zorn setzte sie hinzu: „Ihr dringt mit Gewalt in unser Heim ein! Beleidigt uns aufs schlimmste! Habt ihr denn gar kein Gewissen?!“

„Du meinst, es würde uns an Anstand fehlen?“, schnappte der Knebelbärtige. „Glaubst du das – ja?! Aber da täuschst du dich. Wir wissen durchaus, was sich gehört. Haben euch sogar ein Gastgeschenk mitgebracht.“

„Doch bevor wir es euch übergeben, müssen wir euch leider fesseln“, nahm wieder der Kahlköpfige das Wort. „Und leistet besser keinen Widerstand! Denn sonst müsste mein Freund seinen dunklen Sehnsüchten nachgeben und Blut von seiner Schwertklinge lecken!“

Wenig später waren Siguna und Siglind mit Lederriemen, welche die Männer aus dem Wandgestell genommen hatten, an Armen und Beinen gebunden. Hilflos hockten sie auf dem Boden; ihre Peiniger gingen wieder nach draußen und kehrten nach einer Weile mit einer schweren Traglast zurück, die sie aus dem Boot geholt und über die sie eine Wolldecke geworfen hatten, die mit einem Hanfstrick festgebunden war.

Vor den Gefesselten legten sie ihre Last nieder; langsam lösten sie den Strick und zogen die Decke weg – im selben Moment drohte Sigunas Herzschlag auszusetzen, denn sie erblickte den leblosen Körper ihres Sohnes. Jörgs Gesicht war totenbleich; seine linke Schläfenpartie war mit geronnenem Blut bedeckt; seine Hände, die über dem Unterleib gekreuzt waren, wirkten seltsam schlaff. Die Grafentochter schrie auf; Siglind starrte entsetzt auf ihren Bruder und begann einen Lidschlag später verzweifelt zu schluchzen.

Die Marodeure weideten sich am Schmerz der Gefangenen; dann warf der Knebelbärtige ein paar Holzprügel ins Feuer, wartete ab, bis die Flammen stärker wurden, und sagte in abgrundtiefer Infamie zu den Gefesselten: „Jetzt könnt ihr das Bürschchen genauer anschauen."

Siglinds Blick saugte sich am Antlitz ihres Zwillingsbruders fest; sie gehorchte einem grauenhaften Zwang, dem sie nicht zu widerstehen vermochte. Aber durch den Tränenschleier hindurch konnte sie Jörgs Gesichtszüge nicht deutlich erkennen; sie blieben auch verschwommen, als sie mehrmals die Lider zusammenkniff – plötzlich drang ein stöhnender Laut aus dem Mund ihrer Mutter an ihr Ohr: „Seine Hand …"

Unwillkürlich beugte sich Siglind vor; gleich darauf gewahrte sie die Bewegung über dem Unterkörper ihres Bruders ebenfalls. Jörgs Rechte zuckte, ballte sich zur Faust, entspannte sich wieder – und nun bewegte sich auch sein Kopf. Ein paar Herzschläge später öffnete er die Augen; er schien die Marodeure zu erkennen, schien sich aufrichten zu wollen – doch der Kahlköpfige verhinderte es, indem er dem Zwölfjährigen einen Fuß auf die Brust setzte und ihn anschrie: „Bleib liegen, du Hund!"

„Ihr dachtet wohl, wir hätten ihn geschlachtet", wandte sich der Knebelbärtige, einmal mehr böse feixend, an Siguna und ihre Tochter. „Und wenn's nach mir gegangen wäre, hätten wir ihn auch abgetan. Aber mein Kamerad wollte es anders, hat dem Bürschchen bloß mit der flachen Klinge eins über den Schädel gezogen. Und das war letztlich gar nicht so dumm. Weil wir jetzt unseren Spaß mit euch Dreien haben werden. Weil wir uns zum Beispiel das Vergnügen machen könnten, das Kerlchen noch ein wenig zu foltern, bevor wir ihm den Garaus …"

Unvermittelt bäumte sich Jörg hoch; er packte den Unterschenkel des Kahlköpfigen, riss ihn beiseite und bemühte sich, auf die Beine zu kommen. Doch er hatte keine Chance; obwohl er mit aller Kraft kämpfte, überwältigten ihn die Marodeure und banden ihm die Arme mit dem Hanfstrick, der zuvor um die Wolldecke geschlungen gewesen war, auf dem Rücken zusammen. Danach zerrten sie ihn in eine Ecke des Raumes und setzten ihn dort nahe des Rübengestells auf den Boden. Hilflos, an der Mauer lehnend, hockte der Zwölfjährige da; die Blutkruste an seiner Schläfe war beim Kampf mit den beiden Männern wieder aufgebrochen, und ein frischer Blutfaden zog sich über seine Wange und das Kinn.

Ungeachtet dessen empfanden Siguna und Siglind tiefe Erleichterung, denn immerhin lebte Jörg. Allerdings minderte dies die furchtbare Bedrohung, die von den entmenschten Marodeuren ausging, nicht im mindesten – und jetzt fuhr der Kahlköpfige die Grafentochter an: „Was habt ihr an Fressen da?! Und gibt's was Starkes zu saufen in eurem Loch?!"

Abscheu malte sich auf Sigunas Gesicht; mit gepresster Stimme antwortete sie: „Wir haben nur Wasser. Aber Fisch ist noch da … gestern gefangen."

„Altes Fischfleisch, pfui Teufel!" Der Knebelbärtige spuckte aus. Dann stieß er seinen Kumpan in die Seite und setzte hinzu: „Wenn es so steht, müssen wir uns selber helfen …"

Der Kahlköpfige nickte, ließ sich auf der Sitzbank am Feuerplatz nieder, öffnete seine lederne Umhängetasche und holte ein pfundschweres Stück Rauchfleisch sowie eine große bauchige Tonflasche heraus.

Der Knebelbärtige nahm neben ihm Platz, schnitt sich eine Fleischscheibe ab und äußerte in Richtung Sigunas und ihrer Tochter: „Ihr Weibsbilder müsst fasten. Und das Bürschchen da drüben in seinem Eck ebenfalls. Wir hingegen schlagen uns jetzt den Wanst voll, gönnen uns einen guten Tropfen dazu. Und schmecken wird's uns prima. Weil uns weder das Geräucherte noch der Branntwein was gekostet haben. Vorgestern haben wir die guten Sachen auf einem Einödhof im Plattlinger Gäu erbeutet. Ein netter kleiner Hof war das. Nach unserem Besuch freilich hat's dort nicht mehr so proper ausgesehen. Weil wir nämlich die Bauersleute abgestochen haben, und ihre zwei Bälger mussten in der Dunggrube verrecken. War lustig, wie sie in der Kuh- und Ziegenscheiße zappelten, nachdem wir ihnen die Fußsehnen durchtrennt hatten, damit sie nicht mehr herausklettern konnten."

„Was seid ihr bloß für Bestien?!", brach es aus der Grafentochter heraus.

Grinsend grub der Knebelbärtige seine Zähne ins Rauchfleisch und begann zu kauen; der Kahlköpfige nahm einen kräftigen Schluck aus der Schnapsflasche, dann lachte er hämisch und verhöhnte Siguna: „Du fürchtest wohl, dass wir mit dir und deinen Sprösslingen auch so umspringen könnten. Aber keine Angst, schöne Frau. Mit dir und deinem Töchterlein haben wir ganz was anderes vor. Wir haben's ja vorhin schon ausgeplaudert, was wir mit euch anstellen wollen. Doch ein Stündchen oder zwei müsst ihr euch noch gedulden. Erst brauchen ich und mein Freund eine

Stärkung für Leib und Seele. Umso kräftiger aber werden wir es euch anschließend besorgen. Und das Bürschchen darf zuschauen, kann was lernen dabei ..."

Zutiefst angewidert drehte Siguna den Kopf weg; Siglind fing erneut zu weinen an, Jörg stöhnte ohnmächtig auf. Die Marodeure wiederum achteten nun nicht mehr sonderlich auf ihre Gefangenen; Stück für Stück verzehrten sie das Geräucherte und tranken zwischendurch ausgiebig aus der Tonflasche. Später, nachdem sie das Fleisch verschlungen hatten, verfielen sie darauf, sich verschiedener Schandtaten zu rühmen und die Gefesselten dadurch neuerlich zu quälen; während sie auf immer noch abstoßendere Weise schwadronierten, soffen sie weiter, und gegen Mittag waren sie schwer betrunken.

Dann auf einmal erhob sich der Knebelbärtige, machte eine obszöne Geste und tappte auf die Grafentochter zu. „Erst ficke ich dich", lallte er. „Und danach kommt die andere dran."

Gleich darauf war er bei Siguna, beugte sich zu ihr hinab, löste ihr die Beinfesseln und packte sie an den Schultern, um sie auf den Boden zu zwingen. Aber er schaffte es nicht, weil sich die Grafentochter verzweifelt wehrte; sie wand sich unter seinem harten Griff, stieß mit dem Knie nach ihm und biss ihn, als sich eine Gelegenheit dazu ergab, in die Hand.

Wütend fluchte der Marodeur; im nächsten Moment sprang ihm sein Kumpan bei. Der Kahlköpfige versetzte Siguna einen Hieb ins Gesicht; dann riss er sie an den Haaren nach hinten, sodass sie rücklings niederstürzte, und presste ihr ein Knie auf die Brust. Damit war ihr Widerstand gebrochen; hastig, gierig schnaufend, entblößte der Knebelbärtige sein Glied, zwängte seinen Körper zwischen die Schenkel der Grafentochter, schob ihr Rock und Untergewand hoch, wollte in sie eindringen – doch plötzlich traf ihn ein schmetternder Schlag am Hinterkopf.

Jörg hatte den Hieb geführt; mit einem Beil hatte er den Schädel des Knebelbärtigen gespalten – jetzt riss er die Waffe aus dem Schädelknochen, schwang sie blitzschnell im Bogen und zertrümmerte dem Kahlköpfigen die Kniescheibe. Der Marodeur brüllte auf, kippte seitlich von Sigunas Oberkörper herab und bemühte sich, das verletzte Bein nachziehend, wegzukriechen. Der Zwölfjährige aber holte zu einem weiteren Schlag aus;

der Hieb zerriss dem Kahlköpfigen die Halsschlagader und ließ ihn sterbend zusammenbrechen.

Innerhalb weniger Augenblicke hatte Jörg, von wildem Kampfrausch gepackt, die Marodeure bezwungen. Nun allerdings begann er am ganzen Leib zu zittern und fühlte sich wie betäubt; erst nach einer Weile wurde ihm bewusst, dass er seine Mutter und seine Schwester gerettet hatte. Von archaischem Instinkt getrieben, stieß er einen gellenden Siegesschrei aus; gleich darauf kniete er bei Siguna und Siglind, löste ihre Fesseln und flüsterte dabei wie gehetzt: „Ihr müsst euch nicht mehr fürchten! Es ist vorbei! Niemand kann euch mehr etwas tun!"

Dann lag er in den Armen seiner Mutter; sie streichelte ihn, redete beruhigend auf ihn ein. Schließlich, als Siguna fühlte, wie er sich entspannte, gab sie ihn wieder frei und fragte: „Wie ist dir der Angriff gelungen? Du warst doch gebunden, genau wie Siglind und ich …"

„Nur an den Händen", antwortete Jörg. „Und meine Arme waren hinter mir, an der Mauer. Genau an der Stelle, wo die scharfe Steinkante aus dem Mauerwerk ragt, an der ich mich einmal verletzte. Die Kante ermöglichte es mir, den Strick um meine Handgelenke langsam durchzuscheuern. Es gelang, weil unsere Feinde nicht auf mich achteten. Sie waren ja mit Saufen beschäftigt, wurden immer betrunkener. Dann, als ich mich befreit hatte, wäre ich am liebsten sofort auf sie losgegangen. Mit unserem Beil, das im Wandregal lag und das sie nicht bemerkt hatten. Doch wenn ich mich kopflos auf sie gestürzt hätte, wäre ich gewiss im Kampf unterlegen. Also musste ich abwarten, bis sich mir die Gelegenheit bot, sie überraschend im Rücken anzugreifen. Und am Ende kam meine Chance …" Er unterbrach sich, setzte neu an: „Ich musste warten! Musste bis zuletzt warten! Obwohl ich mich fast nicht mehr beherrschen konnte, als ich hörte, wie sie dich beleidigten. Als ich sah, wie sie über dich herfielen. Aber erst, als sie … als sie das Teuflische tun wollten und auf nichts anderes mehr achteten, durfte ich aufspringen, das Beil packen und mich auf sie stürzen. Und du verstehst es doch, Mama, dass ich so lange abwarten musste …"

Siguna legte ihm den Arm um die Schultern, zog ihn erneut an sich. „Du hast völlig richtig gehandelt. Siglind und ich sind dir unendlich dankbar dafür. Und außerdem bin ich sehr stolz auf dich, denn seit heute weiß ich: Du hast die Klugheit und dazu die ritterliche Tapferkeit deines Vaters geerbt!"

Jörgs Augen leuchteten auf. „Du meinst, ich bin seiner würdig?!"

„Das bist du", bekräftigte die Grafentochter; sodann wandte sie sich an Siglind: „Und nun wollen wir uns um die Kopfwunde unseres Helden kümmern. Bitte bring eine Schale Wasser her."

Wenig später war die Platzwunde des Zwölfjährigen gereinigt; danach drängte es Siguna und die Zwillinge, die Leichen wegzubringen. Sie schleiften die toten Marodeure ins Freie hinaus, säuberten den Turmraum vom Blut und beratschlagten dann, wie sie sich der Erschlagenen entledigen sollten.

Schließlich einigten sie sich darauf, die leblosen Körper der Donau zu übergeben. Mit vereinten Kräften schleppten sie zuerst den Kahlköpfigen und danach den Knebelbärtigen zum Stromufer und warfen die Leichname dort an einer tiefen Stelle in die Flut. Die Strömung trug die langsam versinkenden Marodeure davon; bald hatte der Fluss sie verschlungen – doch ein Teil ihrer Habe war beim Turmgebäude zurückgeblieben.

Jörg hatte nämlich darauf bestanden, die Waffen der Toten zu behalten: das Kurzschwert und die Streitaxt des Knebelbärtigen sowie das Langschwert des Kahlköpfigen und dazu dessen rostfleckiges Kettenhemd. Letzteres wollte der Zwölfjährige sofort blankputzen; mit einem feuchten Lappen und Sand machte er sich beim Eingang zum Turmstumpf ans Werk. Allerdings kam er mit dieser Arbeit, die ihn nach den blutigen Geschehnissen auf andere Gedanken brachte, nicht sehr weit. Denn am frühen Nachmittag stieß der auf seiner Sitzstange hockende Uttenschwalb ein lautes „Chrochrochro" aus – und als Jörg aufschaute, erblickte er am Saum der Wildwiese die Hagazussa.

Eilig lief Ranhild heran; der Zwölfjährige rief nach seiner Mutter und seiner Schwester, die sich im Turmraum aufhielten, und wenig später beschied die Hagazussa die Angehörigen der kleinen Familie: „Ich habe etwas Schlimmes gesehen, das euch bedrohte. Deshalb bin ich so schnell wie möglich gekommen ..." Sie verstummte, starrte auf das Kettenhemd, forschte im Gesicht der Grafentochter, spähte wie entrückt zur Donau hinüber und murmelte: „Aber ihr braucht meine Hilfe nicht mehr ... Das Böse, das euch heimsuchte, treibt bereits besiegt auf dem dunklen Grund des Flusses dahin ... Und nur die Plätte, in der das Abgründige euch nahte, liegt noch am Isargestade ..."

Richtig!, durchfuhr es Jörg. Auf das Boot haben wir ganz vergessen. Wir müssen später nach ihm sehen.

Im nächsten Moment berührte Ranhild behutsam seine Kopfwunde und fuhr fort: „Die Waffe, die dich traf, versehrte dich nur leicht ... Doch die Waffe, die du führtest, war tödlich ..."

„Du weißt, was geschah?!", rief Siglind verdutzt aus. „Weißt alles ..."

„Ja und nein", entgegnete die Hagazussa. „Die Bilder zucken heran und verlöschen wieder. Daher wäre es gut, wenn ihr mir ausführlich erzählen würdet, was euch zugestoßen ist."

In der Folge sodann berichteten die Grafentochter und die Zwillinge von ihren schrecklichen Erlebnissen, und während sie es taten, spürten sie, wie ihre nach wie vor anhaltende innere Verstörung schwächer wurde. Schweigend lauschte ihnen Ranhild; nachdem sie zuletzt auch erfahren hatte, mit welch grimmiger Tapferkeit Jörg die Marodeure angegriffen und besiegt hatte, sagte sie zu dem Zwölfjährigen: „Taranis, der wilde und ungebärdige Gott, schenkte dir den Mut und die Kraft, die du brauchtest, um eure Feinde zu erschlagen."

Siguna und Siglind nickten dazu; für eine Weile herrschte beinahe andächtige Stille, dann äußerte die Grafentochter: „Und du, Ranhild, hast einmal mehr bewiesen, dass wir in dir eine treue und selbstlose Freundin haben. Aufgrund deiner Gabe wusstest du um das Böse, das uns bedrohte, aber ungeachtet der Gefahr für dich selbst bist du zu uns geeilt, um uns beizustehen. Und dafür danken wir dir von ganzem Herzen!"

Die Hagazussa lächelte weich; gleich darauf jedoch verspannten sich ihre Lippen und blähten sich ihre Nasenflügel. Fast wie ein Tier witterte sie nach Westen; mit dem nächsten Atemzug warnte sie die anderen: „In der Ferne kommt fauchender Sturmwind auf. Bald wird er da sein. – Los, Jörg! Lass uns die Plätte an Land bringen, damit die Isar, wenn ihre Wasser vom Sturm gepeitscht werden, das Boot nicht forttragen kann."

Wenig später befanden sich der Zwölfjährige und Ranhild an dem Platz nahe der mit Strauchwerk bewachsenen Sandbank, wo die Marodeure die Plätte zurückgelassen hatten. Jörg löste das Halteseil des Bootes und fing an, die Plätte in Richtung der sandigen Anschwemmung zu ziehen; die Hagazussa wollte ihm beispringen, doch der Zwölfjährige wehrte ab: „Lass es mich allein versuchen!"

„Du möchtest herausfinden, ob du dem Boot ohne fremde Hilfe Herr zu werden vermagst", stellte Ranhild fest.

„Ja", kam es von Jörg – und bald hatte er es tatsächlich geschafft, die Plätte so weit zwischen die Büsche auf der Sandbank zu zerren, dass sie zu zwei Dritteln auf dem Trockenen lag und ihr die Isarströmung nichts mehr anhaben konnte. Zufrieden hieb er mit der Faust gegen die Bordwand; danach sichteten er und die Hagazussa die Sachen, die sich noch im Boot befanden. Aber es handelte sich lediglich um eine verschlissene, übelriechende Pferdedecke, einen leeren Weidenkorb sowie das flachgelegte Steuerruder und eine lange Stake aus Eichenholz. Die Ruderstange und die Eichenstake ließ der Zwölfjährige in der Plätte, die Decke und den Korb warf er in die Isar – und dann liefen Ranhild und Jörg zum Turmbau zurück.

Der Wind hatte unterdessen stark aufgefrischt; als der Zwölfjährige und die Hagazussa beim Turmstumpf anlangten, fegten bereits Sturmstöße über die Wildwiese, und der Uttenschwalb hatte sich in den Windschutz der Turmpforte geflüchtet. Doch drinnen unterm Schilfdach war es warm und leidlich ruhig; über dem Feuer hing der Eisenkessel, und nachdem eine Stunde verstrichen war, konnten die beiden Frauen und die Zwillinge eine kräftige Fischsuppe aus ihren Holzschalen löffeln.

Bis in die tiefe Nacht hinein tobte der Herbststurm; Siguna und ihre Sprösslinge schliefen schlecht: wurden zeitweise von Alpträumen gequält. Aber die wüsten Träume befreiten sie auch wieder ein Stück mehr von ihren inneren Verstörungen, und am Morgen fühlten sie sich erfrischt. Der Himmel hatte sich aufgeklart; zwischen den Wiesenpflanzen und in den Baumwipfeln spielte bloß noch leichter Wind, und angesichts dessen sagte Ranhild nach dem Frühimbiss zu den anderen: „Lasst uns mit dem Uttenschwalb zur Donau gehen. Es wird mir Freude machen, euren Schwarzvogel bei der Jagd zu sehen …"

Ganz so, als wollte er bei seiner einstigen Herrin Ehre einlegen, erbeutete der Uttenschwalb an diesem Vormittag ein halbes Dutzend prächtiger Barben, Aitel und Nerflinge; am Mittag wurden die Fische gebraten – und auch während der folgenden Tage, in denen die Hagazussa im Turmbau zu Gast war, sorgte der Großvogel für reichliche Fischnahrung. Nach einer knappen Woche dann zog es Ranhild heim zu ihrem Hain in der Tiefe des

Urwaldes; herzlich verabschiedeten sich die Grafentochter und die Zwillinge von ihr – doch sehr lange blieb die kleine Familie nicht allein, denn Ende Oktober kam, wie jedes Jahr im Herbst, der Ahausener Edelfreie zu Besuch.

Am Feuerplatz erzählten ihm Siguna und die beiden Zwölfjährigen vom Überfall der Marodeure und ihrem Tod. Erschüttert hörte Hadamar zu; zuletzt äußerte er: „Ich wünschte, ich hätte euch beispringen können! In Stücke gehauen hätte ich die verfluchten Drecksteufel!" Mit zusammengepressten Lippen starrte er ins Feuer; sodann richtete er den Blick auf Jörg und fuhr fort: „Du, Junge, hast getan, was ich nicht zu tun vermochte. Hast deine Mutter und deine Schwester aufs tapferste verteidigt! Hast, obwohl du erst halbwüchsig bist, voll und ganz deinen Mann gestanden! Hast die gleiche kriegerische Courage bewiesen wie einst dein Vater, mein Freund! Und deshalb sage ich dir jetzt: In deinem Herzen wohnt unzweifelhaft der hohe Mut eines Ritters – und weil dies so ist, sollst du eines Tages auch zum Ritter erhöht werden."

Jörgs Augen leuchteten auf; sein Körper straffte sich. „Wann?! Wann wird es geschehen?!"

Der Ahausener legte ihm besänftigend die Hand auf die Schulter. „Nicht in diesem oder im nächsten Jahr, wie du wohl hoffst. Noch hast du das nötige Alter nicht erreicht. Aber im übernächsten Sommer, wenn du vierzehn bist, kannst du den ersten Schritt zur Ritterwürde tun. Kannst dann auf meiner Burg als Knappe dienen, und sofern du dich vier Jahre lang als solcher bewährst, erwirbst du dir den Anspruch auf die Schwertleite."

„Erst so spät ...", kam es etwas enttäuscht von Jörg.

„Vorerst brauchen Siglind und ich dich noch", mischte sich Siguna ein. Ihr Stimme klang ein wenig belegt; offenbar war ihr nicht recht geheuer bei der Vorstellung, sich schon in absehbarer Zeit von ihrem Sohn trennen zu müssen. Im nächsten Moment jedoch gab sie sich einen Ruck und fügte hinzu: „Aber natürlich sollst du einmal in die Fußstapfen deines Vaters treten, und wenn Hadamar dich darin fördern will ..."

„Ich werde alles, wirklich alles tun, um mir den Ritterrang zu verdienen!", fiel Jörg seiner Mutter ins Wort. „Von den Marodeuren habe ich zwei Schwerter, die Streitaxt und das Kettenhemd erbeutet. Mit den Waffen will ich von heute an üben, will dabei die Rüstung tragen, um mich an sie zu gewöhnen."

„Ein guter Vorsatz", lobte ihn der Ahausener. „Am besten stellst du draußen auf der Wiese einen mannshohen und mannsstarken Pfosten aus hartem Totholz auf. Den kannst du mit den Klingen und der Axt angehen. Dies wird deine Muskeln stählen, dasselbe wird die Last des Kettenhemds bewirken. Und so erwirbst du dir die Körperkraft, die ein Knappe benötigt."

„Hab Dank für deinen Rat!", versetzte der Zwölfjährige – und gleich am nächsten Morgen schleppte er einen Totholzpfosten, den er mit dem Beil zugehauen hatte, zum Turmstumpf.

Als sich Hadamar eine Woche später wieder auf den Rückweg zur Isarburg machte, trug der Übungsstamm bereits tiefe Kerben – und im Verlauf der folgenden Herbst- und Wintermonate verging kein Tag, an dem Jörg nicht mit seinen Waffen zugange war und unter seinem Kettenpanzer schwitzte, den ihm Siguna mit Hilfe einiger Lederschnüre ein wenig enger und damit passend gemacht hatte. Ab dem Frühjahr sodann unternahm er weite Pirschgänge; auf ihnen vervollkommnete er sich im Bogenschießen – und angesichts dessen musste der Uttenschwalb seltener als zuvor über Donau und Isar nach Fischbeute spähen.

Doch auch die Plätte nutzte der Zwölf- und bald Dreizehnjährige zur Stärkung seiner Körperkraft. Oft stakte er das Boot im Uferwasser der Flüsse weite Strecken gegen die Strömung, ließ die Plätte danach zurücktreiben und genoss dabei das Gefühl, die Macht von Isar und Donau bemeistert zu haben.

Siguna war stolz auf die Willensstärke ihres Sohnes; sie freute sich über seine nun rasch fortschreitende körperliche Entwicklung, und sie war auch hinsichtlich seiner Zukunft endgültig mit sich ins Reine gekommen. Es war ihr klargeworden, dass sie nicht berechtigt war, ihm auf seinem Weg zum Knappen und danach zum Ritter etwas in den Weg zu legen; er war ein Adelsspross, und deshalb war es nur natürlich für ihn, die Schwertleite anzustreben. Außerdem, so sagte sich die Grafentochter, würde ihr nach Jörgs Aufbruch zur Isarfestung ja immer noch Siglinds Gesellschaft und Nähe bleiben. Dieser Gedanke erleichterte es ihr zusätzlich, sich mit der in absehbarer Zeit bevorstehenden Trennung von ihrem Sohn abzufinden; Jörgs ehrgeizige Pläne trieben infolgedessen keinen Keil zwischen ihn und seine Mutter – doch dann versetzte der Halbwüchsige der Frau, die ihn geboren hatte, einen empfindlichen Schlag.

Schon seit langem hatte Jörg den starken Drang verspürt, aus seiner begrenzten Welt an der Isarmündung auszubrechen und das geheimnisvolle Waldgebirge im Norden der Donau zu erkunden. Mehrmals war der Dreizehnjährige bereits nahe daran gewesen, die Überfahrt über den breiten Strom zu wagen; letztlich aber hatte er es sich immer verkniffen, das lockende Abenteuer zu bestehen – vor allem deswegen, weil er wusste, dass Siguna ihm nie und nimmer erlaubt hätte, die gefährliche Bootsfahrt auf sich zu nehmen. So hatte er sich mit sehnsuchtsvollen Blicken zu den dunklen Waldbergen hinüber begnügen müssen – nun jedoch, an einem sonnigen Maimorgen einige Wochen vor seinem vierzehnten Geburtstag, konnte er der Versuchung nicht länger widerstehen.

Ganz so, als wollte er auf die Jagd gehen, hängte er sich den Pfeilköcher über die Schulter, gürtete das Kurzschwert um und griff nach dem Bogen. Dann verließ er den Turmbau, wanderte über die Wildwiese und hatte wenig später die Sandbank erreicht, wo die Plätte lag. Mit kräftigem Schwung zog er das Boot ins Wasser, kletterte hinein und stieß die Plätte vom Ufer ab. Mit Hilfe der Eichenstake brachte er sie hinaus auf die Donau; als das Boot von der Hauptströmung des Flusses gepackt wurde, legte er die Stake nieder, senkte das Steuerruder in die Flut und lenkte die Plätte schräg über den Donaustrom in Richtung des nördlichen Gestades. Ohne Schwierigkeiten kam er über die Flussmitte hinweg; ein Stück weiter jedoch geriet das Boot in einen dumpf gurgelnden Strudel. Die Plätte kam vom Kurs ab, begann sich zu drehen; Jörg musste mit aller Kraft kämpfen, um wieder aus dem Mahlstrom herauszukommen und den Bootsbug erneut auf das Nordufer auszurichten.

Dann, als die Plätte nur noch sechs, acht Meter vom Ufer entfernt war, wurde sie plötzlich von einem harten Stoß getroffen. Der Dreizehnjährige taumelte, wäre um ein Haar über Bord gestürzt, klammerte sich an der Ruderstange fest – und begriff, dass das Boot mit einem fast völlig unter der Wasseroberfläche liegenden Baumstamm kollidiert war. Mühsam stakte Jörg die Plätte von dem tückischen Hindernis weg; kurz darauf schob sich der Bug des Bootes über eine Schlammzunge in ein Schilffeld und rannte sich dort am Donaugestade fest.

Erleichtert atmete der Dreizehnjährige auf – aber gleich danach musste er feststellen, dass er in einem Morast angelandet war. Ein breiter Sumpfgürtel trennte ihn von trockenem Land, und nachdem er den Sumpf eingehend gemustert hatte, entschloss sich Jörg, dem tückischen und unangenehm riechenden Morast fernzubleiben. Also brachte er die Plätte neuerlich zu Wasser und ließ sie drei, vier Pfeilschüsse weit flussabwärts treiben; dort endlich fand er eine Uferstelle, wo der Grund fest war und wo er das Bootstau um einen Erlenstamm schlingen konnte.

Geschafft!, dachte der Dreizehnjährige; zufrieden schaute er über den mächtigen Strom, den er besiegt hatte – im nächsten Moment erschrak er. Denn drüben, am Südgestade, gewahrte er seine Mutter und seine Schwester; trotz der Entfernung erkannte er, wie sie ihm mit verzweifelt wirkenden Gesten zu verstehen gaben, dass er zurückkehren sollte.

Doch das wollte Jörg auf gar keinen Fall tun. Seine Abenteuerlust war drängender denn je geworden; daher winkte er Siguna und Siglind lediglich zu – und kurz darauf war er im Uferwald verschwunden.

Den Vormittag über wanderte er tief in die nördliche Wildnis mit ihren Baumriesen, Dickichten, Altwassern und Sumpftümpeln hinein. Anfangs kämpfte er sich über den flachen Talboden der Donau vorwärts; später folgte er einem Hügelkamm, auf dem gewaltige Buchen wuchsen, und gegen Mittag hatte er einen mit Felstrümmern übersäten Berggipfel erklommen. Weit ging der Blick von dort oben über das Waldgebirge hin; schier endlos schienen sich die Buckel der Bergwälder auszudehnen, und fern im Norden erhoben sich noch höhere Gipfel.

Der Halbwüchsige rastete unter einer mächtigen Eiche und verzehrte ein paar Pastinaken, die er in seiner Umhängetasche mitgebracht hatte; durstig fühlte er sich nicht, weil er unterwegs mehrmals auf Quellen gestoßen war. Dann, als er seinen Rastplatz wieder verließ, wurde er Zeuge eines archaischen Schauspiels. Am Firmament, fast direkt über ihm, versammelten sich Geier: sieben, acht der riesenhaften Vögel. Große Kreise ziehend, spähten sie unter langsam treibenden Wolken nach Beute; nach einer Weile schraubten sie sich tiefer, und zuletzt fielen sie im Schwarm und mit laut rauschenden Schwingen in ein düster wirkendes Waldstück ein.

Dort kröpfen sie jetzt Aasfleisch, dachte Jörg. Vielleicht Fleisch von Großwild … Die Vorstellung weckte seine Jagdlust; im Weitergehen schaute er nach Tierfährten aus, und in der Nachmittagsmitte erlegte er in einem mit Gestrüpp bedeckten Talgrund, durch den ein Bach mäandrierte, einen Wildhasen.

An Ort und Stelle weidete er das Tier aus; zwei Stunden später stieß er an einem schroffen Berghang auf eine von Granittrümmern gebildete Halbhöhle. Er brachte vertrocknetes Gras, Reisig und Leseholz unter das Steindach der Kaverne und richtete eine Herdstelle her; sodann entfachte er mit Hilfe seiner Schwertklinge und eines Flintsteins, den er von daheim mitgebracht hatte, ein Feuer. Über den Flammen briet er den Hasen; als die Abenddämmerung einsetzte, war das Fleisch gar, und nachdem der Dreizehnjährige seinen Hunger gestillt hatte, legte er sich in der Höhle zum Schlaf nieder.

Am nächsten Morgen wanderte Jörg weiter gen Norden; als die Sonne im Zenit stand, entdeckte er auf der Kuppe eines Felsbuckels einen wie verwunschen wirkenden Sakralplatz. Am Fuß eines dreifach mannshohen natürlichen Steinturmes lagen übereinander drei ovale, halbmeterdicke Gneisplatten; auf der obersten waren neun Schalen eingegraben.

Der Halbwüchsige erinnerte sich an den heiligen Hain der Hagazussa, den er erstmals in seiner Kindheit und später, wenn er zusammen mit Siguna und Siglind zu Gast bei Ranhild gewesen war, noch einige Male gesehen hatte. Der uralte Sakralstein im Heiligtum der Hagazussa trug die gleichen Steinschüsseln wie die Felsplatte hier im Waldgebirge, und angesichts dessen ging es Jörg durch den Kopf: Einst müssen auf dieser Steinkuppe Menschen geopfert haben, welche denselben Glauben hatten wie jene anderen jenseits der Donau.

Durch den Felsturm aber unterschied sich der Sakralort von jenem Ranhilds; der Dreizehnjährige überlegte, welche Bedeutung der Turmfelsen gehabt haben könnte – schließlich fiel ihm auf, dass der hohe Stein zur Mittagssonne wies, und im selben Moment entsann er sich: Die Hagazussa hatte bei den gemeinsamen Aufenthalten in ihrem Hain manchmal auch vom Sonnengott gesprochen, welcher die göttliche Mutter Erde Jahr für Jahr von neuem befruchtete.

„Der Platz ist beiden Gottheiten geweiht", murmelte Jörg; anschließend umrundete er den Felsturm mit langsamen Schritten und ließ sich zuletzt beim Schalenstein nieder. Die übereinanderliegenden Gneisplatten waren sonnenwarm; der Halbwüchsige lehnte sich an sie und ließ seine Gedanken schweifen. Er fragte sich, was sich wohl früher, vor Jahrhunderten oder Jahrtausenden, an diesem Ort zugetragen hatte; er überlegte, ob die jetzige Wildnis damals womöglich gar nicht so wild gewesen war; ob vielleicht sogar viele Menschen in den Tälern des Berglandes gelebt hatten und zu bestimmten Jahreszeiten zum Heiligtum auf dem Steinbuckel gepilgert waren.

Lange dachte Jörg über die Vergangenheit des Sakralplatzes und seines Umlandes nach; erst als er bemerkte, dass der Turmfelsen einen Schatten warf, erhob er sich wieder. Die Sonne hatte ihren Zenit überschritten, und dies bedeutete für den Dreizehnjährigen: Es wurde Zeit, den Rückweg zur Höhle anzutreten, wo er auch die kommende Nacht verbringen wollte. In der Abenddämmerung langte er bei der Kaverne an; dort rupfte er ein Wildhuhn, das er unterwegs erlegt hatte, briet es, aß die Hälfte des Fleisches und schlief bald darauf ein.

Als der neue Tag anbrach, verzehrte Jörg den Rest des Hühnerfleisches; danach wanderte er nach Süden davon. Da er gleich beim Aufwachen Sehnsucht nach seiner Mutter und Siglind verspürt hatte, wollte er zurück zur Donau. In der Tagesmitte hatte er gut die Hälfte seines Weges hinter sich gebracht und sagte sich, dass er den großen Strom wohl bis zum Spätnachmittag erreichen würde – doch dann, nachdem er ein Schlehendickicht umgangen hatte, erstarrte er vor Schreck.

An einer Felsrunse, kaum zwanzig Schritte von ihm entfernt, scheuerte sich ein mächtiger Braunbär den ruppigen Pelz. Leichter Wind trug scharfen Raubtiergeruch zu dem Dreizehnjährigen heran; in einer ersten Regung wollte Jörg fliehen – unmittelbar darauf jedoch durchfuhr es ihn: Den Bären zur Strecke zu bringen, wäre eine Heldentat!

Hastig verschwand der Halbwüchsige wieder in der Deckung der Schlehen; dort legte er einen Pfeil auf die Sehne, spannte den Bogen und zielte auf die Herzgegend des Raubtiers. Mit dem nächsten Lidschlag aber ging es ihm durch den Sinn: Ich könnte den Bären nicht zur Donau schaffen. Müsste ihn hier zum Fraß für die Geier liegenlassen. Diese Vorstellung missfiel ihm; plötzlich wurde ihm zudem klar, welch prächtiges Tier der Braunbär war: viel zu schade, um durch einen aus dem Hinterhalt abgeschnellten Pfeilschuss sinnlos getötet zu werden.

Nein!, dachte Jörg. Es wäre nicht ritterlich! – und im selben Augenblick entspannte er den Bogen wieder. Als hätte der Bär etwas mitbekommen, witterte er wie suchend in die Richtung des Schlehengestrüpps; der Dreizehnjährige hielt den Atem an und wagte keine Bewegung – dann auf einmal machte der Braunbär eine Geste mit der Pranke, als wollte er Jörg zuwinken, und gleich darauf trollte er sich.

Der Halbwüchsige wartete ab, bis das Raubtier nicht mehr zu sehen war; sodann setzte er seinen Weg fort und fühlte sich dabei ganz so, als hätte er einen Sieg errungen. Und dieses Empfinden blieb in seinem Inneren lebendig, bis er schließlich wieder am Donauufer anlangte.

Dort allerdings stellte er fest, dass er irgendwie in die Irre gegangen sein musste. Denn von der Plätte war weit und breit nichts zu sehen; erst nachdem Jörg sich mit Hilfe des jenseitigen Uferverlaufes orientiert hatte und noch einmal eine Meile durch den Auwald nach Osten gelaufen war, stieß er auf das Boot. Aufatmend löste er das Haltetau vom Erlenstamm, stieg in die Plätte und steuerte sie im rötlichen Licht der nun bereits tief am Firmament stehenden Sonne schräg über den Fluss.

Ein Stück unterhalb des Turmbaues landete er an, sicherte das Boot gleich an Ort und Stelle für die Nacht und ging zur Wildwiese. Noch bevor er den Turmstumpf erreichte, kamen ihm Siguna und Siglind entgegengerannt. Als sie bei ihm waren, überschütteten sie ihn mit Vorwürfen; stumm und mit gesenktem Kopf nahm Jörg es hin – dann aber, nachdem sich seine Mutter und seine Schwester ein wenig beruhigt hatten, erklärte er entschieden: „Ich musste es einfach tun! Mein ganzes Leben sah ich das Waldgebirge im Norden, doch nie konnte ich es betreten und seinen Geheimnissen nahekommen. Und das wäre vielleicht für immer so geblieben, wenn ich jetzt die Donau nicht überquert hätte. Denn schon in Kürze werde ich euch ja verlassen, um in Ahausen zum Ritter ausgebildet zu werden. Und deshalb trieb es mich mit aller Macht dazu, die nördliche Wildnis wenigstens einmal zu erkunden."

Siguna sann seinen Worten nach; schließlich nickte sie, nahm ihren Sohn in die Arme und sagte: „Ich verstehe dich. Doch du hättest nicht ohne

Ankündigung verschwinden dürfen. Hättest dich mir und deiner Schwester anvertrauen sollen."

„Das wäre besser gewesen", gab Jörg zu. „Nur ... Wärst du denn bereit gewesen, mich ziehen zu lassen?"

Die Grafentochter ersparte sich eine Antwort, schweigend gab sie ihren Sohn wieder frei; gleich darauf äußerte Siglind versonnen: „Manchmal vernehme ich den Ruf der Waldberge auch. Besonders wenn Nebelschleier sie leicht verhüllen, ist es so. An solchen Tagen geht beinahe etwas Magisches von ihnen aus. Und ich fühle dann, wie es mich lockt und mich ..."

„Ich hoffe, du verfällst jetzt nicht ebenfalls aufs Ausreißen", unterbrach Siguna das Mädchen. „Und nun lasst uns nicht länger hier herumstehen. Wir müssen Feuer machen, damit wir die Barben braten können, die der Uttenschwalb heute erjagte."

Wenig später saßen die Grafentochter und ihre Sprösslinge auf der Bank am Feuerplatz; bald verbreiteten die langsam garenden Fische einen köstlichen Geruch, und während sie allmählich durchbrieten, erzählte Jörg von seinen Erlebnissen im Waldgebirge. Zuletzt berichtete er von seinem Zusammentreffen mit dem Braunbären; mit verspannten Gesichtern lauschten ihm Siguna und Siglind – aber nachdem er geendet hatte, sagte seine Mutter, wobei ihre Augen leuchteten: „Ich bin stolz auf dich! Du hast nicht um des bloßen Tötens willen auf den Bären geschossen, sondern hast Vernunft und Herz bewiesen und hast dich damit ungeachtet deines noch jugendlichen Alters wie ein verständiger Mann verhalten."

Mit feinem Lächeln nahm der Dreizehnjährige das Lob entgegen, und als er später unter seiner Schlafdecke lag, dachte er noch geraume Zeit über Sigunas Worte nach. Am nächsten Morgen sodann brachte er die Plätte zu ihrem angestammten Platz am Rand der buschbewachsenen Sandbank zurück; danach begab er sich mit dem Uttenschwalb zum Donaugestade und sandte den Großvogel zur Fischwaid aufs Wasser hinaus. So fand er sich wieder hinein in sein gewöhnliches Leben, doch während der folgenden Tage und Wochen dachte er noch häufig an seine Wanderung durch die Wildnis der Waldberge.

Schließlich dann begannen einmal mehr die Junikäfer zu fliegen; die Zwillinge waren jetzt bereits vierzehn Jahre alt – und an einem heißen Nachmittag in der Junimitte kam der Ahausener Edelfreie zum Turmstumpf an der Isarmündung. Diesmal hatte Hadamar nicht nur, wie sonst üblich, ein Packpferd bei sich; vielmehr führte er ein drittes Ross, ein gesatteltes Reitpferd, neben sich her, und nachdem er sich beim Turmzugang aus dem Sattel geschwungen und die kleine Familie begrüßt hatte, beschied er Jörg, auf das ledige Ross deutend: „Dieses Pferd sollst du von nun an reiten. Ich schenke es dir als meinem frischgebackenen Knappen."

„Danke! Ich weiß gar nicht, wie ich dir danken soll!" Der Vierzehnjährige umarmte den Ritter, drückte dessen Hände, umschlang Hadamar erneut.

„Lass gut sein", wehrte der Ahausener lachend ab. „Mach dich lieber mit deinem Ross vertraut".

Daraufhin griff Jörg nach den Zügeln des noch jungen Pferdes: eines schönen Fuchswallachs mit weißer Stirnblesse und drei weißgestiefelten Fesseln. Leise redete er auf das Ross ein, klopfte ihm den Hals, fuhr ihm mit der Hand durch die schwarze Mähne und führte es sodann einige Male im Kreis herum.

„Du stellst dich gar nicht dumm an", erklärte der Edelfreie, als der Vierzehnjährige das Pferd wieder bei ihm, Siguna und Siglind zum Stehen brachte.

„Ich habe mich ja schon immer um deine Rösser gekümmert, wenn du bei uns zu Besuch warst", entgegnete Jörg und fügte mit gespielt vorwurfsvollem Unterton hinzu: „Bloß hast du mich nie deinen Hengst reiten lassen."

„Weil das böse für dich geendet hätte, du Jungspund", versetzte Hadamar. „Mein Streithengst duldet einzig mich auf seinem Rücken. Doch dein Wallach ist fromm, und von morgen an werde ich dir Reitunterricht geben, damit du dich später, wenn wir nach Ahausen unterwegs sind, im Sattel halten kannst."

Im Verlauf der folgenden Woche brachte der Edelfreie seinem Schützling die Grundfertigkeiten der Reitkunst bei; Jörg zeigte sich recht gelehrig und war bald fähig, den Fuchswallach im Schritt oder im Trab über die Wildwiese zu lenken. Schließlich bemeisterte er das Ross auch im Galopp; als er erstmals in voller Karriere dahinjagte, jauchzte er vor überschäumender Begeisterung.

Zwei Tage später allerdings, gleich nach dem Aufwachen, wurde der Vierzehnjährige von zwiespältigen Gefühlen heimgesucht, denn die Zeit des Abschieds von seiner Mutter und seiner Schwester war gekommen. Dies schmerzte den Halbwüchsigen; andererseits freute er sich auf den Ritt zur Isarburg und auf all das Neue, das ihn dort erwartete.

So kam es, dass Jörg beim Frühmahl kaum einen Bissen hinunterbrachte; als er draußen lange beim Uttenschwalb stand, waren seine Augen feucht. Nachdem er dem Großvogel ein letztes Mal übers Gefieder gestreichelt hatte, ließ er sich stumm von Hadamar ins Kettenhemd helfen und schnallte anschließend, ebenfalls schweigend, das Kurzschwert um. Danach sattelte er den Wallach, verstaute seine übrigen Waffen sowie ein paar andere Habseligkeiten in einem der Packsäcke des Tragpferdes und wartete ab, bis auch der Edelfreie zum Aufbruch fertig war.

Erst als der Ahausener auf seinem Streithengst saß, führte der Vierzehnjährige sein Pferd zu Siguna und Siglind, die eng beisammen vor der Turmpforte standen, und sagte mit belegter Stimme: „Ich werde jeden Tag an euch denken … Und alle paar Monate werden Hadamar und ich euch besuchen … Außerdem bleibt ihr ja nicht ganz allein zurück. Ranhild ist auch noch da, nur ein paar Wegstunden entfernt …“

Er schluckte krampfhaft, kämpfte mit den Tränen; seiner Mutter schien es ähnlich zu ergehen – doch im nächsten Moment, während Siglind aufschluchzte, nahm Siguna ihren Sohn in die Arme, drückte ihn innig, gab ihn wieder frei und forderte ihn in festem Tonfall auf: „Reite! Reite, Jörg! Und geh deinen Weg hin zur Ritterwürde!“

„Das werde ich!“, stieß der Vierzehnjährige hervor; unmittelbar darauf schwang er sich in den Sattel, zog den Fuchswallach herum und galoppierte davon.

Der Ahausener Edelfreie hingegen hielt seinen stampfenden Hengst noch zurück, um der Grafentochter und Siglind zu versprechen: „Ich und Anna werden Jörg ganz so behandeln, als wäre er unser eigen Fleisch und Blut.“

Nach diesen Worten trieb auch Hadamar sein Ross an und folgte, das Packpferd mit sich führend, dem Vierzehnjährigen. Siguna und ihre Tochter aber harrten vor dem Turmgebäude aus und schauten den Reitern nach, bis sie nicht mehr zu sehen waren.

Die Schwertleite

Wildnis an der Isarmündung/Ahausen
Sommer 1151

Vier Jahre waren vergangen, seit Jörg von seiner Mutter und seiner Schwester Abschied genommen hatte. Oft hatten Siguna und Siglind seither an ihn gedacht; stets hatten sie sich über die Maßen gefreut, wenn der Ahausener Edelfreie und sein Knappe sie in der Einsamkeit der Wildnis an der Isarmündung besucht hatten. Zumeist war dies wie früher, als Hadamar noch allein gekommen war, im Frühling und im Herbst geschehen; zwei-, dreimal jedoch auch außer der Reihe zu anderen Jahreszeiten – und an diesem warmen Tag in der Junimitte, da sie zusammen mit ihrer jetzt schon achtzehnjährigen und zu einer hübschen jungen Frau erblühten Tochter im Gemüsegarten arbeitete, dachte die Grafentochter: Wie schön wäre es, wenn Jörg und der Ritter auch heuer wieder überraschend bei uns auftauchen würden.

Aber der Juni verstrich, ohne dass sich am Horizont Reiter zeigten; genauso war es in der ersten Juliwoche – dann jedoch erfüllte sich Sigunas Sehnsucht.

Am Spätnachmittag kehrten die beiden Frauen mit dem Uttenschwalb vom Donaugestade zurück; nun flatterte der Großvogel auf seine Sitzstange, und Siguna wollte die Fischbeute in den Turmraum bringen – da deutete Siglind nach Westen und rief aus: „Schau! Da drüben, in der Ferne! Berittene!“

Die Grafentochter spähte gen Sonnenuntergang; gleich darauf wurde ihr warm ums Herz, weil sie ahnte: Dort kam ihr Sohn!

Siguna hatte sich nicht getäuscht. Denn als sich die Reiter näherten, erkannten die Grafentochter und Siglind zwei von ihnen; es waren tatsächlich der Ahausener und Jörg. An ihrer Seite trabte aber noch jemand: eine Person, die kleiner und zarter als die Männer wirkte; außerdem befanden sich bei dem Reitertrupp vier Pferde, auf denen niemand saß.

Ein wenig verwundert schauten die beim Turmstumpf stehenden Frauen der Kavalkade entgegen; bald stellten sie fest, dass es sich bei den ledigen Rössern um zwei gesattelte Reitpferde und zwei Lasttiere handelte. Und zugleich wurde klar, wer den Edelfreien und seinen Knappen begleitete:

Es war ein halbwüchsiges rotblondes Mädchen, das um die fünfzehn Jahre alt sein mochte.

Als die Pferde beim Turmbau zum Stehen kamen und die Reiter absaßen, konnte Siguna den Blick nicht von ihrem Sohn losreißen. Jörg war zu einem prachtvollen jungen Mann herangereift; schon im vergangenen Frühjahr, beim letzten Besuch des Ahausener Ritters und seines Knappen, hatte die Grafentochter dies mit stillem Stolz festgestellt, und jetzt strahlte Jörg mit seinem dunklen Haar, das ihm in üppigen Locken bis auf die Schultern fiel, dem zupackenden Blick aus seinen blauen Augen und den markanten Gesichtszügen noch mehr Virilität und Tatkraft als damals aus. Er trug auch nicht mehr das alte Kettenhemd, das er seit dem Kampf gegen die Marodeure besessen hatte; nun schützte eine sehr viel besser gearbeitete Rüstung seinen kräftigen Körper, und während er jetzt zu seiner Mutter und seiner Schwester schritt, um sie zu begrüßen, blitzte das Sonnenlicht auf den Stahlringen der Brünne.

Glücklich umarmte Siguna ihren Sohn; Siglind machte ihrem Bruder ein Kompliment wegen seines guten Aussehens, und gleich darauf waren auch Hadamar und das Mädchen da.

Der Edelfreie drückte die Hände der Grafentochter, zwinkerte Siglind zu und äußerte: „Jedes Mal, wenn ich dich sehe, bist du ein Stück schöner geworden." Danach wies er auf die Halbwüchsige an seiner Seite und erklärte: „Das ist Alena, meine Zweitgeborene. Das kleine Schwesterchen meines Stammhalters Rapoto."

„Von wegen kleines Schwesterchen!", protestierte die Rotblonde, wobei ihre grünen Augen kämpferisch funkelten. „Ich bin nur ein Jahr jünger als mein Bruder. Und wäre ich wirklich noch so blutjung, wie du tust, Papa, dann hättest du mir wohl kaum erlaubt, dich und Jörg auf dem Ritt hierher zu begleiten."

Hadamar kniff sie zärtlich in die Wange und zauberte damit ein Lächeln auf ihr anziehendes Gesicht. „Ich gestattete es dir, weil du mich wieder einmal um den Finger gewickelt hattest. Und darin bist du unbestritten eine Meisterin. Schaffst es ja auch bei meinem Knappen, wann immer du es darauf anlegst."

„Jörg lässt sichs genauso gerne gefallen wie du“, versetzte Alena mit entzückendem Augenaufschlag in Richtung des Knappen. „Oder vielleicht nicht, mein schöner Ritter?“

„Jetzt ist's aber genug“, wies der Edelfreie seine Tochter zurecht; mit dem nächsten Lidschlag wandte er sich wieder Siguna zu und sagte: „Na ja, da hast du nun Annas und meinen Wildfang Alena kennengelernt. Sie ließ es sich einfach nicht nehmen, mitzureiten. Und das hat mit deinem Sohn zu tun. Wir sind nämlich gekommen, um dich und Siglind zur Feier seiner Schwertleite abzuholen.“

Erstaunen malte sich auf dem Antlitz der Grafentochter. „Jörgs Erhöhung in den Ritterstand sollte doch erst am Michaelstag Ende September stattfinden. Dann erst wollten Siglind und ich, so wie wir es im Frühling abgesprochen hatten, ein paar Tage möglichst unauffällig in Ahausen verweilen. Und jetzt taucht ihr viel früher auf. – Ich meine ... ich freue mich, wenn es schon zeitiger geschieht. Aber warum? Und außerdem: Wieso habt ihr die beiden Packpferde mitgebracht? Gewöhnlich hattet ihr immer nur eins dabei ...“

„Viele Fragen“, erwiderte Hadamar schmunzelnd. „Doch ehe ich sie dir beantworte, muss ich dich noch ein wenig auf die Folter spannen. Zuerst ist es nötig, die Rösser zu versorgen und einen Krug Ahausener Bier unter dein Dach zu bringen. Danach aber, wenn das getan ist, sollst du alles erfahren.“

Das Warten fiel Siguna und Siglind nicht leicht – endlich jedoch füllte der Edelfreie im Turmraum fünf Becher mit Dunkelbier, stieß mit den anderen an und begann sodann zu berichten: „Vor einer Woche kam ein wandernder Händler zu uns, der Neuigkeiten aus Württemberg brachte ...“

„Von meinem ... Vater?!“, fiel die Grafentochter dem Ritter ins Wort.

Hadamar nickte. „Ja, der Handelsmann erzählte von ihm. Um genau zu sein: von einem schweren Unfall, den Heinrich von Württemberg vor ungefähr einem Vierteljahr erlitt ...“

„Ist er etwa tot?!“, unterbrach Siguna den Edelfreien erneut.

„Ganz so schlimm traf's ihn nicht“, entgegnete der Ahausener. „Aber er brach sich beide Unterschenkel, als er während einer Wildschweinhatz mit seinem Ross stürzte. Und als er, halb vom Gaul begraben, auf der Erde lag, griff ihn ein Keiler an. Unmittelbar zuvor hatte der Graf dieses Wildschwein mit seinem Speer verletzt, jetzt zahlte der Keiler es ihm heim und zerfleischte ihm die rechte Schulter. Erst danach gelang es einem von Heinrichs Jagdgenossen, dem angeschweißten Schwein die Saufeder ins Herz zu stoßen. Anschließend wurde der Graf auf seine Feste gebracht, wo man die ersten Tage um sein Leben fürchtete. Doch letztlich sprang er dem Tod noch einmal von der Schippe. Zum Waidwerk allerdings wird er nie wieder ausreiten, und auch in den Krieg wird er niemals mehr ziehen. Denn seine Beine sind für immer verkrüppelt, und den Schwertarm vermag er wegen seiner kaputten Schulter kaum noch zu bewegen."

Einen Moment saß Siguna stumm und mit gesenktem Kopf da; es war ihr anzusehen, dass ihr das Schicksal ihres Vaters trotz all des Bösen, das er ihr einst angetan hatte, nicht gleichgültig war. Dann richtete sie den Blick wieder auf Hadamar und sagte leise: „Er kann mir und meinen Kindern also nicht mehr gefährlich werden …"

„So ist es!", bestätigte der Edelfreie. „Und das bedeutet: Deine und Siglinds Zeit in der Abgeschiedenheit ist vorüber. Ihr braucht euch nicht länger vor der Welt zu verbergen. Könnt eure einsame Klause verlassen und unter die Menschen zurückkehren. Deshalb haben wir die beiden Packpferde bei uns. Sie sollen eure ganze Habe nach Ahausen tragen, und dort werdet ihr all die Annehmlichkeiten haben, auf die ihr hier so lange verzichten musstet."

Kaum hatte Siglind diese Sätze vernommen, sprang sie auf und rannte ins Freie hinaus. Ihre Mutter wollte ihr nachlaufen; Jörg aber hielt sie davon ab, indem er versetzte: „Lass mich mit ihr reden!"

Als der Achtzehnjährige draußen vor dem Turmgebäude war, sah er seine Schwester beim schwarzen Großvogel stehen. Langsam ging er zu ihr hin; er bemerkte, dass Siglind weinte; im nächsten Moment stieß sie hervor: „Fast immer habe ich hier gelebt! Ich weiß gar nicht mehr, wie es zuvor war. Wir kamen ja schon im Alter von zwei Jahren hierher. Und jetzt soll ich das alles verlieren! Das Land zwischen den Flüssen, das ich so liebe. Den Gemüsegarten, den ich in jedem Frühling mit Mama bebaut habe. Und den Uttenschwalb!"

„Ihn lassen wir doch nicht zurück." Jörg legte den Arm um die Schultern seiner Schwester. „Er ist unser Freund. Hat uns all die Zeit mit Fischen versorgt. Selbstverständlich nehmen wir ihn mit zur Isarburg."

„Die ist mir völlig fremd!“, schluchzte Siglind.

„Aber im vergangenen Frühjahr freutest du dich doch auf den Ritt dorthin“, entgegnete ihr Bruder. „Du hast es mir damals gesagt. – Und ich schwöre dir: Es ist schön in Ahausen. Von der Feste aus schaut man weit übers Isartal hin, und unser schwarzer Vogel kann auch dort jagen.“

Die junge Frau kraulte das Brustgefieder des Uttenschwalbs; sie wirkte dabei nachdenklich, dann wollte sie wissen: „Hast du es denn nie bereut, Hadamar auf seine Burg gefolgt zu sein?“

Jörg schüttelte den Kopf. „Nein. – Natürlich dachte ich anfangs oft an mein früheres Dasein. Und an dich und Mama. Doch auf Ahausen erlebte ich so viel Neues und Aufregendes …“

„Und du lerntest Alena kennen …“ In Siglinds Stimme schwang ein halb neugieriger, halb schalkhafter Unterton mit.

„Das auch“, gab ihr Bruder zu. „Und du könntest auf der Isarburg ja vielleicht einem Ritter begegnen, dem es eine Freude wäre, dich auf Händen tragen zu dürfen, Schwesterherz.“ Er kniff ihr ein Auge. „Wäre das nicht auch ein Grund, der dich dazu bewegen könnte, dich von dem alten Turmgemäuer loszureißen?“

„Mach dich nur lustig über mich!“, schnappte Siglind und wand sich unter Jörgs Arm hervor – doch gleich darauf ließ sie sich von ihm zum Portal des Turmstumpfes zurückführen, wo die Zwillinge auf Alena stießen, die ebenfalls nach Siglind hatte schauen wollen.

Während sich die jungen Leute draußen beim Turmzugang miteinander austauschten, waren Hadamar und Siguna drinnen im Turmraum in ein ernsthaftes Gespräch vertieft; soeben sagte die Grafentochter: „Sechzehn Jahre sind verstrichen, seit du mich und meine Kinder hierher brachtest. Und in dieser langen Zeit habe ich mich sehr verändert. Als junge flüchtige Witwe, die ihren Gemahl und mit Ausnahme der Zwillinge auch alles andere verloren hatte, kam ich in die Wildnis. Von der Adelsfrau, die ich zuvor gewesen war, blieb nichts. Als Jägerin, Fischerin und Gärtnerin schlug ich mich mit den Kleinen durch. Später dann hatten wir den Uttenschwalb, um zu überleben. So behaupteten wir uns und waren zufrieden mit unserem bescheidenen Dasein – und nun soll alles noch einmal ganz anders werden.“

„Du kennst die uralte Vorstellung vom Schicksalsrad", erwiderte der Ritter. „Droben auf dem Rad sitzt der König, drunten klammert sich der Bettler an. Aber dann dreht sich das Schicksalsrad, und der Monarch fällt, während der Bettelarme aufsteigt. Es ist ein weises Bild, das uns zeigt, dass nichts so bleibt, wie es ist. Und jetzt, da du erfahren hast, was deinem Vater zugestoßen ist, solltest du den durchaus verdienten Schicksalsschlag, der ihn traf, als Zeichen für dich nehmen. So, denke ich, will es die höhere Macht, welche das Rad bewegt."

„Die Göttin …", flüsterte Siguna kaum hörbar.

Hadamar, der nicht genau verstanden hatte, öffnete den Mund, um nachzufragen – doch da sagte die Grafentochter: „Du hast recht, mein Freund. Es wäre dumm von mir, wenn ich das, was mir so hilfreich angeboten wird, ausschlagen würde. – Auch deshalb, weil ich für Siglind und ihr künftiges Leben verantwortlich bin. Jörg macht ja bereits seinen Weg, aber was würde aus seiner Schwester werden, sofern ich sie hier an der Isarmündung festhalten wollte. Siglind muss doch ebenfalls die Möglichkeit erhalten, andere Menschen kennenzulernen, vielleicht einen guten Gemahl zu finden und mit ihm Kinder zu bekommen …"

„Eben!", versetzte der Ahausener und griff nach seinem Trinkbecher. Aber ehe er einen kräftigen Schluck nehmen konnte, kamen die Zwillinge und Alena in den Turmraum zurück. Angesichts dessen ließ Hadamar den Becher wieder sinken, musterte Siglind und erkundigte sich: „Na? Immer noch traurig, weil du ein Burgfräulein werden sollst?"

Die Achtzehnjährige schüttelte den Kopf. „Ich hatte wohl nicht gleich alles bedacht … Und nun, da Jörg und Alena mit mir geredet haben, ist mir leichter."

„Heißt das, du willst dir die Isarburg zumindest einmal ansehen?", fragte der Edelfreie.

„Ja", bestätigte Siglind – und in der Folge wurde besprochen, was vor dem Aufbruch nach Ahausen noch erledigt werden musste.

Am nächsten Tag sodann wurden sämtliche Habseligkeiten Sigunas und ihrer Tochter in die Ledersäcke der Tragpferde gepackt; dazu einige Dinge, die Jörg vier Jahre zuvor im Turmgebäude zurückgelassen hatte. Nachdem dies getan war, unternahmen die Grafentochter und Siglind einen ausgedehnten Abschiedsspaziergang durch die Gegend an der Isarmündung.

Noch einmal besuchten sie die Plätze an den Flussufern, von denen aus sie den Uttenschwalb so oft bei der Fischjagd beobachtet hatten; später standen sie bei der Sandbank, wo die Plätte lag, in der einst die Marodeure aufgetaucht waren.

Zwölf Jahre war mein tapferer Sohn erst alt, als er die Verbrecher tötete, dachte Siguna, während sie das rissig gewordene Holz des Bootes betrachtete; Siglind murmelte: „Jetzt wird die Plätte mehr und mehr verrotten, und irgendwann wird ein Hochwasser die Trümmer davontragen ...“

Die Grafentochter nickte; anschließend hielten sich die beiden Frauen geraume Zeit im Urwald jenseits der Wildwiese auf und gaben sich dort ihren Erinnerungen hin; danach saßen sie lange auf einem umgestürzten Baum am Donaugestade und schauten zum Waldgebirge hinüber, und erst bei Sonnenuntergang kehrten sie zum Turmgebäude heim.

Unter dem Schilfdach des jahrhundertealten Bauwerks nahmen sie zum letzten Mal einen Abendimbiss ein; während der Nacht hörte Siguna, als sie einmal erwachte, den Wind in den Schilfbündeln flüstern – und am Morgen, nach einem einfachen Frühstück, sattelten Hadamar, Jörg und Alena die Reitpferde und beluden die Packtiere mit den prall gefüllten Ledersäcken.

Die Grafentochter und Siglind kümmerten sich unterdessen um den Uttenschwalb. Zunächst sprach Siguna in raunendem Tonfall mit dem Großvogel, und Siglind liebkoste ihn dabei zärtlich; dann trug die Grafentochter den Uttenschwalb zu einem der Packrösser und setzte ihn auf einer Stange ab, die Jörg über den Säcken festgezurrt hatte. Anfangs schlug der schwarze Vogel erregt mit den Schwingen; das Pferd legte verstört die Ohren an, schnaubte ängstlich und stampfte – nach einer Weile aber beruhigten sich beide Tiere, und daraufhin erklärte Hadamar: „Nun können wir aufbrechen. Doch du, Siguna, bleibst bitte stets beim Uttenschwalb.“

„Das werde ich“, versprach die Grafentochter; sodann führte sie ihr Ross zu dem Packpferd, welches den Großvogel trug, und schwang sich in den Sattel.

Auch der Ahausener, sein Knappe und Alena bestiegen ihre Rösser – Siglind hingegen stand mit unschlüssiger Miene da und machte keine Anstalten, den Fuß in den Steigbügel ihres Reittieres zu setzen.

„Was hast du denn? Willst du lieber Wurzeln schlagen, statt mit uns zu kommen?“, neckte Jörg seine Schwester.

„Du weißt doch, dass ich noch nie geritten bin“, entgegnete Siglind kleinlaut. „Und womöglich vermag ich mich gar nicht auf dem Pferd zu halten.“

„Bestimmt kannst du es“, erwiderte ihr Bruder. „Das Tier ist lammfromm, und außerdem habe ich dir schon gestern erklärt, dass dein Pferd ebenso wie das von Mama ein Tölter ist. Es hat einen sehr weichen Gang, und selbst bei schnellerem Ritt wirst du deshalb kaum eine Erschütterung spüren. Du musst lediglich darauf achten, deine Beine immer eng am Pferdeleib zu halten. Mehr brauchst du nicht zu tun, musst dein Tier noch nicht einmal lenken, denn es ist an Mutters Pferd gewöhnt und wird ihm einfach hinterdreinlaufen.“

„Also gut!“, stieß Siglind mit plötzlich erwachendem Mut hervor – und gleich darauf saß sie im Sattel.

„Prima gemacht“, kam es von Hadamar; dann trieb der Edelfreie seinen Hengst an, und Siguna folgte ihm, wobei sie das Packpferd, auf dem der Uttenschwalb saß, am langen Zügel mit sich führte. Siglinds Tölter ging gutwillig hinter dem Ross der Grafentochter her, und am Ende der kleinen Kavalkade ritten Alena und Jörg, denen das zweite Packtier hinterdreintrottete.

Zunächst fühlte sich Siglind noch ein wenig unsicher im Sattel; allmählich aber fand sie sich in den Bewegungsrhythmus ihres Pferdes hinein, und bald genoss sie es sogar, sich von ihrem Tölter über das buschbestandene Auenland im Südwesten der Isarmündung tragen zu lassen. Nach ungefähr einer Stunde freilich, als ein ausgedehntes Urwaldgebiet durchquert werden musste, verspannte sich das Antlitz der Achtzehnjährigen bisweilen wieder – und dann presste plötzlich auch Siguna wie erschrocken die Lippen zusammen.

Jäh war der Grafentochter bewusst geworden, dass sie in der Aufregung der vergangenen Tage völlig auf die Hagazussa vergessen hatte; auf Ranhild, die ihr während der vielen Jahre in der Abgeschiedenheit der Wildnis zur vertrauten Freundin geworden war. Die Vorstellung, die Hagazussa womöglich nie mehr wiederzusehen, schmerzte Siguna; sie kam sich beinahe wie eine Verräterin an Ranhild vor; schließlich schwor sie sich: Irgendwann werde ich nochmals zurückkehren, um meine alte Freundin zu besuchen und ihr alles zu erklären. Und wenn ich das tue, wird sie mir hoffentlich verzeihen.

Doch dann, nachdem die Kavalkade eine weitere Stunde dahingezogen war und sich bereits nahe des gefährlichen Niedermoores befand, welches das wilde Land zwischen Isar und Donau von der Welt der Menschen trennte, wurde die Grafentochter von ihrer noch immer anhaltenden Beklemmung erlöst. Denn in einer Entfernung von etwa hundert Metern erblickte Siguna eine Frau, die am Rand eines Waldstreifens unter einer knorrigen Eiche bei einem Findlingsfelsen stand – und kurz darauf erkannte sie Ranhild.

Wenig später hielt der Reitertrupp bei der Hagazussa an. Die Grafentochter, Jörg und Siglind stiegen von ihren Pferden; Siguna lief die letzten paar Schritte zu Ranhild und sagte entschuldigend: „Erst als wir schon weit von der Isarmündung weg waren, fiel mir ein, dass ich …"

„Ich weiß, was in dir und deinen Kindern vorging", unterbrach die Hagazussa sie. „Schon gestern spürte ich es. Auch sah ich dich und deine Tochter Abschied von den Wassern und den Waldbäumen nehmen."

„Aber du bist nicht zu uns gekommen …" Die Grafentochter griff nach Ranhilds Hand. „Warum? Verurteilst du unseren Weggang?"

„Nein", antwortete die Hagazussa. „Du musst dem Ruf folgen, der an dich ergangen ist. Und auch deine Kinder müssen ihm gehorchen. Der Edle da", sie blickte in Hadamars Richtung, „überbrachte euch die Botschaft des Schicksals. Und mit seiner Hilfe werdet ihr noch sehr viel weiter auf dem Pfad wandeln, der euch bestimmt ist. Ich jedoch habe hier auf euch gewartet, um euch noch eins zu eröffnen: Ihr braucht das Moor, das vor euch liegt, mitnichten zu fürchten. Zwar ruhen Tote in seinem Schoß, doch sie werden euch nicht zu sich hinabziehen, denn ihr habt am Ende eures Weges eine wichtige und zukunftsweisende Aufgabe zu erfüllen. Reitet also in Frieden weiter, während ich zu meinem Heim tief im Urwald zurückkehre."

„Ich wollte, wir müssten uns nicht trennen …" Siguna flüsterte den Satz mit feuchten Augen.

„Es wird eine Zeit kommen, da du mich besuchen wirst, um mir viel zu erzählen", entgegnete Ranhild. „Du weißt, wo ich lebe, und ich werde dich erwarten."

Nach diesen Worten umarmte sie die Grafentochter, Jörg und Siglind; sodann wandte sie sich Hadamar und Alena zu, die unterdessen ebenfalls herangekommen waren, und sagte zu dem Edelfreien: „Wir sind uns noch nie begegnet. Dennoch kenne ich dich, weil du in den Herzen derer lebst, denen du Jahr um Jahr ein treuer Freund warst. Und du sollst wissen, dass ich dich dafür achte."

„Auch du bist mir nicht fremd", erwiderte Hadamar. „Siguna und ihre Kinder sprachen ja öfter über dich. Und du hast nicht weniger für sie getan als ich, denn du brachtest ihnen den Uttenschwalb."

„Der Schwarzvogel wird nun nahe deiner Burg über den Isarwassern kreisen und sich später zu hoher Ehre aufschwingen", kam es von der Hagazussa. Dann, nachdem sie Alena noch ein Lächeln geschenkt hatte, drehte sie sich um, schritt langsam am Findlingsstein vorbei und verschwand in dem Waldstreifen, der sich hinter dem Felsen erstreckte.

Eine Weile rätselten die Grafentochter und ihre Begleiter über Ranhilds geheimnisvolle Äußerung; schließlich stiegen sie wieder auf ihre Pferde und setzten ihren Ritt fort. Bald erreichten sie das Niedermoor; an seinem Saum saßen sie ab, und Hadamar führte seinen Hengst und das Packpferd, auf dem der Uttenschwalb saß, als erster auf den trügerischen Moorgrund hinaus. Die anderen folgten ihm, vorsichtig ging es vorwärts; endlich, die Sonne stand jetzt bereits im Mittag, war der gefährliche Weg geschafft.

Eine halbe Meile weiter gelangten die Reiter zu einer Birkengruppe, bei der ein Quell entsprang. Im Schatten der weißrindigen Bäume nahmen der Ahausener und seine Gefährten einen Imbiss zu sich und ruhten sich danach, während die Rösser grasten, eine Stunde aus. Mit frischen Kräften brach man wieder auf; langsam verstrich der Nachmittag, und dann kam in der Ferne das Dorf Plattling in Sicht.

In einer Herberge, die inmitten der Ansiedlung stand, fanden der Ritter, sein Knappe, Alena und die beiden Frauen ein Schlafquartier; der Großvogel, der bei der Ankunft der kleinen Kavalkade von den Dorfbewohnern bestaunt worden war, ruhte die Nacht hindurch bei den Pferden in der Stallung des Gasthauses. Am nächsten Morgen brachte Siguna ihn zum Ufer der Isar, die am Ortsrand von Plattling floss, damit er fischen und sich sättigen konnte; zeitig am Vormittag sodann schwangen sich die Grafentochter und ihre Begleiter erneut in die Sättel.

Fast den ganzen Tag über folgten die Reiter dem Isargestade; am Spätnachmittag schließlich tauchte die Feste Ahausen vor ihnen auf. Siglind, die noch nie eine Burg gesehen hatte, staunte über das stolze Bauwerk, das auf der Isarhöhe thronte; vor Sigunas innerem Auge tauchten Erinnerungsbilder auf: Wie sie an der Seite des Mannes, den sie so sehr geliebt hatte, nach ihrer gemeinsamen Flucht aus Regensburg hier angekommen war; wie sie zusammen mit ihrem Bräutigam vor den Altar in der nahegelegenen Kirche getreten war; wie sie wenige Jahre danach, als Witwe und mit ihren beiden Kleinkindern, hinter den Mauern der Festung eine erste Zuflucht vor dem Hass ihres mörderischen Vaters gefunden hatte.

Das ganze letzte Wegstück zum Burgtor stürmten die Erinnerungen auf die Grafentochter ein; dann, im Festungshof, kam es zum Wiedersehen Sigunas mit Anna, der Gattin Hadamars. Im einstmals dunklen Haar der Burgherrin zeigte sich inzwischen vereinzeltes Grau; ihr Wesen aber war unverändert warmherzig geblieben, was sie der Grafentochter durch eine innige Umarmung und liebevolle Begrüßungsworte bewies.

Nachdem sie Siguna und anschließend Siglind willkommen geheißen hatte, stellte Anna den beiden ihren Sohn Rapoto vor: ihren Erstgeborenen, der ein Jahr älter als Alena war. Ebenso wie seine Schwester war der Sechzehnjährige rotblond; sein kräftig entwickelter Körper zeigte an, dass er bereits eifrig mit den ritterlichen Waffen übte, und angesichts dessen sagte die Grafentochter zu ihm: „Ich habe den Eindruck, als würde es nicht mehr allzu lange dauern, bis die Zeit deiner Schwertleite kommt."

„Übermorgen wird zunächst einmal mein guter Freund Jörg zum Ritter erhöht", antwortete Rapoto. „Doch bald werde auch ich das Adelsschwert empfangen und meinem Namen damit Ehre machen."

„Gut gesprochen!", lobte Hadamar seinen Stammhalter; danach befahl der Edelfreie einigen Knechten, die Pferde wegzubringen. Den Uttenschwalb aber, der unter den Burgleuten beträchtliches Aufsehen erregte, nahm Siguna auf Anraten Hadamars auf den Unterarm; neugierig äugte der Großvogel umher, als sich die Ahausener Adelsfamilie und ihre Gäste zum Wohnturm der Burg begaben – und wenig später flatterte der Uttenschwalb auf einen festen Sitzplatz. Denn droben auf der mit einer Ziegelbastion versehenen Wehrplattform des Turmes hatte der Burgherr, ehe er mit Jörg und Alena zur Isarmündung aufgebrochen war, einen starken

Pfosten mit einer soliden Querstange aufrichten lassen, und nun hatte der schwarze Vogel rasch erkannt, dass die Vorrichtung ihm zugedacht war.

„Hier kannst du dich wohlfühlen“, raunte die Grafentochter dem Uttenschwalb zu. „Und dort unten“, sie zeigte aufs Isartal hinab, „sind deine neuen Fischgründe.“

Ganz so, als hätte er jedes Wort verstanden, spähte der Großvogel in die Flussniederung hinunter; sodann stieß er ein lautes, unternehmungslustiges „Chrochrochro“ aus, schwang sich in die Luft, flog in Richtung der Isar, kreiste über dem Fluss und stieß nach drei, vier weiten Schwüngen aufs Wasser nieder. Kurz darauf kehrte er zur Turmplattform zurück, setzte sich auf seinen Platz und verschlang den Fisch, den er im Kehlsack mitgebracht hatte. Hadamar und Siguna blieben bei ihm stehen, bis er ein weiteres, diesmal sehr zufriedenes und eher leises „Chrochrochro“ hören ließ; nachdem es erklungen war, versetzte der Burgherr grinsend: „Er hat sich den Bauch kräftig vollgeschlagen, und dasselbe wollen wir jetzt zusammen mit den anderen ebenfalls tun.“

Dies konnte unverzüglich geschehen, denn im obersten Turmgeschoss hatten Anna, Alena und zwei Mägde mittlerweile die Esstafel gedeckt. Es gab Rauchfleisch, Käse, frischgebackenes Brot, süße Kirschen und dazu Wein und Bier – und was die Käsewürfel anging, so sorgte Siglind während des Males für Erheiterung, weil sie von diesen Leckerbissen, die sie bislang nicht gekannt hatte, gar nicht genug kriegen konnte.

Später, als die Eichentafel abgeräumt war, saß man noch lange beieinander. Insbesondere Anna und Siguna hatten sich viel zu erzählen; Hadamar warf so manche launige Bemerkung ein, und auch die jungen Leute tauschten sich eifrig aus. Erst gegen Mitternacht erhoben sich die Ahausener und ihre Gäste von der Tafel, um ihre Schlafstätten aufzusuchen – ehe er sich aber, ein wenig angeschlagen vom Alkohol, daranmachte, an der Seite seiner Gattin zur Tür zu schreiten, verkündete Hadamar noch: „Morgen werden wir weiteren Besuch bekommen. Edle Männer, die sich angesagt haben, um der Schwertleite meines Knappen Jörg zusätzlichen Glanz zu verleihen.“

Damit verschwanden der Burgherr und seine schmunzelnde Gemahlin; Rapoto, Alena und Jörg folgten ihnen – und die Grafentochter und Siglind, die nur zu gerne nachgefragt hätten, mussten sich damit bescheiden, dass sie vorerst nicht mehr erfahren würden.

Nach dem Frühstück am nächsten Tag suchten Siguna und Siglind die Badestube der Isarfeste auf. Länger als eine Stunde blieben sie in ihren Holzzubern sitzen; einige Male kam eine Magd herein, um heißes, mit aromatisch duftendem Kräutersud versetztes Wasser in die Zuber nachzugießen. Zuletzt dann war die Burgmagd den beiden Frauen behilflich, feine höfische Gewänder anzulegen, die Anna für sie vorbereitet hatte, und als Siguna und ihre Tochter fertig angekleidet waren, fühlten sie sich wie neugeboren.

Den Rest des Vormittags verbrachten sie in Gesellschaft der Burgherrin und ihrer Sprösslinge Rapoto und Alena; auf die Anwesenheit Hadamars und Jörgs mussten sie verzichten, weil der Edelfreie und sein Knappe zur etwas abseits der Festung gelegenen Ahausener Kirche gegangen waren, um sich dort wegen der bevorstehenden Schwertleite mit dem Priester auszutauschen. Einmal erkundigte sich Siguna bei Anna, wer denn die edlen Besucher seien, deren Ankunft Hadamar in der vergangenen Nacht angekündigt hatte; die Burgherrin aber lächelte nur und antwortete: „Du wirst es bald erfahren."

Zur Mittagsstunde schließlich kehrten der Ritter und Jörg zurück; Anna ließ einen Imbiss auftragen – und kaum war das Essen verzehrt, kam ein Reisiger ins Gemach gerannt und rief: „Ein Reitertrupp nähert sich der Feste!"

„Das werden die Adelsherren sein, die wir erwarten", versetzte Hadamar; gleich darauf eilten er und die anderen in den Burghof hinab und weiter zum Torbau.

Eine Weile harrten sie dort aus; schließlich klang draußen Hufschlag auf, und kurz danach trabte ein starker Trupp von Gewappneten durch den Torschlund. Im Hof zügelten die Reiter ihre Pferde; Siguna erkannte, dass es sich um zwei prachtvoll gerüstete Ritter handelte, zu denen offenbar je drei Knappen gehörten. Beeindruckt musterte sie die beiden Adligen; jetzt begab sich Hadamar zu ihnen, um sie zu begrüßen, und nachdem sie einige Sätze mit ihm gewechselt hatten, stiegen sie von ihren Streitrössern und folgten dem Ahausener zu der Stelle, wo Siguna, Siglind, Jörg, Anna, Rapoto und Alena standen.

Unwillkürlich straffte sich der Körper der Grafentochter; im nächsten Moment wies Hadamar auf sie und sagte zu den Adelsherren: „Dies ist Siguna von Mühlberg, von deren schwerem und außergewöhnlichem Schicksal ich euch vor einiger Zeit erzählt habe. Zu ihrer Linken seht ihr Siglind, Sigunas liebreizende Tochter. Ihren Sohn Jörg, der morgen zum Ritter erhöht werden soll, kennt ihr ja bereits. Und dasselbe“, er kniff den beiden Adligen ein Auge, „gilt für meine Familie.“

„Anna, Alena und Rapoto sind uns wahrlich nicht fremd“, erwiderte der ältere Adelsherr, ein kräftiger Mittvierziger. Der Jüngere hingegen, ein gutaussehender Dunkelhaariger, der in seinen Zwanzigern stand, schwieg; wie gebannt schaute er auf Siglind, und nun errötete die Achtzehnjährige unter seinem Blick und senkte wie verschämt die Lider.

Hadamar wiederum trat jetzt an Sigunas Seite und stellte ihr die adligen Besucher vor: „Der in vielen Fehden erprobte Kämpe da, der so ungefähr in meinem Alter ist, herrscht über die Festung und die Ländereien des Edelfreiensitzes Hals bei Passau. Sein Name lautet Albert von Hals, und er ist ein hochgeschätzter Verwandter von mir. Dasselbe gilt für den jungen Ritter hier, der seine Augen nicht von Siglind lassen kann. Er erbte im vorigen Jahr die Ortenburger Burgherrschaft und heißt Diepold, und sowohl er als auch der Halser sind zu uns gekommen, um bei Jörgs Schwertleite als Adelszeugen anwesend zu sein.“

Die Grafentochter reichte beiden Edelfreien die Hand und wechselte einige Sätze mit ihnen; danach begab sich, auf einen Wink Hadamars hin, auch Siglind zu den Rittern.

Albert von Hals machte ihr ein etwas rauhes Kompliment, das sie lächelnd und unbefangen entgegennahm; als jedoch Diepold von Ortenburg das Wort an sie richtete, wurde sie erneut rot und wirkte abermals reichlich verwirrt. Ein wenig später indessen, als die Schar der Ahausener und ihrer Gäste zum Wohnturm schritt und Diepold dabei an Siglinds Seite blieb, taute die Achtzehnjährige auf. Am Fuß der Balkentreppe, die zum Hochportal des Turmes emporführte, lachte sie bereits herzlich über einen Scherz, den der Ortenburger gemacht hatte – und beim Willkommensbankett für die Verwandten der Burgherrenfamilie, welches den ganzen Nachmittag und anschließend noch bis weit in die Nacht hinein andauerte, saßen Diepold und Siglind einträchtig nebeneinander.

Als der neue Morgen graute, brach Jörgs großer Tag an. Noch vor dem Frühstück nahm Sigunas Sohn ein Bad; nach dem Morgenimbiss rüstete er sich mit Kettenhemd und Helm wie zum Kampf, verzichtete aber auf Schwertgurt und Schild. Nachdem er fertig war, warteten er und die übrigen Edlen im Wohnturm ab, bis von der Burgkirche her Glockengeläut zu vernehmen war. Dies war das Zeichen zum Aufbruch; die Adligen verließen den Turm und machten sich auf den kurzen Weg zur Heilig-Kreuz-Kirche; die Knappen des Halsers und des Ortenburgers sowie sämtliche Ahausener Reisige folgten ihnen.

Während sie sich der Kirche näherte, wurden einmal mehr Erinnerungen in Siguna wach. Sie dachte an ihre Heirat, die jetzt schon fast zwei Jahrzehnte zurücklag; damals war sie gerade erst achtzehn gewesen, nun war sie eine Frau mittleren Alters. Und sie dachte an ihren Gemahl, mit dem sie aus Regensburg geflohen und mit dem sie danach für wenige Jahre glücklich gewesen war, ehe ihn der Hass ihres Vaters so grausam getroffen hatte. Im Kircheninneren sodann, als sie den Altar erblickte, vor dem ihre Ehe geschlossen worden war, hatte die Grafentochter das Empfinden, als wäre die Zeit plötzlich bedeutungslos geworden; als wären seit ihrer Vermählung erst ein paar Tage vergangen. Gleich darauf jedoch, weil ihr bewusst wurde, dass am Altarsockel nicht mehr der grauhaarige Priester von damals, sondern ein junger Kleriker stand, fand sie sich in der Realität wieder.

Jörg, der Sohn des Mannes, den sie über alles geliebt hatte, war neben ihr; jetzt legte er seinen Arm um sie, gab sie wieder frei und schritt zu Hadamar und den beiden anderen Edelfreien, die sich bereits beim Altar aufhielten. Dann, nachdem Ruhe im Kirchenschiff eingekehrt war, wandte sich der Priester an die drei Burgherren und fragte: „Seid Ihr überzeugt, dass der Knappe Jörg würdig ist, das Ritterschwert zu empfangen?“

„Er ist es“, antworteten Hadamar von Ahausen, Albert von Hals und Diepold von Ortenburg wie aus einem Mund.

„Wenn es so steht, soll er nach altem Brauch und mit göttlichem Segen erhöht werden“, sagte der Kleriker daraufhin. „Und Ihr, Hadamar, Herr der Festung Ahausen, sollt ihm die Ehre erweisen. Ihr Herren von Hals und Ortenburg aber sollt gut achthaben, damit Ihr die Schwertleite später vor aller Welt bezeugen könnt.“

„Dies werden wir tun“, versprachen die beiden Edelfreien; Hadamar wiederum legte nun die Rechte auf Jörgs Schulter und befahl ihm: „Knie nieder!“

Der Achtzehnjährige gehorchte; der Ahausener ging bis hart an den Altar heran und nahm ein auf dessen Steinplatte liegendes Langschwert in silberbeschlagener Scheide und mit breitem Schwertgurt auf. Mit dieser Waffe in den Händen trat Hadamar wieder vor Jörg hin und sprach zu ihm: „Als Knappe kniest du vor mir. Doch jetzt ist die Zeit, da du mir als solcher dientest, vorüber. Erhebe dich also und nimm das Ritterschwert von mir entgegen.“

Abermals tat der Achtzehnjährige, was von ihm verlangt wurde; er richtete sich wieder auf, und als er kerzengerade dastand, schnallte ihm der Ahausener den Waffengurt um die Hüften.

Nachdem Hadamar den Gurt geschlossen hatte, verkündeten Albert von Hals und Diepold von Ortenburg: „Wir haben soeben gesehen, wie aus Jörg, dem Knappen, der Edelfreie Jörg von Mühlberg wurde.“

Im Kirchenraum brandete Beifall auf; Siguna indessen wirkte ein wenig verstört, denn sie hatte nicht erwartet, den Adelsnamen zu vernehmen, den einst ihr Gatte getragen hatte. Beinahe hatte sie das Gefühl, als wären die Worte des Halsers und des Ortenburgers so etwas wie ein bedrohliches Omen gewesen – wenig später allerdings, als ihr Sohn zu ihr kam und sie überschwänglich umarmte, verwandelte sich ihre leichte Beklommenheit in Freude, und sie gratulierte Jörg von ganzem Herzen zu der hohen Ehre, die ihm zuteil geworden war.

Anschließend drängten sich alle Anwesenden um den frischgebackenen Ritter. Es dauerte, bis er sämtliche Glückwünsche entgegengenommen hatte; danach las der Priester noch eine Messe, und als die Adligen und ihr Gefolge die Kirche verließen, war der Vormittag bereits weit fortgeschritten.

Draußen im Freien, schon ein Stück vom Kirchenportal weg, atmete die Grafentochter tief die frische Luft ein; sie schaute dabei, weil sie in diesem Moment allein war, versonnen über die Grabstätten hin, welche den Sakralbau umgaben – plötzlich erschrak sie zutiefst.

Denn im Osten, höchstens noch eine Viertelmeile entfernt, erblickte sie einen mächtigen, rasch näherkommenden Reiterpulk: Dutzende von Berittenen, auf deren Rüstungen und Waffen grell das Sonnenlicht blitzte.

Das Wappenbild

Ahausen/Mühlberg

Sommer 1151 bis Spätsommer 1154

Das Ahausener Adelspaar stand beim Portal der Heilig-Kreuz-Kirche; soeben hatte Hadamar seiner Gattin etwas mitgeteilt, nun starrte Anna entsetzt auf ihren Gemahl und rief aus: „Das kannst du nicht machen!"

„Wieso?", erwiderte Hadamar. „Damals, als Siguna den Mühlberger heiratete, habe ich es doch auch getan. Warum, bei allen Göttern, sollte es jetzt falsch sein?"

„Hast du denn gar kein Feingefühl?!", versetzte Anna. „Es ist noch keine Stunde her, dass du Jörg zum Ritter erhöht hast. Zu einem Adelskrieger, der, wenn es sein muss, die Waffen führen und dem Tod ins Auge blicken wird. Und nun möchtest du ihn und alle anderen Edlen dazu in die Totengruft unter der Kirche hinabführen."

„Weil dies ein ehrwürdiges Brauchtum ist, das unter uns Ahausenern seit jeher gepflegt wird", verteidigte sich der Burgherr. „Wenn drinnen im Kirchenraum etwas Bedeutendes geschieht, eine Vermählung, eine Adelstaufe oder eben auch eine Schwertleite, sollen meine Ahnen mit einbezogen werden."

„Vielleicht erinnerst du dich daran, wie ich nach den Taufzeremonien für unsere Kinder die Ausübung dieser abstoßenden Gepflogenheit verhinderte", schnappte Anna.

„Umso wichtiger ist es mir, dem Brauch heute wieder einmal Genüge zu tun", beharrte Hadamar. „Und ich werde mich, bei aller Liebe, von dir nicht neuerlich davon abhalten …"

Der Burgherr verstummte, weil ihn jemand von hinten am Arm gepackt hatte; als er, auf die Ahnengruft vergessend, herumfuhr, sah er sich Siguna gegenüber. Ihr Gesicht war kreidebleich; ihre Lippen bebten, während sie hervorstieß: „Wir werden angegriffen! Es sind viele Panzerreiter, ein ganzer Heerbann! Von Osten kommen die Feinde heran, und sie sind schon sehr nahe!"

Kaum waren die Worte der Grafentochter verklungen, erschollen von anderswo her erregte Rufe, die Sigunas Warnung zu bestätigen schienen. Hadamar jedoch reagierte höchst ungewöhnlich; er legte lediglich wie behütend den Arm um Sigunas Schultern und führte sie zur Südostecke des Kirchenbaues, von wo aus der Blick gen Sonnenaufgang frei war. Dann spähte er in die Ferne, nickte zufrieden und beschied die Grafentochter: „Du brauchst keine Angst zu haben. Die Berittenen bedrohen uns nicht, es handelt sich vielmehr um Freunde."

Verblüffung malte sich auf Sigunas Antlitz. „Freunde?! Gerüstet und in Waffen?! Wie soll ich das verstehen?!"

Der Ahausener schmunzelte. „Du wirst es gleich erfahren ..." Damit winkte er Albert von Hals, Diepold von Ortenburg sowie Jörg herbei; lächelnd näherten sie sich, und als sie herangekommen waren, forderte Hadamar sie auf: „Seid so gut, Siguna den Grund für das Auftauchen der Streitscharen zu erklären."

„Es geht um Gerechtigkeit", äußerte der Halser Edelfreie.

„Und um Sühne für das Unrecht, das Euch, Siguna von Mühlberg, sowie Eurem Ehemann und Euren Kindern angetan wurde", fügte der Ortenburger hinzu.

Die Grafentochter traute ihren Ohren nicht; gleich darauf hörte sie Jörg sagen: „Die Gepanzerten, die dort drüben heranziehen, tragen teils die Halser, teils die Ortenburger Wappenzeichen auf ihren Schilden. Es sind Reisige aus beiden Herrschaftsgebieten, und sie werden zusammen mit den Ahausener Waffenknechten und unter Führung von uns Rittern um das kämpfen, was die Württemberger uns raubten."

„Um die Mühlberger Feste und die zugehörigen Ländereien ...", flüsterte Siguna.

„So ist es", bestätigte der Halser Burgherr. „Vor einer Woche, als Hadamar und Euer Sohn mich und Diepold über den Jagdunfall Eures Vaters informierten, kamen wir überein, die widerrechtliche Besetzung Mühlbergs durch die Landfremden aus Württemberg nicht länger zu dulden. Wir beschlossen, unsere Kräfte zu vereinen und mit starker Heeresmacht ins Kollbachtal zu marschieren. Dies jedoch sollte nicht erst im Herbst geschehen, weil das Wetter zu dieser Jahreszeit oft ungünstig für einen Feldzug ist. Deshalb wurde Jörgs Erhöhung zum Ritter auf den heutigen Tag vorverlegt, denn Euer Sohn, Siguna, soll als Edler, so wie es ihm aufgrund seiner Herkunft gebührt, um die Burg und das Land seiner Ahnen streiten. Euch und Siglind aber verrieten Hadamar und Jörg noch nichts von unserem Bündnis, als sie Euch von Eurer Klause in der Wildnis abholten, denn wir wollten Euch erst nach der Schwertleite in unser Vorhaben einweihen und Euch damit überraschen."

„Das ist Euch gelungen ...", sagte die Grafentochter bewegt. „Gerade noch fürchtete ich, das Böse würde uns erneut heimsuchen ... Und nun weiß ich, dass wir hochherzige Verbündete und Freunde haben, von denen wir bis gestern gar nichts ahnten ..." Mit feuchten Augen drückte sie die Hände des Halsers und des Ortenburgers; danach umarmte sie den Ahausener und fügte hinzu: „Und du hast dich bei deinen Verwandten für uns eingesetzt. Nie werde ich dir das vergessen!"

„Es war Hadamar und mir eine Freude", erklärte Anna, die unterdessen mit Siglind, Rapoto und Alena herbeigekommen war.

„Und wir, Albert und ich, betrachten es als Ehre, für die Schützlinge unseres Ahausener Anverwandten zu fechten", beteuerte Diepold von Ortenburg.

Siglind vergalt ihm seine Worte, indem sie wie von ungefähr zu ihm trat. Siguna sah, wie sich die Finger des jungen Ritters und ihrer Tochter verflochten; ein weiches Lächeln spielte über ihre Lippen – doch gleich darauf verschattete sich ihre Miene, und sie fragte: „Ist es denn nicht brandgefährlich, die Kollbachburg anzugreifen?"

„Die Gefahr darf ein Ritter nicht scheuen", erwiderte der Halser Edelfreie. „Und dasselbe gilt für seine Waffenknechte. Aber das heißt nicht, dass wir vorhaben, uns auf ein Himmelfahrtskommando einzulassen. Unsere vereinigten Kampfscharen zählen nämlich gut achtzig Mann, nicht gerechnet wir Edelfreien sowie Diepolds und meine Knappen. Hinter den Mühlberger Wällen hingegen sitzen bloß um die zwei Dutzend Württemberger, wie ein Kundschafter Hadamars herausfand."

Nachdenklich nickte die Grafentochter; im nächsten Moment ergriff der Ahausener das Wort: „Die Feinde können uns durchaus eine harte Nuss zu knacken geben, und es ist nicht ausgeschlossen, dass es im Streit gegen sie recht blutig abgeht. Doch letztlich werden sie sich unserer Übermacht beugen müssen – und dies auch, weil sie an der Kollbach auf sich allein gestellt sind. Sie können keinerlei Hilfe aus der Württembergischen Grafschaft erwarten, da der dortige Burgherr kampfunfähig ist und daher, falls er überhaupt Kunde von den Geschehnissen in Mühlberg bekäme, gewiss kein Ersatzheer heranführen könnte. Und was seinen Sohn und Erben, deinen Bruder, angeht, Siguna, so erzählte mir der wandernde Händler, mit dem ich kürzlich über die Zustände in Württemberg sprach, dass er wenig Interesse am Kämpfen habe und sich lieber mit Lautenspiel und Minnesang beschäftige."

„Walter hatte schon als Kind ein friedliches Wesen", murmelte die Grafentochter. Sie wollte etwas hinzufügen – aber da rief Rapoto: „Die Halser und Ortenburger Reisigen sind da!"

Als Siguna nach Osten schaute, sah sie, wie die vielen Reiter ihre Rösser nahe des Friedhofes vom Trab in den Schritt fallen ließen; wenig später hatte der Heerbann das Gräberareal umrundet und hielt auf einer Wiese unweit der Kirche an. Die Adligen und ihre Gefolgsleute begaben sich zu den Berittenen; Albert von Hals und Diepold von Ortenburg sprachen kurz mit den Anführern ihrer jeweiligen Streitscharen, und danach trabten die Reiter zur Ahausener Feste weiter.

Bald langten auch die Edelleute und ihre Begleiter vor der Burg an, wo sich die Pferde der Halser und Ortenburger Waffenknechte jetzt auf engem Raum zusammendrängten. Doch Hadamar löste den Stau auf dem Festungsweg und dem Torplatz rasch auf, indem er die Hälfte der Berittenen ins Burgdorf an der Isar hinabschickte, wo sie in den Anwesen der Ahausener Hörigen Quartier nehmen konnten. Die übrigen Reisigen führten ihre Rösser in den Hof der Festung, sattelten sie dort ab und brachten sie so gut wie möglich unter – und in der Folge hatte das Burggesinde alle Hände voll zu tun, um die Pferde und ihre Reiter zu versorgen.

Bis in die Abendstunden hinein ging es außerordentlich lebhaft auf der Isarfeste zu, auch in der Nacht kehrte nicht wirklich Ruhe ein; dennoch waren die Adligen, die Waffenknechte und die Gesindeleute schon früh wieder tätig. Die Ahausener Knechte und Mägde beluden vier Frachtwagen mit Verpflegung, Pavesen und Ersatzwaffen und spannten Zugtiere an die Deichseln der Fuhrwerke; die Ritter, Knappen und Reisigen panzerten sich und sattelten ihre Rösser. Schließlich, die Sonne stand erst schräg am östlichen Horizont, vereinigten sich die Kämpfer, die auf der Burg übernachtet hatten, mit den Reiterscharen, die vom Festungsdorf heraufkamen, und nachdem dies geschehen war, zog der Heerbann nach Süden davon.

Die drei Burgherren sowie Jörg und Siguna führten die Streitmacht an; die Grafentochter war ebenso wie die Männer mit Kettenhemd, Helm und Schild gerüstet, und am Kampfsattel ihres Pferdes war ein Langschwert festgeschnallt. Kurz bevor sich der Fahrweg, dem die Kriegsscharen folgten, in ein kleines Waldstück unweit der Feste hineinzog, drehte sich Siguna noch einmal um und winkte Anna, Siglind, Rapoto und Alena zu, die dem Heeresverband von der Wehrplattform des Ahausener Torturmes aus nachschauten.

Die Burgherrin erwiderte den Abschiedsgruß; die drei Jüngeren aber machten kaum Anstalten dazu, und die Grafentochter ahnte, warum: Der halbwüchsige Rapoto hatte inständig darum gebeten, am Feldzug teilnehmen zu dürfen, doch sein Vater hatte es ihm abgeschlagen – und ähnlich war es Alena und Siglind ergangen, die ebenfalls nur zu gerne hätten mitreiten wollen, um in der Nähe Jörgs beziehungsweise Diepolds von Ortenburg bleiben zu können.

Ein feines Lächeln spielte über Sigunas Lippen; gleich darauf, weil ihr Tölter den Forstrand erreichte und sie einem Baumast ausweichen musste, wurde sie abgelenkt. Jenseits des Waldstücks sodann, als der Weg wieder breiter wurde, schritt ihr Tier eine ganze Weile zwischen den Streitrössern von Hadamar und Jörg dahin; später, als der Blick oben auf der Randhöhe des Isartales nach hinten frei war, musterte die Grafentochter den gesamten Heerbann: die Halser und Ortenburger Knappen, welche den vier Rittern und ihr als direkte Bedeckung und Bannerträger folgten; die Rotten der Reisigen, die in Dreierreihen dahinritten; zuletzt die Trosswagen, die von schweren Kaltblutpferden gezogen wurden.

Insgesamt erweckte der Kampfverband den Eindruck von geballter kriegerischer Kraft; im Lauf des Vormittags bewegte er sich stetig vorwärts, und noch ehe die Sonne im Mittag stand, erreichte der Heerbann die Vils. Ohne Schwierigkeiten durchfurteten die Berittenen den Fluss; die Frachtwagen durchs Wasser zu bringen, war nicht ganz leicht, aber letztlich gelangten auch die Fuhrwerke ans südliche Vilsufer. Dort wurde Rast gehalten; die Reiter tränkten ihre Pferde, ließen sie grasen und nahmen selbst ein paar Bissen zu sich. Nach einer Stunde dann marschierten die Ahausener, Halser und Ortenburger weiter – und am Spätnachmittag tauchten die Festung Mühlberg und die Arnstorfer Ansiedlung vor ihnen auf.

Nach vielen Jahren sah Siguna die Kollbachburg wieder; mit feuchten Augen beschied sie ihren Sohn: „Hier habe ich dich und Siglind geboren … Und hier starb euer Vater …"

Jörg erwiderte nichts; stumm griff er nach der Hand seiner Mutter, schaute wie gebannt auf die Feste – bis sich Hadamar vernehmen ließ: „Wir gehen vor wie abgesprochen. Macht euch zur Attacke fertig, Freunde!"

Damit zog er sein Schwert; Albert von Hals, Diepold von Ortenburg und Jörg taten es ihm nach. Im nächsten Moment stieß der Ahausener seine lange Klinge dreimal hoch in die Luft – und wiederum einen Augenblick später preschten die Adligen und die Knappen, gefolgt von etwa sechzig Reisigen, in Richtung der Burg davon. Die übrigen Waffenknechte blieben zurück, um als Nachhut die Trosswagen und die Grafentochter zu schützen; sie rückten, Siguna an ihrer Spitze, langsamer vor – und dann wurden die Grafentochter und die Reisigen ihrer Bedeckung Zeugen, wie die von den Rittern angeführte Streitmacht das Burgdorf überrannte.

Ohne auf Widerstand zu stoßen, drangen die Berittenen in die Ansiedlung ein; galoppierten zwischen den Anwesen hindurch zum Wassergraben am Fuß des Festungshügels und trieben dabei etliche, Hals über Kopf flüchtende Männer – Württemberger offenbar – vor sich her. Einer der Fliehenden wurde erschlagen; den anderen gelang es, über die Grabenbrücke zu entkommen. Sie rannten den Weg zum Burgtor hinauf; die Angreifer verzichteten darauf, sie weiter zu verfolgen; vielmehr teilten sich die Reiter, nachdem sie die Brücke überquert hatten, in zwei Kolonnen auf, um den Burghügel zu umzingeln.

Als die Grafentochter und die bei ihr befindlichen Waffenknechte und Fuhrwerke im Dorf anlangten, war die Feste fast schon von allen Seiten eingeschlossen. Siguna brachte ihren Tölter zum Stehen, wartete ab, bis die Frachtwagen heran waren, und rief den Fuhrleuten zu: „Beeilt euch mit den Pavesen, damit unsere Kämpfer vorne Schutzstellungen errichten können!"

„Wird gemacht!", erwiderte einer der Gespannführer; gleich darauf trabten die Zugpferde zur Grabenbrücke, und zusammen mit den Nachhutreitern folgte die Grafentochter den Fuhrwerken. Dann auf einmal, beim letzten Haus vor der Brücke, hastete eine grauhaarige Frau auf Siguna zu, griff nach dem Zaum ihres Pferdes und stieß hervor: „Bei allen Heiligen, ich kann es kaum glauben! Seid Ihr es wirklich, Herrin?!“

Die Alte kam der Grafentochter bekannt vor; im nächsten Moment begriff sie, wer die Grauhaarige war: die Wehfrau, die ihr einst im Kindbett beigestanden hatte. „Ja, ich bin zurückgekehrt“, antwortete sie. „Ebenso mein Sohn Jörg, von dem du mich entbunden hast. Und bei uns sind drei Edelfreie, die alles tun werden, um Mühlberg vom Joch der Feinde zu befreien.“

„Sie haben uns all die Jahre böse behandelt“, klagte die Alte. „Haben uns oft den doppelten und dreifachen Zehnten abgepresst. Haben uns hungern und leiden lassen. Aber jetzt seid Ihr wieder da! Ihr, die Ihr uns immer eine gute Herrin wart.“ Die Grauhaarige küsste Sigunas Hand; dann trat sie zurück, damit die Grafentochter zur Grabenbrücke weiterreiten konnte.

Jenseits des Wassergrabens waren die Fuhrleute bereits dabei, die Pavesen abzuladen und sie verschiedenen Reitern zu übergeben, welche die schweren Schutzschilde zu den Stellungen an den Hügelflanken bringen sollten. Die vier Ritter wiederum beratschlagten soeben ein Stück seitlich der Brücke; Siguna lenkte ihr Pferd zu ihnen hin und sagte: „Wie es aussieht, sitzen die Württemberger in der Falle. Doch ein Sturmangriff könnte uns viele Tote und Verwundete kosten!“

„Darüber haben wir gerade gesprochen“, erwiderte Albert von Hals; der Ortenburger fügte hinzu: „Bloß sind wir uns noch nicht einig, wie wir am besten weiter vorgehen sollen.“

„Vielleicht wäre es sinnvoll, wenn wir als Parlamentäre zum Torplatz hinaufreiten würden“, schlug die Grafentochter vor. „Wir könnten uns droben ein Bild von der Lage in der Feste machen und womöglich auch feststellen, wie die Stimmung bei den Feinden ist.“

„Daran habe ich ebenfalls schon gedacht“, stimmte Hadamar ihr zu.

„Dann machen wir's so“, versetzte der Halser Edelfreie – und wenig später lenkten die drei Burgherren, Jörg und Siguna ihre Rösser den Hangweg empor. Die Grafentochter trug eine Lanze, an der ein heller Stoffstreifen befestigt war, der sich auf einem der Frachtwagen gefunden hatte; die Bewaffneten auf der Wehrplattform des Torturmes achteten das Parlamentärszeichen und verzichteten darauf, den Reitertrupp zu beschießen.

Zehn Schritte vor dem geschlossenen Festungstor brachten die Adligen ihre Pferde zum Stehen, und unmittelbar darauf rief ein etwa fünfundvierzigjähriger Gepanzerter vom Turm herab: „Ich bin Oswin, der Vogt dieser Feste, welche dem Grafen Heinrich von Württemberg gehört. Und ich frage euch, wer ihr seid und mit welchem Recht ihr meine Leute unten in der Ansiedlung angegriffen und die Burg umzingelt habt?!"

„Wer wir sind, sollst du sofort erfahren!", erwiderte Jörg. „Die beiden Edelfreien hier zu meiner Linken sind Albert von Hals und Diepold von Ortenburg. Der Edle rechts von mir ist Hadamar von Ahausen. Die Adelsfrau, die du zwischen ihm und mir siehst, trägt den Namen Siguna von Mühlberg, und ich bin Jörg von Mühlberg, ihr Sohn."

Der Burgvogt schien zu erstarren; einen Augenblick schwieg er, dann stieß er hervor: „Das kann nicht wahr sein! Ihr seid doch verschollen gewesen! Seit vielen Jahren hat man nichts von euch gehört! Wie ist es möglich, dass ihr jetzt plötzlich wieder auftaucht?!"

„Wir überlebten in der Wildnis", antwortete der junge Ritter. „Als Einsiedler fristeten wir unser Dasein, als Klausner. Und nun fordern wir unsere Burg und ihr Umland zurück; alles, was ihr Württemberger widerrechtlich an euch gerissen habt! Deshalb sind wir an der Seite unserer Verbündeten mit Heeresmacht herangerückt. Und ich schwöre dir, dass wir die Festung stürmen werden, sofern ihr euch weigert, die Waffen zu strecken und uns Mühlberg kampflos zu übergeben!"

„Eine Kapitulation kommt nicht in Frage!", versetzte Oswin. „Graf Heinrich hat mir und meinen Reisigen die Burg anvertraut und uns beeiden lassen, sie tapfer gegen jeden Angreifer zu verteidigen. Daher wird es wohl oder übel zum Waffengang kommen müssen!"

„Du hast doch nicht mehr als zwei Dutzend Männer unter deinem Befehl", mischte sich Albert von Hals ein. „Wir hingegen können an die hundert Kämpfer aufbieten und sind euch damit vierfach überlegen!"

„Aber wir werden von den Festungswällen geschützt, was unsere Minderzahl ausgleicht", entgegnete der Vogt.

„Du siehst, dass unsere Waffenknechte Pavesenstellungen errichten", rief Diepold von Ortenburg. „Und hinter den starken Setzschilden haben unsere Bogen- und Armbrustschützen ebenfalls gute Deckung."

Oswin spähte zur östlichen Hügelflanke hinüber, wo bereits etliche Pavesen standen; als der Burgvogt den Blick wieder auf die Ritter und Siguna richtete, kam es von Hadamar: „Für kurze Zeit, vielleicht zwei oder drei Tage, werdet ihr die Feste halten können. Doch länger gewiss nicht. Am Ende wird uns der Sturm glücken. Und dann ist's aus mit euch Württembergern! Aus und vorbei!"

„Aber ich darf meinen Schwur nicht einfach brechen ... Darf nicht kapitulieren ..." Ein ratloser, fast verzweifelter Unterton schwang in der Stimme des Vogts mit. „Wie sollte ich es denn gegenüber dem Grafen rechtfertigen?!"

„Deine Bedenken werden sich von selbst erledigt haben, wenn du erst tot in deinem Blut liegst", höhnte Albert von Hals.

„Also scheiß auf Heinrich, den Krüppel, und übergib die Festung!", brüllte Hadamar.

Oswin wandte sich ab, tauschte sich mit den bei ihm stehenden Reisigen aus. Schon glaubten die vier Ritter und Siguna, er würde einlenken – doch dann beschied der Burgvogt sie: „Ich wollte, ich könnte die Kapitulation erklären und mit meinen Leuten nach Württemberg heimkehren. Aber falls ich so handelte, würde Graf Heinrich uns alle hinrichten lassen."

„Ist das dein letztes Wort?!", rief Diepold von Ortenburg.

Der Vogt blieb stumm – daraufhin machten die drei Burgherren Anstalten, ihre Rösser zu wenden, um abzureiten. Siguna wollte es ihnen gleichtun, doch da murmelte Jörg: „Womöglich gibt es einen Ausweg ..." Im nächsten Moment forderte er von Oswin: „Warte noch!"; sodann sagte er in gedämpftem Tonfall zu den Burgrittern und seiner Mutter: „Ich möchte den Württembergern ein Angebot unterbreiten."

„Was für eins denn?", fragte Hadamar eher ungnädig. „Ich dachte, die Verhandlungen wären beendet, und wir würden jetzt alles für einen Sturmangriff vorbereiten."

„Unter Umständen geht es auch ohne massenhaftes Blutvergießen", erwiderte Sigunas Sohn – und gleich darauf erklärte er den anderen leise, was er vorhatte.

Sofort machte die Grafentochter einen erschrockenen Einwand, und die Burgherren zeigten sich skeptisch. Schließlich aber, nachdem Jörg verschiedene Argumente für seinen Plan vorgebracht hatte, versetzte Albert von Hals: „Eins muss man dir lassen: Du willst die Entscheidung auf sehr edle und ritterliche Art suchen!“

Der Ortenburger und der Ahausener pflichteten ihm bei; Siguna hingegen wirkte nach wie vor verschreckt – bis ihr Sohn zu ihr sagte: „Denk an Regensburg. An das Turnier, in dem mein Vater Sieger blieb. Und vertraue mir!“

Als die Grafentochter dies hörte, schmolz auch ihr Widerstand dahin; sie nickte Jörg zu, und unmittelbar darauf kam es von Hadamar: „Na gut, du edelmütiger Kerl. Anbieten kannst du es dem Vogt immerhin.“

Albert von Hals und Diepold von Ortenburg äußerten sich im gleichen Sinn; daraufhin trieb Jörg sein Pferd ein Stück näher an die Torbastion heran und rief zu Oswin hinauf: „Angesichts der Zwickmühle, in der du steckst, will ich dir folgende Lösung vorschlagen: Wir tragen unseren Streit mittels eines Zweikampfes aus. Einzig wir beide treten gegeneinander an und fechten auf Leben und Tod. Falls du siegst, bleibt Mühlberg unter Württembergischer Herrschaft. Gewinne jedoch ich, so ziehen deine Leute ab, und die Festung sowie ihr Umland gehören wie früher meiner Familie.“

Der Vogt starrte auf den Achtzehnjährigen; er schien nach Worten zu ringen, brachte aber keinen Ton heraus – weshalb Jörg nachstieß: „Ich denke, mein Angebot ist ausgesprochen vorteilhaft für euch Württemberger. Denn wenn wir die Burg mit vierfacher Übermacht angreifen, dann habt ihr, wie dir mein Verbündeter Hadamar von Ahausen bereits darlegte, letztlich keine Aussicht, lebend davonzukommen. Gehst du hingegen auf meinen Vorschlag ein, so habt ihr quasi sogar eine doppelte Chance. Entweder nämlich besiegst du mich im Kampf und behältst damit die Feste. Im anderen Fall jedoch, wenn ich dich überwinde, dürfen immerhin deine Männer in Frieden davonreiten – und wenn sie dann später dem Grafen Heinrich Bericht erstatten, können sie ihm sagen, dass ihm hier in Mühlberg eine ganze Streitschar von mehr als zwanzig Reisigen verlorengegangen wäre, sofern du mir den Zweikampf verweigert und die Burg wider alle Vernunft zu halten versucht hättest.“

Neuerlich blieb Oswin stumm; wie gelähmt stand er da – plötzlich stieß er hervor: „Ich würde dir ja in Waffen gegenübertreten, falls ich jünger wäre. Aber so?! Wie sollte ich denn als Mittvierziger gegen einen jungen Ritter in der Fülle seiner Kraft bestehen?!"

„Dein Einwand ist berechtigt", erwiderte Jörg nach kurzem Nachdenken. „Daher gestehe ich dir zu, unter deinen Reisigen einen Kämpfer auszuwählen, der an deiner Stelle fechten soll."

„Ja, das werde ich tun!" Der Vogt vermochte seine Genugtuung kaum zu verbergen; nur mühsam unterdrückte er ein zufriedenes Feixen. „Wann soll der Zweikampf stattfinden?"

„Morgen, eine Stunde nach Sonnenaufgang", lautete die Antwort. „Und ich will mich hier auf dem Platz vor dem Torturm im Schwertkampf mit deinem Mann messen."

„Abgemacht!", versetzte Oswin – und dann beobachteten er und die bei ihm befindlichen Waffenknechte, die jetzt ähnlich wie der Vogt recht aufgeräumt wirkten, wie die drei Burgherren, die Grafentochter und ihr Sohn langsam zurück zum Festungsdorf ritten.

Wenig später bezogen die Adligen, die Knappen sowie ein Teil der Ortenburger, Halser und Ahausener Reisigen Quartiere in den Wohnhäusern der Ansiedlung. Die meisten übrigen Waffenknechte kamen in den Scheunen des Dorfes unter; etliche kleine Trupps jedoch entfachten an verschiedenen Stellen am Fuß des Burghügels Lagerfeuer, denn die Ritter hatten ihnen befohlen, die Feste im Auge zu behalten.

In ihre Mäntel gehüllt saßen diese Wachtposten nach Einbruch der Dunkelheit an den Feuern; in der Wohnstube des größten Bauernhofes wiederum, wo die Edelleute Unterkunft gefunden hatten, ging es bis weit in die Nacht hinein hoch her. Sämtliche Mühlberger Männer und Frauen wollten nämlich Siguna und Jörg willkommen heißen, und auch zahlreiche Arnstorfer kamen über die Kollbach, um der Grafentochter und ihrem Sohn zu sagen, wie sehr sie sich über ihre Anwesenheit freuten.

Erst als die letzten Besucher gegangen waren, konnten sich Siguna und Jörg nochmals über den Zweikampf austauschen, den der Achtzehnjährige am folgenden Tag durchstehen musste. Einmal mehr bemühte sich Jörg, seiner Mutter Mut zu machen; trotzdem schlief Siguna später schlecht und hatte arge Alpträume. Am nächsten Morgen aber war sie ihrem Sohn behilflich, die Rüstung anzulegen; von den Sorgen, die sie sich um ihn machte, ließ sie sich dabei nichts anmerken.

Dann, als Jörg bereits das Langschwert umgeschnallt hatte und soeben den Helm aufsetzen wollte, kam Hadamar durch die Tür. Er brachte einen Spitzschild mit; einen schweren und sichtlich neuen Wappenschild mit dem Mühlberger Emblem: den neun schwarzen Ballen auf goldenem Grund. Nun überreichte er dem jungen Ritter die Schildwehr und sagte: „Eigentlich wollte ich dir diese Schutzwaffe mit dem Wappenbild deiner Ahnen erst nach der Rückeroberung der Kollbachfestung geben. Doch ich denke, es ist besser, du bekommst den Schild schon jetzt. Denn er wird dir in dem Kampf, der dir bevorsteht, zusätzliche Kraft verleihen, da dir ja das altehrwürdige Wappen von Mühlberg anzeigt, dass alle deine edlen Vorfahren mit dir sind."

„Ich danke dir für dein wertvolles Geschenk", erwiderte Jörg. Sodann betrachtete er sinnend die in Dreierreihen angeordneten Ballen in der oberen Schildhälfte – und erinnerte sich gleich darauf an die neun Opferschalen, die er einst auf dem Sakralstein im Hain der Hagazussa und zudem auf der Felsplatte bei dem Steinturm tief im Nordwald gesehen hatte. Er erahnte dunkle, uralte Zusammenhänge – im nächsten Moment aber wurde er abgelenkt, weil nun auch Albert von Hals und Diepold von Ortenburg in den Raum traten. Beide bewunderten den in frischen Farben leuchtenden Schild; dann erklärte der Halser Edelfreie: „Es wird Zeit, zur Burg hinaufzureiten."

Wenig später bewegte sich eine lange Kolonne den Festungshügel empor. Der Zug wurde von den berittenen Adligen und Knappen angeführt; die Ahausener, Halser und Ortenburger Reisigen folgten ihnen zu Fuß, und hinter den Waffenknechten gingen zahlreiche Mühlberger und Arnstorfer Bauern und Handwerker.

Als die Reiter den Platz vor dem Burgtor erreichten, sahen sie, dass die eisenbeschlagenen Torflügel noch geschlossen waren; auf der Turmplattform und den angrenzenden Wällen jedoch standen dicht an dicht die Württemberger. Schweigend warteten sie ab, bis der Reitertrupp vor der Zugangsbastion der Feste zum Stehen gekommen war und sich die Reisigen sowie ein Teil der Dörfler um den Torplatz herum verteilt hatten. Die übrigen Dorfbewohner drängten sich im obersten Abschnitt des Burgweges zusammen, und nachdem spannungsgeladene Ruhe eingekehrt war, rief Jörg dem auf dem Torturm befindlichen Vogt zu: „Ist dein Kämpe bereit, Oswin?“

„Er wird gleich ins Freie kommen“, lautete die Antwort.

„Gut!“, versetzte der junge Ritter; sodann schwang er sich aus dem Sattel, übergab Hadamar die Zügel seines Pferdes, nickte seiner Mutter zu, begab sich in die Platzmitte und zog sein Schwert. Der Ahausener und die anderen Berittenen wiederum lenkten ihre Rösser zu einer Stelle seitlich der Torbastion; als sie sich dort gruppiert hatten, schwang knarrend einer der Torflügel auf, und der Württemberger Streiter schritt auf den Platz heraus.

Bei seinem Anblick krampfte sich Sigunas Herz zusammen; die Burgherren und Knappen, die bei ihr waren, schienen zu erstarren, und durch die Reihen der Reisigen und Dörfler lief dumpfes, erschrockenes Raunen. Denn der Württembergische Kämpe erweckte einen zutiefst furchterregenden Eindruck: Es handelte sich um einen Hünen mit ungeschlachtem Körper; seine mächtige Brust schien das Kettenhemd sprengen zu wollen; sein massiges Gesicht unter dem Helmrand wirkte grob und brutal. Das Breitschwert, das er in der Rechten hielt, war von ungewöhnlicher Stärke und Länge, und auf seinem Schild waren die Württemberger Wappenembleme mit dem Bildnis eines Totenschädels übermalt worden.

Jetzt hob der hünenhafte Waffenknecht seine Klinge, schwang sie herausfordernd durch die Luft, rannte brüllend auf Jörg zu und führte einen mörderischen Schwerthieb gegen den Achtzehnjährigen. Doch gedankenschnell wich Jörg aus, ließ den Ungeschlachten hart an der Schildwehr vorbei ins Leere laufen, wirbelte herum und schlug seinerseits zu. Die Klinge des Achtzehnjährigen traf den Württemberger im Genick; der Hüne stieß einen gurgelnden Schrei aus, brach in die Knie – und unmittelbar darauf trennte ihm ein zweiter Schwertschlag des jungen Ritters den Schädel vom Rumpf.

Innerhalb weniger Augenblicke hatte Jörg den Zweikampf für sich entschieden; für einen Moment herrschte tiefe Stille, dann brandete unter der Anhängerschaft des Achtzehnjährigen tosender Jubel auf. Begeistert würdigten die Reisigen, Bauersleute und Handwerker seinen Sieg; dasselbe taten die auf ihren Rössern sitzenden Burgherren und Knappen – einzig Siguna regte sich kaum; grenzenlos erleichtert war sie halb im Sattel zusammengesunken, konnte den Blick nicht von ihrem Sohn wenden und dachte wieder und wieder: Er lebt!. Hat den furchtbaren Schlächter im Nu überwunden! Hat so klug und geschickt gekämpft wie einst sein Vater beim Regensburger Buhurt!

Was Jörg selbst anging, so stand er eine Weile, auf sein langes Schwert gestützt, schweigend da; sinnend schien er den kopflosen Körper des Erschlagenen und den abgetrennten, nach wie vor behelmten Schädel zu betrachten. Schließlich reckte er sich, schleuderte das Blut von der Schwertklinge, stieß die Waffe in die Scheide, ging an den Torturm heran und rief zur Wehrplattform hinauf: „Dein Kämpe liegt tot auf der Erde, Oswin. Damit ist die Württembergische Herrschaft über Mühlberg beendet! Lass also euren Abzug vorbereiten. Euer Rüstzeug, eure Pferde sowie eure persönliche Habe dürft ihr mitnehmen. Zudem einen Karren zum Transport des Leichnams, den ihr ganz nach eurem Gutdünken irgendwo unterwegs bestatten könnt. Mehr aber gestehe ich euch nicht zu, denn alles, was sich sonst auf der Feste befindet, ist Mühlberger Eigentum!“

„Wie viel Zeit haben wir?“, fragte der gewesene Vogt mit rauher Stimme.

„Eine Stunde“, antwortete Jörg – und als diese Frist verstrichen war, ritten die Württemberger, den Leichenkarren mit sich führend, zur Ansiedlung am Fuß des Burghügels hinab und zogen anschließend in westlicher Richtung davon.

Die Grafentochter, ihr Sohn, Hadamar und die Burgherren von Hals und Ortenburg schauten der Marschkolonne von der Torplattform aus nach, bis sie am Horizont verschwand; danach äußerte der Ahausener: „Den Göttern sei’s getrommelt und gepfiffen! Endlich ist Mühlberg wieder in den Händen seiner angestammten Adelsfamilie! Darüber hinaus ist die Rückgewinnung der Herrschaftsmacht dank Jörgs gutem Einfall mit dem Zweikampf und seiner herausragenden Waffenkunst völlig unblutig für unsere Seite gelungen, und ich meine, das sollte kräftig gefeiert werden.“

„Ein Vorschlag ganz nach meinem Herzen“, pflichtete ihm Albert von Hals bei; Siguna und Diepold von Ortenburg nickten dazu – und gleich darauf rief Jörg in den Festungshof, wo sich die Knappen, die Reisigen, die Dörfler sowie die vom Württemberger Joch befreiten Gesindeleute der Burg drängten, hinab: „Aus Anlass unseres Sieges über die fremden Besatzer soll ein Freudenfest steigen. Stellt Feuerroste auf, bringt Fleisch, Würste, Brot, Wein und Bier herbei, und dann wollen wir miteinander essen, trinken und tanzen, bis die Nacht hereinbricht."

So geschah es; den ganzen Tag ging es hinter den Mühlberger Festungswällen höchst ausgelassen zu – und nachdem sich die Dunkelheit über das Kollbachtal gesenkt hatte, die Bauern- und Handwerkerfamilien ins Burgdorf oder nach Arnstorf zurückgekehrt waren und die Knappen und Waffenknechte ihre Quartiere aufgesucht hatten, saßen die Edelleute noch lange im Erkergemach des Turmes beisammen. Erst zur Mitternacht legten sie sich zum Schlaf nieder, und so kam es, dass insbesondere der Ahausener, der Halser und der Ortenburger, welche dem Rotspon aus dem Kellergewölbe des Wohnturmes auch nach Einbruch der Nacht noch fleißig zugesprochen hatten, am nächsten Tag reichlich angeschlagen wirkten.

Ungeachtet dessen befahl Diepold von Ortenburg gleich nach dem Frühstück seinen Knappen: „Macht meinen Hengst und eure Rösser für einen längeren Ritt fertig." Wenig später preschte der kleine Trupp davon; zuvor hatte Diepold auf Jörgs Frage, wohin er denn wolle, lediglich geantwortet: „Das würdest du gerne wissen, gell? Doch ich sage dir nur so viel: Bis morgen Abend sind wir wieder da."

Zwei Tage rätselten die Edelleute über die seltsame Anwandlung des Ortenburgers – endlich erfuhren sie, was ihn dazu bewogen hatte, Mühlberg zu verlassen. Denn im rötlichen Licht des Sonnenunterganges kehrten Diepold und seine Knappen zurück, und bei ihnen waren Siglind, Anna von Ahausen, Rapoto und Alena sowie ein Packpferd, auf dessen Rücken der Uttenschwalb saß.

Im Burghof war der Ortenburger Jörgs Schwester behilflich, von ihrem Tölter zu steigen; danach erklärte er der Grafentochter und ihrem Sohn: „Ich hatte unwiderstehliche Sehnsucht nach Siglind. Außerdem soll sie ja die Burg und das Land kennenlernen, wo ihre Vorfahren lebten. Deshalb holte ich sie von der Isarfeste ab, und die anderen schlossen sich uns an."

Siguna lächelte fein; Jörg grinste – im nächsten Moment war Alena bei ihm. Sie fiel ihm um den Hals, küsste ihn links und rechts; dann sprudelte es aus ihr heraus: „Ich habe gehört, wie tapfer und geschickt du gegen den Riesen gekämpft hast! Wie einer der Recken aus den Heldensagen hast du gefochten! Und ich bin so wahnsinnig stolz auf dich!"

Gleich darauf, während Anna und die Grafentochter sich umarmten, verlangte Rapoto von Jörg: „Du musst mir ganz genau zeigen, wie du es geschafft hast, den Württemberger im Handumdrehen zu töten."

„Später", wehrte der junge Ritter ab; sodann begrüßte er die Ahausener Burgherrin, nahm ihre Gratulation zur Rückeroberung der Festung entgegen und geleitete Anna, Alena und seine Mutter anschließend zum Wohnturm, aus dessen Hochportal soeben Hadamar und der Halser Edelfreie heraustraten.

Albert von Hals, Diepold von Ortenburg und die Adelsfamilie von der Isarburg blieben die folgenden Wochen in Mühlberg. Sie wurden in dieser Zeit Zeugen, wie sich der Uttenschwalb in seiner neuen Umgebung eingewöhnte; wie er in der Kollbach zu fischen begann und wie er von da an seine Beute regelmäßig zu dem Sitzplatz brachte, der in einer geschützten Ecke auf dem Torturm der Feste für ihn eingerichtet worden war.

Auch erlebten die Edelleute, wie eine Abordnung der Arnstorfer auf die Burg kam und wie ihr Sprecher der Grafentochter und den Zwillingen erklärte: „In einer Dorfversammlung haben wir beschlossen, Euch zu fragen, ob Ihr die Schutzherrschaft über unsere Ansiedlung übernehmen wollt? Falls Ihr das tun würdet, könnten wir uns alle zusammen sicherer als in der Vergangenheit fühlen. Denn es gäbe beispielsweise ein Dutzend kräftiger Arnstorfer Burschen, die sich gerne zu Mühlberger Reisigen ausbilden lassen würden. Mit ihrer Hilfe könnte die Herrschaft von Mühlberg wieder stark werden. Zudem könnten wir, wie wir glauben, im Notfall auch auf Eure edlen Verbündeten zählen, sodass wir Dorfbewohner in Zukunft keine Feinde mehr fürchten müssten. Und als Gegenleistung für unsere Sicherheit wären wir bereit, den Zehnten an Euch zu entrichten."

Siguna, Jörg und Siglind stimmten zu; sie legten eine maßvolle jährliche Abgabe für die Arnstorfer fest, und so wurde das Dorf jenseits der Kollbach samt seinen Feldern und Wiesen mit den Mühlberger Liegenschaften vereinigt.

In der letzten Juliwoche sodann kam für die Ahausener Familie sowie die Halser und Ortenburger Edelfreien der Tag des Abschieds. Ihre Streitscharen, die bis dahin noch immer auf der Festung oder in den beiden Dörfern einquartiert gewesen waren, machten sich marschfertig und formierten sich zu Kolonnen; zehn Waffenknechte aus Ahausen allerdings sollten vorerst auf der Burg bleiben. Hadamar hatte entschieden, sie zum Schutz der Feste, die sonst fast völlig von kampffähigen Männern entblößt worden wäre, zurückzulassen; für die folgenden Monate sollten sie Jörg als Burgmannen unterstehen und ihm zudem bei der Ausbildung der Arnstorfer Burschen helfen.

So war es zwischen dem Ahausener Ritter und seinem Schützling vereinbart worden; nun, ehe Hadamar in den Sattel seines Hengstes stieg, sagte er noch zu Jörg, Siguna und Siglind: „Viele Jahre wart ihr Einsiedler, habt in der bescheidenen Klause bei der Isarmündung gelebt. Jetzt jedoch sitzt ihr, wie es eurem edlen Stand entspricht, wieder auf eurer Festung und eurem Land, und ich wünsche euch von Herzen, dass ihr euer künftiges Leben in Frieden und Wohlstand genießen könnt."

Nach diesen Worten schwang sich der Ahausener aufs Ross; gleich darauf riss sich der junge Ortenburger Edelfreie mit sichtlicher Mühe von Siglind los, und Ähnliches galt für Alena, die noch bei Jörg stand und von ihrem Vater mit einigem Nachdruck dazu gebracht werden musste, ihr Pferd zu besteigen. Schließlich aber nahm auch sie die Zügel auf und trieb ihr Tier an; die Mühlberger riefen ihren Freunden ein letztes Lebewohl zu, und wenig später schauten die Grafentochter und die Zwillinge den verschiedenen Reiterscharen von der Torbastion aus nach: den Ahausenern, die nach Norden zogen, und den Halsern und Ortenburgern, die entlang der Kollbach in östlicher Richtung davontrabten.

Im Verlauf der folgenden Wochen sodann fand Siguna wieder in ihr früheres Leben als Burgherrin hinein. Sie kümmerte sich um zahlreiche Dinge in der Feste und nahm sich so mancher Anliegen des Burggesindes oder der Dörfler an. Zudem besuchte sie an einem sonnigen Tag Bernhardt und Rena, das Patersberger Fischerpaar, um sich bei den beiden noch einmal für die Fluchthilfe vor vielen Jahren zu bedanken und ihnen ein Geschenk zu bringen. Ansonsten bemühte sie sich, in den Räumen des Wohnturmes, die unter der langen Anwesenheit der Württemberger Reisigen gelitten hatten, den einstigen behaglichen Zustand wiederherzustellen. Siglind ging ihr dabei zur Hand – und Jörg war oft damit beschäftigt, die Wehranlagen der Festung zu inspizieren und kleinere Reparaturen zu veranlassen; auch hatte er mit Unterstützung der Ahausener Waffenknechte begonnen, die Arnstorfer Burschen im Umgang mit Schwert, Schild und Speer auszubilden.

So verstrich der August; im September dann zwang sich die Grafentochter dazu, eine traurige Pflicht zu erfüllen, vor der sie bislang zurückgeschreckt war. Oft hatte sie seit der Rückkehr nach Mühlberg an ihren toten Gemahl gedacht; sechzehn Jahre war es jetzt her, dass er und sein vertrauter Freund Konrad im Kampf um die Burg ums Leben gekommen waren. Heinrich von Württemberg hatte damals eine Beisetzung der Gefallenen verhindert; er hatte die Leichen den Aasfressern überlassen: irgendwo draußen am Hang des Burghügels. Und da Siguna zu jener Zeit eingekerkert gewesen war, wusste sie noch nicht einmal, wo genau die Leichname vor mehr als eineinhalb Jahrzehnten gelegen hatten – doch jetzt wollte sie endlich versuchen, den Seelen der beiden Toten Frieden zu schenken.

Aus diesem Grund forschte die Grafentochter nach; von den Gesindeleuten auf der Feste konnte sie allerdings nichts erfahren, da von den wenigen Knechten und Mägden, welche den Sturm der Württemberger auf Mühlberg überlebt hatten, inzwischen niemand mehr auf der Burg war. Unten im Dorf hingegen hatte Siguna Erfolg; die ergraute Wehfrau führte sie zu dem Platz, den sie suchte, und erzählte ihr dort: „Hier, bei dem Birkenbäumchen, lagen die Leichen im Gras. Und wir, mein Mann, ich und andere, hätten sie gewiss begraben, wenn wir gedurft hätten. Aber die Feinde drohten uns mit dem Tod, falls wir es versuchen würden. Daher mussten wir warten, bis bloß noch – verzeiht, Herrin – die nackten Gebeine übrig waren. Und selbst dann trauten wir uns noch längere Zeit nicht, sie heimlich zu bestatten. Doch zuletzt, in einer Nebelnacht, wagten wir es, und von den Württembergern kriegte es, gottlob, keiner mit."

Die Grafentochter kniete nieder und berührte sanft einen Erdbuckel unweit des Birkenstammes. „Ist dies die Stelle?"

Stumm nickte die Grauhaarige; gleich darauf, weil sie spürte, dass die Burgherrin allein sein wollte, wandte sie sich ab und ging langsam zur Ansiedlung zurück.

Siguna hingegen blieb mehrere Stunden bei der Jungbirke; am nächsten Tag sodann befahl sie einem der Burgknechte, der sich auf Steinarbeiten verstand: „Besorge eine Felsplatte, die als Abdeckung einer Grabstätte dienen kann. Die Platte haust du dann sauber zu und tiefst neun Schälchen in sie ein."

„Ihr wollt die Mühlberger Wappenballen in drei übereinanderliegenden Reihen auf dem Stein haben?", erkundigte sich der Knecht.

„Ja", bestätigte die Grafentochter; zugleich dachte sie: Aber es sind nicht nur die Ballen, sondern noch mehr das, was mich einst Ranhild in ihrer Weisheit lehrte ...

„Ich glaube, drüben auf der anderen Kollbachseite liegt ein Findling, der passen könnte", kam es von dem Burgknecht.

„Gut", nickte Siguna – und eine Woche später wurde die fertig behauene Steinplatte auf den ein wenig abgeflachten Erdbuckel bei dem Birkenbäumchen niedergelassen. Danach, als die Burgmänner, welche die Arbeit getan hatten, wieder gegangen waren, legten die Grafentochter, Jörg und Siglind Blüten von Sommerblumen in die Schüsselchen auf der Grabplatte. Und während sie dies taten, hatte Siguna das Empfinden, als sähe sie, wie hinter feinen, lichten Schleiern, die versöhnten Gesichter ihres Gatten und seines Freundes Konrad vor sich.

In der Folge ging die Grafentochter oft zu der Birke hinaus. Im Oktober sah sie, wie die Blätter sich färbten; im November fiel das Laub auf die Felsplatte nieder – und als die Weihnachtszeit nahte, kam willkommener Besuch nach Mühlberg. Diepold von Ortenburg hatte seiner Sehnsucht nach Siglind nachgegeben; er blieb bis weit in den Januar hinein auf der Feste, und ehe er wieder abritt, um dringende Angelegenheiten in seinem eigenen Herrschaftsgebiet zu regeln, beschied er Siguna und Jörg, wobei sein Arm um Siglinds Schultern lag: „Wir sind uns einig geworden, dass wir im nächsten Sommer heiraten wollen, und wir hoffen, ihr seid damit einverstanden."

Gerührt zog die Grafentochter ihren künftigen Schwiegersohn an sich; Jörg versetzte: „Wir sind Waffenbrüder, nun wirst du außerdem mein Schwager, und das freut mich ungemein!"

Während der nächsten Monate war Diepold noch mehrmals zu Gast auf der Kollbachburg; im Juli dann ritt die Mühlberger Adelsfamilie unter der Bedeckung von drei aus Arnstorf stammenden jungen Reisigen nach Ortenburg. Dort fanden sich zur Vermählungsfeier auch die Ahausener sowie Albert von Hals mit seiner Gemahlin ein; die Hochzeitsfeierlichkeiten dauerten drei Tage an, und als Siguna und Jörg Abschied von dem frischgebackenen Ehepaar nahmen, versprachen ihnen Diepold und Siglind, die Verbindung zwischen den beiden Herrschaftsgebieten fleißig zu pflegen.

Dennoch fühlte sich die Grafentochter im weiteren Verlauf des Sommers manchmal ein wenig allein; im September indessen, als sie einmal mehr mit leiser Sehnsucht an Siglind dachte, brachte ihr Sohn sie unvermittelt auf andere Gedanken. Er kam nämlich mit seiner Schildwehr ins Erkergemach im Oberstock des Wohnturmes geschritten; erstaunt blickte seine Mutter auf ihn – und sah, dass das Wappenbild auf dem Schild nicht mehr das frühere war.

Zwar waren die neun schwarzen Ballen in der oberen Schildhälfte geblieben, doch darunter war ein weiteres Bildnis auf den Goldgrund gemalt worden: eine prächtige Darstellung des Uttenschwalbs.

Jörg weidete sich einen Moment an Sigunas Überraschung; dann fragte er schmunzelnd: „Na, wie gefällt dir mein neues Schildemblem?"

„Es ist eindrucksvoll", antwortete seine Mutter. „Und der Schwarzvogel ist sehr schön ausgeführt."

„Wir haben uns auch alle Mühe mit der Malerei gegeben", erwiderte der junge Burgherr.

„Wer ist wir?", wollte die Grafentochter wissen.

„Ein begabter Handwerker aus Arnstorf hat mir geholfen", erklärte Jörg. „Er hat die Farben zusammengemischt, hat auch die Pinsel besorgt, die wir benötigten. Danach haben wir das Bild zusammen angefertigt, und ich finde, es ist uns bestens gelungen."

„Durchaus", kam es von Siguna. „Aber warum hast du unser Wappen verändert?"

„Aus Dankbarkeit gegenüber dem Uttenschwalb", entgegnete der junge Ritter. „Hätte es ihn nicht gegeben, wäre unser Leben in der Wildnis sehr viel härter gewesen. Dank seiner Hilfe brauchten wir all die Jahre nicht zu hungern, hatten stets ausreichend Nahrung in unserer Klause. Außerdem war der Großvogel für uns doch immer wie ein Freund und ist es bis heute geblieben – und deshalb nahm ich mir vor, dass er einen Platz in unserem Adelswappen erhalten sollte."

„Nun verstehe ich dich", sagte die Grafentochter. „Und ich freue mich über das neue Emblem. Denn so wird der Uttenschwalb über seinen Tod hinaus bei uns sein. Und die Generationen, die nach uns kommen, werden an unser Einsiedlerleben in der wilden Welt an der Isarmündung denken, wenn sie das Wappenbildnis mit dem Schwarzvogel betrachten."

Jörg nickte; sodann beschied er seine Mutter: „Es wird aber noch einen weiteren Grund für sie geben, sich an uns und unser langes Dasein fern der Menschenwelt zu erinnern. Ich will nämlich auch unseren Adelsnamen ändern, indem ich ihm etwas hinzufüge. Bisher benannten wir uns schlicht nach unserer Herrschaft Mühlberg, doch von jetzt an wollen wir uns, sofern du zustimmst, als die Klausner zu Mühlberg bezeichnen und auch dadurch auf unser ungewöhnliches Schicksal hinweisen."

Siguna lächelte. „Du machst Nägel mit Köpfen. Das gefällt mir, und daher bin ich mit deinem Vorschlag gerne einverstanden."

„Dann ist es abgemacht", kam es von ihrem Sohn – und als sich der junge Ritter zwei Monate nach diesem Gespräch in Ahausen aufhielt, um dort einen Handel zu bezeugen, den Hadamar mit einem Edelfreien aus dem Straubinger Gäu abgeschlossen hatte, setzte er auf der Urkunde sein Siegel neben seinen neuen Namen: Jörg, Klausner zu Mühlberg.

Auch im darauffolgenden Frühjahr und Sommer ritt er öfter zur Isarfeste, und seine Mutter, die ihn zweimal begleitete, ahnte, dass er dies nicht allein wegen seiner Freundschaft mit dem Burgherrn tat, sondern mehr noch wegen Alena, die nun allmählich zu einer sehr hübschen jungen Frau heranblühte. Ansonsten kümmerte sich Jörg in dieser Zeit eifrig um die Mühlberger Ländereien; er sorgte dafür, dass mehrere nasse Wiesen am Kollbachufer entwässert wurden; außerdem bemühte er sich, den Viehbestand auf verschiedenen Lehenshöfen durch wertvolle Zuchtrinder zu verbessern, die er von seinem Ortenburger Schwager bekam.

So ging das Leben friedlich seinen Gang; Ende September jedoch, als sich neuerlich der Herbst ankündigte, holte die Vergangenheit die Grafentochter und ihren Sohn nochmals ein.

Fünf fremde Berittene näherten sich der Burg; sicherheitshalber wurde das Tor geschlossen, und nachdem die Reiter ihre Rösser auf dem Torplatz zum Stehen gebracht hatten, wurde klar: Es handelte sich um einen kriegsmäßig gerüsteten Ritter, der zu seiner Bedeckung vier Waffenknechte bei sich hatte. Gleich darauf gab sich der Anführer des Trupps als Württemberger zu erkennen; Siguna, die an Jörgs Seite auf dem Torturm stand, erbleichte – dann aber rief der Ritter: „Habt keine Furcht! Wir kommen nicht in feindlicher Absicht. Vielmehr bringen wir eine Botschaft von Walter, dem Herrn von Württemberg."

„Von meinem Bruder!", stieß die Grafentochter hervor; im nächsten Moment begriff sie: Er musste die Herrschaft auf der Neckarfestung angetreten haben.

Wenig später bekam sie Gewissheit; im Erkergemach des Wohnturmes teilte der Württemberger Edle ihr und ihrem Sohn mit: „Vor kurzem ist Graf Heinrich verstorben, und sein Erbe Walter lässt Euch durch mich ausrichten, dass er Frieden mit Euch sucht. Er bedauert das Unrecht, welches der Tote Euch angetan hat, und lädt Euch herzlich auf seine Burg ein."

Ungeachtet der Todesnachricht strahlte Siguna vor Glück; Jörg wiederum fragte: „Wieso möchte der Graf ... mein Onkel denn nicht zu uns reisen?"

„Der Verstorbene hat das gräfliche Herrschaftsgebiet in sehr desolatem Zustand hinterlassen", antwortete der Ritter. „Deshalb muss sein Sohn jetzt zusehen, Handel und Wandel im Württemberger Land wieder in Gang zu bringen, und aus diesem Grund ist er nur schwer abkömmlich."

„Ich werde Walter so bald wie möglich besuchen", erklärte Siguna. „Allerdings stehen die Herbst- und Wintermonate vor der Tür, welche die Wege arg beschwerlich machen. Doch im Frühling will ich zur Neckarburg aufbrechen."

Der Bote des Grafen von Württemberg bedankte sich; nachdem er und seine Begleiter sich zwei Tage auf der Mühlberger Festung ausgeruht hatten, traten sie den Heimweg an – und im April des darauffolgenden Jahres, der sich mild und sonnig zeigte, verließ Siguna die Kollbachburg, um ihren Bruder und ihre frühere Heimat wiederzusehen.

Sie fuhr in einem zweispännigen Wagen; sechs Reisige, drei aus Mühlberg und drei aus Ortenburg, begleiteten sie – und als sie in der Junimitte zurückkam, berichtete sie Jörg: „Ich habe eine ausnehmend gute Zeit am Neckar verbracht. Walter ist ein echter Edelmann, ganz anders als unser despotischer Vater. Im selben Moment, da wir uns nach all den Jahren in den Armen lagen, spürte ich es. Und rasch wurden wir wieder vertraut miteinander; in vielen Gesprächen tauschten wir uns aus, erzählten uns gegenseitig unsere Erlebnisse aus den vergangenen Jahrzehnten. So kamen wir uns von neuem so nahe wie früher, und nun, wo ich meinen Bruder wiedergefunden habe, bin ich sehr glücklich."

„Wird Walter uns irgendwann einen Gegenbesuch abstatten?", erkundigte sich Jörg.

„Er hat es versprochen", antwortete seine Mutter. „Sobald es mit seiner Grafschaft wieder aufwärts geht, will er kommen."

„Doch bis zum September wird er es wohl nicht schaffen …", äußerte der junge Burgherr, wobei ein Schmunzeln über seine Lippen spielte.

„Das gewiss nicht", erwiderte Siguna. „Aber … warum hast du das jetzt gesagt?"

„Weil es am dritten Septembersonntag eine Vermählung geben wird", erklärte Jörg mit leuchtenden Augen. „An diesem Sonntag nämlich feiert Alena ihren achtzehnten Geburtstag, und während deiner Abwesenheit sind wir übereingekommen, dass ihr Wiegenfest zugleich unser Hochzeitstag sein soll."

Freudig umarmte die Grafentochter ihren Sohn – und ein Vierteljahr später durchschritt sie zum dritten Mal in ihrem Leben das Portal der Ahausener Heilig-Kreuz-Kirche. Vor zweiundzwanzig Jahren hatte sie den Sakralbau anlässlich ihrer Hochzeit erstmals betreten; Anno 1151, drei Sommer war das jetzt her, war sie hier Zeugin von Jörgs Schwertleite geworden, und nun war der Tag gekommen, an dem ihr Sohn und Alena von Ahausen sich das Jawort geben wollten.

Innerhalb des Kirchenportals verharrte Siguna kurz und blickte sinnend zum Altar; wie früher schon waren starke Erinnerungen in ihr wach geworden: Erinnerungen an ihren geliebten Gemahl, den sie so früh verloren hatte. Gleich darauf waren Siglind und Diepold bei ihr; dann kamen Hadamar, Anna und Rapoto heran, und hinter den Ahausenern betraten Albert von Hals und dessen Gattin das Kirchenschiff. Schließlich knarrte die Sakristeitür; geführt vom Priester der Heilig-Kreuz-Kirche schritten Jörg und Alena in den Altarraum und warteten ab, bis sich die Schar der Adligen nahe bei ihnen aufgestellt hatte.

Sodann, nachdem Stille eingekehrt war, sprach der Kleriker ein Gebet; danach fragte er das Brautpaar: „Wollt Ihr Euch vor den hier anwesenden Zeugen Liebe und Treue bis ans Ende Eures Lebens schwören?"

„Das wollen wir!“, antworteten der junge Mühlberger Edelfreie und die Ahausener Adelstochter gemeinsam und sehr feierlich; im nächsten Moment allerdings fügte Alena, die bisweilen noch immer etwas von einem Wildfang an sich hatte, mit schalkhaftem Blick auf Jörg hinzu: „Aber nur, wenn du mich stets auf Händen trägst, mein Schatz.“

Der junge Ritter musste lachen, zugleich strahlte tiefe Zuneigung zu seiner Braut aus seinen Augen – und während nun auch unter den Edelleuten, die bei der Grafentochter standen, gedämpfte Heiterkeit ausbrach, dachte Siguna, leise schmunzelnd: Es stimmt schon zwischen Jörg und Alena. Ich glaube, sie werden eine glückliche Zukunft haben. Und ich werde hoffentlich in Frieden altern dürfen …

Epilog

Landau an der Isar
März 1806

Und Sigunas Wunsch ging in Erfüllung, dachte der betagte, fast schon siebzigjährige Baron, der seit Stunden in tiefer Versunkenheit beim Epitaph seines verstorbenen Freundes, des Reichsgrafen Anton von Closen, in der Heilig-Kreuz-Kirche gesessen hatte. Nach der Hochzeit ihres Sohnes durfte die Grafentochter noch gut drei Jahrzehnte friedlich auf der Mühlberger Burg leben, und als sie das Zeitliche gesegnet hatte, wurde sie dort begraben, wo auch die sterblichen Überreste ihres Gemahls lagen …

Der Freiherr spürte, wie steif ihn das lange Sitzen im Kirchenstuhl gemacht hatte. Ächzend reckte er sich; dann stand er auf, ging zur gegenüberliegenden Seite des Sakralraumes, kam zurück und nahm erneut auf der Betbank Platz. Abermals hing er seinen Gedanken nach; erinnerte sich an das, was ihm sein Freund sonst noch über die Geschichte des uralten Adelsgeschlechts erzählt hatte, das von Siguna und ihrem Gatten, dem Sieger des Turniers in Regensburg, begründet worden war.

In den Jahrhunderten nach dem Tod der Grafentochter waren die Mühlberger Edelfreien vom Glück begünstigt gewesen und waren zu immer größerer Bedeutung aufgestiegen. Ihr Adelsname freilich hatte sich im Lauf der Zeit verändert; aus den Klausnern waren die Closen geworden. Ihr Wappen jedoch, welches die neun Ballen und den Uttenschwalb zeigte, war stets das gleiche geblieben, und seine Träger hatten ihre Territorien, ihre Macht und ihren Einfluss in Bayern Zug um Zug erweitert.

Zum Stammsitz des Geschlechts waren die Herrschaftsgebiete von Mariakirchen, Haidenburg, Stubenberg, Schönburg, Oberpöring, Aufhausen und Gern, alle in Niederbayern gelegen, hinzugekommen. Aber nicht nur auf ihren ausgedehnten Latifundien hatten die Herren von Closen regiert; mehrere von ihnen waren Pfleger oder Richter in der Stadt Landau an der Isar gewesen: der Herzogsstadt, die im frühen dreizehnten Jahrhundert unweit der Ahausener Feste gegründet worden war. Auch anderswo hatten die Nachfahren Sigunas und des Mühlberger Turniersiegers hohe Ämter bekleidet – und Anno 1766 schließlich waren die Closen in den Grafenstand erhoben worden.

Doch nun wird die ehrwürdige Blutlinie wohl bald erlöschen, dachte der weißhaarige Baron traurig. Mein Freund Anton war der letzte, auf seinen niederbayerischen Gütern sitzende Graf. Nur in Landshut lebt jetzt noch ein männlicher Verwandter von ihm, der junge Karl von Closen, welcher dem König von Bayern dort als Staatsbeamter dient. Ob er allerdings je Kinder haben wird, ist fraglich, denn man munkelt …

Der Freiherr verdrängte, was ihm durch den Kopf geschossen war. Versonnen blickte er noch einmal auf das Epitaph; sodann stand er endgültig auf, berührte wie streichelnd den Gedenkstein und verließ die Kirche.

Draußen, unter verhangenem Himmel, wartete der Kutscher; er geleitete seinen Herrn zur Kalesche, und wenig später zogen die Pferde an. Als die Kutsche wendete, schaute der Baron nochmals auf die Heilig-Kreuz-Kirche. Nach einer Weile blickte er ein letztes Mal zu den Ruinenresten der Burg Ahausen hinüber; dann lehnte er sich, die Augen schließend, auf der lederbezogenen Sitzbank zurück.

Glossar und Anmerkungen

Adelsgeschlechter, die im Roman eine Rolle spielen

Edelfreie von Ahausen: Sie wurden erstmals im Jahr 1074 urkundlich erwähnt, können aber bereits etwas früher auf ihrer Burg an der Isar gesessen haben. In der Mitte des 13. Jahrhunderts starben die Ahausener, die vermutlich mit den Ortenburger und Halser Burgherren verwandt waren, aus. Der Burgstall von Ahausen (auf dem heute als Kalvarienberg bezeichneten Hügel im Stadtgebiet von Landau/Isar) erinnert an sie.

Edelfreie und Grafen von Closen: Die Ursprungslegende dieses Adelsgeschlechts besagt, dass die ersten Closen, die ab der Mitte des 12. Jahrhunderts urkundlich belegt sind, Nachfahren des Edelfreien Jörg von Mühlberg und der Grafentochter Siguna von Württemberg waren. Jörgs und Sigunas Sohn, der ebenfalls den Namen Jörg trug, nahm laut Legende den Uttenschwalb in sein Wappen auf und nannte sich, weil er seine Kindheit und Jugend in der Einsamkeit der Wildnis an der Isarmündung verbracht hatte, Klausner (Einsiedler). Daraus entwickelte sich später der Name Closen. Das Geschlecht der Closen war in der Folge an verschiedenen Orten in Niederbayern ansässig, wurde 1766 gegraft und starb 1856 mit dem kinderlosen letzten Grafen Karl von Closen aus. Dank der Einheirat einer Gräfin von Closen in die Familie der Grafen von Deym, die im Jahr 1847 erfolgte, setzt sich die Blutlinie der Closen aber bis heute fort.

Herren und Grafen von Hals: Die Burgherren von Hals wurden Anno 1072 erstmals urkundlich erwähnt. Ihre Festung (jetzt in Ruinen) erhob sich an der Ilz auf dem Gebiet der heutigen Stadt Passau. 1280 verlieh der römisch-deutsche König Rudolf von Habsburg den Halsern den Grafentitel; ein knappes Jahrhundert später, 1375, starb das Geschlecht derer von Hals aus.

Grafen von Ortenburg: Die Festung und das Territorium von Ortenburg (im Landkreis Passau gelegen) war Teil des sehr großen Herrschaftsgebietes der Grafen von Ortenburg, das sich über Teile Bayerns, Tirols und Kärntens erstreckte und sich ab der Mitte des 12. Jahrhunderts herausgebildet

hatte. Bis in die Neuzeit hinein spielten die Ortenburger Grafen eine bedeutende Rolle im Deutschen Reich; verschiedene Zweige des Geschlechts existieren bis heute.
Die Romanfigur des Diepold von Ortenburg ist fiktiv. In der Ursprungslegende der Closen heißt es, dass die Tochter Sigunas einen Grafen von Ortenburg geheiratet habe, doch mehr ist historisch nicht fassbar. Deshalb erlaubte sich der Autor, die Person des Diepold von Ortenburg einzuführen. Geschichtlich gesehen könnte zur Handlungszeit des Romans ein Verwandter der Ortenburger Grafen Rapoto II. oder Rapoto III. auf der niederbayerischen Feste Ortenburg gesessen sein, der zwar Angehöriger des gräflichen Hauses war, aber den Grafentitel persönlich nicht trug, sondern „nur" im Rang eines Edelfreien stand.

Grafen von Württemberg: In der ersten Hälfte des 12. Jahrhunderts war die Württemberger Grafschaft noch klein und relativ unbedeutend; mit dem späteren Herzogtum oder gar dem Königreich Württemberg lässt sie sich nicht im mindesten vergleichen. – Der im Roman agierende Graf Heinrich von Württemberg ist historisch nur dunkel fassbar, doch immerhin kann er für die Zeit um das Jahr 1130 nachgewiesen werden. (Quelle: Michael Härtl, „Geschichte der Stadt Landau a. d. Isar", Landshut 1863.) Heinrichs Sohn Walter ist fiktiv; die Ursprungslegende der Grafen von Closen erwähnt lediglich Siguna.

Erklärung seltener Namen und Begriffe

Altframmering: Das heutige Dorf Unterframmering an der Isar östlich von Landau. In seiner Nähe, etwas weiter isarabwärts, liegt auf der südlichen Isarleite der Weiler Kothingeichendorf, wo sich eine jungsteinzeitliche Kreisgrabenanlage erhalten hat.

Alraune: Heil- und Giftpflanze, die eine Wurzel besitzt, die oft an eine menschliche Gestalt erinnert. Aus diesem Grund wurden der Alraune, auch Mandragora genannt, in vielen alten Kulturen magische Kräfte zugeschrieben.

Badhaus: Öffentliches Badegebäude im Mittelalter. Die Badhäuser dienten nicht nur zur körperlichen Reinigung, sondern auch als Bordelle. Außerdem behandelten die Bader, die Inhaber der Badhäuser, leichtere körperliche Gebrechen, indem sie etwa kranke Zähne zogen.

Brünne: Kettenhemd.

Buhurt: Ursprüngliche Form des mittelalterlichen Turniers. Beim Buhurt traten die Streiter im Massenkampf gegeneinander an; Lanzenturniere von zwei Rittern wurden erst später üblich.

Donauwein: Seit dem Mittelalter wird (in römischer Tradition) nicht nur an der österreichischen, sondern auch an der bayerischen Donau Weinbau betrieben. So im damaligen Dorf Winzer, einem heutigen Regensburger Stadtteil; ebenso an den Hängen des Donautales weiter stromabwärts.

Edelfreier: Mittelalterlicher Adliger. – Die Edelfreien entstammten alten Adelsgeschlechtern, deren Ahnenreihen teilweise bis ins germanische Frühmittelalter zurückreichten. Sie unterschieden sich dadurch vom jüngeren Ministerialenadel (Dienstadel), der aus Nichtadligen im Dienst eines Territorial- oder Landesherrn hervorgegangen war.

Epitaph: Aufwändiges Erinnerungsmal an einen Toten aus Stein oder Metall.

Hagazussa: Das germanische Wort bedeutet: Zaunreiterin; es bezeichnet also eine Frau, die sich auf einem Zaun bewegt. Der Zaun symbolisiert dabei die Grenze zwischen Diesseits- und Anderswelt, und die Reiterin ist eine Schamanin, die auf dem schmalen Grat zwischen den Welten wandelt und diese Grenze auch hin zur Anderswelt überschreiten kann. – Aus dem Wort Hagazussa entwickelte sich später das Wort Hexe.

Hexenverfolgung im 12. Jahrhundert: Derzeit wird von interessierten Kreisen oft die Behauptung verbreitet, dass massive Hexenverfolgungen erst in der Frühen Neuzeit stattgefunden hätten und es sie im Mittelalter noch kaum gegeben habe. Dies entspricht nicht der Wahrheit. Denn auch im katholisch massiv dominierten Hochmittelalter kam es zu Hexenjagden, und bereits in der ersten Hälfte des 13. Jahrhunderts, also nur drei Generationen nach der Handlungszeit des vorliegenden Romans, brachte in Deutschland ein offiziell vom Papst eingesetzter Hexenjäger namens Konrad von Marburg Hunderte von unschuldigen Frauen auf den Scheiterhaufen.

Hochstift Passau: Territorium der Passauer Fürstbischöfe.

Hübschlerin: Prostituierte.

Junikäfer: Käfer, der einem Maikäfer ähnelt, aber kleiner und heller gefärbt ist.

Kapaun: Gemästeter Hahn, dessen Fleisch oft auf mittelalterlichen Adelstafeln zu finden war.

Kollbach: Rechter Nebenfluss der niederbayerischen Vils. – Der Flussname ist weiblichen Geschlechts (die Kollbach), weil er wahrscheinlich aus dem keltischen „Chail Pacha" („Schwarzes Wasser") entstand und die Kelten das fließende Wasser als weiblich ansahen.

Lateran/Papstpalast: Bis ins 14. Jahrhundert residierten die Päpste nicht im Vatikan, sondern in einem Palast auf dem Lateranhügel, der auf einen antiken römischen Adelspalast zurückging.

Nadelöhr: Kleine Schlupfpforte neben einem Stadttor. Auch Eselspforte genannt.

Nasalhelm: Visierloser Helm, der vorne eine vom Helmrand nach unten weisende Eisenspange besaß, welche die Nase des Trägers schützte.

Nordwald: Mittelalterliche Bezeichnung für den Bayerischen Wald und den Böhmerwald.

Odal-Rune: Germanisches und auch noch mittelalterliches Fruchtbarkeits- und Geburtssymbol. Die Rune hat die Form einer Raute, aus deren unterer Spitze nochmals eine halbe, unten offene Raute herauswächst. Die Odal-Rune erinnert damit an einen Körpertorso mit weit geöffneten Beinen: Leib und Beine einer Gebärenden.

Outremer: Bezeichnung in der Kreuzzugszeit für Palästina.

Pavese: Großer, mannshoher Schild, der unten starke Stacheln besaß, mit denen er in der Erde verankert werden konnte. Die Pavese, auch Setzschild genannt, konnte dann einem Schützen als Deckung dienen. Eine Pavesenstellung war ein Verbund solcher Schilde, der mehreren Schützen zugleich Deckung bot.

Presbyterium: Altarraum einer Kirche.

Reisiger: Waffenknecht.

Saufeder: Starker Spieß für die Wildschweinjagd.

Scholar: Mittelalterlicher Student.

Tölter: Ein Pferd, das neben den drei Gangarten Schritt, Trab und Galopp noch eine vierte Gangart beherrscht: den Tölt. Dabei handelt es sich um eine sehr weiche und für den Reiter bequeme Gangart, weshalb Tölter im Mittelalter gerne von Frauen geritten wurden. – Heutzutage sind es vor allem die Islandpferde, die häufig auch im Tölt gehen.

Vils: Rechter Nebenfluss der Donau.

Waibel: Unterführer; in späterer Zeit Feldwebel.

Zille: Flusskahn mit flachem Boden.

Zirbenholz: Holz der Zirbelkiefer.

Zuchtel: Hure.

Anmerkungen

Das Epitaph in der Landauer Heilig-Kreuz-Kirche (Friedhofskirche) ist erhalten. Das Totenmal befindet sich ziemlich vorne an der rechten Seite des Kirchenschiffs nahe der Sakristeitür. Die Kirche ist allerdings gewöhnlich verschlossen; vor einem Besuch empfiehlt es sich daher, Kontakt mit dem katholischen Pfarramt aufzunehmen.

Der Text auf dem Epitaph wurde im Roman in zwei Fällen der heutigen Schreibweise angeglichen. Um des besseren Verständnisses willen wurden die originalen Wörter „Gernisch“ und „Arnstorfisch“ im Romantext in „Gerner“ und „Arnstorfer“ geändert.

Das Jahr 1407, das im Prolog des Romans als Baujahr der im frühen 19. Jahrhundert schon ruinösen Burgkapelle von Ahausen angegeben wird, ist fiktiv. Das beschriebene Gebäude stammte aber sicher nicht aus der Erbauungszeit der Burg Ahausen, deren Ursprung auf das 11. Jahrhundert datiert. Denn zu jener Zeit gab es auf der Feste bestimmt keine Kapelle; der Sakralbau der Ahausener Edelfreien war die Heilig-Kreuz-Kirche. – Die Kapellenruine existierte bis 1834; in diesem Jahr wurde sie abgerissen.

Die Burg Mühlberg, die beim hochmittelalterlichen Arnstorf gestanden haben muss, ist abgegangen. Der Arnstorfer Flur- und Straßenname „Am Mühlberg“ (nördlicher Ortsrand) erinnert aber wohl noch an die verschwundene Festung. – Die beiden in Arnstorf stehenden Schlösser haben mit der Burg Mühlberg nichts zu tun; sie wurden erst in sehr viel späterer Zeit erbaut.

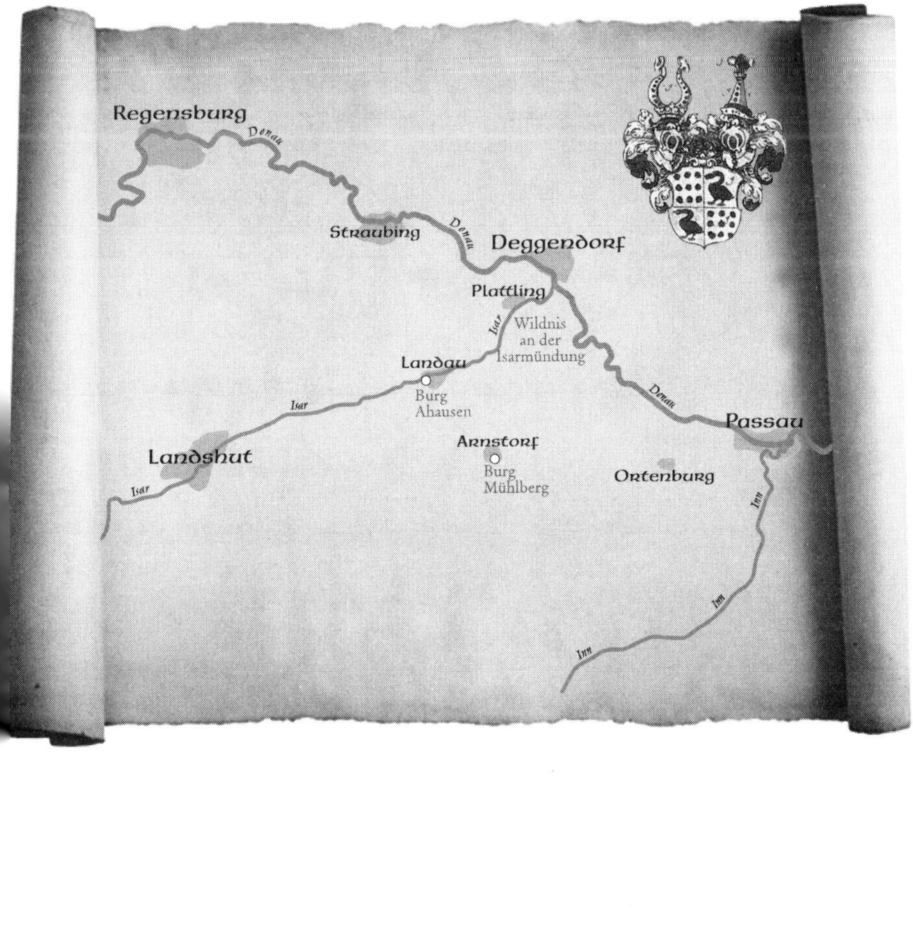
Regensburg
Donau
Straubing
Donau
Deggendorf
Plattling
Isar
Wildnis
an der
Isarmündung
Landau
Burg
Ahausen
Isar
Donau
Passau
Arnstorf
Burg
Mühlberg
Landshut
Ortenburg
Isar
Inn
Inn
Inn

Weitere Romane von Manfred Böckl

Das Amulett aus Keltengold

1. Auflage 2015, Format 13,5 x 20,5 cm,
232 Seiten, Hardcover

ISBN 978-3-86646-702-6 Preis: 16,90 EUR

Die Leibeigenen

1. Auflage 2015, Format 13,5 x 20,5 cm,
208 Seiten, Hardcover

ISBN 978-3-86646-703-3 Preis: 16,90 EUR

Bischofsmord und Hexenjagd

1. Auflage 2015, Format 13,5 x 20,5 cm,
152 Seiten, Hardcover

ISBN 978-3-86646-714-9 Preis: 16,90 EUR

Kreuzzug bis ans Höllentor

1. Auflage 2015, Format 13,5 x 20,5 cm,
312 Seiten, Hardcover

ISBN 978-3-86646-713-2 Preis: 16,90 EUR

SüdOst Verlag

Pfälzer Straße 11 • 93128 Regenstauf
Tel. 0 94 02 / 93 37-0 • Fax 0 94 02 / 93 37-24
www.gietl-verlag.de • E-Mail: info@gietl-verlag.de

Fordern Sie kostenlos unser Verlagsprogramm an!